U0782661

烈火金钢

刘 流 著

中国青年出版社

图书在版编目（CIP）数据

烈火金钢 / 刘流著. —3版. —北京：中国青年出版社，2004
（2025.6重印）
ISBN 978-7-5006-0658-1

Ⅰ.①烈…　Ⅱ.①刘…　Ⅲ.①长篇小说—中国—当代　Ⅳ.①I247.5

中国国家版本馆CIP数据核字（2004）第021012号

本版责任编辑：叶施水

出版发行：中国青年出版社
社　　址：北京市东城区东四十二条21号
网　　址：www.cyp.com.cn
电子邮箱：jdzz@cypg.cn
编辑中心：010-57350406
营销中心：010-57350370
经　　销：新华书店
印　　刷：山东新华印务有限公司
规　　格：850 mm×1168 mm　1/32
印　　张：16.5
插　　页：2
字　　数：398千字
版　　次：1958年9月北京第1版　1963年12月北京第2版
　　　　　2004年4月北京第3版　2005年8月北京第4版
　　　　　2008年7月北京第5版　2009年1月北京第6版
印　　次：2025年6月山东第47次印刷
印　　数：1863751—1866750册
定　　价：26.00元

如有印装质量问题，请凭购书发票与质检部联系调换
联系电话：010-57350337

目　　次

1

西江月：

> 日寇侵略猖狂，
> 人民群起反抗，
> 领导全靠共产党，
> 胜利灿烂辉煌。
>
> 战争似火燃烧，
> 人民如铁顽强，
> 八年抗日非寻常，
> 烈火炼成金钢。

开头语：

常言说：钢铁要在烈火中锻炼，英雄要在困难里摔打！这话可真是一点儿不假。就拿八年抗日战争来说，中国人民就像生铁投进熔炉一样，烧了又烧，炼了又炼，锤了又锤，打了又打，才打出了成千上万的英雄好汉，亚赛过金钢一般，耸立在这鲜血冲洗过的古老山河上，坚强无比，永远放光！

说起八年抗战，可真不是容易过来的呀！这不光是熬过了八年艰苦的岁月，在惊人的残酷困难面前，中国人民真是咬紧牙关，勇往直前，前仆后继，浴血杀敌，简直就是在血里火里滚过来的！八年哪，谁知道进行了多少次战斗，谁知道毁灭了多少财产，谁知道牺牲了多少生命，烈士的鲜血染透了多宽多厚的土地啊！中国人民可并没有被这些凶险吓住，他们团结在共产党的周围，用艰苦奋斗、奋勇牺牲的精神，战胜了空前的残酷困难，创造了神鬼莫测的战斗艺术，壮大了所向无敌的人民武装。在这神圣的土地上筑起了铜壁铁墙，把我们祖国造成了打不烂的山河，烧不焦的土地，吓不住的人心，挫不败的锐气！让侵略的强盗们望而生畏，闻之丧胆。

今天，咱们要说一说抗日战争。可是从哪儿说起呢？参加战争的人民有数万万，从南到北的战线有万里长。先不说东北的抗日联军，也不说华南的抗日游击队，也不说长江南北的新四军，也不说黄河两岸的八路军，单说河北省大平原上的冀中军民，他们是怎样进行了这场轰轰烈烈的战斗的。

说起大平原上的游击战争，要从头来说可也太长。咱们掐头去尾，只说战争进行到最艰难最危险的时候，从有名的"五一"反"扫荡"开始。这是在一九四二年战争进行到第五个年头的中间，日本侵略者对蒋介石国民党加紧了政治诱降，回师后方，集中了他们的主力部队，从五月一号开始，向冀中军民进行了灭绝人性的大"扫荡"。他们的战术是："铁壁合围""梳篦清剿""反复拉网""剔抉扫荡"。他们的政策是："步步为营""处处筑垒"，实行烧光、抢光、杀光的"三光"政策。就在这生死存亡的关头，八百万冀中军民团结成为一个力量，抱定了有我无敌的决心，英勇地展开了反"扫荡"。他们的行动可说是震山河，荡人心，惊天地，动鬼神，创造了千古未闻的奇迹壮举。要问这场斗争到底是怎样的情形，咱们一段一段地细讲。

第 一 回

史更新死而复生　赵连荣舍身成仁

当"五一"反"扫荡"打得最紧张最激烈的时候，在滹沱河的下游桥头镇上，发生了一次地裂山崩的战斗。天上是飞机，地下是大炮坦克车，把整个镇子里里外外围了个风雨不透，杀声、喊声、枪声、炮声响成了一锅，从拂晓打到黄昏，从黄昏又打到天明，直打得硝烟漫地，火光冲天。可是打着打着，忽然间枪炮不响了，飞机也不来了，好像是停止了战斗。在麦子地里藏着的人们都觉着奇怪，谁也闹不清是怎么回事，眼巴巴地望着镇子里冲天的大火，明明知道是烧自己的房子，也不敢回家抢救。离镇子近一点儿的人们，连身子也不敢站起来，一个一个的在麦垄里蹲着坐着，还有的趴着，使劲地拔着脖子，一声不响，大气不出，直瞪着眼睛看着街口。正在这个劲头儿上，冷古丁地站起一个人来。

这人看样子约摸有六十多岁，满脑袋花白的头发，下巴底下长着一绺山羊胡子，高身材，长瘦脸，两只眼睛像是有些不带劲，未曾看事儿，先要用手指头揉一揉擦一擦。他的胳肢窝里夹着一根榆木锹把，有一把多粗，有齐胸口那么高，这就是他的武器。这个老汉向镇子里望了望，听了听，禁不住心神慌乱了，只见他把锹把往右手里一提，猫下腰，呼呼呼呼顺着麦垄就往前跑。跑出麦子地去，他脚步没有停就又哗啦哗啦地进了高粱地。

这时候的小高粱，长得还没有麦子高，他得把腰弯得更低，可是他的脚步也更加紧了。出了高粱地，离镇子已经不远，他跳下道沟，拼命地往街口跑去。这人到底是谁呢？正是赵连荣。

赵连荣这个老头子，为什么像疯了似地往镇子里跑呢？其中有个缘故：这场战斗就是他的儿子赵保中领着人和鬼子打的。

赵保中是个老红军战士，现在是八路军冀中军区主力兵团的一个营长，他带着三个连的兵力，从反"扫荡"以来，就连天连夜地跟敌人周旋着。多少个昼夜他们没有能够睡觉，没有得到过休息，也没有吃上过一回痛快饭，本来就疲劳得够呛了，可是当他们向外线转移的时候，又在桥头镇被两千多名日本兵给包围住，这才造成了这次惊人的突围战。

诸位：三个连的八路军只不过是三百多人，要跟两千多日本兵比起来，不要说兵力相差七倍以上，就拿武器来说，也比人家差得远哪！八路军的营连里边，主要的武器就是步枪、刺刀、手榴弹，机关枪是很少的。日本兵可有的是坦克、大炮、机关枪，更不要说他们还有飞机、有毒瓦斯哩！再说，赵保中他们的弹药已经剩得不多。叫谁说这三个连也是九死一生，万分危险哪！在这种情形之下，赵连荣怎么能不提心吊胆，情急神慌呢？

赵连荣一口气跑到了街外的场边，他看见场里模模糊糊的一大片，这是些什么东西呢？他用手指头揉了揉眼睛，走到跟前儿这么一看，哎呀，满地都是死尸！他的心立时就咚咚咚地敲起鼓来了。他又仔细这么一瞧，哎哟！这些死尸个个都没有脑袋。老头子明白了：噢！这些都是日本兵的尸体。因为他知道，到中国来的日本兵，在最初的时候，被打死以后，都是装到麻袋里，用汽车运走，这样好掩盖群众的耳目。可是后来他越死越多，用麻袋装尸体装不完了，这才改变了办法——把脑袋切下来，装到麻袋里运走。赵连荣又看了看，这些没有脑袋的尸体，穿的都是黄军装，大皮鞋，每个尸体的旁边，还都有一顶钢盔。没有疑问，准都是日本兵的尸体。一定是敌人往街里冲的时候，叫俺保中他们给揍死的。他狠狠地"啐！啐！"啐了两口唾沫。又一想：俺保中他们怎么着了？敌人死了这么多，他们的伤亡还小得了吗！想到这儿，他又急忙往街里跑。

赵连荣刚走进街口，就又看见一堆尸首。哎呀，这可都是我们的八路军！立时刻儿就把个老头子给吓呆了："保中啊！同志们啊！你们叫我老头子还怎么活下去哟！"他这几句话，不像说出来的，简直就是哭出来的。他以为赵保中这一个营都牺牲了。你看他：眼里流着泪水，颤抖着两只老手，一个一个地扒拉着，找他的儿子赵保中。

他找来找去，找了两个过儿，看看都挺面熟，好像都认识，可就是连一个名字也叫不上来，更找不见他的赵保中。他很纳闷儿，心里话：想是俺保中没有死？于是他把这些尸首点了点数，一共是三十一个。他这才清醒起来："呃，保中他们一定是冲出去了。咱八路军多会儿也没有叫敌人全都消灭过。"他这两句话刚刚说完，正想走回家夫看看，猛然间，尸首里边站起一个人来。

"啊！"这一家伙，把个老头子给吓得倒退了三步。

赵连荣使劲儿揉了揉眼，仔细这么一看，喝！好大的个头儿，足有一冒手高，赵连荣要看他，都得仰着脖儿。只见他膀扇儿有门扇这么宽，胳膊有小檩条儿那么粗，四方脸盘儿又红又黑，两只眼睛又圆又大，浓眉毛，高颧骨，高鼻梁，宽下巴，看样子也就是二十七八岁，可是长了有半寸多长的稀稀拉拉的连鬓胡髭。他满脸都是灰尘，就像刚打砖窑里钻出来一样。在他的左眼窝儿下边有一个小洞，一条紫红的血线从里边流出来，顺着鼻窝儿流到嘴角儿，又流到脖子下头去。身上的衣服满是血浆泥土，已经看不清他穿的军装是什么颜色了。他手里没了武器，紧紧地攥着两只像油锤一般大小的拳头，怒目横眉，咬牙切齿，全身都带着杀气。他笔直地站着，动也不动，活像个铁打的金刚。老头子心里想：这是个人哪还是个什么？莫非我眼离了吗？可这明明是个人啊！可人死了怎么还能站起来呢？

赵连荣正在心神疑惧的时候，就听站起来的这个人说话了："老大伯，别害怕。我没有死，我还活着。我受了伤，渴得要命。"赵连荣一听他说话，这才把疑心定下来，又听着他这声音耳熟，只是想不起是谁。于是他往前凑了两步："怎么，你还没死？你是谁？为什么在死人堆里藏着？"他这一问，那人往前挪动了挪动："老大伯，我真没有死，这不是我还会走道会说话吗？你看看，还认得我不？我叫史更新，我就是在你儿子赵保中领导下的史排长，我跟着赵营长来看过你老人家，我在你那上房屋西头住过。不是有一天，我帮你铡草，还替你磨过铡刀吗？"

赵连荣一听这话，心里全明白了，赶紧又上前凑了几步，使劲地睁着老眼瞅了瞅："你是史排长，大伙儿都跟你叫史大个儿。"史更新点点头："是啊。""怎么我看着你不像啊？""这你老人家还用问吗？这些日子就像过了多少年哪！别说是见了我，就是跟赵营长见了面，恐怕你也认不清了。"赵连荣一想："对呀，可是你知道保中他们怎么样了？"

史更新本来不愿意再多说话，但是赵连荣这么一问，他不得不把情况告诉给他，这才说道："赵营长带着队伍已经冲过河去了，过了河就算是脱离了敌人的'铁壁合围'圈儿。你老人家放心吧，他们这就要过京汉铁路到太行山里头去了，那里是咱们的巩固根据地，晋察冀军区司令部、边区政府都在那里。他们到了那边，整顿整顿，准备准备，还要打回来。"

赵连荣听到这儿，心里的一块大石头"扑通"一声这才落了地。老头儿一高兴，他的话可就又来了："不是说咱们的聂司令就在那里吗？他一定得派队伍打过来。可是，你怎么不跟保中他们一块儿冲过河去呢？"“因为敌人太多，咱们的兵力太小。俺们这才决定迷惑敌人——我带着一个排在这儿作假突围，把敌人的兵力吸引过来，赵营长他们才能冲过河去。要不是这样，就得全军覆没！我们这个排本来都决心牺牲在这儿，没有想到，我被打死之后，又还醒过来了。因为弄不清敌情，没有敢动，刚才看着是你老人家，我这才敢站起来。大伯，咱别在这儿多说话了，恐怕敌人还要来，你快点把我领到别处去，我歇一会儿，你给我烧点水喝，我好去追赶队伍。"

赵连荣一听史更新还要追队伍去，不由得就吸了一口气："哎呀！你受了这么重的伤，还要追队伍？"“不，老大伯，只要我死不了，我就要追队伍。"赵连荣上前一看他这伤，脑袋上被打了一枪，这一枪，是从左眼窝儿下头打进去，从后脑勺子下边出来的。他看了之后，连说："不行啊！不行啊！你走不了。"他可不知道史更新这人意志坚决："大伯，我觉着不要紧，脑袋上这一枪，并没有伤着脑子，这是六五子弹，弹丸小，要是七九子弹，可就完了。你放心，我相信我死不了，我不会走不动。"赵连荣听着可还是摇头："现在到处都有敌人，你一个人又没有武器了，我看……"史更新没有等他把话说完，就微微一笑："大伯，我不会被敌人打死，别的不用说了。"赵连荣一看，史更新这么坚决，知道再说也没有用，“好吧，既然这样，那就快走，到我家去，烧水做饭还方便，吃了喝了，把你这伤好好地包扎包扎，你就赶快去追队伍。可是我背不动你，我扶着你走吧。"史更新说："用不着扶，我能走。"说着两人就往家里走。

史更新心里着急，恨不能一步走进家去，他的路又熟，不知不觉就走到赵连荣的前头。赵连荣一看他这股子劲头儿，心里话：真是好样的！受了这么重的伤，走起路来还这么有劲儿，气势还这样的勇猛。他在后边跟着，止不住地点头称赞，好小伙子，真行！这样的战士，鬼子兵八个绑到一块儿也比不了他。

说话之间，两人进了家门。到了院里一看：可不好了！三间正房和两陪房都烧塌了架，火头虽然熄灭，可是死火还在着，烧得什么东西还吱吱的直响。院子里还有一个深坑，看得出这是炸弹炸的。一所整整齐齐的院落，连炸带烧，弄得破烂不堪，只有西南角上剩下了半间厕所，一间牛棚。史更新一看这个情景，不由得又是一阵难过。他发着狠地咬了一咬牙。这一咬牙可不要紧，就感着伤口火辣辣地酸疼，疼得钻心，眼睛流泪，豆大的汗珠子从额头上滚落下来，两腿一软就倒在地下。

这时候的赵连荣怎么样了呢？他没有注意史更新。因为他一进家门，心里就又气又恨。他的脸色变成了铁青，浑身发抖，使劲睁着两只老眼，看看这也完了，那也毁了，这个祖祖辈辈的老家，被糟蹋成了这个样子，真是心如刀搅，呆若木鸡！呆了好久，他把大腿一拍，"咳！"使劲地咳了一声，这才吐出一口怒气。只见他捶着胸膛，跺着双脚，大声喊着："保中啊，这个仇你可要报啊！……"这工夫史更新在地下躺着哼了一声。老头子这才回过头来，一看，知道他是因受伤过重，再加上又饥又渴，才跌倒在地。他慌忙上前把他扶了起来。房子全烧光了，只剩下厕所和牛棚没有烧，这可让他到哪儿去休息呢？只好把史更新扶进了牛棚，让他躺在草上休息。

赵连荣回身出来，想要给史更新弄吃弄喝。做饭是没有办法了，想法给他烧点儿水吧。可是铁锅已经炸碎了，水瓮也炸得光剩了个底儿，里边只有一点水，还掉进去了许多灰土。咳！没有别的办法，他在地下拾起一块破锅片子来，放在火上，把水瓮底子上那点泥汤子倒进去，就这样烧起来了。

这时候老头子已经顾不得别的，他在旁边一蹲，直瞪着眼看着，恨不能一时把水烧开，赶快给史更新喝了，好让他去追赶队伍，替他杀敌雪恨。好不容易才把水烧开了，他用衣裳袖子垫着，把水端进了牛棚，又想起自己腰里还带着两个剩窝头，急忙掏出来，掰碎了，在水里一泡，放在史更新的面前："史排长，对不起你啊！你将就着吃了吧。"史更新知道赵连荣的脾气，他叫你吃你就得吃，所以一句客气话也没说，他就连吃带喝吃起来了。

史更新因为受了伤，吃喝自然是挺费劲。赵连荣一看他这个情形，就又问他："史排长，你觉着怎么样？还能走吗？要是不能走，我就扶着你先到外边麦子地里藏一藏，然后再想办法。"史更新说："不用，别看我的伤重！我心里挺明白，把这点东西吃了，我就去追赶队伍。我告诉你，大伯，这一次的反'扫荡'跟过去不同，上级早就指示了，是长期的，是最艰苦的，敌人一定要把这个镇子作为长占的据点儿，你老人家应该早作打算。不过，几个月以后我们就打回来，咱们这是有计划地撤退，还要有计划地把敌人赶走。"赵连荣一听这话，心里可发起愁来了……

说话之间，史更新就把这点东西吃完了。可是他倒觉着浑身无力，伤口疼痛，脑袋发沉，眼睛也懒得睁，连话也不愿多说了。这是怎么回事呢？赵连荣明白：受伤过重和劳累过了火以后，就会发生这种现象，让他睡点觉才好。正在这个节骨眼儿上，外边不远的地方"乒勾儿"响了一枪。史更新一听是"三八式"步枪响，知道是敌人又来了，就觉着浑身一紧，腾的一下子站起来就要往外走。他又一想：这时候往外走不行啊！可是又怕敌人来搜查，连累了赵连荣，于是就说："老大伯，敌人来了，你赶快躲出去。"赵连荣说："我躲出去，你怎么办？"史更新说："我就在这儿藏着，他不来拉倒，来了再说。"赵连荣一听就说："这怎么行呢？我老头子能这么办事吗？要走咱一块儿走，要死咱也死在一块儿。"史更新又问，"要走往哪里去呢？"赵连荣说："钻过'通墙'上西邻。"史更新又说："西邻也不保险哪，咱知道敌人往哪儿去呢？"

说话之间，又听见更近的地方"乒乒"连响了两声盒子炮，紧接着有人咕咚咕咚跑的声音，又有人追着喊："站住！站住！再跑打死你！"接着又是一连好几枪，在枪声中间，"叽里哇啦"的有日本人在说话。很明显，这是敌人来到近前了。史更新一听着了急："大伯，你赶快躲到别处去吧，别管我了。"说着，他就往外推赵连荣。赵连荣说什么也不肯离开。史更新真急了："大伯啊，咱可是一家人哪！用不着说别的，咱们应该聪明点——能逃就逃，能走就走，你甭管我，我有办法对付他们。"赵连荣也着急地说："无论如何也不能这么办，你依着我，赶快钻到草里头去。他们要是来了，叫他看看这个家糟蹋成了这个样，他还搜查什么？"史更新还想再说话，可是一看老头子真有倔强劲儿，又觉着情况不允许迟疑了，这才依了他。还没有等史更新自己动作，赵连荣就连推带搡，把史更新推到了草堆里头，外面又用草把他盖起来，他就一动不动了。

赵连荣走出了牛棚，想仔细地听一听外面的动静。他刚一出来，就听大门外边有脚步声，他知道是敌人来到了。刚想回身再躲避起来，早就有一个特务领着一个日本兵闯进了院里来。

进院里来的这个特务年纪不大，身子不高，长得猴头猴脑，手里提着一支盒子炮，进来就用枪指着赵连荣尖声尖气地喊："站住！哪儿跑？再跑就撂死你！"后边跟着的那个日本兵，两手端着"三八式"步枪，带着明晃晃的刺刀。他咧着嘴，瞪着眼，凶狠得就像个恶鬼。他用半通不通的中国话问："你的，什么的干活？老头子，哼？"赵连荣知道走不脱了，竭力沉着镇静："我是老百姓，房子都给烧了，还不许家来看看吗？"他的话刚说完，这个特务蹿上来，"啪！啪！"就打了老头子两个嘴巴："你当我不知道你是抗属？你的儿子叫赵保中，他是八路军的营长。你说是不是？"这两个嘴巴，打得赵连荣心里火烧火燎的难受，他真想还给他两巴掌，可是想了想，他忍耐住了，使劲地压着怒气："先生，你认错了。"这个特务"嘿嘿"冷笑了一声："我认错了？你敢说你不是抗属吗？你敢说你不是赵连荣吗？"

赵连荣想把敌人顶回去，可是又不愿意否认这个光荣的称呼，让敌人以为你是胆小害怕了！怎么回答才好呢？一时想不出话来。特务又是一声冷笑："老东西，你的骨头烧成灰儿，我也能认出你来！你那房上长着几棵草我都知道。今儿在这儿被皇军包围住的，就有你的儿子赵保中。好鬼啊！他们打死了皇军一千多人，神不知鬼不觉地逃跑了。可是，他们有一些伤号走不了，他们现在在哪儿藏着你一定知道，要不，你跑进村来干什么？趁早说出来，饶你的老命。要是敢不说，你瞧见了没有，我这二拇手指头一动，就要了你的命！"

赵连荣一听，特务对他知道得这么清楚，他不想再多说话了，只是说："伤号，我一个也不知道。"特务一听他说不知道，就又上来打。这一回老头儿有了准备，把身子一扭，没有让特务打着。他知道特务还得打他，他就倒退了几步，一眼看到了他的榆木锹把，心里一动，暗暗想着，这个狗娘养的！你要再打我，我就抄起这家伙来跟你拼一拼。不想叫特务看破了他的主意，还没有等他靠近锹把，特务早走过去把那家伙抓起来了："哈哈！你也有武器啊！好，我先使唤使唤它。"说着就把盒子炮往腰里一插，举起锹把照着赵连荣的脑袋就要打。

这时候，那个日本兵上来用枪一挡，他对着特务"哇啦"了一声："慢慢的，打死就不能说了。叫他说的。"特务一看，就没有敢打，可是他的锹把也不好意思放下来，于是就举着锹把，逼着问："你说出来不打你。八路军的伤号藏在谁家了？"赵连荣还是说："不知道。""不知道我可打啦！""打也是不知道。""你再说个不知道！""不知道就是不知道。"特务火儿了："我叫你不知道。"搂头盖顶就是一家伙，赵连荣把脑袋一闪，正打在他的肩膀上。他"哼"了一声，就坐在地下了。特务刚想打第二下，日本兵又上来拦住了。

为什么这个日本兵又拦住不让打呢？因为他听到牛棚里边有动静，他以为里边有人，可是他不敢进去，用枪指着，叫特务进去。他对着特务努了努嘴，低声说："里边的看看。"这个特务也不敢进去，分明是害怕，可是他还假装着胆子大，就听他怪声地惊叫着，"八路！出来，出来，知道你在里边藏着了。出来缴枪不杀，你要不出来，等着进去把你抓出来，可就别说对不起你了。"喊了半天，里边也没有动静。这工夫，日本兵又逼着他进去，特务还是不敢进，又喊叫："你出来不出来？不出来可放火烧房啦！出来，出来。"他是光诈唬不敢往前迈腿。

说到这儿，大家一定想知道史更新在牛棚里怎么样了。

史更新是八路军正规兵团的一个排长，是一位身经百战的勇士。他不光是有战斗技术，有战斗经验，越是到了紧急危险的关头，他越沉着。当敌人在院子里折腾的时候，史更新就在牛棚里轻轻地把草拨拉开，悄悄地找寻武器。他想：牛棚里最好的武器是铡草的铡刀。他对赵家这把铡刀是很熟悉的，没有费事儿就把它找到手了。他拿起这把铡刀来，心里有了主意，暗暗地说：兔崽子！只要你敢进来，我就先劈了你！劈一个夺过一支枪来，我就有了办法。于是他手提着铡刀就在门旮旯后头一站，单等着敌人进来。当特务打赵连荣的时候，他试了好几试，想出去跟敌人干一干，可是，他听着敌人距离屋门口有七八步远，又觉着这样出去，恐怕不行，我一刀只能劈一个，敌人要开枪打死我倒不要紧，可就怕的是赵大伯也活不成。想到这儿，他就又耐着性子等着。这工夫特务喊叫起来了。怎么办呢？他怀疑被敌人发觉了，又冷静地听了听，特务是瞎诈唬哩。他知道：凡是这么瞎诈唬的就是胆小鬼，可是诈唬诈唬要没有动静，他一定进来看看。对，还是等他进来。

再说这个特务。他在牛棚外边诈唬了半天，听不见里边有什么动静，以为里边没有人，于是他就要往里边走。他往里边这么一走可不要紧，赵连荣老头子沉不住气了，他猛然站起来，拦住特务："先生，里边没有八路军，这是个牛棚，里头什么也藏不住。"他这一来可闹糟了，特务是很狡猾的啊！一看老头子这个表现，心里明白了：里边一定有人！这就又吓得急忙把身子缩回来，又逼着赵连荣进去，"好你个老东西！你说没有八路军，我要进去你为什么拦住我？你不让我进去，好，你进去，走，走，给我走。"这个特务是想：让赵连荣在头里走，他在后边跟着，想利用老头子做掩体。

赵连荣能够领特务进去吗？当然不能。他觉着：要是领着特务去找八路军的伤号，这成了什么人呢？就是把脑袋割下来，也不能这么办。可是特务逼着他进去，怎么应付好呢？想了想就说，"我不领着你进去。"这个特务一听，就又战兢兢地问："你为什么不进去？"老头子说，"我领着你进去，要是什么也找不着，你不打我啊？""不打你，你快进去吧，走，快走。"这时候的赵连荣可真是为起难来了：进去吧？不能够。不进去吧？特务逼着。跟敌人拼了吧？自己赤手空拳……这工夫特务已经把锹把扔掉，用盒子炮逼着赵连荣。他越逼越紧，赵连荣不由得就用眼瞅一瞅牛棚门口。为什么他要瞅着牛棚门口呢？连他自己也不知道。可是他这一来，把个特务给吓毛了脚，他也直看牛棚的门口，光怕从里边出来人打死他，只见他惊惊乍乍地看着牛棚门口直往后退。

他这么一来，日本兵也害了怕，不过他没有往后退，他把枪攥得更紧，用刺刀逼着特务跟赵连荣，"走的，走的，通通进去。"这个特务一看，日本兵的刺刀逼在身边，就不敢再往后退，可是也不敢进牛棚，就像钉住一样不敢动了。日本兵急了："八格牙路！死了死了的有！"他骂着就把刺刀在特务和赵连荣的面前一晃，吓得个特务"啊"的一声，往旁边一闪。他一看不进去是不行了，上来把赵连荣的衣领抓住，像狼嗥一样地叫喊着："走！给我进去！不进去，就崩了你！"

特务这么一来，可把个老头子给逼急了，他一股子怒火往上一蹿，两只像干柴棒似的老手，拼命地一扑，大声喊着，"拼了命吧！我掐死你个狗娘养的！"好厌的特务，被赵连荣掐住了脖子，就像兔子被老鹰抓住一样，叫都叫不出来了。这一家伙，把个日本兵也给吓坏了，他端着步枪："呀——呀——老头子大大的厉害！呀——"对着赵连荣的肚子就是一刺刀。赵连荣一看刺刀来了，急忙把特务松开，两手上去就抓日本兵的枪。枪也抓住了，可是刺刀刺进了他的肚子，前后都扎通了！一阵疼痛，倒在地下，大叫了一声"史排长"就再也说不出话来，可是他的两只手还紧紧地攥着敌人的枪头。

史更新在牛棚里听得真真切切，一步蹿了出来，手举着大铡刀，猛喝了一声："住手！"特务一看，史更新就像个天王一般！吓得他浑身颤抖，手忙脚乱，还没有来得及举枪打，史更新情急气壮，眼快心灵，手起刀落，只听"喀嚓"的一声，把个特务给劈了两半。这一家伙，这个日本兵可更吓毛了脚，他想赶快夺回枪来，刺杀史更新，可是他的枪被赵连荣给抓了个结结实实，他连夺了三下也没有夺回来。要说这个日本兵可也真不简单，他一看不妙，赶紧把枪丢开，一扭身子，把史更新面对面地抱住了。他这一抱，史更新这把大铡刀再也使用不上了。日本兵都讲究摔跤，他想把史更新摔倒，可是他哪里知道，在这一带滹沱河岸的人，差不多都会两下子武术，不会别的，也会个"三角毛儿""四门斗儿"。史更新不光是会武术，他身高力大，又有战斗经验，又有熟练的战斗技术，一个普通的日本兵哪里是他的对手？他索性也把铡刀扔掉，来和日本兵徒手干。

当日本兵想要把史更新抱起来的时候，他就使了个"千斤坠儿"，这个日本兵把吃奶的劲儿都使出来了，就听他"哼！""哼！"像牛憋气一样，可是史更新亚赛个生铁铸成的罗汉，纹丝儿也没有动。正在这个劲头儿上，史更新的双手把日本兵的脖子一掐，用力向前一推，这个日本兵不得不放开手。他放开了手，可是史更新还掐着他的脖子哩！史更新的个子高胳膊长，日本兵个儿矮胳膊短，他的两只手只是乱抓乱挠，脑袋瓜子拼命地往后曳。这时候，史更新把右腿往上一提，就着日本兵往后曳的劲儿，照着他的胸膛猛力一踹，说了声"去你娘的吧！"这一脚把个日本兵踹出去了有一丈远，就听"咕咚"的一声，给摔在了地下。他"哇啦哇啦"地连声怪叫着，还想滚起来反抗，早被史更新上去给扼住了。

史更新抡起那油锤般的拳头，对准他的软肋砰砰两拳，把个日本兵打折了三根肋条，立时就伸腿瞪眼完了！史更新就手把他拖起来，给扔到了火里去。这个敌人就这样地在这儿"火葬"了！

史更新把这两个敌人解决了之后，赶紧来看赵连荣。来到跟前儿一看：赵连荣的两只手攥着这支枪还没松开，人在地下躺着，枪在肚子上插着，枪把还朝着天戳着。史更新知道人是不行了，可是他不忍把枪拔下来。他在赵连荣的身旁"老大伯，老大伯啊！"连声痛唤，可是老人已经不能说话，只见他紧绷着嘴唇，使劲地拧着花白的眉毛，听到史更新的声音之后，一阵剧烈的抽动，老人把眼睁开了，下巴底下的胡子一动，把嘴张开，想要说话没有说出来，两只老干手把插在肚子里头的刺刀拔出来，一松手，啪啦一声，枪倒在史更新的怀里，赵连荣就又闭上了眼睛。

这时候史更新的心里，真是一阵似火烧，又一阵觉着冰凉！可是他没有流出泪来，只觉着像有个什么东西压住他的腿。他跪在老人的脚下，恭恭敬敬地连着磕了三个头，站起来，把枪举在空中，用低沉的声音叫着："大伯，您老人家放心吧，我一定要让赵营长和更多的人知道您是怎么牺牲的！大伯，您老人家放心吧，史更新一定要对得起您——我是个共产党员，是毛泽东的战士，我向您宣誓：我一定要革命到底！只要敌人存在一天，我就战斗一天，直到所有敌人断根绝种！"史更新刚刚把话说完，又听见街上"乒勾儿"一声枪响。这明明又是敌人来到了！史更新急忙手持着步枪，又准备进行决死的战斗。

正是：

热血写成无畏字　壮志坚定永恒心

第 二 回

白手夺枪排长奋勇　仰面喷血鬼子丧魂

上一回说到史更新刚刚站起身来，又听见外面枪响，这明明是敌人又来继续搜查八路军的伤号。史更新知道自己的处境仍然是非常危险，应当赶快离开此地躲避起来，可是他不忍让赵连荣的尸首现天现地，也不愿叫特务的死尸在这儿招引敌人。于是他把赵连荣抱进牛棚，稳稳妥妥地放在牛槽上面，然后抱起两抱干草，把老人的尸首掩盖起来，悲恸地说了声："大伯啊！原谅我吧，现在我没有办法安葬你老人家，只好用我的行动来报答你吧！"

说完之后，他转身出了牛棚，又把牛棚的门扣好，听了听外面倒没有什么动静了。他又过来拉起特务的两条腿，就像拉死狗一样，想把他扔到火里去。刚要扔，他忽然想起特务的身上还有枪哩。有人要问：特务身上的枪史更新为什么看不见呢？这是因为特务穿的是便衣，枪和子弹都在里边带着，他的枪缰绳也是从外衣里边套在脖子上的。所以他虽然死了，他的枪和子弹还被衣服掩盖着。史更新在特务身上把盒子炮摘下来，把子弹也掏出来，这才把他扔到火里去。他转身往回一走，又发现地下散着几排步枪子弹，他弯腰拾起，又从旁边捡起两个四十八瓣儿的手榴弹来。这是因为刚才他一脚把日本兵踹了一丈多远，摔在地下的时候，日本兵的子弹从皮盒子里边倒出来了，连他在皮带钩子上挂着的两个手榴弹也滑落在地下。

史更新把这些武器拾到手之后，他这股子高兴劲儿，就别提了。常说，"武器是战士的第二生命！"这话有理。史更新得到这些武器，真像老虎添了翅膀，立时觉得浑身都是力量，把自己的伤都忘在了脖子后头。你看他：把盒子炮顶上子弹，关上保险机斜插在腰间，又把步枪推上子弹，两只手这么一端，骄傲地朝前走去。这真是："只要枪在手，哪怕敌人凶！"史更新往前走了不多几步，就听见街上有呼噜呼噜的许多人走动的声音，仔细一听，远处还有人在叫骂，说话的声音也很杂乱。他知道外边的敌人来了不少，心里想，我上哪儿去呢？往外走是走不脱的，这个院子里又藏不住，先钻过"通墙"去，跟敌人捉捉迷藏，混到天黑就好办了。于是他就钻过了东边的"通墙"。

也许有人不知道这"通墙"是怎么回事。这是冀中的群众为了让子弟兵便于进行村落战斗，把家家户户的院墙都打开一个小洞口，他们起了个名字就叫"通墙"。凭着这些"通墙"，子弟兵在战斗中院连院，户通户，通行无阻，隐蔽潜行，掌握了主动，打击了敌人。

史更新一连串了五六道"通墙"，来到了一家离两边街巷都比较远的院子里，这所宅院里边有一个宽大的碾房，他就在这儿停下来了。他看了看，这个碾房的地形很好，前后有门，左右有窗，窗户外头有一架囤梯，可以登着上房，两边院墙都有洞口，可以左右通行，这真是个进可以攻、战可以据、退可以防的机动阵地，只要敌人不是四面八方一齐围来，就可以从容地行动。于是他在碾盘上坐下来，镇静地听了听四周没什么动静，这才趁着这个机会，要把自己的伤口包扎包扎。

他把一条裹腿解下来，一看这裹腿满是血浆泥土，脏得看不见布丝儿。嗨，这时候哪里还顾得脏不脏呢？包上再说吧。于是他用这条裹腿把脑袋上的伤口包扎起来。这一包扎他倒觉着轻松了一些，并不觉得怎样疼痛，可是肚子里又咕儿咕儿着叫起来了，因为刚才没有吃饱，又觉着饿得难受。饿，这儿能有东西吃吗？他把裤腰带紧了紧，就又坐下来，听了听周围还是没有动静，又把盒子炮拉出来仔仔细细地端详了端详，一看是个二把盒子，烧蓝全没有了，叫土吃得连牌号都看不清楚，用子弹头儿试了试已经老得没了口。他心里腻歪了。不过，还有四十多粒一色"六〇三"的子弹，他想：这还不错，遇事也可以抵挡一气。他又看了看这支步枪，还是八成新的，刺刀白得耀眼，枪身蓝得发亮，木托也很光滑，又数了数子弹，共有二十三发。他感到这件武器倒是挺得心应手，不由得他就做了一个瞄准的姿势。

正在这个时候，从西边的"通墙"口悄悄儿地钻过一个日本兵来。史更新抬头一看，你说怪不怪，这个日本兵抽头又缩回去了。他这一回去，史更新可就犯起了疑惑来：为什么这个家伙刚钻过来就又回去呢？莫非他一看，就知道这个院内没有藏着人？不对，日本兵在战场上从来不这样马虎。莫非他怕这儿藏着八路军，不敢进来搜？更不对。他们的任务不就是来搜查吗？这到底是怎么回事呢？……赶快走，也许是我被他发现了？可是发现了我，为什么不来抓我他又回去呢？嗯，敌人一定是摸不清情况，看见我在这儿，不知道还有多少人；再说，他又看见我有上着刺刀的步枪，还有盒子炮，以为是发现了八路军的正规部队，急忙回去报告。哼，可能是这么回事。史更新真是判断对了。原来，日本兵对八路军正规兵团的战士叫"虎子的"，因为老是打得他们昏头转向，他们也真有点害怕。再说，这个日本兵可也真是弄不清这儿究竟有多少八路军，所以他才悄悄儿地回去报告，这一来，史更新可就又危险了。

在这种情况之下，史更新怎么办呢？他一面做着战斗准备，同时判断着敌情，向着东面的"通墙"口走去。没有想到，刚刚要过去的时候，又听到那边不远处也有稀里哗啦的响动。他断定也是敌人。这可怎么好呢？他没有犹豫，回身往南，打算登上囤梯，翻墙过南邻去。正在这个当口儿，三个日本兵一齐从西边的"通墙"口钻了过来。史更新一看不好，他当机立断，旋转身来，在墙角下面一蹲，两只手紧握着步枪，就像将要扑耗子的猫一样，在等待着敌人。

这工夫三个日本兵，个个都端着上了刺刀的步枪，从左右后边三面来包围史更新。史更新回头一看，啊！和敌人对面了！头一个日本兵，一见史更新，就"呀——"的一声，冲到了史更新的面前，对着他的左肋就是一刺刀。史更新猛然站起，用力防左反刺一枪，喀嚓一声，把敌人刺来的枪给磕出去了。史更新紧接着一个前进直刺，只听"呀——嘿！"一喊，刺刀穿透了敌人的前后心胸，这个日本兵噗通的一下子，倒在地下了。

他刚刚把枪抽回来，两边的两个日本兵都靠拢来了。他们一看史更新厉害，不敢轻视，这才摆出刺杀的架势，一边一个"呀他——呀他——"向史更新一齐进攻。其实，这两个日本兵也不是史更新的对手，可是史更新知道后边还有敌人，他不肯多费时间，照准左边的一个敌人一搂火儿乒的一枪，这个敌人又应声倒在地下。这时候第三个日本兵急了："呀——呀——呀——"他的刺刀一下比一下有力地照史更新刺来。光剩下这一个敌人，史更新当然是更不怕他了。

在这个节骨眼上，又一个鬼子窜过"通墙"，"哇啦啦"大叫了一声，冲到了史更新的背后。史更新一看不好，赶紧往旁边一闪，来了个刺花枪的动作，当前边这个日本兵的刺刀又刺到他胸前的时候，他用枪托乓的一声往外一磕，紧接着掉转枪身，一个前进挑刺，刺刀刺进了敌人的胸部，把敌人挑了个脑袋冲下屁股朝天。

史更新急忙抽枪来对付身后边这个敌人。可不好了！他的刺刀挑弯了。他后悔自己不该着急，使这么大的劲儿，这一家伙可怎么办？刺刀弯了，再进行白刃战斗，当然是很不利。不过他觉着只有一个敌人还不要紧，这才转身过来，用弯了的刺刀，和新来的这个敌人对战。他一看，这个敌人和前头的几个可大不一样：气势凶猛，刺杀术也精练得多，他“呀呀呀”一个劲儿地猛刺史更新，他的刺刀总是不离史更新的两肋和心口窝儿。史更新的刺刀弯了，不能反刺，只能招架，无法还手。想开枪打吧，枪膛里的子弹已经打出去了，再顶子弹，又来不及；回头跑吧，身边有这样一个凶猛的敌人，又怎能跑得脱呢？史更新虽然是身经百战的勇士，遇到这样情况，可也真难免有些着慌。他心中暗暗地警告自己：不要慌，心慌无智！要沉着，要想办法。当他把心定下来之后，他发现这个敌人很面熟，哪儿见过他呢？……想起来了：啊！冤家路窄，又碰上这个老对头了。

诸位，这个敌人到底是谁？

原来是这么回事：这个敌人是日本军队的一个曹长，有二十多岁，长得个子虽然不高，可是他的肩膀挺宽，力量挺大，善于摔跤。这个家伙是行伍出身，战斗技术熟练，善于刺杀，打起仗来很猛，打死打伤过好几个八路军的战士，经他手杀的老百姓就不知道有多少了。有人认得他，他的名字叫那撒卡瓦，可是一般人不知道，光是看着他长得难看，他的额头上有三道又深又长的皱纹，好像砍了三刀的伤痕，他的鼻子往上翻着，嘴唇噘出老长，嘴挺大，他要一叫喊，两边的嘴角子就要咧到耳朵根子上去。要是光看他的脑袋，真是三分像人，七分像猪。因此，认得他的人，都跟他叫猪头曹长，不知道他是曹长的人，就管他叫猪头鬼子。昨天他的小队长被八路军打死了，他才代理了小队长。

这样说来，他现在应该叫猪头小队长了。

史更新早就跟这个家伙交过手。那还是在抗日战争刚一开始，国民党反动派的好几十万大军，从河北、山西南逃，日本军队顺着铁路河流追赶。当时，猪头曹长所在的一路军队，在滹沱河岸遇到了吕正操将军的抵抗。日寇吃了亏，他们到处烧杀起来，在猪头曹长他们围住的一群老百姓中就有史更新。那是在滹沱河的水边上，他们要把这群遇难的老百姓，一个一个全都用刺刀挑死再推到水里去。史更新从小儿就身高力大，性子刚强，见义勇为，还会两下子拳脚。正当猪头曹长杀人的时候，史更新冷不防地抓住了他的枪，想一下子把枪给夺过来，跟敌人拼一拼。可是他夺了好几下子，猪头曹长也没有松手，于是他俩连枪带人搂在一块儿，摔起跤来。两人在地下滚了半天，谁也不肯丢开谁，旁边的老百姓就一窝蜂似的炸了！另外的十多个日本兵，慌忙地追打老百姓，有的想要用枪打史更新，可是因为他俩老在地下不停地滚，所以也不好下手。史更新一看不好，他使了使劲儿，紧紧地搂住猪头曹长，滚到水里去。当时正是河水暴涨，汹涌澎湃，波浪滚滚。史更新是在滹沱河沿儿上长大的，他的水性很强，他以为到了水里，猪头曹长就一定不行了，没有想到，这个猪头曹长也会水，他的水性还很强。两人这就又在水里干起来，他扼他的脑袋，他扳他的脖子，他把他压下去，他又把他拖到水底，翻上来又折腾，折腾了半天，把枪也丢到水里头了。两人都弄得精疲力尽，史更新喝了好几口水，猪头曹长也被水灌红了眼睛，直到又有一个日本兵抖着胆子跳下水去，史更新才把猪头曹长丢开，一个"没儿"顺水扎了有二百多米，从水里出来，赶紧钻高粱地跑了。第二天，史更新又在河底捞上这支枪来，拿上他的枪就参加了吕正操将军的武装部队。从那以后，猪头曹长就随着他的部队南下了。

武汉失守后，日本的主力回师华北，来进攻八路军，猪头曹长又回到冀中。偏偏凑巧，在一次战斗中，史更新和他又碰了头。那是贺龙将军指挥着八路军一二〇师的部队在有名的河间战斗中歼灭敌人的时候，猪头曹长的部队增援，史更新他们的部队打援，两方面进行了白刃肉搏；史更新的小腹被猪头曹长扎了一刺刀，可是猪头曹长被赵保中打了一盒子炮，两方面都抢下了自己的伤号，史更新的肚子上现在还有个大伤疤，可是猪头曹长不知道怎么也没有死，偏偏今天又碰到一块儿。说句迷信话——这就叫"冤家路窄，是对头分不开"！

这一回的遭遇，一定要见个高低，较个长短。不过猪头曹长昨天才当了小队长，杀人的劲头鼓得挺大，他是逞凶而来，精力十足，史更新则是身带重伤，精疲力尽。叫谁说史更新也是危险的！况且，史更新的刺刀已经挑弯，他只能被动地应付，不能主动地进攻。在这样情形之下，他能不心慌吗？

这时候的猪头鬼子是越杀越凶，越刺越猛，你看他把个大嘴一咧，眼睛一瞪："呀呀呀——呀——"一枪一枪地往前逼。他的两只脚擦得地皮嗤嗤响。史更新这支枪就成了个棍子，两边拨拉着且战且退，围着这个院子转圈儿。他想，非下绝招儿不行了。只见他在猪头鬼子的刺刀又刺到胸前的时候，突然转身向右边一个大跨步，急忙掉转枪身，抢起枪把，喀嚓一下子，把猪头鬼子的枪打了个稀烂，落在了地下，可是，史更新自己的枪也打成了两段。这一下子可真是好不厉害！震得个猪头鬼子两膀酸麻，吓得他心胆乱颤！他"哇哇"地连叫数声，倒退了好几步，正退在一个日本兵的尸体上，差点儿没有把他绊个跟头。史更新急忙追上前去，抢起半截儿枪来，刚要砸他的脑袋，哪料想这个家伙急中生智——他顺手抓起了死尸身旁的步枪"呀——"的一声，往起一蹿，照着史更新就又猛力地刺过来。这一回，这个猪头鬼子就更加凶猛得多了。本来，他看到三个日本兵被一个受了重伤的八路军都给打死，心里就很窝火，自己的枪又被打在地下，这对"赫赫威名"的大日本皇军，实在太不体面！于是他那武士道的精神冲天地发作起来，他使出全身的力量，恨不能一枪把史更新刺死。

史更新一看，糟了！这一个绝招儿还不如不用，可我怎么这样笨呢？在地下明明摆着三支死鬼子的枪，我就想不起退到那儿抄起来，反而便宜了这个猪头鬼子。这一来可怎么办？好，我也想法捡起一支来，只要我有了枪，我就能把他打死。想到这，史更新拿着半截枪，且战且退，绕着弯儿地往另一个死尸旁边移动。可是他这个打算被敌人看破了，就见猪头小队长"呀呀"地一枪紧接一枪，一步也不放松地往前追杀。这一来，把史更新闹得可就更被动了，心里一着急，脑袋直发热，一个眼睛看事本来就不得劲儿，这会儿视线更模糊起来了，眼珠子上就像长了云彩，又觉着两条腿也一阵一阵的发沉，脚底下也不利索了。猪头小队长也看出了他的慌乱来，他趁着这个有利的时机，一枪紧接一枪，一步紧接一步，绝不让史更新还手。要说这个家伙是够厉害的；他一连刺了史更新七八十枪，不但没有疲劳手钝的表现，反而一枪比一枪有力。你看他，昂着猪头，挺着宽胸，直瞪着一对充满血丝的眼睛，大嘴咧到耳根子上来，他真想一口把史更新给吞下去！到了这时候的史更新，真是浑身无力，脚下无根，一阵一阵的心神恍惚，眼前直冒火花儿。

可是，史更新的心里明白，他暗暗地叫着自己的名字：史更新哪，史更新！拿着你一个八路军正规兵团的排长，从入伍拿起枪来那一天起，打过多少次大大小小的战斗，攻下过多少堡垒、阵地，打死、打伤、俘虏过多少日伪军？什么样的敌人没有见过？什么样的仗没有打过？从来也没有想到过失败！难道说，今天要死在这个猪头鬼子的枪下？这不太窝囊了吗？不能！绝不能够！我要战胜他！我要打死他！可是，你慌什么？你乱什么？莫非你忘了机动，灵活，沉着，勇敢，胆大，心细，坚决，果断了吗？为什么今天做不上来了呢？武器坏了就不能战胜敌人吗？你赤手空拳的时候，不是也跟敌人干过吗？你小的时候学武术，不是学过"白手夺枪"吗？对呀！对呀！夺他的枪吧。史更新拿定了主意——要"白手夺枪"。说也奇怪，有了主意就有了精神，他立时觉得头脑清醒，眼睛明亮，手脚也灵活了，身上也有了劲儿。

史更新正要"白手夺枪"，只听见"通墙"的那边呼噜呼噜有许多人奔来，史更新一想：又要坏！大批的敌人要是一过来，"白手夺枪"也不行了。这时他感觉到了孤身作战的艰危困难，要是有一个战友在身旁也不至于这个样。想到这里，他灵机一动，计上心来，大声喊道："二排长，四班长，快来啊！从东西两边包围！在房上架机关枪！别让敌人跑了！"

他这一喊，可真起了作用：对面房顶真爬上一个人来。这个人也是被敌人追着逃跑的，他一看史更新这个危险情况，本想下米帮助他，可是手里没有武器，后边还有敌人追着，怎么办呢？这个小伙子也是急中生智，伸手揭下来了一块半头砖，喊了声"着手榴弹吧！"飕——的一家伙，把半头砖就投下来了，吭的一声，正打在猪头小队长的后腰上，这一家伙打得个猪头鬼子连声怪叫，他的枪法混乱了，刺刀尖儿都带出了慌张，真是沉不住气了！

猪头小队长恨不得一下把史更新刺死。史更新就在这个节骨眼儿上，手中的半截枪，被猪头小队长的刺刀一拨，乒啷一声响，掉在了地下。史更新趔趔趄趄地直往后退，眼看着就要栽倒，连眼睛也睁不开了。这一来把个猪头鬼子高兴得不得了，他急急忙忙地追着史更新，史更新向右一歪，他就往右边一刺，史更新向左一扭，他就往左边一刺，可是还没有刺着。

这时史更新忽然站住了，眼睛也睁开了，用手往猪头小队长的身后一指，大喝一声："来啦！"猪头小队长惊慌地用力刺来一枪，刺刀尖儿眼看就扎着史更新的衣服，就见史更新那丁字步的后脚向后一撤，上身往右后方一扭，刺刀哧溜一下子，贴着史更新的皮带穿到身子后头去了。史更新手疾眼快，两手把枪身抓住，左手在后，右手在前，把左腿一挺，右腿一抬，飞起一脚，只听"嘿"的一声，把个猪头小队长给踢出去了七八尺远，一个仰面朝天"啊——"的一声大叫，躺在地下不能动弹，只是把枪丢在了史更新的手里。这工夫"通墙"那边呼啦啦钻过来好几个日本兵！史更新没有来得及把猪头小队长打死，一看不好，扭头就钻过另一面的"通墙"跑走了。

说到这儿，也许有人要发生疑问，这么多的敌人端着枪冲过来，史更新怎么能跑走呢？人家的刺刀够不上他，难道人家不会开枪打他？他能跑脱？我不相信。

诸位，我们知道，日本兵受的是法西斯机械式的训练，平常在操场在野外练习的时候，他们都是按照书本的死教条来做，在进行白刃战斗上刺刀之前，都要把枪膛里的子弹退出来，即便是在战场上不退子弹，也要关上保险机，进行白刃肉搏，无论如何也不许开枪。这是为了防止走火儿打伤自己人，也是为了不破坏他们的战斗条令。这样看来，他们的战术是非常严格的，可是未免也太机械了。八路军的战士们都明白敌人这个弱点，所以史更新才敢转身跑走。

再说冲过来的日本兵，一共有六个，一看史更新把他们的小队长打倒之后逃跑了，这就"呀——呀——"地端着枪追赶。可是一连追赶了几个宅院，也没有看见史更新的影子。他们就留下三个人继续搜寻，另外三个人赶快回来，照看他们伤亡的人。一看，三个日本兵因受伤过重，已经死停当了；他们的小队长仰面朝天在地下躺着，从鼻子里、嘴里不住地往外喷血，"咈——咈"的一喷老远，真是怕人。

这个猪头小队长他为什么从鼻子里、从嘴里往外喷血呢？原来他是被史更新一脚给踢在腮帮子上了，把下巴骨给踢摘了环儿，腮帮子、牙床子、舌头根子连耳根台子都给踢破了，嘴张不开了，头也昏了，半边脸都肿了，肿得就像个酱饼子，又黑又紫，又糟又烂，不但这样，连他的气嗓管子都受了伤，这个家伙气性又大，所以才在地下躺着，"吭——吭"地直憋气，"咈——咈"地直喷血。日本兵见此情形个个害怕，这才背着他走出镇去，见了他的长官——毛利大队长。

毛利是日本士官学校的毕业生，"九一八"事变日本帝国主义进攻东北的时候他就参加了。这个家伙心狠毒辣，双手沾满了中国人民的鲜血。可是，他有个特点儿，表面看来，并不像猪头小队长那样凶狠残暴，比起一般的日本军官来也"文明"得多，看年纪也不过四十上下，中等身材，脸儿挺白，上嘴唇留着一小块儿墨黑的卫生胡儿，就是脸形太长，上宽下窄，老百姓管这样的脸形就叫驴脸。伪军们都称他毛利太君，可是群众都说他是毛驴太君。他的脸要是往下一耷拉，不用问，他就要编着法儿地杀人。这一次到桥头镇来打扫战场，搜捕八路军的伤号就是他指挥的。猪头曹长代理小队长就是他的命令。他总觉得猪头小队长不会吃败仗，可是当他一看见猪头小队长被打成这个蒜样子，不由得他就大吃一惊，八路军的伤号如此厉害，打死了三个日本兵，还打伤了他的小队长。他怀疑这不是伤号，也许镇里还有八路军的武装部队！于是，他赶快又派了许多便衣特务进街侦察，同时叫随军的医官给猪头小队长检查伤情。

经过医官的检查，说小队长的伤并不严重，可是有点儿奇怪，弄不清他是什么伤。本来嘛，在战场上这样情况是不多见的，所以这位医官说不上他这是受了什么伤。费了很大的劲儿，才让猪头小队长说出话来。这位毛驴太君问他是怎样受的伤，他这一问，猪头小队长可就作起难来了：照实话说吧，他不敢。因为他要说，是被一个受了伤的八路军一连打死了三个日本兵，又把他踢了个仰面朝天，把枪夺跑了。这不光是大大地丢了皇军的脸，恐怕毛驴太君也轻饶不了他！至少也得撤了他小队长的职务。不说实话吧，可又怎么说呢？想来想去，他想起了史更新喊二排长、四班长，又觉着自己的后腰还疼，好像是被房上打下来的手榴弹砸了一家伙，想到这里他就说："八路大大有！班的有，排的有。"当问到他受伤的情形，他又说："八路手榴弹的干活。"可是手榴弹为什么没有把他炸死呢？他又说："八路手榴弹的通通哑巴了。"那么，哑巴了又怎么能炸伤呢？他又用拳头对着脸比画着："嘿！嘿！蒜锤的一个样。"你听：这多么有意思！这位猪头小队长，把他的伤说成是成排成班的八路军，用铁蒜锤子把他给捣成了这个样。

　　这位毛驴太君听了这个情况之后，他就信以为真了。这儿出现了成班成排的八路军，这是一个新的情况。因为据他们原来的了解，八路军已经突围走了，没有走的只有重伤号，重伤号怎么能打死打伤他的官兵呢？有成班成排的八路军这是可以肯定了，不过这只是他的小队长一个人的报告，说不定里边的八路军也许不只是班排，还有更多哩！他又一想，这股子八路军是哪儿来的呢？他怎么也判断不出来。这八路军可真是神的一样，难以捉摸。不管怎样，反正这是个新的情况。因为他的上级在这次战役一开始，就有命令：无论何人，在何时何地发现了八路军就坚决地围住消灭；发现了新的军事情况可以立刻越级上报。于是毛利大队长就急忙指挥他的队伍，又把桥头镇四面包围，下命令不准一个八路军冲出来。同时打电报给他的长官，报告他发现的这一新情况，要求火速派兵增援。他又要和八路军在这儿决一死战！

　　看来：

丑恶强盗这般蠢　英武勇士如此精

第 三 回

史更新一弹突围　独眼龙两次逃命

　　还接着茬儿说，毛利大队长给他的长官打电报，报告他发现的这一新情况，要求火速派兵增援。

　　他的长官究竟是谁呢？这就是人人痛恨的猫眼司令。

　　提起猫眼司令来，这一带的老百姓对他真是恨之入骨！这个家伙今年六十多岁，瘦长个子，骷髅脑袋，留着板刷式的黄胡髭，两个黄眼珠子挺大。传说他夜间看事和白日看事一样，他的眼珠子跟猫的眼珠子一样——按照子午卯酉起变化。这只是传说，不过他这一对眼睛真像猫眼的样子，所以群众都叫他猫眼司令。

　　这位猫眼司令是日本皇军的一个少将，在陆军大学毕业，参加侵略战争真是大有年矣，更不用问他在中国杀了多少人了！这次在冀中实行"三光"政策他是最坚决的一个。他是进攻滹沱河的指挥官。怎么说他是进攻滹沱河的指挥官呢？这是因为，在这次战役中，日本军队的兵力是从四面八方围攻冀中这块大平原的。哪四面呢？从保定、北平到天津，这是北面；从天津到德州，这是东面；从德州到石家庄，这是南面；从石家庄到保定，这是西面。这八方是，北平、天津、沧县、德州、石家庄、定县、保定、涿州。日本军阀是从这八个方面派出重兵，把住了京汉铁路、津浦铁路、石德公路，疯狂地进攻滹沱河、子牙河、潴龙河，还有大清河。他们是想把冀中抗日根据地划分成几块儿，消灭抗日的武装力量。猫眼司令是滹沱河沿岸的总指挥官，凡是这一带地区的日伪军，统一归他指挥调动。他和毛驴大队长本来中间还隔着联队长。前边已经交代过，发现了新的情况可以越级上报，所以毛驴太君的电报才打给他。这样做，是为了要实现他们的快速作战的战术。不过他接到电报之后并没有立刻派兵，因为他由于望风捕影而扑空的时候太多，受的损失太重，他似乎是要接受经验教训，所以对这一次的情况他有些怀疑，他估计着在这个时间内，桥头镇不可能还有大批的八路军。于是给他的毛利大队长回电报，要他把情况侦察确实，详细报告。毛驴太君不得不照令而行，于是又派了一些特务、伪军、日本兵，在镇子里挨门挨户地进行便衣打探、武装侦察。这一来，当然史更新还得被发现。

史更新现在怎么样了呢？他自从战败了猪头小队长又摆脱了追来的敌人之后，就觉得自己暴露得十分明显，敌人绝不会把他放松。看看太阳刚刚过晌，以为自己还很危险，他就不停地串"通墙"，想找个严密地方藏起来，藏到天黑就可以摸出去。在这样的情况之下，他是看看这儿也不严密，那儿也不保险，可是这工夫听不见敌人有什么动静，他心里想：这是怎么一回事？敌人走了吗？绝不能够啊！

哼，他们准是闹不清情况，也许他们认为这里还有许多的八路军哩！真是这样的话，他们一定还要调兵来。好，来吧，来得越多越热闹，来得越多我越好往外走。不过自己疲劳得真够呛了，饿得也不行了，得想法找点儿吃喝。于是他又钻进一个小院，一看，大门开着，院里只有三间土房，窗户纸都破了。他刚要走进屋去，这时外面又有枪响，好像很多人向这儿走来。史更新一听就又着了急，正转身要走，忽然从屋里窜出一个人来，一

031

看这人面熟，原来是在十年前就认识的周老华。没有容得史更新说话，他一把拉住史更新的胳膊："同志，快进屋藏起来。"史更新没有来得及多考虑，跟老华进了屋，看见在炕上躺着一个老人，靠墙放着一个大躺柜，老华把柜掀开，连推带搡让史更新进去。史更新知道外面敌人很多，自己疲劳得快顶不住了，所以就藏到了柜里。周老华刚把柜盖好，这时候有三个伪军进了院，他急忙走出屋门，迎头对伪军们说道："哎呀，你们早来一会儿就好啦！刚才有两个受伤的八路钻'通墙'往北去了。"伪军一听就说："走，你领着我们去找。"话没有说完，拉着老华就走了。

周老华是个什么样的人呢？原来他在本镇上德顺饭馆当伙计。这个饭馆最初是伪警备队长高凤岐的，后来被抗日政府没收，几年来这个镇子就是八路军和敌人夺过来夺过去，饭馆一直存在着，老华也一直当着伙计，八路军拿他做了地下关系，敌人也拿他做了密探，可是他给八路军做事是真的，给敌人干就是假的。八路军为了让敌人相信他，常常主动地让他去报告给敌人一些真实情况，当然结果还是敌人上当。伪军们对他很熟，所以就相信了他的话。他领着伪军上哪儿去了？暂且不说。

再说史更新，他怕敌人再来搜他，所以呆的工夫不大他就从柜里又出来了。他认得炕上的人是老华的父亲，这人的病是半身不遂，也不能说话，见他出来就用手指了指炕上的茶壶和房顶吊着的篮子，意思是让史更新喝水吃东西。史更新提过茶壶来一摸，里边有多半壶温水，高兴得他差点把心跳出来。于是他嘴对着壶嘴一口气就喝干了。他又伸手把篮子摘下来，一看里边有七个棒子面的大饼子，他抄起一个来就吃。哎呀！一咬饼子伤口就疼。疼也得吃啊，还得快吃。他一面吃着一面注意外边的动静，不大一会儿就吃下去了两个，这一回差不多算是饱了。听着外面没有什么动静，他因为不知道周老华的底细，害怕伪军们逼着他找人，找不着再回来一搜可就都危险！不行，还是得走出去争取主动。于是，他又在怀里揣上了两个大饼子，一摸兜里还有一块钱，悄悄放在篮子里头，对着炕上的老人说了声："大伯啊，你救了我，我要多杀敌人报答你老人家。"老头听着点了点头，还把手向外一指，让他快点逃跑。

史更新提起枪来就往外走。往哪儿去呢？向着没有动静的地方钻吧，他又串起"通墙"来。

不大一会儿，他进了一个大院子，一看，啊！这是德兴涌烧锅，史更新十几岁的时候在这儿当磨工，当然熟悉了。这个院子是前后三进，左右两门，大门开着，院子里破烂不堪，房子虽然没有起火，可是被炮弹炸了个乱七八糟，只有靠左边的一排粮仓还没有塌倒，于是他登着破墙，上了房顶。这是平顶砖房。房顶的四周都有大腿高的花墙，就像城墙上的垛口差不多。史更新上房一看，镇子里一处一处的烟火还挺大，阻挡着四外的视野，可是透过烟尘的薄层，还可以影影绰绰地看到周围的景象，看见滹沱河里的半槽水从西南往东北滚滚地流去，太阳照得波浪闪动着金光。在一个河湾处，有两只被炸沉了的木船还露着桅杆，露着船头，河堤上的一行弯弯曲曲的柳树在轻轻地摇晃，河的两边，遍地都是金黄色的小麦和葱绿色的高粱，随着南风一起一伏，看也看不到边儿。啊！我的家乡，我的大平原啊！怎能让那些禽兽任意践踏！也不知道为什么，平时他并不大注意这些，单单到了这个时候，他感到家乡是这样可爱。可是他又看到，一处一处的村庄都冒着冲天的烟火，他就像刀子搅心一般！近看，北街口的高地上不断有人来往，像是敌人在部署兵力，回头又见到大桥的两旁尘土飞腾，不用问，也是敌人在活动，东西两边都有骑马骑车的行走，那一定是敌人的通讯兵。他知道这都是为他布置的。好兔崽子，真坚决啊！看看谁坚决吧！要赶不跑你们除非是把我们杀绝！

史更新想到这里，把他自己的一切都忘了，浑身都觉得有劲儿，连身上的汗毛都像立起来一样。看了看快要接近黄昏，他忍不住了，检点了检点枪支子弹，又沿着破墙走下房来，想要串"通墙"往镇子的边缘移动，等天一黑下来就摸出去。他还没有离开破墙，就听见旁边院里有动静，他马上蹲在破墙的下边，静静地观察。果然，一个人从"通墙"的洞口露出了头来。史更新一看，就把身子缩得更低，光露着半个脑袋看他。这时候"通墙"洞口钻过来的那个脑袋，两面甩达了甩达，把整个身子就钻过来了。史更新一看，进来的这个人有三十多岁，穿着一身黑色的"软梢儿"，歪戴着一顶小礼帽儿，鼻梁上架着一副墨晶眼镜，一只右手插到腰里去，显然是藏着手枪。他惊惊乍乍地向着史更新这边走来，走得近了一点看他就更清楚了，他的嘴和鼻子都有点儿歪斜。史更新一想：他不是侯俊杰吗？对，是他，这是我从小的仇人来了！啊，这个院子是他老丈人家的，这个小子从小儿就坏得不拉人屎儿，现在他干什么呢？弄不清，看这个来头，不是个便衣特务也是伪军化装。跟他面对面地碰上可怎么处理呢？开枪打死他？准得把敌人引来。追过去挑了他？一追他能不跑吗？他一跑，我又得暴露了。趁早儿，我躲开他。刚一转身又想到：我躲他干什么呢？等他来到跟前，我活捉了他不好吗？我正弄不清外边的敌情，要把他捉住，了解了情况，我不是更好突围了吗？对，就这么办。想到这儿，史更新就把脚底下的碎砖用脚拨拉了拨拉，把枪又往回里抽了抽，恐怕被他看见发亮的刺刀。可是没有想到，他这样一转动就被侯俊杰发现了。

侯俊杰悸冷一下子，两腿站住，嗤楞把盒子炮掏出来了，大声地问道："什么人？别动！"可是他也站着没有动。原来他已经看见了史更新的刺刀，也看见了史更新的脑袋，他也怕往回里跑被对方开枪打死，所以他才一动不动地举着枪大声逼问。史更新一看：这个事儿又不好办了，打不能打，跑不能跑，不答话，他还得大声地喊叫，答话吧，可说什么呢？他知道这个家伙比兔子胆儿还小，不能吓唬他，一吓唬他准得跑。想法把他稳住了才好。于是史更新轻轻地叫了声："侯俊杰，你别害怕。"侯俊杰一听：这不是史更新吗？怎么碰上了他呢？立时吓得变毛变色，想着拔脚逃跑。又一想：也不一定是他吧？再说，我来干什么来了？怎么能跑呢？看看他到底是谁，弄清是什么情况，他要站起来，我就先开枪打死他。你看，他的左手把脑袋上的小礼帽儿往后一推，右手的盒子炮攥得更紧，更大声地喝道："你是谁？站起来！把枪交给我！我保证给你弄份儿差使。要不然，你看见了没有？我的盒子炮可不认人儿！"史更新一看，这小子倒硬起来了，我得叫他软了。于是他光露着半个脑袋，把一只大拳头举起来，又轻声地说道："侯俊杰，莫非你听不出我的声音来吗？看看我这只拳头你应该认得吧！"侯俊杰一看，不是史更新是谁呢？开枪打他吧，可是离着好几十米远，他露着半个脑袋，一定打不准。正在他犹豫的时候，史更新把步枪也拿起来了。侯俊杰一看不好，就哆哆嗦嗦地端着盒子炮，慢慢地向后撤步，嘴里可是还喊着，"我认得你是史更新，你别动，我也不怎么样你，都是中国人，咱们两便着点儿吧"。史更新一看他软下来了，又要逃走，心里想，不能把他放走，再唬他一家伙："既然你知道咱们都是中国人，这就好说了，你不怎么样我，我也可以不怎么样你，可是你别走，咱俩谈谈。"他越这样说，侯俊杰越害怕，他向后撤得越快。史更新又心生一计，说道："你走不了，你进了这个院儿就出不去了！张队长，截住他！"史更新这几句话，把个侯俊杰吓得连头发梢儿都哆嗦起来了！只听乒乒乓，连打了史更新三枪，侯俊杰撒丫子就钻过"通墙"洞子去，跑了。

大家一定要担心着史更新被侯俊杰打死。其实，他这三枪连史更新的一根汗毛儿也没沾着。为什么他的枪这样没有准儿呢？他又为什么这样地害怕史更新呢？这里需要交代一下。

　　侯俊杰从小儿就是个地主秧子，为非作歹，无恶不作。在"七七"事变以前，他老丈人家在这儿开烧锅，他经常到这儿来游逛，有一天他调戏一个小姑娘，被史更新碰见，史更新那时候才十八九岁，在这个烧锅上当磨工。小小的磨工，对东家的贵客当然是不敢冒犯的，可是因为他对侯俊杰的丑恶行为实在看不下去，他仗义救人打抱不平，一拳头把侯俊杰的左眼给打坏了。侯俊杰后来落了个斜眼儿。不知道怎么搞的，这个斜眼把他的鼻子、嘴巴也给扯歪了。从此，侯俊杰无冬立夏老戴着个墨晶眼镜。大伙儿都跟他叫起独眼龙来，侯俊杰这个名字再也没人叫了。在当时，史更新知道这一拳头打出了大祸来，他就连夜逃走，下了关东，在北票煤矿里挖了一年煤，又因为受了把头的欺辱，他用铁镐砸死了一个把头，这才又逃回关里，在天津的海河码头上，扛了一年"大个儿"。所以史更新的出身是个磨工也是个矿工，又是个码头工人。这时候"七七"事变了，日本军队占了天津，在天津抓起码头工人来，史更新才又偷着回了老家。刚到了家，就遇见猪头曹长杀人，才有了和猪头曹长的一段战斗故事……后来，史更新在八路军里当了班长，独眼龙参加了土匪队儿。有一次，独眼龙带着人打抢老百姓，被史更新的一个班打了个落花流水，差点没有把他给捉住活的，吓得他屁滚尿流着跑了。从那时候他对史更新就更加害怕起来。

　　今天独眼龙到这儿来侦察八路军，因为他知道已经死了一个特务和四个日本兵，猪头小队长还受了重伤，他就有点胆怯，可是干的是特务差使，不来不行。进了门来，他一发现了史更新，就浑身哆嗦起来，又听史更新一喊"张队长，截住他！"这一家伙把他更吓毛了脚，心神一乱，扭头就跑，倒背着手儿打了三枪。再说，史更新只露着半个脑袋，他怎么能打得准呢？就连他自己也知道打不准，他光害怕张队长截住他，史更新追上他，他这就一边跑着一边喊，"哎呀！有啦！有——八路啦！快，快来人哪！开枪打呀！开、开炮轰啊！……"他喊的这个声音哪，简直就像狗"转节子"的声音一样。

诸位，独眼龙这一叫喊可不要紧，把进到街里来的伪军、特务们都给惊动了，他们也是弄不清情况，本来就心虚胆怯，听独眼龙这样一喊，又见他这样慌张地往外跑，有的也跟着喊起来。一个喊，两个喊，越喊声音越多。不过，他们跟独眼龙可不是一样的喊法，他们是这样喊："打哎，追呀，捉活的呀，跑不了啦！截住他，堵住口子，围住了啊，八路缴枪吧，缴枪不杀！"……他们也是边喊边跑，有的还开起枪来。这一家伙可就热闹了！在外边包围着的日伪军都弄不清是什么馅儿，也不知道是伪军特务喊哪还是八路军喊，也弄不清是哪一方面的人打枪。于是，当兵的乱抢阵地，准备开枪，当官的也不晓得怎样指挥才好，真是人惊马炸，乱作一团。

到底还是毛驴太君稍为镇静一点。他虽然也不知道是怎么一回事，可是他断定是又发现了八路军，他们自己要是这么乱腾，八路军往外一冲，如何抵挡得住呢？于是他拔出指挥刀来，站在高处，下命令说："各守阵地，不准乱动，没有命令，不准开枪。哪个不听指挥，死了死了的有！"他的命令这么一下，阵地上立时就安静下来了。这工夫，独跟龙已经跑到街口，他一看见毛驴太君就不敢再喊。回头看看，没有八路军追来，他也就不再跑了。他先到他的特务队长跟前报告了侦察情况。特务队长一听这情况重要，就紧忙着报告毛驴太君。毛驴太君倒是挺仔细的，他把独眼龙叫到跟前，要亲自询问。独眼龙来到毛驴太君的跟前，还得得得得地上牙直打下牙哩。这位毛驴太君，倒是挺心平气和，"你的不要害怕，慢慢说，慢慢说，你的看见了什么？"独眼龙说："我看见了史更新。""史更新什么的干活？""史更新是八路警卫队的班长。"

那位说，史更新不是排长吗，怎么独眼龙说他是班长呢？

原来，一年多以前，史更新在冀中军区司令部的警卫部队里真的当过班长。可是后来史更新在干部教导团受了三个月的训练，出来之后到了野战兵团当上排长，这个情况他就不知道了。不过，他知道冀中军区司令员就是吕正操将军，所以他接着就说，"警卫队是吕正操的警卫队。"毛驴太君一听是围住了吕正操的警卫队，他立时就高兴得把他上嘴唇上那块儿乌黑的小卫生胡儿撅了两撅，连说道："好的！好的！你的还看见什么？"独眼龙一听问他还看见了什么他立时没有说上来。因为他另外什么也没有看见嘛。不过，这家伙说话的胆子倒是挺大，他想：史更新喊张队长，就一定有个张队长。他就又说，"还看见了张队长。""张队长什么的干活？""张队长是警卫队的大队长。"毛驴太君一听就笑着说："大大的好！大大的好！你的还看见什么？"独眼龙说，"再也没有看见别的，不敢乱说。"毛驴太君高兴地对着独眼龙点了点头儿："顶好顶好，你的顶好。"独眼龙给他鞠个躬就退回去了。

这位毛驴太君，听到独眼龙的报告为什么这样高兴呢？他以为既然发现了吕正操的警卫队并且有大队长，这里边十有八九有吕正操。从大"扫荡"开始到现在，在冀中到处找他到处扑空，原来他在这儿想要过河，竟出乎意外地被我们给围住了。要是把他活捉，这一战功该有多大呢！你看他，急急忙忙又给他的长官猫眼司令打电报，火急地报告这个重大情况。

这位猫眼司令看到了毛驴大队长这第三次的报告，他也大吃一惊，可也真是喜出望外，找了多少日子，找吕正操找不到，今天到这儿来了。好哇！三个小时之内，你就得做我的阶下之囚！不惜任何重大的代价，也得把你抓住，看你哪儿跑？于是他下了紧急的命令：调动了一个日军联队，一个伪警备大队，伪治安军的一个营，两个骑兵中队，两个摩托小队，配备了重机关枪、轻迫击炮，放毒瓦斯的化学兵，还有两辆小型的坦克车。因为太阳快落山了，所以没有派飞机，可是带上了探照灯、信号弹，还有照明弹，他是准备着夜间战斗。他命令这些部队用急行军的速度飞奔，他自己也骑上高头的大洋马，亲自率领指挥，一路上浩浩荡荡，烟尘滚滚，直奔桥头镇而来，眼睁睁桥头镇又要惊天动地地大战一场。这真是：老狐狸闻声狂奔，傻狍子自作聪明。

简单捷说，猫眼司令亲自率领着这大队人马，一阵急行军，在掌灯之前来到了桥头镇。真是快速作战啊！可是把这些家伙也真是累了个马流鼻涕人出水，实在是好不狼狈。来到之后，猫眼司令见了毛驴大队长，又亲自问了问独眼龙，独眼龙当然不敢和以前说得两样了。这位猫眼司令亲自指挥，亲自部署兵力。他的指挥位置是在北街门的小高地上，从这儿派一个伪军大队，由独眼龙做向导正面进攻，派三个日军中队，分东西南三面包围，把迫击炮布置在西边的坟地里，重机关枪分别布置在各个街口和桥头上，在大桥上架上了好几道铁丝网，把坦克车布置在大桥的两旁，骑兵和摩托队在四周巡逻，探照灯、化学兵和预备队都放在北街口外，他亲自掌握。这一下把桥头镇可真是堵了个严严实实，围得个风雨不透，就是猛虎也无法闯出，燕子也难以飞过。布置完了之后，他们就分头执行任务，独眼龙领着一个伪军大队，从北街口一直向德兴涌烧锅进攻，他们以为八路军不会完全离开这个有利的阵地。

哎呀，史更新哪，史更新，看你这个独身孤胆的英雄是如何地走脱？

再说史更新。自从把独眼龙吓跑，他知道又得把敌人引来，听见街上敌伪军们惊惊乍乍地闹腾了一阵，就估计到了敌人正在蒙头转向莫名其妙哩！待到掌灯之前，他刚想开始往外摸，忽听外边有坦克车、摩托车的声音，他知道这是来了敌人的重兵。史更新这时候不但没有害怕，反而心里笑起来了！真是万也想不到我史更新这么重要！敌人这到底是一种什么样的高明战术呢？打了好几年仗，可真还没有遇到过这样的战斗，也没有听说过有这样的指挥员。有意思，这可真是"水多了什么虾蟹都有，山大了什么鸟兽都出"。他越想越觉着有趣儿。可是又一转念，敌人可也真够坚决的！不放松任何征候、任何情况。他们既然这样，恐怕我不好往外摸了。不好摸也得摸，还得趁早儿，摸出去之后，还得想法在今天夜里过河去追队伍。他这就把怀里的饼子掏出来全吃了，又绑了绑鞋上的带子，又紧了紧裤腰带，把盒子炮的子弹压满，一拉栓顶上一颗，大敞着机头往皮带上一插，把雪亮的刺刀抹上一层泥土。

那位说，他在刺刀上抹泥土干什么呢？这是因为要盖住刺刀的光亮，不让敌人发现。你看他，准备妥当之后，暗暗地说了声：是时候了，就往外摸。他向哪里摸呢？当然他是要往南街口摸。因为出了南街口就是大桥，他是想从大桥上摸出去，摸不过去，就顺着河沿儿溜到旁边再凫水过河。他刚刚接近了南街口，就看见迎头来了大队的敌人。有好几个大手电筒一闪一闪地直照，他看不清敌人有多少，赶紧往旁边一拐，进入胡同钻进"通墙"，悄悄儿地爬到房上。他探头往南一看，坏了！大桥的上空，不断地升起照明弹来，照得整个桥面就像白天似的，大桥上的铁丝网，左一道右一道的看得清清楚楚。他知道从桥上过是没有办法了。他又往两边一看，好家伙！在河堤上点起了一个连接一个的火堆，照得河堤、柳树，连河里的水都看得真切。这火堆，沿着河堤弯弯曲曲无头无尾，在火堆的中间还有一些人穿梭地来往。仔细一听，有乱乱杂杂的说话的声音。这明明是敌人把滹沱河给封锁住了。

史更新一看不行，他没有犹豫，回身就又钻"通墙"串宅院，往北街口走去。他一路悄悄地走着，又发现各街道各胡同都有了敌人，照明弹一颗颗地升起，大电筒一闪一闪地直晃。他好不容易才隐蔽着接近了北街口，在一堵破墙的后面停下来，要观察北街口的动静。北街口上倒是看不见敌人的动作，只是偶尔听到一两声"吐噜……"马喷鼻子的声音。他想：就从这儿往外摸吧，敌人有马在这儿闹腾着正好。他离开破墙，看好了前面的一个门口，紧忙着跨了几步，又隐蔽在门口的里边。他刚一进门，忽然一道亮光照得街筒子都耀眼发亮。史更新身上一激灵，想了想，这是敌人从北街口射过来的探照灯。这一来可怎么好呢？莫非我摸不出去吗？不能，无论如何也要往外摸。正在这时，又听见街里的声音乱起来了。这又是为什么呢？这是前后左右的四路敌人在街里搜查碰了头，连个八路军的影子也没有见到，纷纷回来向猫眼司令报告，所以他们的行动和说话的声音才乱起来。这个情况史更新并不知道，他有点惊慌，赶快在门口里头隐蔽起来，仔细地观察敌人的动静。

史更新呆了不大一会儿，就听哼哼哼……一阵整齐而沉重的声音从街里传来，这是一队日本兵打门外边走过，接着又是一队、两队照样地走了过去。这原来是三个中队的日本兵到北街口去见猫眼司令。头里的一队日本兵刚到了猫眼司令的跟前，后边又来了一个大队的伪军。史更新一听这一队敌人的脚步声乱乱腾腾，说话的声音争争吵吵，就知道是伪军了。史更新一想：这是怎么回事呢？这么多的敌人到这儿来？……嗐！我不往外摸了，干脆往外冲一家伙吧！趁着他们这个乱腾劲儿，也许能冲出去。这时候探照灯又灭了。他这才又摸了摸腰里的两个手榴弹，一切都准备好，紧握着步枪，就登上门口。

他还没走出去，看见在伪军队伍的后边不远处又走过两个人来，边走边说话，一听是独眼龙的声音，就听他说："我报告的情况半点也不假，我明明看见了史更新，我打了他三枪。"另一个就说："可是为什么搜查了这么半天连个鬼也没有见着呢？你不是他妈的假报情况是什么？""也许是我那三枪把他打死了？""打死也得有个尸首！""这黑夜搜查怎么着也不好，等天亮以后再说，要找不着他才怪哩！"

史更新听到这儿，他就把刚才的情况弄清了一大半。

他毫不犹豫地下了决心往外冲。他看了看后边再也没有敌人，就跨出门口，蹑着脚尖儿，紧跟在独眼龙的身后。一看，独眼龙手里没有拿枪，原来他的枪叫另一个特务给卸了，那个家伙手里提着盒子炮紧傍着独眼龙，似乎是怕他跑了。史更新这时候出气儿都不敢使劲儿，在后头跟着走。也许是提盒子炮的这个敌人听见了后边的动静，他回过头来了。史更新顾不得多想了，动手吧！他照着提盒子炮的这个家伙就一刺刀，这个家伙"哎哟"了一声，就倒在了地下。

他这一倒，独眼龙激灵灵灵打了一个冷战，回头一看："不好！史更新来了！"他怪声怪气地叫着就往外跑："哎呀！八路来啦！……"他这一闹不要紧，又把前头这个大队的伪军给惊动了。一个大队的伪军三百来人哪，在这个窄窄的街筒子里一乱就满都是人了。他们还没有来得及判断情况，准备应付，史更新在后边已经把手榴弹拿在手里。忽然探照灯又亮了，他毫不犹豫，唰——的一下子，把手榴弹甩到了伪军队伍的头顶上空，只听嘎啦啦的一声，像霹雷一般地爆炸了。这群伪军真像雷击头顶，血肉横飞，四散奔逃，乱喊乱叫。北街口上的敌人也跟着惊乱起来，"嗡！"的一阵，就像炸了一窝蜂。

史更新不敢稍停，急忙举起步枪，嘎勾儿一响，高地上的探照灯应声而灭。这一家伙，整个的敌军阵地就乱成了一锅粥。好个英勇机智的史更新！他抽出盒子炮来，甩开大步，哗啦……一梭子子弹打了出去，踏着敌人的尸体，在乱群之中，钻出北街口来。这时候，猫眼司令的指挥不灵了，鬼子军也没有秩序了。整个的街口，整个的阵地，各种武器乱响起来，各处都是人喊马叫，鬼哭狼嚎，震得地裂山崩。可是，史更新已经冲出了敌人的阵地，不顾一切地往北跑。看看就要脱离这个危险的境界，忽然之间，嘭……唰……一个接一个的照明弹射上天空，照得地下比白天还亮，史更新又要暴露在敌人的跟前了。又听嘎……嗤……轻重机关枪的子弹就像无数的飞虻，从头顶身边扑了过来……

啊！好个英雄的史更新：

　　　单枪打开千军阵　　独身冲破重兵围

第 四 回

释误会同志喜相逢　破包围敌酋惊马倒

　　史更新冲出敌军阵地，拼命往前跑，眼看就要跑出这个危险的境界，前边不远就是"交通沟"。就在这个当口儿，敌人的照明弹一个接一个地升上了天空，照得地下比白天还亮，许多子弹打了过来。史更新立时就卧倒了。他把枪在怀里一抱，一溜滚儿，滚到一棵大杨树底下。他躲在树后，回头一看，只见许多敌人，活像打惊了的野兽崩了群一样，乱窜乱跑，四散奔逃，有的钻进麦子地，有的跳下道沟，有的躲到树下，有的被枪打倒。他这才明白，敌人这枪并不是照他打的。原来是猫眼司令命令他的督战队开枪射击，打倒了好几十个日伪军，这才把这一场惊乱镇住。这老家伙可真有股子邪劲儿，他马上下命令立刻反复搜查桥头镇。他还以为八路军并没有冲出去，吕正操将军也还在镇子里边，所以他才这样决定。

　　再说，史更新趁着敌人乱腾，紧忙爬进了"交通沟"。

　　有人要问：这儿怎么会有这样现成的"交通沟"呢？

　　诸位，这"交通沟"和我们前边所说的"通墙"的情形差不多，老百姓为了自己的部队行动隐蔽，作战方便，才道连道，村串村挖成了半人多深的"交通沟"，在这"交通沟"里边弯着腰跑露不着头，立着打枪正得劲儿。所以史更新才能很快地顺着道沟跑走。

史更新顺着道沟一直向北，一气跑了有四五里地，来到一个十字路口。他停止了脚步，回头看看，没有敌人追来，镇子的上空一片白光。他知道这是敌人又大肆搜查哩。心里话：让这些个傻王八蛋们搜吧！哎唷，累得我可真够呛了！口渴得难受，先在这儿歇歇腿儿，喘喘气儿再说。他拄着枪往下一蹲，就像瘫了一样躺在地下了。

　　在地下躺了有抽袋烟的工夫，晕晕乎乎儿像驾了云。他猛然一想，不好！我要在这儿睡过去，这多危险，赶快起来。他挺身一起，哎呀！浑身疼痛，四肢酸麻，伤口一剜一剜地疼痛，眼前一黑，差点儿没有栽倒。他闭上了眼睛，定了定神，心里暗想：莫非我不能走了吗？不能走也要走。刚想迈腿，啊，我奔哪条道呢？这个十字路口有点儿熟悉，什么时候打这儿走过呢？想起来了，前年秋天，我刚刚当了班长，就是在这儿我跟连长请了假，回家去看娘，往东这条弓形的大道，经过四个村，过了摆渡就到了我的老家——史家店。记得是傍黑天的时候，在村西的枣树行子头上，碰上了新蕊。新蕊那姑娘真是招人喜欢！可是她跟我只说了一句话，她的脸就红了，她给我塞了满满的一兜子红枣儿，再也没有敢抬头看我一眼，当时把我也闹得脸上热乎乎的，不知道是怎么个缘故。到了家，娘才对我说，有人给我提亲，说的就是新蕊。娘为了要给我成全这门子亲事，哭天抹泪儿地留我住两天。新蕊的娘当天晚上就给我端过去了一大碗杂面饺子，她对我那股儿亲热劲儿啊！她的意思还用问吗？……可是，当时我怎么想来着？噢！我总觉着年龄还不算大，再过二年，抗战胜利了，再家来成家立业就晚了吗？……现在两年已经过去了，这块大平原抗日根据地啊！东西南北我都打遍了……

　　史更新想到这里，他不由得暗暗地叫着自己的名字，史更新！你动摇了吗？共产党员的骨头还能软了吗？无产阶级革命要打出个共产主义的新世界来！要把侵略者、剥削压迫者打到永远不能翻身！走！过河！追队伍。这时候，他毫不迟疑地转身走上了西边的大道。往前一走，还是浑身疼，腿发软。你看他，发着狠地走一步说一声，"我叫你疼！我叫你软！……"他就这样地往前走下去了。

史更新走了有三四里地，过了一个村子，为了要过河，他转向了西南。史更新又走了有三四里地，越过一个村头，抬头往南一看，河堤上的火堆又出现了。啊！这儿河堤也封锁住了。还往西走，我看看这火有个头儿没有？他往西又走了老半天，也不知道走了有多远，可是河堤上还是有那些火堆。他想，运河可真是不好过了！嗳，不好过老子也要过！到火堆跟前儿看一看。他就冲着河堤走了下去。

史更新走了没有多远，大约离河堤还有个一里来路，隐隐约约地听见有人吆喝叫骂，接着哒……打来一梭子机枪子弹。他知道这是敌人无目标地瞎打枪，为了吓唬人。心里话：这个吓住谁了？还往前走。走着走着可就接近了河堤，火堆旁边的情况看得清清楚楚。每个火堆旁边都有许多木柴，有人不断地往火里添，还有人拿着手电筒不时地四下乱射。来往走动着的人，有拿着枪的，有拿着棍子的，也有空着手的。这时，又听见不远处的旁边堤上有人吆喝："干什么的？站住！跑了，跑了，嗨！开枪打呀！向北边跑去了。"接着又是哗啦……有好几处的机关枪响。史更新听着这吆喝的都是中国人，机关枪可都是"歪把子"，没有疑问是日本兵打的。他们这是向着哪儿打呢？莫名其妙。他知道敌人并没有发现他，所以又往前摸着走，这工夫他来到了河堤下边的柳树底下，这个地方距离火堆也不过有三十米远。他在树身子后头一蹲，脑袋顶和小高粱齐着，这正是火光下边的黑暗处，是不容易被发现的，可是看河堤上面看得清楚多了。

史更新一看，上边烧火的是老百姓，拿木棍子的也是老百姓，吆喝的人也是他们。他心里明白，这是敌人抓来的民伕，是给鬼子看守火堆的。民伕们吆喝当然是为了应付敌人，为了耗费敌人的子弹。这工夫，民伕们又吆喝起来："干什么的？站住！跑了，跑了，八路跑了，开枪打呀！"这儿一嚷，别处也跟着嚷，到处都嚷嚷起来了。于是，各处又有机关枪响。这机关枪从哪儿打来的呢？看不见，许是敌人有临时筑起来的碉堡。

忽然，在他眼前的火堆旁边走过好几个伪军来，拿着手电乱照。一条一条的光亮，从史更新的头顶上晃来晃去，晃了半天，有一个伪军骂道："他妈的瞎诈唬！哪儿有八路？"另一个伪军就说："没有就没有吧，管他呢。不诈唬着点，鬼子干哪？"史更新一听，心里挺高兴，暗想，我要从这儿摸过去，看火的人发现了我也不要紧，看样子，我要先跟他们通个话儿也行。好，等伪军走过去再说。不想这几个伪军在这儿坐下来了，看不清还拿出什么东西来抢着吃。史更新一看，嗓子眼儿里干得发胀发痒，一发痒就直想咳嗽。在这个劲头儿上咳嗽行吗？可是越痒越厉害，他竭力地抑止住，憋得眼睛直胀，伤口酸疼。实在憋不住了，他用刺刀在地下挖了个小坑，趴下去，用两只手把鼻子和腮帮子都捂起来，光剩下一个嘴对着小坑，听到河堤上又有人一说话，他紧忙地咳嗽了两声。还好，河堤上边没有听见。可是，这几个伪军老是不走，他们吃着吃着还吵骂起来。

史更新想，趁这个机会我过去吧。于是他把仅有的一个手榴弹拿在手里。心里话，我这一个手榴弹就能消灭了他们！在炸弹的烟雾里头，我就跳河凫水过去了。可是他又一转念：我的手榴弹一炸，这些老百姓可怎么办呢？还能不把他们炸死？啊，不能这么办。干脆，我摸上去，趁他们在争吃的这个机会，一个一个地拿刺刀挑了他，挑上俩，那几个就得吓跑。史更新决心已定，他就要开始动作了。可是偏偏事不随愿，旁边又走过一个伪军来。他来到吃东西的几个伪军身旁就骂道："妈个×！吵什么？妈个×！吵什么？八路来了怎么办？走开，隐蔽着点儿。"

史更新一听，这个小子的警惕性这么高？我摸上去先挑了你个兔崽子！他刚往前走了两步，这时候忽然一道亮光，这是新过来的这个伪军的手电光，射过史更新的头顶上空。史更新急忙蹲下不动，就见这道电光，左右直摆，上下直晃。晃来晃去，晃到史更新的身上，就听那个伪军喊叫了一声："啊！八路上来了！快散开，打！"史更新一听转身就跑。这工夫河堤上头的盒子炮、步枪、机关枪就一齐响起来了，有好几个大电筒的光亮，不停地在他顶上身边晃来晃去。他躲在大树后头一动也不敢动了。可是，河堤上头这些伪军光打枪，干诈唬，一个也不敢下来，连看火的老百姓都趴在"土牛子"的后边，不敢露头儿。枪声响了好大一阵子才停下来，可是伪军们还不敢动。史更新知道在这儿过河是不行了，怎么办呢？从别处过。于是他向后撤了有一百多米远，沿着河堤的方向往西南走。

这时候，他就觉着自己的两条腿笨多了，两只脚沉甸甸的简直就抬不动，伤口也疼，脑袋也胀，嘴干得发涩，心神也有些恍惚，可是他还决心过河往前走。这一段的道路他不熟，好容易走上了大道，看看河堤上头的火堆还是看不见头，他真是有些急躁了，一着急，头一发懵，就觉着脑袋有麦斗那么大，脚底下没根，心里像一盆火。舌头根子干得发挺，眼前一阵一阵地直冒花儿。心里话，只要我跳到河里还愁没有水喝？于是他又往前走。

这时，史更新忽然发现在他的后边，大约一百来米的地方有一个人，看不清他拿着什么，只是看到一个灰黄色的影子跟着他走。说也奇怪，他走那人也走，他站住那人就蹲下，他走得快那人也走得快，他走得慢那人也走得慢。这一来，把史更新闹得莫名其妙了。他娘的！伪军追下来了吗？伪军没有这个胆子啊！特务跟踪？不对，要是敌人发现了我，他还能这样地跟着？这可是怎么回事呢？不管他，往前走。可是他走着走着心里总是嘀咕，走走看看，那人还在后头跟着。史更新火儿了：我叫你跟着！成千上万的日本鬼子我都没有怕过，还能怕你？看看你到底是个什么物件儿。他把步枪在手里一端，就觉着精神头儿又来了，回身冲着那个人走去。他往回里这么一走，那人立时就蹲下了，看不清他举起个什么东西晃了一下，也往回里走，可是他把腰弯得挺低，几乎被小高粱影住看不见了。往远处一看，也似乎有什么在动，但是又看不清楚。这时候，史更新有点心虚，于是也把腰弯下，走了不远儿，那个人就不见了。

史更新看看四周没有任何征候，听听周围也没有什么动静，他以为那个人可能是因为害怕他跑走了。去他的，管他是什么呢，我走我的。可是抬头一看，看见在东南方的天边儿上，露出了又细又弯的一个小月亮边儿。啊，天快亮了！看这一勾勾儿残月，今儿不是旧历四月二十八就是二十七。又仔细一看，东方已经发出白色，今天过河恐怕是没有希望了。怎么办呢？幸好，这一带地形还不错，北边一大片是碱地，往远一望，东、西、北三面有三座烧砖的大窑，碱地里边有一条条半人多高的土壕埝子，遍地都是齐腰深的大碱蓬棵、臭篙子和没头顶的红荆条子。史更新想：先钻到这碱蓬棵里去再说吧。他走了几步就到了碱蓬棵边儿。刚刚走进去，突然，呼的一家伙在身边蹿起两人来，一个把史更新拦腰一抱，另一个两手把他的脖子一掐，史更新动也动不得，喊也喊不出来了，可是他还用力挣扎。这时候，就听一个人说："把他架到里边去。"另一个就说，"先把他的枪搞下来。"说话之间，又从旁边来了十多个人。

大家一定要急着知道捉住史更新的这两人是谁。

原来，这两人一个是冀中军区骑兵团的班长，名字叫丁尚武。另一个是个女区长，名字叫金月波。旁边又上来的那些人是谁呢？一个是本县的县委书记，名字叫田耕，还有一个女卫生员，名字叫林雨。其余的都是县区干部和两个小警卫员、通信员。这些人怎么会凑到一块的呢？林雨是因为田耕有病才跟他一起行动，区长是因为人地都熟，了解情况，想保护着田耕一同过河才一路同行，丁尚武是因为在突围的时候，他的马被飞机炸死，他掉了队，遇上了这些干部才一块儿走。刚才史更新发现的那人就是丁尚武。这个人身体壮，胆子大，性子剽悍，战斗勇猛。当他一看到史更新往回里走，就想把他杀掉。可是这位女区长金月波是个机智心灵的人，她不光是身子骨儿锻炼得坚实有力，能够战斗，并且遇到问题的时候又有勇有谋。她知道丁尚武的脾气儿，又看到这个情况不像遇上敌人，因此她怕发生了误会，这才隐蔽身形，来到丁尚武的身旁，决定和丁尚武把史更新捉住，闹清是怎么回事再作处理。所以才有这么一招儿。要不然，史更新的脑袋恐怕早被丁尚武的战刀给砍掉了。

　　史更新被他俩捉住之后，本来他还可以挣扎，但因为他跟金月波曾有一面的认识，跟丁尚武是一个村的姥姥家，从小儿一块儿住姥姥家的时候就打成疙瘩乱成肉，当然是熟悉的。史更新听他俩一说话就认出来了，他知道这是发生了误会，再挣扎抵抗没有好处，所以干脆倒下吧。他倒下之后，金月波就把掐着他脖子的手放开来摘史更新的枪，史更新憋了个急，"啊"了一声吐出一口气来，急忙说了一句："松开我，我是史更新。"

　　金月波一听史更新这个名字想到是自己人，立时她的手可就停住了，丁尚武一听说话的声音也就听出来了，这就急忙把史更新从地下拉了起来。金月波说："真是史更新。"丁尚武就说："不是他是老几？你这家伙怎么跑到这儿来了？"说着吭的一下子就亲热地给了史更新一拳,这一拳正打在他的腰上。史更新本来就快要支持不住,被丁尚武这拳又给打倒了。金月波连说:"你这人怎么这么愣?你没有看见他的脑袋受了伤吗?"丁尚武把嘴一咧没有说什么,只是干咽了一口唾沫,才慌忙又把史更新拉起来。他这一冷拳真把史更新打得够呛,史更新站起来说了声:"现在你还是像小时候那么愣。"你猜丁尚武说什么?"我愣?这还不便宜你?你的脑袋差点儿没有搬了家!你知道吗?"说着就把他的战刀在史更新的眼前一晃。金月波用手一推丁尚武:"什么时候你还闹这个?快扶着他走。"说这话的工夫,县委书记田耕和其他的人们都来到跟前儿了。

简单捷说,田耕问清了情况,就带着他们这些人走进碱蓬棵和红荆条子的深处停下来了。这工夫天已经蒙蒙亮。他们决定在这儿隐藏一天,等到夜间再过河。于是大家都坐下来休息。在这样的情况下,还真有的人在说在笑,特别是金区长,她总是关心地问问这个问问那个。可是史更新在地下一躺就像瘫了一样。他没有精神再说话,只是伸着手向大家说了一句:"你们谁带着水了?快给我一点儿。"他这么一问,十来多个人同声地说:"没有。"只有田耕的警卫员,他身上带着的小水壶还剩了一点水根儿。他拿到史更新的嘴边,这时候史更新的嘴已经不能张大,所以他费了很大的劲,才给史更新倒进嘴里去。这点水根儿能顶什么事呢!史更新就像干透了的人一样,他把眼一闭就躺着不动了。

田耕和金区长都凑到史更新的身旁来,安慰他,史更新"哼哼"地回答了几声就迷糊过去了。田耕一声不响地摸着他的脉窝儿,卫生员林丽过来给他检查。你别看这是个卫生员,她曾在白求恩学校毕业,又有实际工作经验,治伤治病,可还真有两下子。她来到史更新的身旁,在挎包里掏出听诊器来,就给史更新检查了一番。检查完了，金区长问她："怎么样？"她还满有把握地说："不要紧。"田耕这才点了点头，似乎对林丽很有信心。林丽打开史更新的裹腿，仔细地看了看，伤口肿得厉害，已经开始化脓，一个眼睛已经肿得比铃铛还大，用手掰开都挺费劲。金区长直问她："怎么办？"林丽叹着气说："这有什么办法呢？什么药也没有了。"田耕"哼"了一声，林丽这才说："只剩了一支葡萄糖，还得给你留着，再说也治不了化脓啊。"田耕不高兴了："有用，给他打上吧。"林丽这才让金区长帮着手，把仅有的一支葡萄糖给史更新注射了，然后又用裹腿给他把伤口包上。

这工夫河堤上的火熄灭了，远处听到有汽车的声音。

人们都半蹲半立地注视着汽车响的方向，再也没有人说话，没有人躺着，只有史更新还在地下半昏半睡。汽车声音越来越近，大家的心情都紧张起来了。田耕用手一挥，大家都坐了下来，一声不响，一动不动地看着田耕和金区长，只有丁尚武还在摆弄他的马步枪和他那把战刀。金区长凑到田耕的耳边小声地问道："你估计情况怎么样？你的身体今天好点吗？"田耕没有回答。她又说："根据刚才史更新说的桥头镇的情况，今天夜里敌人又把河堤封锁得这样紧，我看敌人可能又来这一带'拉网'。"田耕点了点头，轻轻地"嗯"了一声。金区长又说："咱们今天要是再突围，得重新组织一下力量，因为又多了个史更新，看样子他不一定跑得动了，必要的时候，还要有人背上他。"田耕一声也没吭。金区长瞥了林丽一眼又说："你看林丽怎么样？前天咱们突围的时候，她就差点儿没有虚脱了！"田耕仍然没有言语。

有人要纳闷了：田耕为什么老不说话呢？

他这人是这么个性情，平常还不显，一遇到严重问题和危险情况的时候，他不轻易说一句话，有人以为他是在"七七"事变前因为受国民党反动派的酷刑坐国民党的监狱，把身体搞坏了，嘴也受了伤，说话吃力。其实他不光是这个原因，有人知道他自幼儿就不大爱说，在给地主家扛小活儿的时候，是有名的"大闺女"。他没有事儿了，总是拿着本《三字经》《百家姓》，要不就是《千字文》闷着头地念、写。他在参加"高蠡暴动"失败以后，被国民党反动派抓去，在法庭上连着三天过堂拷问，他除了骂敌人之外，总共说了也不过十来句话。现在，他要和爱说爱笑的金月波区长一对比，那就越显得他不爱说话了。其实，金区长所想的这些问题，他已经想到了，只不过是他还没有说。别看他的外表纹丝儿不动，可是他的脑子已经像漩涡水似的搅个不停——他在判断敌情，想办法应付。他还有一个习惯，他要集中精力想事的时候，总是不停地吸烟，可是他现在把烟吸完了，剩下了一个空烟盒，他还在手里拿着捻过来捻过去，眯缝着他那细长的眼睛，眼珠儿也在慢慢转着。大伙儿的注意力都集中在他的手和眼上，连金区长也不说话了。

　　这时候汽车的声音不响了，就见田耕的手指也停住了，他把眯缝着的眼睛睁大了，扭过头来对金区长低声地说了几句，看意思是和区长商量，不过别人没有听清楚，只看见区长在点头。金区长敏捷地站起来，大声地说："同志们，起来走，这儿呆不得了，咱们赶快上北边的大沙洼里去。"大伙都准备着哩，一听她说，立时都站起来了。这时候林丽在旁边说："史同志恐怕走不动。"金区长接着说："老丁背上他行吗？"丁尚武没有回答，也没有看区长一眼，背起史更新来就走。这时候史更新才有点清醒，说了两声："我还能走，我还能走。"可是丁尚武再也不放下他，随着队伍往北走了下去。这工夫就有仨一群五一伙的人走到碱地里来躲"情况"，金区长边走着边对他们说："这儿呆不得！快走，快走。"群众一听，就东的东西的西跑开了。

　　他们要走的这一段路不过五里地，可是不好走，因为要直接地走，没有道，要走出这片碱地去就很费劲，不光是大碱蓬棵、红荆条子挡腿绊脚，地下还是坑坑洼洼，高低不平，还有一条一条的大壕埝子横拦竖挡。不过这些人走孬路已经成了习惯。只见金区长走在前头，她手里提着盒子炮，在腰间的皮带上还别着两颗木把手榴弹，别看她长得像是挺窈窕的，可是她的身体非常健壮。据说，她在中学念书的时候赛跑尽跑第一，这会儿她那两条腿练得更快了，她迈着小快步，沙沙沙……总是把后边的人落下。后边有的同志就说："你看咱们区长这个'帅'劲儿！"这人儿还有点儿急性子，走一段就要回头看看，不管别人跟上没跟上，她总要说一句："跟上走。"当她一回头的时候，就看见她那黑乎乎的脸上津着一层薄汗，好似喷上的露水。如果有人跟不上了，她就要轻轻地皱一皱眉头，显得她那两道剑形的眉毛和稍微向上的眼角翘得更厉害，使人有三分怕意，不过一看到她那敏捷的行动和关怀的热情又觉得她可敬可爱。

田耕在金月波的身旁傍着走，这也许是为了商量事情方便，可是田耕走路就显得吃力多了！别看他身高腿长，瘦得可成了皮包骨，他的腰本来就有点儿弯，一走累了就更弯得厉害。他迈的步子挺大，可是慢腾腾，迈一步就要使劲地往前纵一下腰。他的脸本来就白，这会儿白得有些发青，上眼皮总是松耷拉的，才三十二岁的人就快成了老头儿。人们看着他吃力地走着不由得就替他难过，他自己却不觉得怎样，好像他的精力还挺充足。不知道什么时候，他折了一棵红荆条儿，在手里拿着走一步甩一下，无目的地抽打着地上长着的东西。人们一看他这副神情，就觉着自己身上在长劲儿。

在这些人当中，走路最感痛苦的可以说是林丽了。她是细高个儿，原来就很瘦弱，最近才闹了一场回归热病，带着病弱的身子，又连天连夜地奔跑突围，闹得心脏更加衰弱，一阵一阵的气短，脸儿煞白，只剩下嘴唇上还有一点点微红，看来随时都有倒下的危险。一个区助理员在后头紧跟着她，这人是个大个儿，身体也强壮。原来是区长分配给他的任务——必要的时候，就背起林丽来跑。林丽这人儿可也真有个特性：她弱成这样了，总也舍不得把挎包交给别人，跟着她的那个助理员要了多少次她就是不松手，其实她的挎包里头只有听诊器、体温计和注射器，还有两本书。挎包是日本的军用品，外面有钩子，上头挂着林丽的搪瓷茶缸。

在这些人当中，还真得数丁尚武身体壮。他背着史更新，一点也不显得吃力。田耕两次来到他的身旁，看看史更新的精神怎么样，问问丁尚武累不累，让别人替换着背一背。可是丁尚武不肯让给别人，他觉着要是说声累或者让别人背，那是耻辱！史更新再三地要求下来走，他就是不把他放下。很快他们就走出了大碱地，可是才走了不到二里路。又往前走了一段，走进了低洼地带，这是一道干河沟子。这里满地是高粱，长得都挺壮——差不多都齐了胸口。再往前走地势更洼，地里种的都是大麻，长得比高粱还深。地里挺潮湿，一走就陷脚，这一下丁尚武可真吃力了，别人陷脚只不过陷到鞋帮儿，可是他把整个的脚都得陷下去。多亏他的鞋带子绑得紧，要不然鞋早陷掉了，累得他呼哧呼哧直喘。

史更新说："老丁，你让我下去走几步吧，过了这一段难走的道你再背我。"说实在的，这么大的个头儿，让别人背着走，不光是于心不忍，可也真有点儿不舒服。你猜丁尚武说什么？"少说废话，你不能走！"小通信员在旁边还直做着鬼脸儿，说俏皮话："你不能走，你能走也不能让你下来走，要不老丁的劲儿没有地方使去！"丁尚武说了声："扯淡！"就见他的脚步更加快了。要说丁尚武是真行！常说："膀宽腰细必定有力。"他真是有这么一条好身板儿。看身材，他真是健美无比，就是脸长得不大好看，一脸的壮疙瘩，眼睛是两条细缝，平常看不见他的眼珠儿，如果要看到他的眼珠儿，除非是在战场上或者是他着了急的时候。所以这工夫小通信员老是歪着头看他的眼睛，看看他累着了没有。这时，丁尚武嘴上没有说累，可是他已经满脸大汗了。史更新也看他累得难受，于是又要求说："老丁啊，我下去慢慢地走几步，你再背我吧。"丁尚武又说："慢走一步也不行，你看不出行军的速度又加快了吗？"这工夫过来两个人要换背，丁尚武还是不允许。史更新又说："伙计，换换吧，你一个人老背着不行啊！"通信员又插嘴说："不行？老丁能背你俩！"丁尚武紧接着就说："你算说对了，再有你这么一个才好，我来个双挎，省得偏沉。"不知道是谁在旁边说了一句："这是什么时候，你们还打牙涮嘴！"

这时候听到了嗡嗡的响声，抬头看见太阳露出来了。

人们知道是敌人的飞机又要来。行军的速度更加紧了。前边地里有了芦苇，这是到了水边。往东边上一个慢坡，就到了大沙洼的边沿。人们刚要上坡，敌人的两架飞机飞来了，大家都卧倒，飞机唰唰地从头顶上低飞着掠过去，嘎……嘎……连着打了几阵机枪。人们都有些疑惑，怕敌人要在这一带"拉网"，所以好几个人向区长和田耕提意见——不在这大沙洼里隐蔽。于是队伍暂时停了下来，大家都在注视着飞机的动向。这两架飞机又飞到了碱地的西边打了几阵机枪，然后又飞到碱地的东边去打，可就是不到那一片碱地里去。田耕一看，对敌人的估计对了，敌人要包围的正是那片碱地。于是他对区长说："咱们还是进大沙洼。"金区长向大家解释了几句，带着队伍就往大沙洼里走。

这儿这个大沙洼并不洼，它的地势很高，也不知道为什么老百姓一辈传一辈都习惯地这样叫。这片大沙洼和冀中其他地方的沙洼不一样，传说：这儿从前是滹沱河的一个水泊，后来因为淤沙太高，河水再也上不来，就成了一片大沙荒，经过长年的风吹沙累，堆成了一个一个的大沙疙瘩，大得像小山，农民们祖祖辈辈的跟风沙作着斗争，现在沙山上满是枣树，下边一片一片一行一行的都是白桑条和绵柳条。在桑柳之间遍地都是没腿肚子的茅草、叶子草和鼋蓬棵，还有一些叫不上名字来的各种小花草儿。大沙洼的周围有大小不同的十来个村庄，方圆有三十来里路；它的西边洼地长年积水，人们叫它朱家河，水大的时候往南直通滹沱河堤，往北延伸出七八十里地远；水小的时候只剩下三里多长二里来宽的水汪，它的东边是一道无名的小河沟子，人们就管它叫流水沟，这条沟短小水也少，今天田耕和金区长带着队伍就是沿着这条沟来的，他们走到沙山脚下桑柳的深处停止下来，就隐蔽着休息了。

　　大家都很累，就在柳子下边草丛里一躺，觉得软软和和儿的那股子舒坦劲儿就别提了。这工夫太阳上来了有一竿子高，南边那片大碱地里可就热闹起来了：嗡……飞机老是在上边转来转去，轰隆……炸弹也响，嘎……咕……机关枪打个不停。人们都说："田耕同志跟金区长对敌情的判断真是比不了！"大伙儿一高兴就又说又笑起来，田耕还是不说什么，他在注视着情况的变化。林丽这时候不言不语，轻轻地走开了。呆了不大一会儿她又回来了，只见她端着一茶缸子凉水来，给史更新喝了两口。田耕和金区长害怕他喝坏了，林丽说，"按他现在的情形，少喝点儿总比干着强。"她看见有蝇子在史更新的脸上落，就把自己的白手巾掏出来，蘸着水擦史更新那脸上和腿上的脏东西，感动得史更新直流眼泪，大家伙儿在旁边看着也是赞叹不止，就连丁尚武都不住地咂嘴儿，使劲地睁着眼睛看。

　　大家在这儿休息了一会儿，史更新觉着精神好多了，他想起来活动活动，可是没想到，刚一抬头眼就发黑，天转地转，直想吐。他没有敢让别人看出来就又把脑袋低下去。他想：要再遇上敌人可怎么办呢？他偷偷儿地摸了摸他那颗手榴弹，又闭上了眼睛。其实，他刚才的动作和他的心情，已经被田耕看出来了，不过他不愿意在这个时候过来问他，他只是在暗暗地作打算：万一敌人到这儿来怎么办？

到了中午，敌人真的又到这边来了，先是两架飞机在头顶上盘旋侦察，飞得很低很慢，转了两圈儿就开始打枪，虽然没有发现他们这些人，可是大家都预感着这儿很危险，不觉有些惊慌。这时候又来了一架飞机，这架飞机跟别的飞机不一样，飞得特别稳当，声音也挺小，它也不打枪也不投弹，只是慢慢地转悠，人们闹不清这是个什么情况了。

说到这儿应该说明敌情了，闹腾了这么半天，这些敌人到底是哪儿来的呢？

原来，猫眼司令在史更新走后，指挥着他的全部人马，在桥头镇搜了个七进七出，连个八路军的影子也没有看见。日伪军的指挥官们都向他来报告说："八路通通没有了！吕正操也跑了！"这老家伙一听，火儿就大啦！你就看他那股子邪性劲：他憋着气呆了老大的工夫，一动也没有动，就像楔在地上的个大橛子一样。等他把一口气吐出来，一对猫眼珠子转了半个圈儿，突然把指挥刀在空中一举，恨不能把嗓子撕破，连叫了两声："八路的跑不了！通通用'网'的拿住！"他的话是这样说了，可是他这兵力到底是有限的，他现在所能马上调动的也不过几千人，这么大的地方怎样布置呢？他还是真估计到了：冲出来的八路军准得要过河，过河过不去，十有八九就要隐蔽在大碱地里。所以他决定先把这几千兵力结成"人肉大网"，在碱地这一带兜拉，可是结果他还是扑了个空，他的邪气不出，这才又包围了这片大沙洼，刚才他的两架飞机在这儿一闹，这就表示着他的"人肉大网"又开始兜拉了。

另外的一架飞机是怎么回事呢？那是侵华的日本大战犯冈村宁次，坐着他的"神鹰号"飞机前来视察。本来他在夜间给猫眼司令打电报，要他派兵去协助"友邻"包围区，因为在那里发现了吕正操。可是猫眼司令回他电报说：在这儿发现了吕正操，需要立刻追剿，所以不能派兵。冈村宁次接到电报后，弄不清到底是哪儿发现了吕正操。不过，他以为这一次总得有一边是真的发现了。其实，哪儿他也没有发现。可是他在"闻风不放"的主张下，让两边都加紧追剿。于是他才坐着飞机，从这边飞到那边，又从那边飞到这边，低空视察，盘旋不已。他这一来，也起了督战的作用，猫眼司令在冈村宁次的飞机下边，骑着他那胭脂红的大洋马亲自督队包围，向着沙山压缩。

在这样严重的敌情之下，田耕真有点儿着急了。他把队伍集合到一起对大家说："情况严重了，咱们今天又得突围。不过，这一带的地形于我有利，敌人的飞机、大炮、坦克、摩托、骑兵和他所有的长处他都用不上，我们只要沉着、冷静，坚决、勇敢，用手榴弹把他的'人肉大网'给他崩开，跟他赛跑，谁跑得快，胜利就是谁的。"他们又把力量配备了一下，分成三个小组，必要的时候，就采取"麻雀战术"分开行动，又规定了集合地点和夜间过河的方向。

别看情况严重，大伙儿还是挺有信心的，不好办的就是史更新。虽然丁尚武还是大包大揽地背他突围，可是大伙儿都有点不大放心。史更新心里的难过更不用说了，提出把自己丢在这儿吗？无论如何大伙儿也不能这样办。让丁尚武背着跑吗？跑不脱事小，影响了整个队伍事大。想到这里，他说了声："用不着再背我了，我能走。"你说真是有点怪，他说了声走就站起来了，往前走了几步还挺有劲儿。这到底是什么原因？这就是"精神作用，革命理智的功能"。大伙儿一看，别提多高兴了，于是他们开始突围，向着桑柳草木最繁盛的北面移动。

　　走着走着史更新支撑不住了，他自己知道没有办法再突围，可是他当时没有倒下来，他下了决心，避开别人的视线，藏在柳子底下，趴着不动。他想，敌人搜不着就算万幸，搜到我，就同归于尽吧！他又把那颗手榴弹拿在了手里。这工夫冈村宁次的飞机老是在这儿转，转的圈子小多了，史更新知道是敌人已经临近，果然看见了猫眼司令的大洋马，他虽然不认得他可是看得出是个大官儿来，史更新想，这个老家伙就是我的"对象"，等着他。可是这个家伙没有奔史更新来，在那儿停住不动了。又一留神，呀！日本兵向这边来了！这可怎么办呢？拿这几个日本兵做了"对象"吧？可是那个老家伙就便宜了，把手榴弹向那老家伙投去？恐怕不一定扔得到。再等等看。

　　日本兵又前进了，看见了十多个，个个都端着上了刺刀的步枪在贼眉溜眼地寻找，可是还没有找到他这儿来。他又想：敌人也许发现不了我？这时候在他的左近处嘎……打起了机关枪来，史更新一愣，啊！这机枪一定是打自己人哩！骑洋马的老家伙开始向那边移动。在这个劲头儿上，我要把这颗手榴弹扔出去，敌人的注意力一定要转到这边来，田耕他们再突围就会得到便利……嗳！干了吧！就听轰隆，一声爆响，那匹胭脂红的大洋马准儿的一声，跳了老高嘶叫着倒下去了！冈村宁次的神鹰也吓得一哆嗦，哼——的一声钻上了半天空去。

　　这才是：

　　　　强敌尽管兵马众　　英雄何惧野兽凶

第 五 回

孙大娘慈心救难　刘铁军毒计害人

诸位！你以为刚才那颗手榴弹是史更新投出去的吗？不是。

那颗手榴弹是女区长金月波投出去的。她这颗手榴弹的目标也是猫眼司令，她投得还是真准，手榴弹正落在猫眼司令的马肚子底下。手榴弹一开花，马还能不死吗？马一死当然猫眼司令也要从马上栽下来。这老家伙一个倒栽葱，从马身上掉下来就闹了个狗吃屎——嘴啃着地就给趴下了。虽然没有炸死他，把个老家伙可也真给吓蒙了！当时，他没有敢起来，在死马的身旁掩藏着，拔着个细长的脖子，瞪着两只猫眼，在战兢兢地察看，但是，在手榴弹炸起来的飞沙和崩开的烟雾之下，他什么也看不见。按说，他真得感谢这飞沙和烟雾，要不然，丁尚武的战刀绝不能让他的脑袋瓜子还在脖子上长着。

和金月波的手榴弹爆炸的同时，田耕照着他面前的一串鬼子，哗啦……就打了一梭子盒子炮。你可别看田耕那样瘦弱，打仗还是挺能打。到了这个时候，他也不知道哪儿来的这么股子猛劲儿，眼睛也睁大了，腿也跑得快了。他的盒子炮一梭子子弹，打倒了几个敌人之后，带领着队伍就从打开的这个缺口，向正北茂密的桑柳丛中跑下去，但是不幸他在这个时候受了伤……

丁尚武是队伍的最后一个，他冲出崩开的这个"人肉大网"的缺口，踏着敌人的尸体，在烟雾中碰上了三个日本兵。他把那把战刀一抡，只听"嚓！嚓！嚓！"几声把敌人的脑袋削掉，他就紧跑着追赶队伍。可是这工夫他发觉史更新不见了，他真想再找一找他，就在这个劲头儿上，保护着林丽的那个助理员牺牲了。丁尚武这才赶紧把林丽在胳肢窝里一夹，飞奔着追赶队伍。

要说这股子日本兵可也真有个凶野劲儿，虽然看到他们的最高指挥官人仰马翻，躺倒在地，可是他们还是紧紧地追赶田耕他们这个队伍。他们"呀呀"地叫着，蹚着乱草，钻着桑柳，拼命地往前赶。刹那之间，鬼子的喊声、马的叫声、枪声、飞机声，乱七八糟厮混在一起了。不过，正像田耕所说的那样，他们这些军事上的优势这时用处并不大，只好凭着两条腿跑着追。到底他们追上追不上，先不管他。回头来再看看史更新。

史更新这一次的决心是没有能够实现，敌人也没有发现他，他虽然也没有能够在这次战斗中打死一个敌人，可是他高兴得甭提。他觉着，不管给敌人的杀伤大小，这是给敌人的又一次打击，让这些两条腿的野兽不能毫无顾忌地发疯。他看见敌人倒下去的时候就发着狠地说："鬼子啊！你的肉网经得住手榴弹吗？兔崽子！嗯……"可是当他想到田耕、金月波、林丽、丁尚武这些同志的时候，一个一个热情而勇敢的影子在他的心头浮动着。他们是冲出去了，在这样情况之下不敢说没有伤亡，到底谁受了伤呢？到底哪个牺牲了呢？敌人必然要穷追，追上追不上还不敢说，要是追上又将会怎样呢？……他想得挺难过，想得头又晕起来了。他四下里听听看看，没有什么动静，忽然感到自己孤单得可怕。本来嘛，刚才还是一伙同志，亲热地在一块儿，眨眼之间又是孤零零的独身一人了！他觉着身上一阵一阵地发冷，从来没有这样不舒服过啊！他抬头看了看天空，头顶上有了一片一片黑白色的云彩。啊！千万可别下雨。又一留神，见桑柳尖儿、草叶子沙儿沙儿地向东南方向摇晃，这是起了西北风啊！真要下起大雨来，我可怎么办呢？还能在这儿呆着吗？先挪动挪动吧，看看附近有没有自己的同志，就算是有个伤员两人在一块儿也好得多啊。他想站起来走，哪里知道，他这两条腿一动就觉着抽筋，腿肚子也转。啊，我还走得了吗？他一着急，咳嗽了一声，这一声咳嗽震得伤口胀疼，疼得全身都在抖动，又觉着舌头根子发挺，上膛上干成了一个一个的小坑儿，眼睛肿得也快睁不开了。

史更新想：怎么办呢？我还能在这儿躺着不动吗？我还能等死吗？这个地方会有人来吗？要是来个老乡看见我，把我弄到家去，把我掩护起来，管我几顿饱饭吃，我把伤养好一点，再去找自己的队伍，那够多好。嗨！瞎想，哪有这么巧的事儿，任何东西都不会等来，必须自己寻找。可是上哪儿找去呢？上村里找去，不能走，爬！下了决心，他开始向南爬去。谁也会想到他往前爬是怎样的不容易！可是他爬了一里多路，爬到了大沙洼的边沿，爬进一块禾子地，密丛丛的禾子长了有大腿深，这时太阳剩了一竿子多高，西北风更大了，黑云更多了，史更新爬不动了。他呆下来的这个地方正是一条人行小道的旁边，可是他不知道，他在这儿又半昏半睡了。这时候，西北天角上咕隆隆响了一声沉雷，震得他心里一惊，他又清醒了一些，听着有人说话。他想：真是有老乡走来吗？抬起头来一瞧，是两个特务打扮的人骑着自行车过去了。史更新幸亏没有贸然地说话。可是，他知道这儿是一条人行道了。他以为既然是道，就能有老乡来，于是他又躺下等着。

史更新呆了一会儿，又听见有人小声地说话，细听还有"咯儿咯儿"的笑声，声音越来越近，史更新握紧了步枪，又抬起头来，使劲地睁着肿得快要睁不开的眼睛。啊，看见人了：一个小青年，身量不高，长得倒挺健壮，穿着一身紫花色的土布裤褂儿，手里拿着一个蓝布小包，头上蒙着一条白羊肚儿手巾，看这个来头儿不像坏人。青年的身后还有一位老大娘，她在怀里还抱着一只鸡。大概这是娘儿俩。史更新觉着这可遇见亲人了。这工夫两个人已经走到他的身旁，他使劲儿坐起来，叫了声："老大娘啊！"他这一叫，把两个人吓得"啊"的一声，倒退了两步呆住了。史更新这才又急忙说："老大娘，别害怕，我是咱冀中的子弟兵，我受了伤，你老人家……"他的话还没有说完，小青年急忙走上前来，细看了看，回头叫道："娘，快来吧，是咱们的战士。"她这一说话，史更新才听出是个姑娘来。老大娘听姑娘一说，紧着走过来："哟！看你这同志，吓了我下子好的。你哪儿受伤了？不能走了吗？"史更新说："走不动了。"没有等大娘再说话，姑娘忙说："走不动了，在这儿不行啊！"大娘接着说："可不是，这是道边儿，要是叫那些个狗特务们看见，那就了不得啦！"史更新一想：也是啊，可又怎么办呢？娘儿俩一看他有点儿为难，大娘就说："俺娘俩扶着你往里走一走吧，离这道远一点也好。"史更新说，"你们扶不动我，我自己往里慢慢地挪一挪吧。"这工夫就见那位姑娘，把蓝布小包往娘怀里一塞："来，我背你。"说着就把史更新的胳膊架起来了，把史更新闹得真不知道怎么好，可是姑娘也真背不起他来，于是就半背半架，把史更新挪到了地里边去，史更新的腿肚子抽筋疼得直咧嘴，又勉强着坐下来。

大娘坐在史更新的身旁，把那只老母鸡放在他的腿上。她歪着头看史更新的脸："哎哟，我那老天爷！怎么你的脸肿成这样啦！这不是还流血哪！"姑娘也歪着头看了看："娘，快给他擦擦洗洗吧。"娘说了声："傻丫头，这儿哪有水？先给他擦擦吧。"史更新连说："别擦了，擦也擦不完，又怪脏的！"大娘像没有听见似的，要过姑娘头上的白羊肚儿手巾，就给史更新轻轻地擦，她的老眼恨不能就长到史更新的鼻子尖儿上。史更新从心里一阵热辣辣的激动，滚下来了几滴热泪。这位老大娘服侍伤病还真不外行，手头儿挺利索，登时把史更新的鼻子、嘴、脸、眼睛都给擦干净了，她还要解开裹腿看史更新的伤口。史更新没有允许，他掉着眼泪对大娘说："我这伤并不算太重，我是又渴又饿又累，腿肚子抽筋了！"

老大娘听见史更新说肚子又饥又渴，这才忙说："志如，我手脏，你快把小包打开，咱不是还有剩下的东西吗？"志如姑娘这才赶紧把小蓝布包打开一看，里边还有三张很薄很软的小米面煎饼，一大块咸菜疙瘩，还有两个生鸡蛋。志如就把这东西往史更新眼前一托："你吃吧，同志。"史更新伸手把煎饼拿起来就往嘴里塞，他虽然不敢用力嚼，可是嗓子眼儿里就像有一只手，煎饼一进嘴就把它揣下去了。大娘见此光景，叹了口气："同志啊！没有别的啦，这是俺娘儿俩吃剩下的，看这样，这点儿东西不够你塞牙缝的啊！又没有点水喝，你快把这俩鸡蛋喝了吧，这鸡蛋就是它下的，这个鸡可不亏待我，就这么跟着我打游击它还老下蛋，我到哪儿去也不丢下它。"说着她用手扑拉它那酱黄色的羽毛。你说也真有点儿怪，这只老母鸡似乎是也和这位老大娘结下了不解之缘，有了深厚的感情，又好像是它也习惯了游击生活，没有绑着它，它也不飞不跑，用手摸它，它也不叫。这工夫史更新是顾不得看这些的，他把煎饼吃完了。母女二人又急切地叫他吃鸡蛋，他这才把两个鸡蛋抓过来，连磕也没有磕往牙上一碰，就喝起来了。

老大娘看见史更新饿成这个样子，就叹了一口气说："看把个人饿成什么样子，咳！要不是鬼子汉奸们这么闹，可怎么会受这个罪？"说着她撩起衣襟来擦眼泪。她这一说，史更新的眼泪又流下来了。大娘一看史更新流泪，就连忙说："同志啊！别难过，要是一哭，那伤可更不好！"没有想到，她这一说，史更新的眼泪流得更多了，就像断了线的珠子，一颗接一颗地滚落下来，说了声："大娘啊！你是我的救命恩人哪！"大娘又说："同志！千万可别这么说，咱们军民是一家。你们不是为了俺们老百姓才这样的吗？"她的话说不下去了，不得不扭过头来捂上眼睛，把个志如闹得也掉下泪来。再看史更新的泪水啊，流得就止不住了。这才是：热泪交流军民爱，血肉相连同志亲。

话不多说。三个人在这儿流了阵子眼泪，呆的工夫已经不小了，看看太阳就要点地。大娘又问了史更新的姓名，哪个部队和他的职务，又说了些安慰他的话，临走之前再三嘱咐他说："同志啊！这会儿我可没有办法把你弄到家去，再说也不敢让你家去，因为这阵子这么乱腾，咱可不敢说谁是好人谁是坏人，这些日子，鬼子的情况也没有准了，别看他们拉着走了，也许一会儿还来，要是叫他们堵到家里可了不得。俺娘儿俩先打听着回去，你在这儿等着，我叫俺家小子想法藏起你来。俺小子叫孙定邦，你也许听说过，区里县里的可都知道他。俺就是南边这个村，小李庄，村里要是没有敌人，情况要是好一些，你就上俺家去，我把你掩护起来，把你的身子骨服侍好了，你再去打那些个死王八羔子去！"史更新一听心里可真高兴，嘴里连连地答应："嗳嗳，大娘，你老人家快回去看看吧，我在这儿等着。"这时候大娘抱起她那只老母鸡，领着姑娘走了。刚一迈步，志如姑娘回过头来说："你可别挪这个地方，看找不见了！"史更新连连答应，眼看着娘儿俩走去。这时候他才留神到这个姑娘为什么总是像笑，原来她的两腮上都长着酒坑儿和一对自来笑的眼睛。

史更新看着大娘和姑娘走去，不由得联想起自己的娘来了，看年岁和这位大娘差不多，也是这样的细高身量，脸上的皱纹也是这样慈祥，就是比这位大娘的脸盘儿还宽些，眼睛显得比这位大娘还老些，白头发比这位大娘还多些，最相仿的是说话都带着温暖，可就是不知道现在她老人家有没有这位大娘这样进步。这位老大娘真是可亲可爱啊！就连这位姑娘也真是太好了！看她娘儿俩这个样，孙定邦当然就更错不了，她家不用问也是个堡垒户。这时候太阳落下去了，剩下了一带金黄色的余光，西北风似乎是小了一点，可是头顶上掉下来了几个大雨点，一阵黑云过去了，西北方向还在响雷，说不定，风再一大，也许把黑云吹过来，这儿要下暴雨呢。

史更新等了半天，也不见孙定邦来，心里焦急得不行。于是他拄着枪站起来了，腿抽筋好了许多，可是走动还不行。他拄着枪站着向南望去，离此地有二里路的地方有一个村子，两旁也都有村庄，道路上一个、两个，仨一群五一伙的人行动，也听见了牲畜的叫声，很明显，这是人们回村的行动。他又转身向后一看，从庄稼地里走过一个人来，走得挺快，似乎是奔他走来，他就又坐下，拔着脖子看着，越来越近，看清了，这人是个三十多岁的小个子，穿着一身灰色的干部制服，手里拿着一枝柳条儿，又近一点，看见他是个白瘦脸儿，一对小而圆的眼睛，眼珠子挺黑挺亮。啊！这不是刘铁军吗？我们从前的文化教员啊！他现在干什么？啊，对了，他因为身体不好从部队转到地方，听说他在这个县的教育科当科员，可是他来干什么呢？连武器也没有，是不是他就在这一带工作？要不就是因为突围掉了队？真是想不到碰上他，这可太好了。他像是找什么，叫他一声吧。慢着，先别冒失！他从前是国民党员，可是在"反磨擦"的群众大会上，他声明退出了国民党，还大骂国民党反动派制造磨擦，还发誓永远跟着共产党。从那以后，人们都说他表现得挺积极，教给我们文化也认真多了，看他这个来头，不会有什么不好。想到这儿，史更新就问了一声："那不是刘教员吗？"

刘铁军本来就是找伤病人员的，他听有人叫他，连忙答应着来到史更新面前，一看："啊！你是谁？我怎么认不得了？""我是史更新，你看不出来了吧？这些日子弄得不像个样啦。""你是史更新同志，哎呀！你怎么会到这儿来？噢！受伤了！"他说着走到史更新的身边，看伤看病，问长问短，别提多亲热了。于是史更新对他说明了简单的经过，向他问起队伍的消息和政府的情况来。

他这一问，把刘铁军给问住了。因为他根本就不知道，他也没心回答这些，可是他不得不支支吾吾，说得驴唇不对马嘴。史更新对他起了怀疑，注意一看他，就见他那两只滚圆的眼睛，恨不得把一对黑眼珠子瞪出来，射出阴森的光芒，如同两把锥子，狠狠地盯住史更新身上的武器，史更新提起了警觉，可是并没有把他放在眼里，只是习惯地摸了摸他的枪把。

史更新问："刘教员，你不是在县政府当科员了吗？为什么不跟机关走？"刘铁军忙说："这，我是因为闹病请了几天假，回家休养来了。我就是在这个村"——他用手指着西边那个村子——"大刘村。你上我家去吧，我给你找医生看看，我家里挺方便，没有多少人，就是我的老婆，还有一个没有结婚的妹妹。"史更新问道："上你家去，被敌人发觉了怎么办呢？"刘铁军忙说："嗨，那不要紧，你放心，我可以保你的险！"史更新又追问一句："你怎么能保我的险呢？"刘铁军又说："咱不怕日本人。""你怎么的个不怕法？"刘敌军这时候把得意的样子摆出来说："嘿，遇上这年头，就得凭着个人的手眼高低，能耐大小。"史更新越听越不对头，连说："我不上你家去，我要找队伍哩。"刘铁军一听这话，"嘿……"冷笑了一阵："老史啊，你怎么还糊涂着哪？你简直就像在鼓里睡觉！找队伍？找谁的队伍？八路军的主力全被消灭啦！什么军区啦，行署啦，连晋察冀边区政府、军区司令部也早没有啦！难道你还不知道吗？共产党算是不行了！现在的冀中，除了日本军队就是国民党的地下军，不光是冀中，凡是八路军的抗日根据地都完啦！日本人已经下了决心，非把共产党消灭干净不可。所以在这儿死剩下的干部都到城里自首去啦。听说，自首的人一个也没有被杀，要是带着武器去投降还有赏哩。实话对你说吧，我是看你怪可怜的，咱们是老同事了，我叫你到我家去，是为了救你，要不然，你就得死在这儿。这样死了多冤啊！你今年才二十多岁，大概还没有结婚吧？说老话就是，一朵鲜花没有开放，说新话你是出人头地的有为青年！难道你不为远大前途、幸福生活着想？"

史更新一听刘铁军说这个早就气得肚子鼓鼓的，大喝一声："刘铁军！你别胡诌！我把你当个人看，闹了半天你是一条狗！告诉你说，姓史的不能像你这样地吃人饭拉狗屎！没有骨头的孬种！"他拍了一下自己的胸膛："你听听看看！我身上长着的是中国人的骨头，碰一下当当响，是打不烂砸不碎的！你想拿圈儿套着我去当叛徒吗？瞎了你的狗眼！"他说着就要站起来，拿刺刀挑了他。这工夫刘铁军可着了急。他往后退了三步，嗤娄，从腰里掏出手枪来，枪口冲着史更新的胸膛，喊了一声："不许动！动，我就打死你！把你的枪给我拿过来，饶你的活命，你要是敢说个不字儿，我就把你解决了！"

这一来，当时可真把史更新给闹愣了，怎么也没有想到他会暗藏着手枪，只知道他看见摆弄枪就眨眼，听见枪响就吓得打哆嗦，今天他却要拿枪打人。他恨自己吃了粗心大意的亏。不过别看他的枪口对着史更新的胸膛，可是史更新打心眼儿里不怕他。当下史更新没有言语也没有动弹，稍稍沉静了一下。史更新抬起头来看了看，刘铁军用的是一支三号的"鸡腿儿"撸子，别看他这副嘴脸有几分凶恶，可是露出几分惊惧。史更新一时还想不起怎样对付他才好。这时候刘铁军又紧问："怎么样？说话，你是要死要活？要死容易，要活就把枪拿过来，跟我走，我刘某准对得起你。怎么样？说。"

史更新还是没吭声，也没动。刘铁军这时候真想搂火儿，可是他又一转念，我搂火儿要是打不死他怎么办呢？这个史大个子这么厉害，要是容他一还手可就没有我的命啦！我打枪又没有准儿，要是碰上一颗臭子弹那就更他娘的糟了！可是他不缴枪怎么办呢？嗳，再拿话打一打他，实在不行的时候再开枪。想到这里他就像火烧了屁股似地叫了一声："啊！史更新，你不怕死吗？我开枪啦！"哪里想到，史更新还是没有言语也没有动作。他们俩就这样地在这儿僵起来了。

要问：

生死祸福由谁定　荣辱屈尊各自寻

第 六 回

搜捕无踪伪军遭袭　寻找未见支书突围

　　刚才的情形真叫人有点纳闷：史更新面对着刘铁军的手枪，刘铁军一再地逼问他，还叫喊着要开枪，史更新为什么就不动不吭不表示态度呢？就是因为史更新这人遇事沉着冷静。他这一沉着，刘铁军可焦急起来了，他把手枪点了两点，表示要开枪的样子，更大声地问道："史更新！怎么着你是？你要再不表示态度，别怪我刘某对不起你，赶快把枪给我撂下！"

　　这时候史更新才又慢慢地抬起头来，他用轻蔑的眼光看着刘铁军，骄傲地撇了撇嘴说道："刘铁军，你说我的枪能给你吗？"刘铁军听了一愣，啊，我追问他，他倒反问起我来了。"少说废话，不给，我就开枪打死你这小子！"史更新又用鼻子哼了一声："你的枪能够打人，我的枪你知道是打什么的？""我先打死你！""我后打死你！"

　　史更新这一句话，把刘铁军说得更害怕了，原来他光是顾虑打不准，怕遇上臭子弹，这会儿听史更新一说"后打死你"，他觉着这比什么都可怕！他想，即便我遇不上臭子弹，也打中了，把子弹打进他的胸膛去，他要是不能立时闭气，还手给我一家伙，我也活不了。常听说过去有的在敌对缴械的时候，双方同归于尽，可能就是这种情形吧？想到这儿，他的手指头就更不敢贸然地搂火儿了，可是在这个劲头子上无论如何也不能示弱啊。

再唬他一家伙吧："告诉你史更新，我刘铁军是不怕死的，怕死就不干这个！"史更新又说："哼，也许你真是那样，不过死的滋味儿是不大好受的！我已经尝过几次了，不知道你尝到过没有？""少啰嗦！我开枪啦！""开吧，我看你一枪能打几个眼儿！我的脑袋上已经有了一个眼儿，就凭你这支小老婆儿耍着玩儿的'鸡腿儿'撸子啊，再给我钻上八个眼儿也没有什么，可是我这家伙"——他用手轻轻地拍了两下步枪的枪身——"给你来上一个眼儿，你就吃不消！不服咱就试吧试吧。"他说着就用手握住了枪把。

刘铁军一看：史更新是真不怕啊，还要试吧试吧。这一来，他可真不知道怎么办好了。他真是万也没有想到史更新会这样。可是他也鬼瘴着哩！你看他，突然转怒为笑："哈……老史！你认真啦？跟你说实话吧，我是接受了领导上给我的收容任务，专门收容你们这些伤病员的，不过因为现在的环境残酷，情况混乱，人心不稳，变节投敌的分子很多，不敢说谁好谁坏，刚才我就是为了试探试探你。你表示这样坚决，真不愧是好样儿的！我太高兴了。我跟你说，我家里是个秘密堡垒，现在有两个县级干部在我家住着哩。天这就黑了，你在这儿先呆会儿，我回去看看，如果情况没有什么变化，马上回来接你。"他说着把手枪掖在腰里，转身就要走。

这个家伙可真是狡猾，他想用谎言骗语，把史更新安在这个地方，看样子史更新也不可能走远，他好去报告敌人，派兵来捉史更新。他哪里知道史更新已经看破了他的阴谋毒计，不过史更新不到不得已的时候，他不愿意打枪。一则是怕引敌人注意，二则是怕惊动群众不安。再说，自己的眼睛看事不清，打枪也打不准了。可是他又不能把这个投敌叛国的民族败类放走，于是他也装起傻来，很温和地说道："刘铁军，你既然是这样，咱俩就好好地谈谈吧，我的心里话还没有对你说哩。来，你坐下，咱俩说道说道。"在说话的工夫，他把步枪就两手握好了。他是想：刘铁军要往这儿一坐，他一刺刀就把他挑了。

可是刘铁军也看出了史更新的用意，他这才急忙应付着说："你有什么话，等到我家再说吧，我得赶快回家看看。"一面说着就退了好几步远。史更新一看他要跑，忙说："你先站住，我有点要紧的东西，得先交给你。"他一边说着就挎着枪要站起来。刘铁军这时候已经退出去有十多步远，他一看不好，趁他挎着枪还没站起来的时候，乒乒，打了他两枪，撒腿就往回里跑。史更新一看他跑了，他的身子立起来还没有站稳当，急忙就顺过枪来，乒勾儿一声打了他一下，就见刘铁军一个筋斗栽倒了。史更新说了声："叫你个兔崽子跑！"就想要挪动过去看看他。可是一抬腿，脚面像压着一块什么东西，低头一看，脚面上流出血来，啊！他打伤了我。这才又挎着枪坐下来，心里话：这小子没有使过手枪啊，一打就"磕了头"。正在史更新坐下看伤的这个当口儿，刘铁军就像个窝里惊的兔子，往起一蹿，一蹦"十八个垄儿"，漫洼野地里跑走了。

那位说：刚才不是一枪把刘铁军打倒啦？怎么这会儿他又起来跑了呢？

这是因为刘铁军这家伙鬼瘴，他怕史更新再给他一枪要了他的命，所以他才倒下去。他抬起头来偷偷地看了看史更新的动作，他知道，离这么近的距离，要再和史更新开枪战斗，没有便宜，于是趁着史更新不注意的这个机会，赶快跑走。他一气跑出去了有一里多地，知道史更新追不上来，心里平静了一些，这时候觉着脖子湿漉漉的，他以为是出了汗，用手一抹，啊？不是汗，是血！又仔细一摸，耳朵痛，耳朵少了一块，这工夫他才出了一身冷汗！好他妈的厉害家伙！他的眼肿成那样了，这枪还打这么准！我算倒了邪霉！他娘的，碰上他。好小子，等着我的，非报这个仇不行。这时候天已经黑了。他想：看史更新那个样，大概他是不能走了，我赶快叫人来抓他。他这才一只手捂着耳朵，活像个夹着尾巴的狗跑走了。

刘铁军要往哪儿去呢？他去找谁呢？他要到离这儿四里多路的高辛庄，去找高凤岐。

高凤岐是个什么人呢？"七七"事变前，他是这个区保卫团的队长，是反动政权的武装头儿，还当过土匪，投降过一次日本人，又拉出来当土匪，现在当了这个地区的伪警备队的大队长。因为他是个死硬汉奸，人们说他是铁杆儿汉奸，所以送他个外号叫高铁杆儿。

刘铁军跑到了高辛庄，一看高铁杆儿不在，听说上了桥头镇。原来是猫眼司令命令高铁杆儿和毛驴大队长都在桥头镇驻扎。这工夫他们的队伍刚刚到了桥头镇。这个小小的镇子，就成了敌伪的窝巢。

简单捷说，刘铁军紧颠紧跑来到了桥头镇，找到了高铁杆儿的住所，进屋一看，他的妹妹小红儿正在炕上躺着，陪着高铁杆儿抽大烟。还没有等他说话，小红儿一瞧他弄得半边脸连脖子都是血，就吓了一跳，慌忙起来让他坐下，问他这是怎么回事，还赶紧地张罗着找医生给他来治疗，真是忙个不了。高铁杆儿在炕上躺着可是连身也没有欠，他把一个"泡儿"一气抽进肚子去，又从鼻子嘴里吐出来，端起枕边的小茶壶儿，呷了一口茶水，又叭唧了叭唧嘴，这才问了一声："你这是怎么弄得这个熊样儿？"然后又烧烟抽。刘铁军带着哭腔，从头到尾把和史更新的经过情形说了一遍，他的话自然是要把史更新说得更厉害可怕。听他说了之后，高铁杆儿一口大烟没有抽完，就把烟枪往灯盘子上砰一摔，一下子坐起来了，他用手指头指着刘铁军的鼻子骂道："你真是他妈的废物蛋！杀肉吃的货！你手里拿着的那是什么？不是打人的家伙儿？是他妈的烧火棍哪？就凭你这个熊样，还想在我这儿求差使？我高部队儿没有你这样的尿包！"骂完之后，他又躺下抽他的大烟。高铁杆儿这一顿臭骂，把个刘铁军骂了个鼓嘴憋气，可是他不敢吱声。他的妹妹小红儿说话了："算啦！算啦！别说了，骂出八辈儿祖宗来亲戚还是亲戚。别老是尿包熊样，妈长妈短的了，他妈是你的什么？你妈是他的什么？"

　　诸位，小红儿为什么说出这样的话来呢？他们这是什么关系呢？原来高铁杆儿和刘铁军是两姨兄弟，高铁杆儿今年五十多岁了，刘铁军跟他叫姨哥，但是小红儿今年才二十一岁，因为她长得特别漂亮，还念过几年书，高铁杆儿硬霸占了她做三姨太太，这样他又成了刘铁军的妹夫。按说他俩算是亲上加亲了。可是因为当初高铁杆儿霸占小红儿的时候，刘铁军反对，后来高铁杆儿又曾拉过刘铁军当汉奸，刘铁军又赌这口气儿没有干，所以高铁杆儿就对刘铁军心怀不满。这一回刘铁军自动找了高铁杆儿来，要求他给个差使，高铁杆儿见他两手攥着空拳，又是从心眼儿里瞧不起他，于是他向刘铁军提出了条件：要想求差使不难，得带着武器，还得做出点事儿来看看。刘铁军接受了这个条件，可是自己没有枪，于是向高铁杆儿要求借一支枪，高铁杆儿不借，小红儿这才把高铁杆儿给了她的一支三号"鸡腿儿"撸子借给了她的哥哥。刘铁军带着这支枪，本想得到点儿叛国投敌当汉奸的礼物来，可是哪里想到，头一次就碰上了个史更新。他自己夹着尾巴跑回来不算，还受了伤，高铁杆儿当然更加瞧不起他。这会儿这样地对待他，所以并不奇怪，可是小红儿对他到底还是要照顾的，因此她才说出刚才的话来。经小红儿一说，高铁杆儿就不再言语了。

　　高铁杆儿怕小红儿吗？怕不怕他倒是很听她的话。因为在最初高铁杆儿霸占了小红儿，小红儿是整天价哭哭啼啼，叫骂不止，后来经过了三年多的时间，小红儿学会吃喝抽赌，她所接近的都是汉奸、特务、流氓、地痞、酒鬼、恶棍、无赖、赌徒、破鞋、妓女，所以她也就一天比一天地坏起来，如今和高铁杆儿有了共同生活的习惯，可是高铁杆儿也有了顺从小红儿的习惯，这个穷凶死硬的铁杆儿汉奸，对小红儿倒是常常表现得很软。

　　小红儿这么一说话，刘铁军也似乎是壮了壮胆子，于是就跟着说："凤岐哥，今天这个事你不能就说我不行，你是不知道史更新这家伙有多厉害，别说就是我一个人拿着这么一棵小撸子儿跟他干，就是让任何人——"他的话还没有说完，高铁杆儿又一骨碌坐起来了，他用手势打断刘铁军的话："任何人怎么的？斗不了他吗？来！"他说了一声来，马上就应声进来了一个挎盒子的，垂手直立，听候吩咐，这是高铁杆儿的内当差的。他们是高铁杆儿的活机器，不管什么时候，只要高铁杆儿说一声来，马上就得来到。他进来之后，高铁杆儿连看都没有看一眼，紧接着就说："去，到二中队叫刁世贵小队长来。"当差的答应着跑出去了。

　　刁世贵这家伙原来就是个色鬼赌棍，四十来岁，长得非常难看，瘦长个子，伛偻着腰，两道眼眉和两只眼都往下耷拉着，长大疮长得把鼻子烂掉了一块，伪军们都叫他吊死鬼。你看他长了这个样子，光想着漂亮女人，一见高铁杆儿的内差来叫，拔腿就来了。高铁杆儿一见他来了，就说："你去，带着你的小队，去办个差。这个人叫史更新，八路军的排长，受了重伤，你把他给我抓来，详细情况，让刘铁军告诉你。不管你用什么办法，只要抓来就行，你要抓住活的，回来给我庆功！请我的三太太陪你打八圈儿，给你烧两个泡儿，然后咱们一块喝维斯克酒。要是打死他，把两眼珠子剜下来，回来交差。要是让他跑了，回来小心着！去吧。"刁世贵一听是受了重伤的八路军，就满有把握地说道："八个史更新也跑不了！三太太，你给咱准备着点儿。"说这话的时候，他看着小红儿嘴里就流出了哈喇子来，说完之后就同着刘铁军一齐走出，带上他的小队去抓史更新。这工夫头顶上连着响了两声雷，哗哗地下起雨来了。

从桥头镇出发，到史更新呆的那个地方足有八里路远，他们一出发就下雨，这雨还是越下越大，这一群家伙个个儿都浇成了落汤鸡。刘铁军的耳朵本来受了伤，雨水一浇，尖辣辣地疼，初夏的季节，夜晚还是凉的，再加上浑身衣服湿透，这个滋味儿真是不大好受。何况刘铁军起小儿就是富里生富里长，并没有吃过苦受过罪，这时候他真觉着有点糟心，可是他又怪谁呢？只好暗暗地怨自己倒霉。他想：人要是不走运气，过年也得害病！我这是当汉奸也没有遇到好晌！真是不如不叛变的时候，有了敌情，在堡垒户家里一藏，房东给站着岗，大姑娘小媳妇的也不回避，亲亲热热，照顾温暖，就算是情况严重了，钻到地洞里去，至少也铺着干草躺着，总不能这样带着伤挨雨淋。可是他又想：这样挨雨淋总比被抓住灌凉水压杠子的滋味儿好受。他又这样地吃着开心丸儿往前走。雨越下越大，天气一会儿比一会儿凉，这些伪军士兵们也跟着倒了霉。他们有的穿着单衣罪儿还好受一点儿，穿夹衣的也跟穿单衣差不了多少，可是穿棉衣的罪儿就更难受，不光是凉，还挺沉，棉裤好像夹着腿一样，走都走不动，也还有穿着皮马褂子的，又凉又沉，还有一股子腥气味儿。

那位说：这伪军士兵们怎么穿衣服这样随便呢？

这是因为他们有许多人根本就没有发服装，他们是抢着老百姓的什么衣裳就穿什么衣裳，所以花样才有如此之多，你要是看看他们里边套着的衣裳那就更是奇形怪状了。这些伪军士兵，天天跟着日本兵出去"拉网清剿"，特别是今天刚刚回来不大会儿，就又出这趟差，本来就够不高兴了，偏偏又挨了这样大的雨淋，你听他们这个骂劲儿吧："也不知道这是哪个倒霉鬼儿来的情报，早不来，晚不来，偏在他妈的这个时候来。""这哪是情报，是报他娘的丧！""送情报的这个孙子缺了十八辈儿德！""到那儿还不一定见着见不着八路哩，先叫老子受这趟冤枉罪！""要是见不着八路，回来把送情报的人活剥儿了！""就是见着八路，这样天怎么能打仗呢？""见着八路，一开火儿，头一枪就得打死送情报的老小子！""打不死他，我要是知道是谁，我先走了狗日的火！"

这伙子伪军是骂什么杂儿的都有。他们明明知道送情报的人是刘铁军，故意骂给他听。刘铁军当然是听得清清楚楚，可是他也只好听着。那么刁世贵就高兴吗？不过任务是他领受的，他又埋怨谁呢？这个家伙也会给自己开心丸儿吃——他总是想着：一个受了重伤的八路军，到那是稳抓稳拿，回去之后，小红儿陪着他打牌，抽大烟，喝维斯克酒，说不定高铁杆儿一高兴，大方劲儿上来，也许还能得到点儿更好的便宜哩！一想到这上头来，他的嘴里头又往外流哈喇子……

刁世贵这样高兴地想着，忍受着雨淋，走着走着可就来到了史更新呆的这块禾子地。于是他们就把这一片包围起来。他们拿着两个大手电筒照着就一步一步地往里压缩。刁世贵这小子到底是心眼儿多，他觉着，史更新既然能开枪打伤了刘铁军，当然在这种情况下，他也要开枪打别人。于是他把两个电筒叫两个伪军士兵拿着照，他在旁边拿着枪指挥。其余的伪军们都端着上了刺刀的步枪在电筒的光照下，一步一步战战兢兢地往前搜寻。他们的心里这样想：史更新既然伤重，这会儿叫雨淋死才好，要不然不知道哪个倒霉鬼先碰上他哩！刘铁军还是拿着那支小撸子儿，紧傍着刁世贵，他的心里可是焦急不安，他想：千万可别走掉了找不着！千万我可别记错了地方！可是这工夫大半块地已经搜过来了，还没有找见史更新，刘铁军就更加焦急了。

正在这时候，突然听见"当！当！"两声枪响，两个拿手电筒的伪军躺倒在地，手电也灭了，哗啦……像飞一样地蹚着禾子跑走了一个人。刁世贵一看，照着声响的方向，乒乒乓就打了一顿盒子炮，其他的伪军也乒乒地乱打起枪来，大喊着："打呀！追呀！跑不了……"这工夫雨下得挺大，天黑得伸手不见掌，他们打谁去？追谁去？这一家伙可把个刘铁军给弄蒙了，吓傻了。先不要说回去高铁杆儿轻饶不了他，就连刁世贵跟这伙子伪军士兵也要跟他算这笔倒霉账。究竟他们对他要怎么样，反正是狗打黄鼬，连抓带咬，又臊又臭，咱就不说他了。

大家一定要问：刚才打死了两个伪军跑走的这个人是史更新吗？当然不是。因为史更新走路都困难了，怎么能够跑这么快呢？这个人就是孙大娘的儿子孙定邦。那么孙定邦到底是怎样的一个人呢？

孙定邦从小儿跟着父亲学泥瓦工，这人心灵手巧，还会木工活，因为家乡年成不好，生活困难，跟随父亲全家下了关东。后来父亲从高架子上摔下来死了，不久老婆也病死了，又赶上"九一八"事变，日本侵占了东北，他不甘心忍受敌人的欺辱，才又带着母亲、妹妹志如和儿子小虎儿回老家来。几年来，他是隐蔽工作的党员，反"扫荡"开始后村支书和农会主任都牺牲了，他当了支部书记，他家是个秘密工作堡垒。区委曾经给了他救护和掩护伤病员的任务。孙大娘家去对他把史更新的情况一说，他马上就来找史更新。他到了史更新呆的这个地方，天就黑了，不一会儿又下起雨来。他为了行动隐秘，既不敢点灯弄亮，也不能呼唤，所以他就顺着禾子垄背儿一趟一趟地找。找了半天没有找到，刚想往回走的时候，被刁世贵这伙子伪军给包围起来了。孙定邦这人，你别看他不是部队上的指战员，因为当了四年多村干部，大大小小的战斗参加过不少次，打仗也得算是有两下子，特别是这人心路儿里来得快，他一发觉被包围之后，他就盯上了拿手电的那俩家伙，他知道只有把这俩家伙打死才能跑脱，所以枪声一响那俩家伙就倒了。孙定邦是个细高个儿，从小就干登梯爬竿子的活，锻炼得身子骨儿又灵巧又壮实，别看他今年已经四十来岁，二十上下的小伙子也比不了他，所以他才跑得那样快。孙定邦跑回家去了吗？没有。他跑了不远就停下来了，因为他还要找史更新啊！他想：史更新一定是离开了原来的地方，可是他往哪里去呢？既然他不能走路了，当然他就远不了，所以等伪军们走了之后，他就又在这附近寻找起来。

诸位：这样黑的夜，下着这样大的雨，遍地都是庄稼树木，既不能照亮又不能呼喊，一个人要找一个人这可真是个难事儿！可是孙定邦他不能不找。因为他知道，史更新受了那样重的伤，又饿得不能走路，几天以来他已经受够了苦罪，偏偏今夜又赶上这样恶劣的天气，好人都被雨浇得从心里打颤颤，他可怎么能经受得住呢？要是不把他找到家去，今天这一夜恐怕他就很难活得过去！想到这里，他就像刀子搅心那样难受！他越想越难过，越想越激动，他的心就要跳出来了！无论如何，也得把史更新找到。这时候雨下得更紧，霹雷闪电来到了头顶上空，他倒是很希望着打闪，因为一打闪，他可以借着电光寻找，可是越打闪雨越大，雨越大他的心里越难过，他难过的是史更新，雷声一响，真要把他的心击碎，雨一大，真是把他的心都给浇透了！他找啊，找，可是还没有找见。

史更新究竟怎么样了？

史更新自从把刘铁军打跑以后，他估计敌人会来搜捕他，他才又爬着转移。往哪儿去呢？他是奔着村里去，可是爬又能爬多快呢？再说又下起雨来，他移动着就更加困难了。夜间这样凉，雨把全身都淋透，地下是半泥半水，西北风阵阵紧地吹着，他的两条腿就又抽起筋来了！可是他还往前爬，爬来爬去他爬进一片枣树林内，两只手一滑，掉进一个坑子里，里边的泥水已经浸泡着他的全身。这时候他不光是腿抽筋，连胳膊上的筋肉也发紧，往上一爬，哧溜又掉下去，坑子不大，他可就爬不上来。到了这个时候，史更新可真是心神慌乱起来了，他知道离小李庄已经不远，也知道孙大娘一定还在惦记着他，也相信孙定邦一定会找他，可是他也觉着不容易找到他。喊叫吧！"孙定邦同志！……"他就喊起来了，喊哪，喊，他破着嗓子地喊。可是他的声音越喊越弱，雷雨声却是越来越强，孙定邦虽然离他并不太远，可是一点儿也听不到。他又怎么能够想到他爬进枣树林来掉进泥水坑子里呢？

史更新从来也没有遇到过这样的绝境，从来也没有感到过这样没有办法，平常时候他能够跨过高山，凫过深水，敌人要跑他可以把他抓住，虎狼凶恶，他可以把它打死，史更新满可以称得起是一条战无不胜的钢铁汉子！可是今天这条汉子掉进这个小泥坑里没有办法了。难道这条汉子就这样地死在这儿吗？都说是"临危望救，遇难思亲"，这时的史更新又想起了亲娘，想起了赵连荣老大伯，想起了他那牺牲了的一排战友，想起了介绍他入党的赵保中营长，想起了赵营长临别时代表党嘱咐他的话……他浑身又热起来了！

就在这个时候，嘎啦啦，伴着一道电闪响了一声巨雷，就像是老天和大地过不去，想要用雷电把大地撕碎，一条惊蛇似的蓝绿色的光芒，从枣林内驰过，史更新看见了：看见自己是掉在一颗炸弹炸成的坑子里，看见了坑子边沿上还躺着老人、妇女、小孩儿的尸体！他忿恨得直咬牙，心里灼起火来了！他往上一蹿，他上来了。我史更新决不能死！一定要把敌人斩尽杀绝！这时候孙定邦可还在寻找他。

　　真是：

　　　　怒火烧起英雄志　　暴雨浇透忠义心

第 七 回

找伤员发动民兵　　释私怨听取正论

却说孙定邦在大雨里寻找史更新，找了多半宿也没见个影子，急得他真是火冒三尺，手脚无措。找不着可怎么办呢？赶快回家去商量商量吧。

孙定邦要回家去找谁商量呢？原来他家里住着一位区委宣传部的副部长，名字叫齐英，是前几天才来到他家的，现在正在他家隐藏着跟他们一块儿挖地洞，打算把他的家开辟成一个地下堡垒，好坚持长期的隐蔽工作。就在今天夜里，齐英和他的全家正紧张地开洞运土，通夜不息。他们打算趁着下雨的机会，尽力地把土运出来，因为土经雨一淋，看不出新的还是旧的，这样就暴露不了挖洞的痕迹。所以他们才紧着赶做，可是把他们一个一个累得也真不成样子了。

那位说：开洞运土怎么就说累得不成样子呢？这未免有点儿言过其实了吧！

诸位：挖地洞这可不是个简单活儿啊！在地里头是抬不起头，直不起腰，伸不开腿，扬不起胳膊，有天大的劲头儿也使不上。再说，他们用的家伙子，即使不上大锹大镐铁锹弧锹，也用不开推车挑担大筐大篮，他们用的是粪叉子、锅铲子、二齿挠子、挖菜刀子，顶大的是菜畦里边使用的小铁锹儿。运土的家伙子也只是小圆筐儿、小圆篮儿，甚至使用包袱皮儿布口袋一点一点地往外弄，因为家伙子大了，洞口儿也下不去。

再看看他们这是几个什么样的劳动力吧：

孙大娘已经是六十多岁的老人了，身子骨儿并不算怎么硬朗，这些日子来连着熬夜熬得眼睛上了火，看事不得劲儿，地洞里边点的是小油灯，就像闭上眼睛摸瞎儿差不多，老胳膊老腿还得蜷曲着使劲儿，闹得满头是土，累得全身出汗，腰酸胳膊疼，心里头直打哆嗦。平常时候她爱说爱道，孩子们说她嘴碎，可是这会儿她却一声也不言语，只是紧忙着挖土。

按说齐英是个正当年的小伙子，今年才二十五岁，可是他的身体太单薄，个子又小，从小儿念书念到抗战，任什么劳动活儿也没有干过，一看就知道是个白面书生。他参加工作是在剧社做演员，文联当干事，做的全是文艺工作，他这是响应党的号召，才决心长期下乡——暂时改行，深入群众，参加实际斗争，学习劳动生产，学习武装战斗，锻炼自己的阶级观点，改造自己的思想意识，深入地体验生活，准备进行文学创作。他本来是二百五十度的近视眼，可是他的眼镜已经扔掉了好几个月。有人说他这是硬性的锻炼，但是他要坚持到底。今儿干上这个运土的活儿，天气又黑，不敢照亮，又下着大雨，地下泥滑，你瞧他这一路子跌跤吧！呱唧一下子，倒了，呱唧一下子，倒了……

姑娘志如一见他这个样儿，禁不住"咯儿咯儿"地直笑，可是他却高兴地说着："你甭爱笑，等村剧团再活动起来，给你排个悲剧，光叫你哭。"也参加了运土的小虎儿，本来年岁太小，思想单纯，干着活儿他光想睡觉，当志如给他往篮子里装土的时候，他的脑袋直往墙上磕头。他一磕头，志如也禁不住"咯儿咯儿"地笑起来。志如是这么个性子，她刨土刨得手都起了血泡，不能拿家伙了她用手刨，手指磨掉了皮，渗出血来了，该笑她还是笑，笑得大娘生起气来，就数叨她两句："就是你个丫头爱笑，不管什么时候老是咯儿咯儿……等过了反'扫荡'非叫你笑够了不行。"哪里知道，她这话对志如并不起作用，她娘一说她，她就要回答两声："笑都不好？一辈子也笑不够！"别看这样，可是他们并不耽误干活儿。

闲话少说。孙定邦回家来了。到了家把他找史更新没有找到的经过情形说了一遍，开洞运土的工作立刻停止了，志如也不笑了，小虎儿也不困盹儿了，孙大娘当时没有说什么话，她只是阴沉着慈祥的脸，走进屋去，洗了洗手，漱了漱口，在老佛爷的面前又烧起香来，嘴里还不住地祷告。孙定邦就问齐英这个事怎么办才好。齐英说："找别人帮助帮助吧。"孙定邦说："找谁呢？"齐英说："我不熟悉你们村的情况，你考虑着找谁合适呢？"孙定邦想了半天也提不出一个人来。

齐英一看就知道孙定邦是为了难，他在这儿跟孙定邦做了这几天伴儿，就已经感觉出他这个人是：感到自己的责任重大，过于谨慎。谨慎当然是对的，可是干革命工作到什么时候也不能胆小！还是我提一提吧。他这才问道："你们村的农会主任呢？"孙定邦说："农会主任不是牺牲了吗？"齐英又问，"你们村不是有一个治安员叫孙振邦的吗？他怎么样？"孙定邦说："那是我的堂弟，担任支部的除奸委员，他当然是再可靠不过了，不过就是腿脚不好。""怎么呢？""他因为给地主家扛小活儿，落了个寒腿。抗战一开始他就参加了工作，在县里跑过敌工工作，因为被捕，受刑受得两条腿都成了残废，去年才回到家来。政府倒是很照顾他，现在把腿养得算是能够走道了，可是这样的天气叫他出去不行。"齐英听了这个情况，想了想以后这才又问道："你们的民兵队长叫什么名字？他怎么样？"齐英一提民兵队长，孙定邦："民兵队长叫李金魁，还是支部的武装委员哩，成分很好，原来在河路码头上扛脚，抗战一开始就入了党，政治上是很可靠的，不过就是脾气各路。""怎么各路法？""咳！你一听他的外号就知道了。""他叫什么外号？""他叫半匹牛！"齐英一听笑了笑又说："我觉得既然政治上可靠就行，咱们叫上他一同去怎么样？"孙定邦想了想又说："让他去，可得好好地跟他谈谈，他的嘴上可是没有把门儿的！"齐英说："如果找不着更恰当的人，我看就叫他去，他还能不知道保守秘密的重要？你可以先找他谈一谈，把他叫来，我就这个机会也跟他认识认识，以后好一块儿进行工作。"孙定邦同意了。说完之后，孙定邦马上就找李金魁去了。齐英出去跟他插上大门回来，又叫着志如、小虎儿，急忙走进里间屋来，用棉被把窗户挡严，点起小油灯，把他的盒子炮带好，准备马上出发。

不大一会儿，孙定邦把李金魁叫来了，给他们俩做了介绍，两人亲热地握了握手。齐英一看，这人有三十来岁，长得五大三粗，满脸都是胡髭，两只眼睛楞大，四楞子头，脸上的肌肉都起疙瘩，多少有一点儿拱肩儿，大概是扛脚扛的。不知道为什么他上牙直打下牙，浑身乱哆嗦，面色发黄，看着可怕。齐英问道："金魁同志这是怎么啦？看你这么壮，怎么冻成了这样？"李金魁本来就有点磕巴嘴，这会儿说话更加困难，齐英一问他，他"呵……"了半天也没有回答上来，于是孙定邦替他说了："他这不是冻的，他刚上来疟子，我说不让他来了，他觉着任务重要非来不可。"齐英一听是这么回事，连连地摇头说："算了，你别去了，下着这么大的雨，找不了史更新来，再把你的病闹重了，那可就更不合算了！"一说不让他去，他可不高兴了，"呵……"了半天说出来了一句："我非去不可！"齐英说："你带着这重的病，怎么能去呢？"李金魁又说："发疟子就不算病。"齐英笑了："你听谁说发疟子不算病呢？"李金魁又说："算病，它跟别的病也不一样，我有经验了，上来疟子越呆着越难受，你要是跑趷跑趷，干点活，打打仗，也就不觉怎么样。"齐英一听又问："这是什么道理呢？"李金魁说："也许是把它跑丢了！你别看我直打哆嗦，到外边拿雨一浇，满地一跑，它准好了。要是躺在炕上蒙上八条被子它也是冷得抗不住劲儿。再一说，救人如救火！史更新又是咱们自个儿的同志，我要不知道也就罢了，我既然知道了，我能不去？我怎么难受，也比史更新好受不？我非去不行！我……"

齐英一听，把话头子拉出来，还真是又细又长，说的话还是挺有劲儿。"好吧，既然你一定要去，那咱就一块走吧。"李金魁一听让他去，当然高兴，可是他不走，他又说："先慢……点儿走，我——有——意见，齐同志。"齐英说："你有什么意见呢？""光……是咱们仨去、去吗？""是啊，就是咱仨。""咱仨不、不行。""不行，你提提还有谁一块儿去才好？我是不了解情况。"李金魁又着急地说了声："可——可——可靠的人有的是！"

他这一句话，把齐英的心给打动了："可靠的人有的是！你说说都是谁？""甭往远说，民兵里头就不少。""你可说说到底是谁啊？"李金魁按照他的习惯伸出一只手来："我点一点他们的名：长江、东海、愣秋儿、李柱儿。"没有等他说下去，孙定邦就插嘴道："他们都不是党员啊！"李金魁说："不是党员靠得住就行呗！你光在党员圈内想还行啊！"孙定邦吸了一口凉气儿又说："他们可还都是小孩子啊！在现在这样残酷复杂环境下，咱们需要严格地保守秘密。"李金魁又说："别看都是小青年儿，战斗起来个儿顶个儿！就拿现在说，没有一个挺不住的，对别人不敢说，对他们四个我敢——敢打保险票！"

孙定邦听了李金魁这些话，当时没有再说什么。这工夫齐英又说话了："老孙，你听金魁同志的意见怎么样？我觉得他的话很好，把我给提醒了。咱们不能光依靠党员，因为咱们不是光为了藏得严密，咱们是要坚持斗争，越是在残酷困难的环境下，咱们越应该依靠群众的力量，特别是像刚才李金魁说的这些小青年儿，不光是要使用他们，更要紧的是培养教育他们，要不然咱们的力量继续不上，就越来越小了。"

孙定邦听了齐英这些话，觉得有些道理。李金魁可高兴起来了："对！齐同志，你——说的我都——赞成。怎么样，我把他们四个叫来，咱一块去吧？"齐英又问："老孙怎么样？"孙定邦说："就按照你们的意见吧。"李金魁高兴地说："我叫他们去！"说着就要往外走。孙定邦又把他拦住说："不用叫他们到这儿来了，咱一块儿走着叫他们吧。"齐英、李金魁都说好，马上就要动身。这时孙定邦叫了声："小虎子，跟着插上门去。"他还不知道小虎和志如扎在炕头里睡过去了。这工夫他的母亲已经走进屋来说："我跟你们去上门吧，这俩孩子困得不行了。"孙大娘的话音还没有落地，猛然听见豁啷啷的一声大门响，几个人都大吃了一惊，孙定邦说了声："不好！""噗"一口把灯吹灭，几个人都拔出枪来准备战斗。

过了一会儿，齐英他们听见有人进了大门，噗咋噗咋地向着屋门走来，都以为是来了敌人，今天是非打不行了。孙定邦和李金魁在屋门内两边一把，打算进来一个就撂倒一个，可是万也没有想到，进来的人在房门外边喊了一声："表哥，快点灯。"孙定邦一听声音就听出来了，可是在这个劲头儿上他不敢相信自己的耳朵，问了一声："你是谁？"又听来的人说："我是丁尚武你都听不出来吗？快把灯点上。"他随着话音可就走进来了。孙定邦这时又听有一个女人的微弱声音说了句什么没有听清，这才把灯点上。

孙定邦一看这人，手里提着一把大战刀，肩膀上还挎着一支马步枪，身后背着一个女人，正是他的表弟丁尚武。"哎呀！你这是怎么回事，表弟？"这时候屋里的人们才把憋了半天的一口气松下来，齐声说："好险哪！差点儿没有误会了！你怎么进来的？"丁尚武喘着气说道："熊门，一碰就开了。"说着他可就把战刀、马步枪和身后的女人一齐放在炕上。这工夫孙大娘走进来了，原来她刚才进了洞里去，一听是她娘家的侄子丁尚武，这才赶紧出来，一见面就把她又吓了一跳："武儿，傻孩子，你快把我吓死啦。背来的这个闺女是谁呀？她这也是受了伤啊？"丁尚武说："她叫林丽，没有受伤。""没有受伤是什么病啊？病成这样，快给她把湿衣裳脱下来，盖上被子躺下吧。"说着大娘就爬上炕去，紧忙着给她往下脱衣裳，孙定邦和齐英早已把被褥枕头都安排好了。

大娘一个人给她脱衣裳脱不下来，于是急切地说道："你们还不搭个手儿，在这时候还有什么不好意思的？"大娘一说，齐英这才上来帮助大娘把林丽这身水淋淋的衣裳和她的挎包一齐脱下来，用棉被把她盖好了，就听林丽哼哼了两声，模模糊糊地说了句："不用怕，我常这样，给我水喝。"大娘这时又拿过毛巾来擦林丽脸上和头上的水，一面擦着又嘱咐，"你躺着别动啊！睡睡觉吧，我给你们烧点儿水做点饭。"她下得炕来，又找出孙定邦的衣裳给丁尚武，让他换了下来，急忙到外屋安排点火烧水做饭。孙定邦看着母亲太累，他才去叫志如和小虎儿，可是连推带搡叫了半天也没有叫醒一个。大娘说："你让他们睡吧，别呼儿喊叫的把林同志惊动了不好！"大家忙乱了一阵子，总算是把这个突如其来的惊动给安顿下来了。

孙大娘把林丽安顿好，大家的心里还老是忐忑不安。

这时候人们又问丁尚武的经过情形，怎么会落到这一步。

丁尚武这人说话简单，几句话就把大致的情况说了一遍。

大伙一听，更觉得失掉了组织领导的依靠，心情就更加沉重，一时谁也没有说出话来。

　　正在这时，孙大娘把孙定邦悄悄地叫到外屋说道："孩子啊，咱这吃的烧的可就要断了！再把史更新找了来，一下子添这几个人，可得赶快想个办法啊！"孙定邦当时没有说什么，大娘接着又说："可别跟他们说这困难那困难的，省得叫他们听了难过，一会儿你背地儿里对齐同志说说，求他快点儿想个主意。"孙定邦说："现在吃的烧的还不是什么大的问题，就是怕要万一走漏了风声，敌人再一来，那问题可就严重了！"

　　他们娘儿两个的话被李金魁听了个清清楚楚，于是他走过来低声地说："大娘，定邦哥，甭为这些发愁，只要有咱们活着，就没有难住咱们的事儿。放心好了，天塌下来有地接着！怕什么？走，定邦哥，咱们快去找史更新吧。"

　　他这么一说，齐英在屋里也听见了。齐英是个明白人，一听这话音就知道他们说话的意思，不过他假装没有听见一声也不言语，可是他的心里却也为此不安，左思右想地在打主意。听到李金魁叫着孙定邦快去找史更新，他这才出来说跟他俩一块儿去。可是他俩说什么也不让他去了，要求他快点向丁尚武了解了解情况，对今后的一切问题作个打算。齐英就留下来了，他跟着孙定邦、李金魁去插大门，可是门坏了，这才找了一根木头棍子，暂时先凑合着顶上，好歹孙定邦会木工活，等着回来再修理吧。

　　齐英回到屋来，一看林丽睡着了，听了听她出气也比刚才匀实了，嘴唇上也泛起了一点微红，心里话：不要紧了。回头又看见丁尚武在炕沿上跨着腿，正聚精会神地擦他的马步枪和他的大战刀。齐英微笑着说道："丁尚武同志，快躺下休息会儿吧。"丁尚武头也没有抬，说了一句："躺下休息？那不是我的事！"仍然擦他的马步枪和大战刀。齐英觉着这个同志很有意思，于是又说道："咱们今天头一次见面儿，我愿意咱们谈谈熟悉熟悉。"丁尚武这时才把头抬起来，看了齐英一眼："谈谈？谈吧。"又低下头照旧擦他的枪和刀。这一下把齐英闹得更窘了，这个同志怎么老是带着这么大的火气呢？可是又不好跟他说什么，一时给僵住了。初次见面儿弄得这么僵多不好。再说，还要进一步地了解了解情况，不能这么僵住，可是又跟他怎么说呢？

齐英一看，他使用的这武器有点儿特别，这把战刀好像是从前二十九军的大刀片儿，于是他上前瞧了瞧，刀把上有字，果然是二十九军的。齐英想再仔细地看看，没有想到，丁尚武不耐烦了："给你看！"把刀往前一杵，差点儿没有碰着齐英。齐英本想批评他几句，可是他没有忙着批评。他想：这个同志是从二十九军带来了军阀作风。按说来到革命队伍应当改变，可是他……看来改造旧东西不容易。想到这儿齐英并没有表现不高兴。他以为找到了话题，这才问道："同志，你这把刀是二十九军的吗？"丁尚武说："是啊，怎么样？你有意见吗？"齐英又笑了，"我没有意见，我是觉着你这把刀，一定来历不小！"

丁尚武听见齐英问他这把刀的来历，他的话匣了可就打开了："说起这把刀来，我一入伍——参加二十九军就使它。喜峰口一战，我就拿它削了九个日本鬼子的脑袋！卢沟桥事变的时候，就在桥口上一次反冲锋，又砍了十二个！参加了八路军这几年以来，杀的敌人就没了数！"说到这儿他把刀托在齐英的眼前："你看，刀刃成了锯齿儿了！你可别看它钝，真能刃肉儿！别人当骑兵都使马刀，我使马刀就拿不上手来，拿着比麻秸秆儿还轻，非得用它不过瘾！我告诉你同志，哎，你姓齐是不？"齐英点了点头。丁尚武又说："我可不是嘴愣，看你这样你没有上过火线，你知道骑兵追击怎么追吗？"说着他拉起架势来了，把枪也抄到手里："这样，把枪往后这么一拎，把马嚼环子这么一抖，裆里一使劲儿，马把腰煞下去，四蹄蹬开，吼儿的家伙上去了！把刀——就是这把刀，看见了没有？这么提着，把身子往前一探，马也通人性，你知道吗？哪儿敌人多它往哪儿冲，追上去，嚓——，你往下一看，脑袋瓜子咕喽咕噜乱滚，就像跑到西瓜地里去一样啊！哈哈哈……"

丁尚武大笑了一阵，马上又把脸板起来了："告诉你吧，都说日本鬼子厉害，丁尚武就是不服他！可是，哼——"他打鼻子里长出了一口气，脸上露出了伤感："我的马叫鬼子的飞机炸死了！就是——十多天了，我的大豹花马……"说到这儿他不说了，他的眼圈儿有点儿发红，他又低下头使劲地擦枪擦刀。齐英听着他的话看着他的架势可真入了神，止不住地咂嘴赞叹，心里话：好样的，要是提高了阶级觉悟提高了思想认识，准能成为英勇的战士。可是他现在的表现旧的习气太深了。想到这儿，齐英有意地说了句："可是同志，你知道吗，这样的大刀也对付过爱国学生哩！我就差点没有吃这样一刀。"丁尚武听了立时把眼一瞪："怎么？是哪个龟孙干的？我丁尚武把脑袋揪下来也不能干那个！"齐英想了想又问了一声："同志，是党员吗？"丁尚武懒洋洋地说："还算是吧！""怎么还算是？""受了留党察看的处分。""为什么？""因为要个人英雄主义，要军阀作风。"齐英又说："看来你对自己的缺点和错误还是有认识的。""咳！就是我这熊脾气改不了。"丁尚武难过地说着，又指着自己的头："这个脑袋瓜子一热就什么也不顾了。见了敌人我就眼红，大刀一抡，我是一个俘虏也不要！"这工夫大娘把饭端进来了，齐英没有再接着说，只是笑了笑。大娘做的是薄片儿汤，还打上了两个鸡蛋，另外还有几个剩窝头和一盘子咸菜条儿。大娘说："武儿，你快吃吧，一定饿得不行啦！"齐英这时候也让着丁尚武吃饭。丁尚武说："先给林丽同志吃吧，我不要紧。"大娘说："傻孩子，有你吃的还能没有她吃的啊！一块儿吃吧。"丁尚武这才把枪、刀都放好，还洗了洗手，拿起窝头来两口就下去了一个。

这时孙大娘爬上炕来，在林丽头前盘腿坐下，叫了两声林同志。林丽微弱地答应了一声，她的眼睛睁开了，看得出来比刚才的神气大有好转，可是还坐不起来。孙大娘拿着调羹一点一点地喂她。她伸出手来，想要接碗，大娘一看，"哟！这同志还戴着金戒指哩！"于是仔细地打量起来。她觉着这个同志怎么面熟呢？灯虽然不亮，因为脸儿对脸儿离得近，也还看得出：这个姑娘是上宽下窄的长浑脸儿，小嘴儿红嘴唇儿，鼻梁儿又高又长，两只眼睛多少有点儿弯，还是双眼皮儿，眉毛挺黑，肉皮儿又白又细，有几个浅白麻子儿，刚才给她脱衣裳的时候，就看着她是个细高儿。这不是何志贤吗？怎么说她是林丽呢？噢！她的姥姥家姓林，也许她改了名字。这几年改名字的人挺多，许是她。大娘想着叫她一声，又一想：别认错了。可是越看越像，就是认错了也不算什么。于是大娘就问了一声："同志，怎么我看你像志贤姑娘哪？"林丽一听就说："我是志贤啊，大娘。"她这一说把丁尚武给闹愣了，嘴里刚咬了一口窝头，没有嚼就忙咽下去："什么志贤？"大娘说："她叫何志贤，她爹就是何世昌，这是他的老生闺女，你不认得？噢，也许没有见过面儿啊。"大娘说到这儿，忽然想到这话不应该对丁尚武说，这才又急忙补上一句："这可是个好孩子，从小儿就听说过道儿地招人儿喜欢。"

这时候丁尚武站起来了，他的脸阴沉得可怕，从眼缝儿里看到他的黑眼珠儿射出了刺人的光芒。他指着林丽："你叫何志贤？"林丽点了点头。丁尚武又问："你是何世昌的闺女？"林丽又点了点头。丁尚武急了："我瞎了眼，才救出你来！咳，我毁了你个狗养的吧！"伸手把刀抄在手里。齐英一看，赶快上来拉住。大娘也战战兢兢地拦住他。齐英说："你这是干什么丁尚武？

刀是杀敌人的，能杀自己同志吗？到底为什么？你说清楚。"大娘就骂他："小武儿！你个兔羔子，我看你敢！她爷爷跟你有仇，她也跟你有仇吗？你要跟她过不去，你先拿刀砍了我！给你，给你！"说着就把头扎到丁尚武的怀里。

丁尚武看见大娘把头扎到他的怀里，就不敢再动，可是他还没有把刀放下，只是气呼呼地站着。这时候林丽说话了："丁尚武同志，你救了我的命，我死也忘不了！不过请你原谅我，咱们在一起呆了十多天，我没有跟你说我的原名，因为咱俩过去虽然不认识，我可知道你的名字，我觉着当时对你说了实话没有好处。但是，我的名字并不是因为怕你才改的。因为我老早就不愿意再姓何了，我恨这个地主家庭，我和何家的关系已经一刀两断了。何家欠你丁家的人命，这是地主阶级欠的血债，不能由我来还啊！我是一个革命战士。你救了我的命不错，但这是同志的义务，是战友的责任。"说到这儿她的泪珠儿又滚下来了。

丁尚武听了林丽的说话，觉着有道理，可就是从感情上还不好接受。齐英这时严肃地说道："丁尚武同志！林丽同志的话对。你应该知道同志这俩字是什么意思！你还应该知道怎样对待同志！她的爷爷是地主，但是，林丽是一个革命同志，她已经背叛了原来的阶级，成为我们革命队伍的一员了，你怎么能叫她再来偿还地主欠的血债呢？你既是共产党员就应该明白这个。脑袋不要又发热，冷静下来想一想。把刀放下，坐下来。"丁尚武这时吐了一口长气，才把刀放下，他往板凳上一坐，低下头，再也不说一句话。看这来头，丁尚武算是明白过来了，可是齐英还在闷葫芦里头。他问大娘："这到底是怎么回事呢？"大娘说："我对你说说吧，话长啦！都是因为俺娘家穷，小武儿他爹给志贤家打长活，那还是在她爷爷手里，因为伙计东家弄僵了，年底算账的时候打起架来。他爹的脾气也是倔，谁的气也受不住。可是不想一想，人家那么有钱有势，能闹出好来？志贤家那时候养着好几个护院的，他爹叫人家插上门吊起来打死了！小武儿那时候才几岁儿，他娘一天价领着他去要饭吃，怀里还抱着他的一个妹子。他娘一听他爹死了，黑夜抱着孩子跳了井！小武儿丢下就孽障啦！他叔叔在关外受苦受累，没有小孩儿，才把他接出去。都说这孩子跟着叔叔准错待不了，可是，咳！谁承想，日本鬼子占了东北把他叔叔给杀了！要说这孩子也是命大，十多岁的人，一个人要着饭跑回家来了。家来在他舅家住着，住了没有一年，他舅参加暴动，叫人家抓住把脑袋砍下来挂在那大杨树上，真是吓煞人哪！小武儿那年许是十五岁，本来还是不懂事的小孩子，因为他长得虎势，人家也把他抓了去，打棍子，压杠子，说他是共产党。要说这孩子从小儿就有骨气，那么死去活来地折腾他，他就没有吐口儿，以后才把他放出来。他一个人跑出去当了兵，到了事变的那年春天，他骑着那马，背着大刀，还带着两个弟兄，家来报仇，把志贤家都吓跑了，好几天也不敢上家。那时候要是看见她家的人，还不定闹个什么样儿呢？过了没有几个月就事变了，小武儿他们的军队往南逃，这孩子心里有主意，他没有跟着走，开小差儿回了家。哪有家？不多日子就当了八路军，他老闹着要报仇，要不是咱八路军的纪律紧，他非把志贤家一家子都给杀了不行。可是闹来闹去的，把志贤她爷爷那老东西给吓得天天活见鬼，日子不多就死了。要说那老东西真恨人，咬他两口肉也解不了气。可是话又说回来了，仇是那个老死鬼种下的，志贤她个小孩子家可知道什么？再说，现在又都是同志，还有什么过不去的？你是不知道啊，志贤这孩子也怪可怜的，她娘受气，她也跟着受气，这会儿又病成这个样子。咳！还不够人心疼的吗？"

大娘从开始一说就流下了眼泪，林丽的眼泪也流个不止，再也没有力量说话了。齐英一动不动一声不响地听着，气得肚子鼓鼓的，心咚咚直跳，脸一阵红一阵白，可是始终他也没搭言。他想：世界上该有多少血泪仇恨被掩盖着！有多少矛盾斗争交织着！在学校、在机关里看不见这样场面，我的知识太可怜了！

屋里静了一会儿，齐英看着丁尚武还呼呼地直憋气，于是对他同情地说了句："丁尚武同志，我们要把仇恨的心向着敌人，现在要向着日本法西斯强盗，和他的走狗——汉奸卖国贼！"稍停又接着说："至于地主阶级，将来我们一定要消灭它！所有的反动阶级，我们都要把它们消灭！咱们共产党员的任务是要在全世界实现共产主义！同志，要往远里想，往大里想。"说着他亲切地拍了拍丁尚武的肩膀。他本想继续说下去，但听到外面胡同里有人说话走道，大家都提起了注意。原来雨早就停了，掀起堵着窗户的被角一看，天亮了，这才急忙把灯吹灭，把棉被摘下来。大娘说："志贤姑娘，你能穿上衣裳起来吗？这大白天咱可不敢在这屋儿里啊！你要能起来咱下地洞吧，洞里能盛下几个人了，我给你铺上点儿干草，铺上被子，也能够躺着睡觉。"林丽说："行喽，我这一阵好多了。"大娘这时在躺柜里拿出来了志如的两件衣裳对林丽说："你的衣裳不干，给你这两件先穿上，就是身限里短点儿，凑合着先穿上吧！"林丽把衣服接过来就穿上了。

林丽穿完衣裳，老向四下里张望，像是在找什么，又见她露出慌乱的样子来。大娘问她："你怎么啦？""我的挎包，我的挎包没有了！丢了！"林丽说这两句话的工夫差点儿没有哭出来。她的挎包本来没有丢，刚才大娘给她连湿衣裳一块扔在炕沿下地上了。丁尚武知道她把她的挎包看得比枪还要紧，所以给她从地上拾起来放在自己的身旁，这工夫一见她急着找，他就用手使劲一抡："给！"噗嗤，扔到林丽的怀里。林丽并没有说什么，只是皱了皱眉，撇了撇嘴，害怕把她的听诊器、体温计、注射器、书……给摔坏了。她打开挎包看了看，又装好，这才慢慢地下了炕来，跟着大娘进了地洞去。

孙大娘带林丽进的这个地洞，地洞口原来是在套间炕下，进去之后，盖上炕席，小屋里炕上地下乱七八糟尽是破烂东西，不知道的人一点儿痕迹也看不出来。大娘把林丽安置好了，又回到屋里，叫齐英、丁尚武也下地洞去歇着。齐英说："我先呆会儿，等定邦他们回来。"丁尚武就说："我不钻洞，我就在套间的炕上睡觉。"说着他拉过一条棉被来，抱着他的枪和刀在炕上一躺就睡了。大娘说："这孩子还是这么牛性子！你就在这儿吧，要是有了情况，你可下去。"说完之后，她又拿被子给在炕头里睡觉的志如、小虎儿盖了盖腿和脚："看这俩孩子睡多死，抬着走了也不知道。"她拉了一下志如的胳膊，志如把胳膊一夺又"咯儿咯儿"地笑了两声，可是她连眼皮也没有抬一抬。大娘又顺了顺小虎儿的腿，小虎踢腾噗腾踹了几脚，连叫着："我不我不。"大娘打了他一巴掌，他倒一点儿感觉也没有，仍旧睡他的觉，齐英看着止不住笑。大娘皱着笑意的眉头，轻轻地"咳"了一声又下了炕来。按说，大娘可真是应该睡会儿觉了，可是她不。齐英知道劝她歇着没有用，于是他激动地看着大娘，就见她：刷一刷锅，洗一洗碗，扫一扫地，又给他们洗晒湿衣裳，嘴里不住地说着："找人的还不来，太阳都快出来了，准是还没有——"她不敢往下说了。

正在这时候，有人用暗号叫门，齐英知道是孙定邦回来了，刚想去开门，大娘已经走了出去。他从窗户眼儿里一看果然是孙定邦来家了。大娘也跟进屋来，孙定邦告诉他们史更新找到了，现在在村北的枣树林子里。大娘和齐英都关心地问："他怎么样？"孙定邦说："不能走动，牙根发紧，浑身打颤颤，说话很困难了，不过心里像是还明白，想法给他把湿衣裳换下来，叫他喝点儿热乎儿汤才好。就是他的伤太重，没有医生给他看，这可怎么办呢？"孙定邦发愁了。齐英说："刚来的那位林同志，我看她带着医药器材哩，她是不是医生？跟她说说，看她有办法没有？"大娘一听心里轰的下子想起来了："是啊！早就听说志贤学医，也许是医生啊！快叫她给看看吧。"孙定邦问："哪个志贤？"大娘就把丁尚武和林丽的情形说给孙定邦听了。孙定邦这才急忙同着母亲走下地洞，和林丽见了面，把史更新的情形对林丽说了一遍。林丽自责地说："史更新的伤我是看过的，可是我现在什么药也没有，可怎么好呢？"她要亲自去看史更新，齐英也要去看史更新，都被孙定邦给制止了。大娘愁得"哼咳哼咳"，可是谁也想不出好办法来。

齐英他们沉闷了一会儿，林丽说："现在最好的办法是给史更新弄点儿鸡汤喝，老母鸡才好，热着让他喝了，停一会儿再给他冲几个鸡蛋吃，等到晚上把他弄到家来，我给他检查检查，然后再想别的办法。"林丽这一说，孙定邦不由得就看了大娘一眼，因为她家还有一只老母鸡，可是大娘待它像个人的孩子，要是把它杀了，母亲心里得多难过啊！大娘说话了："孩子，去，把我那只鸡杀了去！"孙定邦犹豫了一下，大娘急着似的："怎么你不去啊？没有听见吗？把我那只鸡杀了！快去！快去！"她这么坚决，把孙定邦给推走了。

孙定邦看见母亲这样真心实意，于是他出来就杀鸡。他知道母亲虽然这样坚决，可是这鸡还连着她的心，他想尽办法不让这鸡叫出来。哪里想到，鸡到了快要死的时候，"嘎儿——"最后它还是叫了一声。孙大娘在屋里听得真真切切，心里像叫什么抓了一下似的，她直着眼睛呆住了。也只有这一会儿她才没有拾掇活儿。不大会儿的工夫，孙定邦走进来："娘，你看看怎么把这鸡炖了啊？我弄不好。"大娘说："我累得慌了，我歇会儿，你就放上水煮吧。"齐英在旁边看得明白，大娘哪里是想歇会儿？分

明是她不忍看她的鸡死。孙定邦也看出了母亲的心思，于是自己
烧火炖起鸡来。齐英也来帮助他，可是他们干这活儿都有点儿外
行，水多了水少了，火壮了火弱了，都是放什么作料，该不该搁
盐，两人的意见总不一致。大娘在屋里听着又不放心了，她急走
几步出来，用手拨拉着齐英和孙定邦："你们都起来。"两个人对
着笑了笑，躲开了。大娘这才自己炖起鸡来。

孙定邦走进里屋，换上了一身干衣服，又套上了一身夹裤、
夹袄，又披上了件破棉袍子，找出一条布口袋，又拿过一把镰
刀，把带着棉套的茶壶也拿了出来。齐英问他，"拿这些东西做
什么用？"孙定邦说："一会儿把鸡汤放到壶里，一时半会儿的凉
不了，使壶嘴儿让史更新吃更得劲儿。我把壶装到口袋里头，搁
在胳肢窝里夹着，再拿上这把镰刀。要是碰上人问，我就说，家
里没有吃儿了，到地里割点麦穗儿，家来吃捻转儿。""这棉袍
给史更新穿去啊？"

"嗯。""可是要有人问你，这时候怎么还穿棉袍子
呢？""我就说，发疟子了！"他这一说，两人一块儿笑了。齐
英说："你想得还是真周到，真仔细。"孙定邦准备妥当之后，看
了看鸡汤还没有炖好，他又赶紧拿出木工家具把大门修理好。这
工夫鸡汤也做得了。

简单捷说。孙定邦端着鸡汤，来到枣树林内，这时候李金
魁还在守着史更新。四个民兵在周围不远处，监视着各方面的情
况。孙定邦赶紧把自己的夹裤夹袄给史更新换在身上，又用棉袍
子把他裹起来，这才喂他鸡汤。虽然喂着挺费劲，可是一大壶鸡
汤，史更新都喝下去了。

真是好不容易啊，瞪着眼看着太阳从东边慢慢地升起，好像
比牛车上坡还慢。都说，老爷儿下坡一出溜就没，可是这一阵儿
的老爷儿却改了脾气，就像谁把它给钉住一样，它就不愿意往下

走。雨后的太阳多么叫人喜爱啊！可是这一阵儿，孙定邦对它却讨厌极了！李金魁说："我要能把老爷儿抓住，我把它一下摔到西北山后头去，多会儿叫它出来再捞它出来。"

　　他们盼着盼着，总算是把太阳盼下去了。今天的情况还没有看到什么变化，于是李金魁把史更新背上，孙定邦走在前头当尖兵，四个民兵一边一个，后头俩，作为警戒护卫，就奔孙定邦家来。一路走着倒是很静，不大的工夫就到了村头。孙定邦住的院子并不是自己的，是何家的大闲院，靠小李庄村的西北角儿。墙外西、北两面是大车道，西边道外是一个大水坑，坑的周围有许多柳树。北边道外有一片打谷场，场的周围和场的北面都是枣树，一块一块的枣林接连得很远，他们就是打北边这枣树林来的。刚刚到了树边，孙定邦说："我像是看见有两个人影。"于是他们几个就在这儿搜了搜，可是这样黑的天，这么多的树木庄稼，什么也没有搜见。李金魁说："你准是看差了，我可是什么也没有发现。"几个民兵也说没有看见什么。孙定邦也不敢说看见的一定是人，可是他心里老是嘀咕。很快他们就来到房子的外头，孙定邦派两个民兵先进胡同北口，走到南口上去把着，另外两个民兵走到房的西北角下隐蔽地监视着，李金魁背着史更新在枣树底下等着，孙定邦这才走到套间的墙下"噔、噔噔"有节奏地蹦了三脚，然后他又转到住屋的墙外有节奏地敲了三下墙，原来这是他家叫门的暗号。里边也用暗号回答了，他们这才走进胡同，来到门下停住。胡同南口的民兵一看没有问题了，就忙着走回家去。墙角下的两个民兵一看也觉着完成了任务，也就走来对李金魁说了声："俺们回家啦！"李金魁说："快回去吧。"他俩也走了。

　　这工夫大门轻轻拉开，一看是孙大娘来开门，李金魁就背着史更新走进门口，可是这工夫孙定邦在后边扯了一下他的衣角，悄声地说:"你来看。"李金魁一听就又转回身来,探头一看,北胡同口的墙角后头似乎有人探着脑袋,于是他俩一齐把身子缩了回来,这工夫就看见"蹭,蹭"两个人影跑过去了。孙定邦说:"这可糟了!咱们的秘密保守不住了!这一定是特务来侦察。这怎么办?"李金魁一见这情形可就火儿了,他把史更新放下来,交给孙大娘扶着他。大娘还不知道哪里事,李金魁掏出枪来说了声"抓住他!"撒腿就跑出胡同追了下去。

真可谓:

战斗生活要时时警惕　秘密工作应处处提防

第 八 回

李金魁抓住解老转　孙定邦跟踪何大拿

要说李金魁可真是有股子什么也不怕的猛劲儿，一看胡同口外两个探头探脑的人，很快地跑过去。他把史更新放下来交给大娘，撒腿就追。

孙定邦本来就老是害怕暴露了秘密，到底这秘密还是暴露了。可是他又觉着要把这两人抓住，还有挽救秘密的希望，再说，他也恐怕李金魁二二虎虎地把事弄坏了，所以他也跟着追下去了。他们俩一追出去，就只剩下孙大娘扶着史更新，勉强把他扶进屋去，齐英、林丽、丁尚武也都忙着检查，照看，烧水、做饭忙个不停，不必细说。再说李金魁和孙定邦追下那两个人去，追了没有多远，那两人分头钻进了两条胡同。孙定邦和李金魁也没有来得及商量，就分头紧赶。

先说李金魁。他追到离那个人不远的时候，已经看出了那人的身形，小个儿有点跛脚，知道他是解文华——解瘸子。李金魁本来可以紧跑几步把他抓住，可是他多了多心眼儿，没有马上抓他。诸位：你别瞧着这个半匹牛李金魁二二虎虎的，真要到了要紧的时候，他可也有点机灵。你看他，放松了脚步，在解文华的后边，悄悄儿地跟踪，出了胡同一拐弯，他故意落在后面，躲在墙角后边看着解文华。

李金魁到底为什么要这样呢？因为解文华不是个平平常常

的人，不论什么事，要一沾上他，问题就要复杂。别看他瘦小得连条枪也拿不动，可是他"眼宽手长"！在过去来说，他是三教九流，五行八作，没有不交往的；现在来说，他是各党各派各阶级阶层都要联系联系；乡里村间，有个大事小情儿的，他都要搀和搀和。有人说他能把好事办坏，可是也有人说他能把坏事办好。从小儿他的家当就不多，可是他的生活并不赖，全仗着他买买卖卖、颠颠跑跑、要要把把、说说道道。在这方圆左右，城里乡间，没有不知道他的。要说他人缘坏吗？可是许多人觉着他也还有点儿良心。要说他人缘好吗？可是许多人又觉着他特别难斗。他是软硬不吃，神鬼不怕。要硬，他硬得响；要软，他软得津津油儿，真是抓一把滑出滴，碰一下滴溜转，都说他有七十二个心眼儿，九十六个转轴儿。因此，人们给他起了个外号就叫转轴儿。他这个外号是大有年载，后来因为他的年岁大了——现在五十岁，人们对他的外号也加上了三分尊重，所以就都叫起他老转来。

对他这样一个人，李金魁怕他吗？当然不是。那么为什么不抓他呢？李金魁是这样想：从抗日几年以来，村干部区干部都对他教育得挺紧，他帮助干部们干过一些好事，可是从打这次反"扫荡"开始以后，耳闻着他跟高铁杆儿的汉奸队儿有了来往，不过谁也弄不清他的葫芦里头添了什么药儿。今天他又夜间出来活动，并且还是两个人在一块儿，他是专为了侦察我们的秘密呢？还是有了更大的问题呢？放走他？当然不能够。抓住他，又不知道到底是怎么回事，不如跟着他，看看他上哪儿去，把他的情况弄清，再抓他也还是手到擒来。他要是还有别人在一块儿，那就叫上几个民兵，一窝儿都掏了他。李金魁不马上抓住他，原来是有这个打算。

李金魁在墙角后面这么看着，有点儿出乎他的意料之外，解文华走到自家的门口停住了。他轻轻地把门锦儿拍了两下，里边把门开开，他不慌不忙地进去又把门插上了。李金魁又想：也许他发觉我在后头跟着他了？要不也许他家里有秘密？跟着去，侦察侦察他到底是包的什么馅儿。他这才走到门外，仔细听了听，什么也听不见，轻轻地一推门，门插着，于是又转到他住屋的墙外，这回听到了说话的声音，可是一句也听不清楚。嗳，干脆，我进院去。可是他插上了门。他这院子的"通墙"是在哪儿呢？噢，是在他的西邻。李金魁这才又转到他的西邻去。

解文华家西邻的大门敞着，里外静悄悄，好像家里没有人，走到"通墙"口一看，不知道什么时候已经用土坯堵死了，爬过去吧。他把枪在腰里一插，两只手搭上墙头，用力往上一纵，呼噜的一声——墙倒了。那位说：这墙怎么这样不结实？你想啊，这堵墙是土坯的，下边原来掏了个洞口，虽然说用坯堵死了，可究竟是不牢靠的，再加上昨天刚下了一夜大雨，又把上边的土坯浇透，就更没了劲儿。李金魁五大三粗，有半匹牛的力量，又笨又重，他再这么使劲儿一扒，这墙还有个不倒吗？这墙这么一倒可不要紧，四邻八家，有在家里睡觉的人，都被惊动起来，隔着窗户，隔着门缝，上到房顶悄悄儿地察看，那是很自然的。到底是谁看到了？看到了又将怎样？暂且不提。

单说解文华，他本来知道身后有人跟着他，这会儿又听墙倒了，一定是有人进了家。于是他就高声地问道："哪一位？请进来吧。"说着他就走出屋门，站在台阶上。李金魁一看，真糟糕！不过事已至此，怎么也不能退回去。于是他就跨过破墙，来到解文华的面前。解文华一看就说："闹了半天是武委会主任民兵队长啊！快到屋里来坐。"李金魁说："好吧，到屋里去。"随着解文华就进了屋。

解文华这个院子只有三间北房，他把李金魁让到了西里间，回头叫了声："小凤，快给你金魁哥烧壶水喝。"李金魁说："我没有工夫喝水。"解文华又说："不烧水，你娘儿们也到这屋来。"诸位：解文华为什么要把他的女儿、老婆都叫过来呢？他有他的用意，他知道李金魁来的意思，他怕李金魁把他抓出去枪毙了，所以要把女儿、老婆都叫过来，好作一个见证。这样，李金魁对他的处理就得多打算打算。再一说，他也是为了让李金魁很方便地把他这三间屋子都察看察看，好表明他这儿没有藏着外人。

解文华的老婆是有名的巧八哥儿，能说会道、广见多面。她的女儿小凤也有点儿随她，聪明伶俐，嘴儿乖巧。解文华一叫她们，她们对解文华的意思就摸了个八当儿，所以很快地就过来了。她们娘儿俩一见了李金魁，这两张嘴儿就又甜又香地说起来了……不用问，一个不好听的字眼儿也挑不出来。

李金魁这个时候倒是有点儿不好说话，可是他也想出来了个办法，假作没有什么要紧，说了声："天不早了，你们回去睡觉，俺们谈个问题儿，走吧，走吧。"一边说着就推巧八哥儿和小凤回到东里间，他顺便看了看没有别人，也看不出有什么可疑的征候，于是又回到西里间来坐下。

他正在想着怎样对待解文华才好，解文华可先问上他了："金魁老爷们儿，有什么事吗？"李金魁说："有点事。""有事你就说吧。"李金魁觉着在这儿追问他不好，才对他说："咱们到民兵队部去谈谈吧。"解文华一听叫他到民兵队部去，心里可就害怕了。以他的想法是，从这一次的大"扫荡"以来，八路军的各种部队都走没了影，各村的干部们都是藏的藏躲的躲，像李金魁这样的村干部一直坚持着工作是少数的，村里的政权组织都没有了，哪儿还来的什么民兵队部？恐怕他是要把我拉出去枪毙！可是他又不敢走，他知道，他要不走，李金魁就会像抓个小鸡子似的把他给捏出去，那可就更没有办法了！这可怎么好呢？这时候李金魁又说了声："走吧。"站起来就要往外走。在这种情形之下，解文华也就干脆地说了声："走。"两人就往外走去。

刚一出屋门，解文华就提高了嗓门儿说："小凤，给我留着门，我跟着你金魁哥去一会儿，要有什么事，你们可到你金魁哥家去找我。"他这几句话这么高声地一说，可把李金魁给气火儿了，他完全明白解文华的用意，他这话一来是为了叫邻居们也能听见，二来是作为一种双关语——话里有话——似乎是说，李金魁，现在已经不是你们的天下了！你们的行动不大敢公开，你敢把我怎么样了？你，连你的家都得小心着！李金魁真想掐着他的脖子，不过他暂时忍耐了一下，低沉着声音说："不要说话，告诉你，这儿有汉奸特务，悄悄地走。"说着就把他的脖子一抓，连拉带扯，向着村外走去。

李金魁往村外这么一走，解文华可就更害怕了。这时候他再也不敢高声说话，小声小气地问："金魁爷们儿，你拉我上哪儿去？""别说话，到地方你就知道了。"他这一说，解文华的腿都吓得快抬不动了，仗着李金魁有劲儿，拉扯着他走进枣林来，在一棵歪脖儿枣树下停止了脚步。李金魁把解文华按着坐在树下，头一句话就说："我一恼儿就掐死你！刚才在院里的时候你嚷什么？"解文华吓得就赶紧说："我错了！那是我一时糊涂，你原谅我吧！老爷们儿，咱们多少年来怎么好来？连脸儿都没有红过啊！这会儿——"他不敢再说下去了，他光怕多说一句话，就露了馅儿。

李金魁知道解文华很难斗，要想叫他说了实话是很不容易的，可是他要不说，又怎么处理他呢？嗳，唬他一家伙再说吧："解文华！你别说些个不要紧的，告诉你，现在到了你说实话的时候了。"解文华故作镇静地说："我说什么实话？你把我弄到这儿来，我都不知道为什么。"李金魁一听他还装没事人儿，于是更严厉地问道："你知道我，什么事也不愿意啰嗦，干脆，我问你，你是想死想活吧？"解文华又说："当然我是想活啦。""想活，你就得说实话，你以为你们干的什么事别人都不知道吗？说不说就在你了。八路军的政策你不是不明白，我今儿也不是随便儿把你弄出来，这是上级给了我的任务，你估量着不说实话行不行吧。"

这一家伙可真把解文华给唬得不轻。他想：莫非我们的秘密真叫他们知道了？要是知道了，不说实话可真不行。又一想：他也许是诈唬我哩？我说两句试探试探他是真知道假知道。想到这里他就说："好，我说。今儿我叫鬼子抓了民伕，给他们修炮楼儿去了。这可不是我愿意，没有法子的事。"李金魁准知道他不说实话，所以连想也没有想，就说："不对，这是假的。"解文华又说："这是假的，那你说我干什么去了？"李金魁把两个愣大的眼一瞪，四楞脑袋一歪："我问你哩，你问我。"说着伸出一只大巴掌来："我一巴掌把你的嘴给你打掉了！说！到底干什么去了？"

解文华一看骗不过去，可是又不愿意说实话，这可怎么好呢？一时他的转轴儿有点转不动了，两只凸出来的蛤蟆眼睛叭唧儿叭唧儿地直眨，两撇小黑胡儿也一翘一翘的，想张嘴又不敢张。李金魁又逼问道："说不说？不说我就不客气！告诉你，这时候子弹是宝贵的，我——"他拿着架势，"一家伙就掐死你！"把个解文华吓得要躺倒："我说，我说。""说，就干脆点儿。"解文华见李金魁把手收回去了，又哀告道："我说，我说什么？老爷们儿，你这不是叫我为难吗？"李金魁一想："这个家伙真难弄，他要不说，我可怎么办呢？真打死他吗？不行啊！到什么时候也得讲政策啊！"

解文华一看他犹豫了。噢！你是诈唬我啊，我的事你不知道啊！趁势儿唬他一下："金魁老爷们儿！咱们八路军讲的是民主，到什么时候也不能冤枉好人哪！平白无故地你把我弄到这儿来，逼我的口供，我有说的我说，我没有说的你可叫我说什么呢？这不是诚心要我的命吗？你真不如枪崩了我！你，你开枪崩了我吧。"说着就把脑袋往李金魁怀里扎。

李金魁看见解文华把脑袋往他的怀里扎，他想：好家伙，恶人先告状，这小子倒唬起我来了，可怎么办呢？嘿，你别说，李金魁真还有点儿急中生智，把他往后一推："你别来这一套！耍赖吗？你以为我真不知道？告诉你，你们的事一点儿也瞒不了我，我问你，你跟高铁杆儿有什么关系？"

这一句话可真把解文华给唬住了，立时耷拉下了脑袋。李金魁一看，这一回有了门儿，就势进攻："说，你找他干什么？今儿跟你一道的是谁？"解文华心慌意乱了。李金魁把他那"楠督式"的手枪噌的一下子从腰里拔出来，左手一掐解文华的脖子："不说，走，我今儿过过枪瘾！走！到大水坑沿儿上去。"抓住他就走。

解文华吓得噗咚就跪下了，两只手搂住李金魁的腿："我说，我说，我说。"李金魁这才又把他松开："说就快说，你要再敢说一句瞎话，我就对你不客气，痛痛快快地都说出来，宽大你。"

这一回解文华可真要说实话了："我说了吧，今儿我跟着人家办了一件不光荣的事儿！他们硬拉着我到桥头镇去开了个会。""开的什么会？""你别忙，老爷们儿，我都说给你听。这个会是高铁杆儿把我们叫去开的，毛驴太君也参加了，他们说在桥头镇这一带不扫荡了，八路军没有了，要各村成立维持会维持地方秩序。本来我不愿意去，可是何大拿说，不去不行，我才去了。老爷们儿，你知道咱受了八路军这好几年的教育，还能不明白这个——给敌人干事就是汉奸！可是话又说回来了，我可就是开了这一次会，任什么也没有干，在会上我也没有说话，这都是实在的，要有一句瞎话，你立时就崩了我！"

李金魁一听，根据现在的情况来看，这倒像实话，于是他又接着追问："还有，敌人给了你什么任务？你就是维持会长吗？""啊，对啦！这个我忘了没有说，维持会长是何大拿，我是副会长，本来还想要个联络员，因为没有找到，先让我兼着。给俺们的任务是，明天要把'安民'布告贴在十字街口，由何大拿召集村民大会，宣传'中日满合作'、'共存共荣'、'建立大东亚新秩序'，还有就是要消灭咱们的共产党和八路军。现在我可都说完了，金魁老爷儿们，你看着办吧，你是武委会主任又是民兵队长，你愿意定我什么罪儿就定什么罪儿吧。"

李金魁听了解文华的说话，又一想，这家伙到底还是怕吓唬，他不一定都说完了，我再吓唬他一下，也许还有。于是又假作不满意地说："真说完了吗？再想想，落下什么了？我给你数着哩，还有。""啊！你把我给吓懵啦！还有，我想起来了，可就是这一点了，敌人要在咱村修炮楼儿，还要修汽车路。""还有没有？""这回我可真说完了，再说就是假的了。""没有说完，还有。""没有了，真没有了。""没有了？你说不说吧，不说，别怪我对你不客气——"说着把个大巴掌在他眼前一晃，吓得解文华一眨眼，砰！一下子脑袋碰到了树上："你杀了我也没有了！""要再有了怎么办？""再有了枪毙！"这句话解文华说得可真坚决。

李金魁觉着：这个转轴儿算是叫我给唬住了，听他说的话全都合理，很像是真的，又经再三的追问，大概他不敢不都说出来。其实，他还有更重要的没有说哩！他是觉着最重要的这一点要说出来，恐怕也活不了！再说，李金魁就算是知道他们的事情，也不见得就知道那么清楚，所以就没有说。不过李金魁觉着他是说完了。

怎么样处理他呢？当了好几年村干部，从来还没有遇到这样问题。放了他吧？放不得。打死他吧？又怕违背了政策。但是这又不能像民兵队员们犯个错误似的给个什么处分。嗳，干脆，我找齐英和孙定邦去，看看他们怎么掌握这个火候。找他们去，解文华可交给谁呢？带着他？怕暴露了秘密。把他放在这儿？又怕他跑了。这可怎么好呢？解文华看破了他的心情，他想趁他在这犹豫不定的时候，说上几句好话，放他走，这才说道："金魁老爷们儿，叔叔我还有几句话要跟你说，我做的这事儿是错了！不过这可真不是出于我的本意啊！咱们八路军讲的是宽大，我这点儿一时之错，还能不原谅我吗？过去我可没做过坏事，这一回嘛，我也不干了，我一定保证，往后你们叫我怎么着我就怎么着，我一定跟你们一块儿抗战到底！好侄子！放我走吧，要不然，工夫大了，小凤她娘儿们要找起我来，不就更麻烦吗？"

解文华以为平常跟李金魁并没有什么恶感，李金魁是吃软不吃硬的人，这么一说，他的心一软，再加上家里有找出麻烦来的顾虑，准得教育教育他放他走。可是李金魁有个老主意：瞎子放驴——不撒手儿，不放他。李金魁干脆地对他说："不行，不能放你走。""你不放我，还能杀我吗？要杀我，我并不怕死，可是这不合乎咱们抗日政府的政策法令啊！"李金魁说："你先别来这一套，告诉你，杀你放你我都不能做主。""为什么你不做主？""我没有这么大权利，我得请示请示上级。""啊？在这儿请示哪个上级呢？""你甭问，反正比我这个干部大。""好，那我就跟你去吧。""你不能去。""那么我先回去。""你也不能回去。""不能跟你去，又不能回去，到底怎么办呢？""有办法。"李金魁想出办法来了："把你的裤腰带解下来。""解裤腰带干什么？""叫你解下来你就解下来。"解

110

文华不敢不听，只好把裤腰带解了下来。

李金魁把他的裤腰带拿过来又说："对不起，你先屈尊一会儿吧，站起来，把后脊梁贴在这棵树上，把两只手背过来。"解文华又乖乖儿地照办了。李金魁把他捆在这棵歪脖儿枣树上，刚要走，又一想：不行，我走了，他要喊叫起来呢？得给他把嘴堵上。他这才用自己的手巾，把解文华的嘴给塞了个满满当当。这一来，他是动不能动，说不能说，可真没有咒儿念了，他那七十二个心眼儿，九十六个转轴儿，一个也用不上了。李金魁急忙去找齐英、孙定邦。

孙定邦追的那个人怎么样了呢？孙定邦是个小心谨慎的人，所以一开始他就隐蔽着自己，在后边悄悄地跟踪瞄着他，跟来跟去，那个人跑到何世昌的房外，见他一扬手不知道往院子里扔进了个什么东西，然后走到大门口停下来了。孙定邦想：这不是何世昌吗？看他个子挺高，身子挺重，跑起来咚咚响，像是脑袋挺大，上半截儿一晃一晃的，他家里除了他别人没有这样的。要是他，问题可就要棘手了！怎么办呢？先抓住他？弄清到底是怎么回事。又一想：不行，他刚才往院里扔进什么东西去了，是不是他发觉了我？把秘密的东西先扔到院里去，他家里还有别人在等待着他呢！我要一抓他，不就打草惊蛇了吗？再说，抓住他又怎么办呢？他的姑娘现在又来到我家隐蔽着，这又多了一层麻烦！先放了他走吧，我回去赶快找齐英研究研究怎么应付。这工夫里边有人开了门，何世昌进去，门又轻轻地插上了。

孙定邦想着回去，可是他又觉着，这情况实在严重！还是得了解了解他到底是怎么回事。于是他想上房。孙定邦是个儿高身灵，做土木活多年，上房跨脊，攀梯登架，是特别熟练的，所以他并没有费事就登上了墙头，沿着墙头又跨上房顶。何世昌的宅院深大，前后左右好几层都是平顶砖房，孙定邦串了一会儿，才走到有灯亮的屋子前面，对着窗子就趴在房顶上。

　　他一看，这是何世昌的寡妇妹妹住的屋子。对啊，听到屋里边有女人说话了："你怎么喘得这么厉害？有人追你来着？"这明明是何世昌的寡妇妹妹的声音。孙定邦闭着气才听哩，他满心想着听一听什么人在回答，回答什么话。没有想到听不见回答的声音，光是看见被灯照出一个大手的影子在窗纸上急促地摆了两摆，又听到嗤啦嗤啦的有纸响，不大的工夫，就听到里边说了声："睡觉。"随着话音灯灭了。这两个字虽然说得很低，可是听出了是何世昌来。孙定邦本来还要听听，不想屋里唧唧咕咕的耳语一句也听不清了。

　　正在这时候，他听到不远处有女人吵嚷的声音，他站起来顺着声音望了望，啊！这是李金魁家的屋里有灯亮。他想：李金魁的奶奶和他的媳妇，莫非吵架了？不对，她们从来没有吵过啊。想是李金魁的兄弟玉魁跟她们吵起来？也不对，玉魁老实得不能再老实了。要不就是李金魁跟他媳妇吵闹？也不对，听不见李金魁的声音。再说，李金魁跟我一样追着一个人哪，他绝不能回家去啊！去看看是怎么回事。他悄悄地又缘着墙头出溜下墙来，急忙走进李金魁的家，在窗外隐蔽下听了一会儿，才知道是李金魁把解文华抓走了，巧八哥儿和小凤都到他家来找人。这时候的孙定邦心里就像长了草，说不清怎么个不安法，他紧忙着回家来了。

　　孙定邦到了家一看，齐英又领着他的全家在忙着开挖地洞，连丁尚武也参加了，他干得更欢，地洞已经拐了两个弯儿，洞的一头，已经修成了一个轿车篷子似的小屋，地下铺了一些干草，草上边还有席，席上铺了被、褥，史更新正在睡觉，林丽在他的身旁躺着，不时地给他检查体温。他问了问林丽，林丽告诉他：史更新的伤病情况还不敢断定怎么样，困难的是没有药，不过看情形，三两天内还不至于有什么危险。

孙定邦现在已经顾不得仔细照顾，他悄悄地把齐英拉到住屋来，把他所遇到的情况说了一遍，看样子他是为难了。

齐英完全体会得到他是怎样的心情，知道他现在肩上所担负的重担，当然是很同情他的，但是也感觉到自己对本职工作才学做不久，毫无经验，对小李庄的情形又不了解，真也是觉得无能为力。然而这是你死我活的敌对斗争，无论如何也不能退缩啊！先把情况弄清再说。于是他竭力地镇静着，这才详细地问起何世昌的具体情况来。

孙定邦对他说："何世昌有个外号叫何大拿。"齐英一听："啊！他就是何大拿呀！我刚到区里来就听到他的这个绰号，不过对他的具体情形不太了解，弄不清他究竟是个什么人。"孙定邦说："他到底算个什么人，还得好好地研究研究。在这个区里，他是数得着的地主，也是个大买卖人，抗战以前财大气粗的不行，谁都知道，进衙门不用通报，上大堂用不着弯腰，在桥头镇上一跺脚两头乱颤！官场上的事离了他就办不了。他的外号就是这么起出来的。人们叫何大拿叫得把何世昌的名字都快忘了，后来干脆就把何字去掉光叫大拿了。他有三个儿子一个闺女。大儿子何志文，是个留学生，现在听说给日本鬼子当翻译官。二儿子何志武，从小不务正业，什么坏干什么，早就是个'方块儿的'！"齐英不明白这句话："'方块儿的'是什么？"孙定邦下意识地笑了笑："'方块儿的'也就是'国字的'呗！他是国民党的特务！现在也许是高铁杆儿的部下了。他的三儿子叫何志忠，是个大学生，他参加过'一二·九'学生运动，据说还被捕过，反'扫荡'前他在分区做敌工工作，不常家来，弄不清他到底负什么责任。大拿的闺女就是来的这个林丽同志，她的原名叫何志贤。"

齐英又问："过去何大拿的表现怎么样？"孙定邦想了想才说："过去老早就是个阴阳人儿，他跟他爹不一样，他爹是个里表儿凶，他可是人脸狼心！别看外面肥头大耳的，像是忠厚老实，内瓤儿里尽鬼花狐儿，光捡过年的话说，可是尽办见不得人的事。实行合理负担的时候，多会儿都是自报头名，背地里他可劝别人少拿。动员参军的时候，他也帮助，可是背地里他进行破坏。他表面上和他的大小子、二小子脱离关系，但是实际上他还跟他们常常联系。表面上他亲近他的三小子和他的闺女，可是心里他恨他们。这些事也真难说，真就有一些糊涂人总说他开明哩。"齐英又问："过去政府对他怎么样？"孙定邦似乎很难回答了："县里区里总说，'他是上层分子，政府要团结教育他。他虽然是个大财主，可是咱们讲的是抗日民族统一战线，只要他跟着抗日就欢迎。尽管他表里不一，只要他表现有一点民族意识就应该鼓励他'。可是话又说回来了，我老看着他是猪鼻子里插大葱——装象！现在他的行动就证明了。到底怎么办呢？咱并不是怕他，就是不知道对他这样的人怎么办才好。你快点儿拿个主意吧，说不定今儿夜里也许发生什么问题哩！"

齐英听完之后，当时一句话也没有说，心里觉得是不好办啊！孙定邦又催着他快想办法，他才说："咱得想法先把情况弄清楚，才能做决定。"孙定邦又说："我也是这么想，可是容不得工夫了。要等到天亮，发生了问题，再想什么办法也没有用处。"这句话又说得齐英低下头不言语了。

正在这时候，有人用暗号叫门，孙定邦急忙出去开门，才知道是李金魁来了。李金魁一进来没有等问，就把解文华的情况说了一遍。齐英一听，认为这问题更加复杂，孙定邦听了，也觉得这事更不好处理，并且感觉到解文华不一定把他们的秘密都说出来了。这可怎么好呢？他又催齐英快想办法。齐英这时候已经坐不住了，眉头皱成了一个疙瘩。

孙定邦看出了齐英的为难，不愿意再催问他，光想着怎样把今夜安全地过去。李金魁可憋不住了，他是光急着要马上做出对解文华的决定来，作了决定马上执行。他心里还老嘀咕着巧八哥儿和小凤会找到他家去要人，闹得四邻八家都知道了。所以他着急地催问齐英和孙定邦想办法，催得齐英也急得难受，于是他就反问道："你们别光催我，咱们都是负责干部，到了这时候，咱谁也不能只依赖旁人。现在，把你们的意见先说说。"

他这一反问，李金魁就立即说："我的意见不知道对不对，我说把何大拿抓出来凿了他，留着他早晚是个祸害。把解文华教育教育放了他，他一看处理了何大拿，他就不敢再呲毛炸髭了。"齐英听着连连摇头。孙定邦也不同意他这意见，他说："你想得太简单了。我说咱们顶好是转移阵地，把丁尚武、林丽、史更新分散开，目标小了不容易引起人注意。"李金魁没有等孙定邦说完就禁不住火儿了，把眼一瞪，"怎么着？草鸡了啊！"齐英说："先别着急，你等老孙说完了。"孙定邦又继续说："到什么时候也不能草鸡！环境再恶劣也得干到底。我是觉着这样就可以保存干部。"李金魁又说："你说的那个门儿也没有，那么着就保存不住！干部是打出来的，不是藏出来的！这么着，吃鱼先拿头，咱村何大拿现在就是鱼头，到了这时候就得镇压！常言说：打死胆大的，吓住胆小的。要是凿了何大拿，不光是解文华这个胆小鬼，别的坏蛋们也不敢动了。咱们把地道开展起来，就凭咱们这几个民兵也跟鬼子们叮当一气。再坚持几天，咱们部队还不过来啊？"

孙定邦听了之后当时没有再说，齐英听了还是摇头，他觉得他们俩的意见都有一点道理，但是认识上又都有偏差。可是自己也还没有想出更好的办法来。李金魁对他这种态度厌烦极了，冲着他把眼一瞪："你光摇头算怎么着啊？你是俺们的主心骨，为什么不拿主意呢？"齐英被他这一说啊，那脸刷一下子就红起来了！可是想了想，人家质问得对啊！本来嘛，县区的领导机关都没有了，自己有经验没有经验，有能力没有能力别人怎么会知道？就是知道你不行，在这样残酷困难的斗争环境里，又遇上这样紧急危险的情况，他们不依靠你又依靠谁去呢？可是自己真想不出好办法来。他暗暗地叹了一口气，哎，哪如在剧社、在机关，反"扫荡"起来，只要豁出自己的两条腿来走路就行了！又想到，反"扫荡"一开始跟着区委书记在一起，自己也用不着这样作难，可是他牺牲了！现在客观环境逼迫着我行也得行，不行也得行！要不就按照孙定邦的意见来做，谁叫自己没有能耐呢！可是要那样一来……这工夫李金魁又问了一句："区委同志！你也要草鸡了吗！？"

齐英的心头震动了一下子，一股子热血往上冲来！嗳！念一百年书也是学生，不出飞儿翅膀硬不了。干！到了这个劲头上，他坚决地把拳头一挥，两只眼睛一闪："草鸡不了！咱们马上就行动起来。我的意见先把何大拿抓出来再说。你们同意不同意？"孙定邦没有说什么。李金魁却高兴地说："好，我马上就去抓他。"说着就往外走。

正在这个节骨眼儿上，胡同里噗咚噗咚的有人走动，三个人注意地一听：啪啪啪，有人敲门。

看吧：

对敌斗争复杂化　秘密工作困难多

第 九 回

用乔装齐英施巧计　陷迷阵老转说真情

秘密的行动，常常碰到意外的问题。齐英刚刚作了决定去抓何大拿，不想这时候又出了岔子。李金魁刚往外走，就听有人敲门，啪啪啪啪敲得声音挺大，听得出叫门的人很着急。三个人立时都愣住了，不敢说要发生什么情况。他们来不及商量，孙定邦说："齐同志，你赶快下洞，金魁，咱们俩去看看。"齐英不大放心，也是觉着夜里挺黑，到处都可以隐蔽，所以要跟他俩一同去。这时，外面敲门的声音更急了，孙定邦从洞口通知了里边一声"有情况"，紧忙着把洞口盖好，然后急忙往外走去。齐英和李金魁都在后头跟着，来到大门口内，孙定邦轻轻地问了一声："谁叫门？"外边野声野气地回答了声："我！""你是谁？""我就是我，你听不出来？"孙定邦听出来了："你是二虎吗？""哼！""有什么事？""开开门再说吧。""你跟谁来的？""谁也没有跟。"孙定邦还不大相信，他蹬着一块木头，从墙头上探头往外一看，果然是他一个，两头胡同口外也没有什么动静，他这才说了声："我给你开。"随着话音下来，用手势告诉齐英和李金魁躲藏起来，这才把门开开。二虎进来就问："李金魁到你这儿来了吗？"孙定邦说："没有。你找他干什么？"二虎说："没有拉倒。"扭头就走。孙定邦见他手里拿着一把白光的刀子，知道是没有什么好事，于是上前一把拉住他问道："你别走，找他干什么？来，进屋谈谈。""谈谈就谈谈！"二虎就跟着孙定邦进了屋。

诸位，二虎是个什么人啊？他找李金魁又干什么呢？二虎是解文华的侄子，从小儿就是个滚刀肉，扛过小活儿，在军阀队伍里当过几年兵，学得又粗又野。抗日政权刚一建立的时候，当了几天村农会主任，因为他办不成事，农民们把他撤下来了。后来大伙觉着他懂点军事，敢打敢闹，就选了他当民兵队长。因为他好打人骂人，不遵守政策，有时还假公济私，招摇撞骗，干了不到半年，政府把他查办了，民兵队长才换了李金魁。他的名字本来就叫虎，大伙看他是个"二百五"，所以就跟他叫二虎。有的时候又看他疯疯癫癫的，因此也跟他叫疯虎。其实他并不疯，他只是有个羊痫风病根儿，他的眼睛抽得愣愣怔怔的，白眼珠子挺大，黑眼珠儿小，看人看事光直着看，好像是眼珠儿不会转动似的。他今年本来才三十二岁，可是满脑袋的头发都白了。他的脸上有三个伤疤：一个是因为抽起羊痫风来，倒在高粱茬子尖上把腮帮子穿透了，另一个是被炮弹皮把颧骨炸破了一块，还有一个是他小时候跟别人打架，他拿着切菜刀要砍人，大伙拉着他，他没有办法，急得把自己的天灵盖立着砍了一刀。他个子不高，长得挺结实。不知道他在哪儿弄了一把捷克式步枪上的刺刀，擦得镜明瓦亮，动身老是带着它，他是随时准备着和别人拼命。他的封建宗族观念挺深，他们五家姓解的，不论是哪一家有了事他都要挺身出头，袒护挡横。因为撤了他的民兵队长，他对党、对政府、对李金魁就有了仇。今夜里，李金魁到解文华家去被他听到了，他又听到了巧八哥儿和小凤到李金魁家去要人，他问明了是怎么回事，这就拿着刀子各处寻找李金魁。孙定邦已经看出他是为这事来的，可是不知道他现在有没有政治问题，所以把他叫到屋里要跟他谈谈。

孙定邦和二虎两人到了屋里去说话，李金魁和齐英就走到窗外听着。孙定邦问："你找金魁干什么？"二虎说："他把我叔抓到哪儿去了？他凭什么随便抓人？妈的，我到处找找不着他，他要敢把我叔怎么样了，我就活剥了他这个半匹牛的皮！"孙定邦说："你先别发火，李金魁是干部，他也许是找文华有事，你不弄清了情况，就瞎闹腾什么？""他找文华叔有什么事？我看他是想给俺爷儿们扣上个汉奸帽儿，官报了私仇！""金魁跟你爷儿们有什么私仇？""有什么私仇？反正——"孙定邦这一句话把他给问住了。"不行，我得找他去。"二虎说着就往外走。孙定邦拦也拦不住他，说了许多劝解他的话他根本就不听，只好把他送着走了。

在孙定邦和二虎说话的工夫，李金魁想到屋里去把他抓起来，被齐英拦住了。这时候三个人进屋又研究了一下这个情况，二虎和解文华在政治问题上有没有关联不敢肯定，但是他今儿黑夜一定要闹得满城风雨，都知道李金魁抓解文华这回事了。他要找李金魁当然是找不到的，使人可疑的是：他为什么要到孙定邦家来找？莫非他们知道孙定邦是党支部书记了？也许知道这儿有什么秘密活动？不管怎么说吧，反正情况越来越觉着严重，问题越来越觉着复杂，秘密越来越觉着暴露，斗争越来越觉着困难。就在今夜，需要争取时间，弄清情况，处理问题，准备对策。在这样情形之下，李金魁更不能等待了。他要马上把何大拿抓出来，立即处理。可是孙定邦把李金魁拦住说："等会儿吧，咱们再好好地考虑考虑。"齐英这时候抓何大拿的决心也动摇了，他也是怕弄得捉虎容易放虎难，于是也就说："是得再考虑考虑。"李金魁一听就气儿了，他粗着脖子红着脸地说："你们这是干什么？是小孩儿打哇哇哪——说了不算。你们考虑吧，我得回家去看看。"把脚一跺他就要走。孙定邦一把把他拉住："你先别走。""我不走怎么着？跟你们在一块急死人！"齐英说："同志！先别这样，到了这个时候，千万可别闹不团结，有意见当面提出来。"李金魁又说："意见早提了八个过了！你们老是前怕狼后怕虎，你们要不敢做决定，我做决定，犯了错误我担着。"齐英说："这么办吧，咱们召开一个紧急的支委会，讨论讨论再作决定。"李金魁又说："再开了会天就亮了。""亮不了，早着哩，只要做出正确的决定来，事就好办。"李金魁又说："开会也行，耽误了事，受了损失你们负责！"齐英说："先别说这个，咱们为什么要耽误事受损失呢？赶快召集开会。"孙定邦说："现在的支委就剩了三个。""有三个就三个开，这是个组织。""会好召集，把孙振邦叫来就行了，我去叫他。"孙定邦说着就去叫孙振邦。李金魁气得咻咻的。

不大一会儿，把孙振邦叫来了。齐英一看，这人跟孙定邦的年纪差不了多少，是个矮胖子，光着脊梁，穿着裤衩，浑身都带着泥土，汗水淋淋，看得出来他正在挖地洞哩。初次见面，孙定邦做了介绍，齐英就热情地和他握手说话，可是他似乎待答不理。其实不然，他是这样的性情，从小儿就不爱说话，可是心儿里秀密，平常开会时他也不轻易说一句话，不过他的话每一句都有每一句的分量，每个字都有每个字的用处。

四个人的会好开，把发生的情况和他们三个人的意见对孙振邦说了说，就单等孙振邦发言了。可是孙振邦的言是不能很快就说出来的，急得李金魁在地下直打转儿。孙振邦却低着头眯缝着眼儿一袋接一袋地抽烟。李金魁又要发火："咱们这是开哑巴会哪？"孙振邦像没有听见一样，不过到底他说话了。头一句就说："老转的口供没有说完！要紧的他还没有说哩！"李金魁一听，"我觉着把他的尿都快挤出来了！怎么还没有说完呢？"孙振邦又说："有咱们在着他们敢成立维持会？"齐英一听：对啊！

他要成立维持会得先取得咱们的许可，要不然他就得先把这些党员干部除掉！孙振邦又说："他们召集村民大会，谁参加啊？"齐英越听越觉得有理，孙定邦的精神也提起来了，李金魁恍然大悟，你一言我一语的这个哑巴会立时活跃起来了。

由于孙振邦的分析提示，三个人都做了补充，齐英这才得出了结论，天亮以前敌人要来包围村庄，把干部、党员们都抓起来，开村民大会，逼着群众成立维持会，选举大拿跟老转当正副会长。看来问题是十分严重、万分紧急！可是几个人心里都像有了底，并不觉得像刚才似的那样慌乱可怕了。那么到底怎样处理才好呢？几个人的意见不一致。

李金魁说："干脆，把大拿跟二虎也掏出来和老转一勺烩了！"孙定邦一听是连摇头带摆手儿："不行，那是蛮干！到什么时候咱也得讲政策。"李金魁不服气地又说："讲政策——是汉奸就枪毙！二虎的问题没有弄清先撂撂，可是像大拿跟老转他俩的罪儿够了。枪毙了他们，这就是锄奸政策吧？"齐英说："不行。同志，事情不是那么简单，我们执行政策，还得注意具体的策略问题哩！"

齐英这句话可把李金魁给说住了，他不明白具体策略是个啥意思，心里想：我当了好几年村干部，开会开了不少，区干部也认识得不少，可还没有听见讲过策略问题儿，今儿这个区委宣传部的副部长，倒策啊略儿地闹起来了。他本想不言语，可是又憋不住，于是问道："你说什么是具体策略啊齐同志？"齐英像是背得挺熟："具体问题具体对待这就是具体策略问题。""具体问题具体对待，像何世昌、解文华这样具体问题怎么个具体对待法呢？"齐英又说："怎么对待，得弄明真相再说。"孙定邦听着：从大拿、老转到政策，从政策到具体策略问题，又从具体策略问题回到大拿、老转身上来，结果还是得弄明真相再说。转了个圈子，啥作用也没有起，白浪费了时间，磨牙玩儿。

　　孙定邦看了看孙振邦低着头眯缝着眼儿叼着小烟袋儿直笑，听着齐英还要说下去，这才赶紧说："齐同志别说了，俺们这些个村干部都是老粗儿不懂这个。天不早了，你快说说，咱们到底怎么办，好快点儿动作起来。"齐英说："我的意见是这样，何世昌跟解文华为什么不能枪毙呢？因为不管怎么秘密，要枪毙了他们，群众也会知道是咱们八路军干的。可是，他们的罪恶计划没有成为事实，群众不知道他们犯了什么罪，这样咱们就会脱离群众，结果是对敌人有利。再说，咱们刚才的结论只是估计，万一咱们要估计错了呢？所以还是得先把他们的底细弄清再作决定。"孙定邦点了点头，李金魁也明白了他的意思，就高兴地说："哎，这就对了！你早这么说多好。一弄那些字儿话咱就听不明白了。"齐英这时已经感觉到自己这个缺点，决心立刻改变，要学基层干部们的语言和习惯，要想最实际的办法。想到这里，觉得越想越明白，于是高兴地说道："今儿这个问题咱们也得狡猾着点儿，拴个套儿叫他们钻一钻，叫他们使自个儿的拳头捣瞎自个儿的眼。还是先从老转下手，看看咱们估计得对不对，给他们摆个迷魂阵，叫他们把实话都说出来。杀不杀他们全在咱了。你们以为怎样？"孙振邦坚决地说："对！我完全同意。现在要杀他们那是怕了他们！"他把烟袋锅儿一磕，啐了口唾沫，"甭怕，他们没有什么可怕的。"他一面说着把烟荷包绳儿使劲往烟袋杆上缠。他这几句话又把齐英提醒了："对啊！现在硬碰硬是不行！弄清问明也先不杀，叫他给咱们'尽点义务'！咱们就按这个题儿讨论讨论吧。"于是几个人又讨论了一阵子，决定给敌人摆个迷魂阵。要问这个迷魂阵是怎样的摆法，一会儿自然明白。

　　做了决定之后，孙振邦和李金魁就一同走了。孙振邦是家去穿衣裳，随着把挖地洞的工作收拾一下再回来。李金魁去叫民兵，孙定邦留在家里，准备应付意外的情况。齐英在这出戏里边要唱主角，他虽然很高兴地要执行这个任务，可是自己心里老是突突地跳，他对孙定邦说："是不是可以让丁尚武同我一块儿去呢？"孙定邦是连摇头带摆手："你要让他一块儿去，他'拔脖儿愣等的哩'！可是你掌握不住他，何大拿一家子就都甭想活了！"齐英一听也觉得是这样，所以就不再提了。于是他赶忙收拾武器，更换衣服。他更换什么衣服呢？更换了丁尚武的军装。这套军装他穿着是又肥又大，可是他要换上史更新的军装，那真得从衣服里头找人了。只好凑合着穿吧，好歹是黑夜，不仔细看也并不算扎眼。在他换衣服的时候，孙定邦要帮助他检查检查枪，拿过来一看："啊，你这还是支'小净面儿'哩。"齐英忙制止说："小心着！这枪滑机。"孙定邦说："要不你带上我这一支，我这支是个'长八分儿'，不过就是条软点儿，使不熟的碰劲儿就推不开炮儿。"齐英说："算了吧，用不着，摆摆样子就算了，真要用着我打枪的时候，再好的枪也发挥不了应有的作用。"两人对着笑了笑。齐英的全副武装都穿戴好了。他不住地打量自己，总觉得自己不像个大队长，可是他也知道自己没有办法像了。

　　工夫不大，孙振邦回来了。他上身穿上了一件带大襟的夹袄，腰里扎上了一条日本的挺硬的布腰带，手里拿着一支二十四响的大撸子，怀里还揣了两个木把的手榴弹。本来他就是个矮胖子，这一打扮显得更矮更粗了，走起来更显得腿不赶劲。齐英看着他进来，不觉抿着嘴儿微笑了一下。可是孙振邦他那一向是平静的面容仍然是那样平静，见齐英一笑，他不动形色地说了句："笑我！别瞧样儿，能拿住耗子就是猫。"说话间李金魁叫着四个民兵来了。这四个民兵都是谁呢？还是帮助找史更新的那四个：长江，东海，愣秋儿，李柱儿。这四个人别看年轻，每个人的故事都够说会子的。他们四个都是刚够民兵的年龄，都当得不久，可是现在就是小李庄民兵队的四根支柱。虽然他们已经累了一天，现在正在赶挖地洞，可是李金魁一叫，他们就又都忙着来了。

齐英跟这几个民兵都不认识，进屋之后，李金魁介绍说："这是咱们区委会的齐同志。"你瞧，他们四个还真是像受过军事训练，一齐来了个立正，很自然地站成一个横列，排头是长江，细高个儿，白脸儿，尖下颏儿，头顶有点尖，弯眉细眼，就像个白面书生。齐英一看他，他把嘴儿抿住直想笑。第二名是东海，比长江稍稍矮一点，略略儿的胖一点，红呼呼儿的圆蛋脸儿，蒜头儿鼻子，一对滚圆的眼睛郑重其事地看着齐英。第三名是愣秋儿，他和东海的个头差不多，就是比他长得猛壮，他是个四方脸盘儿，黑乎乎的，单眼皮儿，两道立眉，脸上紧绷绷的，带着个愣劲儿。最后一名就是李柱儿。他是个小巧玲珑的身体，一对不大的圆眼儿凸凸着，鼻子尖儿往上翘着，五官的距离都挺近。齐英跟他握手之后还拍了拍他的肩膀，他对着齐英一缩脖儿挤了挤眼儿。

齐英看了这四个青年民兵，嘴里不住地称赞，不由得问了一句："你们从天黑以前到现在还没休息哩吧？"愣秋儿说："休息不休息的不要紧，今儿把我饿得够呛！"李柱儿说："今儿黑夜就饿不着了，你看看。"他拍着肚子，原来他在怀里揣上了两个窝头。东海隔着愣秋儿，在后边用脚尖儿踢了一下李柱儿的大腿："一会儿分给我点儿吃。"长江轻轻地用胳膊肘儿一顶他，小声地说："我这里有。"齐英一面给他们布置着任务，看着他们真是打心眼儿里喜欢。把摆迷魂阵的计划大致地对他们说明了，立时就要动身走。愣秋儿有点不满地说："又是干这个，我当真参加战斗去哩。"齐英说："你们愿意参加战斗啊？"李柱儿说："当然愿意啦！老不参加战斗，多咱能背上'三八盖儿'啊？"说着把他那支老套筒子枪在地下一杵："这破枪我早就腻歪了。"东海说："甭忙，早晚有背上的时候。"愣秋儿说："敢情你沉住气了，边区造儿的马四环儿嘎儿嘎儿地使着。"长江接过来说："你要觉着边区造的马四环儿好，咱们俩换换，把你的大联珠给我，我还愿意听那个水音儿哩。"来到大门口了，他们四个还在你一言我一语地小声说着。直到李金魁"啾"了一声，把李柱儿敲了一手指头才算止住了。开开大门，孙定邦先出去视探了视探，齐英他们才走了。

孙定邦等齐英他们走了，把大门上好又回到屋来，这工夫天就过夜了。他走下地洞，看见挖洞的挖得还欢着哩，他觉着娘太疲劳了，就劝她回炕上睡觉。大娘向来是不愿意自己休息叫别人干活的。孙定邦知道她这个脾气儿，于是就让志如、小虎跟着一块去睡，谁想到她们俩对新开成的这个地下小屋子还没有新鲜够，再加上喜欢和林丽在一块儿，所以非在洞里睡不行，也没有铺被褥，在光席上一躺就睡过去了。孙大娘可是嫌这里边又潮又窄憋，所以她独自一人回了屋去。孙定邦这时候才仔细地问了史更新的伤病情况。史更新这一阵儿精神是好得多了，说话也有了点劲儿，他总是说着："放心吧，死不了！"可是他的伤口化脓挺严重，体温挺高，出气也粗。林丽说："得想法弄点儿药，没有药是不行的。"听她的话音没有药治，史更新的生命还是有危险！不过她竭力不让史更新感觉到这一点。这个问题当然使孙定邦不安，因为在这个时候找药是困难的。

这工夫孙定邦真是感觉着应该解决的问题太多了。先不要说更大更严重的问题，就拿林丽来说，她怎么办呢？要不要让她回家去看看？去又怎么样？不去又怎么样？丁尚武走不走？不走日子长了怎么着？这些人吃饭的问题如何解决？眼看着吃盐都要发生困难。史更新的伤病要好不了可又怎么办呢？……这些问题把他的脑子都快搅翻了！虽然他已经很疲劳很困倦，可是他的眼皮还像拿棍儿支着似的，于是他趁这个机会就和林丽、丁尚武谈起话来。林丽是坚决不回家的，可是她想跟她的母亲见见面。丁尚武不打算很快就走，一来他觉着没有地方可去，二来他总是"惦记"着何世昌……只是当着林丽的面他没有说出。他们几个正在谈话的工夫，孙大娘又走下地洞，叫了一声："定邦你来，有个事。"孙定邦马上就跟着出洞来到屋里。

原来，孙大娘并没有睡觉。她干了什么呢？按照她的习惯，拾掇拾掇这儿，归整归整那儿，最后在临睡前又烧了三炷高香。本来，有很长时期她对烧香不认真了，就是从最近几天以来，她才又每晚不落。但是，今天她烧完了香也没有就睡觉，她还要检查检查大门上好没上好。就在这当儿，她听到东北边响了一枪，这才忙着叫孙定邦。孙定邦一看她在院里站着，于是走到跟前问："娘，你怎么还不睡觉？叫我干什么？"大娘说："我听着东北边枪响。"孙定邦急问："你听着像在哪儿？""我听不出来，反正是东北边，不像近处，可是听得很清。""你听响了几声？""我就听见了一声，不知道我叫你的时候又响没响。"孙定邦说："你睡觉去吧，我再听听。"大娘这才进了屋去。孙定邦听了一会儿什么也听不见了。他还是不放心，于是他爬上房去，向东北望着，仔细听着。

孙定邦为什么听说东北边响了一枪就这样注意呢？这是因为枪响的地方正是齐英他们去的地方，估量着这工夫早到了，情况到底怎样也弄得差不多了，在这个当口响起枪来，孙定邦怎么能够不注意？那么，这一枪究竟是不是齐英他们那儿响的啊？就是的。原来，齐英他们在大沙洼的边上，流水沟的沿上，柏树坟里布置了第一阵。李金魁拉着解文华向着柏树坟里走。解文华不

126

知道这里头有什么文章，他只是嘀嘀咕咕的害怕。因为鬼子、汉奸常在这儿杀人，八路军也在这儿毙过汉奸，因此，他就更怕得不得了。一路上走着，他老是央求李金魁饶命，李金魁可是什么也不回答他。将接近坟地的时候，有两个地方在暗中问口令，他觉着是过了两道岗哨，把他更给弄糊涂了。他心里纳闷：这是哪儿来的这么一股子八路军呢？怪不得李金魁说他不能做主，得请示上级。看这来头，人还是少不了……他正在纳闷，走进了柏树坟，来到一棵大柏树底下，李金魁把他止住说："到了。报告大队长，解文华来了。"他注意一看，贴着树身子的一个人向他挪动脚步，看得出他是全身武装，手里提着盒子炮，心里话：大概处理我的人，就是这个大队长了，今儿我是死是活就全在他的一句话。

诸位，这位大队长就是齐英装扮的。齐英一看解文华来了就问道："你就是外号叫转轴子的解文华吗？"解文华说："是我。"齐英又问："解文华，我们早就知道你，过去你曾经帮助干部们干过一些事情，都认为你有点儿民族观念。今天你一时糊涂，动摇了抗日立场，但是，你们的罪恶还没有成为事实，因此，我们要教育争取你。你们的秘密我们都知道，你们的计划实现不了。为什么还要问你呢？就是看看你说实话不说实话。对你怎么处理——是死是活就全在你自己了。"

解文华看着这位大队长倒不可怕，说的话也很温和。

于是他就说："大队长，我错了。我把错误都说出来，求队长教育我。"他就把对李金魁所说过的情况又重复了一遍。齐英一听，他还是不把最严重的问题说出来，心想：得改变态度。于是就把眼一瞪，严厉地说道："不叫你说这些！要你说最重要的！你不是不明白，给我装糊涂干什么？告诉你，你们的一切行动我们都很清楚！连你的思想动态也瞒不了我们。"齐英说这话用了很

127

大的劲儿，甚至是咬着牙说的，他觉着他的态度和言词总可以令人害怕了。可是，解文华却觉着一点儿也不可怕，比起李金魁来可就差多了。他听着这位大队长的话是文绉绉的，仔细一瞧，他穿的这身军装也太不合适，越看着他越不像个大队长。所以立时没有再回答。齐英已经看出了他的心情，暗想：这个迷魂阵要叫他看破了可就不好办了。这工夫李金魁在旁边急得直搓手。正在这个劲头儿上，孙振邦让愣秋儿拉了一下枪栓，齐英灵机一动，回头喊道："谁在那儿摆弄枪？是机枪班吗？"孙振邦"哼"了一声。齐英又说："没有告诉你们机关枪离远点儿吗？"孙振邦又说了声"是"。解文华一听，还有机关枪班哪！这工夫齐英又说："你听这个干什么？说你的。"解文华这时候又犹豫起来了。齐英一看还是不行，他的灵机就又来了："李金魁同志，来，拿手电给我照着点儿。"说着从兜里掏出了日记本儿来，李金魁过来拿手电给他一照，齐英又说："他少说一个字儿，就拉到沟里去枪毙他！"这一回可把解文华给吓住了。咳呀，这是真的呀！恐怕不说不行。可是我要说了，恐怕也活不了！于是吓得跪下了，支支吾吾地说："大队长啊，我，我都说了，没有更重要的了，我要说一句瞎话，我，我不是人生父母养的！我……"齐英真火儿了："拉出去枪毙！"说着不由得就把他手里的盒子炮一撩，当！一家伙就响了。刚才所说孙大娘听到的就是这一枪。

这一枪不是齐英有意打的，是因为他这支枪太老，有点儿滑机，齐英使枪本来就架手架脚，到了这个劲头儿上，他一着急，神经一紧张，就走了火儿。幸亏解文华跪下了，枪子儿从他头顶上飞走，吓得他脑袋嗡的一下子，连拉连尿就瘫在了地下。可是，这一枪把孙振邦和几个民兵也吓了一跳。孙振邦以为把解文华打死了，急忙走来瞧看，当他来到齐英身后不远，李金魁忙走过去把他拦住，怕他来到叫解文华看破了。这工夫，解文华苏

128

醒了苏醒可就坐了起来，暗想，我这是还活着啊！这个大队长可还真够厉害的！干脆，是死是活都说出来吧，说出来也许能够活命。于是他就连声地叫着"我说……"给齐英磕头。

齐英一看解文华没有死，又听他要说，这才镇定下来，"好，你说吧，起来说。"解文华又说："甭起来，就这样说吧。"

齐英知道他起不来了："好，都说出来，不打死你，你要敢少说一个字儿……"解文华哆哆嗦嗦地这才说："再有就是，今儿天亮以前敌人来包围这一带的村子，小李庄还是他们的重点。""包围了怎么样？""他们打算把人们都抓起来，把干部、党员、民兵们都杀了，剩下的人给他们修炮楼儿，修汽车路。"齐英听着，暗暗地吃惊，又接着问道："敌人怎么会知道人们这两天在家里睡觉呢？"解文华又说："这是何大拿报告的。""不是你报告的？""不是，要是我我立时就死。"齐英又问："敌人怎么知道干部、党员、民兵都是谁呢？"解文华哆嗦得更厉害了："这，这是，是何大拿开的名单。""他这名单上都是谁？""头一个是孙定邦，第二个是孙振邦，第三个是李金魁，还有钱大顺家哥儿俩，李福林家爷儿仨，还有长江、东海、愣秋儿、李柱儿，再有——我一时想不起来了，反正一共是三十五个。这个名单还在何大拿手里，你们快去找他要吧。"

齐英觉着，他既然开了黑名单，为什么还不交给敌人呢？于是又问："这些事你怎么知道的呢？"解文华这时候似乎提起了精神，又说："因为俺们开会临走以前，何大拿叫我提名字，我没有敢提，就说知道得不清楚，可是他早把名单开好了，他拿给我看，还要在下边写上俺俩的名字。我觉得这样害的人太多，太损阴丧德，也是怕以后万一八路军再返回来，一定算这笔账。再说，俺们当了维持会长也得用人帮助啊。所以我才说不行，回去再商量商量，他才没有交。""他不交敌人愿意吗？""因为在日本人面前有他儿子的关系，他跟高铁杆儿又沾亲，他对高铁杆儿说，到村来再交。""今儿包围小李庄是高铁杆儿来吗？""是。""他带多少人来？""他说带一个小队。""日本鬼子不来吗？""日本鬼子也来一个小队。""为什么他们不多来人呢？""他们在桥头镇的日本兵就剩下一个中队。""那两个中队呢？""听说是猫眼司令调到北边去了。"齐英听着和他们估计的大致相同，可是怕还有别的，就又追问他，追问了几次，除了说何大拿家有"安民"布告外，都是些无关紧要的了。齐英觉着天色已经不早，还得赶快去找何大拿，对全村的群众也得快点儿通知躲出村去，最后这才对解文华说："你说的这些要是三头对面你敢负责任吗？"解文华很干脆地说："敢！要是差一个字儿枪崩了我！""你知道何大拿准在家吗？""在家，他准在家。""他的二小子何志武在家没有？""没有，他也许跟高铁杆儿一块儿来。""何大拿有枪没有？""他不一定有，俺们俩一块儿走，没有见他带过枪。"齐英觉着事不宜迟，需要赶快去找何大拿，于是带着解文华他们就紧往村里走。

在路上走着，齐英和孙振邦悄悄儿地商量了一下，孙振邦悄悄儿地回到家里，把情况对孙定邦一说，就忙着拽了几个人一家一家通知了群众离开村子躲藏起来，这就不说了。可是孙振邦往回走的时候，被解文华发现了，虽然离得远看不清，可是看出是个矮胖子，走路好像孙振邦，他就又犯了猜疑，孙振邦怎么会到了这里边来呢？这个大队长，看他的气魄儿不像个军人，他拿枪也有点笨手笨脚，刚才他那一枪像是走火儿。再一说，现在从哪儿来了这么一个大队呢？县大队？县大队长我见过，是个大个子。啊，县大队上有一个飞行侦察员叫肖飞，上孙定邦家来过，就是这么小个儿，也是很年轻，莫非是他？可要是他怎么又成了大队长呢？又一想，县大队听说被打垮了。这可到底是个什么队伍呢？他又怎么对我的事知道得这么清楚呢？……这里头一定有鬼。他想来想去，这个维持会他娘的不能干，八路军真是神鬼难斗！可是天明敌人要找我我怎么办哪？不管怎么说，这一回弄得是糟糕透了！真是他娘的猪八戒照镜子——里外不够人儿！他们要是对何大拿也不杀，事后他也饶不了我！要不我就逃到别处去？可是老婆孩子怎么办呢？不行，得想个脱身之计，既要得到这位大队长的许可，又要让何大拿、高铁杆儿不知道我的事。于是他就向齐英说长道短地央求，齐英对他说："你的问题一会儿再谈。"说话之间，来到了村里，李金魁把四个民兵支配妥当，这时迷魂阵的第二阵又开始了。

齐英他们来到何大拿的大门外边，解文华往院里投了一块小砖头，就听里边轻轻地咳嗽了两声，他也咳嗽了两声，然后大门轻轻地开了，开门的正是何大拿。李金魁和解文华早闪在了后边，齐英闯进门去，用盒子一逼："别嚷！到屋里去。"这一家伙可把何大拿给弄愣了，他乖乖儿地举着手回到屋里。他没有回到他老婆的屋里，因为他正在他寡如妹子的屋里睡觉，一时惊慌，他把这个丑事也给忘掉了，所以又回到了他妹子的屋来。正好，他的证据原来也随身带到了这屋。齐英进屋一看，炕上睡着一个小姑娘，还有一个年纪不算大的女人，这个女人就是何大拿的妹子，小姑娘是她的独生女儿。齐英并不知道这个情况，他也没有心活儿察看这些，可是把何大拿的妹子给吓坏了，她以为是来捉他们的奸哩！所以连臊带吓把被子在头上一蒙就哆嗦起来了。

齐英看见她吓得像筛糠，就说："你用不着吓得这样，不怎么样你。何世昌！我告诉你，我是分区来的，我们本来有别的重大任务，可是在桥头镇上今天临时发现了你的问题，我们不能不处理。"说着他又掏出了日记本儿看着："哎呀，你的问题严重啊！

不过还没有成为事实，还可以挽救，你也可以改过自新，立功赎罪。看，是你自己坦白坦白把罪证交出来好啊？还是我给你说出来，把你的罪证搜出来好呢？"何大拿一听，吓得他连气也喘不上来了，张着大嘴直哈嗤，大胖脸煞白，光秃的头顶上津出来了一层亮晶晶的油，登时之间变成了豆大的汗珠子哗哗地往下滚，耷拉着大肉眼泡子，眼珠都不会动了。暗想，这是怎么弄的呢？刚才在桥头镇上开的会他怎么会知道的？也许是这个人来诈唬我吧？可是他又怎么知道我叫门的暗号呢？他是分区来的？莫非分区还在？可是又看这个人不像个军事干部。小心着！这不一定是个什么人化装来的哩！齐英这时故意地把声音提高："怎么？你不敢说？""我、我、我说、说什么？"这时，李金魁在门口外闷着气咳嗽了两声，紧接着四个民兵在东西南北各房顶上，有的咳嗽，有的问口令，有的拉枪栓，有的弄得什么叮当响，他们在各房上喀嚓喀嚓地走来走去。齐英对着外边说道："二中队长，告诉他们肃静着点，看看是哪队的人这样暴露目标。"不知道是哪个民兵在房顶上答应了一声，立时可就静下来了。

何大拿一听：好家伙，来了这么多的人啊！这到底是从哪儿来的呢？真是奇怪！看这个来头我不说不行，可是说了恐怕活不了！所以他总是吭吭哧哧地也不敢不说也不敢说出一句成句的话来。齐英估计着他就不说，可也并没有打算着先叫他说，于是他就看着小本儿说道："我没有工夫等着，你不说我替你说。"他把解文华所说的情况都说了一遍，最后还说："把敌人给你带回来的两张'安民'布告给我拿出来，把你还没有交的那个三十五人的名单拿出来，快一点，拿出来之后，我们还要去找你的副会长解文华去哩。"

这些情况别人不知道这样详细，何大拿刚才怀疑是解文华暴露的，可是又听说还要找解文华，他又想：也许是参加会的有八路军的人，这神八路可真是厉害，不说不行了。你看他趴下就磕头，都承认了，把两张布告和黑名单也交出来了，不住声地求饶命。齐英说："你起来，根本就没有打算着杀你，可是得有条件：第一，别让你的二小子何志武再当特务；第二，想法叫你那个当翻译官的大小子何志文别干坏事，帮助帮助我们八路军；第三，一点儿对敌人有利的事你也不能干，以后你的一切行动要听区村干部的，并且要向干部报告敌情。这三个条件你做到做不到？"何大拿连说："做到、做到、一定做到。"齐英又说："告诉你，我们哪一天哪一夜都有人在这一带工作！连你的思想活动我们也会知道，你要是敢不按照上边的三个条件来做，就把你的脑袋穿个眼儿！"说着他又要往上撩盒子炮，因为他害怕又走了火儿，所以撩了半截儿又放下去了。最后齐英说："不许给我们暴露，记住。"说完之后，齐英急忙走出房门，又向着房上说了声："撤下来。"才走出大门去。四个民兵都回了家，齐英又和李金魁带着解文华走出了村庄。何大拿可吓了个蒙头转向，不知道怎么好了。他赶紧走到各屋去问，各屋的人都说，房上走动的人挺多。他毫不犹豫地肯定了这是个真实情况。他又一想：这可怎么办呢？天这就快亮了，一会儿日本人和高凤岐来了，我可怎么交代？他们要是把村子包围起来，这部分八路军还能不打啊！不论谁胜谁败，倒霉的也跑不了我！就算是八路军不打，日本兵跟高部队儿来了扑个空，恐怕也得找我算账……哎，不如我先去报告吧。想到这儿，他急忙出村直奔桥头镇跑去。

真是妙哉：

迷阵使伪乱　乔装得真情

第 十 回

听情报敌伪军起纠纷　探洞口卫生员效忠诚

常言说：要想斗争巧，全凭智谋高。这话很对。请看：齐英领头摆的这个迷魂阵，真把何大拿给迷惑住了。他估计着桥头镇上敌伪军快要来到，就急忙迎着头跑去。出村走了没有多远，迎面碰上了高铁杆儿的伪警备队。他就把他刚才所遭遇的情况一五一十地都说了。高铁杆儿一听这个情况，就马上下令队伍停止前进。他在马上坐着考虑了两三分钟，拨转马头就往回走，紧跟着传令撤退。

有人要问：高铁杆儿既是个死硬的铁杆儿汉奸，为什么他又表现得这样松软，这样胆小呢？

诸位，说他是死硬的铁杆儿汉奸，意思是说他坚决和抗日人民敌对到底，祸国殃民铁了心。这个家伙是疑心太大，又奸又滑，时时刻刻地提防着吃亏上当，闻见风就要防备雨。他从十年以前当国民党政府的保卫团队长的时候，就与共产党和爱国人民为敌。抗战以来这几年，他又经常跟八路军打仗，当然是受过不少教训，现在他的腿肚子里边还带着八路军的一块手榴弹的碎片，脸上还有两个沙子眼，那是被民兵的鸟枪打的。可是他也因此有了经验。所以他常说：我这根铁杆儿是磨光擦亮了的。这个家伙对八路军是熟悉的，对这一带地方上的情况也摸得清楚，在汉奸群儿里来说，可以算个地头蛇，要不然日本鬼子也不会重视他。今天敌人包围这一带的村庄，到别的村都是中队长或是小队长带着去的，因为小李庄村是他们的重点，毛利这才派了他带着一小队伪军和一小队日军前来。他是最高的指挥官。

高铁杆儿听了何世昌的报告，虽然觉得这个情况有些奇怪，可是以他自己的经验证明，八路军神出鬼没，奇妙的行动是非常之多的，所以他才信以为真。他估计着：一定是有哪村参加会议的维持会长是八路军的密探，把秘密报告了八路军。来的这个队伍，既然有中队长，很可能是县大队。县大队对他的警备队是非常熟悉的，过去他曾经吃过县大队的不少亏，今天到这儿来，一定是要阻止维持会的成立。可能让各村的老百姓都躲出村去，也可能要打伏击！高铁杆儿想到这儿害了怕，他才拨马传令撤退。可是他这个命令没有行通，因为日本小队长不干。

这个日本小队长是谁呢？就是叫那撒卡瓦的那个猪头小队长。这个家伙真是又粗又野，光知道蛮干。他一听高铁杆儿下令撤退，就火儿了："站住的！回去的不行。"就命令他的小队把伪军给挡住了。高铁杆儿一看他挡住了，就下了马对他说明情况，并且对他说："八路大大有！再往前去危险大大的！"这位猪头小队长摇头晃脑："八路的没有！大日本皇军的不怕！"说什么他也不同意。高铁杆儿一看说好的不行，就对他动了职权："毛利大太君的命令，我的指挥，你的服从好了。"可是猪头小队长比他还厉害："大太君的命令你的服从！你的不服从，回去的不行！"高铁杆儿又说："我的回去交代，你管不着！"猪头小队长又说："你的回去不行！我的不干！"这时候，高铁杆儿也真火儿上来了，喝令了一声："撤退！走。"他上马就要走。可是猪头小队长比他火儿还大，他把战刀嗖的一下子拔出来，大骂了一声："八格牙路！你的心的坏了！大大地坏了，通通死了死了的有！"他拔出战刀来一骂可不要紧，一个小队的日本兵都咔咔地上了刺刀，唰唰地散开把伪军给围住了。

高铁杆儿铁青着脸，没有说话。这个家伙动身带着五个护兵，都是亲信，这时候也一个一个都把枪端在手里，似乎是单听高铁杆儿的命令。护兵一这样，伪军小队长也硬起来了，这个伪军小队长正是刁世贵。他也啪啦一声把盒子炮掏出壳来，又喀嚓一下子顶上子弹，大喊着："日他奶奶！谁也不能孬种！"他这么一喊，伪军们也都往后退了几步，摆出准备战斗的架子。高铁杆儿一看，事情严重了！要是干起来，恐怕要吃亏！这儿吃了亏，回去在毛利面前打起官司来，恐怕也不好说。可是已经闹到这一步了，还能在这么多的士兵面前孬种吗？怎么找个台阶儿呢？这工夫，何世昌吓得浑身乱抖，一个劲地拉他的马镫，小声地说："别这样，可别闹起来啊！"跟他一块儿来的特务独眼龙跟何志武也害怕真打起来。不过，还是何志武这小子心眼儿多，他就到高铁杆儿胸前悄悄地对他说了几句什么。高铁杆儿点了点头，然后何志武又走到猪头小队长跟前。他会说几句日本话，就用日本话向猪头小队长说了几句温和而又带着认错的话，猪头小队长这才收刀罢兵。高铁杆儿按照何志武的提示对猪头小队长说："你的说八路没有，八路的不怕，你的头里走，你的进村去，警备队在村外包围警戒。"这个猪头小队长当然是不怕这个，二话没说带着他的小队头里去了。高铁杆儿变成了催后阵的，跟着队伍小心地往前走，进小李庄的工夫，天就大亮了。猪头小队长带队先进了村，高铁杆儿督着后阵骑着马，在村外的高坡上不住地东张西望，光怕八路军从屁股后头上来。呆了老半天他也没有敢下马。太阳出来一竿子高了，村里村外一个老百姓也没有看见，八路军也没有来。他觉着是没有事了，这才进了村去。

高铁杆儿他们来到村里一看，猪头小队长指挥着日本兵挨门搜查，刁世贵也带了一部分伪军进来到处乱串。这工夫何世昌对他说："没有事了，八路军准是让老百姓躲出去他们就走了，你们今天算白辛苦了一趟，一定累得慌了，让弟兄们去搜吧，你请到我家喝点儿水。"高铁杆儿倒是不渴，可是他的大烟瘾上来了。这个家伙烟瘾特别的大，光抽好烟不说，每隔四个钟头就得抽一次。为了不断烟顿，他在马鞍子尾上特地装上了个皮兜儿，烟灯、烟枪、烟钎子，连特制的长方形的小铜烟盘儿都放在里边带着。这时候何世昌一让他家去，他连客气话也没有说，跟着何世昌就到他家来了。

何世昌家里的人是一个也没有出去，不过何世昌没有把高铁杆儿领到他老婆的屋里去，他是嫌他老婆土气，他把他领到他妹子的屋里去了。

何世昌的妹子是个什么样的人呢？这儿需要介绍几句。何世昌弟兄四个，原来他没有姐妹，这个妹子是他母亲的养女，从小儿在他家长大，跟他母亲叫干娘。她的乳名叫果，因为长得又白又胖，人们都跟她叫大苹果。在她十五六岁上的时候，何世昌老想娶她做二房，因为他的爹娘那时候还活着，无论如何也不让，为这事把何世昌不知道骂了多少回，后来给何世昌娶了个二房，把大苹果嫁到了城里，这事才算完了。大苹果的丈夫在日本占了县城以后当伪警察局长，去年叫日本的一个驻军司令给枪毙了，于是日本鬼子、伪军、特务们都要争夺大苹果，为她还出了人命。她吓得不敢在城里住了，才把城里的财产抛下，带着她的闺女小香儿又逃回何世昌的家来。这一来可给何世昌造成了好机会，虽然抗日政府不许可一夫多妻，可是他暗中占有了他这个干妹子。他兄妹俩的事儿一年来总是有风言风语的传说，可是谁也没有抓住事实的证据，他们就暗中过起来了。这个大苹果今年三十五岁了，还像二十几岁的。何世昌今年五十五岁了，难道她会爱这样一个老头子吗？当然是不爱他，不过没有办法。她闺女小香儿今年十五岁，和她娘的长相仿佛，因为生长在汉奸的家庭，又受着何世昌的影响，现在学得也很坏。何世昌为什么要把高铁杆儿领到他妹子这屋里来呢？因为高铁杆儿抽大烟非让别人给烧不行，何世昌家里人只有大苹果才会烧烟，高铁杆儿又熟悉大苹果，他估量着不把他领到这屋来也不行。这样一来，让高铁杆儿高兴，不要怪罪他。就是在毛驴太君面前，也可以多说好话，不但今天的事可以原谅他，就是以后事情也好办。再一说，何世昌可也真怕日伪军闯到他的家来，所以先把高铁杆儿请进来做个顶门杠。

高铁杆儿跟着何世昌进了大苹果的屋子，一看见大苹果娘儿俩，乐得他比猫见了鱼还高兴。可是，大苹果娘儿俩却很腻烦他，因为高铁杆儿的样子实在叫人恶心：他长了一个瘦长而弯曲的身子，像个大海虾的形状，穿着日本式的军服，上身愣短，两头尖的枣核儿脸形，还留着断梁胡髭。本来，这就够难看的了！可是进了屋来未抽烟还先把军帽摘掉，把上身军服脱去，露出了飞机式的头发，藕荷色的绸子衬衫儿。他还用手把头发拍一拍，把衬衫抖一抖，凑到大苹果的脸上去说话，一张嘴露出两排大黑牙，喷着热烘烘的酸臭气，真是把大苹果腻烦得直要吐。不过，她不能得罪他，只好强作着笑脸儿来侍候他抽烟。可是，高铁杆儿也真看着何大拿的面子没有好意思把大苹果怎么样，只是说了一些肮脏的话，把小香儿故意地当作小孩子搂搂抱抱，弄得何大拿也很难堪，看着实在不像样，可是又不好意思去说。闹腾的工夫就不小了，高铁杆儿的大烟也早就抽足了，可是他还不肯走。这时候，突然猪头小队长带着一个日本兵闯进来了。

猪头小队长进来一看，就对着高铁杆儿说："唔！你的这边花姑娘的干活！哼——花姑娘漂亮，好的好的，大大的好！"说着就要搂抱小香儿，吓得小香儿不敢说话，直往她娘怀里偎。这一来，不但猪头小队长把她抓住，日本兵把大苹果也给拉住了。何大拿一看着了慌，吓得不住地叫太君，不住地作揖。高铁杆儿坐起来说话了："太君，这边的抽烟，这边的喝茶。"猪头小队长哪里肯听这个："烟的不抽，茶的不喝，花姑娘的干活。"何大拿这时候又来央求高铁杆儿。高铁杆儿一看这个猪头鬼子也太不通情理了，他就大声地说道："不抽烟不喝茶也不能胡闹！"猪头小队长又对他说："我的胡闹？你的胡闹！花姑娘你的可以，我的不可以？通通出去。"说着他就要往外赶何大拿和高铁杆儿。高铁杆儿哪里吃过这个？自然是不肯出去。可是猪头小队长劲头儿大，把何大拿一扯，何大拿扑通的一声倒在炕下，把高铁杆儿用力一搡，高铁杆儿也砰的一下子碰到了墙上。这一回高铁杆儿可真火儿了！他喝了一声："来人！"就听呼噜噜，他的五个护兵都进屋里来了。

猪头小队长见高铁杆儿的几个护兵冲进了屋门，知道事情不妙，他立时抽出了战刀，跟他一起进来的那个日本兵也端着枪刺冲着高铁杆儿。可是，五个护兵的枪口已经对准了猪头小队长和日本兵。高铁杆儿是讲排场抖威风的，他这五个护兵都是年轻大个的小伙子，有两个使用的是马匣子，有两个使用的是冲锋式，有一个使用的是旁开门儿的二十响的盒子炮。这五支枪这么一逼，猪头小队长也害了怕，他知道高铁杆儿要说一句话，护兵真敢开枪。可是，大日本皇军能怕伪军吗？于是他也"哇啦"了两声，立时又闯进院来了五个日本兵，"呀呀"地把刺刀对准了护兵的后脊梁。不过，猪头小队长也不敢下命令让他的士兵真杀起来，他们就这样狗挡狼两惊慌地僵住了。他们这一闹可不要紧，把个何大拿给吓得抱着高铁杆儿的大腿直说好话，央求他无论如何也别打起来。到底还是高铁杆儿找了个台阶儿，他撑着劲对猪头小队长说了声："你的不讲理！回去大太君的说话！"猪头小队

长也回了声："大太君的说话！通通走。"日本兵和护兵这才一齐
收了枪，跟随着高铁杆儿和猪头小队长回了桥头镇。

高铁杆儿和猪头小队长的这场狗咬狗，把大苹果、小香儿
吓得直哭直叫，把何大拿也吓得说不出话来。呆了老半天，他才
把心情稳住，翻来覆去地想：我这算闹了场什么？我又为什么非
要这么做呢？共产党八路军虽说对我不利，可也不过是在老百姓
当中不能再像过去似的说话有用，不能再像从前那样有权有势，
除此以外对我并没有别的不好，几年以来也没有侮辱过我！就是
今天夜里找了我来，抓到了我的证据也没有怎么样我。可是，这
些日本鬼子太野蛮太可恶了！就连高凤岐算上，论起来还是远门
的表哥，今天到我家来也太不礼貌了！这是有我在眼前，要不然
他什么也能做得出来！现在，我这是才开头跟他们打交道，以后
要长了，还不敢说对我怎么样呢？他越想越挠心，我这是何苦，
烧香引鬼，搬砖打人砸了自己的脚面，闹得我鸡犬不安！去他娘
的吧，维持会长谁爱干谁干，我是不干了。他又一想，我不干了
日本鬼子不找我啊？高凤岐不找我啊？他们要找我可怎么办呢？
可是我要干了，八路军不找我啊？今夜那个队长没有杀我，但是
订下了三个条件，万一要是再找上我来，恐怕就不好说了！八路
军是说得上来就做得上来的！想到这里，头上又冒出汗来，急
得他抓耳挠腮，真像热锅上的蚂蚁一般。他可真是闹不清怎么好
了……他想来想去恼恨自己，最后照自己的光头顶"啪！"使劲
打了一巴掌。

再说，高铁杆儿和猪头小队长都带着队伍往桥头镇走。猪
头小队长气得恨不能拿刀把高铁杆儿砍了，高铁杆儿也气得哈儿
哈儿的，他哪里受过这个？他觉着这一回要松了，以后这个猪头
鬼子对我还不更凶了！可是，见了毛利能怎么样呢？日本人还能
不护着日本人吗？猪头小队长在毛利面前又挺吃得开。反正是他

妈的凶多吉少！不过，看毛利这个人和别的日本官儿有点儿不一样，他不至于把我枪毙了吧？可是，我这个大队长也许当不成了！今儿算是倒定了霉！自从跟这个猪头鬼子一块儿行动，就没有得过好，几天以来，右眼老是跳。左眼跳财，右眼跳祸！他娘的，我得早做准备，他要真撤我的职、卸我的枪，我给他来个先下手为强。他心里不住地盘算着。

不多一时，他们进了桥头镇。猪头小队长直接地就找了毛驴太君去，他是要抢个原告。高铁杆儿可是回了自己的大队部，连气也没有顾得喘，立即派人通知各中队长、小队长来大队部开紧急会议。他的中队长和小队长们也都是刚才回来，接到紧急通知后，闹不清是发生了什么严重问题，马上就都来了。高铁杆儿又吩咐增加了门岗和内卫兵，不论是日本人还是中国人，也不管是多大的官，在这一阵儿不经他亲自许可，一律都不准进来。他的紧急会议马上开始了，他把所遭遇的情况跟同猪头小队长的冲突说了一遍，又说了些警备队历来所受的日本鬼子的气，最后把他的打算也说了出来。到会的人都异口同声地赞成。

这些伪军官怎么这样心齐呢？

他们倒不是心齐，这是因为：一来高铁杆儿是很残忍凶暴的，他们不同意也不敢表示反对。二来是这些当官的差不多都是高铁杆儿的亲戚朋友，盟兄把弟，都是靠着高铁杆儿傍虎吃食儿的，如果高铁杆儿走了，他们也呆不住，所以明知道有危险，也要跟着干。再一说，这些家伙都是各色各样的亡命之徒！我们这里不浪费时间来介绍他们了。总之，他们这起子人正像他们自己常用的那句话一样——"骑着驴吃烧鸡——这把骨头还不知道扔在哪儿呢！"又何况他们都或多或少地受过日本鬼子的欺侮，也都想就这个机会报报仇。所以，高铁杆儿说完之后，他们就说："欺负高大哥就跟欺负咱们一样！打个兔崽子！毁了他们！"最后，刁世贵还特地加上了一句："鬼子们一个中队，咱们一个大队，打他们是灶王爷伸手——稳拿糖瓜儿。"

高铁杆儿看见他这群喽啰都拥护他，觉得满有把握，他这一颗慌蹦惊跳的心才叫这些亡命徒的手给稳住。他马上就分配了任务，谁把哪个门，谁堵哪个口子，谁打增援，谁放火，谁抢仓库，最后，刁世贵的小队跟随着他行动。末了，他又重复地说："可是这么着，没有我的命令谁也不许乱动！我的命令就是啪！啪啪！连打三枪。"他们刚刚定好了计划，这工夫门岗来报告内卫兵，内卫兵进来报告高铁杆儿说："毛利大队长叫高大队长马上到他那儿去。"高铁杆儿说声："就去。"内卫兵退出，高铁杆儿又对他的下级们说："散会。赶快回去准备，千万可不能露出马脚，暴露了秘密。"说完，他带着五个护兵就去见毛驴太君。他在道上走着就给他这五个亲信护兵布置好了。

高铁杆儿他们不一会儿来到了毛驴太君的门口，刚要进门，卫兵挡住了，不让五个护兵进去。高铁杆儿说："大太君的请我，你的不让，死了死了的有！"日本卫兵说："你的可以，他们的不行。"高铁杆儿说："我高部队儿就是有这么个派头儿，我到哪儿护兵就跟我到哪儿，你要不让进，我的通通回去。"说着就要往回走。日本卫兵一看不行，又往回里挡他们："慢慢的，慢慢的。"说着他喊出来了一个传令兵，把这情况一说，传令兵就忙去报告毛驴太君。真没有想到，毛驴太君亲自出来了。他在大门里边就说："高队长的来了，通通进来的可以。"高铁杆儿一听就更趾高气扬地走了进去。他给毛驴太君敬了个礼，毛驴太君也很规矩地还了他个礼，引着他进了屋。这五个护兵两架冲锋式在怀里抱着，两支马匣子在胳膊上架着，一支二十响的盒子炮张着大机头在手里提着。他们不停地在屋门外转来转去，好像随时都要开火儿，可也真有点儿令人害怕。

高铁杆儿带着他那几个护兵来的这个情景，毛驴太君一看就明白了几成，他知道在这个时候是不能把高铁杆儿怎样的，其实他也没有打算这时候就把高铁杆儿怎么样。这个家伙跟猪头小队长可不一样，不像他那样简单。他把高铁杆儿让到屋里坐下。这时候，猪头小队长还在这儿。本来，猪头小队长跟他说了老半天了，可是他还要叫高铁杆儿和猪头小队长每人都说一遍。他俩自然是各人说各人的理由。毛驴太君听了之后，当时微笑了一下，说了声："事情小小的，关系的没有，关系的没有，打架的不要，嘿嘿，通通小孩的一样。"说着让高铁杆儿抽烟、喝茶，然后又拿出了糖果、点心、白兰地酒让高铁杆儿连吃带喝，同时也给了猪头小队长一些。这一来，倒把高铁杆儿给闹得不知道怎么好了。毛驴太君又说："日本的、中国的亲善睦邻你们的明白？共存共荣朋友的一样你们的明白？你们的通通功劳的有！'扫荡'八路的战果大大的！你们的通通明白？"猪头小队长一口一个"哈意"！高铁杆儿连连点头说："明白，明白，通通的明白。"毛驴太君又说："打架的不好！新交新交的好。"他亲自倒满了三杯酒，给他俩各一杯，自己把一杯也端起来。他假笑着把鼻子下头那撮儿小卫生胡儿一耸一耸地："碰一碰，碰一碰。"仨人都把酒干了。毛驴太君又说："打架的不要了！朋友的大大要！"猪头小队长还是"哈意哈意"地答应着，高铁杆儿也点头说："对对对。"毛驴太君又对高铁杆儿说："你的回去，派人的，何世昌、解文华的通通叫来，我的说话。"高铁杆儿答应着退了出来，高兴地回到自己的大队部。他心里想：毛利这个大队长是怕硬的啊！好，以后我就给他硬的吃。他别提多高兴了。高铁杆儿这才一面派人忙着去叫何大拿和老转，一面又通知各中队长、小队长再到他这儿来。这些咱就不提了。

毛驴太君让高铁杆儿走了之后，他的假笑脸儿立时就变了，嘴巴子往下一耷拉，显得那个驴脸特别的长。你瞧他把猪头小队长这一顿"训"吧！猪头小队长还没有等他说话，一看他的脸色不对，就从座位上站了起来，把两条腿夹得绷儿紧，单听着毛驴太君的训话。他们俩说话当然是说日本话了，毛驴太君说话的意思是："你糊涂，头脑太简单了，根本就不懂得政治。我们的大陆政策你一点都不明白，你不知道我们怎样才能征服中国，你更不知道中国人的厉害。今后的战策你也一窍不通，这里的八路军虽然被赶走了，可是并没有把他们消灭，因为还有老百姓。老百姓里头有共产党，要想长期占领中国，一定要把老百姓征服。征服老百姓，一定要利用中国人。要没有中国人给我们办事，我们就成了瞎子，成了聋子，成了没有用的军队，不要说我们不能胜利，恐怕我们都要做外丧鬼！你知道高凤岐是个什么样的人吗？你知道他们是怎样的一个部队吗？你知道今天他要怎么样吗？他现在在这儿住着一个大队，我们只有一个中队，要是弄不好，他们也敢吃了我们！我们的战线太长了，军队不够用，没有办法，不利用他们不行。他们自然是不会跟我们一心一意，可是等利用完了之后再消灭他们也不晚！要像你今天这样，就会把一切都弄糟了。我们今天所处的环境有什么样的危险，你一点都不晓得，你真是一个大混蛋！你混蛋得像猪一个样！"毛驴太君越说火儿越大，他手里攥着酒瓶子的颈，撼得桌子嘣嘣响，把个猪头小队长真是骂了个狗血喷头！他立正站着一动也不敢动，紧皱着眉头，显得额头上那几道横纹更深了。虽然心里还有些不服，可是他只得"哈意哈意"地表示接受。最后还得表现得高高兴兴、恭恭敬敬地敬礼退出来。毛驴太君又在想着怎样对待何世昌、解文华。

　　天黑下来以后，何大拿来到了桥头镇，高铁杆儿派人把他送到了毛驴太君这儿来。不用问，何大拿是害怕得像溜狗似的，可是毛驴太君仍然像对待高铁杆儿那样对待他，来到就让他抽烟喝茶吃点心，不过何大拿一点也没有敢动。

毛驴太君问他："解文华的不来什么意思？"何大拿说："他让八路军抓去了。"

何大拿为什么这样说呢？这是因为解文华经受了这一次的教训他不敢再干了，并且向齐英作了保证，齐英才把他放了。可是，他怕敌人找他，他就想了个脱身之计：他告诉巧八哥和小凤，有人找他就说叫八路军抓走了。何大拿到他家叫他的时候，巧八哥娘儿俩就这样说的，他就信以为真地这样回答了毛驴太君。毛驴太君听何大拿这一说，他就轻轻地摇了摇头，可是当时并没有说什么。于是，他又让何大拿报告他见到八路军的具体情况。何大拿一点也没有隐瞒，就原原本本地都说了。毛驴太君一面听着，老是不住地晃荡脑袋。

莫非说毛驴太君不相信这个情况吗？正是这样。这个家伙这些日子以来吃这亏吃得太多了：今儿这边报告发现了八路军，明儿那边又报告发现了八路，可是结果都没有。特别是在桥头镇那一次围住了史更新，误认为是围住了吕正操司令，折腾了个天翻地覆，结果遭受了很大的损失，差点儿没有被猫眼司令撤了他的职。因此，他接受了这些经验教训。今天何大拿报告的这个情况，他左思右想总觉得不可靠，于是他怀疑有鬼：不是小李庄村的人们弄的疑兵计，就是何世昌耍花招儿。他知道何世昌有一个儿子一个姑娘是八路军的干部，可是他更知道何志文是他们的翻译官，何志武是特务。他也了解何世昌是地主，对共产党八路军是反对的，所以他仍然是要利用他。于是，他留住了何世昌没有让走，叫他立即开出小李庄村党员、干部、民兵的名单。他不敢不开，可是他这一回只开了二十个人。毛驴又命令派人到小李庄村去侦察。当下由特务队和伪警备队派了好几个特务暗中进了小李庄，其中有何志武。没有用多大时间，侦察的特务们回来报告说："小李庄家家都插着大门，一个灯亮也看不见，村里村外都是静悄悄的没有动静。"

毛驴太君一听这个情况，立即下命令出发——他亲自带着一个小队的日军和全部伪警备队把小李庄给包围了个严严实实。这一来，小李庄村的人们可就要遭殃了！

大家一定会担心着小李庄的群众们被敌人围住，可真是给围住了！

那么，孙定邦的家里怎么样了呢？

原来齐英他们摆了迷魂阵，迷惑了敌人，弄清了情况，保护了全村的群众，促使了敌伪内部的争斗，这可以说是很大的胜利。可是这样一来，有些人就多多少少表现了轻视敌人的思想，有的以为敌伪内部一定要闹起纠纷，今天顾不上再到小李庄来了。有的以为何大拿跟老转都不当维持会长了，今天敌人也可能不到这村来。齐英还算多少有点儿警惕，他说："敌人还有来的可能，不过在拂晓之前大概他们不会来。"还是孙定邦小心谨慎，他说："现在敌人的行动也是变化无常，学得很鬼！也许他们明天一早就要来包围村子，今天夜里还是通知群众别在家睡觉好，以防万一。"孙振邦倒是有点同意孙定邦的主张，不过他觉得让大家吃顿痛快晚饭，多少睡会儿觉再躲出村去也行。要是怕不保险，咱们就派出侦察员去，侦察敌人的行动。于是就派了长江、李柱儿做侦察员，到桥头镇的路上进行侦察。可是没有想到：毛驴太君为了防备这个情况，他带着队伍绕道来包围小李庄，侦察员还根本不知道哩。等到人们睡了一觉，因为都很疲劳，一觉睡到了拂晓，都纷纷向村外走的时候，才发觉了敌人。这时候，又恰好东海和愣秋儿要出村去换长江、李柱儿的班，跟敌人对打起来。枪一响，村里边可就乱成一团，跑不出村去，就各处藏躲。

等到天亮毛驴太君指挥着敌伪军特务们就大肆搜查起来了。

这一回，高铁杆儿也不上何大拿家去抽大烟了，他亲自带着伪军特务们各处搜查。因为何大拿、何志武是这村人，当然是对家家户户都熟悉，所以就让他们父子两个领着一家一家的搜查。这工夫解文华害怕被搜出来，他又自动地来找高铁杆儿，说他怎样被八路军抓出来去，差点没有把他枪毙了！黑天以后才把他放回来。高铁杆儿还没有来得及详细问他，就让他也领着搜起来了。

这几个领着搜的人，最坏的是何志武，他知道孙定邦家过去就有八路军和地方工作人员到这儿来，估量着他是党员，所以搜来搜去，他就领着高铁杆儿来到了孙定邦家。这虽然是孙定邦的家，可是因为房主是何大拿，所以他们父子对这个院子挺熟悉。何志武进来一看，家里一个人也没有，可是他觉得很可疑，因为他知道这院里的一个大猪圈和一个大山药窖都挺深，现在都浅了一半，他跳下去一试探，底下的土很松，他怀疑这院里挖了地洞。这个情形经他一说，何大拿、解文华也都有了同样的感觉，于是就在这个院里屋里仔细搜查起来。

这个院子挺大，地形很复杂，院里有一些枣树，有几棵大榆树，有两棵香椿树，还有一棵芙蓉花树，最引人注意的，是一棵约有八九丈高的钻天白小叶杨。树底下墙的周围还种了许多南瓜、北瓜、向日葵、洋姜，另外还有一些野生的香蒿、杂草，靠墙还有两大堆青砖青瓦和许多的桴檩木料，这都是何大拿在事变前买下准备盖房用的，整个院内有一溜五间住人的北房，房的形式是一明两暗，一头还挎着一个套间。孙定邦家的地洞口在东套间，西套间过去孙定邦喂过驴，现在还有牲口槽、草池子。院子的东边沿着院墙有一溜五间敞棚，过去何家夏天时在里边喂牲口，现在盛着何家的柴草。院子的西边靠墙有一个大猪圈和一口大山药窨，蹬着猪窝顶上院墙是很容易的，不过院墙头上插满了二三尺高的枣树枝子，爬墙也有困难。还有三间南房，里边安着一盘碾子和一台磨。院子的西南角是厕所，东南角是大门。蹬着大门顶、南房顶和厕所的墙头，可以跨上南邻的住房。这个南邻就是孙振邦的家。要是天黑下来，越墙而过不用费劲儿。越过墙去，只隔一条大车道，西边就是大水坑，周围尽是柳树的隐蔽地。北边也隔一条大车道就是接连不断的枣树林。但是，现在的天气才是半前晌，高铁杆儿已经让伪军们把这大院子围住进行搜查。由何志武、何大拿、解文华领着在各个角落，各幢房子的里外，扒柴滚草，挪瓦搬砖，掀磨揪碾，翻箱倒柜，折腾得尘土飞扬，狼烟儿滚动！搜来搜去，搜出来了一条小长虫，可是一眨眼的工夫它就钻得不见了。又搜出一个黄鼬，它窜上房跑了。解文华在东套间里捣鼓乱七八糟的东西。套间里挺黑，何志武拿手电照着。当解文华翻腾炕上的干菜破筐破篓的时候，用手摸出炕席下边有一块木板。掀开炕席，把木板一推，露出了洞口。一看黑咕隆咚的挺深，吓得他头发根子一炸，赶紧又把木板拉过来，把炕席盖好，说了声："百屁的都没有！"紧忙着就溜出来了。可是，他的脸上已经不是人色，说话也有点截气了！

　　诸位，解文华为什么这样害怕呢？他已经看出这是地洞口来，他知道在别处曾经发生过这样事件，搜出地洞来就要进行一场决死的恶斗！下边的人不能上来，上边的人也不敢下去，就是在洞口上往下试探试探，不是被下边飞上来的枪弹打死，就是被投出来的手榴弹炸烂，再不就是被扯住脚拉下去……等到没有办法的时候，里边的人往外一冲，那就不敢说谁死谁活！要是敌人往里头一放毒瓦斯，里边的人就要全被毒死，这是多么可怕的事情。解文华不光是为自己害怕，他也为洞里边的人们担心。他觉着，共产党八路军对他并没有恶感，要是叫敌人把洞里的人全给抓出来那还好受得了？要是敌人用毒瓦斯一熏，里边还不知道有多少人要死哩！真的要是发生了惨案，八路军再来了一定要算这笔血账！又何况昨天八路军把他拉出去没有枪毙他，他还真是有点感激。所以他才说什么也没有，想把这个危险的事件隐瞒过去。

解文华从屋里溜出来之后，何志武看他的脸色不对，他怀疑起来了，他问了句："老转怎么啦？"解文华说："没有怎么。""没有怎么你这样？""我什么样？这不是弄得浑身尽土吗？"解文华故作镇静地应付着，可是总也沉不下心来。他们俩这么一说，何大拿也走过来问。他也看出了解文华的惊慌神气，也就对解文华怀疑起来了。他联想起了昨天夜里发生的事情，他觉着那可能是个假阵势儿，叫门的暗号很可能就是解文华给他暴露的。八路军的什么大队中队不一定有，也许是孙定邦他们这些党员、干部、民兵们搞的鬼。要是有地洞他们一定都藏在这儿。这不正是把他们一网打尽的好机会吗？他今天又感觉到高铁杆儿在日本大太君面前很吃得开，初次会见毛利大队长又给了他一个好印象，他又想到这次日本军队"扫荡"的时间这么长还不结束，兵力又这样大，八路军都被赶进山去了，大概他们回不来了，他想趁这时候夺回自己的地位，夺回自己的权势。于是，他也闹着再反复地搜查。何志武早就下了决心要破开这个秘密，他喊了一声："我再进屋去搜，非搜出人来不可！"把手电筒交给何大拿："爹，你给打着点儿，我上套间里去搜。"说着就走进屋去。

高铁杆儿看见何志武去搜查套间，就指挥着伪军、特务们，上房的上房，堵窗户的堵窗户，把门口的把门口，也进屋去了好几个。解文华为了表示自己没有假，也跟进屋来，他也是要看一看何家父子搜查的情况。万一要是搜出来，自己找个什么没有察看仔细的借口合适，好推脱自己的责任。所以，他跟在何大拿的屁股后头，站在套间的门口，吓得战战兢兢地看着。何志武提着手枪在屋里乱翻一气，何大拿打着手电也是吓得哆哆嗦嗦。跟进来的特务正是独眼龙，这家伙我们知道他是个胆小鬼，他吓得连套间屋门也不敢进，拿着手枪在外屋站着，眼睛光往后瞅，恐怕里边有八路军冲出来，他往外跑的时候别人挡住道。几个伪军也端着枪离得挺远，都害怕有手榴弹飞出来。这起子人里边顶数何志武胆子大了，他在屋里越翻腾越凶。啊！他要掀炕席了！

洞里边的人怎么样了呢？当然是一个孬种也没有。从敌人开始搜查他们就做了准备，把做好了的饭也弄到洞里去吃，吃饱了准备着，敌人要发现了就跟敌人拼。丁尚武一向是什么都不怕的，他一只手提着马步枪，一只手托着他的大战刀，头一个在洞口里边堵着，他打算进来一个就砍一个。孙定邦担心着他太冒失，怕弄得自己暴露了，要上他前头来，可是说什么他也不让。他说："我丁尚武从来还没有这样'熊'过——战斗起来在别人的后头！"孙定邦知道拗不过他，只好在他后边，盒子炮在腰里插着，把保存下来的十多个手榴弹都放在身旁、拿在手里。齐英就不住地向林丽、史更新、大娘、志如和小虎儿他们作政治动员："没有关系，没什么可怕的。我们都是中华民族的好儿女，为革命牺牲也是光荣的！敌人要搜出来就跟他们干了！特别是咱们共产党员们，要更加坚强起来，共产党员是特殊材料制造的，是无所畏惧的！"他越说越激动，胸膛里的热血差一点要喷出来。

史更新养了这两天，伤虽然还没有好，可是精神好多了，也能够站起来走动了。不过，没有到必要的时候他还是躺着。他把那颗四十八瓣儿的手榴弹准备好，放在衣兜里，把步枪安上了刺刀，把盒子炮顶上子弹关上保险机，拉过志如的手来说："来，这支枪给你，我教给你放。"这时志如才伸过另一只手给他：

"你看，我有枪，可是一下也没有打过哩。"史更新一看是支左转的小六轮子。啊，这是西班牙造的，又小又灵，亮得放光。他问道："这是谁给你的？"志如没有说，像是又笑了笑。小虎儿在旁边说了："这小枪儿是俺肖飞大叔给她的。"志如把嘴一努，捅了小虎儿一拳头，扭过了脸去。小虎儿瞅着史更新的盒子炮咂了咂嘴儿说道："大叔，把这枪给了我吧，我只有一杆红缨枪。"史更新说："你会使吗？""会。"伸手就来拿。史更新高兴地给了他，他像得了宝贝一样："我打个兔崽子们去！"一窜就上头里去了。史更新看着他那可爱的身形，暗说：真是老子英雄儿好汉！这孩子不但跟他爹长得一样，也是这样勇敢、聪明，将来一定比他爹还有出息……由小虎儿他又想起地洞里的孙大娘，虽然小灯不亮，可是看得出大娘正在发愁。原来是林丽枕着她的腿躺着不动，大娘抚摸着她的脑袋，真害怕工夫大了她在这洞里头憋死！这工夫史更新也感觉到洞里闷得难受，正在这时，洞口忽然闪了一下光，这正是解文华掀的那一下，一股儿空气透进来了，真是痛快啊，可是，一霎时大家明白过来，又把心提到了嗓子眼儿，是不是地洞口被敌人发现了呢？

又呆了一会儿，看看没有什么动静，林丽说："不行，快闷死我了！我到头里，离洞口近点儿还好些。"谁也拦不住她，她到头里来了。丁尚武挡着她不叫她再往前走，可是看见她快要支持不住，只好让她上来了。丁尚武站在前面，林丽站在后面。她本来就弱得厉害，这工夫更没了劲儿，就把一只胳膊搭在丁尚武跨在高处的那条腿上。这样呆了一会儿，到底是离洞口近，虽然盖着，空气也好得多，林丽的精神逐渐恢复了。

恰巧在这个时候，林丽听见她爹她哥在外边说话，她的心立时又受了一惊，浑身都凉下来了！她虽然不知道外边的情况，可是她肯定她爹她哥是汉奸了！并且进屋来搜查的就是他们。本

151

来洞里没有一个人说话，可是她总像听到有人问：林丽同志，进来搜捕咱们的是谁啊？不是你爹跟你哥吗？你有这样的汉奸爹汉奸哥你觉着怎么样？！她的心里真是火烧火燎，血往上冲，她的脸就像被人打了几巴掌！她的牙齿咬得咯吱吱地响，恨不能把她的汉奸爹汉奸哥抓过来啃他们两口！可是，她又意识到不敢暴露，因为洞里还有这么些人！她又听着越搜越紧，要搜出来怎么办呢？这些人要被敌人抓去可怎么好呢？自己被他们抓了去，他是不会杀我的，可是别人活不了啊，丁尚武、史更新、孙定邦、孙大娘、志如、小虎儿这些使人难离难舍的形象在她的眼前直晃动……

正在这个节骨眼儿上，何志武把炕席掀开了："爹，你拿手电来。"说着他把盖着地洞口的木板往旁边一拉，一道电光射来了。这时候，孙定邦手急眼快两手用力一扯，把丁尚武和林丽都扯后了一步。孙定邦想来把洞口，丁尚武不让，又把他拉下来了。林丽被他俩挤撞得只好趴下来。说起来也真有点儿奇怪，林丽这样一个病弱的女子，到了这个劲头儿上，不知道她哪来的这么大的力气，爬起来两手向前一扒，两腿一蹬，她就蹿出了洞口。何志武心里一惊退下炕来说声："出来了！"就想开枪。可是，当林丽刚一露出头来，他就看出是个女的，又仔细一看，啊！正是妹妹何志贤！何大拿一见是自己的女儿突然钻出洞来，他"嘎——"的一声呛了一口气，手电筒砰的一下子掉在地下灭了。

多么稀奇：

父子女敌对遭遇　亲骨肉水火相逢

第　十　一　回

遇危难坚强逾钢铁　掳妇女残暴胜豺狼

　　这真是无巧不成书！何大拿做梦也没想到会在这儿跟他的亲生女儿见面，何志武又怎么能料到他的妹妹会从洞里出来呢？这个千奇百怪的情况，真是把他闹得手足无措。何大拿也早已吓得懵头转向，连屋门也找不着了。在他身后的解文华自然也吓得直往后闪。临走前他扫了一眼，看见正是何大拿的闺女何志贤。他虽然也不知道这是怎么回事，也有点心慌意乱，不过这一来他倒有点高兴，因为他正怕以后不好对付何家父子，这一下算是揪住了他的尾巴根子。他为了要看看何家父子如何对待这个情况，所以当时他也没有言语。这一来，把外屋的人个个弄得莫名其妙。独眼龙一听何志武说"出来了"，他就赶紧往外跑，可是跑到了屋门外又听着里边没了动静，他这才又壮着胆子站住，把盒子炮在手里一端，像把门的一样，嘴里还诈唬着："堵住了，别叫他们跑出来！"另外的一些伪军们，也一个一个地端着枪准备战斗，可也都是战战兢兢。

　　等了一会儿还没见有动静，高铁杆儿在外边奇怪起来，他只听何志武喊了一声："出来了"，支棱着耳朵光听下文哩，可是又没有事儿了。这到底是什么出来了？他就问了声："何志武，什么出来了？怎么回事？"经他这一问，何志武、何大拿、解文华几个人就走出房来。何志武不知道怎么回答才好，何大拿也是张嘴

153

喘气浑身乱哆嗦。

还是老转的转轴儿来得快，他像准备好似的，冲着高铁杆儿直摆手儿："别问啦！别问啦！快走吧。"高铁杆儿把眼一瞪："什么事把你们吓成了这个馅儿饼样子？"老转走到他的跟前说："出了老仙儿啦！""什么老仙儿？""我告诉你，何志武在屋里翻腾得正有劲儿的时候，我就看见佛龛上吊着的那个小门帘儿，就像气儿吹着似的一掀，我还以为是藏着人哩，你猜怎么样？出来了一个白胡子黑尾巴的小黄鼬，何志武一说出来了，就要拿枪打，可是你说邪门儿不邪门儿吧，那个小黄鼬冲着他作了个揖，他的枪也没有打响。何大拿手里的电棒子也灭了。要不是我拉他们俩，他们俩连屋都出不来。咳呀，这可真是不信服神儿他就给你个眼罩儿戴。"

高铁杆儿听了是半信半疑。他就问何大拿："是这么回事吗？"何大拿还是不言声儿，张着大嘴哈嗤哈嗤地直点头儿。何志武也还是不说话，两眼瞪着光看他爹。老转又说："志武，你这小子也傻啦？看你爹话都不会说了，你还不快扶着他回家，请个师傅给他打打香看看吧。"经他这一说，何志武扶着他爹就往家走。高铁杆儿说："真有老仙儿？我去看看。"说着他就要往里走。何大拿这工夫可有点儿沉不住气了，可是他还不说话，摇头晃脑地用手往回推高铁杆儿。老转又忙说："算啦，别看去啦。你瞧！何大拿这不是中了哑巴番吗？"高铁杆儿这才停住，何志武扶着他爹往家走了。

何大拿他们走了之后，老转一看，高铁杆儿犹豫了，这才又说："高大队长，你是不知道，何家这个大闲院多少年没有住过人，常闹神闹鬼。孙定邦搬来住了这几年，也是常看见这个那个的，要不然，他娘还不天天烧香磕头哩。有何大拿他爹他娘在着的时候，最信服不过，说他的家业就是老仙儿给他捣鼓来的，他这院里住着长、猬、狐、黄四大仙家啊！那一年有个做活的不信服，他要二百五——堵死了一个黄鼬窝，待了没有几天就坏了一个眼。从那时候这村的人们才说：'你不信服神儿就叫你瞎个眼！'你说，这玩艺儿，谁敢不信？"高铁杆儿本来有点儿迷信，他过去"拉竿儿"当土匪的时候，还烧香供神，请财神拜罗汉哩。现在他虽然不烧香了，可是他还不敢说没有神仙鬼怪，所以他对这个事儿也有些相信。但是，他想起了何志武说的山药窖和猪圈的可疑情况，他又让伪军们再下去看看，到底是怎么回事。于是伪军们跳下去了好几个，独眼龙和老转儿也跟着下去了。

老转他们到了下边看了看，泥土挺松，可是看不出是新土旧土来。老转对伪军们说："这山药窖是塌下去的顶子。你们看，这不是顶子没有啦？土里头还有一根一根的烂柴禾哩。这猪圈里头沤的是粪，孙定邦租种着几亩地哩，他养不起牲口，养不起猪，再不沤点儿粪他怎么种地啊？"独眼龙和这几个伪军也都附和着这样说法。因为他们这些家伙，出来跟着"扫荡清剿"，他们最要紧的是要钱抢东西，对于像这样的搜查法，他们不光是害怕，也真是一点儿兴趣没有，所以都不愿意再搜查了。高铁杆儿也是觉着差不多都搜到了，再搜也不一定搜出什么来，看了看，天快晌午了，也该到外边去看看。

正在这时候，刁世贵跑来对高铁杆儿说，他小队上的人被打死了两个。高铁杆儿问：是怎么打死的？他说还没有弄清，据解二虎说，是这村的民兵队长李金魁带着民兵打死的，打死以后他们都冲出去跑了。高铁杆儿一听气得哼儿哈儿的，心里话：都跑了还搜查谁去？他把马鞭子狠狠地在马靴筒子上一抽，说了声："我非在这村里开开刀不行！"扭头走出了大门去。别的伪军们看见高铁杆儿走了，不用下命令就都自动撤离了这个院子。这工夫解文华在后头暗暗地说了声："真是险啊！"他也就跟着走出来了。

解文华他们来到街上一看，日伪军们正赶着老百姓往村外走。满街筒子都是人，来到了西大场上都停止了。高铁杆儿见了毛驴太君，问了问，才知道是毛驴太君要亲自点查被抓住的这些人，还要亲自主持开大会。解文华知道得抓走一些人。为了避免自己对两方面都要担负责任，所以他光想煞后儿。他一眼看见何大拿父子跟了毛驴太君的后边，心里话，毛驴太君一定要用他们指点儿说话，趁早儿我离他们远着点儿。可是，他又怕跑出村去的民兵和洞里头的人们出来打一家伙。他的脑袋就像个拨浪鼓不停地四下张望。这工夫，伪军们在四下里都放了岗哨，在周围圈着这些老百姓。猪头小队长指挥着他的士兵们站成一列横队，个个都持着上了刺刀的步枪，面对着这些人们。特务们也手拿着短枪，在毛驴太君的身边走动助威。

毛驴太君先命令把老百姓分开：妇女老人和儿童们站在一边，青壮年们站在一边。谁知道这样一分，毛驴太君倒摇起脑袋来了，因为抓住这些老百姓在成堆看着的时候，有四五百口子，可是这一分，青壮年这边只剩了三四十个人了。他看了这个情形才觉着大失所望。于是他又命令：把一些看着不太老的留着胡子的人也从老头儿群里拉到青壮年这边来。可是看着还太少，所以他还是摇头，他索性又命令：把老头子们和十多岁的男孩子们都拉到青壮年这边来。这样，青壮年这边就有了一百五六十号人了，毛驴太君这才停止了摇头。这时候毛驴太君才开始对老百姓说话。

毛驴未曾张嘴先把鼻子下边那撮小黑胡儿耸了两耸，似笑非笑地才说哩。按照他的惯例，先说了一套和老百姓"要好"的欺骗宣传，然后他问道："小李庄八路的来了没有？打死警备队的是什么人？共产党的、干部的、民兵的哪个是？你们通通说出来，我的一个也不杀。"他刚说完，猪头小队长紧接着补充了一句："不说的通通死了死了的！"毛驴太君对他"咕噜"了一声，猪头小队长赶快立正说了声："哈意！"退后了一步不言声了。人们知道毛驴太君是不叫猪头小队长吓唬人。可是人们有经验，知道越是这样的鬼子越厉害，所以谁也不吭声，就连抱在怀里的小孩儿们也一声不响。整个场上闷沉沉的。闷了有抽袋烟的工夫，一个特务说："你们都哑巴啦？"毛驴太君又说了声："慢慢叫。"这个特务赶紧说了个"是"，对着他一弯腰也退到了后边去。场上就又沉默下来了。

沉默的工夫已经不小，毛驴太君"嘿……"地笑了一阵，才又说道："你们通通的不明白，我的跟别的太君的大大的不一样，杀人的没有，你们害怕的不要，你们说，关系的没有。"这工夫老头群里有一个人说话了："你问的这个俺们都不知道，可怎么说啊？"他这一开头，别人也都说："是啊！你问的这些俺们都不知道……"毛驴太君又问："什么的你们不知道？"大伙又说："你问的那个俺们都不知道。"毛驴太君又问："八路的来了没有？你们的不知道？"这时候有好几个人一块儿说："八路军早就不见了！"毛驴太君一听这话，他"哈……"地大笑起来："八路的没有了，通通的消灭了！好的，好的，你们良民大大的！"说着他竖起一个大拇指头来，又接着说："八路的没有了，你们怎么说不知道？撒谎的有，撒谎的不好，不好。你们的说，警备队的两个人什么人打死了？"有人说："这个可就更不知道了，大黑夜，人这么多，这么乱，再说，谁打死人让别人看见呢？"又有好多人大声的、小声的就跟着说起来了："是啊！这谁看得见？也许是他们自个儿开枪打死的哩！"

大伙还没有沉静下来，就听有一个人大叫了一声："我看见

157

了！我知道。"大伙立时惊讶地听着注意一看，说话的人是解二虎。这时候毛驴太君就紧问："你的知道是谁？"二虎说："是李金魁打死的，我看见了。""李金魁什么的干活？""他是俺村的武委会主任、民兵队长。"毛驴这时候掏出何大拿开的名单来看，上边果然有个民兵队长叫李金魁，于是又问："李金魁的哪里去了？"二虎又说："早跑远了。"毛驴又问："他家人的有没有？你的告诉我，害怕的不要。"二虎向着妇女群里指着："这是他的媳妇，这是他的奶奶。"大家伙一看，心里恨不得把二虎抓过来啃他两口，可也都替李金魁的奶奶和他的媳妇揪着心攥着汗。解文华看了这个情形，也是提心吊胆，暗暗地骂了句："这个混账王八蛋，你是快活到头啦！"他觉着毛驴太君非得把这两人抓走不行，这一家伙李金魁不但要找二虎，也得找他，因为二虎是他的侄子。不想毛驴太君连声色都没有动，他走到二虎的跟前问他："你的什么名字？""解二虎。""你的什么干活？""从前我当民兵队长，早就不干了，现在苦力的干活。"毛驴太君一听高兴得拍着他的肩膀，他提高了嗓门儿说："好的，好的，大大的好，你的良心大大有！你的这边来。"他把二虎拉出了人群，又对着大伙说："你们的看看，解二虎的顶好顶好，他的民兵队长的干活，我的不杀，心的一样。"说着他指了指自己的心口窝儿，然后又指着二虎说："我的命令，你的小李庄自卫团团长的干活，他们（他指着所有的老小男人们）通通你的指挥。"这一家伙可把个二虎高兴得不知道怎么好了。在场上的群众们可是气得直咬牙，都拿白眼斜着他。二虎正在那里傻哈哈的高兴，这工夫老头群里有一个人说话了："二虎是个疯子！"大伙一看说话的这个人是外号叫耿先生的何世清，就都跟着说起来了："对啦！二虎是个疯子……"毛驴太君问："什么的疯子？"何世清又说："他有神经病！你看他那俩眼还看不出来吗？"大伙又都说："是，他是有神经病，神经病就是疯子，他还抽羊痫风哩……"二虎一听可火儿了："妈那个屁！谁是疯子？谁是疯子？"说着他就捋胳膊卷袖子，上来要打何世清。何世清说："你这东西，出言不逊就是疯子！"大伙一看二虎要打何世清，也都气急了："二虎！怎么着？你骂谁？你敢打人吗？你捅一下剁了你的手爪子去……"一边说着一边就都上来了。猪头小队长一看不好，把指挥刀抽出来一晃，喊了声："反了反了的！不许动，通通死了死了的。"这些日本兵也都哼哼地端着刺刀往前走。

毛驴太君看见人群乱了起来，一面慌忙喝止住日本兵，一面仔细地打量何世清。毛驴定睛一看，只见这个人年纪在六十以上，身高气壮，头发胡须都白得成了银丝，可是红光满面，两只眼睛炯炯放光。他穿的虽然是一身白粗布短衣，可是在他身上穿着却也显得几分风雅。他想：这一定是个有学问的人，不是个绅士也得是个老财。其实何世清只是个中农。毛驴太君打量了以后，把他叫出来问道："你的什么名字？"何世清说："我叫何世清，就是处世的世，清白之清。"毛驴看了看名单上没有他，又问："你的什么干活？"何世清说："我什么活都干，就是不干坏事！"毛驴太君微微冷笑了一下，又问："你的什么人？"何世清又说："我的中国人！"大伙听他这样回答，打心眼儿里钦佩他，可是也真替他担惊害怕。真没有想到，毛驴太君没有再问他，只把手一摆，又叫他回去了。

何世清这老头子为什么这样气高胆壮呢？

这人就是很有特性，他从小儿没有进过学堂门儿，可是五经四书都念得滚瓜烂熟，能够作诗，会看病，还经常给别人相面、算卦、测字，种庄稼更是把好手。他家的枣树都是横看横是趟，竖看竖是趟，树身一样粗细，树脑袋一般高低。要说这人可真是没有干过坏事，在村里是主持公道，好讲义气。可是这个人有一

159

个怪脾气，要是啃住什么理就死不放，你就是套上八个大牛也拉不转他的脖子，可真是就有这么个耿直劲儿。村里人们虽然送了他这样一个不够尊敬的外号，可是对他都有几分敬意。他不赞成共产党，因为他的思想是"君子不党"。不过，共产党的抗日政策他还是拥护的，是洋鬼子他就反对。年轻的时候，他参加过义和团，失败以后，被抄过家，一提起洋鬼子来，不论是哪国人，也不论是什么样的人，他都要说一句"野蛮"。至于日本侵略者，他早就给他们起了名字，叫人面豺狼。今天就在亮天之前，人们往村外跑的时候，他的一个孙子被日本兵开枪打死了。他本来就窝着一肚子怒火，到了这儿一看二虎这种丧心败德的行为，就更加愤恨，又听毛驴太君叫二虎当伪自卫团的团长，这一来村里人们都得倒霉遭殃！所以，他才有这种表现。他是豁出来了。可是，毛驴太君并没有怎么样他。不过，他知道这不能算完。他心里想：顶着吧，今天是要样儿的时候了！这工夫毛驴太君对他像没有这回事一样，他又问大伙："你们说，共产党的、干部的、民兵的哪个的是，说了关系的没有。"他这一问人们又沉默不语了。毛驴太君一看，直接地问是不行，他这才改变了办法："你们的通通报告自己的名字。"人们还是不言语。特务又说话了："大太君叫你们自个儿说自个儿的名字，这你们还不知道吗？再不说可就是自个儿找倒霉了！"可是大伙还不言声。你看看我，我看看你，又想说又不敢说。

有人要问：为什么说自己的名字还不敢说呢？

这是因为人们看见毛驴太君拿的那是黑名单儿，还不敢说上边都有谁的名字哩。一个报名就都得报名。报了名以后，还说不定把谁给抓起来呢！所以才面面相觑地不敢领头报名。这时候，抱着孩子的妇女们故意把孩子拧一把。孩子们一个哭两个叫，七闹八喊，场上又乱起来了。特务们看见了就忙着走来制止。制止住之后，场上就又像死一样地静下来。何世清又说话了："乡亲们！报名就报吧，没有什么可怕，顶多不也就是个死吗！？我先报，我叫何世清。"他这样一说，大伙觉着不报也不行，这就又乱哄哄地报起名来。特务们又吆喝着叫一个说了一个说。闹腾了好一阵子，才报完了。毛驴太君看着名单上边一个也没有，他就又摇起头来。他以为一定是有报假名字的。于是他问二虎，问何家父子，问解文华："他们报的对不对？"都说挺对。他这才知道，今天是一个也没有捉住。可是，他又想出别的办法来了。他看着名单一个一个地叫，叫一个让二虎告诉他哪是他家的人。于是，他叫这些名单上的家属们都站到了另一个地方。叫完了，他又叫人们选举维持会长。他又是先来了一套欺骗宣传，还说什么让大伙提名，这是大日本皇军给你们的民主！说得还挺带劲儿，看样子还是有点洋洋得意。其实，大伙儿早明白，嘴里不说，心里可没有闲着：这小子不定又玩儿什么鬼花狐儿哩！提坏蛋的名字，打心眼儿里不愿意，提好人的名字，也许又给写在他的生死簿上！所以大家还是都不吭声，仍然是沉默地反抗。

毛驴太君看见大家都静悄悄的，便从衣袋里掏出一支烟来抽，故意地要表现文雅的派头儿。他在群众面前走了一趟，嘴里不住地重复着他的欺骗宣传。走到每个人的面前，就把小黑胡儿一耸，还龇一龇牙。走到儿童的身边，他还要假笑着摸一摸他们的脑袋。他以为这样做群众会对他发生好感哩！大家知道他这是黄鼠狼给鸡拜年，不安好心，谁也不睬他。没有办法，他只好又说话了："你们的不提，我的提好了：何世昌的、解文华的、解二虎的，你们的选吧。"大伙一听，他提了这么仨人，心里都害起怕来。特别是对二虎，更是没有好感，可是大家又不敢说反对。人群里不知道是谁低着头喊了一声："我选何世清。"别人谁也没敢言语，可是何世清从人群里站出来了。只见他脸红脖子粗，用两只手摆着架势大声地说:"乡亲爷们儿,咱们父一辈子一辈的可都不错,从我爷爷起,俺家可没有办过一点损阴丧德的事,我何世清敢说处世清白,光明磊落,今天要选我做这样的官,我可先说下,俺家的祖坟里可没有这样的风水。你们谁要选我,还不如去掘我的祖坟,把俺家的孩子都给填到狗窝里去!"一边说着,他那两只手还一个劲儿地颤抖,脸都变成了白的。他这一来,大伙都替他害怕,忙着把他拉进人群里边去。

高铁杆儿看见何世清在那里脸红脖子粗地说话,就提着马鞭子走到了前边来。他用鞭子指着何世清:"你这个老孙子是活腻烦啦!"何世清也用手一指他:"你不能出口伤人!"高铁杆儿狞笑着:"我出口伤人?你给我站出来。"何世清说:"我站出去干什么?""叫你站出来你就站出来。"何世清没有听从他的话。高铁杆儿喊了声:"来人!"立时就上来了好几个特务和伪军,没有用高铁杆儿再吩咐,他们上去就把这位白发苍苍的老人给拉出来了。高铁杆儿这才吩咐说:"给我找铁锹去。"有两个伪军急忙向一家门口跑去。高铁杆儿又用鞭子指着大伙:"你们这些东西天生的贱骨头!不给你们个厉害的,你们就不知道马王爷三只眼!(他又用鞭子指着自己的鼻子)你们认得我是谁吗?我就是高铁杆儿,高部队儿就是我的,大概你们也有个耳闻。告诉你们,日本大太君好说话,我可不行,刚才何世清这个老孙子不是说我出口伤人吗?嘿嘿,我不出口伤人了,我要他妈的生埋活人(他用鞭子抽得马靴筒子乓乓响)!你们一个混蛋,俩混蛋,怎么一个一个都是他妈的混蛋吗?共产党八路军让你们开会选举的时候,瞧你们那个高兴劲儿,光怕把你们丢了!这会儿大太君叫你们开会选举,你们怎么啦?都哑巴啦?都死了爹啦?都把脖子后头的筋抽去啦?给你们脸你们是一把一把地往下撕啊!嘿……"这时候他看见两个伪军在大门里拿出了两把铁锹,他叫了一声:"快跑!"两个伪军连蹿带蹦地跑来了。高铁杆儿又叫他们在旁边挖起坑子来。

老乡们都捏着一把冷汗，害怕真把这老人给活埋了！你看看我，我看看你，想说话又不敢说。看看何世清，他还是气哧哧的，并没有露出一丝害怕的神气。刚下过大雨，场边地里的土挺暄腾，没有费劲儿，伪军们就把坑子挖成了，有锅台那么大，到胳肢窝那么深。高铁杆儿这时候用鞭子指着坑子，眼看着何世清说："下去！"何世清没有动。他更大声地说："下去！"何世清还是没有动。大伙一看，何世清这样好的一个老人真要被活埋了！无论如何也得说话啊！

"高大队长，算了吧，看他这么大年纪了，留点儿情分吧！……"你一句我一句地都说起来了。高铁杆儿像没有听见一样。这时候，解文华拉着何大拿走到高铁杆儿的面前："大队长，看着大伙的面子饶了他吧！让他认个错儿算了，何必生这么大的气呢？"何大拿也跟着随声附和。

高铁杆儿看见解文华他们来求情，把鞭子一挥："好，看着你们的面子，饶他一条老命。"大伙这才把乱哄哄的话音停住。高铁杆儿又用鞭子指着脚下对何世清说："饶了你，听见了没有？"何世清说："听见了。"转身就往人群里走。高铁杆儿又大叫了一声："站住！你这个老混蛋，连个谢字儿也不知道说？你真他妈的没有受过教训啊！今儿我非教训教训你不可。给我跪下说一声谢谢。"何世清站倒是站住了，可是他没有跪，也没有说谢谢。高铁杆儿照他的脑袋乒一鞭子："给我跪下！"这位白发苍苍的老人哪里受过这个？他涨红着脸放开喉咙："我上跪天，下跪地，跪圣人夫子，跪我的生身父母。除此之外，我什么也不能跪！"高铁杆儿又喊了声："来人！把他给我架到坑里去！"好几个特务伪军上来连拉带操就往坑子里架何世清。大伙一看，这回可坏了！又直说好话，替他求情，解文华、何大拿也直央求。高铁杆儿这回可不听了，"噢儿噢儿"叫着，照他们俩一个人抽了一鞭子，把何世清推到了坑子边去。特务伪军们想把何世清脑袋冲下推下去，高铁杆儿把他们止住说："你们没有埋过人哪？这样太便宜他了！让他下去站着，一点儿一点儿地埋。"这才把何世清架下去，两个伪军分两边扯着他的胳膊，两个特务每人拿着一把铁锹，就一锹一锹地填土。

村里的人们看见要活埋何世清，都气鼓了肚子。何世清的儿子、孙子、全家的人都吓得不得了，哭着喊着求大伙求情说话。一看大伙说话没有用，想要去拉住他们的老人，可是猪头小队长指挥着一大群日本兵和伪军特务们围成一个圆圈，一个也不让动。再看毛驴太君，他叼着烟卷儿，耷着小黑胡儿不住地暗笑。这时候青年小伙子们和青年妇女们真想夺敌人的枪，跟敌人拼了命，要是有一个领头儿的，就准能干起来。正在这个劲头儿上，解文华跑到这边来，扬起两只胳膊，大声喊着："乡亲爷儿们！快把维持会长选了吧！不管选谁，选了还能救何世清的命！"何大拿也过来直说。

大伙一想，这倒是一个救何世清的法儿，只听人群里有一个人说："我选何世昌跟解文华。"又有一个跟着同了意。高铁杆儿这才转过脸来说："哈哈！这个药儿真灵！这一回选着痛快了，同意的举手，都举起来。"他也没有数有多少举手的，有多少没有举手的，就说了声："全体通过，何世昌的正会长，解文华的副会长，早这么来多痛快。"大伙这时候又要求把何世清放了，解文华、何大拿也直说好话。高铁杆儿这才又说："好，看着你们的面子。"他回身看了看，土已经埋到了何世清的心口。他已经不能说话，光是张着嘴急促地喘着气。高铁杆儿冲着特务伪军们把手一摆："住手吧。"解文华说："赶快扒拉出来吧！"高铁杆儿说："不能这样便宜他，多教训他一会儿。"解文华说："再待一会儿就死了！”高铁杆儿又说：“你外行，哪里懂得这个？埋到这个样一时半会儿的死不了，起码儿还能支持二十分钟。告诉你们，谁也不许动他，一会儿散了会，再弄出他来。死了死不了，就看他的造化。”

维持会长算是选举出来了，可就是没有解二虎的份儿。这时候，二虎在高铁杆儿身后轻轻问了一句：“高大队长，我怎么着啊？”高铁杆儿一想：选的时候把他给落下了。心里打了个转儿，这才说：“大太君说了，你当自卫团的团长。(转脸又对着大伙)你们都是团员，谁不服从也不行。”二虎听了一龇牙，没有再说什么，大伙可都冲着他啐唾沫。高铁杆儿这时候洋洋得意地走到毛驴太君的面前，问了声：“大太君还有什么话吗？对这些人怎么办，你的吩咐好了。”毛驴太君冲着他点了点头，然后对大伙说：“你们的很好。会开完了，你们通通修路的干活，修炮楼的干活。”高铁杆儿一听，就命令一部分伪军，押着这一百几十名老头、儿童和青壮年们，让解二虎带着去修汽车路。这一家伙二虎可抖起威风来了！他晃荡着像个大白刺猬一样的脑袋瓜子，是又擤鼻子又吐唾沫。大伙可是气得直咬牙，一边走着一边想：找个机会砸死这个兔羔子！

男人们都被押着走了。何世清还在憋得急促地喘气，只剩下嗓子眼儿这一丝气儿了。老年的妇女们不忍再看下去，背转着脸直擦眼泪。青壮年的妇女们，一个一个地黑着眼睛，咬着嘴唇，暗暗地攥着拳头。这工夫毛驴太君命令高铁杆儿查一查，谁家的男人没有到就抓起一个女人来，通通带到桥头镇去。高铁杆儿就叫何大拿、解文华给他清点。

但是，他们俩都怀着一颗害怕的心，不愿意痛痛快快地这样做。高铁杆儿这才又把何志武叫过来，让他来办这个事。

何志武这个小子可是一点没有含糊，把三十多家的老少妇女都给指点了出来。高铁杆儿这就命令伪军们挑着年轻的抓出来了二十多个，另外还把李金魁的奶奶和李柱儿的娘都叫带到桥头镇去。

李金魁的媳妇大女也被抓出来了。她虽然不是共产党员，她可是女自卫队的小队长，今年才二十五岁，是个聪明健美的人儿。可是，她因为就快生小孩儿，身子骨儿不给做主。头一个叫她出来，她没有动，被敌人一扯就给扯倒了。紧接着被往外叫的就是愣秋儿的姐姐金兰和他的妹妹玉兰，这两个姑娘身体都很健壮，伪军拉不动她们，可是被好几个伪军、特务齐打伙地给绑起来了。再一个就是东海的妹妹杏春，她夺一个伪军的枪没有夺过来，被猪头小队长抽了一指挥刀，踢了一脚，立时她的胳膊出了血，倒在了地下。这时候，钱大顺的两个妹妹和他的媳妇、弟媳妇领着其他的妇女们跟敌人厮打，可是结果都叫敌人给绑起来了。

她们这一闹，把没有被抓的全村妇女都给惊动了，只是由于敌人太多看守太严，不敢动手。她们都把脸儿气得发白，个个横眉立眼怒气不休。

这时候，高铁杆儿又说话了，他用鞭子一指："这些个大闺女小媳妇们，没有一个不是八路味儿的。都给我抓起来！"这一下子，全村的姑娘媳妇都给抓了起来，一共抓了八十个人，押着就往桥头镇走。老人们哭着、喊着、拉着、扯着，都挨了拳打脚踢鞭子抽和枪托子撞。解文华跟何大拿吓得一个劲儿地求情，结果又挨了高铁杆儿的鞭子，只好睁着眼睛看着这些妇女被日本鬼子和伪军特务们抓走。剩下的人们这才赶忙着跑过来，七手八脚地把何世清从土里扒拉出来。一看，他虽然还没有死，可是已经昏迷过去了。

何大拿一看，这件事闹得太大了！可是，一个共产党员、干部、民兵也没有抓住，这能算完吗！？他赶快追上他的儿子何志武，把他叫到了家去。

这一来，转轴子解文华心里可就又打起转儿来了：抓走了这么多的人可怎么办呢？自己领头去保吧？恐怕保不下来。不管吧？于心不忍。再说，八路军准得找我。八路军的大队有没有先不说，就是李金魁他们这些党员、干部、民兵也得找我。这可怎么办呢？我找何大拿去吧，既然他知道他的闺女在孙定邦家藏着，这个事儿他就得着急。他要管这个事儿，也许好办些。他要不管，李金魁他们也饶不了他，大约着他也不敢不管。想到这儿，他就要上何大拿家去，可是刚走到何家门口，他又站住了。他想：干什么我要先找他呢？他爷儿们对我还不知道安着什么心哩！这事儿他比我着急。干脆，等他找我。想到这儿，他扭头又往回走。当他走到孙定邦家的胡同口时，就看见李金魁在胡同里，吓得他转身就跑。

李金魁到这儿来干什么呢？原来在敌人包围了村子以后，他派东海和愣秋儿去换长江和李柱儿的班，东海和愣秋儿在村口发现了敌人，跟敌人对着开了枪，他们俩赶快报告了李金魁。在村里人们正乱的时候，李金魁和东海、愣秋儿带着一部分群众往村外冲。想不到在村口被敌人堵住，他打死了两个伪军才冲出了村子。东海、愣秋儿也跟着冲了出去。村里的群众跑得比较慢，就被敌人截住跑不出来了。他们三个人出村并没有远跑，敌人开大会的时候，他们就在离会场不远的麦子地里趴着。有几次他们想开枪打，因为敌人太多自己的力量太小没有敢动，他们这才把东海留下监视敌人，李金魁和愣秋儿去找另外的民兵。找来找去，找到了长江和李柱儿。见了东海一问，才知道敌人一部分押着全村的男人们去修路，另一部分把全村的青年妇女都给抓走了。几个民兵一听就都急了眼，李金魁的愤怒劲儿就更甭提了，他决定

167

立即绕道截击敌人，要把抓走的妇女们都给截回来。

李金魁这个决定，愣秋儿是一个字儿地同意。他恨不能跟敌人拼一家伙，他觉着，上桥头镇去的道上地形挺复杂，道沟子挺多，又有一大片碱蓬地。咱们截着揍他一家伙，他在明处，咱们在暗里，冷不防给他一顿枪，再扔上几颗手榴弹，就得把敌人打个蒙头转向。被抓走的人们四外一跑一藏，敌人就找不见了。东海也同意去截击，他以为：打就比不打强，截回多少来算多少，打好了捞着，打不好跑着。长江不大同意去截击敌人，他想：这么几个人去打那么多的敌人打不了。打不好就不如不打。敌人抓走的这些妇女，当然是不会有什么好儿，可是要打不回来那就更坏了！于是他就说："咱们打不得，不如赶快想法托人把她们保回来。"他这么一说，还没有等李金魁说话，愣秋儿可就止不住火儿了："怎么？你觉着没有抓你家的人去啊！天天儿吹硬的，到了这个时候捡软活儿的啊！你不愿意去你甭去。"长江刚想解释，李金魁说："不去不行，得服从命令听指挥。你们俩没有完成侦察的任务就应该受处分，这会儿又要往回缩脖儿不行。就凭你这样表现，还要求入党啊？"李柱儿本来就不同意去打，他觉着，一打起来敌人一定乱开枪，恐怕要把抓去的这些人打死！就让打不死，要是叫敌人再抓到桥头镇去，就都得遭了殃，一想到他娘也被抓了去，他真是老想哭，可是一听长江受了这样的批评，自己也不敢说不同意了。当李金魁问他有啥意见的时候，他说："顶好去找齐英同志商量商量，多去几个人。"长江跟东海都同意他这个意见。于是，李金魁这才急忙跑来找齐英。

李金魁来到孙定邦家，一看，孙振邦也在这儿。他们几个人正在为难，愁着想不出好的办法来。李金魁把他的意见忙着对他们一说，大家都不同意。李金魁说："谁不同意我的意见，谁就拿出好办法来。"齐英说："别着急，一急就想不出好办法来了。"

李金魁可是急得在地下打转儿，一个劲儿地搓手。孙振邦还是叼着烟袋像往常一样闷头坐着。

林丽眼里流着泪水给史更新用盐水洗伤。孙大娘和志如刚从孙振邦家借了米面来，忙着做饭蒸干粮，准备着明天一天的吃食。孙定邦叫小虎儿爬上大杨树去，瞭望着敌人的行动。只有丁尚武忙着准备他的马步枪、大片儿刀和手榴弹。登时之间，他准备妥当了，对李金魁说："咱们走，得麻利着点儿。"孙定邦说："你先别这么冒失。"丁尚武说："我还是个共产党员！我是八路军！我是子弟兵！不能见死不救！"孙振邦似乎还没有考虑好，可是他破例地忙着说了话："依着我这么办，咱们赶快去找何大拿跟解文华，让他们去保人，他们在敌人面前闹腾着点，咱们好争取时间做准备。"李金魁说："那是没有门儿，等找着他们，咱们的姑娘姐妹就都叫敌人给糟踢了！咱们得快点儿动手！谁有种谁就跟我来，走。"说着扭头就要往外走。齐英忙拦住他说："不能这样着急，同志。我相信咱们的组织能够想出办法来。"丁尚武见李金魁急着要往外走，就把他的胳膊一拉："别废话，咱们走，快。"两个人相跟着就跑出去了。

孙定邦看见李金魁他们这股子劲头儿，是没有办法拦挡得住的。这个事儿，恐怕他们非弄糟了不可。他对齐英说："不行啊！齐同志，我得跟着他们走。能拦住更好，拦不住那也就没有办法了！打就打吧，也许能把她们打回一部分来。"齐英这时候激动得心都要跳出来了！"好，我也去，咱俩能把他们拦住就拦住，拦不住就跟他们一块儿打！为了姑娘姐妹们，把生命献出来吧！孙振邦同志，你的腿脚不行，在家照顾着点儿。定邦，咱追他们去。"说完就和孙定邦一同追李金魁他们去了。

这真是：

姑娘姐妹遭凶险　骨肉子弟献深心

第 十 二 回

挥大刀丁尚武逞威　耍长枪李金魁奋战

话说，小李庄全村的八十名姑娘姐妹落到了敌人之手，真是凶险万分！你想，像毛驴和猪头这群鬼子们，有几个不是两脚的畜牲？桥头镇现在已经成了鬼窟魔穴，这些妇女们要是被他们弄进去，将会遭受到何等的凶险灾难，那是可想而知的。像李金魁、丁尚武这样脾气的人，他们豁上自己的脑袋也要把她们截回来，这是很自然的行动。像孙定邦、齐英这样的领导者，要毅然地跟他们前去，这也是没有办法的办法了。

孙定邦和齐英佩带好了武器，急忙走出大门，出了胡同北口，往东一拐，也顾不得隐蔽身体，一直奔正东追了下去。可是，李金魁和丁尚武已经看不见影子了。要是孙定邦一个人追他们，那是用不着费劲儿的。可是，齐英跑不了那么快，所以没有追上。不过，他俩听李金魁说是要在大碱地边上截击敌人，于是他俩就绕道奔大碱地。

简单捷说。李金魁、丁尚武带着四个民兵，绕道来到了大碱地里边，在道旁不远的一丛红荆条子下边隐蔽下来了。他们抬头看了看，敌人正在乱乱哄哄慢慢腾腾地向这里走来，走在前面的是一小队日军，成四路纵队，由猪头小队长带着，戒备森严地往前行进。猪头小队长的前边不远处有三个尖兵，成着人字队形，做着侦察搜索的动作。毛驴太君骑着一匹黑色的大洋马，神气十足地在队伍的后边押阵。

　　高铁杆儿骑着一匹铁青色的中国马，跟在毛驴太君的后边，懒洋洋地用鞭子抽打着他的马靴长筒。高铁杆儿的后边是一个伪军小队，成为一路纵队。他们穿着各色各样的服装，长短不齐的武器乱七八糟地在身上佩带着，一溜歪斜地跟着前边行走。刁世贵在这个伪军小队的后头，带着抓来的这八十名妇女，嘴里不住地叫骂，要她们快走。这些妇女们有的哭哭啼啼，有的连声呼喊，有的大骂不休，也有的在交头耳语。可是，她们的两旁都有伪军特务们骂着、喊着、拳打着、脚踢着，还有的拿枪托子直撅，乱乱杂杂，凶相毕露。最后还有一部分伪军，也是一路纵队。不用问，这就是他们的后卫了。

　　丁尚武一看："嗬！这么多的敌人啊！"李金魁不高兴地说道："怎么？敌人多怕什么？告诉你说，我带着五个民兵就在这儿打过一百多伪军的伏击。一顿手榴弹，打得他们王八吃西瓜——滚的滚爬的爬。"丁尚武又说："那是伪军，这可有这么多的日本鬼子！"李金魁又说："日本鬼子怎么样？我这'楠督式'手枪你知道怎么来的？是拿打兔子的枪换得日本鬼子的。"丁尚武又说："你可不能太大意。看样子，敌人是有防备的。敌人既然在这儿吃过亏，今天到这儿他就会提起注意。"李金魁又问道："啊？你害怕了吗？"丁尚武一听这话，可真是有了几分火气。他看了李金魁一眼："害怕？你打听打听，我丁尚武怕过什么？我一个人也敢打他们。可是，今天光打不行，咱们是为了把人救走。要是不能救出人来，你消灭多少敌人也算没有完成任务。"李金魁告诉丁尚武说，先把头里的鬼子让过去，再照着骑马的这两个家伙那儿一个人甩他一颗手榴弹。手榴弹一炸响，紧跟着就带领民兵往前一冲。一个冷不防，这伙子伪军就得成了落风梨。等伪军跑散，然后让四个民兵保护着妇女们钻进碱地逃跑。咱俩在后头，再照着伪军们打上两个手榴弹，他们要是敢来追，再拿枪顶着撤退，等头里的日本鬼子回头来打，他也是马后炮了！丁尚武一听就说："不行。听你这一说，作战你就是外行。"

这工夫东海也跟着说："我看也是不能这么容易。"长江接着又说："队长啊，我看咱先别打了，还是回去想个别的办法吧。"李金魁把眼一瞪："都草鸡了？"东海说："草鸡什么？"李金魁又问："不草鸡为什么不敢打？""我是觉着这么打打不好。""你说怎么打才能打好？"李金魁这一句话可把他给问住了。长江也不敢再言语。李柱儿看见这么多的敌人心里也是害怕，可是，他又不知道怎么办好，所以俩眼儿呱唧儿呱唧儿地直眨，一句话也不说。愣秋儿说话了："甭讨论，就按你说的，你就指挥吧，队长！谁要草鸡了，那算没有小子骨头！"他虽然这么说，可是他也不敢说打好打不好。不过，他是不害怕的。东海又对着丁尚武说："老丁，你不是骑兵团的干部吗？你作战有的是经验，你说说咱们怎么打好？"李金魁又接着说："对，老丁说吧，可得快点儿啊！"经他俩这一问，丁尚武当时没有说出话来，他觉着为难了。

有人要问，丁尚武这样一个人，到了这时候怎么他不敢干了呢？莫非他改了脾气吗？

诸位，你可别看丁尚武的脾气粗鲁莽撞，打起仗来他可并不胡干。要不然，这些年来，天天在枪林弹雨之中，他也不可能消灭那样多的敌人，自己身上连个伤疤也没有。他觉着，六个人打这么多的日伪军，还要把这么多的妇女救走，这可不是容易的事儿。可是，又不能见死不救，更不能表示草鸡孬种。他抬头看看天色已经不早，敌人带着这么多的妇女行军，速度挺慢，不如换个地方再打。他这才对李金魁说："你们听我的。这么办，咱不在这儿打，上桥头镇的跟前儿去，找个有利的地形，在那儿等着敌人。他们走的这个慢劲儿，到那儿黑不了天太阳也得点了地。再说，敌人一到了那儿他准得松下劲儿来。打仗就是要攻其不备，打他个措手不及，给他来个闪击。咱们不要希望消灭多少敌人，只要把敌人打懵了，妇女们四下里一跑，钻了庄稼地，敌人就没了办法。"东海一听就忙说："好，我同意这个办法。"长江也说："要这么打也许行喽。"愣秋儿就说："行，怎么打都行，反正不能怕了这些兔崽子们。"李柱儿还是不言声儿。李金魁问道："你刚才说敌人多，要到了桥头镇那儿去，敌人不更多了？"丁尚武说："要是太阳往下一没，敌人再多也不怕他，越多他越乱。你知道吗？"李金魁听了，心里倒是有了点儿活动意思，可是这工夫敌人已经来得很近，打骂妇女的声音已经听得很清楚了。只见李金魁把四楞子脑袋一梗，把大眼睛一瞪，说了声："不行了！打！来，有种的跟着我。"说着他就要往前走。别人都不敢说什么。

丁尚武一看，这事要糟，不打是不行了。他的脸上顿时露出了杀气，眼睛也放出了逼人的光芒。只见他上来把李金魁的胳膊一搂："金魁！要打也行，可不能照你说的打。你们听我指挥。金魁，你带两个人上前边的道旁边去，不要暴露目标。等日本鬼子走近了，一齐拿手榴弹甩他。只要别让他的机枪叫起来就行。另外，来两个人跟着我，上后边一点儿，单打妇女们前后的伪军，我的手榴弹一出手，你们俩也跟着打。手榴弹炸开以后，跟着我往上冲。可是，别跟我太近了，防备着在烟雾里边看不清楚碰上我的大刀。咱们打乱敌人，妇女们先不管她，她们只要跑了就行。"李金魁一听，把胳膊夺回来，急切地说："你说的那个不行，头里的日本鬼子不管他，光打伪军，保护着妇女们跑。"东海这工夫着急地说："队长，你不能耍个人英雄主义！应该听老丁的意见。"李金魁这才把脚一跺："咳！好吧，你们俩跟上老丁

173

上前边去打鬼子。愣秋儿、长江你们俩跟我到后边打伪军。"丁尚武一想：这么着也行，再不行也没了工夫。他这才和李金魁订规："咱们以谁的枪为令？"李金魁说："听我的手榴弹吧。"丁尚武说："好，咱们开始动作。"于是六个人分成了两组，一个向前，一个向后，分头向道边移动。这工夫敌人的前头部队已经快到了。

先说丁尚武。他带着东海和李柱儿，隐蔽着身形，急快地前进。他们来到离大道约一百米远的地方，都在一个碱蓬棵丛里蹲下来了。东海说："这儿离道边还是远，咱们的手榴弹投不到。"丁尚武说："你没看见敌人的尖兵来到了吗？离得近了就要被他们发现，等头里的尖兵过去，你们俩跟着我就赶快隐蔽前进。我可告诉你们，我怎么指挥你们都要坚决果断地动作。到了这个时候可不能再犹豫，也不能提意见。这叫战斗纪律！懂吗？"他说这话的时候样子很威严可怕。东海胆虚地"啊"了一声，李柱儿还是没有说话。这工夫，敌人的先头部队突然间变成一路纵队的队形，距离也拉开了，三挺歪把子机枪分成前中后三个位置，似乎是对这片碱地提高了警惕。

丁尚武一看，这一来更加麻烦了。可是，他当机立断想出了办法：让东海和李柱儿在他的两边，也离开和敌人的机枪一样远的距离，一个人盯着一挺打。只要头一颗手榴弹能够打得准炸得开，他这三挺机枪就得都成了废物。东海和李柱儿刚开始移动，意想不到的敌人的尖兵乒勾儿的一声打了一枪，子弹从他们三个的头顶上飞过。东海立时趴下不敢动弹。李柱儿说了声："坏了！敌人看见咱们了！"丁尚武把眼一瞪，两线逼人的光芒从眼睛里边射了出来。他低沉而坚决有力地说道："不许说话！这是敌人鸣枪侦察哩，你知道什么？他们鬼都没有看见。你要一乱动，他可就要发现了！"经他这样一说，李柱儿他们暗想：过去也参加过几次战斗，光知道照着敌人打枪，甩手榴弹，今儿怎么出来这些麻烦呢？这打仗可也真不简单啊！心里都觉着空打捞的没了底。不过，东海总算比李柱儿还沉着点儿，心里说：可不敢乱动，老丁怎么指挥就怎么干吧。李柱儿可是更加怕起来了。这时候，敌人又把一挺歪把子机枪架在碱地边上的土壕埝子上，冲着碱地里边的大窑顶"哒哒，哒哒哒"，就打了几枪，子弹从他们三个人的头顶飞过。这一家伙把李柱儿打得着了慌。东海也有点儿沉不住气了。

听见敌人的歪把子一响，丁尚武可是有点儿高了兴，他想：不怕你敲山震虎，等你打过枪以后，你放心大胆地往前走，老子才揍你哩！三个人的手榴弹一齐甩，手榴弹一开花，借着烟雾冲上去，"嚓……"我就又要削鬼头啦，可惜我现在没有马了。咳！我的大豹花马呀！你要是还活着，这会儿削这群鬼子的脑袋多么解气啊！嗨！鬼子官儿这匹大洋马真不赖呀！喝！汉奸官儿这匹大铁青不更好吗？哈！能不能把这匹马弄过来！想着想着，他就把一颗手榴弹的弦儿拉出来，用无名指勾住了套，右手攥住了手榴弹的木柄。他的马步枪仍然是在膀子上大背着，他的大刀刀头朝后刀把朝前在左手里一提。这时，他开始指挥东海和李柱儿，把距离摆开。他们俩都是右手攥着手榴弹，左手提着枪。他们悄悄儿地急速地接近敌人，眼看就快到了手榴弹威力圈儿之内的距离。这工夫敌人的机枪哒哒哒把弹仓里的子弹都打了出去，扛起枪来就要走。丁尚武觉着他的打算可以实现了。他憋着全身的力量，担心地想着：李金魁啊！你要沉着点儿，千万可别慌手慌脚的打得太早了！晚点儿动手才好。正在这个劲头儿上，猛然听到后面"轰！"的一声，响了一颗手榴弹。紧接着又是"轰！轰！"同样响了两声。后边的伪军和妇女们嗡的一阵就乱起来了。

丁尚武一看，立时急得脑袋都要爆炸！只听他叫着李金魁的名字狠狠地骂了两声娘。你这是作战吗？简直是拿着人命要着玩哩！后边手榴弹这一响可不要紧，前边的鬼子兵们把三挺歪把子架在远近不同的三个地方，向着后边就一齐叫起来了！虽然如此，可是丁尚武并没有发慌，他知道敌人并没有发现他们三个，他急快地接近敌人的机枪，他还是满有信心地要把敌人的机枪炸毁。可是正在这个节骨眼儿上，李柱儿沉不住气了，他没有考虑够上够不上，头一个就把手榴弹扔出去了。他的力量小，手榴弹落在离敌人三十米以外，轰的一声爆炸了。东海以为这颗手榴弹是丁尚武投出去的，他也就紧跟着把手榴弹忙着扔出去了。跟李柱儿那颗一样，一个敌人也没有伤着。丁尚武真要把肚子气破了！可是到了这样紧急的关头，又有什么办法呢？不打也得打了！他就像猛虎扑食一样，往前蹿了两蹿，嚓——的一下子，也把手榴弹甩了出去。

要说丁尚武是真行！这颗手榴弹甩了足有八十米，打得还是这么准，正落在敌人机枪的枪口下边！"轰"一声爆炸，把射手、弹药手和机枪一齐都给炸零碎了！借着手榴弹的烟雾，他就像战马一样地奔入敌阵，把战刀抢开，嚓……连着砍了几个惊慌失措的敌人。照着另一挺机枪，他又是嚓——的一下子，第二颗手榴弹又投了去，"轰"的一声，又爆炸了。但是这挺机枪没有炸坏，冲着他这边"哗……"地就打过来了。幸亏有手榴弹的烟雾掩盖着，没有打中丁尚武，可是他一看不行，掉头又钻回了碱地。这时候敌人的机枪、步枪哗哗地就向着他们这边打过来了，无数的子弹像刮风一样，扑头盖顶冲着他们扑了过来。李柱儿转身就往回跑。东海一看他跑也跟着跑，刚跑了没有几步，一头就栽倒了。

丁尚武一看，当时也不知道怎么好了，他赶快趴下没有动，觉着脑袋也发了懵。难道丁尚武吓坏了吗？哪能呢？他是急坏了！气懵了！他万也没有想到打了这个样。他战斗了多少年，从来也没有见到过这样打法的。打吧？就剩了自己一个，而且完全被动了。不打吧？可是后头那些人怎么办呢？这工夫手榴弹的烟雾飞散了，敌人分成了两段，后头一段卷箔儿向后打了回去，前头一段，在机关枪掩护之下，向着这边冲上来了。丁尚武没有别的办法，他想隐蔽着向后去援助李金魁，赶快撤退。可是他又亲眼看见东海栽倒了。他虽然骂了声："打死你个小混蛋才该！"可是他又跑去救他。到了跟前一看，东海的小腿受了伤，伤了骨头，不能动了，咧着嘴"咳哟咳哟"直叫。东海这一叫，引过来了两个鬼子兵，端着上了刺刀的步枪，顺着声音奔了过来。

丁尚武看见这两个敌人就赶快躲在东海的旁边，两个鬼子兵来到了跟前，刚想用刺刀挑东海，就见丁尚武猛起一蹿，把大刀一抢，"嚓！嚓！"两声，两个鬼子兵的脑袋都掉下来了。他把东海在胳肢窝里一夹，低着头，弯着腰，钻着红荆条子，飞快地往回里跑，一边跑着气得还直咬牙，发着狠地说："你们要是我手下的战士，当时我要不敢拿刀劈了你们，那就算我熊！"他就这样地隐蔽着退了下去。

再说李金魁。头一颗手榴弹就是他打的。别看他坚决勇敢，在作战上来说，他还真是缺乏经验，缺乏战术知识。当敌人在头里一打枪的时候，他以为是敌人发现了丁尚武他们，他就想打。幸亏长江提了提意见，沉着点儿气，先别打。李金魁这才没有打。可是当敌人又一打机关枪，愣秋儿也沉不住气了，他直个劲儿说着要打。最后，李金魁觉着越等越坏，所以他就把手榴弹投了出去。紧接着愣秋儿也扔了手榴弹。长江一看，不打不行了，这才也把手榴弹投出去。他们这三颗手榴弹都是因为距离太远，没有炸着一个敌人，不过也把这些伪军特务们吓得慌了神，呼噜噜地往后跑。这些妇女们不知道是怎么回事，怕被手榴弹炸死，也觉着这是逃跑的机会，她们就跑散了，高铁杆儿带着一部分伪军和特务们追的追，圈的圈，又给圈住了一大部分，虽然有一些妇女挣扎反抗，可是结果还是没有跑脱。只有二十五个人跑进了大碱地，虽然有三个人被流弹打伤，到底是跑脱了。

李金魁把手榴弹扔出去之后，领着头就喊着杀声往上冲。李金魁一看大部分妇女们没有向着碱地里跑，急得他嗷嗷直叫。他带着长江和愣秋儿追赶后头的伪军，一面追着，"乒……"就把枪里的子弹打了出去。但因为这是手枪，他又是那样急躁的心情，所以一个敌人也没有打着。这工夫长江和愣秋儿在他后头也开了枪，也说不上是谁的子弹打的，有一个伪军倒下了。李金魁觉着这手枪真是用处不大，他蹿上去拾起了死伪军的一支"步捷克式"，把自己的手枪在腰里一掖，两手端着这支步枪就继续往前冲。这工夫离敌人近了，他想开枪打，一搂不响，他才感觉到没有顶上子弹。拉开栓一看，弹仓里头空了。他这又恼恨为什么不摘伪军身上的子弹。正在这个当口，被他们追着的伪军们清醒过来了。他们听着后边的喊声很少，回头一看追来的人也不多，这就回身要打。李金魁一看不好，"嗖——"的一家伙又甩了一颗手榴弹。伪军们这就又回头跑。这时候，高铁杆儿指挥着另一部分伪军向着这里打开了枪。一打枪，这边的伪军们又害怕起来，他们以为又是冲上来的八路军打的哩，这就更加慌乱起来。

李金魁借着手榴弹的烟雾已经追上来了。可是，追上来又怎么办呢？枪里没有子弹，枪上又没有刺刀，他也有点急得发懵，连腰里的手枪也给忘了。不过，他并没有畏惧。他看着伪军们还是乱哄哄地跑，他就拿着这支步枪去杵他们，照着后脊梁一杵，噗通倒一个，一杵又噗通倒一个。他一看越倒越多，索性就拿枪拨拉。他这么一拨拉，就听叽喽咕噜一个一个东躺西倒。好家伙，他真像个黑煞神，把这群花狸狗子伪军吓得惊心丧胆。这工夫有一个胆大的伪军，回过头来打了他一枪。离得挺近，一枪打中了他的右膀。他歪了一歪，没有倒下，可是右胳膊已经麻木，把枪撒了手。但是，他还没有停止往前追。这工夫他又追上一个伪军，伪军回过头来照他当当就是两枪，一枪正打在李金魁的肚子上，他再也支持不住，立时一个屁股墩儿坐在了地下。这时候长江和愣秋儿跟上来，两人开枪一打，伪军这才跑走。长江和愣秋儿来到一看，李金魁的伤势挺重，都有点害怕，他俩就架起他来想要退下去。可是，后边高铁杆儿指挥的一部分伪军追上来了，子弹在头顶身旁嘶嘶地乱叫，三个人这又急忙卧倒。正在这个节骨眼儿上，从碱地里"当……"有人打了一梭子盒子炮，伪军们连着倒了好几个，这才趴下不敢动，愣秋儿和长江架起李金魁来急忙钻进碱地向后撤走。

这一梭子盒子炮是谁打的呢？这是孙定邦。

原来，孙定邦和齐英来到碱地之后，找李金魁他们还没有找着，就听见他们打起来了。他俩也不知道李金魁他们计划如何打法，也没有来得及察看故人的部署，所以刚一打起来的时候，他俩没有敢冒冒失失地跟着干。他们好容易把情况闹清楚了，就看见一部分伪军跟着李金魁他们三个屁股后面追，所以孙定邦才打了这一梭子盒子炮。这一梭子子弹虽然援助了李金魁三个人的撤退，可是这部分伪军又起来向着他这边打起枪来。又往旁边一看，一部分日本鬼子也向着这边赶来。孙定邦有点儿着急，他对齐英说："咱俩倒换着撤吧。"可是齐英这工夫已经着了忙，枪也打不响了。真是奇怪，枪坏了吗？仔细一看，原来还关着保险机哩！等他把保险机落下来，这工夫一部分伪军眼看就快冲过来了，他赶快对着敌人一搂，"当……"一梭子子弹都出去了，可是一个敌人也没有打中，只不过是把伪军们吓得慌忙卧倒了。

孙定邦和齐英这才急忙钻进碱蓬棵、红荆条子，往后撤退。他们看了看，敌人又起来很快地追过来，孙定邦又连着甩了两颗手榴弹，"轰！轰！"手榴弹一爆炸，敌人又趴下去了。在手榴弹的烟雾掩盖之下，孙定邦和齐英转了个方向，疾走如飞，这才把敌人甩开。齐英这时候一边走着，他的心跳得喘不上气来，脸上也热古都地觉着发烧，心中暗想：这打仗可真不是个简单事儿！同样一支枪，别人使着就这样管事，我使着让它响它不响，不要它响的时候它偏走火儿。虽说把子弹打出去了，可是一个敌人也没伤着，白浪费了子弹。我怎么这样无能呢？难道我胆小怕死吗？不是啊！这就是初次战斗，缺乏经验，心中无数，慌了神。真是教训！教训！实际锻炼太重要了！看以后的吧。于是他又把枪压上了子弹，心里发着狠地说，眼前要是再有敌人，我非一枪一个不行。可是今天这一仗没有打好呵，这些妇女们怎么办？

正所谓：

战斗需要真学问　　胜利不给蛮干人

第 十 三 回

何大拿献绝户计　史更新定众人心

　　李金魁指挥着打了这么一个截击战，把被抓走的八十名妇女截回来了二十五名，其余的五十五名仍被敌人抓到桥头镇去。你想，这一来敌人能够轻饶得了这五十五名妇女吗？作为领导者的齐英、孙定邦，领导斗争工作一定是更加困难。这些问题咱暂且不说了。

　　单说何大拿父子在地洞口发现志贤姑娘之后，到家里想出来的阴谋诡计。

　　何大拿对今天发生的这些事情，当然是很焦心的，虽说是当上了维持会长，可是他闹不清它到底是吉是凶！因为发现了他的闺女，这个事就已经把他弄得头昏脑涨，不知怎样才好。这会儿又抓走了全村这么多的妇女，可是黑名单上的人却一个也没有抓住，这一家伙还不定要闹个什么馅儿呢？他把何志武叫到家来。他们父子俩没敢在家呆着，害怕闯进人来把他俩一块儿掏出窝儿去，所以又悄悄儿把何志武拉到村外的枣树林子里，商量着想什么办法。

　　何志武对这事儿当然也是着急，可是跟他爹的意见有矛盾。何志武总是说："孙定邦家里这个洞一定小不了，里边藏着的不知道还有共产党八路军的什么重要人物哩，不如趁他们还没有转移的时候赶快报告给高凤岐。要是把里边的人都抓出来，以后的

181

天下不就成了咱们的吗？这在日本人手里，咱也算是献了一次大功！"何大拿皱着眉头说："可是，你的妹子也在洞里啊！"何志武又说："她不要紧，无论如何高大队长也得看点儿面子。就是到了日本人那儿去，托我大哥在城里给办一办，她也死不了。"何大拿又说："不行，共产党的人要是到了他们手里，托什么样的门子也不行，除非是投降！再一说，你妹子那么大闺女了，要是弄到他手里去……"他吸了一口凉气没有再往下说。何志武又很不在乎地说："别的不一定有什么，反正得受点罪儿。可是，这也没有办法，谁叫她非要抗日不行呢？"何大拿听到这里，耷拉着眼皮想了想，又说："要是光受点罪儿可也不算什么。不过，他们要是死不出洞怎么办？听说前几天，西边胡家营也是搜出来了个洞，里头藏着三个县大队的伤号，在掏他们的时候，里头往外打了一顿手榴弹，光日本人就打死了二十多个，特务和警备队也有十好几个伤亡。最后，这三个伤号拉响一颗手榴弹，把自己一块儿都炸死了！还有北疃发生的那个事，这不也是才几天啊，一条地道里八百多口子老百姓，不是都叫日本人拿毒瓦斯给熏死啦！这些事你能不知道？"何志武听了，把眼皮一翻："都熏死比叫他们活着强！"何大拿一听这话不高兴了，他瞪了何志武一眼："你的妹妹也不要啦？"可是，何志武更狠地说："这会儿你可怜她，可要是有一天，你犯到他们手里，她会一点儿也不可怜你！要我说，不如趁早儿……"

这两句话可真把何大拿的心打动了一下，他低下头不言语了。他想了一会儿又说："不行，我越想越不行。这些党员们不一定都在洞里头。李金魁带着愣秋儿他们跑出去了。有他们在着，咱要是这么做，无论如何也完不了。弄不好，咱一家就别想活了！"这话何志武很不爱听，他把眼皮又一翻："他呀！我看不透他们？不怕他跑出去，他只要敢露面儿，就老虎吃蚂蚱——碎拾掇了他们！"何大拿听着是又摇头又摆手，连声地说："不行，不行，我越想越不行。你小子毛儿还嫩着哩！那天到咱家来的那部分八路军，你敢说是怎么回事？再一说，李金魁他们也不是好惹的！我可先告诉你说，这个洞的事你可千万不能报告。不光这个，就是以后你的行动也要留神！常言说：咬人的狗不露齿，吃人的狼不叫唤。要想杀人，就得叫他到了阎王爷面前也说你个好。"

何大拿父子俩正在枣树林里商量，李金魁他们的截击战打响了。他们听了个清清楚楚。听着越打越热闹，两人立时都给呆住了。呆了一会儿，听着这枪声还是不断，何大拿像是有先见之明似地说："你听见了没有？这准是八路军打了伏击。听这枪声，人还是少不了。这一家伙，恐怕更不好办了，幸亏你没有跟着。"何志武也是判断着八路军打了伏击。这一打，当然是不敢说谁胜谁败了。打伏击的八路军是哪儿来的？他就更估计不出来。他的心里咚咚直跳，他刚才说话时候的那股子凶劲儿也败下去了许多，一时心里没了主意。等到枪声不响了，他才说："大概是战斗结束了。这一仗打得怎么样啊？"何大拿说："不管怎么样，反正这事儿越闹越不好办。真他娘的，万也想不到这一带还有这么多的八路军。咳！这个维持会也许成了他娘的坟坑子！"他说着这话的时候，是又抓头皮又皱眉头，一个劲儿地在地下转圈儿。这工夫何志武一想：我得赶快回去。我来的时候，高凤岐并不知道。偏偏遇上八路军打了伏击，他要对我怀疑起来可就糟了！想到这儿，他就急着问何大拿："爹，依你说现在怎么办才好呢？"

何大拿他刚才想要说的话，被这一阵枪声给打断了。何志武这么一问，他想了好久才说："本来我是打算着这么办，要想法先把你妹子叫到家来，先跟共产党脱离了。只要把她先圈拢住，以后对她怎么办都好说。对咱村这起子党员、干部、民兵们，先一个也别动。千万不能打草惊蛇。到底对他们怎么办，还得看看他们对咱怎么样。再一说，也得看看以后的时局变动如何。不到时候就跟他们对付着。到了时候就给他来个一网打尽，叫他们断根绝种！等这一段汽车路修通了，炮楼子也修成了，再想法给自卫团弄几条枪，就是再有八路军的游击队，也就不怕他了。"何志武又问："可是现在抓去的这八十个妇女怎么办呢？"何大拿又说："把她们保回来。""保回来？恐怕不敢说那么容易。"何大拿想了想又说："看这一仗打得怎么样吧。要是日本人没有受什么损失，这就好办。依我看，毛利大队长准吃这个。高凤岐要跟他把底细说清了，他也许好办。因为他们抓这些个妇女去，就是为了要把这些党员、干部、民兵们鼓捣回来，一个一个的都抓住。咱要是把她们好好生生地保回来，村里要再平稳几天，这些党员、干部、民兵们，不用去找，一个一个的就都得露了面儿。他们还能老不家来？再说，他们也不能扔下村子不管。他们一定要想法来利用咱这维持会。咱就让他们先利用一下。像捉雀儿一样，稳稳当当地让他们都钻到网兜子里去，一家伙就都给捉住了！这个办法就叫绝户计。"

说到这儿，他睁开了大眼，紧紧地绷着嘴唇。他的两手比着架势，就像很有把握一样。可是他又想了想，好像撒了气的皮球似的又说："这一仗要是日本人受了大的损失，这些妇女们要是都被截回来，那可就不好办了。真要是那样，日本人跟高凤岐也得怀疑我，八路军也不能让我好好生生地在家里。那就干脆，维持会长不干了，先走他娘的再说。"何志武听了他爹这番话，倒是有几分赞成，但是弄不清现在的情况如何，所以一时也没有说出什么来。何大拿在地下转了几个圈儿又忙说："志武，你赶快回去，看看这一仗打得怎么样，你再快点儿给我送个信儿来。听见了没有？"何志武说："就这么着吧。"何大拿这工夫急忙说了句：“你快走，秘密着点儿。”何志武答应了一声，急急忙忙地走去。又呆了一会儿，太阳落下去了，何大拿才进了家。

何大拿到了家一看，好家伙！他家的屋里院外都挤满了人，都是些老年中年的妇女，有一些人还抱着小孩儿。解文华也来了。原来，这些人都是要找他们这俩维持会长去给保人的。起先，她们找何大拿，何大拿不在，才找到了解文华。解文华个人不敢办这个事，这才又领着人们到他家来等他。人们一见他进了家，解文华头一个就问：“你上哪儿去了？村里出了这么大的事，你这维持会长怎么躲起来了？”他的话还没有说完，人们立时就乱喊、乱叫、乱哭、乱闹起来了！有的说：“你刚一当上维持会长，就把咱村弄成这样子，你还躲起来，你这是安的什么心哪？”有的说：“抓走这么多的人，你能不管吗？你不管可不行啊！”有的说：“都说维持会是汉奸，你真想当汉奸啊？”有的说：“会长啊！你可怜可怜这孩子吧！他才满月，把他娘就抓走了！你积点儿阴功去把人给保回来吧。”有的说：“人是鬼子跟汉奸们抓走的，你们维持会不是给他们办事吗？人回不来可就得跟你要，不给保回来就不行！”有的说：“何大拿！我可告诉你说，我的俩孙女一个孙子媳妇都被抓走了，你当了村里的家就得办村里的事，人回不来就朝着你们要。”还有一个老太太手指头挖到他的眼上问他：“这么多的大闺女小媳妇都给抓走了，为什么没有把你家的闺女媳妇抓走？你们跟鬼子汉奸们一个鼻子眼儿出气儿。告诉你说，姓何的，人你给要不回来就不行！死一个也得叫你给抵偿！”听吧，你一言我一语的说什么话的都有，软的硬的什么样态度的都有，在他这个家里乱乱哄哄地闹起来了！吓得他家里的人们扎在炕头里不敢露面。

人们这一闹，何大拿怎么样呢？本来他想到了人们会找他，要来求他去给保人，不过他没有想到这些人会这样厉害，挖着眼地骂他，还硬跟他要人。这么一闹他能不火儿吗？他心里想，到了这时候了你们还这样厉害，这都是共产党八路军把你们宠坏了！你们甭硬，总有一天我要叫你们软下来，我要叫你们在我的面前跪着说话。这话是他心里说的，可是他的表面上不是这样。你看他，还没有说话就直给人们作揖拱手，带着忠诚老实而又可怜的样子对人们说："婶子大娘嫂子弟妹们！你们先别这么着急，先别这么挖苦我。这么多的孩子们叫敌人抓走了，你们知道我的心里多难过啊！"说这句话他还带出了哭腔。有人问道："你难过干吗还躲起来？"

何大拿又忙着解释说："我的奶奶们！我那是躲起来吗？刚才我听见东边枪响，我寻思着是咱们的队伍打了敌人的埋伏，我在家呆不下去，想到村外去看一看，看看是不是把咱们被抓去的人给截回来了，看看咱们被抓去的人有被打死打伤的没有。我一个人跑出去了老远，没有看见咱们的人，我这才又快着回来。我知道你们就得来找我，我这才急了似地往家跑，跑得我都喘不上气来。你们不用说我也知道你们心里难过，谁家的人被抓了去谁不着急呢？可是你们要知道，我比你们还急，虽然说没有抓我家的人去，咱们受了共产党八路军好几年的教育，咱们团结抗战好几年了，莫非我连这么点儿团结的意思也没有吗？抛开这个咱先不说，咱们都是老少乡亲哪！常言说：好汉护三村，好狗还护三邻哩！我何世昌虽然不敢说是好汉，难道我连一条好狗都不如吗？你们说我是汉奸，我何世昌是那号人吗？开抗属会的时候，多会儿也是把我让到正座儿，到什么时候我也不能不要我这份光荣啊！我要是当汉奸，我对得起谁啊？这些个咱都不说，我还是个中国人哩！你们别看我当了维持会长，我心里是一百个不愿意干。可是，这有什么办法呢？日本鬼子非让干。话又说回来了，要不是那么多的老乡亲们选举我，我也会跟何世清一样，不过，现在说这个是多余了。大家既然选了我，我就不能不干。我干是干，到什么时候也不能给敌人办真事儿。我要为老乡亲们办事儿。今儿发生的这个事儿，你们不找我我也得办。你们放心，只要我活着，我就得想法叫全村的人都活着。"他说到这儿拍起胸膛来了，好像激动得了不得，可真是把大伙给说住了。许多人都相信了他的话，有的还挺受感动。只有解文华知道他的底细，他在旁边听着虽然不说什么，可是心里在琢磨着，何大拿这老家伙真是个阴阳人儿！明明他自己愿意当维持会长，还给敌人开了黑名单，今儿他硬要这么表现，这老小子不定又要要什么戏法儿哩？得提防着他点儿！这工夫何大拿又说话了："这事我管是一定了，不过光凭我不行，再加上解文华俺们俩也不行。"有人问道："为什么不行呢？"何大拿又说："因为我还闹不清咱们共产党八路军现在是什么政策，咱们办事不能胡来。"又有人问："光你们俩不行还要找谁呢？"何大拿又说："找咱们的村干部，要是找到咱们的区干部县干部那就更好了，他们懂政策，他们叫咱怎么办咱就怎么办。"

诸位，何大拿为什么非要找干部们呢？这家伙鬼招儿来得快着哩。他是觉着刚才的伏击战一定是没有打好，所以被抓去的人一个也没有回来。这样，他原先的绝户计就可以用得上。如今既然有这么多的人来找他，他想，就着这个机会找一找干部们，这一来是，表现他还拥护共产党和抗日政权，好让大家相信他，更要紧的是，他要借着群众的要求和干部们见面，好摸一摸干部们的情况，探一探干部们的底细，好实现他的绝户计。所以他才这样说。他这些话可也真就有人相信他是真心实意，于是就说："这时候找干部找谁去呢？村长叫鬼子抓走了，不知道死活，支书跟农会主任牺牲了，抗联主任打仗受了伤在河南他姐家养病哩，妇会主任还没有结婚就被强迫着送到婆婆家去了，青会主任连他兄弟带上一块跟了分区支队去。”

这些情况本来何大拿是弄不清的，经大伙这一说他可就摸着了点底。不过，他最重视的是李金魁、孙定邦和孙振邦。所以他就说："不在家的这些个咱就不用提了，咱们找一找民兵队长李金魁吧。"这时候又一个老太太说："别找他了，刚才他带着民兵去截敌人受伤回来了，伤得还挺重，还在他婶子的炕上躺着哩。"她这几句话可不要紧，何大拿听着心里一呼扇，暗想道：闹了半天刚才是他们打的啊！哪里来的八路军？好，好。他的心里别提多高兴了！他又接着说："李金魁受了伤，咱们不是还有治安员孙振邦吗？咱找一找他。"又一个人说："他不在家，刚才我就找了他两趟了。"紧接着又一个说："这几天他常上孙定邦家去，上那去找他吧。"何大拿越听越高兴，于是就说："咱们找孙定邦也行啊！"这时候一个中年妇女说："孙定邦不是干部。"又一个人就说："他不是干部也是个党员。"接着又有一个人说："孙定邦也许是个大党员哩！"她这一句话可就又引起何大拿的话来了："那咱更得找他了！他既然是个大党员，到了这时候他不出头还行啊！咱们到多会儿也得依靠着党员们。咱们找他去，用不着他跟敌人见面，他出出主意就行了，他们让俺们怎么办俺们就怎么办。你说对不对，文华？"解文华点了点头，说了声："对。"这工夫大伙儿都嚷嚷着去找孙振邦和孙定邦。何大拿高兴地领着大伙就向孙定邦家走。何大拿领着人们来到孙定邦的家门口，一推，门插着。

他敲了几下门，喊了几声孙定邦。工夫不大里边搭了话，问清了是谁，把大门开开了。开门的是孙大娘。何大拿把来意一说，孙大娘说："孙定邦不在家里。"何大拿又问："他到哪儿去了？"大娘："不知道。"这时人们可就不高兴了，你一言一语说什么的都有。有一个人哭着说："会长啊，别找他们啦，你们快去保人吧，还不知道咱的亲人们这会儿是死是活哩！快去吧。"又有好几个人都说："会长快去吧，只要平平安安的，把人保回来就好。"大伙都跟着说："对哪！会长快去吧。"何大拿心里想：好，这一回我算是有后台了。以后我就得叫他们离开我办不了事。他高兴地对解文华说："文华老弟啊，大家伙都这样托付咱俩，咱俩就去吧。救人如救火，快一点是一点的事儿。既然干部跟党员们不露面儿了，咱俩可就得把这个家当起来。为了全村的老乡亲们，就是跳火坑咱也得领着头儿先跳！你说对不对？"解文华说："对，死咱也得死在头里！"何大拿叫着解文华就上桥头镇去了。大伙也都各回了各家。

有人要问：孙定邦到哪儿去了呢？

其实，孙定邦哪儿也没去，就在家里。那位问：在家他为什么不出来呢？

我们知道，孙定邦是个小心谨慎的人。他家里的这个秘密堡垒暴露了，李金魁这个截击战又打得这样糟糕，他又隐隐感觉到齐英的战斗经验不多，所以他更加谨慎起来了。他和齐英从大碱地里回到家来之后，天刚刚黑下来，他就紧忙着让孙振邦把史更新和林丽领到他家去。因为孙振邦家的房子小，洞也小，里边只能盛下五六个人。史更新、林丽、孙振邦，再加上孙振邦的父亲、哥哥，这就够挤的了。他们打算把孙振邦家这个洞作为最严密的堡垒，不让任何人知道。所以，把史更新和林丽安排好了之后，孙定邦、孙振邦和齐英又回到孙定邦家来。这时，丁尚武也回来了。那位问：丁尚武不是在撤退的时候胳肢窝里还夹着东海吗？他本来打算把东海送到他家去，因为东海告诉他说，他家的地洞还没有挖成，所以丁尚武就把他背到了村外的枣树林内，把他隐蔽起来，忙着把这事来告诉孙定邦和齐英，问他们怎么办。他们还没有来得及商量，愣秋儿和长江又一同找来了。他们把李金魁受伤的情形说了一遍。又说，李金魁的奶奶、媳妇都被敌人抓走，李金魁的兄弟玉魁也被敌人抓去一块修汽车路，家里没了人，才把他送到他婶子的家去。他婶子家没有洞，只好先在炕上躺着。他的伤挺厉害，他婶子家的小子银魁也叫敌人抓去修路没有回来，家里光剩下一个女人，躲在炕上一个劲儿地哭，所以也要领导上快点儿想个办法。正在这个时候，何大拿叫孙定邦的门，孙定邦他们谁也不敢说又出了什么事，这才让孙大娘把门开开，问问是找他干什么。当何大拿对孙大娘说话的时候，孙定邦、孙振邦、齐英、丁尚武他们在暗地里可是听了个清清楚楚。等插上大门回到屋来，几个人为这些事可就发起愁来了。

丁尚武一看，他们想不出什么好办法来，又不会打仗，所以，他要马上就走，过京汉路到晋察冀军区，找自己的骑兵团。孙定邦说："尚武最好不要走，留在村里坚持斗争。你对村里的人们很熟，战斗经验又丰富，可以担任民兵队长。"孙振邦也说："对。咱们要想法把何大拿和解文华掌握住，通过他们对敌人作巧妙的斗争。再说，咱的队伍走的日子已经不少，反正快回来了。不论怎么残酷困难，也要坚持跟敌人进行战斗！"

孙振邦他们在那里说话，齐英老半天也没言语。他觉着，队伍不可能很快就回来。斗争的困难越来越多，可是光藏着不露面不行。何况他自己本来是决心要锻炼锻炼，学习学习武装斗争，要是光找个地方藏着，可算什么呢？再一说，自己现在是唯一的区干部，怎么也不能丢开这些苦难的群众任敌人残害啊！可是回头一想，自己连枪都不会使，领导工作想不出好的办法来，领导斗争更是没有充分的把握。这可怎么好呢？想来想去，他想到了史更新身上，他觉着：史更新这人是挺不简单的，他既然打仗那么能打，在这些问题上也许能够想出办法来。史更新的伤虽然还没有好，说说话还能不行吗？找他商量去。想到这儿他就说：

"现在的问题是咱们斗争的关键，咱们得好好地考虑考虑，谁也别着急。孙振邦同志，你先派人把林丽叫来，给李金魁、东海看看伤。"丁尚武说："她一点药也没有，看不是白看？"齐英说："没有药看也比不看强。史更新这几天不是好些了吗？先叫她看看怎么样，咱们想法弄点药，对今后的斗争无论如何也得想出个办法来，光藏起来等队伍是不行的。"孙振邦听着点了点头，说道："这话对，我先叫林丽去。"说着就走了。

等了有抽袋烟的工夫，孙振邦把林丽叫来了。林丽背上了她的挎包，样子更憔悴了！一看她的外表，就可以想得到她的心里是何等焦虑不安。齐英简单地跟她说了说，让丁尚武和长江、愣秋儿领着她，保护着她出门去看李金魁和东海的伤。齐英这才对孙定邦、孙振邦说，去找史更新研究研究。于是三个人一同来到了孙振邦家。

孙振邦家只有他跟他父亲孙老敬和他的哥哥孙立邦。孙老敬已经七十二岁，孙立邦也五十三了，都是老实巴交的庄稼人。因为穷，哥俩连媳妇都娶不上。他家的院子挺小，只有三间北房，房子虽然是土坯的，可是收拾得挺整齐。屋里有一道隔山墙，西头是外屋两间，东头里屋一间。他们父子仨在里间睡觉。外屋靠隔山墙是锅台、水缸，靠西墙有一个很小的驴槽，原来跟孙定邦伙养着一头毛驴，现在驴没有了，驴槽的前头墙旮旯里有一个草池子。草池子是土坯垒成的，底儿铺着青砖，里边还有一点点碎草，像是没有打扫干净。孙振邦把他俩领到草池子边，对他俩说："我这洞就在这儿，你们俩下去吧。"齐英有点奇怪："这不是个草池子吗？洞口在哪里呢？"孙振邦说："你下去就知道了。"

齐英好奇地迈进草池子里。不想他的脚刚一沾地，噗嗤一下子掉到地里头去了多半截。原来这个草池子底就是洞口，他是用木板子先做成草池子底那么大，木板两面都贴上青砖，每个砖的中心都横着钻了两个通眼儿，用铁丝穿过眼儿紧紧地摞在木板上，砖缝之间还用细铁丝穿过木板，又把每个砖都紧紧地摞住。这样，怎么看也看不出痕迹来。木板的中腰有一个铁的转轴儿，不论你随便一蹬哪头，人就下去，砖板还自动盖好，仍然是个草池子底。如果发生了敌情，人下去之后，可以伸过手来，撒上把草，把砖板托平，用下边的销子销上，再下去几个人也蹬不动它。孙定邦了解了之后说："你这活儿，做得比我这泥瓦木工都强得多。"于是他们都下到洞里来了。齐英冷不防掉进洞来，倒是没有摔得怎么样，不过吓了一家伙是真的。可是，他挺高兴，他觉着这洞敌人是发现不了的。他拉着孙振邦的手说："你真有办法。"这个洞就是小点儿，史更新在里边躺着，一个人就占了三分之一的地方。他们三个人进来都坐不舒坦，只好蹲下。史更新一看他们三个一齐来了，估量着是要找他说什么，他就要坐起来。他们仨按着没有让他起来。齐英说明了来意，把现在的一些情况和他们几个人的意见说了一遍，并且说道："现在问题很明显，小李庄村对敌斗争的成败存亡，就看今天的决定了！"

史更新本来想等他的伤养好之后，马上回去找他的队伍，但是因为他的伤十天半月不能很快治好，他原来的念头就打消了。几天来他一直暗暗地想着，小李庄的斗争很重要，但是现在和上级失掉了联系，困难就大了，他想等他的伤养得差不多了，就跟小李庄的民兵们一起参加斗争。如今一听小李庄的情形这么严重，他的心情未免有些激动。他想坐起来，但是齐英他们三个把他按住了。

史更新严肃地说："今天的中心问题是领导问题，也就是区领导的问题。"齐英说："这话很对。不过现在的区领导没有了！"史更新像已经准备好了似地问道："你不是区领导者吗？"齐英又说："我怎么能算领导者呢？我连个委员都不是。"史更新又说："不是委员就不能领导吗？在部队上，不管是哪一级的首长牺牲了，立时就会有人自动地起来代理他的职务。你为什么不能代理领导的职务呢？"齐英听了觉得心里热打呼的，脸上也觉着不得劲儿，感到有几分愧意。孙振邦说话了："齐英同志，你应当领导起来。"孙定邦也说："为这事我跟他提过多少次意见了，在这样环境下没有领导怎么行呢？可是齐同志老是不同意。"齐英忙着解释说："我不是不同意，你们还看不出来吗？我的的确确是没有能力。"

史更新紧接着问道："能力是怎么来的？是打出来的！这个莫非你不懂吗？"他腾地一挺坐起来了："连我们都是打出来的！我们的根据地都是打出来的！我们的武装都是打出来的！我刚学完了毛主席的《论持久战》。我记得里边有一段叫'能动性在战争中'。我背不过全文来，可是我觉着里头有这样精神，就是要根据客观条件自觉地发挥主观能动性(说到这儿他的声音放低了)。我记得一九三九年在路西整训的时候，聂司令员给我们作报告说过这样的话：我们只要有党、有群众、有决心、有勇气、有智慧，那就什么都有。可是齐英同志，咱们不能弄得什么都没有了！"这话说得齐英那脸变得像红纸一样。孙定邦和孙振邦也觉着有点儿不大得劲儿。齐英问道："依你的意见，到底怎么样才好呢？"史更新想了想，又说："到底怎么样做才好我还不敢说。不过我觉着，光凭咱这个堡垒跟敌人斗争是不行的。光凭咱们这几个人不行，光凭小李庄也不行，应该赶快跟各村的支部书记接上头，大胆地把他们领导起来。通过各村的支部把行政组织掌握住，还要把各村的民兵们掌握起来。通过他们要叫各村的维持会给咱们办事。被抓去的人光靠何大拿跟解文华是保不回来的，要是把各村的力量都动员起来就许能够办到。"

齐英问史更新:"动员起来怎么办呢?"史更新说:"敌人现在最要紧的任务是修汽车路、修炮楼儿。这样的任务一定是他的上级要限期完成的。动员起来保人,人不放不给他修。他要抓住非修不行,白天修了晚上再扒。这种事儿大概咱们都不是外行。人是一定得保,我们的组织领导一点儿也不能软。我们要是把有组织的力量发动起来,还是那话,要什么都有。"史更新越说越多,越说越带劲,说到这儿他的伤口又钻心地疼了一下,他皱了皱眉又躺下了。

诸位,史更新这番话,可真是非同小可,一字一句真好似石夯落地一般,震得他们三个的心都晃悠晃悠的,可是又像在他们的胸膛里打上支柱似的,把他们的心都给稳住了。这时只见齐英睁大了眼睛,把一只拳头使劲在脸前一挥,坚决地说道:"对!老史,我同意你的意见。你的话就像投簧的钥匙,把我这锁住的脑袋打开了!我现在就要把责任担负起来,代理区委书记的职务。"史更新又说:"你应该连区长的职务也代理起来。"齐英又紧接着说:"好吧,我就连区长的职务也代理起来。"

他这样表示,孙定邦和孙振邦还有个不同意吗?这时候林丽回来了,丁尚武也跟了来。于是他们就一同参加了讨论。讨论完了,孙振邦就马上把李金魁和东海弄到他家的洞里来,还叫着他爹他哥忙着开挖这个地洞。齐英带着孙定邦和丁尚武连夜出发,到各村去找支部书记,打算把各村的组织掌握起来,把群众领导起来,跟桥头镇的敌人斗一个长短。

有道是:

领导进退决成败　组织强弱定存亡

第 十 四 回

抗强暴妇女尽坚贞　逞淫凶敌伪小火并

上一回说的是何大拿叫着解文华上了桥头镇，齐英带着孙定邦和丁尚武到各村去做组织动员。这两方面都是急如星火，各有定策。

花开两朵，各坠一枝。齐英要怎样地动员组织，暂且不表。却说：何大拿与解文华两人一路上走着，当然是说了不少的话。不用问，何大拿不会告诉解文华实底儿，解文华自然也要对何大拿加以防备。他们来到桥头镇，桥头镇的各个街口已经修起了寨门。把守北门的是伪警备队。何大拿一说是小李庄的维持会长，检查了证据，就放他俩进去了。

他们俩顺着北街，走了不远，往东一拐来到了镇立小学校。何大拿一看门口上有伪军站岗，听到里边有许多的打骂叫喊和哭闹的声音，他俩问了问，才知道是把抓来的五十五名妇女关在里边的一个教室里。刁世贵的伪军小队就住在里边。了解了这个情况之后，何大拿与解文华急忙来到高铁杆儿的大队部。一问，高铁杆儿已经回了他的住所，这才又到他的住所来找。高铁杆儿的住所在一个小胡同里，是一所挺阔气的小砖房院子，进门就是他的护兵房，有一个护兵正在值班。护兵认识他俩，见面把来意一说，护兵报告了高铁杆儿回来，就传他俩进屋去见。何大拿为了要保守他这绝户计的秘密，让解文华在护兵房里等候，他自己先进了高铁杆儿的屋子。

进来之后，小红儿正陪着高铁杆儿抽大烟。何大拿把他的绝户计，对着高铁杆儿就何长何短怎去怎来说了一遍，把他对小李庄村新了解的情况也一齐说出来了。他满以为这样会引起高铁杆儿的兴趣，他的绝户计可以顺利地进行。不想高铁杆儿把一口烟抽完之后，把大烟枪在烟盘子上轻轻地一摔，坐了起来，"喀"的一声，吐了一大口黑痰，二话没说就喊了声："来人！"应着他的话音，护兵急忙跑进屋来。高铁杆儿说："把他给我绑上，解文华也先不让他走。"护兵一听，马上就把何大拿给绑起来了。

诸位，高铁杆儿为什么要绑何大拿呢？这是因为高铁杆儿对何家父子起了疑心，认为在半路上的截击战是何家父子搞的鬼。他回来之后，知道了何志武被何大拿叫回家去没有跟着队伍一块儿走，他这就更加怀疑起来。所以当何志武刚一回队，他就把何志武先关了禁闭。正想去抓何大拿，何大拿来了，又听他一说他的绝户计，高铁杆儿以为他是想把被抓来的人们诳骗回去。于是这才不由分说，先把他绑起来。把何大拿这么一绑，解文华在屋外可是听了个清清楚楚，吓得他撒腿就跑。他跑到小学校门外，就听到里边打骂叫喊和哭闹的声音，已经乱成了一团。他心里想：这些妇女算是遭了死灾！他急急忙忙就往小李庄跑。

说到这里，大家一定要替这五十五名妇女担心，担心她们的生死安全。她们这时候怎么样了呢？

原来这些妇女被抓到桥头镇来，关进这小学校的教室里，伪军们因为在半路上挨了打，就想拿这些妇女们出气，甚至有的打起坏主意来。不过，这群花狸狗子们，在这问题上也有点规矩。因为高铁杆儿对他们有过命令，要是到了村里去，他们可以随便，可是抓到这儿来的人，就得听高铁杆儿的命令。因此，他们才等着，看看高大队长的决定。正在这时，高铁杆儿的护兵来找刁世贵，说是要挑几个年轻漂亮的姑娘给他送去。刁世贵一听就叫了几个伪军士兵，拿着手电筒走来开了教室的大门。刁世贵站在门口，拿电筒往里一照，吓得他吸了口凉气又退回来了。

这到底是怎么回事呢？

诸位，你道小李庄的妇女们是好欺侮的吗？她们自从被关进这个教室来，就做了战斗准备！由李金魁的媳妇大女指挥着，用教室的桌子把门口窗户都在里边给堵起来，挑着身体健壮的领着头，在里边顶着这些堵门窗的桌子。她们决心不让敌人进来，渴死饿死也不出去，除非是自己的人来保才走。我们知道，这些妇女当中，只有李金魁的奶奶是个老人，可是这位老人，她不但没有害怕，反倒比年轻的勇气都足。她拍着自己的心口说："孩子们！甭怕这群王八羔子们，他要敢来欺负你们，就跟他拼命！你们甭记着我，他们要进来胡闹，我头一个就豁给他们，打不了他也得倒他一身血！"听她这样一说，大伙的心情更加坚定了，都喊着："死也不能怕了他们！看哪个畜牲敢进来，就撕烂了他！"要说这么多的妇女可也并不是个个都这么勇敢，也有身体软弱精神不振的。其中，最让大家担心的是李柱儿的娘。这个人今年三十六岁，从打二十岁上就守寡，守着她的柱儿过日子。守寡守了十六年，连一点"黑疙欠儿"也没有。乡里乡亲们没有一个不尊敬的。这个人长得才人又好，心性脾气儿又好，可就是软弱无力，遇上什么事也不敢出头，光怕招是惹非。如今她也被抓到这儿来，她是一句话也不说，光低着头用衣裳襟擦眼泪。大伙儿看见她这样，对她都特别地照顾。这工夫，愣秋儿的姐姐金兰和她的妹妹玉兰，走到她的面前对她说："婶子，你不用害怕，有俺们哩，这些兔崽子们怎么样不了你。来，你跟着俺们姐儿俩，俺们俩当你的护兵。"金兰说着就拉过一张小条桌子，叫着她的妹妹说："来预备下武器。"只听喀嚓一声响，姐妹俩把桌子给劈碎了，一个人抄起一根桌子腿儿，站在堵门口的桌子后边。你别看这是两个美丽的姑娘，这时候可是显得那样威武可怕。正在这个节骨眼儿上，刁世贵把门开开，拿电筒一照，不但是他的脑袋瓜子差点儿没有碰到桌子上，他的动作要是慢一点儿，就得被桌子腿儿给他开个满脸花！你说他还有个不赶快退回来的吗？

那么，刁世贵就算完了吗？这怎么能够呢？你看他拿手电筒照着金兰玉兰的脸，大声地叫着："谁让你们把门口堵死？赶快把桌子搬开。"里边的妇女们听他这一喊叫，不但没有把桌子搬开，反而把桌子挡得更紧了。金兰玉兰把桌子腿儿攥得更有劲儿，单等他们往里钻的时候，揍他们的脑袋瓜子。刁世贵一看这事儿不好办，他估量着动硬的恐怕不行，动软的吧，这才又说道："你们把桌子搬开，叫你们出去。"一听说叫出去，里边就有人问了一声："出去干什么？""叫你们出去有事。""有事明天再说。"大女这工夫低声地说了一句："不答理他。"屋里就又没有人吭声了。刁世贵一看还是不行，他又说："放你们回去，你们还不出来吗？"这时里边就有人小声地互相问着："真放咱们回去？"大女又说："别上他的当，他这狗嘴里吐不出象牙来！他是骗咱们哩。"刁世贵这才又觉着软的也不行。咳！还是得动硬的："你们出来不出来？不出来一个一个都把你们提搂出来。"说着他上来就想推桌子。这工夫金兰一顺手，照着他的脑袋就是一桌子腿。刁世贵吓得急忙往回里一缩，喀嚓一声，桌子腿儿打在桌子棱上折成了两截儿。这一下不要说刁世贵害了怕，连他叫来的几个伪军士兵也吓得直往后闪。

刁世贵火儿了："你们简直都是女八路，不揍你们一顿你们不知道疼。来，把桌子推开进去抓她们。"他指挥着伪军士兵们要推桌子。这一来，里边的妇女们可都急了，金兰把眼瞪着，举着折断了的桌子腿儿喝道："我看你们谁敢？"玉兰也跟着骂，她用桌子腿儿敲得门框当当响。别的妇女们也喊着："不叫他进来！把桌子扛住了！他们要推桌子就打！砸他的手爪子！"老奶奶也走到前边来，她用手指着伪军们："我看你们谁敢进来？进来我就把这条老命豁给你们了！"大女这时很和缓地说："伪军弟兄们！咱们都是中国人，三村五里的也都不远，谁家也有姑娘姐妹。当了伪军还不够臊的吗？怎么还能帮助鬼子汉奸损阴丧德呢？像高铁杆儿是不在人数了！你们能跟他一样？我劝你们别听他的命令。你们要是敢跟他一样，我可先告诉你们说，谁也找不了好儿去！不怕死的就进来拿命见！"

这么一闹腾，这些伪军士兵一个也不敢上前儿。

当伪军的并不是都像高铁杆儿那样，特别是听了大女这些话，他们能不咂咂滋味儿吗？再说，他们这是帮助高铁杆儿办损阴丧德的事儿，不要说是被打死，就是打个头破血流鼻青脸肿，也是怪冤的啊！所以就都没有上前来。刁世贵一看也觉着这事不好办了。正在这个劲头儿上，又出了个岔儿，一群人从大门口"呼噜"一下子闯进院来。刁世贵急忙拿手电一照，原来是一群鬼子兵，头里带着的是猪头小队长。

那位说，猪头小队长一来准没有好儿！这话可真说对了。这个丑恶的鬼东西，本来他就想着要糟蹋这些妇女，又加上毛驴太君把他叫去对他说，叫两个姑娘来，他要问话。猪头小队长完全明白他的意思。所以这两颗兽心是不言而明的了。猪头小队长知道小李庄的妇女们不好欺侮，所以他带了一个班的日本兵来，个个都在皮带上挂着刺刀，准备着行凶作恶。他们来到学校门口，伪军的卫兵问他们干什么，猪头小队长理也没理，领头就闯进院来。

刁世贵一看猪头小队长这个来头，就猜想到了他的来意。他问了一句："你们要干什么？"猪头小队长又凶又横地说："花姑娘的干活，大太君那边的说话。"刁世贵说："我不管谁的说话，没有高大队长的命令不行。"猪头小队长哪里肯听这个，用手一拨拉，把刁世贵拨拉到了一边，他就往教室走。刁世贵又上来拦住他，可是被猪头小队长一脚就给踹趴下了。伪军士兵们一看，也吓得躲到了一边。刁世贵从地下滚起来，还要拦挡，被好几个日本兵把刺刀拔出来，在他的眼前一晃："唔！死了死了的！"刁世贵吓得不敢动了。

猪头小队长紧走了几步，来到教室的门口，一看门开着，他并没有仔细地瞧瞧，愣愣怔怔地往里一闯，咔吧啦嚓就给碰到挡着门口的桌子上了，他这才慌忙打开电筒。可是，他还没有来得及观察，只听砰的一声，正脑门子上就挨了一桌子腿，一家伙给捺了个屁股蹲儿，打得他懵头转向。猪头小队长从地下爬起来，"哇啦哇啦"一个劲儿地叫唤："花姑娘的厉害！大大的厉害！通通死了死了的！"一边说着就掏出了他的王八盒子，照着门口乒乓就打了两枪。只听有人"啊"地大喊一声噗通就倒下去了。倒下去的这个人正是金兰姑娘。这时候，猪头鬼子领着这群日本兵，稀里哗啦一阵猛闯，就都闯进了教室。这一来，教室里边可就乱成了一锅粥。鬼子们一个凶似一个地往外拉人。这些妇女们也有哭的，也有喊的，也有骂的，也有打的。只听叽喽咕噜，稀里哗啦，踢腾噗通，好一场人鬼的混打！这时候，把在学校里住着的伪军们都给惊动了！有些人不知道出了什么事，都跑到了教室外边来，连躺下睡了觉的也慌忙起来，衣服都没有穿好，就都拿着枪跑来了。刁世贵也是气得忿儿忿儿的。可是，他们这些人谁也不敢阻挡。

教室里边经过一场人鬼的厮打，结果还是被鬼子们拉出来了十来个妇女，其中有玉兰、大女和李柱儿的娘。玉兰知道她姐姐被打死了，她还能不急了吗？她在里边拿着桌子腿跟鬼子们打了好一阵。到底她是年幼力小，桌子腿被敌人夺过去，把她的胳膊抓住，就给扯出门来。她可真是豁了个儿，手虽然挣脱不开，她把头一低，一口咬住了鬼子的一个手指头，咬得这个鬼子"吱哟吱哟"地直叫。玉兰越咬越狠，鬼子兵猛力一夺，一个小手指头被咬掉了。玉兰又拼命一挣，撒腿就跑，被这个鬼子兵几步追上去，从身后给了她一刺刀，玉兰就噗通一声也倒在了地下。李柱儿的娘本来是身弱无力的，可是到了这个时候，她也跟鬼子们厮打了一气，一个日本兵的脸被她给抓破了。不过因为她太弱，结果被这个鬼子扯着手扯着头发扯出门来。她一边哭骂一边往后拽，但是怎能拽得过鬼子兵呢？把身上的衣裳都擦破了，鬼子兵还是往外拖她。大女本来是身强力壮的人，只因为她快要生小孩儿，所以打了一阵她的肚子就疼起来，又遇上了个凶野的猪头小队长，她挣打不过，最后也被猪头小队长给拉出来了。老奶奶一看这情形，还有个不急吗？她简直要急疯了！但是，因为年纪太老，本来就是风中的残烛，这么一乱打，撞就把她撞昏了！可是，她在地下倒着，紧紧抓住猪头小队长的腿不放。猪头小队长把她们两个一齐拖到屋门口，他拖不动了，一脚把这位八十来岁的老人给踢了好几个滚儿。他又扯着大女往外拖。这工夫，大女已经肚子疼得就要昏过去，她觉着没有别的办法了，就破着嗓子喊起来："伪军弟兄们！咱们都是中国人，都是同胞啊！日本鬼子们这样杀人作恶，你们看着好受吗？要是把你们的亲姐亲妹抓住，你们怎么样啊？同胞们！拿出点儿良心来，给中国人争口气吧！"

大女这一喊，可真起了作用。伪军们本来就气得肚子鼓鼓的，看着这样惨景不忍再看下去，又听大女喊出这些话来，可真是把心肝都给打动了！他们想：这些妇女犯了什么罪呢？鬼子们这样凶野杀辱又是为了什么呢？中国人难道就这样不值钱吗？想到这儿，心里头就觉着热辣辣的难过，脸上也觉着像火烧。你别看平常他们也说中国人，可从来也没有感到"中国人"这仨字像今天这样激动心胆！他们不由得就摩拳擦掌想要动手，但是也都害怕，怕打不了虎被虎吃掉！于是就你捅我一下，我拉他一把，在不言不语地互相示意。这时有好几个伪军走到刁世贵的跟前来，要求刁世贵领头阻止鬼子的这种暴行。

刁世贵一看，偏偏又是常常欺负他们的猪头小队长领头干的。这个猪头鬼刚才还踢了他一脚呢，他的火已经顶了脑门子了。他想这儿是他的职权范围之内，他要是领头阻止，不但阻止得住，高铁杆儿也会给他撑腰。这工夫又看见士兵们都有这么股子劲头儿，他心里就决定要阻止鬼子们这种暴行。这个家伙心眼多着哩，你看他一句话也没有说，用手一招，带着这几个士兵向着猪头鬼子走来，来到他的跟前儿，冷不防上去把猪头小队长给拦腰抱住。几个士兵一齐动手，把猪头小队长给扭倒在地，把手枪也给夺过来了。猪头小队长一看不好，他就"哇啦哇啦"地喊叫他的士兵们。

这工夫刁世贵才大喊着："卫兵，把大门堵住了！不让一个鬼子跑出去。警备队的弟兄们，一齐动手，把打死人的日本兵都捉住捆起来，出了事儿我担着。他们这是来欺负咱们，不能老受他这个气儿！动手啊。"他这一喊可不要紧，这一家伙就更热闹起来了！整个学校的院子里，是乱喊乱叫，乱抓乱打，叮叮当当，劈劈啪啪，咕喽咕噜，吱吱嘎嘎，是什么声音都出来了，可就是没有枪声。因为日本兵们没有带着枪，伪军们都还不敢开枪，只是拿枪托子撅，拿皮带抽，把日本兵给打了个鼻青脸肿，腿瘸胳膊断。伪军士兵们可也有的挨了日本兵的刺刀。打来打去，因为日本兵少，结果被抓住给捆起来了九个，只有一个曹长和一个士兵跳墙逃出，一溜歪斜地跑到毛驴太君的大队部来。

这两个日本鬼子见了毛驴太君，就把怎长怎短的情形说了一遍。他们自然是要把伪军们说得厉害，想要以奴欺主欺压皇军。毛驴太君一听这个情况，又看到他的士兵被打成这个样子，他的火头子就冲天地发作起来了，他本来预备下了好酒好菜，打算穷吃痛饮，这一来把他的好梦也打破了！你看他，把个长驴脸往下一耷拉，抓起一瓶子酒来，狠狠地往地下一摔，砰的一声，把瓶子摔了个稀碎。他"哇啦哇啦"地连叫了几声，登时之间把他的中队长和小队长都给找了来。他为了要抢个先敌之利，几句话下达了他的命令，立时日本士兵们来了个紧急集合。他分配了战斗任务，由他亲自率领指挥，就急忙出动去消灭伪警备队。

话分两头。且说那些伪军把九个日本兵和猪头小队长都给捆起来之后，刁世贵就慌忙来报告高铁杆儿。高铁杆儿一听这个情况，不用问也是火往上撞。可是，这怎么办呢？他想来想去，打算着把被捆起来的日本鬼子们押送给毛驴太君。他以为这是满有理的官司，毛驴太君是不能责难他的。可是，他哪里知道毛驴太君的打算？等他抽足了大烟，穿好了衣服，刚说要往外走的时候，突然毛驴太君带着一群日本兵闯进院来了。刁世贵一看来势不好，吓得他钻到了高铁杆儿的床底下去。高铁杆儿也是觉着事情不妙了，现在又束手无策，只好还躺在床上装出抽大烟的样子来。毛驴太君这工夫已经进了他的屋门，问他为什么要叫他的部下捆打皇军。高铁杆儿就假装不知道这个事儿，一个劲儿地向毛驴说好话赔礼认罪，并且还说："大太君生气的不要，我的去看看，把皇军的放回来，警备队的要严加惩办。"毛驴太君以为他真不知道这事，于是就对他说："你的不知道，你的犯罪大大的！警备队我的惩办，我的有办法。"他说完之后，命令日本兵把高铁杆儿带上，跟他一块来到了小学校。其实，毛驴太君早已命令日本兵把小学校给包围起来，房顶上和门口外边都架上了机关枪，单等他来指挥开打。

这一来，教室里边的伪军士兵们可就吓慌了，想往外跑怕跑不出来，开枪打吧又不敢。这可怎么办呢？只好等着他们的小队长来。小队长来了一定能有办法。因为他去报告大队长，大队长还能不管吗？等着吧。等着等着大队长高铁杆儿倒是来了，可是毛驴太君也来了，还跟进来了许多的日本兵。这时，就听高铁杆儿连声喊着："集合，警备队的都集合。"他这一喊，那心眼儿多的士兵没有敢出来集合，悄悄儿地找了个隐蔽地方藏起来了。实在一些的可就都在当院里集合站了队。他们总觉着有高铁杆儿在就不要紧，顶多挨顿臭骂挨几下子打，也就完了。哪里想到，集合起来之后，没有再等高铁杆儿说话，毛驴太君就命令他的日本兵说："枪的通通卸过来。"于是呼啦的一群日本兵上来把伪军们的枪都给拿过去了。这时候他们才害了怕，不过，还是觉着有他们的大队长在也许不至于死。这工夫毛驴又命令道："警备队的通通心的坏了，通通死了死了的！"他这一声叫简直像狼嗥！只见这群鬼子兵哼的一声，都把上着刺刀的步枪端起来了，凶狠地冲着伪军士兵们走来。

到了这个时候，这些士兵们可就真的害怕起来了！跑吧，回头一看身后边跟脸前的情形一样，反抗吧，已经失掉了武器。他们真是恨自己太傻太老实了！难道就眼睁睁地让鬼子的刺刀把自己的心肝肠肺给挑出来吗？"夺枪拼命吧！"有一个士兵大喊了这么一声，呼啦一阵乱起来了……可是结果集合起来的这二十五个伪军士兵，还是被这群鬼子给拿刺刀挑开了膛，躺在地下死了！这时，高铁杆儿心惊胆跳起来了，他又气又恨又害怕，浑身乱抖，可是他不敢吭一声。毛驴收拾了这起子伪军，把猪头小队长和那九个被绑的日本兵放出来，把高铁杆儿带到他的大队部去。小学校这儿由刚放出来的猪头小队长的一个班驻扎，看守这些妇女。

毛驴把高铁杆儿带到他的大队部去怎么办呢？你别看他敢杀死这二十五个伪军士兵，对高铁杆儿他是不能随便杀的，要杀他得由猫眼司令做决定。可是闹到了这一步，他又不敢把高铁杆儿放了。因为他知道高铁杆儿不是个软胎子汉奸，要马上放了他，他要真把他的伪军们集合起来干一家伙，桥头镇就得叫他闹个天昏地暗，就是这儿住着的这一个中队的日本军队，也不敢说能抵挡得住他。那么，他到底怎么办呢？要说毛驴这个家伙还是真有办法。你看他，让高铁杆儿下了一道命令，把伪警备队的中队长、小队长都召集到一块儿来，把他这些伪军官都给缴了械。然后又派日本兵一个队一个队地把这些伪军士兵都给缴了械，不过一个也没有杀，把他们送进一个大院子去，暂时看管起来了。等到天亮之后，毛驴给猫眼司令打了一个电报，报告他这儿的情形，请示对高铁杆儿和这些伪军如何处理的办法，并且还要求把他的两个中队日军给调回桥头镇来。这个家伙决心要在这儿施展他的杀人本领。

毛驴太君这一闹，桥头镇可真是成了 个宰人的屠场！天刚一亮，在桥头镇上住着的人们就都知道夜间发生的事了。离小学校近的人们，都闻到了死人的血腥臭气，谁也不敢出来走动，只是偷偷儿地隔着门缝隔着窗户眼儿往外瞧。有人瞧见一辆大卡车上装着满满当当的伪军士兵的尸体，顺着车厢缝往外流血汤子，车后头还有两只大洋狗，张着大嘴耷拉着舌头跟着车跑。车子开出镇去了，原来，这是猪头小队长把这二十五个伪军的尸体拉到镇外去，挖了一个大坑子给埋起来了。

被杀死的伪军们是那样埋了。可是，这些死伤的妇女们还都没有动。金兰被猪头小队长一枪打死倒在教室的门内，玉兰被一个日本兵用刺刀扎死在院子里，老奶奶被猪头小队长一脚踢死在门口，大女爬回教室去就小产了，流血过多不能动弹。另外，还有好几个妇女受了重伤，在教室的地下躺着。猪头小队长把伪军们埋了以后，来请示毛驴太君，对死伤的妇女怎么处理；毛驴太君知道这些妇女们准得有人来保，所以他先没有让动，等来了保人再说。果然，在当天下午，保人的来了。

这些保人都是谁呢？原来是九个村的维持会长。这九个村是：大刘村、高辛庄、前后营、南北店、东西井，还有五虎寨。这九个村庄都在大沙洼的周围，都归三区所管。

那位说，齐英不是带着孙定邦和丁尚武到各村找支部书记作组织动员去了吗？怎么这些保人都是些维持会长？

诸位，这些维持会长可并不全都是汉奸，别看他们是敌人安置的，敌人要粮要款，要修路，都是经过他们，可是他们在村里却不敢随便胡作非为，他们对一切支应敌人的行动，都得经过抗日村长的许可。这九个村庄的抗日村长都是本村的党支部委员，所以实际上村里的大权还在党的领导之下。不过，党员们并不跟敌人见面。那么，齐英把这九个村的组织动员起来，到桥头镇来保人的这个事，就只好让维持会长来了。这些维持会长们自然是希望把这些妇女全都保回去。他们都带了一些礼物来，打算先找高铁杆儿，见了高铁杆儿送送礼，请请客，说说好话，高铁杆儿也许给点儿面子。只要高铁杆儿这一关通过了，事情就好办。可是他们没有想到，来到桥头镇这么一看，家家关门闭户，镇里镇外死气沉沉。这些维持会长都觉着后脊梁发冷。他们打听了打听，才知道夜间发生的事情，都觉着这事更不好办了！

不好办也得办哪，这九个村的维持会长商量了商量，就一同来见毛驴太君。毛驴太君倒是接见了。见面之后，维持会长们就把来意一说，不用问还说了许多好话，要求把这五十五名妇女给放回去，还保证她们一个共产党员也没有。毛驴太君听了以后，

"嘿……"冷笑了几声说道："你们皇军的维持会长，给共产党的办事来了，心的通通坏了！"他这一说，可真把维持会长们给吓了一跳。可是，毛驴太君又冷笑了几声说："你们的保人，保去的好了。"维持会长们一听他这话，又都给弄迷糊了，暗想：毛驴太君这是发什么疯哩？莫非真能把人保回去？这时候，毛驴把猪头小队长叫来，弄不清对他说了些什么日本话，然后又转身对维持会长们说："你们通通的去吧，人的交给你们。"这时候，猪头小队长凶狠地看了他们一眼，说了声："走的，开路开路的。"维持会长们一听，就都跟着猪头小队长走出来了。

这几个维持会长一路走着，心里总是嘀嘀咕咕，弄不清要怎么样。他们跟着猪头小队长来到小学校一看，不觉就都害怕起来了。还没有等他们说话，猪头小队长就指着金兰、玉兰和老奶奶三人的尸体对他们说："她们三个的通通你们的保回去。"他又指着室内的妇女们："她们的回去不行。要她们家的男人来保，通通的放了。她们男人的不来，通通死了死了的一样。"这些维持会长一看保活人是没有希望了，也不敢再找毛驴太君去要求，只好到外边借来了三副门板，把被打死的三个妇女抬上就回小李庄村。一路上走着，他们看着这血淋淋的尸体，一个个气愤不过，议论纷纷，都说鬼子这是逼着人们拼命哩！中国人就这样叫他们随便糟蹋吗！？

说得对啊：

鬼子逼迫人拼命　　人民岂被鬼征服

第 十 五 回

捉二虎愣秋除奸　救妇女肖飞献智

　　却说，九个村的维持会长抬着三个被日本鬼子杀死的妇女尸首，在傍黑天的时候，来到了小李庄。他们刚一进村子，村里就有人碰见了。一问是这村的妇女被打死的，人们立时就把消息传遍了全村。不大会儿的工夫，家家户户的人们就都跑出来了。大家都挤着要看死的人是谁，包围着这些维持会长问长问短，打听他们被抓的那些人怎么样了。维持会长们把情况对大家一说，人们都觉着这么多的维持会长连一个人也保不回来，被抓去的这些亲人是没有指望了！这可怎么办呢？天啊！这一方的老百姓莫非就该死了吗！难道真就没有人管了吗？老太太们就止不住地哭，看着李金魁他老奶奶的尸首，叫着老天爷喊道："这么大年纪的老婆子可犯了什么罪哟！老天爷！你就不许睁一睁眼！可怜可怜这一方人！把这些瘟神鬼子们收了去吗？"老头儿们看着，有的说："老百姓算是遭了劫啦！"有的说："冤仇血债！奇耻大辱！"有的就说："过不了啦！活不成啦！能打能闹的小子们，还不劈出骨头来跟鬼子们拼一拼吗？"可也真有人看着不关自家的事，抽头悄悄儿地躲回家去。也有的还说什么："咱村要是早点儿支应着鬼子们，也许就出不了这些事。"年轻的小伙子们可都气红了眼睛，肚子鼓鼓的，攥得拳头咯叭咯叭直响，大喊着："跟鬼子们拼了命吧！左不过是一个人一条命！装熊装孬是活不了的！

208

日本鬼子这是非逼着你抗战到底不可！"

这工夫，有一个维持会长说话了："大伙先别光这么嚷了，快点找干部们来吧。"有人说："俺村的干部早就一个也没有了。"又一个维持会长说："不对吧，你们村不光有村干部，连区委区长都有。"不知道是谁又说了一句："你们别做好梦了吧！什么区委区长，咱们县里连县委县长都没有了！"又一个维持会长说："俺们到镇上去保人，就是咱们三区区委让去的，他就在你们小李庄住着！""闹了半天，咱们的上级在暗地里给咱们做着工作哪！可是为什么他们不露面呢？""莫非还要对咱们保守秘密吗？保守秘密为什么外村人们都知道呢？""不管保守不保守秘密，既然在咱村住着，咱村出了这样的大祸，他们不能藏着不露头。咱们找区委去吧，找他领着咱们跟鬼子汉奸干！""对！对！找区委，找区委。区委住在谁家了？说出来吧，快说……"这些人们一听说区委就在这村住着，真像是黑天看见太阳一般，于是你一言我一语，乱嚷嚷着要找区委。正在这个时候，就听人群外边不远，有人响亮地大喊了一声："不用你们找，区委来啦。"喊这一声的人正是齐英。

怎么这样巧，刚说找他，他就来了呢？

原来，昨天晚上转轴子解文华从镇上跑回村来，就去找孙定邦，没有找着，找到了孙振邦。他把他在镇上所遇到的情况报告了一遍。等孙定邦和齐英他们到各村动员组织回来，他们就又开会研究了一番。他们估量着是保人保不回来，所以就又研究了新的斗争办法。这会儿九个村的维持会长抬着死尸一来，志如和小虎也都跑出来看，看了这个情形，急忙跑回去报告了孙定邦和齐英。齐英感到不能不和群众见面了，这才和孙定邦、丁尚武一齐跑来，想就这事儿开个群众大会，安抚人心，动员战斗。

他们这一来，把所有的人们都给惊动了！大家一看，跑来的三个人有孙定邦，还有一个背着大刀挎着马步枪的军事干部，大家差不多都认得他是孙定邦的表弟丁尚武。另一个没有见过面的人，他大喊着"区委来了"。不用问，他一定是区委书记。人们真像是看见了救命星！这就"呼啦"地说着、喊着、哭着、叫着，把他三个人围拢起来，要求给他们想办法救人，要求领导斗争。这两家死了人的苦主，一个个跪到齐英的面前，要求替他们杀敌报仇。愣秋儿的爹和李金魁的婶子还给齐英跪下直磕头。

齐英激动得直掉眼泪，把跪着的人搀扶起来。他站在高处挥动着拳头，大声喊道："老乡亲们！大伯大娘们！不要哭，哭没有用。咱们要想办法报仇！"他这几声喊，真是打动了人心，群众们随着也大喊："对！要报仇！"齐英接着又说："鬼子想拿杀人来吓倒我们，可是，中国人他们是吓不倒的！也许有人认为，我们要早点儿支应敌人，对敌人服了软儿就没有这些事。这是完全错误的！这是妥协投降的想法。我们要知道，鬼子到中国来，就是来杀中国人，来抢夺中国的财产。别听他们说：我们的男人要都出来，听他们的使用，他们就把抓去的人放回来不再杀我们。他这是欺骗咱们，他是为了把咱们的党员、干部、民兵们一网打尽！要是上了他们这个当，咱们的斗争就更没有办法！咱们就都活不成！要想活下去，就得跟敌人干！"群众又喊着："干！非跟鬼子们干到底不可！"

齐英这时又把小本儿掏出来，激动得手都在颤抖，他呲呲地掀着用黄麻纸订成的本子，更大声地喊道："同志们！我们冀中跟敌人坚决地战斗，毛主席、朱总司令他们都知道，不久以前还来电报到冀中勉励我们，要我们坚持到底！并且在各个战场上发动进攻，配合我们战斗。现在我们全国的八路军、新四军、东北抗日联军、华南的抗日游击纵队和各根据地的抗日武装都积极地行动起来了，我们冀东军区的部队已经打过了长城，深入到热河敌人的心脏，打到了承德近郊，在雁北我们又开辟了新地区，在晋南、晋西北，在冀南，在冀鲁豫我们都打了胜仗，在山东我们也打了胜仗，京汉铁路、津浦铁路、北宁铁路、正太铁路我们都给他炸毁了，敌人的兵车也给他炸翻了。这都有力地配合了我们。苏德战场上，红军在许多地方已经开始了反攻，希特勒眼看就要支持不住了，太平洋战场打得正紧，日本军队战线越来越长，他的兵力越来越不够用了，他的大批军队在这儿是站不住的，我们的主力是有计划地撤退了，还要有计划地回来消灭敌人。"

这时人们沸腾起来了。齐英又接着说："从现在开始，咱们全三区就不许再支应敌人，还像反'扫荡'开始似的，坚壁清野，全体跟他打游击。他来烧房尽管他烧。从现在开始，烧了谁家的房，等反'扫荡'结束以后，全村负责给他盖新的。我告诉你们，咱们的军队不久就会过来。到那时候，天下还是咱们的！咱们现在要咬紧牙关，握紧武器，把这最黑暗的时候冲过去。我代表区委、区政府向你们保证：一定要跟你们一起斗争到底！不论在多么危险的时候，组织上都在你们的身边……"

齐英说到这儿，大家的心都要蹦出来了，全场都静静地听着。你别看齐英打枪不行，在群众面前讲话可是滔滔不绝，越讲越有劲儿。他又把敌人要修路筑炮楼的情形说了一遍，最后说："只要咱们大家一条心，团结一致，不给他们当伕，不跟他们见面，日本鬼子就得草鸡了！咱们被抓去的人也许能活着回来。"齐英讲完了话后，又给大家介绍说："丁尚武是三区的民兵大队长。他领导各村的民兵中队。区里委任孙定邦任小李庄村的村长。"

丁尚武在齐英后边站了老半天，早就想要说话，可是没找着插嘴的空子，齐英一介绍他的时候，他就往前跨了两大步，自动地说起话来。他使劲地瞪着眼睛说："我丁尚武在小李庄并不是生人儿，我当队长就要把各村的民兵带动起来，有勇气的青壮年们都当民兵，非得跟这群鬼子汉奸们干到底不可！有枪的拿枪，没有枪的拿起刀来。你们知道吗，日本鬼子也是肉儿做的，他们的脖子也不是铁打的。就算他是铁打的，"说着他嗤楞一家伙拔出大刀片儿来，"也一样给他砍掉！"大家听着他这话比齐英的话还生动，都想听他多讲一讲，不想他只是又说了一句"有小子骨头的都起来干"，就拉倒了。

这时候，孙定邦也对大家说："我今天当了村长，一定要把全村的担子担起来。"末了他还对大家说："咱们还要实行合理负担，有人的出人，有钱的出钱……有了困难大伙儿帮助。今天死的这三个人，先借何世昌家的木料做棺材。"你别看孙定邦的话讲的不多，可真叫大伙惊讶，都说："孙定邦，他要真敢大胆地这样做，准能把工作做好。"会开到这儿就算结束了。这个没有用召集的群众大会，开得还真是不坏。

散会之后，人们都觉得像是长了主心骨，都各回了各家。青年小伙子们一个个都兴冲冲、气昂昂地做战斗准备。齐英又让九个村的维持会长告诉各村村长、支书，今天夜晚到大沙洼里去开会，讨论全区一致行动的斗争办法，这些咱就先不说了。单说这被害的苦主的一家——愣秋儿家。

愣秋儿的本名叫何二秋。他有一个哥哥叫何大秋，早就参军走了。他爹叫何世良，因为是穷苦的农民，大号叫不开，人们都叫他老良。他今年六十来岁了，十五年前就死了老伴，他是又做爹又做娘，拉扯着这俩小子俩闺女过穷苦的日子，好不容易拉扯着这几个孩子长大成人。自从抗战以来，共产党领导着农民进行战斗生产，实行了"合理负担"、"减租减息"，穷苦日子这才缓了缓劲儿。四个孩子又都挺进步，也会过日子，他总算是开始松下心来。他常对别人说："别看我何老良受了多半辈子苦，往后也许能够享享儿女的福气哩！"哪承想，今天两个闺女一块儿叫日本鬼子给打死了。这老头子怎么样的悲伤难过，不用说人们也会想得到的。何老良还有个累吐了血的病根儿，今天又犯了这个病，大口的鲜血往外直吐，躺在炕上不能动弹，厉害起来就连话也不能说。人们都知道他的情况，所以街坊邻居们就都来照顾他，安慰他，还给他家弄过白面来做了晚饭。可是，老头子吃不下去啊！眼看着两个女儿的尸首，血淋淋的在门板上躺着，他的心像刀子剜一样，等人们走了以后，老头子就叫愣秋儿扶他下了地，抱着金兰、玉兰的尸首就"哇哇"地痛哭起来了！

愣秋儿扶着他爹，看着他爹这样痛哭，自然也是难过极了。不过，他并不哭，眼圈儿连红都没有红，一句话也不说。他的脸绷得那么紧，嘴唇发了青，俩眼都发了直，看样子就像疯了傻了似的。可是，他没疯也没傻，他的心里在打主意——怎样报这个仇？他想：人是日本鬼子杀害的，可这是有汉奸坏蛋帮助鬼子们干的。现在要去杀鬼子，当下还办不到，要杀汉奸。可杀谁呢？他正在主意没有打定的时候，他爹哭得又大口地吐起血来。他赶快又把他爹扶上炕去。稍稍停了　会儿，何老良强支撑着说起话来。他使劲地攥着二秋的手，叫着："二秋儿！你爹活了一辈子，可还没受过这样的气啊！你要是你爹的儿子，你要有小子骨头，就要报这个仇！"二秋一听噗通就跪下了："爹！我是你的儿子！我有小子骨头！我一定要报这个仇！你说话吧，叫我怎么着我怎么着。"何老良有气没力地又说道："好，好小子！要是叫你杀日本鬼子去，今儿你还办不到。可是，你知道吗？杀死你姐跟你妹子的不光是鬼子，还有高铁杆儿，也有解二虎。解二虎当了汉奸，他成了咱村的大祸害！先把他给我毁了！去！你爹是不行！你要是报了这个仇，你爹死了也能合上眼！"说到这儿又哇哇地吐起血来。这一下吐得特别厉害，一口接着一口，直吐得上气不接下气，再也不能说话，浑身乱抽搐，可是，还瞪着两只大眼，紧紧地攥着二秋的手不放。二秋连声地叫着爹，说道："你别难过啊！爹！我一定要报这个仇。爹啊！你别再吐啦！你老人家要是有个好歹，咱这一家子就完啦！爹！爹啊！"这时候他爹闭上了眼睛，把手也松开了。

二秋看见爹闭了气，"哇"的一声，就放开嗓子哭出来了。他大号悲声地哭了半天，可是街坊邻居一个人也没来。原来，天已经过了半夜，村里人们都躲到了外边去。这时候，愣秋儿心里像一团火烧着。他抹了抹眼泪，背起了他的枪，掖上了他的手榴弹，像刮风一样地出了大门，把门锁上，直奔着解二虎家跑去。解二虎是光棍一条，家里没有别人。

愣秋儿来到一看，他的门锁着，跳进院去，家里也没有他。

估计他是吓跑了。他跑到哪儿去呢？啊，准是上他姐家去了。他姐家跟高铁杆儿是一个村——高辛庄。我上高辛庄找他去，找不着他，我就毁高铁杆儿家的人，反正我得报这个仇。你看！这个愣小伙子，他也没有想独身一人能不能行，就提着一条枪，顶着一头火，咬着一口气，呼呼地就向高辛庄跑去。

解二虎是不是上了高辛庄啊？是的。原来转轴子解文华从桥头镇跑回村来，赶快就把情况告诉了解二虎，叫他快躲开。解二虎一听这祸是闯大了！心里害了怕，想往桥头镇跑，又觉着高铁杆儿都吃不开了，所以不敢去，他这才跑到了高辛庄他姐家。解二虎到了他姐家，没对他姐说真情实话。他说是为了逃避日本鬼子要抓小李庄的人，才逃到高辛庄，所以他姐就把他留下来了。他姐家里的人们也没有再猜想他有别的事儿。可是，解二虎不敢在屋里呆着，天刚亮他就上了房。他怕李金魁来找他。这时候，愣秋找到家来了。解二虎的姐姐认得愣秋儿，也知道他当民兵，一看他背着枪，腰里掖着手榴弹，天刚亮就来到她家，又看他满脸怒气，气得眼睛都发了红，嘴唇发了青，大约着他是有要紧的事，于是就问道："二秋啊，大清早你来有什么事吗？快到屋里歇会儿吧。"她问这话是在院子里，这工夫，解二虎正在房顶上，一听他姐姐问愣秋儿，他就在房上探头看了看。

他觉着跟秋儿家素常并没有仇，这一次他向鬼子指点儿也是指的李金魁家，并没有对愣秋儿家怎么样。因此，他并没想到愣秋儿要找他拼命。他还以为和愣秋儿不错，愣秋儿也许是给他送了什么信儿来，所以他就想下房。

在这个节骨眼儿上，愣秋儿怒目横眉、气势汹汹地问道："我来找解二虎，他到你家来了没有？"二虎一听愣秋儿的话音森搭呼的，他多了个心眼儿没有下来，就在房顶上蹲着探着脑袋看。愣秋儿这么一问，当时把二虎的姐给问住了，吭哧了半天说："二虎吗？他没有来啊，你找他有什么事？"愣秋一看二虎的姐姐这副神气，就止不住火儿了："他没有来？我到屋里搜搜。"说着把枪在手里一端，就闯进了屋去。二虎一看，就知道找他没有好事了！心里想：愣秋儿找我不是要拼命，也是来抓我。就是他一个人进来，我下去毁了他吧！嘁溜，就把他常带在身上的短刺刀拔出来。他要悄悄儿地下房来，毁了愣秋儿。不想，愣秋儿进屋一看没有人，急忙转身退出屋门，一眼正看见解二虎在墙角边刚要下房。也是他的心太急了！没等二虎下来，就大骂了一声："好兔崽子！你在这儿啦！"随着话音，端起枪来，啪，就是一下子。

心急手不稳哪！虽然离着不远，可是没打中。二虎见事不好，又蹿上房顶，从后面跳下去就往村外跑。愣秋儿提着枪跟在后面追。追出村去，一看二虎已经钻了道沟，猫着腰低着头急快地往前跑，可是一窜一窜地老是把脑袋露出来。愣秋儿又连打了他两枪，没有打中，急得他恨不能把枪摔碎了，暗想道：追他个兔崽子吧！撒开快腿也就追下去了。

他们俩一个是拼命地逃跑，另一个是拼命地追赶。可是逃的也逃不脱，追的也追不上，总是落个二百来步远。这一带没有树林，地里的庄稼也还遮不住身子，二虎是贼人胆虚，也不敢进村，所以只是利用道沟子做隐蔽往前跑。当他一暴露得明显的时候，愣秋儿在后头就给他一枪，可是总也没有打着他。跑来跑去，跑到了天晌午，累得二虎喘不上气来。愣秋儿也累得张着嘴直呼咧。二虎一想，要老是这样，准得吃亏，不光是他没有愣秋儿劲儿大，还怕他万一一枪打上他。于是，他向着地形复杂的地方跑，跑进了大沙洼。到了大沙洼里，当然跑着更费劲了，不过这里很容易隐蔽。他总想把愣秋儿甩开，可是怎么也甩不开他。虽然这里有很多的桑、柳、枣树，可是愣秋儿越来越近，他可真害怕极了。他那两条腿叫愣秋儿追得快要麻木了，一阵一阵地直发软。他觉着是跑不脱了，于是咬了咬牙，心里说：今儿不是鱼死就是网破了！跑不动就不跑了，我毁不了他，就叫他毁了我吧。他就松下腿来钻着桑、柳、草丛大步地往前走。可是，愣秋儿这工夫也跑不动了，也是大踏步地往前追。追来追去，眼看太阳就要落地，愣秋儿一想：天一黑可就不好办了，无论如何也得追上毁了他。这才又跑着追。

二虎一看天就要黑，他又下决心逃走。于是他也跑了起来。他跑到了大沙洼的东边，前面看见了流水沟。他顺着流水沟紧跑了几步，钻进了芦苇地。钻进去之后，底下的泥一陷脚，芦苇一绊腿，噗嚓，一跤摔倒了。这工夫他可也实在是跑不动了。后边的愣秋儿眼看着就快追到跟前儿，这个家伙情急智生，他想在这儿藏着等着愣秋儿，等他来到近前，冷不防起来给愣秋儿一刺刀。这时候，愣秋儿真的奔他来了。眼看来到身边，可是愣秋儿并没有看见他，从他身旁不远走过去还往前追。二虎一看暗想道，活该你这小子死在我的手里。机会不能错过，下手吧。他爬起来，往前一蹿，追上愣秋儿，照着他的后脊梁狠命地就捅了一刺刀。不想，他在后头的脚步声被愣秋儿听到了，愣秋儿惊慌地回头一看，二虎的刺刀差点儿没有捅着他，急忙顺过枪来，对着二虎就搂了火儿。二虎这家伙有打仗的经验，他慌忙前进一步，用左手上去一把抓住了愣秋儿的枪身，往外一推，啪的一声，子弹从身后飞去。他急起一脚，一下子正踢在愣秋儿的手上。他狠命往后一扯，就把枪给夺过来了。

他顺手把枪扔掉，对准愣秋儿的软肋就又拿刺刀捅。这时候，愣秋儿也真是越急越愣啊，两手上去就抓刺刀。还是真抓住了。他的右手抓住了二虎的手和刺刀把，左手抓住了刺刀。二虎使劲往回一夺，又把刺刀夺了回来。这一下可不要紧，愣秋儿的左手那血哗哗地直往外流，可是他已经不觉得疼。当二虎又拿刺刀扎他的时候，他已经从腰里拔出手榴弹来。手榴弹没有来得及打开盖，他可真得当捣蒜锤子使了。他照着二虎的手腕子"啪嚓！"就擂了一家伙。这一家伙把二虎的刺刀打落在地，砸得二虎"噢噢儿"的连声叫唤。他真怕愣秋儿把手榴弹的盖打开。愣秋儿这股子怒火，在这个劲头儿上，他真敢把手榴弹拉响，跟二虎同归于尽。所以，二虎顾不得别的，蹿上来双手一抱，搂住愣秋儿摔起跤来。二虎一股子猛劲儿，把愣秋儿给摔倒了。可是，愣秋儿拼命往起一滚，又把二虎给滚翻了个儿。他一只手扼着二虎的脖子，想跨过腿去骑上他。可是他刚一抬腿，二虎仰着踹了他一脚，一脚正踹在他的小肚子上，又把愣秋儿给踹倒了……他们俩一声不吭，咬着牙地拼死命厮打。这个起来那个倒下，那个翻起来这个又倒下，就这样地折腾起来了！折腾来折腾去，到底愣秋儿没有二虎的招儿多，他俩在一块儿搂着的时候，二虎瞅冷子对着愣秋儿的耳朵猛力撞了一头。这一家伙把愣秋儿给撞得发了蒙，就觉眼睛一黑，噗通一声栽倒了，当时失掉了知觉没有能起来。解二虎一看，咬着牙说了声："这一回我看你小子还能活！我非把你大卸了八块不行！"他急忙走过去抄起了他的刺刀，走回来照着愣秋儿的肚子就要下家伙。

二虎正要杀愣秋儿，忽然间听到一个清脆而有力的声音："不许动！"从身边跑过一个人来。

这个人看年纪不过二十岁，长得小巧玲珑的身材，红扑扑的圆浑脸儿，两道黑细的眉毛，一对圆大的眼睛，又黑又长的睫毛下边，闪动着一对又大又亮的黑眼珠子。看得出，他怀着一颗机灵的心，脸蛋儿上还有一对深深的酒坑儿。他穿着一身青布裤褂儿，留得很漂亮的分发，腰里扎着一个蓝布小包儿，手里提着一支长苗儿盒子炮，脚上穿着一双黄色的薄胶皮底儿鞋，上衣袖子卷到胳膊肘间，手腕子上戴着一只夜光手表。这真是一个俊俏的青年！看长相像个姑娘，看穿着可是个小伙儿，看来踪是神速奇密，看打扮是七分像八路军的侦察人员，有三分倒像敌伪特务。这人是谁呢？就是前边所提过的肖飞。

肖飞是县大队上的一个飞行侦察员。他是整天价钻据点儿、穿城镇进行侦察工作。因为从反"扫荡"以来，和县大队失掉了联系，至今他还没有找到。因此，他独自一人打了这许多日子的游击。

那位说，在这样恶劣的环境之下，他独身一人打游击，可是怎样个打法呢？别的不说，他吃饭住宿怎么办哪？

诸位，要是别人自个打游击也许困难很多，可是肖飞则不然。他怎么不然呢？许多人都知道他，都说他是飞毛腿，说他的身子比燕子还灵巧，蹿房越脊如走平地。说他的腿比马还快，人们好像真看见过似的，说他的脚心里长着两撮儿红毛儿，一跑起来毛儿就炸开，脚不沾地，就像飞起来一样，火车都赶不上他。其实，这都是夸大的传说。不过他身子特别灵，跑得特别快就是

218

了。要叫伪军特务们一说，肖飞这个人可就更能得不得了。他们有的跟肖飞叫鬼难拿，因为敌伪特务们总想拿他总也拿不住。可是，他要想拿谁就一拿一个准，所以又都叫他肖阎王。特务们还给他起了另一个外号叫肖嘎子，说他最嘎不过，神仙也斗不过他。因此，敌伪特务们怕他怕得不得了。他们有的时候，争吵起来拿他发誓，说是"谁要亏心，叫他出门碰见肖嘎子"！就冲着这一句话，敌伪特务们对肖飞的害怕，就可想而知了。肖飞这人执行政策还是非常的坚决——他对敌伪特务的战斗是单打一，就是说：哪一个顶坏他就单打哪一个。就凭这一手儿，不知道镇压住了多少敌伪特务，也就凭着这一手，他感动了人心！他不论到了什么地方，只要群众们说某某是顶坏的一个，不用忙，出不了三天，就准把他打了。所以群众们都喜欢他。有不少的老大娘都认他做干儿子，当然他的干兄弟干姐妹也就很多了。孙大娘就是他的干娘，孙志如就是他的干妹妹。这一次他到这边儿来，一来是想寻找县大队县机关的下落，二来是听说小李庄被抓走了许多妇女，他要来看一看。不用问，他对孙大娘和孙志如更是打心眼儿里惦记着了。

　　肖飞刚才他正走着，忽然听见响了一枪。他顺着枪声走来，看见了二虎和愣秋儿两人滚打。他闹不清是怎么回事，又看见二虎抄起刺刀想要杀害愣秋儿，他这才紧跑几步，响亮地喊了一声："不许动！"他这声喊真把二虎给喊愣了。二虎抬头一看，来了这样一个人，他什么也没有顾得想，往前一蹿，嗖的一家伙就钻了芦苇地。肖飞因为不知道这是怎么回事，所以也就没有开枪打他，又看见地下躺着一个，他就急忙过来揪起了愣秋儿。这工夫，愣秋儿"哼——"的一声苏醒过来了。他还以为是二虎在捉住他，"嘿！"照着后边就抡了一拳。仗着肖飞是身灵眼快，急速地一闪，没有被打着，这才说了声："小伙子，先把眼睛开再打。"

愣秋儿转身一看，不是二虎，这才大喊着："啊！二虎跑了！你怎么叫他跑了？他是汉奸！我得追他。"说着又拾起他的枪来撒腿就追。肖飞一看，愣秋儿倒像个民兵，跑的那一个要真是汉奸，这过错不就在我的身上吗？可是又看愣秋儿愣头愣脑地要追，追看不见的人怎么能追得上呢？于是，上前一把拉住愣秋儿问道："你说他是汉奸，你又是干什么的呢？"愣秋儿说："我是小李庄的民兵。我叫何二秋，他是解二虎。因为他，俺村被抓走了好几十个妇女，现在已经死了好几个，我是来抓他的，不能叫他跑了。我得快点儿追他。"说着就又往前跑。肖飞心眼儿来得快啊，他又一把拉住了愣秋儿，说道："同志，你往哪儿追啊！他在那儿藏着哩！"他用手向芦苇地里边一指又说："就在那儿，你看见了没有？那不是还动哩。"

那位说，肖飞真看见啦？

没有看见。他是估计着二虎在芦苇地里藏着，才拿这话诈他。他这一诈，二虎可真有点沉不住气，以为肖飞真的看见他了。这工夫肖飞又说："你别嚷，小心叫他听见跑了。这么着，你从左边，我从右边，咱俩悄悄儿地包围他，要是叫他跑了，我可就给你追不回来了。"二虎一听这话，吓得从心里发毛，暗想道：我不能等他俩来抓我，赶快跑吧。这就稀里哗啦地钻出了芦苇地往正南跑。他这一跑，肖飞这一回可真看见了他。愣秋儿也看见了，没有分说，端起枪来啪啦一声就打了一枪。为什么他的枪发出了这样的响声呢？这是因为刚才他的枪口在地下灌进了泥土去，他一搂火，不但没有打着二虎，差一点没有把自己伤了，因为他的枪炸坏了。这一来急得愣秋儿一跳老高，直想哭。肖飞说："同志，你太缺乏战斗经验了！把枪收起来吧，你看我怎么捉住他！"说着就追二虎。

嗬！好家伙，他这一跑起来，你就看不见他的腿怎样抬、怎样落，还是一点响声都听不见，真比鹰追兔子还快，登时就跑到了二虎的身后。肖飞连喊了几声"站住"，可是二虎怎么会敢站住呢？他还是不要命地跑。肖飞一看，喊话不起作用，哎，摔倒他吧！往前一纵，上头用手一推二虎的脊背，下边一个扫蹚腿，只听噗嚓一声，解二虎一个嘴啃地就给趴下了。

要说解二虎这家伙可也真不软，虽然被摔趴下了，可是他往旁边一滚，一挺身子又站起来了。他拿着刺刀对肖飞说："咱俩没有冤没有仇，你这是干什么？我告诉你，相好的，你要是朋友闪开别管，你要是冤家就来吧！"肖飞冷笑了一声，说道："我也不是你的朋友，我也不是你的冤家，不过你们这个事儿我想管一管。"二虎又问道："你是什么人？"肖飞又俏皮地说道："中国人呗什么人！""是中国人你躲开！""你在这儿挡着我哩！我躲不开，还是你别动，把刺刀摽下，我要问一问你们是怎么回事儿。"

解二虎急了，又看见愣秋儿也快来到跟前，于是他扭头又向旁边跑，可是跑了没有几步，肖飞就跑到了他的前头去。二虎这时真是豁了个儿，他往上一蹿，就拿刺刀来捅肖飞。肖飞往旁边一躲又说道："你这东西还真敢较较劲儿啊！我可是还没有碰见过这样的哩！我也告诉你，你要老老实实地对我说，我也许放你走。可是你要老是这样，那就别怪我不客气。"二虎哪里肯听这个，照着肖飞就又给了一刺刀。肖飞又往后一闪，喝了一声："不许再动！你的手要再敢动一动，我就给你打坏了它！"二虎还是不听，还是想拿刺刀捅肖飞，可是这会儿距离远了，再也够不上，他跑又跑不了，他可真像被堵住的疯狗一样，是扎枪头子它也敢咬一口！你看他把胳膊一扬，想把刺刀投出去刺肖飞。可是，当他的手刚刚扬起来，肖飞当的一枪，真把他的右手给打坏，刺刀也掉在地下了。

肖飞一枪把二虎的右手打坏，愣秋儿也从后面追上来了。愣秋儿见二虎的刺刀掉在地下，一个猛劲儿，上去就把二虎扼倒了。二虎因为受了伤，再也翻不过身来。愣秋儿这工夫可真得了劲，他两只手把二虎给扼了个结结实实，二虎在地下趴着"哼哼"地直憋气。愣秋儿索性把腿一跨，脸朝后骑着二虎的脖子，伸手拾起了二虎的刺刀，"我宰了你个狗日的吧！"照着二虎的腰眼就要下手。这时候，肖飞上来一把抓住了愣秋儿的手腕子说道："同志！等一等。"愣秋儿急切地问道："为什么还等一等？"肖飞说："你不能杀他。"愣秋儿又问："为什么不能杀他？他是汉奸。""他是汉奸，你也没有权利杀他。""谁才有权利杀他呢？""政府有权力杀他。""要是找不着政府呢？""找不着政府群众有权力杀他。"

愣秋儿一听，肖飞这话对，一个民兵哪有杀人的权利呢？可是，因为他父亲、姐姐、妹妹这三条人命的仇恨，怒火燃烧着他的心窝，还管他什么权力不权力？先杀了他再说吧！他使劲一夺，把胳膊从肖飞的手里夺回来，一抬手，刀尖儿朝下"嘿！"就是一家伙。肖飞一看这个愣家伙不听话，他没来得及多想，右脚往上一抬，乒的一下子，踢在愣秋儿的手腕子上，把刺刀给踢飞了。

愣秋儿看见这个人把他的刺刀踢掉，心里一股子怒气，往起一蹿，就要跟肖飞干。可是在这当口儿，二虎哧溜地一下子爬起来就要跑。愣秋儿又慌忙把二虎扯住，气冲冲地问肖飞："你是干什么的？"肖飞说："你不用问，我是抗日的。""你是哪一部分？""打仗的部分。""你叫什么名字？"

"我叫单打一。"愣秋儿一听："啊！单打一？"肖飞说："对啦，单打一。"愣秋儿又问道："你既然是抗日的同志，为什么一句真话也没有？"肖飞说："我这就是真话。'单打一'就是单打最坏的，不管是鬼子汉奸，哪个最坏我就打哪个。"愣秋儿说："他就最坏，你为什么不打？"肖飞说："光你这么讲不算，要是你们村的群众这么说，我就打了他。你不是小李庄的吗？走，带上他走，到你们村里去，群众要说他该死，我就打死他。"

愣秋儿一看，不这样不行。到村里去，走在半路上再说。这是他心里的话。可是他嘴里却说："走，咱一块进村吧。不过我得把他绑上点儿，天黑了，别叫他跑了。"肖飞说："用不着绑他，他要跑了你朝我要。""那好吧，咱走。"肖飞这时候用枪一指二虎："走，你头里走，我告诉你，你要敢跑，我就再把你的腿打断了！走吧。"解二虎说："好吧，我不跑，咱到村里，叫大伙儿说说，我是好人是坏人。"这是他嘴里说，可是他心里想：不跑？到村里还有我的命啊！等走到村边的树林子里，冷不防我就跑他娘的。于是他就头前走起来了。愣秋儿可还是有点儿不大放心，他这才背上他的坏枪，拿着二虎的刺刀，紧跟在二虎的屁股后头走。肖飞手里提着一支盒了炮，在愣秋儿后边儿跟着。

简单捷说。三个人走得离村不远，正是两旁树木最茂密的道上，天已经黑得看不见人了。解二虎嘀嘀咕咕，直个劲儿地偷着往后瞅，看看后边的人离他有多远，对他注意不注意，瞅冷子好逃跑。他的心里总是重复地念着：跑吧，这时候再不跑，可就没有活命啦！可是，又看着愣秋儿跟得挺紧，肖飞倒是似乎不太注意。虽然他的枪打得准，我要是冷不防往旁边一窜，跑进树最密的地方去，这么黑的天，他那枪也没有用。愣秋儿跟得紧，有办法对付他。这工夫走到了村口的场边。这里不光树木茂密，道旁边还有许多的大麻子棵，是最容易隐蔽的地方。解二虎一看这个地形，又瞅了瞅愣秋儿，心想：我要是往后一抬腿，照他的裆里蹬他一脚就跑，准能跑走。咳！干吧。可是他没有想到，还没有等他抬脚，愣秋儿在后头下手了。只听噗嗤一声，照着二虎的软肋就捅了一刺刀，捅进去之后他还"嘿嘿"地使劲把刺刀搅了两搅，撒腿就跑了。解二虎怪声怪气地"啊——"了一声，往前窜了有一丈多远，噗通，倒在了地下。

这一家伙，把肖飞给闹愣了！别看他是个很有能力的飞行侦察员，可是他从来还没有碰到过这样情况，他满以为手里提着盒子炮，又打得挺有把握，解二虎无论如何是跑不脱的。哪里料到，突然间愣秋儿和二虎同时往两向里一跑，他当时弄不清是怎么回子事。开枪打愣秋儿吗？不能。打二虎吗？二虎已经倒了。他急忙上前看了看二虎，见二虎软肋上插着一把刺刀，光露着刀把。他虽然还在地下躺着滚动抽搐，但是已经没了救儿。这时候，他没有管二虎怎样，顺着愣秋儿跑的方向就追。愣秋儿是向着小李庄村里跑的，自然肖飞也要到村里去。

愣秋儿捅了二虎一刺刀以后，很快就跑进了村。进村一看，觉着今儿晚上跟别的时候不一样了，差不多家家有灯亮。街上、胡同里还不断有人来往，听声音看行动不是惊惊乍乍地准备往外逃，似乎是有什么事情。他走到村公所的门外，听见里边有不少的人说话，像是开完会要散走的样子。他没有心思进去打问是干什么，急急忙忙就跑到了自己的家门。愣秋儿一看大门仍然上着锁，可是门锁被人调换了。他不觉一惊，想不通是咋回事。他开门开不开，于是爬过墙去。一进屋门，砰的一下子，不知道什么东西把脑袋给碰了一下。他赶快点上灯一看，"啊！"不知道是谁弄了三口棺材，把他父亲和他姐姐、妹妹的尸首给装殓起来了。

大家一定也要纳闷，这是怎么一回事？

原来，在昨天夜里，齐英就召集了十个村的支书、村长开联席会议，决定不再支应敌人，不让任何人给敌人再去修公路筑炮楼。各村赶快进行坚壁清野。丁尚武也名副其实地当了民兵大队长，每村抽调了三个民兵，集合到了一块儿，由丁尚武指挥着，做侦察警戒。夜间每村都派出民兵，到敌人的据点儿边沿去侦察，白天各村都有在高地上、在高树上的瞭望哨。这样一来，全三区立时就又紧张地动员起来了。孙定邦当了小李庄的村长，他可真是正像他在群众面前所说的："要把全村领导起来。"你看他，一方面帮助村里恢复各种组织，一方面动员家家户户快抢麦收。这时候的麦子已经熟透了，人们都是光割麦穗儿，现割现打现藏，真是好不紧张！他还叫了跟他学过木作活的几个人，用何大拿在他住的院里存着的材料，赶忙着打了几口棺材，装殓村里死的人。他们因为不知道愣秋儿的情况，到处都找不见他，大热的天气，又不能耽误更多的时间，所以就替他先装殓起来，等他回来再埋葬。

这个情形，愣秋儿可怎么能够知道呢？不过，他猜想一定是干部们主张这样做的。于是他就急忙去找孙定邦。孙定邦正在他家和齐英、丁尚武，还有孙振邦四个人，研究敌人的情况，研究着怎么样能把被抓去的妇女们救出来。研究了半天也想不出好办法。他们为这事儿可真难坏了！只有丁尚武要带着民兵去摸营。可是别人都反对。这时候他们听到有人用暗号叫门，知道是自己人。孙定邦出来开了门，一看是愣秋儿，就把他领进屋来。大伙一看他的脸上还带着悲愤的神气，就猜测着他去找仇人拼命去了。

没有等问他，他就开始报告他这一天一夜的经过。刚一说的时候，他还气愤填胸地挺有劲儿，可是说着说着就掉下了眼泪，越说越悲恸，还没有说完就放声大哭起来了。几个人都同情地安慰他。他刚停止了哭声，只见他一头栽倒就昏迷过去了。几个人又忙着把他救醒，送他下地洞去让他睡觉。

他们安放下愣秋儿回到屋来，想继续商量救人的办法，忽然听到屋顶上"沙，沙"，有人轻轻走动的声音。孙定邦是头一个听见的，他吃惊地睁大了眼睛，低声说了句："不好！""噗"一口就把灯吹灭了。他们几个还没有来得及行动，又听见院内有个轻轻的声音，从房上落到了地下。很明显，这是房上的人轻巧地跳下来了。四个人都觉着奇怪，怎么会出来这个情况呢？进来的是什么人啊？鬼子来了？鬼子来了不能不知道啊！进来了特务？一个特务他也没有这么大的胆子进这个院啊！不管是什么人，先下地洞再说吧。他们四个这才忙着向洞口跑。

那位说，他这地洞口不是紧挨着他的住屋吗，还跑什么呢？

原来，他家这个洞口改了地方。东套间炕下那个洞口因为已经有人知道了，所以这几天来他们就连夜紧干，已经把它填死，改在西头驴棚的草池子底下，是按照孙振邦的方法来做的。不但是改了洞口，这个洞还通到了墙外场边树底下的井里去，在井半腰掏通了。这口井井筒子挺细，水皮儿挺深，洞口离地面也不浅，在井上是看不出来的。可是，攀登着井砖可以上下出入。这样，不光是被敌人围住可以逃走，并且地洞里有了充足的空气，再也不像从前那样憋闷人。史更新他们这几个伤员还有林丽也都转到这个洞里来了。孙定邦他们都觉着这个情况来得突然紧迫，毫无准备，一时不知道如何应付才好，所以只好先跑着下地洞。可是，他们还没有跑到洞口，就听屋外的人轻轻地敲了敲窗棂，叫道："干娘，干娘，定邦大哥……"孙定邦一听，啊？这是谁呢？悄悄儿地又回到住屋。隔着窗户仔细一听，声音耳熟得很，他这才假装从睡梦中醒来问道："你是谁？"窗外低声而急促地回答说："我是肖飞啊！定邦大哥，给我开开门，让我进去吧。"孙定邦听着像肖飞的声音，这才要给他开门。可是，他还不大放心，恐怕是知底的特务来假装冒诈。他和齐英他们悄悄儿商量了一下，于是几个人做着战斗准备，他这才开了屋门。一看，果然是肖飞，他们别提多高兴了！

他们进了屋来，孙定邦又把灯点上，把肖飞向齐英、丁尚武作了介绍。孙振邦和肖飞早就熟悉，大家说了一番亲热话，这才坐下来。他们几个人以为肖飞这一来，一定就能知道县大队和县机关的消息了。可是，还没有等问他，他先打问起来，说多少日子以来就和县大队、县机关失掉了联系，河南河北到处找也没找到。四个人一听，把希望的心情又给打下去了。齐英说："既然是这样，也好，你就别走了，咱一块干吧。添上你这样一个干部，就会增加很大力量。"

肖飞说："行，我这些日子来就是单人游击。找不着县机关，咱们就一块儿干。"齐英又问道："你是党员吗？"肖飞笑了笑说："还候补着哩！"齐英说："好哇！既然是这样，又是党员，这就更好办了，党让你做什么你就做什么吧。"于是他对肖飞说起了跟敌人斗争的情形……

齐英的话还没全部说完，孙大娘、志如、小虎儿一齐走进屋来了。孙大娘一见肖飞，就又是惊慌又是喜悦："哟！我那孩儿哪，你可来了！这么多的日子不见，快把我想死啦！前些日子听说县大队上的三个伤号，在西边什么村里叫鬼子们堵了洞口，都死在洞里了！我真害怕你摊上啊！"肖飞说："干娘，你放心吧，别看鬼子们多，他连我一根汗毛也碰不到。"大娘又问道："你这些日子是怎么过来着？""我是单人打游击啊！""那，你吃饭可在哪儿吃呢？睡觉在哪儿睡啊？""这时候的天气，睡觉还不好说？野地里到处都可以睡。吃饭，那就更好说了，到了哪个干娘家不给我做好的吃啊？再说，还有鬼子管饭吃哩！夜间钻进敌人的伙房去，什么好吃吃什么。"

肖飞说着从腰间解下了小包儿来打开，大伙一看，包里有一双礼服呢鞋，有一套绸子裤褂儿，有两盒烟卷儿，还有一小扁盒鱼罐头。肖飞把鱼罐头拿在手里说："你们看，我吃的是这个——鱼罐头。这是鬼子的官儿吃的，给你们尝一尝吧。"小虎儿还没有见过这个，"我要，给我。"往前一蹿就抢到了手里。肖飞说："等我打开给你吃。"他又从兜里掏出一大串各种各样的钥匙，上边也串着一把小刀儿，小刀儿上带着开罐头的钥匙。他把铁盒打开，里边只有十二条小白鱼儿，小虎儿拿起来就要往嘴里搁。大娘拦住说道："别吃啊！这可是好东西，给咱的伤号吃了去吧。"肖飞说："吃了吧，要这东西好说，只要敌人有咱就能有。"

于是，几个人都尝了尝稀罕儿，只是志如没有吃。志如不但没有吃鱼，连一句话也没有说。她平常多么爱说爱笑啊！这会儿见了肖飞，好像她的话都从眼睛里说出来了。

可是，肖飞就跟她不一样，他故意地追着她说："志如，怎么不说话了，见了我还害臊吗？"志如这才开口："去你的！臊什么？我是看着你打扮得不像个人样儿了！"孙大娘听了抿嘴儿笑了笑，看看志如又看了看肖飞："可也是，怎么你穿上这样的衣裳了？扭过脸儿来，叫我好好儿地看看，变了样了没有啊？"志如又说："变了，三分像人，七分像鬼。"小虎儿也跟着说："俺肖飞大叔像个特务。"肖飞说："要不是这样还不行哩！我要穿上这套绸子衣裳，那可真是像个特务了。"齐英在旁边问道："你还化装特务吗？"肖飞说："我还想要志如的一套花儿衣裳，化装姑娘哩！"

肖飞这一句话可扭转了大娘的神情，她立时褪去了笑容说道："唉！别提姑娘了，这村的好几十个姑娘媳妇都叫鬼子抓走了，已经死了三个！这事儿你知道吗？"肖飞说："我知道了，得想法把她们救出来。"大娘说："是啊！得把她们都救出来。"她又问孙定邦："你们商量得怎么样了？讨论出办法来了吗？"大娘这一问，人们的话题才又转到这个问题上来。这个说说那个说说，把刚才讨论的情形又说了一遍，最后还是没有做出决定来。肖飞一边听着就直鼓劲儿，等听完了之后，他向大伙儿问道："闹了半天，你们是等着叫敌人把抓走的人们杀了以后，再想出办法来啊！"丁尚武一听这话就火儿了："谁说的？"肖飞说："我听着像那么回事儿。"丁尚武还要说什么，齐英把手一摆插嘴问道："肖飞同志，你有什么办法能把她们救出来吗？"肖飞说："把这个任务交给我吧，我去把她们救出来。"齐英又问："可是，咱们现在没有部队啊！桥头镇是敌人的据点儿，我们能进得去吗？"肖飞又说："不要说是敌人的据点儿，就让它是龙潭虎穴，咱也敢掏它。"

齐英没有再说什么。肖飞又接着说道："同志，这不是办不到的事儿，再比这严重咱也得放开胆子干。"齐英一听又问道："好，那你说怎么样才能办到呢？"肖飞又说："根据你们刚才介绍的情况来看，敌人现在并没有多人力量，要去救她们，今儿夜里就是好机会。不要人多，咱们挑上三几个能干的，悄悄儿地摸进去，把咱们的人偷出来。你们考虑一下，谁有这条件儿，我带着去。"还没有等齐英再说话，丁尚武照着炕沿，砰，砸了一拳头，呼的一下子，往起一蹿："我同意你的意见，别人不去咱俩去。走！"

真个是：

飞行员抖起虎胆　壮勇士跳动雄心

第 十 六 回

三勇士潜入敌穴　众妇女冲出囚牢

肖飞的胆子也太大了！他要领头儿到桥头镇去，搭救受难的妇女们。这真使人替他担心。可是，丁尚武早就憋着这股子劲儿哩，一听肖飞说要去，正投他的心意。你看他比肖飞还着急，说了声去就紧忙背上他的马步枪，披上他的手榴弹，提起他的大战刀，拉着肖飞就要往外走。他们俩这股子又冲又猛的劲头儿，真把齐英给闹愣了！他刚想阻拦，孙定邦站起来了。他一把抓住了丁尚武，一手挡住了肖飞说道："别忙，你们俩先别这样冒失！前天的截击战没有打好，就是经验教训！"齐英听说，也坚决地不让他们俩就去。这样一来，把肖飞急得在地下打转儿。丁尚武知道前天的截击战没有打好他是负有一部分责任的，但现在不叫他去，他也憋不住了，急得恨不能把大腿拍破。正在这个劲头儿上，林丽扶着史更新进来了。

在这时候，史更新来干什么？他也是惦记着被抓走的这些人啊！齐英本想为这事再找他商量商量，可是因为这两天他的伤势更加严重，说话都很困难，所以就没有找他。但是他憋闷不住，又听到屋里几个人争执不下，他这就从洞里爬了上来。林丽怕他摔着碰着，发生危险，这才扶着他一同进屋。

人们一看史更新来了，紧忙七手八脚地把他扶上炕，叫他躺下，可是他不躺，他倚着被褥坐着。史更新想说话还没有张开嘴，林丽就把他的意思对大伙说了。齐英把肖飞和史更新作了介绍，紧接着就说："老史既然来了，咱们就把刚才的意见再谈一谈让他听听，看他的意见怎么样。"于是，他们几个人就各把各的意见又重复了一遍。最后丁尚武又加上了几句："咱们说干就得干。战斗动作要的是快，不能黏黏糊糊的一点儿坚决果断劲儿都没有。"

齐英说："作战要动作迅速，坚决果断。可是你们准能有把握完成任务吗？"丁尚武又抢着说："为什么不能？没有打虎艺，就不敢上山岗！"齐英听着他的话很可笑，没有再说什么。孙定邦接着又了一句："敌人太多，咱们人太少了！"肖飞一看，弄得挺僵，又觉着他和丁尚武对区委这种态度也不好，想用比较和缓的语气解释解释，于是就说道："打仗所怕的不是敌人多。""那么，怕什么呢？""怕的是不了解敌情。要是不了解敌情，一个敌人也不敢打他。""要是了解了敌情呢？""嘿嘿！那就是瓮里捉王八——跑不了！"

史更新听了他这话，微笑着点了点头。丁尚武可高兴极了！啪的一下子，照肖飞的膀子就给了一巴掌："你说的对极了，伙计！知道了敌人的情况就什么也不怕了。嗳，我还告诉你们说，你们知道鬼子怕的是什么？""他怕什么？""他怕的是夜摸营。咱们的骑兵团就尽干这个。我摸过敌人多少回了。我告诉你们，摸进去之后，是一枪不打，光用战刀、刺刀，喊吃喀喳，唏喽噗嗤，乱杀乱砍一气。敌人再多，他也是懵头转向，不敢动弹，等他们明白过来，咱也就完成任务了。要不说战斗动作得快哩。"他说这话的神气姿态，真就像身临其境一般。人们听着也有点儿入神，所以谁也没有插嘴打问。

等他说完了，齐英想了想又问道："要听你这样一说，似乎是很有把握。可是要知道，桥头镇是敌人的据点儿，先不谈敌人有多少，他们在镇子的周围都圈上了铁丝网，四面修起了寨门，黑夜白日都有兵把守，咱们怎么能进去呢？那些妇女们又怎么能够跑得出来呢？"一听这话，肖飞就说："铁丝网能起多大个作用？"说着他从后腰里掏出一把把上套着橡皮的小钢钳子，说道："看见了没有？就是电网也挡不住我们啊！同志，你们就放心吧，没有问题。"

这工夫孙振邦在旁边"哼"了一声。他这半天也没有说话，光是低着头抽着烟在考虑敌情，在琢磨肖飞和丁尚武的意见。他本来就是这样性子，话不成熟，他是一个字儿也不说。这工夫考虑得差不多了，他说："依我看，今儿黑夜可以去一趟。我估计着，镇上的敌人正在空虚混乱，虽说他有一个中队的鬼子，一个大队的伪军，可是伪军被卸了枪，这不但没有用，还得有日本兵看守。四面的寨门也得日本兵把守着，整个的镇子上修起了五个炮楼儿，哪一个炮楼上不得有他的人啊！毛驴太君的大队部还得要卫兵。这样一分散，他一个中队还能剩下几个人呢？再说，他还有在这边修汽车路、筑炮楼的任务，他又想着出来抓伕，要是今儿夜里他再出来一部分队伍，那就更得劲儿了。"丁尚武一听就忙着说："对啊！这么一分散，鬼子还能剩下几个屌人儿？"

肖飞也说："这个分析很有道理，咱们快点去。"

史更新这时候说话了，看得出他要把嘴张开是如何吃力："不行！光靠这个还不行！这种任务没有内线关系是很困难的！"肖飞说："内线关系有啊！""谁？""周老华，他准能帮助。"于是他把周老华的情形说了说。史更新听了之后，把他的大拳头轻轻一挥："好！有这条线就应该去。"齐英听他们这一说也觉着很有道理，于是他就坚决地说道："好！去吧！我同意。定邦同志，你还有什么意见？"

孙定邦说道："伪军被卸了枪，那可是前天的事儿了，今天的情况要是变了呢？"孙振邦又说："他变了也不要紧，如果伪军们又复了原儿，他们这一阵儿也是最混乱的时候。"孙定邦又接着说："可是咱们知道的情况只是维持会长们说的，谁知道可靠不可靠啊？我老是怕弄不好，给咱们被抓去的妇女们火上加油！"史更新一听这话着了急："你以为咱要不去，咱被抓走的人就能好受吗？敌人是怕咱们老实啊？！不！他是怕咱厉害！搞他一家伙，他就得顾虑顾虑！"齐英一听这话太对了！于是他最后作了决定——去搭救妇女们。这一来，孙定邦也同意了。他是觉得没有把握的事不能盲目地干，要是有可干的条件，那就坚决地干。不过他为了更慎重一些，他要和肖飞一块儿去。几个人又商量了一下，这才决定，肖飞、丁尚武、孙定邦三个人一同去。由孙定邦负全面责任。这是组织决定，要想尽一切办法完成任务。

他们几个人商量这么大的工夫，孙大娘在旁边听着可一句话也没有说，她向来在这些问题上就不愿意多嘴，这会儿看着他们已经决定了，只是说了一句："你们可得多加小心啊！"就帮助他们打点，准备出发。

小虎这时候可高兴了！你看他蹦蹦跳跳地拉住肖飞的手，像是发贱儿可又是希望地要求："大叔，这一回你可得给我弄支小手枪儿来，像你给我姑姑的那小六轮子儿就挺好。"肖飞听着只是不大在意地"嗯，嗯"答应了两声。

说话之间，三个人准备妥当了。肖飞看了看手表说道："快到十一点了，咱们得走快点儿。"丁尚武说："你就头里带着走吧，别看你是飞行员，落不下。"

他们刚要抬腿往外走的时候，志如悄悄儿地拉了一下肖飞的衣角，拿着肖飞送给她的小六轮子儿，低声地说："还给你带上吧。"肖飞说："用不着，你看，我这儿还有哩。"他从裤子兜里掏出了一支三号的"鸡腿儿"撸子，没有敢让小虎看见。志如看了看枪，又和肖飞脸儿对脸儿地笑了笑。这工夫孙定邦说："快走吧。"于是三个人出了大门就直奔桥头镇而去。

心急腿快，肖飞、孙定邦和丁尚武三个人疾走如飞，霎时之间来到了桥头镇外。他们躲开道口，从高粱地里爬上了大堤，躲在土牛子的后面先做了一番观察。今天正是五月单五——端阳节日，在往年人们都是高高兴兴地吃粽子过佳节；今天，他们可把这个节日都给忘掉了。这工夫正是十一点半的时分，西南天角上的月牙儿早已走入了地下，天上还有一层花花达达的白色浮云，所以观察情况是困难的，不过还可以看得见高大的建筑物，也能够听到镇里的动静。他们站在滹沱河的大堤上。这个地方距离河槽还有一段地，由于河唇堤遮挡着，所以看不见河水，可是很清楚地听到了大桥下面哗啦哗啦的水流声，还不时地听到一两声吆喝喊叫。循着声音看去，只见桥头镇是黑压压的一片，横卧在河唇堤与大堤之间，往南顶到桥的北端，往北伸到大堤的车道豁口，南北足有一里多路。又看见耸起的五个炮楼，分立在南北东西的寨门旁边，当中最高的一个是在十字街的附近。这五个炮楼都没有灯光，就像是搠在这个镇上的五个漆黑辽长的枣核儿钉子一般。

他们三个人正在观察之际，就听见里边吆喝喊叫的声音，由东向西越来越近："嗨——，有八路没有？没有。八路不敢来，通通消灭了！"孙定邦一听就低声地问肖飞："这是什么人？"肖飞说："不用问，这是鬼子组织起来的伪自卫团，给他们巡边儿瞭哨哩。他们喊的这话也是敌人教的。"丁尚武一听就说："咱抓住他们吧，抓住他们了解了解情况。"肖飞说："不行，你没有听见他们喊的话是一问一答吗？这是前后两伙儿，咱可不能都抓住，一抓他们，要被敌人发觉了，咱就什么也干不成了！"说话之间，伪自卫团们吆喝着又转到南面走过去了。这时候肖飞急速地扯了扯孙定邦和丁尚武的衣裳，小声地说了句："走，跟在他们的后头进去。"于是三个人就走下了大堤。往前走了没有几步，就已经影影绰绰的看见前边的铁丝网，可是还隔着一段光秃秃的开阔地。

这是敌人把铁丝网周围一百米以内的庄稼，都给割掉喂了他们的马。可是这怎么能够妨碍住八路军呢？你看，肖飞、孙定邦和丁尚武伏在地下匍匐前进，不多时来到铁丝网下。肖飞从后腰里摸出了他的钢钳子来，就听喷儿乓儿几声细小的音响，铁丝网通上到下都被掐断了。肖飞又领着头儿，三个人悄悄儿地摸进了镇里。他们在黑暗中隐蔽身形，拐弯儿抹角儿奔周老华的家走去。

周老华的家肖飞在以前只来过两趟，可是他清清楚楚地记得，周老华住在镇西南角上的小土房里，房的前面不远就是大河，往东是通向大桥的巷道，后邻是一家卖肉的街坊，西边不太远就是铁丝网。他家的院子挺小，院墙很低，只有三间土房，一头住着他害半身不遂病的老父亲，另一头是他和老婆孩子住着。他在德顺饭馆当伙计，通常每天都是拾掇清了柜上的活儿，到十二点才能回家睡觉。肖飞看了看他的夜光手表，十二点已经过了，大概他已经回到了家里。不过，周老华现在的情况怎样，肖飞是不知道的。因为这一次反"扫荡"以来，各方面的变化非常之大，那么，周老华跟他这个家有没有变化，肖飞当然是不敢断定。所以他没有敢贸然地领着孙定邦和丁尚武一同进去。他让孙定邦和丁尚武在外边隐蔽起来，他独身一人来到老华的大门口，轻轻地一推，大门插得挺紧，仔细地听了听，院内院外都没有什么动静。于是他轻巧地蹿上院墙，又轻巧地跳下去，看见屋里没有灯光，也听不见动静，他这才踮着脚尖，来到窗外。窗户纸虽然是破了许多窟窿，可是从外边往屋里窥探是什么也看不清的。

他侧着耳朵听了听，只听到炕上有三个粗细不同的呼吸声。当然听不出是谁来。肖飞没有敢敲窗户，他怕万一有了变化，一敲窗户敲炸了！怎么办呢？反正得进屋去看看。他这才又走到屋门口儿，轻轻地推了推，屋门也插着。于是，他从兜里掏出小刀儿来，把刀尖伸入门缝，慢慢地把插关儿拨开了。他用两只手使劲地托扶着一边门扇，又轻又慢地一推，门嚓儿——的一声开了，这个声音儿真是猫都听不见。

　　肖飞悄悄儿地走进屋里来，在炕下边一蹲，察看炕上睡着的是什么人：一个、两个、三个，他看清了是两个大人一个小孩儿。心里想：大概这就是老华跟他的老婆孩子。我把他叫醒吧？慢着，万一要是闹错了呢？汉奸特务就不许有老婆孩子吗？他又想了想，对，我试探试探再说。你猜肖飞怎么试探？他在炕下边一蹲，伸起手来摸着小孩儿的肩膀，用手指甲轻轻地掐了一下，就听小孩儿"哇"的一声哭了。他急忙又把手缩回来，把头一低，藏在了炕下。这工夫一个男人从睡梦中醒来问道："孩子怎么啦？这么哭你也不管？"接着又一个女人的声音答道："百怎么不怎么，他淘气呗。别哭啦，毛猴子来啦！"肖飞一听就暗暗地笑了，明明是人嘛你硬说是毛猴子，毛猴子有这么大？诸位，这个方法可真灵，肖飞听出是周老华的声音来了。于是他把嘴贴到老华的耳边，细声细气地叫道："老华同志。"

　　周老华一听，腾的一下子就坐起来了。一看炕下头蹲着一个人，当时真把他给吓了一跳。可是他还没有来得及说话，肖飞就紧着说："我是肖飞，你别怕。"周老华一听是肖飞，当然就不怕了，不过心里头还是噗通了一阵儿。他知道隐秘的重要，所以他也没有点灯，慌忙摸索着穿衣裳。他老婆一见就问他："你怎么啦？刚才我听着像有人说话！"老华说："来了个同志，你别管，悄悄儿地睡吧。"他老婆也懂得这个，所以就没有再多问。

可是，她也很难再睡，于是就不言不语装睡。这工夫老华穿好了衣裳，下了炕，拉着肖飞的手，还说了几句亲热的话儿，又悄声细气儿地问他："你从哪儿来？怎么进来的？就你一个人吗？"肖飞说："不，还有两个同志，在外边等着哩。"老华一听就忙说："快叫他们进来，今儿黑夜恐怕敌人有行动，要叫他们发现了不就糟啦！"

于是两人一同出去，轻轻地开了大门。老华先出门探望了探望，没有什么动静，这才又回来告诉肖飞。肖飞到了外边，把孙定邦、丁尚武叫进来，又把门插上，这才一同进了屋，在谁也看不清谁的情形下，还给他们作了介绍。于是四个人分坐在炕沿上、板凳上，把脑袋凑在一堆儿，又亲热又小心地说起话来了。

肖飞先说了说为什么要到这儿来，然后又问他敌人的情况如何，小李庄被抓来的妇女们怎么样了。周老华说："我一猜就知道你们是为救这些妇女们来的，你们这个时候来得正好，不过人太少了。"肖飞说："你快说说情况吧，人多人少没有关系。"老华说："凭着我的经验，今儿黑夜敌人准得又出去。""你怎么能看得出来？""要是在平常日子，一到了晚上他们就都人吃大喝，到处乱窜，特别是伪军特务们更是这样。要是在拂晓以前有什么行动的时候，那就都早早儿的熄灯睡了。今儿晚上饭馆子里没有买卖，街上也看不见他们走动，你说他还不是早睡了觉，等拂晓以前出发啊？"

三个人一听，都说很有道理，也都挺高兴。老华接着又说："抓来的那些妇女们还在那儿看守着，可是现在鬼子们人太少，分不过来，他们要是出去，那一个班的鬼子兵还得减少，也许没有人管了呢。"一听这话，三个人一齐问道："这是为什么？"老华又说："刚才我不是说你们来得正是时候吗？你们知道高铁杆儿的伪军问题吧？""知道。""高铁杆儿的伪军又复了原儿，把武器又都交给他了。对这个事儿毛驴太君还不大高兴。"丁尚武问道："他不高兴，怎么还把武器交还给他呢？""咳！这个事儿毛驴太君做不了主儿，这是猫眼司令的主意。听说，毛驴太君要求把他的两个中队给调回来，猫眼司令没有给他，他另外从城里派了一个小队的宪兵来。这个宪兵小队长的来头还挺大，猫眼司令还委他当了高铁杆儿的顾问。不但高铁杆儿一切都得听他的，就连毛驴太君也得怕他三分哩！他们现在正闹着矛盾。"

肖飞紧跟着问了一句："这些情况你怎么知道的？"周老华说："我亲眼看见了，宪兵是昨天下午来的。""可是，他们这种矛盾你是怎么知道的？""说起这个来，你知道高铁杆儿的特务队上，有个独眼龙吧？这个家伙两盅酒儿一喝，是没有不说的话。他还说，毛驴太君要求特务队归他指挥哩。可是，高铁杆儿跟他的顾问都不干。还说，猫眼司令限期，让毛驴太君负责修起桥头镇这一段十八里的公路，修起沿公路的炮楼儿，到时候修不成就要他的脑袋！要不他就着了急吗？他们今儿黑夜准是要到各村去抓伕。可是，他只有一个中队的人，高铁杆儿现在有了顾问，就不听他的指挥了。他想把这些被抓来的人交给伪军看守，可是，高铁杆儿不接受。"

听到这儿，三个人别提多高兴了。孙定邦说："抓来的人倒成了他的麻烦。"丁尚武听到这儿，立刻就要起身动手。孙定邦说："先别忙，忙中有错！"正在这时候，忽然听到大门外边有人走动，几个人立时停止了说话，又听有人咚咚跑的声音。丁尚武和孙定邦都站起来了。肖飞用手把他俩一拍，意思是不让他俩乱动。然后他拉着周老华轻轻地走出了屋外。丁尚武也要往外走，可是被孙定邦拉住了。

外边的动静越听越清楚，越来越多越乱，似乎是有队伍行动的沉重脚步声响。这工夫，忽然间炕上的小孩子"哇"地哭了一声，可是一声哭哭了半截儿就被妈妈的乳头儿把嘴堵起来了。停了一会儿，肖飞悄悄儿走进来说："你们俩先等一下，千万别乱动，我跟老华到房上去探一探。"说完就又走了。丁尚武有点儿憋不住，又想出去，可是孙定邦又把他扭住了。大家都大气儿不出，提心吊胆地等着。等了有吃顿饭的工夫，肖飞和周老华回来了。

还没有等问，肖飞就高兴地说："咱们的机会来到了。刚才是敌人集合出发，现在已经开走了。我出去看了看，街上很静，小学校的大门关着。根据这个情况来估计，小学校不一定还是原来的一个班日本兵，也许人更少，也许是换了伪军。现在是一点半钟，咱们研究一下怎么办。"丁尚武和孙定邦一听，自然是非常高兴，于是几个人就商量起办法来⋯⋯他们最后决定，由周老华在伪自卫团里找上他的两个帮手，和他一同帮着完成这个任务。

周老华也是个仔细人儿，他提供了不少的意见，还一再地嘱咐他们说："小学校的大门口千万可走不得，那儿是这街上东西南北来往必经之路。小学校的西邻新开了一个大烟、白面儿馆儿，那可是个下二烂窝儿！黑夜白日都不断灯，可不能惊动他们。小学校的东面是个牲口市，一大片空地，离伪警备队住的院子不远，也不能从那边儿出入。只有小学校的北边地形好，院墙后边紧挨着就是个大车道沟，道上头还有不少的大树。可就是有一样：在道北边稍微远一点的大树上，有许多的老鸹，夜间一有动静，它就要乱叫起来。"

丁尚武听他说话老重复，就有点性急地说："你放心吧！没有问题。"周老华已经听出丁尚武的意思来了，不过他仍然是不厌其烦地说。最后，他还要找个家伙儿让他们带上，准备必要的时候把小学校的院墙掏开个洞进去。可是，孙定邦早就准备了这一手，他在腰里掖了一把勾抹砖墙缝的小泥抹儿来。这个玩艺儿又尖又小又灵活，要使它拆墙砖是挺有用的，所以就没有再要周老华给他的笨重工具。这工夫天已经到两点多钟，肖飞说："赶快走吧，现准备是很难准备得完善的，到了那儿得灵活着来，车到山前必有路。"于是，由周老华做向导，三个人就哑密悄声儿地奔小学校去了。

来到小学校的后边，周老华让他们隐蔽起来，他又去找他的两个帮手。不多一时他就布置好了，一个人监视着伪警备队，另一个监视着日本宪兵队。他又急忙来到小学校后边，告诉肖飞赶快动作起来。这工夫已经交了后半夜，东风刮得杨树叶子哗啦啦的直响，在树下看树上的老鸹窝都能看见。他们放轻脚步悄悄儿地溜到院墙的下边。周老华说："就从这儿进院吧。"

院墙并不高，孙定邦一伸手能够着墙头儿，可是肖飞没有让他先上墙，他要先进去看看。本来这墙是挡不住他的，不过为了慎重，他让丁尚武搭了一肩，他蹬着丁尚武的膀子，爬上了墙去。他在墙头儿上趴着不动，听了听，看了看，没有听见什么动静，也没有看见有人走动，只是看见南头大门的旁边，有一个窗户露着灯光。他心里明白：这一定就是日本兵住的屋子。可是离这北墙挺远，屋里边的情况是看不见听不到的。肖飞怕院子里有敌人的暗岗，所以他不敢立时就下去。这时候丁尚武有些着急："下去啊！快点儿动作。"孙定邦扯了他一把，他才不言声了。肖飞在墙头儿上趴着呆了一会儿，他想察看敌人的哨兵在什么地方，可是什么也没有看见。于是他轻轻地下了院墙，溜到前边的墙角后边，又蹲着察看，看见光秃秃的大院子里边，一点挡抹儿也没有，不敢再往前走，他一心要找到敌人的哨兵。因为要发现不了哨兵就不敢动作。怎么办呢？你别看肖飞的年纪轻，要干这一套他可是老行家！只见他在地下摸起了一块枣儿一般大小的土坷垃，顺着墙根儿轻轻地往前一投。这一下果然发生了作用，从大门洞子里有一条细小的白光闪动了一下，很快就走出一个人来。

肖飞定睛一看，就猜想到这是敌人的暗岗。他手里持着上了刺刀的步枪，穿过宽阔的大院儿，向着北墙根走来。肖飞暗说道："这些家伙警惕性还怪高哩！把大门插上，在黑洞子里放暗岗。不用问，他们的人多不了。好小子！你还是没有经验啊！听见个响动你就沉不住气。好，你出来吧，我要的就是你出来。"工夫不大，这个日本兵来到了肖飞呆的这个房子前面，看着他把步枪端在手里，顺着墙根向肖飞所呆的这个墙角后边走来。可是，肖飞早已顺着墙根儿转到了他的身后去。肖飞能看见他，可是他看不到肖飞。转了一个半圈儿，这个日本兵又走到另一所房子的外边转悠，他还从窗户向屋内窥视。这工夫，隐隐约约地听到屋内有哭泣的声音和小声的叫骂。这个日本兵说了一句："说话的不行，睡觉的可以。"他说完之后，又持着枪走回原来的大门洞子。肖飞一看，就知道那个房子是关人的教室了。大概这个鬼子兵对刚才的动静没有引起怀疑来。他又溜到有亮的屋门外，看见里边睡着四个日本兵，又向别的房子里看了看，一个人也没有，心里话：这就好办了。他立时又隐蔽着从原来的地方翻过墙头，把情况对他三个一说，于是四个人决定了行动计划。

肖飞他们留下周老华在外边作警戒，他们三个都爬过墙头，从两边的隐蔽处溜到了大门洞子的两旁，悄悄儿地接近了两边的墙角。这时候，肖飞他们已经听到门洞子里那个日本兵的呼吸声了。可是，他们三个人的呼吸，一点儿声音也没有，只是每个人的心咚咚地跳着。肖飞在门洞子的东面，向着对面的丁尚武、孙定邦打了个手势，意思是叫他俩准备好。孙定邦和丁尚武也还了个手势，意思是说：准备好了，干吧！

肖飞一手提着他的长苗儿盒子，一手准备着必要的时候抓住敌人的枪，下边用脚轻轻地擦了擦墙间，发出吡啦儿吡啦儿的响动，果然这个日本兵又听到了。要说这个日本兵还真算是挺灵敏的，不但灵敏，他还真是有点儿判断力：第一次响动他是疏忽过去了，他以为也许是房上有猫，蹬下了东西来，这一次他可断定不是猫，他怀疑是有人在走动，这人还不是他们自己的人，因为他们自己的人走动不会这样轻。他想到这里，就两手把枪一端，拿着刺杀的架势，走出了门洞。因为声音是在东面，所以他向东扭脸，一眼就看见肖飞。他刚张开嘴想喊一声"呀——"拿枪刺肖飞，可是他没有想到后边有人。这工夫丁尚武和孙定邦一齐蹿上来。丁尚武劲儿大，他把这个鬼子拦腰就给抱住了。孙定邦个高，两手掐住了他的脖子。这个鬼子兵是动不能动，喊不能喊，就像个哑巴猪似的被扭倒在地上。他们三个人为了更隐秘，就把这个鬼子兵掐住抬到门洞子里边，用他的刺刀，把他的气嗓管儿给挑断了。

肖飞他们把日本鬼子这个暗哨弄死，孙定邦就把敌人留下的这条枪背在自个儿的身上。肖飞急切地说道："老丁，赶快去把有灯亮的那个屋门堵住，敌人发觉不了就别惊动他。老孙跟我来，快。"说着他就领孙定邦来到了教室的门外，悄声地对里边说："同志们，姐妹们，救你们来了！谁也别说话，别弄出响动来，我给你们开门，出来快走。"说着话早用钳子把门锁咬开了。里边的妇女们一听，真是好像做梦一样，万也没有想到，这个时候进来人救她们。她们一个一个激动得流下泪来，每个人的心都要跳到嗓子眼儿上，虽然一个说话的也没有，可是从呼吸的声音里就能听出每个人的激动感情来。屋门一开，呼喽……就都出来了。她们一看见孙定邦和肖飞，就都像见了自己的亲骨肉一般，搂着他俩的胳膊，拉着他俩的手，抽抽噎噎地哭起来了。孙定邦忙说："谁也别这样，咱们还没有脱险，快悄悄儿地跟我来，把院墙扒开，好逃活命！"于是他带着这五十二个妇女来到北面的院墙根儿，用他那把小泥抹，从墙头上开始，很快就撬下来了几块砖。于是很多妇女跟着一同拆起墙来。

肖飞现在到哪儿去了呢？按照他们原来的计划，他已经上房和外边的人去联络了。他刚刚上得房来，就听到有灯亮的屋里发出了响动，不由得暗吃一惊，心想，莫非敌人发觉了？于是他又下了房就向这边跑来。

诸位，肖飞算是猜了个对，真的是屋里边的敌人发觉了。

原来，当他们的哨兵被杀的时候，在屋里睡觉的四个鬼子兵，有一个就听见了动静，不过他想不到会出这样的情况。他抬起头来睁眼看了看，听了听，没听到什么，他就翻了个身扭过脸去又睡他的觉。正在这个当儿，丁尚武来到了屋外。因为天热，门窗都敞着，还点着灯，所以丁尚武在门外就看见他在动。丁尚武真想进去把他们的脑袋都给切下来，可是他们三个原来有规定，敌人不发觉决不动他，所以丁尚武就耐着性儿没有进屋。他右手拿着战刀，左手拿着手榴弹，在门口旁边一把就没有动。可是，当这些妇女们一出教室，又惊动了刚才醒来的那个鬼子兵。这一回，他可跟刚才不一样了，他一骨碌从床上起来，连长裤子也没有顾得穿，下床就抄起了他的步枪，紧跟着就"哇啦"了一声，叫他们那三个人。那三个鬼子兵一听他叫也就都醒了。

丁尚武是有多年战斗经验的勇士，对夜摸营这种活儿，是他们当骑兵的干惯了的。他一看敌人下了床，就一个箭步窜进屋来。要说这个鬼子兵的动作真也够快，他抄起枪来，没有顾得上刺刀，也没来得及顶子弹，照丁尚武就捅了一家伙。丁尚武用刀背乓的一声往外一磕，紧跟着一翻腕子上前一步，照敌人的脑袋就是一刀。只听喀嚓一声，鬼子兵的脑袋就开了瓢儿。这一家伙，把另外那三个鬼子兵立时就给吓懵了！他们迷迷瞪瞪地乱窜乱蹦，乱抓乱挠。

丁尚武可真是一条英雄好汉，只见他这把战刀上下翻舞，左右开弓，前后飞晃，磕碰得咔咔直响，嗞嗞地冒火星子！最后只听见"嚓！嚓！嚓！"连响了三声，三个鬼子兵的脑袋就扑通扑通的掉下来了。

丁尚武把这几个日本鬼子送回老家，就把他们留下的四条枪在膀子上一背，连子弹也没有落掉，便走出了屋门。肖飞提着盒子炮来到门口，想探望个究竟。丁尚武就说："都解决了，快走吧。"肖飞一听，对丁尚武连声地称赞，两人一同来到拆墙的地方。这工夫，院墙已经拆开了一个豁子，这些妇女们唏喽呼啦地都冲出来了。她们可真是像撞破笼子的鸟儿一样，想展开翅膀就飞！可是，树上的老鸹被惊醒了，开始先有一个"啦——"地叫了一声，紧接着又有好几个"啦——啦"地叫起来，叫得瘆人不啦的。行动悄静一点吧，可是这"啦——啦"的叫声越来越多，叫着叫着还都飞起来了，就好像被鸟枪打惊了的一般。

这些老鸹这么一惊叫可不要紧，把炮楼上的敌人给惊动了。本来炮楼上的敌人，因为毛驴太君在出发之前就命令他们多加小心，严防意外，怕的是有游击队摸进来，他们在上边的值勤兵光支楞着耳朵听下边的动静。这些老鸹这么一闹，他们估计着是小学校这儿出了事。于是在十字街旁的中心炮楼上"嘎勾儿——"打了一枪。中心炮楼一打枪，周围的四个炮楼上都跟着打起枪来。打着打着就不光是步枪，连歪把子轻机枪也响起来了，真是打了个热闹。这工夫，有一些妇女就害了怕。丁尚武对大家说："不要怕，鬼子的枪是瞎打哩！黑夜他们是不敢出来的。走，跟着我快走。"你看他把刀一挥，跑在头里，带着这些妇女们，一直就向着原来剪断铁丝网的地方走去。他们刚刚通过镇西北角的一个小高地时，在敌人的机枪声中倒下了一个妇女，一看是腿被打穿了，疼得直咳哟。这时候前后的两个妇女也没有言声，把她架起来还是赶紧往外走。前边眼看就来到铁丝网，大家都觉着这就快脱离开危险地了，可是又有两个妇女倒在地下，一个是肚子受了伤，一个是肩膀受了伤。这一来，他们的行动就更加困难了！

有人要问：敌人的枪打得这样准吗？大黑夜他看不清，怎么还能打中好几个人呢？

诸位，日本军队在据点儿之内，在炮楼儿的周围，都是把地形、距离早就测量好了的，每一个地方不同的地形他们都编成了号，不管是黑夜白天，你走到某一个地方，只要叫他们看见影子，他就知道这是多远的距离、地形有多高，所以他就有打中的可能。但是肖飞、丁尚武他们到了这个劲头儿上，眼看来到了铁丝网的跟前，当然是不能再退回去了，只有把受了伤的几个人架起来快跑，出了铁丝网，再紧跑几步，就可以脱离了这个危险地带。可是来到了铁丝网下，没有想到又发生了意外！原来剪断了的缺口找不到了。这是怎么回事呢？难道他们会迷失方向、记错了地方吗？不是的。

这原来是：伪自卫团们巡边瞭哨又转回来的时候，发现了这个缺口。他们当然会猜想到有八路军的人进来，可是他们没有去报告敌人，怕报告了敌人自己吃不消。今儿他们一看这儿被剪断，就赶紧找来铁丝和钳子把它又接上了。你说这会儿肖飞他们又来找缺口，怎么会找得着呢？找不着有个不着急吗？这些妇女们又都慌乱地堆成了疙瘩。正在这个节骨眼儿上，回头一看，敌人追下炮楼来了！大约有二十来人。

有人要问，在这样的情形下，敌人又弄不清情况，他们二十来人就敢追下来吗？

要知道，日本鬼子并不傻，要是来了八路军的大队人马，当然他是不敢追下来的。不过他们估计着，这绝不是八路军的大队，至多也就是进来了几个游击队或者是民兵，也许是被关着的人们自己逃跑哩。他们知道光打枪是挡不住的，因此才下炮楼来，要把这些人再追回去。这一来，这些慌乱了的妇女们可就更害怕了。就是肖飞和孙定邦、丁尚武见此光景也都着了急。于是，肖飞就又用他的钳子赶忙着剪铁丝网。可是，没有等他剪断，丁尚武就抡起了他的大战刀，只听劈叭的几声震响，铁丝网溅出几颗火星子，通上到下就都断了。他说了声："快跑！这儿来。"这些妇女们又呼喽呼喽地拥挤着往外跑，都把胳膊腿挂破了！谁也顾不得疼，不要命地跑。肖飞一看，还是有危险，所以他没等妇女们都出去，他就一纵身子，噌！真是比猫还灵，蹿过铁丝网，跑到前头，喊了声："跟着我，猫下腰。"一边喊着，把人们带进了隐蔽地去。丁尚武本来想留下来打掩护，孙定邦怕肖飞一个人领着几十个妇女照顾不过来，硬撺着他跟大队走了。这时在铁丝网边，只剩下孙定邦一个人了！

孙定邦一个人在这儿怎么办呢？他并没有打枪，他看着这些敌人追得挺猛，也不隐蔽也不散开，一直冲着这儿追来，边追还边打枪，他知道要凭着一条枪抵抗，是没有多大用处的。他趴在地下，把自己隐蔽起来，把他那已经打开了盖的木把手榴弹拿下来了两颗，把弦儿都拉出来，两根结在了一块儿，然后又把两颗手榴弹分开，挂在铁丝网缺口儿的两边。怕被敌人发现了，他还紧忙着抓了几把土，把手榴弹盖了一下。心里话，给你们两个带把儿的地雷玩儿一玩儿吧！这工夫敌人已经离此不远，孙定邦这才隐蔽着撤去。

追来的敌人正是中心炮楼上的鬼子兵，有两个班，一个小队长带领着。他们越追越紧，追着还一个劲儿地打枪。追近了一看，逃走的人们都跑出了铁丝网去，这就更着了急，于是就又

"叽哩呱啦"地喊叫起来，想喊北寨门上的敌人也出去截挡。他们一边喊着，一边急急忙忙地赶到了铁丝网跟前，一看铁丝网被剪开了一道豁子，也没有顾得仔细察看，小队长头前带着，就顺着这个豁子往外急追。可是他一迈腿，啪儿啪儿两声，两颗手榴弹的弦儿都拉脱了，还没有等他们散开躲避起来，就听"轰！轰！"两声爆炸，顿时烟雾腾空，泥沙飞溅，这群鬼子兵也随着声音飞的飞、倒的倒、滚的滚、爬的爬……肖飞、丁尚武、孙定邦这三位勇士，保护着被救出来的五十二名骨肉姐妹早已走远了。

这一场战斗，真是称得起：英勇果断，巧妙灵活，出敌不意，以少胜多，用极少的代价，得到了重大的胜利。

有诗赞曰：

日本鬼子囚笼镇　八路神兵自由开
不是兽军无强力　皆因人民有高才

第 十 七 回

齐英寻找县书记　武男不舍再生娘

常言说：幸福当念艰难日，胜利莫忘仇敌凶！这话确是警教人民的金石良言。这次肖飞、孙定邦、丁尚武三人夜入桥头镇，救出了五十二名妇女，还用暗设的两颗手榴弹，把追出来的鬼子兵炸得死的死、伤的伤、滚的滚、爬的爬！虽说其中有几名妇女被敌人的枪弹打伤，到底还是完全胜利了。村里的人看见肖飞他们把这些妇女抢回来了，都感动得了不得，抢着要把恩人拉到家去。至于那些民兵、自卫队员，还有青年小伙子们的劲头儿，那就更足了，许多人都来找肖飞、丁尚武、孙定邦、齐英，死乞白赖地要枪要手榴弹。有些本来对抗日工作信心不足的人，也都想要武装起来，跟敌人干。这个曾经一度死气沉沉的小李庄，变得沸腾起来了。就连周围的村庄，受到小李庄这个胜利的影响，抗日的空气儿也更加高涨了。

诸位，你当这些人都是因为得到这点胜利，他的思想认识就提高得那样快吗？并不都是这样。那么，他们都是被这点胜利冲昏了头脑吗？也不是。像猫眼司令、毛驴太君、猪头小队长和高铁杆儿这些吃人不吐骨头的家伙，谁能不防备着他们的报复吗？他们既然还活着，能不再来杀人吗？他们对这个坚决反抗的小李庄，能轻饶得了吗？那么怎么办呢？有心支应敌人的人这时候谁也不敢表现出来，只是在暗中打算，动摇不定的人们也只是内心惊慌、满眼疑惧，谁也不愿意先说出自己的意见来，那就只有这些坚决抵抗的人们热火朝天地加紧备战了。

敌人到底怎么样呢？说来真有点使人着急。就在当夜，毛利大队长亲自带着队伍来包围了小李庄，他满心想要捕捉村里的男人们，好把共产党员、村干部和民兵们都逮捕起来，其余的赶着去修公路筑炮楼，可是他没有想到，包围了个空村。当他听到桥头镇枪声一响，他更觉着不妙，光怕八路军乘虚而入，抄了他鬼窝儿！他这又急忙卷箔儿回去。照一般人的看法，毛利一定要马上出来报复，可是他没有。他不声不嚷，一天两天看不见他的动静。难道他就认输了吗？当然不是。我们知道，这个家伙阴险毒辣，狡猾万端。他估计着小李庄这一带的人们，这几天一定是提高警惕，加紧防备，他来报复也是白闹。所以他一方面派出了他所有的特务，分头在各个村庄的周围进行侦察暗探，要弄清人们都是在什么地方坚壁东西，在什么地方隐藏身体，更要紧的是，要了解到底有哪些武装，来个一网打尽。另一方面，他知道小李庄一带村庄的维持会是靠不住了，依靠这些村子的人给他修公路筑炮楼是不行了。于是，他悄悄地派出了武装，到河南各村去抓民伏。抓了来之后，赶着他们过河来修这一段的公路炮楼。因为这样，在小李庄一带才看不见他的动作。小李庄的人这几天看见据点里没有动静，人们凭着这几年斗争的经验，知道暴风雨的前夕，往往有一个平静的时刻，恶战来临前，常常有一阵安稳的光阴。因此，人们才更加提心吊胆的不安。有的说：等着吧，不知道哪一天，鬼子们来洗村哩！也有的说：咳！这个年头儿，谁知道哪会儿死啊！有的说，怕那个还行？干吧，反正是一个人只有一条命，他抓住咱由他，咱抓住他由咱。有的说，扯淡！说这些有什么用？找咱们的民兵队长，找村长，找区长！拿出章程来，到底怎么办。也有的说，用不着自操这份儿心，领导上早想出办法来了。也有的人听了之后一声不响，摇摇头走开了。也有人出来进去的垂头丧气，哼咳不止。也还有人在暗中活动，想法支应敌人。照这样说来，小李庄村从表面上看，是坚决抵抗，积极备战，可是实际上，隐藏着不同的主张，潜伏着反对的打算。

在这样复杂的情形之下，应该怎样地领导斗争呢？就看这几位领导者怎么样吧。

经过这一次的胜利，孙定邦是更加积极了；不过他那一向小心谨慎的性格并没有改变，别人想不到的地方他都要考虑考虑，他最怕的是敌人在小李庄修起炮楼来。

孙振邦仍然是那样沉着冷静。可是他估计着，毛驴太君一定要来个大报复，小李庄是非修炮楼不可。

齐英现在的胆子是壮起来了。他从心里头有了依靠。依他看来，肖飞、丁尚武、孙定邦、孙振邦和史更新这些干部，真称得起是五虎将，特别是史更新，有勇有谋，文武双全，有经验，有气魄。如果他的伤好了，把区委会的组织建立起来，让他担任起武装部长，指挥全区的战斗，就有了办法。哪知道，事不遂愿，史更新的伤情急剧恶化，生命垂危。因此，林丽慌忙走来报告。只见她神慌气喘，来到就说："快想个办法吧，史更新的伤今天起了变化，体温增高，一切都不正常了。如果不想法弄点儿药来，恐怕是很危险！"

齐英、孙定邦、孙振邦三个人一听这话，真如凉水浇头，都给呆住了。呆了一会儿，齐英才说："赶快托人去买药吧。"孙定邦说："托人倒是行，就是钱成问题。买西药非到敌占区不可，现在环境这么一变，到敌占区咱们的边区票子不能兑换，在村里恐怕是一张伪币也找不到的。"看样子他真是发了愁。孙振邦也觉着这是个不容易克服的困难。不想，这回齐英想出了办法来。他记得林丽有个金戒指，拿它换钱买药不好吗？可是还没有等他说话，林丽早就往兜里一伸手掏出一个小纸包儿来，在齐英的面前一放说道："我早准备好了。这里头有我的一个金戒指，还有我开好了的药单子，就按那个买吧。我走了，我得回去照看他们。"说完之后，她回身就走了。三个人看着林丽的背影，止不住地点头赞叹：好一个全心全意为伤病员服务的卫生员。齐英觉着事不宜迟，快托人去买药。究竟托谁呢？商量的结果是托解文华。于是把这个任务就交给孙定邦了。孙定邦急急忙忙就找了解文华去。

孙定邦走了之后，齐英和孙振邦急忙下洞来看史更新。一看，果然是严重了！他闭着眼睛，呼吸也变得紧促。齐英想要说几句安慰他的话，遭到了林丽的制止。他知道光在这儿守着也没有用，还得赶快研究办法。他这才把肖飞、丁尚武一齐叫到屋来。不多一会儿，孙定邦也回来了。

肖飞本来已经睡了觉，好像还没有醒盹儿，两只大眼还打不开闪儿，不住地用手背揉搓，一声不响。丁尚武看得出来还没有睡意，不知道什么时候他找到了一块小磨刀石，不停地打磨他的战刀，一面动作着还直嘟哝："他娘的，砍铁丝网砍得这刀刃又崩了七八块，这一回可真成了弯锯条了。"没有等他俩问，齐英就把找他俩来的意思说明，接着又把当前的情况、群众思想情绪和他们三个人的主张说了一遍。要他们提提意见，共同研究研究。

丁尚武一听，立时停止了手里的动作，把头一抬，斩钉截铁地说道："研究什么？凡是打算支应敌人的都是地主富农。干脆把他们都宰了，先宰何大拿这个王八蛋。"齐英一听就反对地说："胡闹！"丁尚武又说："提意见嘛，怎么叫胡闹呢？""现在要执行抗日民族统一战线的政策，你要把地主富农都宰了，这不是胡闹吗？"丁尚武不高兴了："哎，同志！你是领导，对我有什么意见提出来。我怎么胡闹呢？"

齐英一想，这真麻烦，找他还不如不找。不过，这样也好，能够把他的思想暴露出来。于是耐着性子对他说："我对你这个人并没有什么意见，不过你所提的意见可不大对。"丁尚武又说："不对算我没有说。"齐英一看这个光景，不觉就摇起头来，觉着这个干部实在是不好领导，就想让他回去。但是又觉得这样对他还不算尽了责任，于是又说："知道意见不对了就收回去，这当然是好的。可是这还不够。我们共产党员，要时刻警惕自己的缺点和错误！重要的是遵守党纪，执行政策。"齐英这几句话说得虽然温和，丁尚武却默默接受了。齐英这才让他回去。

叫丁尚武这一闹，把肖飞的盹儿也给闹跑了。没有等齐英问他，他就说："区委同志，这么大的事儿你别跟我商量，我提不出意见来，咱对领导工作是一门儿不摸。有什么具体的任务你就分配吧，保证完成。"三个人一听同时都笑了。

孙定邦对肖飞是挺熟悉的，知道他说的是实话，就问他："你能不能到别村找两个堡垒户，把咱们的重伤号掩护起来？"肖飞很脆生地回答道："行。"这工夫孙振邦也说话了："我看，是不是先派肖飞同志到桥头镇去，侦察侦察敌人的行动，弄清敌人到底是藏着什么鬼把戏。"肖飞也说："行。我就高兴干这个，像这样的具体任务我都能完成。"齐英一听，这个干部可真是好领导，不管给他什么任务，都是一个字的行，不由得就哈哈地笑出来了，笑完之后又说："我的意见是，派肖飞同志去找县领导，只要跟上级领导取上联系就好办了。"正在这个时候，忽然听到院内"乒啦儿，咕噜儿"，一声细小的响声。很明显，这是有人从墙外投进一块小砖头儿来。肖飞的耳朵是最灵不过，当这块小砖头儿一落地，就见他那两只又大又圆的眼睛一闪，说了声："听！"

齐英紧接着问了一句："这是什么？"孙定邦把手一摆，说道："你们赶快下洞，我出去看看。"随后抄起他的盒子炮来，就往外走。孙振邦这时候也把小烟袋儿往腰里一插，一手把孙定邦拉住，说了声："先别忙。"可是，肖飞已经拔出枪来，说道："我先到房上去看看。"一面说着，他就像一阵风似的，"嗖"的一下子就窜出去了。

肖飞跳上猪窝，跨上墙头，爬上房顶，一点儿声音都没有，简直比猫还轻巧。孙定邦当然是不放心的，他也跟在肖飞的后边上了房。他们两个来到房顶上，偷偷儿地往下一看：在大门口外站着一个人，天挺黑，看不清是谁，也看不出带着武器没有，好像是在等待着里边给他开门。这门当然是不能冒冒失失地去开，他们俩又仔细地向周围听察了一番，任什么也没有发现。这工夫，在门口外边站着的那个人，又猫腰摸起一块小砖头儿，一扬胳膊又扔到了院内。肖飞一看就把嘴贴到孙定邦的耳朵上说道："我在这儿监视着他，你去开门，让他进来，要是特务就捉住他。"孙定邦同意他这办法，他下得房来，去到大门口内问了声："谁？"他一问，外边的人把嘴对着门缝儿，悄悄儿地回答说，"老孙，快开门，我是送信的。"孙定邦没有再问，可是他把右手里的盒子炮紧紧地端在腰间，用左手把门插关儿一拉，身体往门后一撤，"吱——"一声，大门开了，这才看见进来的是个面生人。这个人进来就问："你是孙定邦同志吧？"孙定邦说："有话请到屋里谈。"他赶快又把大门插上，领着来人进了屋，点亮了灯。

这时候，肖飞、齐英、孙振邦也都回来了。一看进来的这个面生人是个民兵打扮儿的，右手提着一支马枪，左手从衣兜儿里掏出一个小纸蛋儿来，他带着很紧张的神气说道："信，快看吧，挺要紧。"几个人一看，这信像是挺重要，他团成一个小纸蛋儿，这是准备着到了危急的时候好把它往嘴里一塞，咽到肚里去的。不过，这到底是真是假可不敢说，不管真假先看看。于是齐英把纸蛋儿接过来，打开一看，上边写的是，大镐丙、〇一、钢笔一号，速随去人来此。事急，莫误。致布礼。下款写的是：斧子亲笔。

有人要问：这哪是信呢？

诸位要知道，在那个非常的情况下，写信可不能像平常时候那样写，干部们为了保守秘密，差不多每人都有个代号。大镐就是已经牺牲的区委书记。为什么还有个丙字呢？这是他们把这几个区按照甲乙丙丁……这样排下来的。〇一，这是代表着第一名领导者。钢笔一号，是齐英。下款的斧子，这是县委书记田耕。这个秘密情况齐英是知道的。照理说，齐英见到这封信，应当很高兴地马上动身，因为县委找他们有要紧的事，区委书记已经牺牲，自然是只有齐英一个人了，况且齐英正急着要找上级领导哩。可是齐英看了信之后，犯起了怀疑来。他知道县委书记田耕虽然是个雇工出身的老干部，可是在工作中锻炼得一手好字，这封信上的字可写得歪七扭八不像字样。他觉着这绝不是田耕写的。又一想，要不是田耕谁来冒充呢？冒充，他怎么会知道这个秘密？莫非这个秘密被敌人知道了？就算是敌人知道了代号，他也不会知道我和区委书记都在这儿啊。这到底是个什么情况呢？他为难起来了。于是，他不声不响地上下打量起这个送信的人来。

送信的这个人是中等身材，穿着一身土布的紫花裤褂，看年纪不过二十四五岁，血气方刚，满面红润，两只细长的眼睛半睁半闭，也不知道他是习惯地眯缝着眼啊，还是故意地不把眼睁大？齐英本想从他的眼神上察看察看他的真假虚实，可是看不出来。旁边这几个人都被齐英这种神情弄得心里不安，就一起凑过来看信。因为谁也不知道这个秘密，也不知道田耕的字迹，都表现了疑惑。这时候肖飞说话了："这信是谁写的？"来人说："我也不知道。""谁交给你的？""俺们中队长。""你是什么干部？""我是民兵小队长。"说到这儿孙振邦哼了一声："送信怎么能派小队长来呢？"来人笑了笑："信重要嘛。"孙定邦又接过来问："你出来，你那小队民兵谁负责任？""还有小队副哩。"齐英一看，既然问起来了，干脆就问吧："你是哪村的同志？""我是四区田家洼儿的。""你叫什么名字？""我叫田有来。"肖飞一听他是田家洼儿的，就插嘴问道："你认得大姑吗？""她是我的叔伯姑，我会不认得？哎，同志，你怎么知道大姑？"肖飞说："我怎么就不知道？""你叫什么名字，同志？"肖飞说："我叫单打一。"田有来一听这话，把眼睛睁开，仔细一打量肖飞："啊！你是肖飞同志吧？我见过你，我姑不是你的干娘吗？她可想你哩！怎么你不去住了？"叫他这一说，倒把肖飞给问愣了。因为他说得挺对，可是左看右看也不认得这人，弄得他当时不知道说什么好。这时候孙定邦又接过来说："少扯闲篇儿吧，同志，你来送信还有别的任务没有？"田有来说："俺们中队长说，叫我领着你们一块儿走，怕你们到村找不着地点。说叫你们快点儿去，去晚了怕——"说到这儿他不往下说了。

齐英一听这个又可信又可疑的情况，真是不好处理。他灵机一动说道："这么办吧同志，你先稍等一会儿，我们研究研究谁去合适。"说着他使了个眼色就走出了屋来，孙定邦、孙振邦、肖飞也都跟出来了。

齐英他们来到院内，四个人低声地研究起来了。怎么办呢？依着孙定邦是要再好好地盘问盘问他，他要是假的，一定得露馅儿。齐英因为急着找领导，所以他想得更多些。他说："也许是田耕同志的病又重了，写字写不成个样？要不就是他的胳膊手的受了伤……万一要是真的，就有了领导的依靠。在这儿把时间要都浪费掉，情况起了变化，那就糟了！我说是去看看，不过跟我个人去才好。"还是肖飞的招儿来得快："我跟你去，他要是假的，咱就侦察清楚了他。跟他就说：信上写的人不在，没有人去，叫他走。咱们在后边跟着他。"几个人都同意他这意见，不过孙定邦主张多去个人。谁还能去呢？孙振邦是残腿，丁尚武在这儿还负着基干队的责任哩。孙定邦去本来挺相当，但是现在的情况太紧张，孙定邦一时不能离开村子。商量的结果是：让民兵长江和李柱儿一块儿跟着去。决定后，很快就把他们俩找了来，让他俩在外边等着。齐英回到屋里，对田有来说："你先回去吧同志，信上要找的人已经不在这儿，我们这里的人都弄不清是怎么回事，所以也不能跟你一道去。"田有来一听这话，只好说："请孙定邦同志给写个回条儿吧，回去我好交代。"孙定邦就在原信上写了几个字，把田有来打发走了。

田有来出门一走，肖飞就按照他们几个人商量的办法，悄悄儿地跟在他的后边。为了缩小目标，也是为了便于应付突然的情况，齐英和肖飞拉了有四五十米的距离，在后边跟着。长江紧跟在齐英的后面，专听齐英指挥。李柱儿在肖飞和齐英的中间，作为联络员。就这样，他们四个人大步流星地跟下来了。

田有来一走出村子就躲开了大道，向着西北方向，顺着人行小道穿进了枣树林。他一声不响地走着，越走越快，越走得快，后边跟着的人们对他就越加怀疑，越加警惕，自然在行动上也就越加悄静了。这可难为了齐英。他不光是走路觉得吃力，他还是二百五十度的近视眼哩！天色黑不说，脚底下还是坑坑洼洼高低不平，特别是还得老防备着两旁的枣枝子扎他的脸。又不能落得远了，更不能弄出响动来，还得防备着他手里的盒子炮走火儿，他真是把心提到嗓子眼儿上来，浑身紧张得就像拉满了弓的弦一样。在这种情形之下，他怎么能够做到肃静无声呢？一不小心就弄出点声音来。因为距离挺近，他的动静被前头的田有来听到了。只见他越走越快，简直就像小跑儿一般。肖飞自然是不会被他甩掉，长江和李柱儿也能跟得上，齐英累得两腿酸麻，浑身是汗，急得头疼，结果还是被前头落下了。肖飞一看就打发联络员回来传给齐英赶快跟上。哪知道，他怎么也跟不上了。后边跟不上，肖飞也不能不跟踪尾追，走着走着来到了大沙洼的边沿，就看见前边的田有来，脱开小道儿，噌噌几步就钻进柳条行子里边去，肖飞想再找他也找不见了。

肖飞回头看看，后边的人还没有跟上来，恐怕万一在这儿发生危险，他索性急忙走回来迎见了齐英三人，把刚才的情况一说，几个人立时都愣住了。依着肖飞是让齐英他们三个人先回小李庄，他自己到田家洼儿去侦察侦察。齐英不同意，他非要跟肖飞一同去不可。他为什么非要一同去呢？这是因为他有他的希望，他觉着像盼星星盼月亮似的听到县委书记的一点消息，就是有困难有危险也不能放过去，万一要是能见到县委，这是多么有重大意义的收获！所以他是非去不可。肖飞一看，既然这样，那就几个人一同去吧。他这才带领着他们三个人，绕着岔道，隐蔽着身体，急奔田家洼儿而来。一路之上，无非是急奔慌忙，严防意外，十多里路，不大一会儿，来到了田家洼儿的村外。

田家洼儿这村一共是三个疃儿，中间隔着一个水坑，分为东西北三角形势。东西两疃儿大，各有六十来户人家。北边这个疃儿最小，只有十二户。这个小疃儿都是穷苦人家，群众条件最好，在军事上来说，地形也机动有利。田大姑就在这个疃儿住。肖飞领着他们三个，绕过大疃儿，静悄悄地来到了田大姑的门外。这工夫，天色已经过了半夜，全村都是黑黢黢的，沉静得一丝声息都没有。田大姑家的大门也紧紧的闭着。肖飞让齐英、长江和李柱儿在外边隐蔽起来，他越墙而过，来到了大姑的院内。

田大姑这个院子不大，只有两间住人的北房和两间快要倒塌的西房。肖飞对这儿是很熟悉的，他知道，北房西头的窗户里边就是大姑睡的土炕，炕下的躺柜底下就有一个不大的地洞口儿，他曾经在洞里头住过。如果田耕真的就在这村，很有可能就住在这个地洞里边。可是，由于对敌斗争的残酷，环境的动荡不稳，谁也不敢说有没有变化，所以肖飞没有敢贸然地动作。他走到窗户外面在暗暗地偷听。他这一听不要紧，又引出了一段故事来。

肖飞尖着耳朵一听，只听见屋里有两个人嘀嘀咕咕说话的声音。声音很低，听不清楚，好像除了大姑之外，还有一个男人说话。这个声音耳生得很，又好像是个日本人在笨笨呵呵地说中国话。他仔细一听，就听到说："……抓住通通的杀头……"这声音说得是那样狠巴巴的沉重。这一下可把肖飞给闹愣了！这是怎么回事呢？田大姑会变了心吗？绝不能够！可是里边明明是日本人在说话啊！肖飞左想右想也想不出这是个什么谜来了。越这样难猜难测，肖飞越是决心把它弄清，于是他要拨门进屋。没有想到，这个屋门的插关儿上有了销竿儿，怎么拨也拨不开。拨着拨着，乒啦儿一响，里边的人听到了。大姑立时说了声："快下洞。"紧接着唏哩呼喽的有了人的动作。这一来肖飞更糊涂了。他想：要是真的日本人，他会怕特务吗？啊，他怕的是八路军。不过既是这村来了日本人，绝不会是一个，莫非刚才田有来就是个假造的情况，为了把区委骗到这儿逮捕起来？也不对。既然要骗来逮捕，为什么只有一个人，他还下洞藏起来呢？不对，越想越不对。嗳，干脆，我把大门开开，把齐英他们叫进来，把这个鬼子逮住吧。

肖飞想到这儿，他回过头来轻轻地开了大门，找到齐英，把这个情况一说，他们三个也都猜不透这是个什么谜，不过长江和李柱儿听了以后，都要进去把这个鬼子掏出来。本来嘛，逮捕日本人哪有这样好的机会？这才都高兴得像吃了蜜蜂屎儿一样，摩拳擦掌站都站不住。齐英听了这个情况也觉着稀奇，说道："抓住他，一定要把这个鬼子抓住，要从他身上了解情况。"他这两句话就算决定了。

他们四个人分了一下工，急忙走进院来。刚想再到窗户下边去听一听，忽然屋门"扎——"的一声开了。还没有来得及躲避，从屋里走出一个人来。肖飞一看，正是他的干娘——田大姑。还没有等肖飞和齐英有什么动作，长江首先用枪一逼："别动！"李柱儿紧跟着往上一窜，抓住了田大姑的右胳膊。这个突然而猛烈的情况，要是搁在别人身上，也许要大吃一惊。你猜田大姑怎么样？她并没有表现出惧怕的意思。只听她那粗壮而低沉的声音说了句："这是哪个小子这么愣？"用力把胳膊一抢，抢得李柱儿趔趔趄趄地倒退了好几步，差点儿没有摔个跟头。长江一看，嗬！好厉害啊！他又把枪一抖，又说了声："不许动！"肖飞在旁边说话了："别误会，干娘，是我来了。"他的话音未落，只见大姑的身后蹿出一个人来，他骂了声："混蛋！八格牙路！"右手举起一把切菜刀，照着长江的脑袋就要砍。这明明是个日本人。

田大姑一看，急忙转身把手一抬，架住了日本人的胳膊喝道："你给我滚回去。"连推带搡就把这个日本人给推进了屋去。这一来把齐英、肖飞给闹得更糊涂了。

这到底是怎么回事呢？田大姑和这个日本人是怎样的个情况呢？

田大姑本来是这村的姑娘，因为从小儿死去了爹娘，又穷又窄，孤苦伶仃。在那年头，要是个小子还许有人拾到家去教养，因为她是个闺女，就没有人要，结果被姑子庵里的老姑子拾了去，做了徒弟。这个老姑子对她并不好，她受着虐待，等她长到十六七岁，她常反抗不服，结果老姑子不要她了。正赶上这村住了一个南乡来的铁匠，经人们说了说，她俩结了婚。这个铁匠就在这村落了户。从此，田大姑也就算是还了俗。穷人常常是站在大辈儿上，所以人们就叫起她大姑来了。她从小儿生得身强力壮，结婚后，就跟着丈夫打起铁来，日子还将就着过得下去。过了几年，她生了三个儿子，可是不幸她的丈夫闹霍乱死了。好不容易她把三个儿子拉扯着成人长大，满心想着老来得点儿孙之济，哪知道，在那个年头儿，穷苦人的愿望是难以实现的。大儿子在十年前，因为参加了农民暴动，被国民党抓住砍了头；二儿子在"七七"事变，国民党的军队南逃的时候，把他抓了伕，给他们挑东西，一去不返，直到如今没有音信；剩下了一个三儿子，在去年的反"扫荡"中被敌人的飞机给炸死了。田大姑今年五十八岁，这人的心眼儿是再好不过，从来不想占人便宜欺负人，可是谁的气儿她也不受，为和恶霸打架她曾经动过刀。由于她一生不幸的遭遇，她的性情也不同于一般的软弱妇女，遇到什么事情，她也是拿得起来放得下，有见识有主张，对抗日工作那个积极劲儿就甭提了。她家这个堡垒时间已经很久，几年来，她豁着自己的生命，掩护了不少的工作人员。有人问她：为什么抗日这样积极，这样拥护共产党八路军呢？她头一句话就回答说：共产党八路军要是早来几年，我不至于落这个下场！为了叫咱们穷苦人不受气儿，都过好日子，我才拥护共产党八路军。有时候她想她那三个儿子想得啊，真是合眼儿见！因为想儿子的心切，她才在子弟兵里边认下了好几个干儿子，肖飞就是其中的一个。她不光认子弟兵做干儿子，她还认了个日本人做干儿子，就是刚才从她身后蹿出来的那一个日本人。

也许有人觉得这个事儿太稀奇了。的确是有点儿稀奇，在抗日战争中比这更稀奇的事儿还多得很，以后还会提到，在此不必先说。

单说这个日本人。他的名字叫武男义雄，家住在日本的富士山下，从小儿种地为生，凭着他自己的辛勤劳动，养着他的白发母亲和他的病弱妻子，还有一个不满三岁的女孩儿。他今年二十八岁，只说因为是独生子，必须靠他抚老养幼，可以幸免被征入伍。哪知道日本军阀由于继续奉行侵略政策，继续扩大战争，而兵力又不足，所以，早在前年就把武男义雄这一类的人征调入了伍。武男义雄在猫眼司令的部队里当兵，来到中国已经二年了。因为他不明白为什么要来中国打仗，为什么要祸害中国这些勤劳善良的农民，他思想上的疙瘩总也解不开，所以他老盼着回国，但是总也不能实现。后来他接到他妻子的信说：他的老母亲因为想他想得急病而死，病弱的妻子和幼女，因为无依无靠，贫病交加，看看要饿毙，为了孩子的活命，忍痛割情另嫁了别人。为了报答夫妻骨肉之恩，把他母亲、妻子和女儿的照片一齐都给他寄了来。他接到这封信和照片，简直就像中了疯魔一样，非要回国不可，不让回国就自杀。这时候当官的又欺骗他说，部队往北边开拔，这就快到了他回国的时机了。当他们这次来到河北省大平原上，当官的又说，在这儿来一次大"扫荡"，把这儿的共产党、八路军一举歼灭，通通地回国。武男义雄糊里糊涂，就信以为真。他可没有想到，不但没有消灭了共产党、八路军，反而在他们大"扫荡"一开始，在一次并不大的战斗中，他受了重伤做了俘虏。八路军因为部队战斗很频繁，后方医院转移到外线，把他这个身受重伤的俘虏交到田大姑这儿给坚壁起来，还嘱托田大姑，好好教育、好好照顾他，因为这关系到我们对俘虏的政策。

开始的时候，田大姑可真是搞不通。本来嘛，日本侵略者在中国是罪恶滔天，田大姑对他们也是恨之入骨。不过，当她明白侵略中国不是一般日本士兵的主意，他们也是被迫入伍的，她这才接受了这个任务。后来，当她又知道了武男义雄的身世，看着他那全家照片，她对武男义雄的遭遇就更同情了。不到一个月的工夫，武男义雄的伤也就给养好了。田大姑还天天教给他说中国话，讲日本军国主义的罪恶，慢慢启发武男义雄的阶级觉悟。武男也是一个穷苦人呀！听着听着他仿佛做了一场大梦般醒悟过来，趴下给田大姑磕头就叫起娘来。他这个干儿子就是这样认下的。

往事少提，书归正传。田大姑一听是她日夜想念的干儿子肖飞来了，就赶紧把他们让到了屋里，忙着把灯也点上了。这工夫武男义雄手里还拿着那把切菜刀，直瞪着两眼，一声不吭，一动不动地在门旮旯后头站着哩！看神气还是在准备着战斗。肖飞、齐英和长江、李柱儿几个人因为还没有闹清底细，个个还是做着防备。肖飞他们进屋一看，这位武男义雄长得身躯高大，黑红色的方脸，两道又黑又浓的扫帚眉毛，带着笨呼呼的猛壮样子。正在齐英和肖飞他们四个人惊奇地打量武男义雄的时候，田大姑知道他们必然要有疑惧之心，所以没有等得发问，她就说道："武儿，还不把刀放下，过来你们认识认识？"她这一说，武男真就把刀放下走了过来。肖飞也"噢"了一声，就走上来和武男握手。田大姑接着就把武男义雄的情况简单地向他们说了一下。肖飞因为经得多见得广，对这类事情并不觉得奇怪。

齐英是有政治远见的人，他处处都从政策出发，并且觉得这是个不小的胜利。所以他拉着武男义雄的手："哈！哈！朋友！朋友！"他表示得非常亲切。武男这时候也改换了笑容，一手拉着肖飞，一手拉着齐英，用他那半生不熟的中国话连声地说着："朋友，大大的，大大的，朋友。"他还是一面说一面笑。长江和李柱儿两人可不大高兴，差不多同时用鼻子"哼"了两声，心里话：俘虏！对他为什么这样好？这工夫大姑又向肖飞问道："这三位同志是谁啊？"肖飞见问，就把齐英、长江、李柱儿一一作了介绍。

大姑听了肖飞的说话，只见她那高兴的面孔立时就紧板地沉下来了，她把声音压得更低，小心地问齐英："你是接到田耕的信才来的吧？"齐英说："是倒是，可就是还没有闹清是怎么回事，我看那信不像田耕写的。"大姑这时候把手一挥，表示拦住齐英多余的疑问说道："那信是田耕写的，因为他的右手受了伤，他是用左手写的。"齐英紧问了一句："他在哪儿？我赶紧去见见他。"大姑又说："他走了，刚走的工夫不大。""他往哪儿去了？""不知道往哪儿去，他的行动一向是谁也不告诉的。他就是临走的时候，对我说，你们要来了就赶快回去，等他到了新的地方，他一定还要通知你们。"肖飞这时插嘴问道："这真是有点儿怪，他这是为什么？"齐英也说："是啊！他写信叫我们来，为什么又不见就走了呢？"田大姑又说："你们不知道，他是打算召集你们几个区的领导干部来开个会，谁承想，他刚把信打发走了，就发生了个情况。""什么情况？""你们知道在县里工作的有个刘铁军吗？""知道。""他姨家是这村的人，田耕那个警卫员出去不小心，碰见他了。他回来对田耕一学说，田耕知道刘铁军成了叛徒，恐怕被他告密，就忙着跟警卫员一块儿走了。临走他要把武男义雄一块儿带着，可是他说什么也不走。田耕才又劝我多加小心，提防着发生不幸的情况，无论如何也要把武男义雄保护住了。要是叫敌人再把他抓了去，这是咱们政治上的损失。我也是为他提心吊胆，叫他跟田耕一块儿走，可是他就像缺个心眼儿似的，说什么也不离开我。仗着我这儿这个地洞严实，谁也不知道，敌人来了，也找不出来。"

齐英听见田大姑这么一说，他的心情紧张起来了，他说："要是这样的情况，咱们就赶快回去吧，肖飞。"肖飞看了看表，说道："不要紧，敌人就是来，这时候也来不到；就让他来到了，这么黑的天，他也抓不住咱们。你放心吧，我保着你的镖。再让我干娘把这儿的情况跟咱们说说再走。"齐英说："要是这样，咱就放出个哨去吧，别叫人家把咱堵在家里头。"大姑就说，"你们先甭害怕，这村的民兵强着哩！在好几条道上都放出探子去了，敌人要往这村来，探子就放枪，听见枪响你们再走也不晚。"经大姑这一说，齐英也就不要立时走了。不过他心里边总是惦记着，一方面惦记着小李庄今夜会不会发生敌情，同时他还惦记着田耕能不能很快再通知他，可是他也想借这个机会知道一下敌人的内部情况，因此他想留下来和武男义雄谈一谈。

由于田大姑和肖飞这干母子的亲热情肠，两人的说话总也不给齐英留个插嘴的空子，所以他只是急着要说话老是说不出来。长江和李柱儿两人对他们的说话倒不大注意，总是你出去我进来地听着外面有没有动静。田大姑和肖飞尽说些什么呢？也不过是自从反"扫荡"以来的变动情况。两人越说越亲，越说越没有个完，大姑还非要给他们做饭吃，肖飞、齐英说什么也没有让做，到底大姑还是把晚饭吃剩的枣糠野菜做的小豆腐儿端了来。他们每人吃了两口，这才算拉倒。

说话之间，天已经接近了拂晓，齐英决意要走了，并且他提出要求：让武男义雄一同到小李庄。肖飞也有这个意见。齐英是觉着对这样的朋友应该加强对他的政治帮助，同时他对武男这个人物感到莫大兴趣，打算对他做深入的了解体验，还是准备着他将来进行文艺创作。肖飞只是觉得今后在对敌斗争上，像这样的人物会起很大作用，所以才有这样要求。武男义雄说什么也不干。齐英为了达到他的目的，就向武男进行起宣传鼓动工作来。他和蔼可亲地拉着武男的双手说道："朋友，你已经是中国人的朋友了。咱们应该共同反对日本侵略者。要不是日本军阀进行侵略战争，你不会抛家舍业，骨肉分离。你的母亲实际上是日本军阀杀害的！你的妻离子散也是他们造成的！帝国主义进行侵略战争，不仅是给被侵略者带来了深重的灾难，就是对它本国的劳苦大众也是有莫大害处的！这个真理从你身上又一次地证明了。所以说，帝国主义是咱们共同的敌人！了解了这一点，你就不光是我们的朋友，应该也是我们的同志了。"

齐英说到这儿，更使劲儿地攥着武男的手，拧了两拧。武男义雄听着可就把头垂下来了。看样子齐英这些说话真正打动了他的心灵，说到他的痛处了，可是他没有吭声。肖飞这时候插了一句："同志，你知道吗？八路军这边日本朋友多着哩！从延安到各解放区都有日本反战同盟支部，在咱们冀中我就认识好几个，你要是也参加了工作，我们可以想法让你和这些日本朋友见面。"齐英紧接着又说："反战同盟支部那些朋友可真行，不论文化水平、政治认识都很高，我跟一位日本朋友在北岳区见过面，他能用中国话谈马列主义。"说到这儿他又把武男义雄的手拧了拧，然后放开，更热情地拍了拍他的肩膀又说："好啊，武男同志，跟我们一道工作吧！你要愿意到反战同盟支部去，等有了机会，我们送你去。"肖飞、田大姑又做了一番动员，这话说得就更多了。齐英觉得，这一回一定能把武男说通，自己的目的可以达到了。哪知道，武男仍然是不肯。武男不愿意参加齐英他们的工作究竟是为了什么呢？一方面是他不愿意离开他这个恩同再生的母亲，另一方面还有个使人想不到的原因，他说："你们的，我的，通通朋友的可以，通通同志的可以，我的反战可以，同你们的工作的不行。"齐英追问了一句："这是为什么呢？"这位武男义雄把大拇指跟二拇指头一撇，就伸到了齐英的眼前："八路的，我的不赞成。"说着他还直摆手晃脑袋。

齐英一听，觉得武男义雄的说话不是自相矛盾吗？为什么同志的可以，八路军就不赞成呢？又一想：也许是八路军的同志们有什么违背俘虏政策的地方？问问他，给他解释解释也就会搞通了。于是他很严肃地问道："八路军哪一点你不赞成？你说说吧。"武男见问就很直爽地说："刺刀的干活，八路铁炮的给。哼？你的明白？共产党的(他伸出一个大拇指头)这个的一个样，顶好顶好，八路的我的不赞成，不赞成，八路的我的不赞成，唔！你的明白？"说到这儿，你看他气得哼儿哈儿的，脸色都变得发了黄。这一下可把齐英给闹愣了，肖飞当时也没有解开他的意思。

　　站在旁边的田大姑这时候"呱呱"地笑着说话了："你们听不出他说的什么来吧？我给你们当当翻译。他说刺刀的干活是拼刺刀，铁炮的给是开枪打。他是在拼刺刀的时候，叫八路军打了一枪，把他的肚子打了个穿儿。一提起这个来，他就气恼得不行。为这事儿，田耕同志快把嘴磨破了！可是他老是摇头摆手的不赞成，不赞成。你们可别再提这个，再说这个，他就要气破肚子了。"田大姑这一翻译，武男义雄把眉头皱得更紧，看样子是更加有气。齐英、肖飞倒觉得挺好笑。正在这个节骨眼儿上，就听村外不太远的地方"当！当！"连响了两枪。田大姑听到枪响，知道这是民兵打的信号枪，就连声说道："这是敌人要来，你们走吧，我不留你们。"一听这话，齐英就要马上走，他还非要把武男带走不可，光怕他在这儿不保险。肖飞也是这样。他们还要大姑一块儿走。因为情况紧急了，多说话已经来不及，于是肖飞、齐英和长江、李柱儿四个人就连说带扯，要武男离开这个危险的地方。田大姑也往外推他。

　　在这种情形之下，武男义雄为起难来了，他不是不知道有危险，他是舍不开再生的母亲啊！只见他拉着大姑的胳膊，流着眼

266

泪，连声地叫娘。他说："朋友的开路。娘！娘！我的不能走，我的不能离开你，一天的离开也不行。你的知道，我的家没有了！妈妈的没有了！老婆的、孩子的通通没有了！你的我的亲人，我的不能开路，死了死了的可以，开路的不行。"说到这儿，他的泪水就哗哗地流满了脸。田大姑这时候犹豫起来了。齐英和肖飞他们也觉着没有别的办法。正在这一刹那的工夫，武男义雄止住了哭声，挺身站起来了："你们的快快开路，我的洞里藏着，他们找不到！"他又把刚才那把切菜刀在手里一抄，"找出来的刀的干活！"

齐英一看不行，就又说："大姑，你也不能在家呆着，你跟我们一块走当然是不行，我看你也不如快到野外去躲一躲，把武男也带着一块儿。"大姑一听就说："齐同志你真不明白，我躲出去行吗？把武儿丢在家里我不放心，把他带出去，叫人们都看见，那不就更把他暴露了吗？""那么，你怎么办呢？"大姑又很自信地说："你们甭惦记着我，我不是挑大的说，这几年我遇上过多少次险事儿了，他们没有把我怎么样了。这一回我想好了，我把武儿还藏在洞里，把里外的门都锁上，我上维持会长家里去。维持会长是帮助咱们的人，大约着也没有什么关系。"肖飞说："不是刘铁军发现了田耕的警卫员在你家吗？""不，他不知道是在咱家。别说咧，你们快走吧，我不能再留你们了。"田大姑说着就往外推肖飞和齐英他们。

说这话的工夫，已经是到了事不宜迟、刻不容缓的时候了，齐英他们四个人就急急忙忙走了出来。这工夫，全村的人们就乱腾起来了，家里有地洞的忙着钻洞，没有洞的就纷纷往村外逃，有牵着牲口的，有扛着东西的，也有抱着小孩背着老人的，不过因为人们这样逃避，像是吃家常便饭似的那样熟练，所以用眼看着像是挺乱腾，可是用耳朵听来是没有什么大响动的，就连天天嗯儿啊欢叫的驴这时候似乎也知道了敌情，所以它们也是一声不响，只是跟着主人的脚步颠儿颠儿地小跑。村里差不多就剩了维持会里的人们和他们的老幼家属，另外剩了些准备着给敌人烧水做饭的人，那也就不多了。

闲话少说。肖飞、齐英、长江和李柱儿四个人走出村来，天已经放亮了。齐英一面走着，心里老是咚咚直跳。他倒不是为自己害怕，他是为武男义雄和田大姑的安危而担心。所以他总是不断地说着："咳呀！我越想越觉着咱没有能把武男义雄领来，是很大的错失！肖飞，依你看怎么样？我总是觉着他有危险。来的这部分敌人不知道是日本鬼子还是伪军，也闹不清来了多少人。"肖飞说："快走，一会儿咱就要把他闹清。"

齐英他们一边说着，就加快了脚步往村北急走。走不多远，天就亮了。可是村里边倒听不见什么动静。又往前走了几步，来到一个土坎的下边，土坎上面有一棵大杨树，这儿满地长的是高粱，很容易隐蔽。肖飞说："我到树上去瞭望瞭望。"齐英说："小心叫敌人发现了！"肖飞说："发现了怕他什么？他也是两条腿一支枪。"说着他把手里的盒子炮往后背倒着一插，往树身上一蹿，只听噌噌几下，爬到树尖儿上去了。这时候，天上刮着微弱的西南风，刮得他在树尖儿上摇摇晃晃，真是令人替他担心摔下来。肖飞在树尖儿上看了有几分钟的工夫，齐英在树下一个劲儿地问："怎么样？看见了没有？有多少？是日本兵还是伪军？"他只管问，可是肖飞一声不答。

肖飞是有经验的。他知道，在高树上说话，说得声小了，树底下听不清楚。说得声大了，远处就能听见。所以他才不作答复。当齐英问得紧的时候，只见他向下摆手，表示不让再问。肖飞在树上看的工夫已经不小，齐英等得着了急。为什么肖飞还不下来？原来是他还没有发现敌人。他心里想：这部分敌人真是诡秘。他向四外一察看，看到了在野地里藏着的人们，并且还发现了背着枪的民兵。于是他又想下来去找民兵们问询问询。他这才又轻快地下树。他下到树半腰儿的当儿，突然觉得贴着树身的胸膛受了一下震动，紧跟着从村头上传来"嘎勾——"的一声枪响。这是敌人发现了肖飞，照他打了一枪，打在杨树身上。这一枪，肖飞不但没有害怕，他反而停止了下树，歪着脑袋，顺着枪声又看望了一霎儿。只听他说了句："好小子，闹了半天你在茅房里头藏着啦！"随着话音，他就"嗤——"的一声，下到树底下来了。他的脚还没有站稳，就又听打来了一枪。

他们几个不敢在此停留，就一面走着一面判断敌情。

按照肖飞的判断，这部分敌人是鬼子兵，兵力不会大，他们是奔着一定的目标来的。大概这是叛徒刘铁军领来捉捕田耕的。田耕已经走了，武男义雄可就有很大的危险。齐英完全同意他的判断，他更加为武男义雄和田大姑而担心："怎么办呢？怎么办呢？咱们能看着武男义雄叫敌人再捉回去吗？肖飞，想个办法，咱打一家伙不行吗？长江、李柱儿，你们也说说，怎么办好？"齐英不住地这样发问。肖飞说："打是要打他，不过得有把握地打。"长江这时说话了："咱们这么办不行吗？赶快通知丁尚武，把咱区的民兵基干队都调来，揍他一家伙。"李柱儿紧接着说："我同意，把孙定邦也叫来，打得了就打，打不了就跑。区长，怎么样？我去叫他们吧？"说着他就要开腿跑。齐英这一阵儿的胆子壮起来了，也像是有了主意，他很果断地说道："对！就这么办——打。"他说着还坚决地把拳头一挥，像是满怀信心地一定能够把敌人打败。

这真是：

中国人救日本人　子弟兵打鬼子兵

第 十 八 回

庇武男大姑遭难　作死斗义子报仇

话不重提，上回已经交代明白：齐英决定要调民兵基干队来打这一部分敌人。

诸位，齐英这人是有政治远见的。他知道，武男义雄要是被敌人捉走，田大姑要是被他们杀害了，这个损失是非常大的！所以他决心要保护这两个人的安全。经过这些日子以来，他知道史更新、丁尚武、肖飞、孙定邦、孙振邦这些人，勇敢而巧妙地和敌人战斗，要说以少胜多，以弱敌强，出奇制胜，这的确不是瞎吹，而是可能的，也可以说是有把握的。因此，他的胆子确实是大起来了。不过到底他还是缺乏战斗经验，他这样决定还是没有把握的。所以当他要立刻派李柱儿通知丁尚武把基干队带到这儿来打敌人的时候，肖飞说："慢着。"李柱儿刚刚跑了几步远，也被肖飞追上去一把拉了回来。齐英问道："肖飞，怎么你不同意打吗？"肖飞说："我不是不同意打。""不是不同意，那你为什么拦住呢？"肖飞说："刚才我已经说过，咱要有把握地打。""怎么样才算有把握呢？""齐英同志，刚才我对敌人的判断那只是判断啊！不敢说就判断得一定对，万一要是错了呢？"齐英又急忙问道："依你看怎么办？"肖飞又说："刚才我看见那边有民兵活动，大概是这村的，咱找他们去问一问。既然是他们鸣枪报告，他们就一定知道敌情。"齐英一想：对，这话有理。于是就又说："好，就依着你，咱去找他们。"说着，肖飞就领头，向前边活动，找刚才他在树上所发现的民兵。

肖飞他们走不多远，突然在高粱地里发现一群人，其中有许多抱着小孩的青年妇女。她们一见肖飞这个打扮，就吓得要跑。肖飞忙说："老乡们，别怕，俺们是三区来的，找你们村的民兵队长商量着打这部分鬼子。刚才我看见你们村的民兵在这儿，怎么这会儿不见了？"这些人听肖飞这样一说，倒闹不清怎么应付好了。这时有一个老汉说道："俺不知道民兵，俺也没有看见。"正在这个时候，打旁边走过一个人来。肖飞注意一看，正是夜间送信的那个田有来。还没有等发问，田有来就高兴地说："肖飞同志，你们来啦？现在敌人进了俺们的村子，看样子是要折腾折腾，你们帮忙打他一家伙行吗？"肖飞说："小车儿不拉——推（忒）行呗。"齐英也说："就是要找你们研究这个问题。"田有来一听："好！你们到这儿来，俺们中队长在这儿哩。"

田有来带着肖飞他们走不几步，那位民兵中队长就迎面站起来了。田有来说："这就是俺们中队长田春成。"齐英一看，这位中队长有四十上下，是个车轴汉子。他戴着一顶破草帽，后边的帽檐儿向上翘着，前边的帽檐儿往下塌着，手里提着一支步枪，腰里掖着两颗手榴弹，看样子像是个能打能干的人。齐英作了自我介绍，上来还和田春成拉了拉手。田春成认识肖飞，所以没有用介绍就和肖飞说起话来。说话间有二十多个民兵就都围拢来了。

话不多说，齐英谈明了来意。田春成也把敌情告诉他们。来的这部分敌人就是日本兵，有三十多个，只有一个中国人，穿着抗日干部的服装。不用说，那就是叛徒刘铁军了。敌人的武器除了步枪，还有一挺歪把子机枪，没有掷弹筒。他们行起军的速度挺快，来到村子就进了北边这个小疃。刚才有维持会的人出来通知说：敌人进了田大姑的家，正在刨地找洞。齐英了解了这个情况，又要派李柱儿赶快跑回去，叫丁尚武带着基干队马上前来，就在这儿围打敌人。可是，他又恐怕这样没有把握，就急着和肖飞、田春成商量，民兵们也跟着插嘴提意见。你一言，我一语的，乱乱哄哄了一阵，可是都挺有道理。只听见他们嘀咕了一下，就做出决定来了。

齐英他们决定：马上派人去通知丁尚武，赶快带着民兵基干队，到指定的地点集合。为了办事更牢靠些，齐英决定派长江去通知。长江一听就把腰带紧了紧，把枪在手里一提，撒开两条快腿，就向小李庄儿的方向跑了下去。紧接着齐英带着李柱儿也走了。他俩干什么去呢？一会儿再说。

现在就剩了肖飞和田家洼儿的民兵们了。中队长田春成让民兵们都站在一起，对肖飞说道："俺们的人除两个有了别的任务，其余的都在这儿了。肖飞同志，俺们知道你，咱谁也别客气，今儿都听你的指挥。怎么样？大家有什么意见？"民兵们齐声说道："没有，服从命令听指挥。"说完之后，没有看清是谁，有人似乎是自言自语地加上了一句："不管谁指挥，叫我打就行啊！"肖飞说："队伍还是你来指挥，我可以给你当当参谋。"田春成又说："也好，那你就参谋参谋吧。你说，咱们怎么打？"肖飞一看这些民兵总共有二十几个人，个个年轻力壮，精神饱满，真赛过小老虎儿一般。只是武器不强，有两支马枪，四支步枪，三支独出子，还有一条长苗儿的歪脖儿鸟枪，其余的就全是手榴弹了。肖飞看了之后就提出了他的意见。大家都同意。肖飞又问田春成："你们谁的枪打得最好？"田春成没有回答。田有来说话了："嗬！你不知道吗？俺们中队长就是神枪手！他打了半辈子兔子，没有打过一个'死卧儿'，还是尽打甩枪儿，别人谁也比不了。"肖飞一听就说："这太好了！你赶快按照刚才咱们的计划指挥动作吧。"

田春成把民兵们编成了临时的四个小组,按照指定的地区,向着田家洼儿的东南西北就散开走了。田春成自己带着两个民兵,和肖飞一起向着村边开始移动。他们来到一个小菜园子里。这儿没有房子,只有一口水井,井口是个高台,正好隐蔽。他们四个人就在这儿停下来了。这儿离村头有三百米远,步枪正好射击。肖飞指给田春成说:"你看,就在村口外边那个茅房里头,刚才我发现有敌人的哨兵。这么远的距离,你要打他怎么样?"田春成说:"就怕他不出来。"肖飞又说:"你别忙,等那边的枪声一响,他准得出来。"话音刚落,就听村北边"咕咚!"响了一枪,接着又是一枪。肖飞这话真灵,在茅房里藏着的那个鬼子兵果然露出头来了。

有人要问:为什么敌人的哨兵听见枪响要暴露出头来呢?

我们知道,在茅房里边听远处的枪声是听不准的,只有出来,才能听到枪声是从哪儿来的。再说,这枪声离得挺远,他觉得出来听听也不会有什么危险。他没有想到,肖飞他们就在这个井台的卜边。他一露头,田春成那两只旧兔子的眼睛就把他盯住了。他还没有来得及转身,田春成这边把枪一顺,连瞄也没有瞄,"当"就是一枪。只见这个鬼子哨兵把胳膊一扬,就倒下去了。田春成这一枪不光是打死了这个鬼子哨兵,连敌人的歪把子机枪也给打出来了。只听见在一个高房顶上"嘎……"地就连声叫唤起来。要在一般的情况下,真得替肖飞和田春成他们四个人担心,不过这一回敌人的机枪打得并不准。这是因为肖飞他们选择的这个地点好,这个井台是在村子的东面,这工夫的太阳刚出来有一竿子高,在太阳的周围还有一层淡淡的薄云。早晨的阳光平射着敌人的眼睛,敌人看肖飞他们一点也看不清楚,只能够向着他们这个方向乱打一气。反过来说,肖飞他们看机枪射手是看得再清楚不过了，虽然他在房上趴着，光露着个不大的脑袋瓜子，可是他这颗脑袋比兔子并不小。所以，田春成又是"当"的一枪，这颗鬼子的脑袋就开了瓢儿！不用问，机关枪自然也哑巴了。敌人的机枪射手一死，他的弹药手可就着了急，"呱啦呱啦"地连叫了好几声。立时，高房顶上又出现了好几个敌人。肖飞一看，是时候了，虽然离这么远盒子炮打不准他，可是非得扫他一家伙不行。他对着这个房顶上边"哗啦……"就打了一梭子子弹。这一来，可把敌人打了个天昏地黑蒙头转向。这时候，东西南北四面的枪声都响起来了，不知道是哪个民兵还打了颗手榴弹。这伙子敌人真是弄不清，这神八路是从哪个天上掉下来的。

现在说说村镇里的敌人吧。民兵侦察得一点都不错，这部分敌人就是日本兵，只有一个小队，小队长就是人们所熟悉的猪头小队长。他们到这儿来的目的，是要捉捕武男义雄和田耕。他们怎么知道这儿有个武男义雄呢？原来是刘铁军报告的。

刘铁军自从被史更新打了一枪，他报告了铁杆儿汉奸高凤岐，领着刁世贵的伪军小队，夜间搜捕史更新没有搜到，反而被孙定邦打了一顿枪，打死了两个伪军。回去之后，差一点儿没有被高铁杆儿活宰了他，全仗着他的妹妹小红儿救了他的一条狗命。可是，这个小子是下了决心非当汉奸不可，所以他仍旧是穿着抗日干部的服装，到处冒充抗日干部，找寻抗日工作人员。他来到田家洼儿他的姨家，吃了顿饭的工夫，他就知道了田大姑隐藏武男义雄的这个秘密。他怎么能够知道呢？常言说：没有不透风的墙。像武男义雄这个事儿，村里有些人早就知道了。话是带翅儿的！飞来飞去飞到了刘铁军他姨的耳朵里。他姨还觉着他是抗日干部，把这个秘密就对他说了。刘铁军得到了这个秘密，光怕不确实，他要再侦察侦察。凑巧，晚间他在街上碰上了田耕的警卫员，他无意中又发现了田耕的秘密。他觉着这一回可找到了当汉奸的本钱，急急忙忙就跑到了桥头镇。因为他和高铁杆儿的关系弄得那样不好，他干脆把高铁杆儿撇开，找上了日本军的司令部，直接地报了密。毛利大队长得到这个消息，就立刻派猪头小队长带兵前来捉捕。

猪头小队长他们来到了田家洼，根本就没有围村，让刘铁军领着，一直就上田大姑的家来。他们把门砸开，翻箱倒柜、刨地扒墙就折腾起来了。当田春成和肖飞打枪的时候，他们折腾得正凶，不过还没有找到地洞。鬼子兵们一看，村外的哨兵和房顶上的机枪射手被打死了，就在村外不远处有盒子炮响，村的周围也都有枪声，不知道这是从哪儿来的八路军包围了村庄。打死哨兵和机枪射手的人，他们都以为这是特等射手。既然有这么好的特等射手，这不是八路军的正规部队又是什么呢？所以吓得都慌了神，都忙着找掩体准备战斗，一时间刨地找洞的事儿就没有人管了。猪头小队长是非要把逮捕的任务完成不可。你看他，把战刀拔出来往高处一举，命令他的士兵们不许乱动，又命令机枪弹药手转移阵地，向村外猛烈射击，把他半数以上的兵力布置在这个小疃的周围，剩下了十多个士兵继续搜人。你别看他这么厉害，他的心里也是有点害怕！他也知道他的兵力不大，真要是八路军的正规部队来了，他也危险，因此他想了个预防的办法：先抓住了维持会长，用刀逼着，马上把全村所有的人都集合起来。他的意图是要用老百姓给他们挡炮眼，他知道八路军是绝不会打老百姓的。老百姓要做了他们的掩体，他不就安全了吗？维持会长在刀压着脖子的时候，不敢不听。于是，他就把全村在家里的人们都集合来了，连在维持会长家里的田大姑也来了。

那位说：田大姑可真不应该出来。可是，维持会长怕她不来自己跟着吃亏，大姑这人一向是刚强正直，不愿为自己连累别人，所以就来了。她这一来可就糟了！本来村里剩下的人就不多，她又挺显眼，刘铁军一看就把她认出来了。他用手指着田大姑对猪头小队长说："太君，她就是田大姑，武男义雄和田耕都在她家里。她既然来了，干脆就跟她要人吧。"老太太乡亲们一听，就都替田大姑害怕起来。田大姑怎么样呢？她可没有怕的意思，她高声地喊着："刘铁军，你怎么知道武男义雄跟田耕在俺家？你看见了吗？谁告诉你的，叫他出来咱对证对证。"这工夫，猪头小队长把个大嘴一咧叫道："你的出来，你的家去看看。"随着他的话音，就上来了一个日本兵想拉田大姑。田大姑又说："家去看看就家去看看，用不着你们拉啊扯的。"她挺身出了人群，就跟鬼子们一道往她家走。这一来，老乡亲们可就更替她揪心！不用领头的，就一齐跟在后边乱乱哄哄地走，走着道有人用手捅维持会长，让他在刘铁军手里擩个钱儿，说说好话，这样也许能够救了田大姑。维持会长没有这么办，他觉着：要是对付伪军们这样行了，日本鬼子可不吃这个，你越这样越糟。又有人问他："这事可到底怎么办呢？"维持会长说："等到她家再看，只要敌人搜不出人来，事儿就好办。"

来到田大姑的门口，猪头小队长和刘铁军带着田大姑进门之后，在门口上留下了两个日本兵，他们用枪一挡谁也不让跟进去，也不许走开。人们一看，坏了！想帮助也帮助不了，想走又不敢走，真不敢说田大姑在里边要遭受什么样的灾难！这可怎么好呢？这时候人们都希望着外边打进来，要是打进来，把门一堵，敌人是一个也跑不掉。究竟肖飞他们打进来打不进来呢？这谁也不敢说，只是听着他们老在村外打枪。他们越是打枪，敌人就越惊慌，敌人越是惊慌，就急着把要逮捕的人找到。所以敌人把田大姑带进家去，就逼着她要人。刘铁军和田大姑面对面逼问，把她的秘密就给说明了。

田大姑自然是不能承认，她一口咬定："没有。不知道。"

这话说得还是刚梆硬证。猪头小队长和刘铁军开头还是哄骗她，说什么她要是把人交出来保证不杀她。可是田大姑不是那种人！他们就能哄骗得了吗？软的不行，紧接着就来硬的。这是敌人的熟套子把戏。这个猪头小队长要把田大姑吊起来，想用严刑拷打来逼她的口供。哪知道她这个院子挺小，连棵树也没有，门上坎挺矮，找个梯子也找不到，没有地方可吊。刘铁军一看这个情况，他就又想用硬逼的办法。这个事儿，好像他比猪头小队长还着急。你看他，把两只像锥子一样的眼睛瞪得滚圆，把手枪冲着田大姑的前心一举，怪声怪气地叫着："我告诉你，你别不知道好歹，看着你这么大年纪了，是可怜你，才跟你说这些好话。现在我最后警告你：你要是还不说实话，我就打死你！"他这样一逼，倒逼起田大姑的火儿来了。你看她，挺直着身子涨红着脸，用手拍了拍胸膛，坚声硬气地说道："姓刘的小子，你照着姓田的姑奶奶这儿打！"刘铁军一听："嘀！好个厉害的娘们儿！你当我不敢打你是怎么的？说不说？"说着往前凑了一步，把手枪又抖了一抖。他以为，这样至少也可以使田大姑把威风减弱。嘿嘿！他想错了！田大姑纹丝没有动，眼都没有眨，只是用鼻子"哼"了一声。田大姑知道他这是吓唬人。因为他们逼着她要人，要是把她打死，他们还向谁要去呢？刘铁军一看，这是骑虎难下了。哎，打她一下吧。

刘铁军用枪撞了一下田大姑的心口，田大姑这回可真急了！她哪里受过这个？她一抬胳膊，啪的一声，狠狠地打了刘铁军一个耳光子："我扯破你的狗脸！"这一下子打得刘铁军捂着腮帮子直哎哟。猪头小队长沉不住气了，他把战刀一挥："死了死了的有！"他这一喊，就有一个日本兵，端着上了刺刀的步枪"嘿"的一声，就把刺刀刺在田大姑的胸前。要说田大姑这人可真是刚强，在汉奸面前没有示弱，在鬼子兵的枪下她觉着更不能软。要是有一点儿软和气儿，那就丢了中国人的脸！你看她伸了伸手，试吧试吧地要夺鬼子兵的枪！这一来，这个猪头小队长真是野性勃发兽心毕露，他把战刀扬起用力一劈，就听咔的一声响，把田大姑的右手给砍掉了。那血呀！顺着这只掉了手的胳膊哗哗地往下直流。田大姑哎哟一声就坐在地下了。

田大姑全身哆嗦，把眉头皱成了一个疙瘩，在地上坐了一眨眼的工夫，把牙一咬又站起来了。只见她的两条腿一个劲儿地抖动，喊道："畜类们！你们是人养的还是狗下的？你们有本事就砍吧！姓田的姑奶奶不怕这个！你们砍吧！你们砍吧！给你们砍！"说着她又伸出左手来，想要抓猪头小队长。猪头小队长这个孽畜，可真是一点儿人性也没有，他真的就又举起刀来，发着狠地"嘿"了一声，又照大姑的左手砍来，可是没有砍着。因为田大姑流血过多，疼痛难忍，晕倒在地，再也说不出话来。正在这个劲头儿上，就听"啊！"的一声大喊，从屋里窜出一个人来，这人正是武男义雄。他还是拿着那把切菜刀，顶着满头的黄土，直瞪着两只眼睛，真像个疯汉一般。他窜出屋来，随着他的声音，照定一个拿枪的日本兵劈头就砍。这个日本兵往旁边一闪，只听喀嚓一声，把日本兵的胳膊给劈下来了一只。

诸位一定要说，劈得好！劈吧！砍啊！要砍猪头小队长！要劈刘铁军！可真是谁也不会想到，武男义雄谁也没有再砍，他一看见干娘血淋淋地在地下躺着，他把刀一扔，跪在地下，抱着昏过去的田大姑，就大放悲声地嚎起来了。这时，田大姑已经昏迷，只是掉了手的胳膊在痉挛地抽动。武男义雄见此光景，真就像刀子搅心一般，急得他脑袋那要爆炸。这工夫他要伸手再去拿他扔掉了的那把菜刀。早上来了两个日本兵把他给抓住了。不过，武男义雄正在这样情急力猛的劲头儿上，两个日本兵是擒不住他的。只见他把两只粗壮的胳膊一摔，猛力往起一蹿，又"啊——"的一声大叫，两个日本兵一个被摔倒了，另一个被摔得趔趔趄趄地倒退了好几步。猪头小队长一看不好，他忙着就又把战刀举起来，冲着武男义雄"噢噢儿"地怪叫。所有院内的日本兵也都端着刺刀把武男义雄紧紧地围住了。可是谁也不敢杀他。这是为什么呢？因为猪头小队长在受领任务的时候，毛利大队长给他的命令是，要活的武男义雄。谁要是把他打死，就拿猪头小队长是问。猪头小队长又照样地给他这些士兵下了命令。所以，他们谁也不敢杀他。这样说来，武男义雄要是拿刀杀他们，不是就很容易了吗？谁想他没有这样。你看他急得两只眼睛通红，他面对着这些敌人的刀刃，用拳头擂得自己的胸膛噔噔响，他大声地喊着："死了死了的没有关系！死了死了的没有关系！枪的给好了！刀的给好了！"一边喊着，他就向日本兵们的刺刀尖儿上碰。可是哪一个也不敢让他碰上，反而直往后退。

小院子不大，这样一来就满院都是人了。猪头小队长气得"叽哩呱啦"地直叫，要他的士兵们快把武男义雄捉住绑起来。武男义雄一听是这样，他就急忙又把地下的菜刀抄起来了。日本兵们一看，以为他是要拿刀战斗，就"吩……呀……呀"地叫着抖动自己的步枪。这一来小院子里边可就更热闹了。大门外头的人们都挤着要从门口上向里看望。尽管把门的日本兵不让看，到底有的人还是看到了。他们看到了这种情况，个个激动起来，真想给武男义雄喝彩：好哇！快拿刀砍，多砍几个。你说武男义雄怎么样？他把刀抄起来，谁也没有砍。他对着田大姑一个立正，把头一低，然后又猛然把头抬起来，照着自己的肚子"噗！"就是一刀。

有人问：武男义雄怎么这样傻呢？放着敌人不砍他砍自己。

诸位，他并不是傻，因为他一见到田大姑遭此惨祸，他就一心要以死来报答这位中国母亲的恩情，所以他才拿刀砍自己。不过，这一刀并没有把自己砍死，因为日本人有剖腹自杀的传习，他是砍的肚子，切菜刀并不快，隔着衣服和皮腰带，所以只把肚子砍了一道不深的小口。他还想多砍几刀，日本兵们已经蜂拥而上，把他给抱住了。常言说：好汉难抵人多！尽管武男义雄拼命地挣扎，他终于被擒住，双手被倒剪着绑起来了。这时候门外的人们急得直跺脚，希望着田春成他们快打进来。真要是在这个节骨眼上进来，敌人顾里不能顾外，准得一个一个的都给收拾了。哪里知道，田春成和肖飞他们根本就没有打算攻进村来。因为只有那么几个民兵，攻不进村来。就算是攻进村来，也很难战胜敌人，恐怕自己还要吃大亏。因此，他们是打算着把敌人引出村去，等到了对自己完全有利的条件下再狠狠地揍他们。他们这样计划，正确与否，暂不谈论。还是看看敌人怎么样了。

猪头小队长把武男义雄绑起来之后，自然也发现了地洞，他们以为田耕在洞里头藏着，于是就让刘铁军冲里边喊话。喊了半天，不见里边有人回应，他们就往洞里头扔了好几颗手榴弹，然后又下去人察看。一看洞里边空空如也，这才知道田耕不在。这工夫村外还是不断打枪，他们不敢久停，慌忙地逼老百姓找了几扇门板，把他们死伤的士兵抬上，在前后左右掩护着他们，这才急忙走出村来。来到村外，猪头小队长派了他的一个曹长，带着几个士兵，押着武男义雄和抬着死伤士兵的老百姓走在前头，他亲自指挥着他的后卫走在后边。他们一边打枪一边行走，抵抗民兵。这工夫的天时已经到了半前晌。

要说田春成的这队民兵可真是挺能干，别看他们的武器不强，麻雀战打得真叫熟练。当敌人出村不远，他们就在敌人的前后左右围拢来了，距离都不远，看敌人看得挺清楚，可是有一样：因为敌人裹着老百姓走，他们没法打。肖飞和田春成一看，不由得就有些着急，闹得肖飞倒一时不知道怎么打好了。田春成这时候把他那顶草帽子的前檐往下拉了拉，遮蔽着阳光的照射，往敌人的前边一看地形，对肖飞说道："有办法。你看，前边是横着的大车道沟，敌人到那儿要过道沟的时候，他一定要一个一个地上上下下，那咱就好打他了。"肖飞说了声："好。"和两个民兵四个人就飞快地跑到了敌人的前头来。

他们找了个有利的地形，隐蔽下来。田春成对他身后边一个扛着歪脖儿鸟枪的民兵说："咱俩把枪换换。"肖飞问他："你换枪干什么？"田春成说："打活动着的脑袋还是这个有准儿。"说着把枪换过来了。一看，敌人已经来到沟边，在头里走的是抬着门板的老乡们，一上沟一下沟自然是要走得缓慢，后边的人就堆成了疙瘩。这儿的小道儿又挺窄，所以队伍又不得不拉长。这样一来，可真是好打多了。田春成握着他早已使熟了的这支鸟枪，看见抬门板的老乡们都过去了，有两个鬼子兵紧跟在后头，随着又是一个日本兵牵着武男义雄的绑绳一同过去，接着就是三个日本兵一齐下了道沟，很快又一齐上坡。田春成一看，就拿他仨做对象吧。当这三颗鬼子脑袋往上一蹿的时候，只听得咕咚的一声，鸟枪响了。叫真是有把握，这三个鬼子脑袋都中了好几颗铁砂子，这铁砂子虽说打不死他们，可是他们伤得并不轻，立时就"哇哇"叫着乱起来了！肖飞和另两个民兵都连着打了几枪，这可把敌人打炸了！他们忙乱地还着枪就急往前走，连后边的猪头小队长也不敢稍慢，指挥着他的士兵们，一面瞎打枪，一面赶着老乡们快走。

说到这儿也许有人要问，日本兵为什么这样草鸡？这么几个民兵一打，他们就惊慌地败走？如果人家要来个反击有什么不可呢？

应该知道，像猪头小队长这样的人，杀人把眼睛都杀红了，他怎么会怕这几个民兵呢？不过现在他的任务不是战斗，而是要把武男义雄活着抓回去，如果他被打死或是跑走了，回去可怎么交代呢？所以他不敢恋战，只顾加紧地往前走。他们是边走边打枪，也不管周围有没有人打他，他们只是一个劲儿地乱放。不多一时来到一个村边。这村属三区所管，村名叫五虎寨。村边一带地势挺高，长着许多大大小小的树木，冷眼看去，不像个村庄，简直就是一片树林。这是这部分敌人往桥头镇走的必经之路。这时候，后边的民兵不打枪了，猪头小队长满心希望着民兵们回去，他们好安稳地把武男义雄带着回去交差。他怎么会料到，就在这儿又有人打他们。一个冷不防，从旁边的树林里头噼噼啪啪的枪声响起来了，紧接着后边刚才停止了的枪声又连响起来，形成了两路夹攻，只打得鬼子兵们慌忙卧倒，不敢抬头。被赶着的这群老百姓一看，是时候啦！跑吧。就听"嗡——"的一声，"呼啦"都跑走了。

这是哪儿来的这么一股子武装？他们怎么会知道敌人要从这儿路过呢？我们回头一想就明白了。

原来这是齐英带着李柱儿和肖飞分手之后，他们就急速地奔了五虎寨来。这个村因为是三区所管，当然这村的民兵武装就听从区长齐英的调动。这个村的民兵现在有二十来个人，都是一个抵一个，武器也比较整齐，打仗也能打。这村离田家洼儿仅有三里多路远，是敌人必经之路。齐英来到得挺快，集合人也没有用多大工夫，做战斗准备也有时间。所以说，他们选择的这个村庄这个条件是非常正确的。民兵们一见有上级领导亲自指挥，就特别有勇气有信心。何况，这个敌情又是齐英亲自来报告的，他又掌握了全盘的战斗计划，因此这些民兵们打着就特别有劲儿。

从战斗动员开始，直到打响，完全是按照齐英的意图进行的。打头一枪的就是他。打中敌人了吗？没有。不光他的枪没有打中敌人，所有的枪都没有打中。原来齐英布置任务的时候，要求是瞄准敌人打，可是当一看到有那么多的老百姓和敌人掺和到一块儿走，他临时改变了命令，为了不误伤一个老百姓，都向敌人的头顶上打枪。敌人并不知道他这命令，所以排子枪一响，他们就慌忙卧倒，一时不敢抬头，老百姓们这才一哄而散，安全地跑走了！这时候，民兵的枪可就要瞄准敌人没有了顾忌。猪头小队长一看不好，带着一群鬼子兵开始反冲锋了。在他们的歪把子机枪掩护下，个个端着明晃晃的刺刀"呀——呀——"地冲了过来。

　　齐英一看就大声地喊道："同志们！沉着点儿，瞄准敌人，用排子枪。听我的口令，一——二——三，打！"说着他就把盒子炮一举"当！当！当！"连打了三枪。紧跟着民兵的排子枪噼噼啪啪的又响了一阵。你说怎么样？鬼子兵被打中了三个，其余就都吓得趴下的趴下，躲在树后的躲在树后。仗着这儿树多，要不然还得多打死几个敌人。不过，敌人这时候并没有死心，猪头小队长"叽哩哇啦"地连叫了几声，就听他的机关枪"嘎……"疯狂地扫射开了，打得民兵们不能露头。齐英又指挥着民兵们打敌人的机关枪，可是没有能够把它压下去，它反而扫射得更凶了。这工夫猪头小队长又来二次冲锋，比第一次冲得更猛。眼看离得就不远了，齐英这才下命令，向左右分散撤退。这些民兵就三三两两地隐蔽着撤到了后面去。猪头小队长带着这群鬼子兵已经冲到了民兵们的阵地，但是他们连一个人影儿也找不见了。他回头一看，押着武男义雄的那几个日本兵已经跑得很远，在后边追着的民兵还在向他们隐蔽着射击，他觉着自己的任务要紧，这才让他的士兵们把死伤的人抬上，他在后边指挥着他的机枪和步枪，边走边打地掩护着急往前跑。可是他们走的道路已经不对了。原来他们这是由西北向东南走，上桥头镇这是一条远路，他们是因为怕被打了伏击，所以要躲开大沙洼这片复杂的地形，这才绕远儿，不想，在五虎寨这儿一打，他头里的曹长见事不好，才慌忙地押着武男义雄，岔开原路，转向了正南。这条道直通小李庄村，必须要从大沙洼里穿过。哈哈！这一来，正是钻进了齐英和肖飞他们布置的网兜子。丁尚武要是带着民兵基干队在大沙洼里一截，肖飞和齐英带着田家洼和五虎寨的民兵在后面一抄，三路齐攻，嘿！就把这群鬼子给包了馅啦！看他哪里跑？不过话又说回来，这些武装究竟是民兵，能不能战胜这部分凶恶的鬼子兵啊？真是不敢肯定。再说，丁尚武能不能按照指定的时间地点截住敌人呢？这也不敢保险。那么，丁尚武这时候到底怎么样了呢？

诸位，你可别光看丁尚武的脾气有点鲁莽，要遇到军事行动，特别是要让他担负了主攻的战斗任务，那他高兴极了。这一回，长江跑回来向他一传达齐英的命令，他二话没说就立刻集合队伍。虽说这次要救的是一个日本人，他是有一百七十二个不赞成，不过既然是上级的命令，总没有错。他很快就把队伍集合齐了。

这个队伍是从各村抽来的民兵，才成立起来没有几天，战士们的军事动作还不够严肃一致，打起仗来也许有个指挥不灵。因此，丁尚武在出发之前，除了说明任务之外，还特别地讲了几句话。他在队伍的面前立正站着，使劲地瞪着两只刺人的眼睛，脸紧绷绷地说道："现在我讲几句话，大家都要记住。咱们不是旧军队，是革命队伍，革命队伍就是要革命。革命不讲人情面子，别看平时咱们都讲活泼，可是现在要作战了，打起仗来可不能讲民主，可不能拿着命令打哈哈儿，都得服从。你们知道不知道？哼？知道不知道？"

这些民兵基干队员们，一见这个情形，从心眼里对这位队长可就都有了三分怕意，虽然都说了声"知道"，可是都战兢兢地加起小心来了。

这时候，长江在旁边不远处站着，他怕耽误了时间，完不成任务，轻轻地走到丁尚武的背后，小心地说了一句："工夫可不小了！"丁尚武说了声："知道。"看样子像是不在乎，可是他心里也着了急，又说道："今天先不讲别的了，马上出发，要急行军。急行军懂不懂？"战士们都说了个"懂"。其实有好多都弄不清急行军是怎么一回事，反正也就是快呗，跟着走吧。丁尚武又说："懂就行。咱们的任务紧急，可是这么着，我先把话说在前头，谁也不许掉队，都要跟上。谁要是在打响的时候还没赶到，回来就以临阵脱逃论罪！现在马上出发，我在头里。"说完，他带着这个基干队就呼喽喽地大踏步地跑起来了。

从小李庄出发，到指定的地点有四里多路，按说，这些年轻的小伙子们跑四里多路，谁都能跑，可是跑得快啊！丁尚武当了这么多年的骑兵，常常为了隐蔽地执行紧急战斗任务，要在四五里路以外，掩藏下马匹跑步急行，锻炼得他这两条腿那真是够快的。可是这些民兵们都没有这个习惯，谁也跟不上趟，你瞧这个热闹吧，三四十个人的队伍，拉了有一里路长。也有跑掉了鞋的，也有丢了子弹的，很多人跑得直咳嗽，也有摔倒了的，但是他们爬起来还是跑。他们就是怕跟不上了，按临阵脱逃问罪吗？并不完全这样，他们天天希望着打日本鬼子，好使用"三八式"哩。他们跑进了大沙洼，沙土陷脚，杂草绊腿，跑着更吃力了。

正在这时候，听到前边有了枪声，丁尚武怕截不住敌人，就更加起劲儿来。他把上衣嗖喽一捋，露出了胸膛，把战刀在右手里一提，把腰往下一刹，把头一低，把脖子往前一探，"噌噌噌"冲破一条一条的桑柳行子，把地下的杂草蹚开一道长沟。嗬！简直就像一匹冲锋陷阵的烈马，向着敌人疾奔，登时之间，来到一个最大的沙山脚下，只见沙山上满是峦峦层层的枣树，沙山下边是一大片茂盛的桑柳，旁边是遍地长着茅草的沙滩，不远处就是宽阔的水汪，水里有一棵棵露出头来的野生莲蓬，有两只水鸟被惊走了。就在沙山脚下不远的地方传来了枪声。很明显，敌人还没有过去，就要出现在眼前了！丁尚武回头一看，民兵们哩哩啦啦地还在紧跑，急得他把脚一跺，使劲地压住声音喊道："快！敌人来到了！这就是咱们战斗的地点。"民兵们一听，急得眼睛都冒出火来，于是就连蹿带蹦地都赶上来了。真是好不容易才把敌人截在山下。

眼睁睁：

  面临一场决死战 且看两方谁输赢

第 十 九 回

一群鬼子入罗网　三路民兵战沙滩

却说丁尚武来到沙山的脚下，把队伍集合齐了，让大伙暂时在桑柳丛里隐蔽起来，检查枪支弹药，做临敌的准备工作，他自己钻进枣树林去，往山上头爬。这沙山就是大土疙瘩，没有多高，他很快就爬到山顶。他从树木的隙缝里往下仔细地观察了一番，猪头小队长这队日本兵，被他看见了。这队日本兵正向沙山脚下走来，他们且战且走，还抬着死伤的士兵，看他们的样子又累又饿，有一步没一步地走着。丁尚武又听见在敌人的左后方和右后方都有枪响，他判断着那是齐英和肖飞带领的两路民兵。他又一看这个地形：左边是山，右边是水，前面满是桑柳条子，后面是高低不平的起伏地带，草木丛生，只有山下水边之间这一片是平地。平地上虽然长着许多杂草，但是杂草既不能隐蔽身体，更不能挡住枪弹。虽然有一条大车道，但车道也是平的，战斗起来，它是任何作用都起不到的。丁尚武看了之后，高兴得他一个劲儿地咂嘴儿，心里说："这位齐同志也懂了战术吗？不然怎么指定了这么好的地形呢？嗯，别看像个书呆子，不简单！"又回想起齐英两次批评他的话，都是革命的大道理。于是他觉着齐英有两下子。这一来，齐英在他的眼里高大了许多，也从心里亲热起来了。丁尚武边想着又仔细地观察地形。

丁尚武观察完了，他揣着一颗十足的胜利信心，急忙下了山来，向他的战士们布置任务。这个民兵基干队共分三个班。他布置的是：一个班潜伏在前面的桑柳条子里边，迎头堵击敌人；一个班在沙山的后面半山坡上，隐蔽在枣树林中，准备把敌人让过去，往下猛冲，兜住敌人的屁股；一个班由他亲自带领，到沙山的顶上，准备拦腰冲击敌人，同时可以成为机动力量——哪儿需要就往哪儿打。丁尚武把三个班的任务分配完了，他又对大家说："打起来的时候可都要听从指挥，不能瞎干。没有我的命令谁也不许开枪。敌人走到你的眼前也别害怕，要沉住了气。打仗要的是沉着、勇敢、坚决、果断，停止的时候要像猫堵老鼠的窝门一样！动作起来要如同猛虎扑食一般，这是战斗动作的要领。当兵就应该懂这个。"他真想给大家讲一讲战斗条令，可惜没有时间了。想到这一点的时候，他又急忙说道："这么着，我先打头一枪，你们跟着打排子枪。要节省子弹，每个人顶多不许打过三发。排子枪以后，一个人打一颗手榴弹，紧接着往上一冲，白刃肉搏，喊哧咔嚓！一顿刺刀就把敌人消灭了。"他摆出战斗的架势，耍把着他的战刀，说得真是带劲儿。不想他刚刚说完，有一个班长说话了："报告队长，俺们这枪有一半多没有刺刀。"丁尚武一听："啊？你们有一半多没刺刀？""对咧，有一半多没刺刀。"你瞧，丁尚武当了好几天队长了，他还不知道他的战士们有一半多没有刺刀哩！

有人要问：丁尚武当过骑兵班长，打了好几年仗，杀死过多少敌人，自己一次伤也没有负过，难道说他就是这样的粗心大意吗？

诸位，丁尚武这个人，要论他的个人战斗技术、战术知识，那确确实实是有两下子，在正规部队里当个班长倒也能行。可是，他不了解民兵的特点，民兵们向来是不愿意要刺刀的。因为在过去来说，用不着他们打白刃战。再说，他们也没有受过刺杀教练，所以很多人嫌带上把刺刀反而添了累赘。他们不但不要刺刀，还很多人嫌自己的枪长，穿便衣不好携带，有一些民兵还把步枪的枪托锯一截去，这样把它枪口冲下一背，再披上一件外衣，就能够把枪隐藏起来。他们这样已经成了习惯，所以直到现在，环境变化了，任务加重了，到了今天需要刺刀的时候还没有。

丁尚武在正规部队待惯了，他对这些刚刚组织到一块儿的民兵们，从各方面都按照正规部队的要求，正规部队当然是不存在没有刺刀的问题，他一时粗心大意，把这个问题可就给忽略了。今天到了非用刺刀不能消灭敌人的时候，丁尚武才感觉到自己粗了心，可是怪谁呢？心里连着骂了自己三个浑！眼看敌人就要来到眼前，这可怎么办呢？丁尚武他可真火了："这么着，有刺刀的和没有刺刀的花插开，一个傍一个，有刺刀的拼刺刀，没有的许可多打子弹，子弹打完了，给我拿枪托子擂敌人。要是从哪儿放走一个鬼子，我就拿班长是问！现在敌人就要来到了！进入阵地，散开。"突然间从丁尚武的身后钻过一个人来，丁尚武回头一看，原来是肖飞到了。

肖飞为什么要到这儿来呢？因为这个战斗计划，是他和齐英还有田春成他们大伙定出来的，他知道现在已经到了紧急关头，他要看看丁尚武的队伍来到没来到，没有来到应该怎么办，来到了他是怎么个打法，这都很要紧。他往这儿走着就听见丁尚武说："没有刺刀也得给我拿枪托子擂敌人。要是从哪儿放走一个鬼子，我就拿班长是问……"他一听，这怎么行呢？于是他来到就说："老丁同志，咱们这是没有多少战斗经验的民兵啊！就像你刚才说的，用枪托子擂敌人就能把敌人消灭了吗？你别把日本鬼子看得太简单了！我们只要把敌人打败，他跑了几个我们就在后面追着打，那不更好吗？这样可以减少咱们的损失。"

听肖飞这样一说，民兵们都高兴了，有好几个人接着说："对呀！我同意！我拥护！……"丁尚武也听着肖飞说得对，只是他不愿意在这么多人的面前，完全推翻自己的命令。他松了松口说："谁说不能消灭敌人？你们就跟着我打一阵排子枪，打一阵手榴弹吧。一阵排子枪至少也撂倒他十个八个的，一阵手榴弹再炸死他几个，剩下十个八个的，我都包了干儿！别浪费时间，赶快进入阵地，散开。"各班长带着战士们都进入了丁尚武所指定的阵地。

　　肖飞一看丁尚武这个劲头儿，不敢说准能打好。我去找齐英来吧？他又一想，不对！我能看着这些同志们有危险就躲开吗？不能，绝不能这样，我要跟他们在一块儿，虽然消灭不了敌人，也要增加一个人的力量。对，就这么办。你看他紧跑几步追上了丁尚武。丁尚武回头一看肖飞又跟了来，他又问道："肖飞，你也要消灭敌人了！好，来吧，你有手榴弹吗？"肖飞说："我没有。"丁尚武顺手从腰里抽出一颗手榴弹来："给你。"说着把手榴弹就给了肖飞。

　　肖飞把手榴弹刚刚接过来，这时候已经来到沙山的顶上，忽然一个民兵惊慌地往后一退，叫了声，"哎呀！鬼子！"

　　他的话音未落，只听嘎的一声枪响，这个民兵随着枪声倒在了地下，一动也不能动了！全班的民兵呼啦的一下子就都散开了。肖飞知道不好，他急忙就地卧倒。又听"嘎！嘎！"两枪，就见丁尚武一个后仰倒在了地下。肖飞注意一看，原来是三个日本兵端着明晃晃的刺刀来到了跟前！咳呀！这个突然的情况，把丁尚武的全盘战斗计划给打乱了。

　　肖飞一看丁尚武倒在地下，三个鬼子兵来到了眼前，民兵们惊慌失措，乱窜乱跑，眼看着这个制高点要被敌人占领，如果真被敌人占领了这个最有利的阵地，那就什么任务也完不成，整个战斗就要失败！只见他把长苗儿盒子炮往前一伸，照准敌人就要搂火儿。可是，他万也没有想到，就在这个节骨眼儿上，倒在地下的丁尚武，一个鲤鱼打挺，站起来了。

敌人还没有来得及顶上子弹，只见丁尚武刺棱往前一蹿，来到敌人面前，侧身揭臂，照着头一个鬼子兵劈头就是一刀。这个鬼子兵一见丁尚武来势勇猛，就慌忙往后一撤，往旁边一闪，一抖步枪"呀——"的一声，照丁尚武的软肋就是一枪。他是想变被动为主动，躲过丁尚武劈来的战刀，来个侧击反刺，把丁尚武刺死。他怎么晓得丁尚武这把刀的厉害？你别看丁尚武劈头这一刀挺猛，这个猛里头可藏着真假虚实哩！你要是来不及躲闪，他这一刀就是真实而有力的。你要是往旁边躲闪招架，他这一刀就是虚的，刀在半路上就要拐弯回头。所以，当这个鬼子兵已经闪开用力刺枪的时候，丁尚武的刀在半路上来了个燕子抄水儿。只见白光一晃，"嚓！"一下子，这个鬼子兵的脑袋就掉下来了！后边的两个鬼子兵一看不好，就跳跃上前，分为两翼夹击丁尚武。只听"呀——呀——"两声怪叫，两条雪亮的白刃眼看就刺到了丁尚武的两肋。丁尚武不慌不忙，刚要踮脚抽身撤步，猛然他听见在脑袋后头"当！当！"两声盒子炮响。因为这是冷不防的脑后枪声，震得他的耳朵"嗡儿——嗡儿——"就像两个耳朵都飞走了一样。再看这两个鬼子兵，都是脑浆迸裂，倒在地下不能动弹了！不用问，这是肖飞打的。

那位说：丁尚武不是被敌人一枪打倒了吗，怎么他还能够这样呢？

诸位，丁尚武不是被敌人打倒的。他是因为听到民兵一嚷，又听到敌人打了第一枪。他抬头一看，看见三个鬼子兵端着明晃晃的刺刀冲上前来。虽然情况突然，可是他一点也没有发慌。当他看到后边的两个敌人向着他把枪一举，他就知道是要向他射击。离着没有十几步远，还能打不着他？所以他急忙一个后仰躺在了地下。就在他一躺的时候，敌人的枪响了。所以看起来像是被打倒的一样。其实这正是他做杀敌的准备。为什么他不就地卧倒，他要来个后仰呢？这个动作在什么样的兵书上也找不着，不过在这个时候非常需要。因为丁尚武惯用的是战刀，后仰比卧倒迅速不说，他往上起的时候也快。再说，装死不动偷看敌人也方便得多。当他看到敌人枪响之后没有立即推上子弹，他不让机会错过，迅速挺起，砍杀敌人。

打死敌人之后，肖飞急忙走上前来，和丁尚武一起去观察敌情，但是一个鬼子也看不见了。丁尚武说："他奶奶的，打死了三个尖兵，敌人的干队准不到这儿来了。"肖飞说："那可不一定，赶快把民兵们集拢来另外布置吧。"丁尚武说："还有什么好另外布置的？准备追击！"这时候他回头一看，散乱了的民兵又都集拢前来，丁尚武把脚一踩，大声说："你们刚才跑到哪儿去了？敌人丢下的步枪都上有刺刀，拿来追击敌人正用得上，还不赶快去拣，跟着我一起去追击敌人！"民兵们听丁尚武这么一说，"呼啦……"地又都上来抢这三支带刺刀的步枪，都愿意跟着丁尚武追击敌人。丁尚武一看这种情形，自然是高了兴。

就在这个时候，意料之外的情况又发生了！只见丁尚武又来一个后仰，大约在三百米以外的隐蔽地里，"嘎勾儿——"传来了一声枪响。这才知道敌人并没有吓跑。紧接着"嘎嘎……"敌人的歪把子机枪叫起来了！肖飞急忙喊了一声："卧倒！"民兵们噗嗤噗嗤地都忙着趴下了。肖飞一看丁尚武，只见他紧皱着眉头，一声不吭，把牙咬得咯吱吱地作响。原来他这一回是真受了伤，他那草绿色的军装上衣，右边的小兜儿被血已经染红了。再看他的后背，已沾满了血染的泥浆。肖飞问他怎么样，他摆了摆手。肖飞完全明白丁尚武摆手的意思——是不让他对战士们说他受了伤，怕的是动摇了军心。不过他这伤不说别人也会看出来。民兵们一个一个都爬到了丁尚武的眼前，连声地问道："队长，你受伤啦？伤得怎么样？……"丁尚武一句话也不回答，他闭上了眼睛。他觉着这是一个微不足道的战斗，真是大江大海过了多少，今天在这小小的河沟子里竟翻了船。想到这儿，他的心里火烧火燎的那么难受！

这工夫，敌人的机枪叫得更凶了，两方面的步枪声也多起来了。丁尚武把头一抬，把一对眼睛睁圆，射出刺人的光芒："你们看着我干什么？你们看着我干什么？莫非我还能死吗？赶快，跟着肖飞同志去打。无论怎么说，也不能叫一个鬼子打咱们这儿跑了！"肖飞一听他这话就忙说："老丁同志，你放心好了，一定完成任务。来几个人，赶快把他撤到后边去隐蔽休息，连牺牲了的这个同志也一块儿抬走。"这时候就来了好几个民兵，抬的抬，背的背，很快就把这一伤一亡的两个同志撤下去了。这儿只剩下了肖飞和三个民兵。这三个民兵原来是每人都抢到一支"三八式"步枪，其中有一个是长江，还有一个是愣秋儿。肖飞一看敌情起了变化，不能按照预定的情形进行。怎么办呢？打吗？在没有把情况弄清之前，打也是瞎打。和齐英、田春成他们取得联系吧，已经来不及了。就在眼前，恐怕还会有更不利的情况发生！心里话：别忙，沉住气，先观察观察再说。

这部分鬼子兵，现在是怎样的个情形呢？

原来猪头小队长指挥着他的队伍且战且走，顺着大道由北向南走来。走着走着他感到有点不妙，他怀疑这是中了八路军的诱兵之计。他一走进大沙洼来到这个沙山的跟前，看见这个地形太危险，他就疑心更大了。他估计着八路军一定要在这儿来个三面包围。剩下的一面是水，大概八路军想把他们赶到水里去歼灭。心里话，"八路坏了坏了的！"不光猪头小队长是这样估计，连

293

他的士兵们也都这样担心。可是到了这个地步，再往回里走那就更是危险！于是他那武士道的精神往上一冲，他决定要抢这个山头。他先派了三个尖兵，隐蔽着摸上山，随后把机关枪放到山头上来。如果他占领了这个制高点，就会扭转了整个局面。所以，当丁尚武在山上观察的时候，只看见了敌人的干队，没有发现敌人的尖兵，这才在山头上边打了遭遇战。还真仗着丁尚武和肖飞是有经验有胆量，能打能干，要不然，那就不知道要遭受多大的牺牲哩！

敌人一见三个尖兵都在山头上丧了命，他的机枪就急忙在后面隐藏起来，向着山头射击。他这机枪隐藏在什么地方了呢？原来在水边上有不大的一个小土包儿，宽不过七尺，长不过一丈，有一人来高，土包上面长的是一层杂草，后边就是水汪。敌人是打算着用机枪向东南北三面射击，掩护着他的队伍绕过水汪向西逃跑，然后再分路直奔东南，好回他的据点桥头镇。猪头小队长这个行动，真得说是有两下子。他这么一来，不光是把丁尚武打伤，就是后边追着的齐英和田春成的两路民兵，也感到战斗困难了！往上硬冲？在机枪的扫射之下，那是万万使不得的。老打排子枪吗？又没有那么多的子弹。有人问，田春成为什么不再把敌人的机枪射手打死呢？这是因为地形复杂，隐蔽地里边的敌人不是那样明显的暴露，况且，由于敌人机枪的疯狂扫射，不容易接近敌人。所以他们只是以少数的步枪应付着敌人，单等丁尚武的民兵基干队，在山头上排子枪一响，把敌人打乱，敌人丢下武男义雄逃跑，这个战斗就算是胜利了。他们哪里知道，丁尚武已经身负重伤，民兵们还在摸不着敌人的头脑哩。

那么，肖飞现在怎么样了呢？他领着三个民兵，在山头上隐蔽着观察了一番，敌人的机枪阵地被他发现了。他知道，现在的情况要是不把敌人的机关枪压住，这个仗就没有办法打。于是他把另两个班的民兵也集合到一块儿，跟他们谈明了敌我的情形，把敌人的机枪阵地指给他们看，他决定要用排子枪压住敌人。一听说打排子枪，民兵们是都高兴的，一个一个都以卧射的姿势，瞄准敌人的机枪阵地。这工夫敌人的机枪"嘎……"又冲他们的山头打来一梭子弹，子弹头儿"准儿准儿"地从头顶上尖叫着飞过去，带着一缕一缕的凉风吹得他们的头发根子发炸。等他一梭子弹打完了，民兵们又都抬起头来瞄准，只听肖飞喊了声："瞄准儿，——二——三，放！"哇的一阵，民兵们第一个排子枪打出去了。没有等肖飞再下口令，哇的一阵就又是一个排子枪。民兵们打枪都像是有瘾，好容易得到这样一个打枪的机会，特别是拿到"三八式"的三个民兵，他嘴里不吭，心里说：打吧！"嘎勾儿嘎勾儿"的打起来没完了。

　　肖飞一看，这哪行呢？把子弹打光了怎么着啊？他急下口令："停放！停放！"可是被枪声吵得谁也没有听见。这时敌人的机枪"嘎……"更猛烈地扫射过来，又打得民兵们不敢抬头，这才停止了放枪。肖飞一看不行啊！民兵究竟是民兵，按照正规部队要求不行，着急发火也没有用，想别的办法吧。他对民兵们说："咱们光这样打不行，这么办：为了节省子弹，也叫你们都有打枪的机会，你们轮流着一个人一枪地打，谁也不许多打，听你们班长的指挥。我带着几个人去抄敌人的后路。敌人要是敢往这儿冲，离近了就拿手榴弹炸他。"他又把三个拿着"三八式"的民兵叫到跟前说："你们三个敢跟我去抄敌人的后路吗？"愣秋儿连着说了两声："敢！敢！"长江和另一个民兵都说"敢"。肖飞又说："敢就行，可是咱不能这样去。""怎么样去？你就说吧。"肖飞用手一指："去把那三个鬼子的死尸拉过来。"民兵们奇怪地问道："拉死尸干什么？"肖飞说："你们去拉过来再说。"长江说："我明白了，是不是把敌人的衣裳扒下来？"肖飞说："就是这么办。"三个民兵都高兴极了，你看他们三个，隐蔽着身形，匍匐前进，来到鬼子兵尸首的跟前，扯着胳膊扯着大腿就往回拉。

这工夫敌人的机枪又打了来，肖飞又命令排子枪还击，掩护着三个民兵把死尸拉回来了。一看这死尸身上的军装弄了好多的血，民兵们又有点儿嫌腻歪。不过到了这个时候，也讲不起脏啊净的了，扒下来穿上吧。肖飞一看就笑眯眯地说："这更好，离远了看不出来，离近了看像是受了伤。"有一个民兵说："你穿什么？"肖飞又笑着说："我就这个打扮儿，不就三分像特务吗？"民兵们都说："像，行了。"他们准备妥当，就隐蔽着身体从旁边绕着出发了。

肖飞带着这三个化了装的民兵，绕着弯儿来到了水汪的南头，打算贴着水边儿，在土沿的下头接近敌人的机枪阵地。一路上走着，肖飞就把他的战斗意图、遇见敌人怎样的打法都对三个民兵说了。三个民兵都挺同意，跟在肖飞的身后，手里端着"三八式"步枪，顺着水边往北向着敌人的机枪阵地前进。他们刚往前走了不远，就看见了一伙子敌人，抬着死伤的士兵，低着头弯着腰，慌慌张张地迎面走来。他们也是利用这个不高的土沿，打算在机枪的掩护下逃跑。

三个民兵就想开枪打，肖飞把他们拦住，悄悄儿地说："别打，别着慌。你们听我的枪一响再跟着打，看我的动作，不要乱来。"说完之后，他们一声不吭，装得非常坦然地一直迎头冲去。这工夫敌人的机枪打得更凶了，水边的鬼子兵们也看见了肖飞他们四个。开始敌人还以为是他们的援兵来了，都挺高兴，可是越走越看着不像。有一个日本兵就用日本话问了一声，肖飞他们谁也没有敢回答，光是暗中做着开枪的准备。敌人一看不是自己的援兵，"哇啦"了一声，就要举枪打。肖飞眼尖，看到面前的土沿有一个小弯儿，急忙往前一蹿，掩蔽在这弯沿之处，"当……"他的盒子炮向敌人打了过去。紧跟着三个民兵也都打起枪来。这一家伙，把这群鬼子兵打死打伤了好几个，没有死伤的回头就跑。肖飞一看，良机不可错过，喊了一声"杀！"就又开起枪来。三个民兵也端着刺刀"杀杀杀"地跟着肖飞向敌人冲去。剩下抬死伤士兵的鬼子们扔下门板也都跑散了。这工夫齐英和田春成都以为是丁尚武的民兵冲击敌人，所以也都猛烈地开火儿。

肖飞、齐英他们这么两面一夹击，弄得鬼子兵乱了套了，爬的爬、滚的滚、钻的钻、窜的窜。猪头小队长的指挥也不灵了，他带着他身边的几个鬼子兵和一挺机关枪也要逃跑。他们刚跑了没有几步，就听噗咚一声，一看，是他的机枪射手被打倒了！这一下子，猪头小队长可真是火冒三尺，"哇哇"怪叫了好几声，他弯下腰去伸手把这挺歪把子机枪抄起来了。诸位，这挺歪把子机枪足有二十八斤重，它比别的轻机枪分量都重得多。这个猪头小队长，两手平着端起来，向着这三面冲来的民兵"嘎……"一个扇子面就扫射过去了，紧接着压上子弹就又打。这一家伙，民兵们被打伤了好几个。齐英、田春成和肖飞他们一看，就不叫民兵们再猛冲，只是隐蔽着射击。于是这个猪头小队长，他端着歪把子机枪，带着他的几个残兵败卒，边打边走，夺路而逃。

猪头小队长逃走之后，三路民兵在沙山脚下会合了。

肖飞把这方面的情况向齐英作了简单的报告。齐英一听，就不让大家再追击敌人，并且派人把死伤的人员抬回村去，留下一大部分民兵赶快打扫战场。他想看看有没有那位日本朋友。话不多说，不大的工夫，把战场打扫完了，前后一共缴获了十六支步枪，三百五十二发子弹，还有二十一颗手榴弹，只是没有找到他想找的那个人。齐英把这些武器当场作了分配。民兵们这一回可把刺刀都带起来了，准备以后和敌人进行白刃肉搏。

打扫完了战场，民兵们都要回去。齐英又拦住不让走。为什么不让民兵们走呢？因为还要再找一找武男义雄。可是武男义雄没有找见。被打死了吗？看不到尸首。齐英以为是被敌人给带着走了。所以他决定：赶快追击，一定要把武男义雄给救回来。当他把拯救这位日本朋友的重大意义向民兵们说了之后，所有的民兵们都齐声喊着："追个兔崽子！一定要把日本朋友救回来。"这些民兵又分成三路，由齐英、田春成和肖飞分头带领着急追猛赶。民兵们在正义的心情鼓舞之下，都奋勇前进，特别是拿起"三八式"步枪的民兵们，好像胜利就在前面，紧跑着猛追上去，把肚子饿也给忘了，真像丁尚武告诉他们的那话——"如猛虎扑食一般"就追下去了。

有人要问，武男义雄真的被敌人带走了吗？

也许还有人惦记着，刘铁军怎么样了？这半天也没有提到他。

诸位，刘铁军本来就是个怕死鬼，当在五虎寨村外被打的时候，他一看风头儿不顺，就撒开两腿溜之乎也。他溜走之后又怎样了呢？这里先不管他。

单说武男义雄。敌人原本是打算着，在机枪火力掩护下，由专人把他隐蔽着带走。可是当民兵们三面包围，猛打一气，他们的阵势被打乱了，士兵们乱窜乱逃的时候，谁还顾得上他啊？只有一个牵着他的鬼子兵没跑。原来猪头小队长给他的任务是：有你就得有他。武男义雄要是跑走了，回去就要了他的脑袋。所以他没有敢把武男义雄丢下逃跑。那么，武男义雄就老老实实地听他摆布吗？当然不是这样。自从他的干娘被猪头小队长把手砍掉那个时候起，他就决心自杀。自杀不成，他又一口咬定俩字——报仇！他自己的生死存亡，他早就扔在脖子后头了。

武男义雄被倒剪着双手，一个日本兵牵着他，他一路上走着，不逃不跑，不哼不哈，他老想着找机会杀敌人。到了敌人被打乱的时候，他再也不像从前了，他狠命地挣了几挣，挣得胳膊腕子上的绳子嘎嘎直响。因为绳子粗捆得扣多，还没有挣开。他一想：我喊叫吧，喊叫八路朋友的快来。不想，他张开嘴刚喊出了个八字，就突然有一个东西塞进了他的嘴里。

牵着武男义雄的这个日本兵也不是好斗的。这个家伙长得也挺猛愣，力气头儿也不小，心眼儿也是挺多的。他在这儿桑条子里边藏着，一只手扼住武男义雄的脖子。他想等着民兵们走了以后，再想法把武男义雄弄走。也是因为他藏的这个地方严实，民兵们打扫战场过于慌速，没有发现他俩。这时候他一看武男义雄张嘴要喊，这家伙也有点儿急中生智，他顺手抓起一把沙土，就往武男义雄的嘴里一塞。这把沙土一进嘴，自然是喊不出来了，呛得个武男义雄两眼冒出金花，差点没有吐了。按说这一把沙土就足够了。可是这个鬼子兵还不放心，他又抓了一把沙土，照样又往武男义雄的嘴里塞。哪里知道，武男义雄等他的手刚一到嘴边，就把嘴往前一伸，"吭！"一口就把日本兵的手给咬住了。这一回武男义雄可有了办法，他狠命地咬住这只手是死也不放，咬得这个日本兵疼痛难忍，还是不敢出声，只是拧眉瞪目，龇牙咧嘴，疼得他针刺钻心，浑身乱哆嗦，他想拿过刺刀来扎武男义雄，可是不得劲儿了。因为咬的是只右手，他的枪在右边放着哩。他这才用左手去拿。

嘿，武男义雄就等这个机会哩！当日本兵的左手一放开，武男义雄就力一起。真是情急力壮，他真站起来了，嘴里还咬着日本兵的手，把日本兵也带得一同起来，离枪更远了。这个日本兵一看，这可是到了你死我活的时候，急得他顾不得疼痛，狠命地一夺，只听喀叭叭的一声，筋骨离断，日本兵的三个手指头掉了下来！他把胳膊夺回去，急忙上前抓枪。到了这个劲头子上，武男义雄怎么样呢？他猛力地向着日本兵一扑，"咔嚓"一声，绳子断了，武男义雄的两只胳膊腕子都勒得皮开肉裂，鲜血直流。他哪里理会这个？一蹿就扑到日本兵的身上。日本兵的枪也抓到手了，可是他也被武男义雄拦腰抱住给摔倒在地。武男义雄想要夺日本兵的枪，这个日本兵死也不放，他知道丢掉枪就得丢了命，如果说枪就是生命，这个时候可就看出来了。你看他不光是用左手抓住，就连剩下俩手指头的右手也用力争夺，鼓捣得他俩脸上身上都是血了！他俩就在这桑条子里边滚来滚去，滚了好一阵工夫，总也不分胜败。这时忽然听到轰隆一声巨响，原来是一颗炮弹在不远处爆炸了，紧接着又是一炮向着这边打来，随后枪声大作，响个不停，亚赛爆豆儿一般。这枪炮声正是从猪头小队长撤退的方向而来，越打越猛烈。

这枪炮声是怎么回事呢？

这是桥头镇的日本兵赶来增援。这是他们一贯的增援战术，兵马未到，枪炮先鸣，以助军威，以壮士气。对这个情况，武男义雄已经估计到了。他想：要不迅速地解决了这个日本兵，恐怕时间一拖长，对自己不利。于是他灵机一动，想出了个办法，你看他照着日本兵的下颌，"噗嚓"的一声，使劲撞了一头。他把手松开，弯腰抓起了两把沙土，一齐扑到了日本兵的脸上。这个日本兵不光是被撞得嘴疼鼻子酸，两只眼睛也睁不开了。他只能拿着枪乱蹦乱跳，"哇哇"地直叫唤。武男义雄一看，不能缓慢，急忙蹿上前来，一只手抓住日本兵的枪，另一只手抓住他的胳膊，就着他乱蹦乱跳的劲头儿，来了一个大的背挎摔跤动作，把个日本兵背起来，翻上去。武男义雄"嘿"的一声大喝，"噗咚"一家伙，把个日本兵整个的摔在了地下。武男义雄这才把他的枪夺过来，一反手，把枪一调，对准日本兵的肚子，"噗！"

就是一刺刀。好一场生死的肉搏！

这才是：

正义冲破民族线　热血激动报仇心

第 二 十 回

游鬼域老转魂飞　　受酷刑志士气壮

　　上一回说到：武男义雄把日本兵的枪夺到手里，照着日本兵的肚子就是一刺刀。只见这个日本兵膛开肚破，肠肝心肺流了一大摊，完事大吉了！武男义雄提上这支步枪撒腿就跑。

　　武男义雄要往哪里跑呢？他要跑回田家洼儿，看看他的干娘田大姑是死还是活。

　　田大姑到底怎么样了呢？她并没有死。因为受伤过重，她又是个性烈的人，一口气憋在嗓子眼儿没有上来，所以才昏倒在地。敌人走了之后，她"哼"了一声，苏醒过来，疼得在地下乱滚。一看，她的身边积了一大摊血，都是从她这只断胳膊流出来的。她知道，这血要是再流，就没个救了。她咬了一咬牙，就用左手一把攥住了伤口，止住了血流。可是，她觉着浑身都没了劲儿。她想要坐起来，往上连起了三次，都没有坐起，又躺在了血泊里。她的左手可并没有松开。她感到非要别人来救不行了！喊吧，……连喊了十多声，没有一个人答应，周围连一丝儿动静也没有。只见她一低头，用嘴咬住了褂子的大襟，用力一扯，"嗤啦……"的一声，就扯了一道口子。她急忙用手把大襟捋下来，在右胳膊上缠了几缠，用嘴帮助左手结了一个疙瘩。她又左手按地，狠命地往上一起，站起来了。她想走进自己的屋去，不想腿抬不起来，只觉天旋地转，眼前一黑，噗咚一声，又跌倒了。

田大姑在地上躺了一会儿，从大门跑进一个人来。这人是他的叔伯侄子田有来。他来到一看，大姑还没有死，就赶快把她抱进屋里，放在了炕上。这时候，村里躲出去的人们也就三三两两地回来了，都来看田大姑。大家看见大姑受了这么重的伤，有的忙着到外村去找医生，也有些人忙着找偏方，还给大姑弄吃弄喝。出来进去，屋里院里挤满了人，都为大姑的生死担心。人们正在忙乱，忽然街口上来了一支武装部队，有三十来人，都是民兵打扮的青年小伙子，领头的队长却是一位英俊的青年女子。他们跑得飞快，眨眼之间，来到了田大姑的门前。这位女队长，一见人就忙问道："田大姑怎么样了？"她一面问着，就向田大姑的屋里走来。这位女队长是谁呢？就是本区的女区长金月波。

　　金月波怎么又当了队长呢？

　　原来四区的区小队，在几天以前一不小心和敌人遭遇上了，小队长和政委一同战死，战士们也死伤不少，其余的都分散隐蔽起来。金月波知道了这个情况，她要回来收拾局面，坚持斗争，她这才把分散隐蔽的十几个战士集合起来。她又从各村抽调了十几名年轻力壮的民兵，一共有三十来人，组成一个小队，由她自兼小队长、政委。于是这个区小队，又以坚决勇敢的姿态出现了。今天猪头小队长带兵来包围田家洼村，她并不知道。等敌人开始撤走，她才接到了情报，这就带着她的全部人马，从十里以外急速地追来。因为敌人已经走远，无法追上，她这才赶快来看田大姑。村里的人们哪个不认得这位女区长？见了她简直就像看见了骨肉至亲，一个个都争着问长问短，哭诉灾难。金月波这时已经顾不得别的，进屋就伏在大姑的身旁，察看她的伤势。田大姑这时又昏昏沉沉，连眼睛也不愿睁开。见金月波来了，她强打着精神，握住了金月波的手腕，叫了声："我那亲人！你们来啦！我……我有话要跟你们说！"金月波注意地要听她说些什么，不想大姑一句话也说不出来，又闭上了眼睛。周围的人们都害怕起来了。金月波心里明白：受伤过重之后，见了亲人，常常会有这种现象，呆会儿还会清醒过来。不过见大姑身遭这样惨祸，心里如同针刺一般！只是因为她不喜欢哭才没有掉下泪来。

金月波看见大姑这伤很危险，又觉着大姑要在自己家里养伤，不光是困难，恐怕还要遭到敌伪、汉奸的杀害，她这才找到了这村的抗日村长，和他商量挽救田大姑的法儿。

金月波对他说："应该赶快把大姑送到一个安全的地方去。这个责任你们村干部要负起来。"其实，村长心里早有打算，只是看到屋里人多不好说话。他拉了一下金月波的衣角，金月波随他来到了房后。只见村长贴着金月波的耳朵细声说了几句什么，金月波点了点头，于是，村长忙着派人把维持会的正副会长和联络员一齐找了来。他们这仨人知道就是为了大姑的事，所以没有等金月波说话，就抢先说，"大姑怎么样了？伤得不轻啊！快找医生看吧。"接着又对村长和群众们说："大姑遭了这样不幸，咱们全村的老乡亲们可都得关照着点！虽说有村长负责，咱们大伙也都应当尽点义务。"金月波一听话音，知道他们想推到村长一人身上去，于是就把手一扬说道："等一下，你们先别分派任务。现在，我就把田大姑交给你们三个，她的安全由你们负责。如果把大姑保护好，这算你们对抗日工作有了贡献。大姑要是有个三长两短，我拿你们问罪！大姑的伤主要由村长负责想法医治。"

可别看金月波是个青年女子，维持会那些人可没有一个不怕她的。所以，她这样一分派任务，正副维持会长和联络员都不敢表示不接受，面面相觑，都不知道说什么好。到底还是正会长聪明些，他觉着这个任务不接受不行，倒不如做个顺水人情。他说："区长，咱和田大姑乡亲里道的，田大姑遭了难，咱们能不管吗？"他这一说，副会长跟联络员自然也就不敢再说什么了。

金月波想再交代几句，正在这时，忽然唏哩呼啦闯进一个人来，手里拿着上了刺刀的步枪，身上脸上都是汗泥血印，连刺刀上都带着血迹，亚赛过疯汉一般。他一闯进门来，在大姑的身旁双腿一跪，"哇哇"地哭起娘来了。来的这人正是武男义雄。叫他这一哭闹，田大姑倒又清醒起来了，只见她把眼睛微微睁开了一下，看见是武男义雄，用手搭住他的膀子，咬着牙一使劲，挺身坐起来了。只听她刚声硬气地叫道："武儿！不许你哭！"武男义雄立时停止了哭声，"娘！我的不哭。"大姑又问了声："你是我的儿子吗？"武男义雄大声地答道："是！是！""你有小子骨头给我报仇吗？""有！有！我要报仇！一定的报仇！""好，你站起来。"武男义雄"夸"一个立正，站在炕下。大姑又指着金月波说："这是金区长，你跟她去打那些王八养的！"武男义雄"哈意"了一声，转向金月波，又是"夸"一个立正："区长太君！你的命令！你的命令吧！我的通通服从。"金月波高兴地说道："我不是太君，今后咱们都是同志！好，你跟我走。"田大姑这时又说了一句："武儿！你要报不了这个仇，就别回来见我！"

金月波接过米说道："大姑，请你放心，你要安心地把伤养好，看看我们怎样把这群两条腿的野兽消灭吧！"大姑这才高兴地应了一声，又在炕上躺下了。金月波这时才问了问武男义雄这次战斗的经过情形。问清了之后，她还集合了全村的群众，讲了讲怎样防备敌人，怎样坚持斗争，并且还做了一番政治宣传工作。群众们散会走后，她这才带着武男义雄和她的小队，急忙出村而去。

金月波要往哪儿去呢？她要去找县委书记田耕。因为现在的敌情越来越严重，斗争越来越残酷，环境越来越艰难，老是没有上级领导的依靠不行。况且，猪头鬼子这一次吃了败仗，他们怎能善罢甘休呢？

说到这儿有人要问：猪头小队长到底跑了没有？跑了。

本来，齐英他们是能够把那几个残兵败卒追上去消灭的，只因为毛驴太君从桥头镇派来了援兵，才把这个万恶的猪头鬼子救回去。不过这一来毛驴太君可真发愁了！本来他的兵力就不够使用，如今又把一个小队损失了三分之二以上，这怎么办呢？他曾多次请求猫眼司令给他增兵，猫眼司令不但没有答应，反而训斥他无能，还限期要他完成修公路筑炮楼的任务。这个任务最初本来限定一个星期完成，后来连猫眼司令也觉着不行，才改为限期两周。毛利觉着两周也难交差，这才又左一次、右一次地请求，最后限期一个月。到一个月要是再完不成，轻者也得撤了他的军职，说不定也许要了他的脑袋哩！

现在毛利这段公路修得怎么样了呢？嗨嗨，八字还没有一撇哩！你说，毛利怎么能够不发愁？不但如此，猫眼司令还下令要他肃清桥头镇一带的共产党和八路军。这些日子以来，他不光是不能肃清共产党，反而屡次吃亏，连遭伤亡。好容易才得到县委书记田耕和武男义雄的秘密，本想把他们抓捕起来，向他的长官献点功劳，不想扑了一场空这且不说，差一点连一个小队也完了。他怎么能不发愁？有人要问：不是这几天以来，毛利派兵到河南各村去抓伕吗？

是的，他抓是抓了，不过抓到的太少，总共也不过三四百人，还是老老小小。况且，前头抓了后头跑，总也不能达到他的目的。他只好先赶着抓来的这些老小民伕，来修这一段的公路和炮楼。

猫眼司令要修的这一段公路，是从桥头镇直到鬼子坟。

鬼子坟原来是个不大的村庄。从前，外国人在村里立了个教堂，因为教堂里有几个洋鬼子，他们以传教为名，剥夺平民，欺压百姓，还奸淫信教的妇女，因而惹起了众怒。在义和团运动的时候，群众就把这个村子打了个土平，把几个鬼子也给杀死了。后来义和团失败，八国联军进了北京，在这儿给那几个死鬼子修了坟墓，立了一块石碑，以为纪念。就从那个时候起，老百姓就都跟这儿叫起鬼子坟来。

鬼子坟离桥头镇有十八里路，在桥头镇的西北方向，属本县四区所管，它的位置是在四区田家洼儿西南面，在三区五虎寨的西北面，距离都挺近。鬼子坟这儿原来就靠着公路，这条公路，往南直通县城，往北通北京，也可以通保定。猫眼司令打算把公路从鬼子坟修到桥头镇，过了河再往东南方向修，一直修到沧石公路。这样，他一来是为了把铁路、河路、公路串连起来，便利他们的作战交通，也便利他们把大平原上的丰富物资抢劫运走。二来是为了把大片的平原，用公路、炮楼分割成许多小块儿，限制抗日的武装活动，便利他们对群众的镇压和统治，好达到他们从点到线、从线到面的全区占领。要不然，猫眼司令就那么着急吗？

这一段十八里的公路有三处重要之点，一处是桥头镇，它的重要自不必说，另一处是鬼子坟，这是两条公路的连接点，有如三条毒蛇的咽喉一般，还有一处就是小李庄村。小李庄村东南离桥头镇八里路，西北离鬼子坟十里路，它位于这段公路的中间。又因为这条大河是从西南流向东北，在小李庄这儿是一个大甩湾，这个弯曲的弓背就在小李庄的村南，不到一里路远。那儿原来是个摆渡口，日本鬼子在那儿架设了浮桥，打算就在河堤上修一个炮楼，控制浮桥的北端和小李庄村的南面，再在小李庄的村北骑着公路修上一个炮楼。这样，他们就可以把公路的中心点、水路的浮桥以及小李庄村完全控制在魔爪之下。要不然，他们就这样重视小李庄村吗？可是话要分开说，这一带的群众也知道敌人的这个意图。这是因为在反"扫荡"一开始，党政领导上就向群众们作了宣传。作为当地群众的领导者的孙定邦、孙振邦和齐英他们，自然是更清楚了。所以，他们更加坚决地和敌人进行斗争，对小李庄村也特别重视。现在，毛利赶着抓来的民伕，由日、伪军的武装押着又来修这段公路和炮楼了！作为全区党政领导者的齐英怎么办呢？现在不能不作交代。

自从这次三路民兵沙滩大战之后，在这一带的村庄，可就轰嚷开了！有些人说：这位齐英区长是真行！指挥着这么点儿民兵就能跟日本鬼子硬干，还消灭了好几十个敌人，打得猪头小队长夹着尾巴逃命！要不是毛驴太君带着大队增援，准得来个彻底的歼灭战。好哇！有这样的领导还怕什么？干吧，日本鬼子也不过就是这么两下子了。于是，他们就自动地拿上点儿东西去慰劳民兵们。也有些人不明真相，他们以为这场战斗不光是民兵打的，一定还有八路军的大队，要不然，四区的民兵怎么也来参加呢？

经过这次战斗，民兵们可受到了锻炼，得到了鼓舞，除了少数的人看见死伤有些害怕，大多数的小伙子们可全都抖起精神来了。特别是拿到"三八式"步枪的民兵们，那就劲儿更大了！美得他们一个一个的连饭都顾不得吃，连觉都顾不得睡，老是摆弄他们的枪，可真像得了奇宝。你看看他们那个神气样儿，一会儿把枪拆开，一会儿上好，一会儿把刺刀插上，练习刺杀，一会儿又卸下来，举枪瞄准儿，装退子弹。有一个民兵还偷偷走到村边的井口，把枪往井里一人，砰地打了一枪。要是有群众们看见他们放枪，他就要滔滔不绝地讲述起战斗经过来：他们怎样追击……怎样围攻……如何把鬼子打死……如何得到的"三八"枪……这枪又是如何的好啊！经他这样一说，别的青年小伙子们也都馋得吧唧嘴，手心儿痒痒得难受。想拿过来看看人家的枪吧，人家怕给弄坏了，不叫摸一下，说人家一声小气，人家还要回问一声："你大方，拿你的来看看！"真是闹得脸觉着没有地方搁，肚子里一鼓一鼓的，于是扭头一走，便暗暗地说道："等着叫你看看……"

民兵们这股美劲儿，齐英自然是知道的。齐英以为，这次战斗的收获很大，只是由于他还不了解武男义雄的情况，又伤亡了几个民兵，再加上田大姑的遭遇，使他感到这是受了严重的损失，总觉得没有完全完成任务。可是经过这次战斗，他觉着像是受了多少日子军事训练一样，似乎是摸着了战斗的诀窍儿。三年前在抗日军政大学毕业的时候，也没有像今天这样。这打仗有什么可怕？日本鬼子也不过如此，既然是闹到这一步了，放开胆子干吧！丁尚武受了伤，民兵基干队自己指挥带领，索性就和敌人周旋周旋，游击游击。孙定邦、孙振邦他们，不用问都同意他这样做。那么对现在押着民伕们修公路修炮楼的敌人怎么办呢？他们决定要打，打散抓来的民伕们，让他修不成。可是敌人太多，押着民伕的敌人连日本兵带伪警备队总有一百几十个，又恐怕打不好。不过，无论如何也不能让他安安生生地修，不管怎么说也得想办法打他，打了就打，打不了就跑，哪儿得手哪儿干。游击嘛！就得又游又击。现在所发愁的就是伤员问题，原来的伤员没有好，这会儿又增加了好几个。要是把史更新、李金魁、丁尚武他们的伤治好了，这该是增添多么大的力量啊！可是要没有好药治，不光好不了，像史更新还很危险哩！这时林丽又来找齐英想办法。

那位说，不是那一天林丽把自己的金戒指献出来，托解文华去买药了吗？怎么还没有药呢？

是有这么回事，可是解文华已经去了两天，不光没有买回药来，连人都见不着了。他们谁也不敢说这是怎么一回事，弄不清解文华发生了什么问题，所以不得不另想办法。几个人在商量的时候，就都拿眼儿瞟着肖飞，肖飞一看就明白了。于是他琢磨着怎样想法去弄点药来。这工夫齐英说话了："肖飞同志，这个任务我看只有交给你了。可是没有钱，恐怕林丽同志也没有第二个金戒指，我也不能替你想出具体的办法来，就把这个任务交给你，我相信你准能完成。"肖飞一听就干脆地说道："行！我马上就去。林丽同志，你开个药单吧。"林丽问道："药单好开，光有药单没有钱你怎么个买法呢？"肖飞"嘿嘿嘿"地笑了笑，他半打趣儿地说："车到山前必有路，你就放心吧我的同志姐。""真是，看你什么时候还有闲心开玩笑。"林丽笑着说了这么一句，然后她就忙着开药单子。孙定邦就问肖飞："这药到哪儿去弄啊？"肖飞说："上城里呗。""上城里，你打算用什么办法呢？"肖飞又说："这得到了时候再看，我在路上走着想吧。"说话之间，林丽把药单子开出来了，交给了肖飞。肖飞把药单子装在兜里，收拾妥当，他恐怕孙大娘和志如为他担心，所以没有让她们知道，说了声"走"，抬脚就走了。

肖飞走的这工夫正是半前晌，人们早就躲出了村去，村里是清街冷巷，村外是路静人稀，只有被抓来的民伕们，在日伪军的刺刀鞭棍之下，无可奈何地刨地翻土，给敌人修筑公路。肖飞隐蔽着身体，轻步急行，穿过枣树林，钻着高粱地，向着西南城里的方向走去。他一边走着一边琢磨，琢磨着他这个任务怎样完成。……肖飞虽然是心灵腿快，有勇有谋，但是这个任务他总觉着有不小的困难。他又想到转轴子解文华不知道怎么样了。要说解文华可算是手眼宽大，心快嘴利，莫非他拿钱买药还会买出问题来？现在敌人的花招儿挺多，什么预料不到的事儿也许碰上，可得多加小心！

说到这儿，大家一定是急着知道解文华究竟怎么样了？

原来，解文华可真是买药买出了乱子。他一去的时候觉着买点药还会买出问题来吗？他满有信心。于是骑着一匹毛驴，经过了多少敌伪的关卡岗哨，就是过封锁沟过炮楼进入城门，都没有发生什么困难。入城之后，把毛驴牵进一家大车店，交给了店主。因为和店主是朋友，所以照顾得满周到。县城里没有金店，把金戒指拿到一家熟识的首饰楼去，换了五十二元伪币，这也挺顺利。他又走进一家小药房去买药，掌柜的倒是很客气，可惜要买的这药，凡是重要的这儿都没有。他不得不找一家大药房去买。怎么也没有想到，问题就发生在这家大药房内。

这家大药房的字号是平民大药房，在东城门里，十字大街以东，坐北朝南，和日本宪兵司令部是斜对过，和猫眼司令的特务机关是前后邻。这个药房看外表真是明明朗朗的买卖，内瓤儿里它是个特务组织。转轴子解文华别看他那样眼宽手大，多朋广友，对这个药房的情形，他可一门儿不摸。所以当他把药买着走了之后，心里满高兴地走出门来。可是他走不多远，就被特务捉住，送进了猫眼司令的特务机关。这是因为他一买这么多药品，药房里的特务对他就起了疑心。他还没有出门，后头的秘密电话就给特务机关打过去了。所以他很快就被抓住。解文华被抓之后，他奇怪地琢磨了好一会儿，才感觉到这个半民大药房有点儿不地道，但是已经晚了。

解文华来到猫眼司令的特务机关，他一进门口就觉着浑身发冷，冷得瘆人！这原来是一家富户的深宅大院，特务机关又一装备，更显得凛凛森严。原来这家大院就是一个背巷，如今在大门上下又修上了炮台地堡，一个个黑洞洞的枪眼比长虫窟窿看着还可怕，岗兵的刺刀阴光显得更是惊心刺目。本来就是里外青砖的围墙高不可攀，这会儿上边又架上了铁丝蒺藜网，有如监狱一般。一进大门，又宽又高的影壁墙上画着大幅的海水朝阳，那上边的多半个太阳红得就像一片鲜血！走过影壁，钻进走廊，拐弯儿抹角儿，重重叠叠，门串门，院连院，数不清是几进几出，弄不清东南西北，要没有人领着，你算是走不出来。院子里的房屋数不清有多少间，差不多每个房子里都有动声，这些动声除了有中国人翻译的说话之外，再就是鬼子的叫喊和铿铿锵锵稀里哗啦的铁木刑具声响，接着就是受刑人的悲哭惨叫，谁也不能说这是人住的房子，简直就是鬼世界的阴曹地府阎罗殿！你说，像解文华这样胆小的人他有个不浑身发冷吗？解文华一想，今儿算是完啦！一到了这里头来，死不了也得把浑身的皮肉扒掉！不觉他的两条腿就打起颤来，越颤越软，软得就迈不动了。这时候，有两个特务连扯带架就把他架到一间房子里去。这间房子的门窗冲着哪面他不知道了。进了这间房子，两个特务把他一推，咚的一声，解文华倒在地下。特务扭头一走，"咣啷"一下子把门关上，接着就"咔嚓嚓"地上了锁，然后把窗户也关闭起来。房子里头，立时就黑洞洞的自己连自己都看不见，也觉着热咕嘟的憋气。

解文华在地下躺了一会儿，才多少清醒了一点。他的两手被倒剪着，费了挺大劲才站立起来，用两只脚探了探，才发觉屋里任什么东西也没有。他想：这间房子大概是专门干这个用的，不用问，一会儿准得来收拾我！真是他娘的怪事儿，我买了买药，买出来了这么大的乱子，莫非敌人知道是给八路买的？不会吧？孙定邦给我这个任务的时候，是深更半夜，还是在我的家里，他把我叫到房门外边，悄悄儿对我说的，连小凤儿和她娘都不知道这个事儿，敌人可怎么会知道的呢？也许是因为我这个维持会的副会长不维持了，他们才抓我来？不一定，要是为了这个，不会把我抓到这儿来。要不就是药房里头有特务，他知道我给八路军办事？也不对。因为从这次反"扫荡"以来，还没有给八路军办过事哩，这回来买药还是第一次。这可到底是怎么回事呢？莫非他们是认错了人错抓了我？哼！也许，也许。要真是这样，那才好哩！受点儿罪儿也没有什么关系。好，等着他们来吧。他想到这儿，似乎就不再害怕，心里也觉着清凉了许多，脑袋也不那样发胀了，两只眼睛也觉得有了神，蒙蒙眬眬地也看到了屋里的情形，可以说是完全清醒过来了。不知怎的，解文华又一激灵，觉着可怕。心里话，不好！不会是他们抓错了人，那不过是自己的盼望。哼，被抓的原因我明白了，平民大药房里头那些家伙们就是不地道！给我拿药的那小子不像个买卖人的神气。他看药单子的时候老是用眼角瞥着我，在拿药以前他到内柜房去了一趟，随着他走出一个黑胖子来。那小子贼眉横眼的叫人害怕，他的鼻子少了一块，真像是长杨梅大疮烂掉的。他上下打量了打量我，一声不吭很快就又回去了。这个地方好像是离那个药房不远，这个事儿准是坏在药房里了。对哪！越想越明白！像我这样的人，买这么多的西药就是惹人怀疑，一般的老百姓买药，也不过是买一样两样，顶多买上几样，那也是平平常常的药。我这一家伙买这么多的样数，我又不像一个医生，也不像个带洋气儿的买卖人，他们一定怀疑我这药是给八路军买的！平民大药房一定跟这个特务机关有关系。要真是这样，可就糟了！

解文华又听到别处有惨叫的声音，他更觉得可怕，浑身又颤抖起来。他又想，一会儿要来过我的堂，我可怎么应付呢？说实话？不能够。说了实话就了不得啦！不说实话，可又说什么呢？要给我一动家伙儿，还不要了我的命？想到这儿他又后悔了，真是不该糊里糊涂地来办这个事儿。孙定邦啊，孙定邦！这一家伙你可把我送到狗肉柜子来了！又一想：啊！这不能怪孙定邦哟！人家孙定邦嘱咐过我，"要是害怕有人怀疑，你就把这药单子扯成几个，分开买。"看来这样小心是对的。可是我没有当个事儿，觉着我是维持会副会长……他又暗暗地叫着自己的名字，解文华啊，解老转儿！都说你有七十二个心眼儿，九十六个转轴儿，可怎么你聪明一世糊涂一时呢？这是闹着玩儿的吗？真是混！混！混！他连着骂了自己三个混，在墙上撞了三头，然后又噗通一屁股坐在地下，后脊梁使劲往墙上一靠，心里说了一句：等死吧！他再也不动了。

解文华坐在地下一动不动，忽然间一道光亮，刺得他的眼睛生疼，原来是窗户打开了。紧接着"咣啷"一声，门也开了，还是刚才那两个特务，进来说了声："走吧，相好的！"一个人架着他的一只胳膊就往外走。解文华问了句："叫我上哪儿去，朋友？""叫你吃点心去！叫你娶媳妇儿去！尽好事儿，你就来吧。"说着把他架到另一间房子来。

这间房子又宽又大，亮亮堂堂，好像是客厅，屋里桌椅板凳摆列得整整齐齐。又像是教室，靠一头有个讲台，上面放着三张小桌和三把椅子。又一看，台子两边，站着两个持着枪的日本兵，他们直愣着黑乎乎的眼睛，拧着眉毛，稍息的姿势站着，一动不动，就像是泥胎木偶一般。又见正面坐着一个穿军装的日本官儿，有四十来岁，又粗又胖，脸皮白得没有血色，刚刮过的连鬓胡子紫不溜丢的发青，白眼珠子挺大，闪着阴森的目光。加上两边的两个小鬼儿兵，他真有判官的神态。这个日本官儿的身旁还坐着一个穿便衣的中国人，这人不过三十几岁，中等身材，不胖不瘦，脸儿挺白，没有胡子，戴着一副没有边儿的金丝眼镜儿。不用问，准是个翻译官，看样子像是挺文明的。解文华觉着这个中国人有点儿面熟，可是不敢细看，他把眼皮耷拉下来，战兢兢地等待着发问。不过，他没有看到这屋里有什么刑具，心里像是多少还轻松一些。

日本官儿问："你的什么干活？实话的说，关系的没有，实话的不说，死了死了的有。"解文华刚想说，太君，我的小买卖干活。可是刚刚张开嘴还没有说出来，旁边的那个翻译官说话了：

314

"你听见了没有？太君问你哩。你是干什么的？说实话，没有关系。要敢不说实话，就杀了你！"解文华一听，这说话的声音怎么这样耳熟？他抬起头来，注意一看，那不是何大拿的大儿子何志文吗？他刚高兴得"啊"了一声，何志文也认出他来了。

没有等解文华再说话，何志文就把桌子一拍，厉声地喝道："问你话哩，你看什么，低下头。"解文华吓得立时又低下了头，心里骂了声："好小子！乡亲爷们儿，你不认，这样对待我。"又一想：不认不认吧，看这来头儿，认他也没有什么好处。于是就回答了一声："太君，我的小买卖干活。"日本官说："你的小买卖干活，唔，不对，不对。"他说着还直摇头，又问道："你的什么名字？家的哪里有？"解文华又回答："我叫解文华，城东北乡小李庄村的人。"日本官一听就吃惊地说道："小李庄，唔！小李庄！好人的没有！通通杀头！"他又使劲地把桌子一拍："你的说，八路的是不是？你的说！"解文华一听这话，只得连说："太君，我不是八路，我可不是八路啊！太君！太君！"这时日本官儿不来问他，用日本话跟何志文说起来了。

解文华自然是弄不清他们说的什么，可是觉着自己挺危险！这可怎么办呢？这工夫何志文又把桌子一拍："早知道你叫解文华，你是小李庄的，你从小儿就没有干过好事儿。你说你不是八路，为什么给八路军买这么多药？你跟八路军是什么关系？有人知道你，你帮助八路军干过许多事，你这一次进城来，一方面是做密探，另一方面是给八路军来买药。八路军的后方医院，没有走出去，我们知道有好多的伤号连医生带院长都分散隐藏着哩。你要老老实实地说，说一句瞎话就活剐了你！"

解文华一听：好小子！你比日本鬼子都厉害！这时候他想起了何志贤来。心里话：你这样对待我，真要没有办法了，我临死也得拉一个垫背的。现在我先跟你们对付对付。于是就又回答说："先生，我可不是八路军，八路军也不会要我这样的啊。你们要是不信，咱到小李庄一块儿去问问老乡们，要有一个说我是八路军的，你立时就枪毙了我。"何志文一听就又把桌子拍了一下，大喝了一声："不说实话，打他！"他这话音刚落，后边的一个特务，照着解文华的后脊梁"乓嚓"就抽了一鞭子，打得解文华"哎呀"了一声，疼得他心惊肉跳。

何志文又问道："说！你这些药是不是给八路军的后方医院买的？你跟谁接头？是院长还是政委？"解文华没有立时回答。日本官儿又厉声地说了句："不说死了死了的有！"何志文又吆喝着："不说还打他。"后边的特务，更狠地又抽了解文华一鞭子，抽得解文华又"哎哟"的一声坐在了地下，连忙地说着："我说，我说，我说实话。""说实话就赶快说，你是不是给八路军后方医院买的药？你跟谁接头？是院长还是政委？这药买回去交到谁家去？说！说。"他一面问着，把桌子拍得乒乒响。解文华心里话：这小子是逼着我承认，这药是给八路军买的。好像是知道我的底细，可是他又说这药是给八路军的后方医院买的。这明明是诈唬我哩！看样子是说了实话也不行，不说点儿实在的也不行。想到这儿，他的心眼儿一活动：哎，我先给他个半真半假的话头，试探试探怎么样。于是他把头稍稍抬了抬，瞟了何志文一眼说道："你们先别这么打我，我胆儿小，我也经不住打，我说实话就得了。我这药不是自己的，是别人托我买的。"何志文又追问："是什么人托你买的？"解文华又说："我要说了你可别打我啊！""说吧，不打你。"解文华这个时候心里跳得特别厉害，又想说又不敢说，又知道不说不行。咳！管他娘的呢！说！想到这儿他把头抬起来，睁开大眼看着何志文："托我买这药的人，是小李庄村何家大院儿的！"

何志文一听，心里像是有个什么东西撞了一下，浑身一激灵，没有顾得多想，立时又把桌子一拍："你胡说！"何志文这一回可跟刚才不一样了！常言说：听话听音，刨树刨根。解文华一听就又接着说："先生，我不是胡说，这是实在的，说起来你也许不信，跟我打交道的这个人也不是院长，也不是政委，是个大姑娘。这个大姑娘有个爹，叫何大拿。"何志文一听，说到他的家去了！这明明又是说他家里的人。没有等解文华说下去，他就两手按着桌子，一蹿站起来连声地喝道："你胡说！混蛋！混蛋！胡说！打他！打他！打死他。"解文华这话，连这个日本官儿听着也像是瞎说。于是他冲两边的两个日本兵努了努嘴，说了一句日本话，意思是要用刺刀吓唬吓唬他，逼着让他说老实话。两个日本兵一齐"哈意"了一声，端着刺刀来到解文华的眼前，"死了死了的有！死了死了的有！"一面说着用刺刀来晃解文华的眼睛。

解文华被特务们抽了好几鞭子踹了好几脚，又看见两个日本兵的刺刀在眼前直晃，可真是吓坏了！他又后悔不该说刚才那话。可怎么办？今儿是说什么也不行了！哎，我什么也不说了。他在地下一躺翻了白眼儿，紧闭着嘴，从嘴角儿上还往外流唾沫。他装了死儿。日本官儿早就看出他是个胆小鬼，又看他这个又瘦又弱的身体，以为他是连打带吓昏过去了。这才吩咐先把他拉下去，等会儿再问他。于是特务们又把解文华架回原来的房子去。日本官儿跟何志文也都走了。

何志文叫解文华这一闹，闹得他也有点儿发懵。幸亏他躺倒不再说话，要是再说下去，还不知道他要说些什么呢！刚才说到了自己的亲妹妹，又扯上了自己的亲爹，再说下去，也许把我给扯在里头哩！日本人不知道何家大院儿、何大拿是怎么一回事，他们要是知道这些真又是个麻烦。有人要问，何志文既然在猫眼司令的特务机关当翻译，他还能害怕这些事吗？

原来其中有个缘故：何大拿跟何志武不是都叫高铁杆儿给扣起来了吗？高铁杆儿扣他们的原因是因为怀疑他们父子跟八路军有关系。这事儿被何志文知道了，当然他不能不管，他跟猫眼司令的特务机关长说：他爹和他的弟弟受了冤屈，求他给办一办这个事儿。猫眼司令的特务机关长，名字叫川岛一郎，是猫眼司令的亲信官员，他在猫眼司令的部下中是最吃得开的。于是，他往桥头镇写了一封信去，就把何大拿跟何志武都给要到城里来了。他亲自问了何大拿的话，何大拿表示坚决反对共产党反对八路军，并且还非常愿意替皇军做事。川岛一郎看着他是个有用的人，所以打算要给他办个差事，利用利用他。对何志武，川岛一郎了解他是个国民党的特务，他就更高兴了。因为现在日、汪、蒋三种特务已经合流，那么利用何志武就更加合乎要求了。他打算给何大拿跟何志武办个什么差事，又怎样利用他们呢？正赶上这时候猫眼司令要伪政权取消维持会成立大乡和联保。川岛一郎要借这个机会发展他的特务工作。所以就给伪县政府写了四指长的个纸条，要何大拿到桥头镇去当伪大乡长，并且还要他在桥头镇成立起伪新民会来，让他兼着伪新民会的会长。对于何志武呢？因为猫眼司令为了解决他越来越感到兵力不足的困难，他要成立一个"地头蛇"式的袭击队，用来对付共产党八路军隐秘的抗日活动。这个"地头蛇"式的袭击队是什么意思呢？要用猫眼司令的中国话说是这样，他说："大日本皇军老虎的一样，小小的共产党土八路蟋蟀的一样，老虎捉蟋蟀的干活不行，地头蛇的可以，它可把蟋蟀的通通吃掉。"他的用意很明显：这个袭击队是要最熟悉本地方情况的汉奸特务来干。那么，像何志武这样的是再合适不过了。所以，川岛一郎就把何志武介绍到了"地头蛇"袭击队。这一来，何家父子在敌伪这边不是抖起来了吗？何志文他还顾虑解文华的说话干什么呢？这是因为何志文对这些事情小心谨慎，他觉着，他爹跟他弟弟被高铁杆儿怀疑了一阵，这会儿刚刚把这事了结了，要是叫解文华扯上，川岛一郎要是对他们怀疑起来，那可就不好办！所以他才这样。但是他弄不清解文华跟他的父亲是否有关系，因此，他要回去问问何大拿。

何大拿现在就在何志文的家里住着，明天就要走马上任，到桥头镇去当伪大乡长。何志文有两个老婆，大老婆生了一个小子一个姑娘，在小李庄老家住着，这个小老婆是个妓女出身，没有儿女，带着她的一个妹妹一块儿住。何志文在这儿就是跟他小老婆还有小姨子三个人过。他这个家和这个特务机关离得很近，就在旁边靠着屁股的房子。他很快回到家来，把审问解文华的情形详详细细地对何大拿说了一遍。何大拿一听，这真是想不到的事情！不由得他前思后想地琢磨起来了……琢磨来琢磨去，他要献出一个计谋，来对付解文华，并且还愿意亲自帮忙。何志文也觉得可以，他们父子俩吃着晚饭又商量了一会儿。饭后，何志文就找了川岛一郎去。川岛一郎对他挺客气，坐下就谈起话来。何志文谈起了解文华，他试探着就把何大拿所说的话露出来了。其实，川岛一郎正需要这样的贡献。所以他对何志文更表现了亲切，还要再跟何大拿谈谈。于是就让何志文把他爹请了来，又让当差的摆上了香烟水果，以一种尊敬的神态跟何家父子议论起解文华的案件。何大拿这一回更觉着抖神儿了！他一边吃着就怎长么短地说了解文华的为人，又说出了对付解文华的办法。说得个川岛一郎高兴得像黄鼠狼子听见鸡叫一样，于是就满口允诺地照他说的那样办。

掌起灯来之后，把解文华又提出屋来，由何志文和刚才审判他的那个日本官儿领着他，后边跟着两个拿枪的日本兵，要在这个大院里各处观看。他们先走到一个房子的门外，里边没有刑具声响，也听不到人的声音，走进去一看，原来是一个青年的男子，全身的衣服都被扒光，用豆粒般粗细的弓弦，拴着两个大拇指头，吊在一个高架子上面。他的两只脚尖离地也就是一寸来高，顺着十个脚趾头一滴一滴地往下流血。他的全身就完全成了紫红色的肉酱。他的脸形已经模糊不清，可是还能看到他的两道黑眉拧在一起，闭着眼睛。说他死了吗？出气的声音很大，咬得牙齿咯吱吱地作响。就在他的身边，站着两个像鬼判一样的凶徒，穿着短裤，光着膀子。一个手里拿着一根一把粗的藤棍，另一个守着一个盆，盆里有半盆血染了的水，他手里提着一条粗绳，那粗绳上边的血水还直往下滴，看得出是蘸着水抽打人的样子。这两个凶徒因为一句话也不说，弄不清他们是哪国人，看着他们累得呼呼直喘气。在两个凶徒的后头，窗户的下边，油灯的后面坐着一个人。他抽着一支香烟，一动不动。这一个可是日本人。说也奇怪，一个中国人落在他们手中，把人吊打成这样，可是看他们的神态，好像是被这个中国人打得没了办法。这工夫，他说了一句日本话，这两个凶徒就又用藤棍和蘸水的绳子往这个吊着的人身上抽打。

只听到劈劈啪啪直响，被打的人仍是一声不吭，就好像不是打的他的肉！打来打去，那个日本人把手一摆，绳棍又停止了。只听那个日本人自言自语地说了一句："铁人的一样！"这个时候被打的这个人说话了："不是铁人！我跟你们一样也是父母生养的人！也是有骨头有肉的人！所不一样的，我是真正的中国人！"说到这儿他把眼睁开了，他这两只眼一睁开，真是闪闪发光，炯炯有神。他放大了喉咙，把声音提高了好几倍，接着喊道："中国人哪！你们知道吗？有四万万五千万！有五千年的文明！现在有了共产党的领导！有数不清的八路军、新四军！要不了多久，一定会把你们这些野蛮的侵略者消灭干净！瞧吧，这一天就快到啦！哈……"说完之后，他又闭上了眼睛。解文华在旁边一看，暗暗地说：真是一条铁打的好汉子！哎呀！莫非你真的不疼吗？你为什么不会想别的办法来对付敌人呢？这工夫，日本官儿跟何志文说了一句日本话，扭身就往外走。一个日本兵拿着枪撅了解文华一下，叫他跟着出来。解文华弄不清要他到哪儿去，要把他怎么样啊！心里暗想，敌人要是也这样对付我……啊！他这一想可不要紧，立时就觉得心里哆嗦，浑身发冷，喘不上气来，两条腿一软，黏黏糊糊的就瘫在地下了。

诸位，这一笔写不出两个人字来，可是这人的身上长着不同的各种骨头各种肉！在这儿就看到了鲜明的对照。

真是：

硬者比钢铁还硬　　尿者比粪土还尿

第 二 十 一 回

地头蛇一齐出穴　飞行员独身入城

还接着说解文华，他一想到自己，恐怕敌人对他也要动用酷刑，立时就给吓瘫了。

敌人本来打算领着他去看看所有的刑房和所有受刑的人，不想看了这头一个最普通最简单的刑法，就把他吓成了这样，这个日本官儿不由得就"哈哈"大笑了几声，就不再领着解文华去看，恐怕真的把他吓死。于是，他让两个日本兵把他架起来，就往外走。走出了这个大院，往旁边一拐，又走进了一个小门。进来一看，这是个小院子，各屋都有灯亮，只听得有大勺碰小勺叮当直响的声音，又闻见有酒肉的香味。这时候，解文华就清醒了许多。可是，看不出来到了什么地方，也不知道敌人要把他怎么样。他正在纳闷，就被领进了上房。

解文华进屋一看，只见在沙发上坐着一个日本人，年约五十来岁，穿着一身整齐的西服，留着分发。他的脸形似方不方，横宽竖短，留着短胡髭，嘴角往下耷拉着，看着叫人可怕。他一见解文华进了屋，立时站起身来，满脸带笑："嗬……解的来了，朋友大大的，你的请坐。"让解文华在沙发上坐。这时候，何志文走上前来给他介绍说："这一位就是特务机关长，川岛一郎太君。今天该你走运了，太君要跟你交个朋友。让你坐你就坐下吧。"解文华一见这个情形，立时给呆住了，坐不能坐，动不能动，也不敢言声，简直就成了个木头人。何志文在后边按了他一下，川岛一郎又拉了他一把说了句："坐的，坐的，客气的不要。"解文华这才坐在沙发上面。

解文华本来是头一次坐沙发，一坐下又觉着悠悠晃晃，真是像驾了云一样。他想：我这是死了还是做梦呢？他偷偷儿地掐了一下自己的大腿，觉着疼痛，这才知道这是实在的情形。他似乎明白过来了：啊！听人说过，日本鬼子对待犯人办法可多哩，有时还给你好的吃喝。大概今儿对我也要用这个办法？这时候，川岛亲自递给他一支香烟，还给他点着了。他也没有客气，接过来就抽，可是仍然没有说话。川岛对何志文说了两句日本话，何志文就扭头走了。川岛又用中国话，对解文华说了许多，意思都是向他道歉，和他交朋友，并且宣传"大东亚新秩序"。最后嘛，要求解文华替他们办事。解文华听懂了大概的意思，可是他还没有想好应该怎样回答，所以只是哼哈地应付着。

解文华又听见门外的脚步声响，抬头一看，何志文领着何大拿走了进来。川岛对着解文华说："你的看看，朋友的来了，你的朋友我的朋友，通通的一样。"何人拿一见到解文华，就大笑了一声："哈哈！老伙计，你来啦！真是想不到的事。好啊！咱们这真是拆不散的老伙计。"一面说着就坐在他的身旁。解文华又是一个奇怪，不知道何大拿为什么到了这儿来，不过他不觉得像刚才那样害怕了。于是，他就问何大拿怎么也到了这儿来。何大拿见问，就把他的经过和要当大乡长的情形说了一遍，又说日本皇军如何如何好，川岛太君怎样怎样恩德，最后还要求他帮助他这个大乡长。解文华一听，何大拿这老家伙抖起来了，想不到日本人这样重视他。不用问，何志文在日本人手里一定是吃得开的。

何志文这时候又上来对他说了几句道歉的话，说："刚才没有认出来，实在是有点儿得罪了！往后看吧，如果你要是给皇军做事，那我一定竭力帮忙。"

正在说话之间，当差的端上来了酒菜，小地桌儿不大，摆得满满的。酒是带颜色的酒，菜是外国菜，虽然叫不上名字来，闻着怪香的。解文华本来就饿得不行了，一看见这么好的酒菜来到了自己的嘴下，真是馋得舌头根子发痒。他也知道，这酒菜不能白吃白喝，日本人这并不是招待朋友，是要换出他的秘密来！但是他不管这一套。当川岛让他，他就实实在在地吃喝起来了。

话不多说。他们酒足饭饱之后，当差的把剩下的东西撤走，又端上茶来。解文华想：吃喝完了，这该跟我要东西了。我怎么办呢？要是不能让他们满意，恐怕我这把骨头就得撂在这儿！我可说什么呢？他想起了白天审问他的时候何志文对他的发问。他们要的是大的。哼，管他是实话瞎话呢？我顺着他的竿儿爬。他的主意打定，就单等着问他。

这工夫，川岛让当差的拿来了一大包子东西，放在解文华的面前。川岛亲自给他打开一看，原来是他买的那些药品。只听川岛对着何志文说了几句日本话，何志文就对解文华说："这是你买的药，还给你拿回去。如果你自己不说这事，别人不会知道。可是你们的秘密，太君早已经明白。太君为什么要这样对待你？我想这用不着细说。不过到了这个时候，你应该表明态度。刚才的犯人你已经看到了，你以为怎么样好，就怎么样，全在你自己。话又说回来了，咱们既然是乡亲爷们儿，你跟我父亲又是多年的交情，希望你还是痛痛快快地说了，帮助我父亲办点事，我父亲总亏待不了你，皇军也亏待不了你，你说说吧。"

解文华把要说的话已经准备好了，他先勉强地笑了笑，说道："老爷们儿，我说实话。"何志文没等他说下去，往旁边一努嘴："你要冲着太君说话。"解文华这才扭过脸来，面对着川岛一郎又说："太君，我说实话，我这药是给八路军买的，八路军真有个后方医院，伤号还真不少，不过都在哪些村子里藏着我可弄不清。"何志文问道："那么你买这些药回去交给谁呢？"解文华说："交给俺们村的支书李治国。"何大拿插嘴问："李治国不是死了吗？""没有死。那是假的。"何大拿一听真怀疑起来了。何志文又问："那你怎么知道有个后方医院呢？"解文华又说："有一天黑夜，我偷偷儿地看见有百八十个伤员，抬着的抬着，拄拐的拄拐，就在小李庄的村头上分散走了。我还看见了一个女医生哩。"说到这儿，听见何大拿在一边咳嗽了一声，他才忙着又说："这个女医生我可不知道她叫什么名字，反正我认得她。"川岛一郎听着，微微地点了点头，看样子是有些相信。他又对何志文说了两句日本话，何志文又问道："八路军这个医院有武装保护没有？或者不是保护他们的，在小李庄一带有八路的武装队伍没有？"解文华又说："武装队伍，有啊！""都是哪一部分？""我知道的有县大队。""他们住在哪个村里？有多少人？""住在哪个村里可没有准儿，有多少人，人家也不让咱看见。反正我见过好几次大队上那个挺有名的飞行侦察员，他叫肖飞。"这时候川岛一郎"哼"了一声："肖飞，肖飞，嘎子的一样！哼！"说着他又点了点头。何志文又问："还有哪一部分？"解文华又说："还有骑兵团，他们可是没有马了，我常看见他们的班长丁尚武。"这工夫，何大拿吃惊地吸了一口气："啊？丁尚武？""是啊！丁尚武，听人们说，上一回在大碱地边上打皇军的伏击，就是他带着队伍打的。有一天黑夜钻进桥头镇去，把那五十多个妇女救走，也是他们干的。"何志文又问："还有哪一部分？""还有哪一部分我可不知道了，没有看见的我不敢瞎说。""不是昨天有三四百八路军在大沙洼里跟皇军打了仗吗？"解文华"哈哈"地笑了笑又说："昨天我就到城里来了，我怎么会知道这事儿？反正我约摸着，在小李庄一带的八路是不少，三百五百的这是少说着。"川岛一郎又对何志文说了几句日本话，何志文又问："你见过共产党的大干部没有？"解文华又连声地说道："见过、见过。""都是哪些人？""见过县长，他的名字叫齐英，区长区委还有助理员，那就更多了。""他们都叫什么名字？"

"他们？啊，我得想一想。"他像真的一样，用手拍了拍头顶，你说他编得也快，一连说了七个名字，还是不打磕巴儿。何志文又问："小李庄村现在的干部、党员、民兵们都是谁？"解文华又一连说了二十多个，除了现编的假名以外，把死了的支书、农会主任都说出来了。因为他知道敌人已经知道李金魁，所以把他也说了出来。川岛一郎又让何志文翻译着问了许多别的情况，解文华是现编现答，真是要什么有什么。最后一再地叮问他："还有没有？这些有没有假造的？"解文华是一口咬定："完全真实，半个不落。"这时何大拿在旁边直吸凉气儿。解文华把转轴一转，就对何大拿说："啊！对了，我知道的少，老哥们儿，你补充补充吧。"何大拿知道这个转轴子什么都说得出来，所以没有敢言声，只摇了摇头。

川岛一郎扭头说了一句日本话，只见他身后的墙上有扇小门开了，走出一个人来，交给了川岛一张写满了字的纸，何志文拿过来递给了解文华说："这是你说话的记录，你签字画押吧。"解文华一看，啊！还有这一手儿！他觉得有点儿可怕，但是不敢表示出来，只好签了字画了押。紧接着，川岛一郎把二十元的伪票放到了解文华的眼前，对何志文说了几句日本话。何志文又翻译说："这是二十元钱，作为你这次情报的报酬，以后做什么事还要多给。可是这样，要发现你有了欺骗的情况……"没有等何志文说完，解文华就忙说："枪崩！枪崩！"何志文又说："以后你要经常地跟我父亲接头，让你做什么你可就得做什么。你要是敢不听……"解文华又忙说:"杀头!杀头!"何志文又说:"你就是跟八路跑了也不行,因为你有家!再说,要把你今天说的这些话让八路知道了,他们要说你是汉奸特务,你也活不了!明白吗?"解文华又忙说:"明白!明白!我都明白。我既然要这样干就要干到底。"说着他扭过脸去对着何大拿:"老伙计,有什么事你就只管吩咐吧!保险没错儿。"到了这儿,事情就算办妥了。

解文华拿上他买的药品,装起了川岛给的二十元伪票,他还给川岛鞠了个大躬,这才跟何志文、何大拿一同走出来。何大拿把他拉到何志文的家去,又商量了一些怎样在小李庄一带进行活动的计划。最后,何大拿托他想法,把何志贤叫出来跟何大拿见见面,把大苹果想法给他接出来,或是弄到城里来,或是弄到桥头镇去。解文华是满口应承——允诺,这才跟何大拿在一个床上睡了觉。第二天一早儿,解文华也没有吃饭,辞别了何家父子,又回到了他朋友的店里,吃了点儿点心,拉出毛驴,一出城门,就着道旁的小坡儿,上了驴颠儿颠儿地往回里走。

解文华一路上走着,他可真是高兴极了,虽然昨天被鞭子打得后脊梁还有点儿疼痛,叮是他总以为这是得到了胜利,欺骗了敌人。这时候,他又想起被扒光了身子,吊在高架子上,被打得全身血肉都分不出来的那个青年,真是傻瓜!那样地硬扛有什么好处?为什么你就不想个办法欺骗敌人呢?你看我,吃喝一顿,原物拿回,还得了二十元的伪票儿。别看我给他们画了押,那是扯他娘的洋蛋!我解文华还是解文华,我想怎么着就怎么着,他们能把我怎么样?想到这里,他可真是觉着自己能的不行。他又一转念:啊!孙定邦要是问我,我可怎么说呢?说没有这么回事?怕是骗不过去,因为我在城里过了两个夜。照实话说?也不行,不能把我对敌人说的话都说了。哼!绝不能说。大约着别人也不会知道。我说有医院,可也没有说在小李庄。我说这一带的八路军挺多，敌人就不敢随随便便地来闹，孙定邦也得赞成我这一点。虽然说用了两天多的工夫，总算是把药如数买回来了。我解文华应该说是，冒着生命的危险为八路军办事吧！换换别人，他们哪个能行？……他一边走着一边想，越想越高兴，不由得嘴里就哼出歪腔咧调的小曲儿来，手里拿着缰绳头儿还敲打着毛驴的屁股蛋儿。小毛驴儿因为盼家，也就越跑越快越高兴，它也唔儿哇儿地叫起来了。解文华更加提起了精神，看到路边的人们直瞧他，似乎对他也表示羡慕，他可真是大有凯旋之感。他怎么能够认识到，他在敌人的面前已经丧失了抗日的民族立场，真是耻辱莫甚！在政治上遭受了严重的失败，损失非常！这一来，就给小李庄一带的群众，将要带来血水横流的惨祸！解文华高兴地回小李庄暂且不表。

且说川岛一郎，自从得到解文华的情报之后，甚是高兴，他以为解文华说的这些情况，虽然不是百分之百的真实，要和桥头镇屡次来的情报对照起来，再把何家父子所说的情况加在一起来看，解文华的话，大致上是对头的。他急忙面见猫眼司令，把解文华的供词献出，并且把审讯解文华的经过情形，从头到尾详详细细地作了报告。猫眼司令一面看了这张供词，同时听了川岛一郎的报告，他当时什么话也没有说，只是把两只手插在裤兜里，在地下慢慢地走动，两只大皮靴敲得屋地"咚、咚"直响，翘着两撇黄胡子，沉着他那一副骷髅似的嘴脸，看不出任何表情，只能看见他那一对猫眼珠子有时动一动，或是转半个圈儿，可以断定他这是在考虑这些问题。至于他怎样认识这些情况，将要做出什么决定，还不敢说。难道他不相信川岛一郎吗？不是。这老家伙是心里为难啊！他当了好几十年日本皇军的军官，侵略战争也打了好多年，从来还没有遇到过现在这些困难，本想坚决地执行他们的"三光"政策，就可以消灭了共产党八路军，可以制服中国人民，可以从点到线从线到面的全部占领抗日根据地。可是没有想到，这共产党八路军不但不能消灭，反而倒闹得战线延长，首尾难顾。步步为营、处处筑垒的政策，真是应了共产党的宣传——成了"作茧自缚"。

本来兵力就感到不足，这样就越发的不够用了！不是这个据点儿要兵，就是那个地区要求增援，今儿这边发现了共产党的秘密，明儿那边包围了八路军的队伍。不派兵去吧？他也许是真的；派兵去吧？他也许是假的，真是难猜难测。那么，对桥头镇这个据点究竟怎样办呢？增兵吧？实在是困难；不增兵吧？毛利难以执行任务，实现不了预定的目的。桥头镇跟小李庄来的这些情报，可靠吗？要说这儿现在还有这么多的八路军，这真是有些奇怪！要说没有八路军，这左一次右一次的袭击、伏击，还打死了这样多的皇军，这又是什么人干的呢？莫非还能不信这是真事吗？再一说，如不相信特务的情报，不相信毛利的情报，不相信川岛的情报，那可又去相信谁呢？猫眼司令想到了这里，他的脚步停止了，眼珠子也不动了，他把一只右手从裤兜里拔出来，用力一挥，"咚咚咚咚"几大步走到屋子一头，在沙发上一坐。他下了决心，决心要从别的地方抽调兵力，增援桥头镇据点，并且要对小李庄一带重新进行清剿扫荡。他一方面要把这一带的共产党八路军彻底肃清，同时要用武力把新的伪政权——各大乡和联保的组织建立起来。这样，对公路和炮楼的修筑自然也就容易做到。可是，他的兵力当时不能调动，这至少也得三天的时间从各处调来。不过，他们的战术一向是大军未动特务先行，那么他新成立起来的这个"地头蛇"袭击队就要做开路先锋了。因此，他决定"地头蛇"袭击队立即出动，先到桥头镇去驻扎，分头到各村去进行侦察刺探，然后再抽调他的大队兵马，布置"扫荡"。猫眼司令把他的决心告诉了川岛一郎。川岛一郎以为他的报告起了作用，当然高兴，于是又向猫眼司令请示了新的任务，就辞别而去。这且不提。

　　单说猫眼司令的命令一下，这个"地头蛇"袭击队，就在当天的早饭之后，仨一群俩一伙的分散出发了。他们有六十多号人，个个都是便衣，暗带着盒子炮，骑着自行车，向着桥头镇而去。别的特务暂且不表，单说何志武的行动。他出发的时间并不算晚，可是他走在最后。这是为什么呢？因为何大拿就在今天也到桥头镇去走马上任，可是没有马骑。这老家伙，你别看他又胖又笨像个狗熊，他可会骑自行车，但是骑不快。何志武要跟他爹一路同行，作为护卫。所以他们父子两个就落在了最后。县城离桥头镇有四十多里路远，虽说是骑着自行车也得走会儿哩。再加上何大拿骑得挺慢，又总是觉着吃力口渴，走不远就要下来找个地方喝茶、休息、小便，把时间就耽误了不少。天过了半前响的时候，还没有走到桥头镇。前边来到一个三岔路口，一条路向东，一条路向东北，还有一条就是顺着公路一直向正北。向东的这一条是往桥头镇，向东北的这一条是通小李庄。这两条路都是大道。在岔路口这儿原来还有个卖茶水、零吃儿的小摊儿，从反"扫荡"以来，就没有了，只剩了一个草棚子的残框，偶尔也还有行路人在这里休息抽烟，只是没有人敢再到这儿来做买卖了。

　　何家父子来到离这个路口不远的地方，就看见在破草棚子的那一面，闪出一个人来。看他的样子似乎有些面熟，一时想不起在什么地方见过。他们越走越近，来到面前，这工夫何志武突然像什么东西扎了屁股，"啊"的一声惊叫，跳下车来，就掏盒子炮。可是，他的动作慢了，对面人的盒子炮，已经对准了他的胸膛，只听轻轻地说了一声"别动！"何志武就像被定身法儿给定住一样不敢动了！何大拿"噗咚、哗啦、咳哟"了一声，连人带车子都倒在了地下。要问迎面来的青年是谁？这就是肖飞。

那位说：不是解文华骑着驴带着药回了小李庄吗？肖飞是从小李庄来，他俩能碰不上？肖飞还到这儿来干什么呢？

这话问得倒是有理。可是要知道，就在小李庄不远的地方，有好多的敌伪军押着民伕修公路，肖飞跟解文华都不敢明着走动，都是隐蔽而行。这又是青纱帐茂盛的时期，他们俩是很难碰到一块儿的。真要是碰在一块儿，不用说，肖飞也不再到这儿来。这也可以说，事不凑巧而又凑巧，肖飞才跟何家父子相遇在此地。肖飞是惯找这个便宜的，别瞧他的腿快，常常在走远道的时候，他要找个倒霉的汉奸特务，弄辆车子骑骑，骑够了就随随便便地把车子送给别人。为了执行对敌伪军的分化教育政策，有的时候，他还把车子给原主送回去。今天他又要来这么一手儿，偏偏就遇见了何家父子。何志武认得肖飞，也知道他的厉害，所以，当肖飞一亮家伙儿，他就不敢再动。何大拿就更不用说，早把骨头吓软了！

肖飞这工夫走上前来，把何志武的盒子炮拿到手里，又在他的身上搜查了一番，没有搜出别的武器，只是又搜出来了一个特务证。他又来搜查何大拿，从何大拿的腰里搜出一支二号的蛇牌撸子，肖飞在手里拿着笑了笑，"嗬嗬！你也带上这玩艺儿了？真是给我添些麻烦，不要你的吧？又怕你玩儿走了火儿，把自己打坏了！要你的吧？这真又添一个累赘。"嘴里这么说着，可就把这两支枪都插在了腰里，把子弹也都带在了身上，这才又说："走，到那边去，咱们谈谈。"

何大拿一看，肖飞用手指着高粱地，恐怕到那儿枪毙了他。吓得就给肖飞磕起头来，"哎呀！肖飞同志，你饶了我吧，我可没有办过坏事啊！"肖飞说："看你吓得这个熊样儿！到那边跟你谈谈，不杀你。要杀你就用不着这么啰嗦了。走，到那边去。"何大拿这才站起来，推着车子就要走。肖飞说："把车子扛起来走。"于是他们父子俩又乖乖儿地把车子扛起来，跟着肖飞走进了高粱地。

走不多远，肖飞说："就在这儿吧，坐下，坐下。"他们这才把车子放下就地坐定，战战兢兢地等着肖飞处理。肖飞这时候倒觉着有些为难，打死他俩？照自己所知道的情况来看，何志武是该杀的。可是还需要从他身上了解了解新的敌情，回来再杀。何大拿怎么处理呢？他的细情弄不清楚，回来再说。现在没有这么大工夫考虑这个，办事要紧，先把他俩放在这儿吧。想到这里，他又笑嘻嘻儿地说："你们俩甭害怕，我不怎么样你们，你们也许知道我，我的名字叫单打一。别看我干的是这个工作，可是我并不愿意杀人，要是非逼着我杀他不行，也没有办法！"

何大拿一听，又叫了一声："肖飞同志啊！我知道你，我常听志忠和志贤他们说，说你执行政策正确。咳，就是老乡们提起来，也没有一个不赞成的，嘿嘿！今天咱们碰到一块了，我愿意接受你的教育。还是我在村里说的那话，先把我这个抗属的身份搁在旁边，我既然是中国人，无论如何也不能给日本鬼子办事。前些日子我为了去保小李庄被抓走的妇女，叫敌人把我扣起来了，差点儿没有要了我的命！以后，我更不能给他们办事了。不光我不干，就连何志武这小子，我也不能让他再干，这不是我就要叫着他家走吗？这两支枪都是他的。说爽直的吧，这就算是拐了敌人两支枪来。按着我的打算，是叫何志武带上这两支枪，参加抗日工作。今儿正好，遇上你了，你就帮助把这个问题儿给解决了吧。嘿……真是无巧不成书啊！"

何大拿一面说着，一个劲儿地偷着给何志武递眼神。他的意思是要让何志武顺着他的话说。不想，何志武这小子领会错了他爹的用意，一见他直使眼色，以为是叫他逃跑哩。何志武这个小子不光是当国特、敌特，他的脾气从小儿就属螃蟹的，横着走道。欺负人欺负惯了的手，他怎么能服这个气儿呢？他早就想着把肖飞抓住，在日本人面前献一大功，没有想到今儿反落到了肖飞的手里，他真是后悔极了，后悔他自己粗心大意，也后悔不该跟这个倒霉的爹一块儿走。不过，到了这个时候，后悔已经来不及，那么怎么办呢？他想：要是瞅个空子把肖飞抱住，或是抓住他的枪，他爹一定会帮助他把肖飞捆起来。他的心里这样想着，面目的表情必然有所流露，所以他的两只眼睛，总是瞅着肖飞的动作。这样看来，肖飞似乎是有危险。不过，在这样情形之下，他是有所提防的，对何志武这个人他也了解一些，对何大拿的这一番话，当然他也不相信。可是现在不能耽误更多的时间，先把弄药的任务完成了之后，回来再收拾他们。

肖飞想到这里，他就又对何大拿说："按你说的这话，当然是很好了。既然是这样，那你就听我的命令吧。"何大拿一听这话，就连声地说道："听，听。好，好。你就说吧。"肖飞说："你把何志武的裤腰带解下来。""解裤腰带干什么？""叫你解下来你就解下来。"何大拿没有办法，只好上来解何志武的裤腰带。何志武已经明白了肖飞的意思，所以他不让解。肖飞一看，就凑到了何志武的眼前，用枪指着他的脑袋说："你不服吗？给我自动地解下来。"何志武这工夫就想下手夺肖飞的枪，可是他看肖飞带着警惕的样子，没有敢贸然动作，只是把刚刚要伸出来的两只手变成了解裤腰带的动作。他无可奈何地把裤腰带解下来，交给了何大拿。肖飞又说："把他给我捆起来。"何大拿一听要把何志武捆起来，他真不愿意下手，于是又想对肖飞说好话求情。肖飞没有等他张嘴，就严厉地喝道："怎么？你敢不听？不听我就崩了你！"说着这话，他的枪口就转向了何大拿。

何志武一看：是时候了！动手吧！冷不丁地往前一蹿。他的动作还是真快，上来两只手就把肖飞的枪给抓住了。这小子是个行家，他一只手抓住了枪身，一个手指头填进了机头的嘴里去。这一来，这支盒子炮就没有办法打响。他的另一只手抓住了枪苗儿。这是一支长苗儿盒子，他抓了个满把，使劲儿地夺这支枪。何大拿一看，可着了急，到了这个劲头儿上还能再装样吗？你死我活就在这一会儿了！上手吧！他也要帮助何志武来收拾肖飞。要说肖飞可真算是艺高人胆大啊，他觉着自己是有了警惕，可是他并没有把何家父子放在眼里，他以为何志武的裤腰带已经解掉，他的裤子已经脱到脚腕，绊住了两脚，他就再也不能进行战斗，所以一时疏忽。没有想到何志武这个小子不光是手毒心狠，他的动作也非常之快，幸亏肖飞有良好的战斗习惯，他这支枪没有离开他的腰部，要不然这枪早被何志武夺到手里了。到了这劲头儿上，肖飞怎么应付呢？我们知道，他还暗带着一支撸子哩。凡是带盒子又带撸子的人，他这撸子就起保护盒子的作用，到了这个时候他自然是要使用。肖飞这支盒子炮被何志武冷不防地一抓，虽然是被抓住了，因为肖飞握住的是枪把，抓得牢靠，何志武抓住的是枪身和枪苗儿，有劲儿很难使上。再加上他掉了裤子，迈不开腿，更不便于动作。所以，他连夺了好几下子，也没有把枪夺过来。何大拿刚想上手，肖飞的动作熟练，又急又快，早已用左手把暗藏的撸子掏出来了。肖飞不光是胆子大，要说战斗技术，那真得叫行，他不光枪打得准，还是左右开弓，双手并用。你看他，把撸子掏出来首先镇住了何大拿，又对何志武说："你真找死吗！？"何大拿一看，这才又紧忙着改变神气，装得像真事似地喝道："志武！还不赶快撒手！"何志武这才又无可奈何地把手放开。肖飞暗暗地说了一句：真是险一险儿啊！

　　说到这儿也许有人奇怪：在这种情况之下，肖飞为什么还不把何志武打死呢？难道他掌握政策要掌握到傻子的程度吗？

　　可不能这样来看肖飞，他半点儿也不傻。我们不能忘了，他是要从何家父子嘴里得到新的敌情。作为侦察员来说，这是很重要的。所以他还是想先把他们捆起来，再把他们的嘴堵上，怎么样处理他，那就可以随便了。于是，他叫何大拿用何志武的裤腰带，把何志武就给倒背着手捆了起来。然后，又让何大拿把他自己的裤腰带解下来，也背过手去。肖飞把他们父子两个的四只手捆在了一块儿，光怕捆得不结实，他拿脚蹬着，左一扣、右一扣，一扣比一扣紧，勒得何大拿"噢噢儿"叫。肖飞这时候又把他俩的裤子扒下来，用枪苗子顶着往他俩嘴里填："你叫唤，你叫唤！"他俩再也叫不出来了。肖飞又打趣地说："可叫哇！你怎么不叫了呢？嘿……真是有点儿对不起，先委屈一会儿吧，等我办完了事儿，回来叫你们到姥姥家去！车子我也先借着骑一骑，请你放心，我骑车子并不外行，给你骑不坏。"

　　何家父子在地下躺着，听得满清楚，可惜不能说话，也不能动了！何志武闭着眼睛，看样子还带着几分不服的心情。何大拿可是睁着两只大三角眼，止不住地流泪，似乎是要求肖飞说：你快点儿回来放开我，要不然工夫大了，热也得把我热死啊！肖飞这时候哪里还管冷啊热的呢？为了执行他的任务，急速整顿他的武装，重新做进城的准备。他根本就不喜欢何大拿这支蛇牌撸子。当然也不能把它扔掉，于是他把梭子摘下来，把枪膛的子弹也退出来，噗嗤，就扔到了自行车的兜子里。然后又看了看何志武这支盒子炮。一看，嗬！这支枪可真是好枪，是德国造的长苗儿大净面儿，还是胶把、线抓、通天档、满带烧蓝，足有八成新。一扣机，里头乒儿乓儿响。不用看，这是闷机一连发。哈！真是没有想到，今儿弄这么一支好枪！美得他直咂嘴儿。于是他转脸儿对何志武笑了笑："这可真得谢谢你，送给我这么一支好枪！"他又一检查，不光是枪好，子弹还不少哩！连枪里头的都算上，一共有七十八粒，还是一色新的。高兴得肖飞不知道说什

335

么好了："就冲着这一手儿，我也得把你放了，你好还去当特务，再给我弄枪弄子弹去啊！"何志武听着，把肚子都快气破了！

肖飞又打开何志武的特务证一看，上面写着"地头蛇"袭击队的字样。哼！这个番号可还没有听说过，也许是敌人新组织起来的特务队？啊！这可得好好地了解了解，这会儿没有工夫，等回来一定要仔细地问问他。他刚要把特务证收起来，猛然一想，应当改变计划。肖飞要改变什么计划呢？原来他身上常带着一个特务证，他今天入城还是要利用旧的特务证冒充特务。这会儿他觉着，这个"地头蛇"袭击队是敌人新的组织，他知道，凡是新的特务组织，在敌人这边就吃香，并且它的秘密性也强，就是遇到一般的关卡岗哨，他也不敢细问，他也不知道细情，容易混过。特别是何志武在特务证上的照片，跟肖飞的照片差不多，这是半身照片，只能看脸形。何志武虽说比肖飞大七八岁，身量也稍高一点，可是脸形长得差不多，不论是眉眼口鼻都有近似的地方，只是由于品质和性情的不同，肖飞的面容怎么看怎么让人喜欢，而何志武怎么看怎么叫人厌恶。不过这种情形在照片上并看不出来。所以，肖飞就决定使用他这个特务证。

既然使用何志武的特务证，又使用他的盒子炮，那就也骑他这辆车子吧。肖飞一看这辆车子，虽说是旧了一点，可是带有快慢闸，这比何大拿骑的那辆就胜强百倍了！肖飞可真是美上加美："哈哈！何志武！我还得谢谢你，你给我从上到下重新装备起来了。回头再见吧。"

肖飞高高兴兴地把车扎到了高粱地头上，悄悄儿地探视了探视，一看近处无人，他急忙推车走上公路，一骗腿儿，骑上这辆车子，嗖嗖的真像箭头子一样，你瞧这个快劲儿吧。

肖飞一边走着，心里又想：原来打算着，路上打个有钱的汉奸，好拿他的钱去买药，如果打不着，就进城找个地下关系，先借点钱，再要是不行，就去赊笔账。现在看来，那些是都不需要了。他越想越高兴，越高兴蹬得越快，没有用一个钟头的时间，他来到了县城以外的封锁沟边。封锁沟沿上有铁丝网，在大道的两旁，有二鬼把门的两个高大炮楼，就在封锁沟的里边，紧贴着大道，有一间小房。小房的门外就是吊桥，守着吊桥的有一个伪军站岗，大白天没有什么情况，吊桥自然是平放着的。肖飞骑着车子就闯过了吊桥。

守桥的这个伪军看见有人骑着车子闯过吊桥，用枪一挡，"下来。"肖飞一看，这个伪军是要盘问我啊。今天所要闯的这才是第一关，要是在这儿捣起麻烦来，我别说完成买药的任务，恐怕连城门也进不去。于是他"嚓——"的一声，把车子闸住，跳下车来，凑到了伪军的跟前。这个伪军刚问了一句："干什么的？"肖飞说了声："干这个的。"兵，就给了伪军一个脖溜儿，打得这个伪军"哎呀"了一声："你怎么打人哪？啊？啊？"捂着脖子直嚷。他这一嚷，从小房子里边又出来了一个伪军，上前拦住连声问道："怎么回事？怎么回事？"肖飞一看这个伪军戴着班长的阶级，断定他是个带班的。于是把何志武的特务证拿出，在这个伪军班长眼前一晃就说："你是带班的啊？告诉你，耽误了我的紧急公事，叫你吃不了的兜着！"伪军班长一看这个来头，吓得他连说好话："先生！啊！不，队长！队长！请你原谅，他是个新兵，刚来三天半，什么也不懂，请你原谅吧。再打打我好了。"肖飞说："我没有工夫。"一骗腿骑上车子就走。

走出了好几十步远，肖飞还听到那个伪军班长训斥那个兵说："……你干的什么差事？合着眼干就行吗？你真是老和尚的木鱼儿，天生挨揍的货儿！……"肖飞听着心里直笑。来到了东关的东街口外，只见街口的两旁有两个地堡，地堡的外边也站着一个拿枪的伪军，看样子也是站岗的。

肖飞一看，这回不那么办了，这儿可不同沟边儿。于是他的车子慢下来了。

肖飞走到伪军跟前，冲着伪军点了点头，道了一声："辛苦。"这个伪军也很客气地连说："辛苦，辛苦。"肖飞说："公事要紧，不下去了。"伪军又连声地说："没有说的，走吧，走吧。没有说的，回来这儿喝茶。"肖飞再也没有说什么。

肖飞进了东关大街，这条大街挺长，原来的买卖不少。如今可是关张的关张，倒闭的倒闭，开门照常营业的已经是稀稀拉拉，冷冷落落。在街上来来往往的人倒是不少，不过大多数都是日本兵、伪军乱七八糟地在街上行走。有一些汉奸特务在街上乱钻乱窜，还有的日本兵喝醉了酒在街上打人骂人。花花达达的一些买卖人和市民们，带着惊慌的神色东张西望，光怕自己碰上倒霉的事情。肖飞没有心活儿看这些人鬼混杂的风色，他一心要找药房。他知道原来就在东城门外不远处，有一家开了多年的小药房，过去曾经是生意兴隆，买卖火爆，掌柜的对顾客也挺客气。心想：我就到他那儿去买，把药拿到手之后，我就说忘了带钱，把车子留给他作抵押，回去拿钱来赎，大概是可以办到的。要是不行的话，我就领他到城里，找个关系兑个账，然后把车子卖掉再还他的药钱。对，就这么办。

肖飞的主意一定，就直奔东城门而来。来到东城门外，往路北一看，果然这家药房还在，牌子上还写着"新生药房"四个大字。和过去不同的是，两间门脸儿只是开着半间的板门，也看不见有人出入。肖飞来到门口，把车子放下来，进门一看，满屋的药架子上，大部分都已空空荡荡，只有一小部分还摆着一些空药瓶子，往日的青年店员们，一个也不见了，就剩了一个六十来岁的老头儿，在账桌子后头坐着出神儿，这就是掌柜的。他一见肖飞进来，急忙立起点头微笑："嘿嘿，先生，要点儿什么？"肖飞说："买几样药。"随着话音就把单子递给了掌柜的。

掌柜的接过药单来一看，皱了皱眉头，又笑着说："先生，你要买的这个，现在柜上大部分都没有了。"肖飞问道："都是哪些有，哪些没有？"掌柜的又说："就是还有，碘酒、硼酸、二百二、阿司匹林、苏打片，另外还有几样，你这单子上都没有写着。"肖飞说："从先你这儿的药不是挺多吗，这会儿怎么没有了呢？"掌柜的见问，就上下又打量了打量肖飞，他不敢说是让日伪军们弄得买卖不能做，只好又苦笑着："嘿嘿！先生你是明圣，因为咱不会做生意，才把买卖做倒了！"肖飞一想：这儿肯定是不行了，另想办法吧。于是他又问道："现在数哪家药房大？你看我要买的这些药，在谁家才能买到呢？"

掌柜的又说："这县城里一共三家西药房，城里还有两家，一家是中西药房，一家是平民大药房。中西药房，您不去也好，他那儿的买卖现在跟我这儿差不许多。要说平民大药房吗？您买的这些药大概都有，能买全喽。"肖飞一听，这事可真别扭，非得上平民大药房去不可。他心里又有点儿不安定了。

那位说，肖飞听说平民大药房里有这些药，他应该高兴才是啊，为什么心里反倒不安定了呢？

诸位，肖飞既然是本县大队上的一个有名的飞行侦察员，当然对本县的情形是了解许多的，他早就知道这个平民大药房不是正南八北的买卖，知道它和特务机关有联系。

他也知道它那儿买卖大，药品全，只是因为怕买出麻烦来，所以才不愿意到那儿去买。这会儿一听说非得到它那儿去买不可，他的心里能不顾虑吗？他出门推车慢慢地走着，心里就又琢磨起来了。他想，这药是非得到平民大药房去买不行了。要是到那儿去买必须得拿着现钱，进去之后，快买快走，也许不致发生什么问题。可是，这钱到哪儿弄去呢？咳，还是照原来的打算——进城去找个关系借一借吧。他又打定了主意，骑着车子就来到了东城门下。一看，这儿有两个日本兵站岗，端着明晃晃的刺刀，黑乎着眼睛，好像是他们随时都准备着拿刺刀挑人。肖飞知道在这儿硬唬不行，他跳下车来，推车进入城门，走到日本兵跟前的时候，想和日本兵点点头，可是又觉着在敌人的面前头低不下来，于是就把何志武的特务证拿出来给日本兵看。日本兵一看，上面盖着川岛一郎的钢印，腾，就是一个立正，肖飞话也没说，上车就走，这算是又闯过了一关。一连三关肖飞算是顺利地过来了。

到哪儿去借钱呢？原来他有一个地下关系，名叫张喜禄，在戏园子里头看座，想找他去借钱。这个戏园子就在北大街，正是热闹地方。肖飞骑上车子就奔戏园子而来。来到戏园子门口一看，出乎意外，戏园子的门关着，门口外边也没有买卖，连个闲人也看不见。这是怎么回事呢？走进去问问。肖飞推门走进去，来到账房，一看只有一个老头在屋里躺着，并不认识。这个老头一见肖飞进来，慌忙站起，点头让座。肖飞问道："你们这儿的戏怎么不唱啦？"老头说："先生，您还不知道吗？""怎么？""前后台的人们从昨天黑夜就都东逃西散啦，因为这房子有我的一点股份，我才到这儿来看着。"肖飞又问道："为什么他们东逃西散呢？"老头说："因为昨天特务们砸了园子，打伤了好几个人，当时就都吓跑了。"肖飞一听，心里就觉着凉了半截儿，又问："你知道张喜禄往哪儿去了吗？"老头又打量了打量肖飞："先生跟他有关系吗？"肖飞一听，有门儿，他可能知道他，灵机一动，很干脆地说："有关系，他是我的亲表哥，我有要紧的事找他，请你告诉我吧。"老头一听又说："那太好了，他昨天被特务们打伤了，俺们把他送到了医院去，正愁着没有钱哩，你赶快去看看他吧，要是能给他点钱那就更好。"肖飞一听，啊？让我给他点钱？我正想跟他借钱来完成任务哩！真是糟糕。肖飞正在为难地想着，老头又说："他就在东关外那个小医院儿里，你要不认识我可以领你去。"肖飞一听到东关外的小医院儿这几个字，心里呼扇了一下子，连忙说道："不用，不用，那儿我知道。我走了，再见吧。"一面说着他就走出门来，辞别了老头，骑上车子就往回走。他一面走着，心里老是想着这个东关外小医院儿……看了看手表，时间已经到了下午两点，肚子里头也觉着饿了。他感到事不宜迟，需要很快想出办法，把药弄到手，还得赶回小李庄去，不然史更新的伤就要发生危险。张喜禄既然到了东关外的小医院儿去，他又没有钱又受了伤，还能去请他帮忙吗？有东关外的小医院儿这几个字儿就完全可以助我一臂之力，帮我完成任务……想到这儿，他把膀子晃开，两腿使劲蹬了几蹬就来到了十字街口。往东一拐，走不多远，路南是日本的宪兵队，路北是特务机关的平民大药房，两个门口斜对过，如同龙潭虎穴一般！这位飞行员就要在龙潭虎穴里闯一闯。

看吧：

为同志出生入死　骗敌人足智多谋

第 二 十 二 回

飞行员大闹县城　鬼子兵火烧村庄

常言说，艺高胆大，气壮心明。这话一点儿不假。请看肖飞，他打算在东关外小医院的帮助下，要闯进这个特务机关的平民大药房去，弄出药来。这个东关外的小医院他熟识吗？他是一点也不熟识。不熟识怎么能够帮助他呢？他是想着这么办：进门冒充自己是东关外医院的人，到这儿来买药。把药拿到手，就说没有带着现款，让他们派人跟着到医院去算账。把药带走，只要是出了城门，嗨嗨，那就完全由我了。他一边想着，就来到了平民大药房的门口，下了车子刚要往里边走，他又一多心：啊！先慢着点儿，没有现钱，人家要是不叫拿药可又怎么办呢！他又看了看自己这个打扮，叫谁看着也不像医院的人啊！万一要是被他们看出破绽来可就不好办了！又抬头一望，只见路南斜对过日本宪兵队的门口，站岗的那个宪兵似乎是很注意他周围的动静。顺着大街向东望去，东城门离此并不太远，城门下的两个日本兵看得清清楚楚。他知道，往西边去，过了十字街就是伪警察局。要是在这儿把敌人弄炸了，那是很难逃走的。想到这儿他又犹豫起来了。这就又推车慢慢地往前走，一边走着就又琢磨，琢磨来琢磨去，他又想出来了个办法：我先找个地方休息休息，喝点水，豁着挨会儿饿，等到天黑他们都睡了觉以后，我进去把药偷出来，车子不要了，爬城墙出去。这大概满有把握。想到这儿，不由得就把药单子掏出来看，看看都是什么药品，偷的时候别偷错了。他这一看药单不要紧，把自己看笑了。他笑自己糊涂：这偷药可不是买药啊！要什么就给拿什么。这是黑更半夜，不敢弄亮，只能用手摸。再说，自己对药是个大外行，就是点上灯让自己拿，恐怕一样也拿不对，因为自己连一个外国字母也不认得。哎呀！这可想个什么办法好呢？他为难起来了。这位浑身都是本领的飞行员，好像是从来还没有遭过这么大难。愁得他暗自叹气：肖飞啊肖飞！你不是有了名的肖嘎子吗？这会儿你的嘎劲儿都跑到哪儿去了！

肖飞推车子走着，猛一抬头，忽然看见路旁不远有一家自行车铺。啊！有了办法。没有顾得看是什么字号，推车就来到车铺门口，把车子一放，走进屋来，叫了一声："掌柜辛苦。"这时候正有两个人忙着干活。一听有人说话，没有抬头就忙着回答："辛苦辛苦，请坐请坐。"另一个抬头看了看肖飞："先生，修理车子吗？"肖飞说："不是修理车子，我是因为急着用钱花，把车子卖给你们。"他一说卖车子？这两个人就停止了手里的工作，上下打量肖飞。一看他这个特务派头，心里话：这哪是要卖车子？明明是又来敲竹杠。于是连忙说道，"先生，咱们这儿因为买卖小，没有多少本钱，不买成辆的车子。"肖飞说："不买成辆的车子，买零件也行。因为急用钱花，我把车子拆了零件卖给你们，要哪一件都行。""嘿嘿，先生，零件俺们也不买。"肖飞一听就明白了他的意思，心里话：我想了半天才想出这么个办法来，又不行，这可怎么好呢？嗨，唬他一家伙，非叫他买了不可："怎么着？零件你们也不买？我明明知道你们买过零件，不光买零件，成辆的车子你们都买过。为什么我卖你们就不买？告诉你们说，你们看看，车子是好车子，你们要可以让个便宜，你们要不放心，我可以给你们立字据。你们要是一口咬定什么也不买，我把卖过东西给你们的人找来，你们怎么办？"他这几句话真把两个工人给唬住了。一个工人对另一个工人直挤眼儿，另一个工人就说："先生，别着急，俺们是工人，不能做主儿。等一会儿掌柜的来了，跟掌柜的说吧。""你们掌柜的干什么去了？去给我找来。"这两个工人又不敢回答了。

其实，掌柜的就在里屋算账哩。肖飞的话他听了个清清楚楚，因为他吃特务的苦头吃得太多，所以没有敢露面。如今一看，恐怕把事闹大，这才急忙走出来点头儿哈腰儿，满脸儿赔笑忙说："先生，有什么话请到里边来说。"肖飞一想，到里屋正好，省得招引人来，于是就进了里屋。掌柜的忙着斟茶点烟。肖飞说，"你是掌柜的吗？"掌柜的说："我不是，我也是伙计，因为掌柜的出了门，有什么话跟我说吧。"肖飞心里明白，一看就知道他是掌柜的，不敢承认。不承认就不承认，只要买了我的车子就行。这才又说要把车子卖给他们。说了半天也不行，掌柜的是光说好话，不敢说买。说来说去，说到没话再说的时候，掌柜的掏出来了五元伪票，苦笑着说："先生，如果要是急着用零钱花，请把这个拿着。嘿嘿，小买卖，买卖太小，您别见笑。"说着就往肖飞的兜里装。肖飞一看这个情形，立时心里觉着热咕嘟的，脸腾的一下子就红了："这是干什么？这是干什么？"说着就躲开了掌柜的手。掌柜的以为是嫌少啊，就又掏出来了五块伪票："嘿嘿，先生，这可实在是太小气了！真对不起！请收下吧，交个朋友，赏个脸儿吧！"说着就又凑过来往肖飞的兜里装。肖飞一看，这真麻烦，卖车子没有卖成，反倒惹出这么些腻歪来。别看是化装特务，可不能办特务事，坑人害人的事无论如何也不做。他又想到，工夫大了也许还闹出别的问题来。不行，我得赶快离开这儿，但是又不能让他看出是假装来。这就假生气地说道："这是干什么，拿我当要饭的啊？"砰，一下子把伪票打落在地，出门骑上车子就走了。他这一走，可把个掌柜的吓得不轻，等着吧，说不定还要抓个什么碴儿找上门来！

不说掌柜的心惊胆怕。再说肖飞出门骑上车子一走，心里可就更觉得为了难。看了看表，已经将到下午三点，家里的伤员急等着用药救治，这药要是弄不回去，恐怕史更新的生命就要完了！他又想到自己曾经在区委书记面前说过：什么样的具体任务都能完成。如今这药就没有办法弄到手。啊！真是怪咧，什么样的战斗任务都没有难住过我，这么一点小小的任务就没有办法？他就又琢磨起来了……琢磨来琢磨去，又来到了平民大药房的门口。他把车子在门口外边一放。嗨！进去买药，我就不信没有办法，别说它是特务机关，就说它是龙潭，我也要取出水来，它是老虎嘴，我也要拔下它的牙来！他把身上的尘土掸了掸，把歪戴着的小草帽儿正了正，不慌不忙地就走进了药房门口。

肖飞进门一看，嗬！买卖果然不小，摆列得还真像个正南八北的买卖样子：三大间门面，玻璃柜台摆了半个圆圈儿，不但各种药品，连各种器械都有，好几个站柜台的在打点买卖。买药的人虽不算多，出来进去的人总是有的。肖飞进来之后，说了一声"买药"，把药单子就递过去了。接药单子的这个人上下打量了打量肖飞，对他还算是客气，让他先坐下等着，就给他去一样一样地拿药。肖飞装得很坦然的样子，点着一支香烟抽着，拉过一张小凳子在门口里边一坐。看来他是麻搭着眼皮，其实他里里外外都能看到。他一面注意地观察情况，一面打算着，万一要是炸了，怎样战斗，怎样走脱！他把一支烟抽完了，又呆了一会儿，这药就给打点好了，好几层纸包了一大包子。

没有等打点药的说话，肖飞走上前，一把就把药包子抓在了手里，说了声，"开个发货票吧。"打点药的人拿着单子，走向账桌去算账开票。肖飞真想把药包子一夹，出门骑上车子快跑，他又恐怕这样没有把握，心里咚咚跳着在忍耐地等待。不多一时，账算出来了，发货票也开好了。售货员把单据拿到肖飞的眼前说："一共是四十九元六角，请付款吧，先生。"肖飞说："没有拿现款来，跟我去拿吧。"售货员一听："啊？到哪儿去拿？"肖飞说："到东关医院，我是东关医院的，你们不认识？"这个售货员一看，东关医院倒是常来买药，可从来都是现款，买药的人也挺熟，可还没有见过这个特务打扮的。唔！这个事儿实在可疑。于是说："先生，你先等一会儿。"回头向里屋就喊了一声掌柜的。

过了一会儿，从里屋走出一个人来。这人有五十来岁，又黑又胖，还是大个子，满脸的横肉，鼻子少了一块，留着大背头。他脚上穿的皮鞋是漆黑瓦亮，下身穿一条咖啡色的西装裤子，上身穿着白绸子衬衫，结着蓝白花的领带，看穿戴真像个有文化的洋奴，看他的神气又像个粗野的凶徒恶棍，也像是在天津杂八地常遇到的"十大恶"打手一样。这家伙正是这里特务头子的助手，名叫郎敬仁。他就是史更新的亲娘舅。肖飞一看出来了这样一个人，知道这药怕是不能善拿！哎，要唬就像个唬的吧！索性把小草帽儿又往后脑勺子上一推，把小褂儿的袖口儿一挽，这一回特务的样子可就更十足了。他没有等郎敬仁开口，就说道："你们这买卖做得也太大了！一不挑货，二不打价，三不赊欠，四不抹零，叫你们跟着去拿钱就不行！怎么，看着我这个主顾不地道是怎么着？"

郎敬仁一看，这哪是医院的？像是特务捣乱，想着把药弄走去卖钱花。你可算是有眼无珠儿！不看看这是个什么地方。又一细想，啊，说不定也许是八路军化装哩！嘿嘿，你算是夜叫鬼门关——自来送死啊！就在这儿抓起他来？当然不能够，不能露出本来的面目，要让他走出门去再抓住他。他的主意打定，满脸带着狞笑："我当是什么事哩，原来是为了这个，跟着拿钱去可以，你就跟着去吧。"他这一说，打点药的这个人就跟着肖飞走出门来，可是郎敬仁也来到了门口，一看肖飞还有一辆车子，急忙转身回去又派出一个人来。这个人出门追上了肖飞，打了个招呼，一手就把肖飞的车后座给抓住了，似乎是扶着车子跟着一齐走。肖飞一看风头不顺，心中暗想：看来头儿今儿个是得费费劲儿，弄不好就有很大危险！怎么办呢？得把这两个家伙甩掉，又怎么能够甩掉呢？……

肖飞一面想着，他就推车紧走，后边这俩家伙就紧跟，眼看来到了城东门下。肖飞突然把车一停，两手还用力往后一拉车把，只听呱啦啦一声击撞的声音，抓住车后座的这个家伙"哎哟"了一声，两手捂着腿梁子直咧嘴，原来他的腿梁子被车后轴给碰破了。肖飞没有理睬，紧走两步，来到日本兵的面前，刚要拿特务证，日本兵说了声"开路"，肖飞就走出了城门。后边这俩家伙，连叫了两声："等等，等等。"就紧紧地追赶。日本兵用枪一挡："什么的干活？"把他俩给拦住了。这俩家伙急得直喊："太君，我得过去跟着他，要不他就跑了！"日本兵哪里听他这个！"唔"了一声，用枪托子一撞，用刺刀把这俩家伙的帽子挑落在地，又用刺刀敲着他俩的脑袋："鞠躬，鞠躬的干活，你的明白！"到了这时候，这俩家伙才恍然大悟，急忙鞠了个躬，又拾起帽子来，追出城门。肖飞已经看不见了。

原来肖飞一出城门，紧跑了几步，蹿上车去，两腿蹬开，把膀子一晃，嗖嗖的就像贴着地皮往前飞一样。这街上的人们，见到特务骑车在街上飞跑，这是常有的现象，所以并没有人奇怪。就是日伪军、汉奸特务们，也没有哪个阻拦。肖飞索性把盒子炮在右手里一提，用一只左手扶车，准备着随时碰见敌人拦阻，抬手就进行战斗。果然不出肖飞所料，真的就有特务在前边等着抓他哩。这是因为，在他刚走出药房门口的时候，郎敬仁就给特务机关打过了电话，特务机关就马上派了几路武装特务，分头在几个路口等着抓他。肖飞骑着车来到东关大街的东口，早已发现有两个便衣特务站在伪军哨兵的后面，他们的右手都伸在腰里，明明是准备掏出手枪来。再看站岗的伪军，他紧握着步枪，也带着战斗的神色。肖飞早就打好了主意，先下手的为强。你看他，来到街口之前就把车子慢下来了。那个站岗的伪军刚刚往前一迈腿，他的步枪对着肖飞这么一伸，两个特务的手枪也要掏出来。这时候肖飞是手动枪响，只听当当当，一个伪军和两个特务都应声倒下。这个伪军往后一仰的时候，他的步枪也嘎的一声打上了半天空去。枪一响，街上的人们就被震动了，老百姓都纷纷躲避，敌、伪、特务们一看打死了他们的人，也都慌乱起来，报告的报告，追赶的追赶，开枪的开枪，真是好不热闹！

肖飞闯出街口，不用问他的车自然是蹬得更快，眨眼之间就来到了封锁沟的吊桥。肖飞远远地就喊："截住他！别让他跑了！他是八路！"他这一喊，立时从吊桥旁边的小房子里出来了好几个伪军，把好几个走路的人就都给抓住了。肖飞一面喊着，来到跟前就又说："不对！不对！抓错了！是前边那两人，他俩打死了皇军。快追！"说着就照着前边当当又打了两枪。正在前边路上的人们一听是要追他们，又听这枪子儿从头顶上飞过去，吓得一个一个的撒腿就跑。肖飞骑着车蹿过吊桥就飞快地追下去了。这儿的伪军们信假为真，也就有好几个跟着肖飞追了下来。两边炮楼上的敌人也都弄不清是怎么回事，只听肖飞在下边喊着追八路军，于是也要助威壮胆，"哒……"就打开了机关枪。

肖飞已经跑出老远，心里话：打吧，打得越热闹越好。他止不住地暗笑，可是他并没有把心放下来。他知道，敌人很快就会有快速武装追赶，不能稍有缓慢。你就看他这个快劲儿吧！他把枪又插在腰里，把腰往下一刹，用了全身的力气，把车蹬开，就听"呼——呼——"真是两耳生风，顺着大公路，逢村越村，逢镇越镇，也不下车，也不稍慢，累得他上气不接下气，呼呼直喘，两腿酸麻，腰眼儿都发胀，可是他仍然照样的快骑。路遇的人们都用惊奇的眼光看着他，可是什么人也不能阻拦，谁也不敢过问。这位年轻的飞行员就骄傲地自由飞驰，如入无人之境一般。他跑出来了有二十来里路，累得实在是不行了！回头看了看，听了听，后边并没有什么动静，他这才松下一口气来：咳！我干什么这样着急，放慢点走不好吗？他这样想着，两腿就慢下来了。一看手表还不到下午四点，太阳到了正西的方向，高粱叶子纹丝儿不动，晒得脚下的土地直冒金星，他这才感到火烤一般的闷热，汗水湿透了衣裳。啊！被我捆在高粱地里的何大拿、何志武怎样了？真说不定也许热死了！

正在这个时候，肖飞听到后边的远处有隐隐约约的摩托车的声音，"呼噜……"这声音越听越清，越来越近，啊！不好，还得赶快跑。他这才又疾走如飞地蹬开了自行车。可是，不论这自行车蹬得怎样快，要比起摩托车来可就差远了。所以越来越近，追来的敌人已经远远地发现了肖飞，"哒哒……"在摩托车上的机关枪冲着肖飞就打起来了。肖飞一看不行，前面又来到了这个三岔路口，心里说：哪儿得的哪儿扔吧。他跳下车来，把车子扔掉，抓起那包子药来，噌噌地就钻进了高粱地去。这工夫，后边的敌人也追到了这个三岔路口。

追来的敌人还真就是快速部队，这也是猫眼司令的机动兵力。它是由三辆大汽车、三十辆摩托车，还有六十匹快马所组成的，共计是一百八十个人，配有轻重机关枪、掷弹筒、枪榴弹和小型的迫击炮。它是专门应付突然而又紧急的情况，在一般作战的情形之下是不使用的。这一回为了追击肖飞就都拿出来了。

349

那位说：为了追肖飞一个人，敌人会用这么大的兵力？我不相信。

要知道，肖飞在城关这样一闹，里里外外连炮楼子上都打起枪来，他们又死了两个特务一个伪军。不明真相的人，谁能说这是一个人干的啊？就是敌伪军和特务们，为了不让他的长官看自己无能，他们都会把情况扩大，说八路军有多少多少，如何如何厉害。猫眼司令已经相信在小李庄一带有不少的八路军活动，正在调动人马前往桥头镇增援，准备反复"扫荡""清剿"。如今打进了城关之内，他以为这是八路军一贯的战术：乘虚而入，攻其不备，打了就跑。因此，他估计着这至少也是一支很有力量的游击队，进行长途奇袭。他绝不会相信这只是一个飞行员的干活。所以他一听到报告，就立即派出他这支快速的机动部队，出来作远途的追击，打算把来偷袭的八路军追上消灭了。哪里知道，这支快速部队，追来追去追了这么老远，除了肖飞一个人之外，它是任何情况也没有发现。他们来到这个三岔路口，看见那个八路军把车子扔掉钻进高粱地去，以为是发现了游击队的后卫。于是就分了三路，一路是汽车，一路是摩托车，还有一路就是马队，把这一大片庄稼地包围起来，用步枪、机关枪、掷弹筒，还有小迫击炮开起火来，只听"嘎……咕……"的机关枪，"轰隆隆"的迫击炮，"咣啷啷"的掷弹筒，还有"嘎勾儿嘎勾儿"的步枪声，把这一片庄稼打得根叶翻飞，尘土飞扬，真是打了个好不热闹！打了好一会儿，听不见一声还击的枪声，这群鬼子才又三路向一起靠拢，拉网兜抄。这一来，这片庄稼就给糟蹋了个乱七八糟。他们打来打去，眼看就要到了黄昏时间，忽然一个鬼子在高粱地里"哇啦啦"地大叫了两声，说是抓住了。所有的敌人就一齐"呼喽……"都冲上前来，一看果真是抓住了。可是，抓住的并不是肖飞，而是何志武跟何大拿。这群鬼子兵谁也不认识他们父子两个，就询问他俩是什么人，是怎么回事。何大拿这时候已昏迷过去，何志武虽然说也够呛了，不过他到底是年轻力壮，还挺明白。他又会说一些日本话，就怎来怎去从头到尾说了一遍。日本官儿一听是这么回事，又看着天色不早，八路军早已无影无踪，就急忙收兵，带着何家父子回城交令。这且不说。

再说肖飞，自从钻进高粱地后，他估计着敌人是不能善罢甘休。所以不顾身体的疲劳，肚子的饥饿，甩开两条快腿，就一股劲儿地往回跑。真是幸亏他的腿快，要是稍慢一点，也不能跑脱。当他脱离开敌人射击的危险境界之后，就又松下一口气来。他觉着离小李庄也不过五六里路，心里话：慢点走吧，这就算胜利到家了。可是他又想起了何家父子来，真是便宜了这两个汉奸！热死他们才好。这时他的两腿刚刚慢下来，身上也刚刚轻松了一点，好像是听到这乱七八糟的枪声，不光是在后边响，似乎在前边小李庄一带也有枪声。抬头注意一看，啊？他悸冷的一下子打了一个冷战。这又是怎么啊？原来他看见小李庄的上空，满天灰尘，黑烟滚滚，有如云雾一般。又细看，连小李庄左右的村庄，也都是烟雾弥漫。哎呀！这是怎么搞的？这可又是怎么回事呢？不用问，这一定是有了严重的敌情。啊！还得快跑。他就又不顾饥饿疲劳，直奔小李庄跑去。

肖飞来到小李庄村西不远的地方，在高粱地里发现有人。近前一看，原来是李金魁的媳妇儿大女。她穿了一身男人的衣服，腰里掖着一颗手榴弹，手里拿着李金魁用的那支"楠督式"手枪，可真有个自卫队长的气魄儿。两个人一说话，又从大女的身后拥上来了有三十多个青年妇女，个个都是雄赳赳气昂昂，带着饱满的战斗神气。也不知道是什么时候，她们每个人都搞了一颗木把的手榴弹，有十多个人还拿着矛子扎枪。这些妇女都认识肖飞，看见他都围拢上来问长问短，肖飞也就问起她们来……经过互相简单的问答以后，肖飞才明白了个大概的情形。

原来是这么回事：肖飞临去城里之前，不是和齐英、孙定邦还有孙振邦他们几个人决定，不让敌人修汽车路，要打散被敌人抓来的民伕吗？肖飞走后，工夫不大，解文华就弄着药回来了。没有等着问他，他就把他在路上准备好了的话，向齐英他们作了报告。他们虽然并不完全相信解文华的报告，但是估计着敌人是要在桥头镇增兵的。如果等着敌人增了兵，再阻止敌人修路，那就更加困难了。齐英要争取先敌之利，趁早儿把这些民伕先给他打散了，敌人再增了兵来，没有民伕他也是干瞪眼修不成。这样的决定，谁也不能说不对。所以齐英就指挥着民兵基干队，用麻雀战术，两面袭击，光打冷枪不和敌人照面。这样打法，民兵们还有个不高兴吗？特别是拿上了"三八式"步枪的小伙子们，简直就像过年起五更放鞭炮一样的痛快。于是，这麻雀战就开始了！枪声一响，一处响，两处响，霎时之间各处都响起枪来。押着修路的敌、伪军虽然不少，可是突然这样一打，他也有点儿惊慌失措，忙着应付。这些修路的民伕们正盼着有个这样的机会哩！趁着敌人慌乱，"嗡"的一阵骚动，就像炸了窝的蜂一样，四散奔逃了。

敌人这时候是顾前不能顾后，顾左不能顾右。他不知道来袭击的是什么队伍，有多少人，所以这些民伕的逃散，他们一个也没有抓住，只是开枪打死了几个人。他们自己的人也中了民兵们的冷枪，打死了两个鬼子、三个伪军。今天正赶上毛驴太君亲自出马来察看修路的情形，偏偏就来了这么一手儿，他还有个不急吗？急得他全身出冷汗，眼珠子都要迸出来。他亲自指挥着反击。嗨嗨！他们反击谁呢？民兵们已经一个一个地撤走了。在这无边无沿的青纱帐里，他往哪儿追去？往哪儿找去？连个人影都看不见。瞧！这个毛驴太君真是气得像疯狗一样，他下令放火烧村！这才在附近的这几个村内点起火来。村里当然是一个人也找不见，他也只能是烧房。那么，齐英和他的民兵们现在怎么样了呢？他们正在预先指定的地点集合。这事大女她们并不清楚，所以肖飞也不能知道。那么，大女她们在这儿干什么呢？她们本来是全体要求参加这次战斗，齐英和孙定邦说什么也不允许。为了这个，她们是有一百个不高兴，说区长、村长都轻视妇女，一个一个都鼓嘴憋气，气得脸都发了黄，都闹着要求自卫队长大女领着她们单独地打。她们在这儿掩藏着，就是准备着有个别的敌人窜到这儿来，好消灭他哩！她们一见肖飞来了，这可真是喜出望外，于是就围住了肖飞，不让他走，七言八语地要求肖飞跟她们在一块儿，领着她们打敌人，不能眼看着鬼子们把房烧光。

肖飞这人儿心眼儿灵透，了解了这些情况，又一看这些妇女们要求打敌人的劲头儿挺足，他不愿意在她们头上泼冷水儿，所以没有说半句反对的话。但是又明明知道，她们现在这个条件，还不能跟敌人面对面地作战，这就说道："你们先别着急。这么办，太阳这就快没了，我先到村边去侦察侦察情况，了解了敌情之后咱们再打。"大伙儿一听，都说"同意"。肖飞这才又隐蔽着向村头走去。来到村外的场边高粱地头上，往村里仔细地察看了一番，只有几个伪军这家串那家地抢了许多东西，日本鬼子是一个也见不着。又听着枪声已经打向了村东，是边打边走。他一判断：这准是大队的敌人走了，只剩了这几个抢东西的伪军落在后边。应该赶快进村，把这几个伪军消灭，或是赶跑了，好招呼人们快来救火。他的主意一定，就要往村里走。回头一看，大女和这些女队员们紧紧地跟在他的身后，她们也看清了村里的敌情，一个一个都要冲进村去，消灭这几个伪军。肖飞一想，行！在这样情况下，可以叫她们锻炼锻炼。于是向她们作了简单的布置，他和大女一个人带领十几个队员，分头从南北两条胡同进了村。

肖飞他们进了小李庄，正赶上有五个伪军，抢了满身的衣服被褥，慌慌张张地向村外走。其中有两个伪军，为了一条女人的花裤子还争吵起来，一个人扯着一条裤腿儿，他说是他先看见的，他说是他翻出来的，谁也不肯让谁。肖飞在胡同口里头藏着一看，心里话，我的盒子炮要一响，这五个该死的家伙就都得完了蛋，这些妇女们就捞不着打了，不如先让她们打。想到这里他就回头对妇女们说："看见这几个伪军了没有？消灭了他们吧！你们先打。"他这一说，这十多个妇女都拥上前来，争着要打。正在这个劲头儿上，在另一条胡同里大女的枪响了，只听"啪……"连响了好几枪，肖飞身后的妇女们，"嗖……"每个人的手榴弹都扔出去了，紧接着就是一阵"轰……"的爆炸声音。拿着扎枪的几个姑娘，个个都像小老虎儿似的，领着头蹿到了伪军的身边。嘿！这五个伪军，早就和他们抢到的东西一同粉身碎骨了！

村里的手榴弹和枪声一响，村外的人们不知道是怎么回事，所以都不敢进村救火。大女就领着头爬上房去，大声喊着："敌人被消灭了！乡亲们！快来救火吧！……"她们一喊，村外的人们就都忙着向村里跑来，连齐英、孙定邦和民兵们也都来了。一时之间，满街筒子是人，谁也顾不得说别的，一个一个找水筲、扁担、铁锨、大镐……凡是有用的家伙子就都拿出来了。要说农民们可真有这么股子团结劲儿，不管是谁家的房子被烧，他也是豁着命地抢救。所以全村的男女老少，用不着村长指挥，也用不着区长下命令，都自动地"呼儿喝哟"救起火来。村长、区长、民兵们自然也一个不剩都参加了。这火着得真大呀，虽然敌人不是家家都放火，只因为时间太长，着得太旺，全村人们费了所有的力气，从黄昏一直干到半夜，才把一处一处的大火苗子救灭了。到了这时候，肖飞才又想起他身上带着的药，急忙来到孙定邦的家里，在炕上一躺就像瘫了似的不能动了。这工夫齐英和孙定邦也都回到家来。一看，全都不像个人样，全身是泥土，满脸是烟灰，齐英的头发烧焦了，孙定邦的胡子也烧卷了。一见肖飞也回到了家，孙大娘就忙着打点叫他们吃饭。肖飞因为一天没有吃东西，这会才见了饭，这饭还是一箩到底的白面馒头，就着小米稀饭、咸菜条儿，你看他狼吞虎咽地这一吃吧！可是齐英和孙定邦他俩谁也吃不下去。

他俩为什么吃不下饭去呢？

你想啊，全村被烧了这么多房子，这又赶上正是雨季的时节，人们到哪儿住去呢？再把房子盖起来？可是经过这几年战争的破坏，一般人家都穷得要命，这会儿又一烧，恐怕所有的家当都被毁了！哪里还有力量盖房呢？像孙定邦、齐英一个是支部书记兼村长，一个是区委书记兼区长。身负人民的重任，他怎么会不替大家担忧？尤其是齐英，他觉着，今天打散敌人修路的民伕，这固然是个小小的胜利，可是被烧了这么多的房子，怎么办呢？那一天找了一回县委没有找到，如今也不知道又往哪儿走了。所以他才这样发愁。孙大娘和肖飞都劝着他们俩吃饭，说了半天，他俩这才端起饭碗来。

齐英和孙定邦刚刚吃了两口饭，就听见"啪啪啪"有人敲门。齐英说："这准是难民们找上来了。"孙定邦说："顶着吧，找上门来哭叫的少不了。"他说着就走去开门。来到门口以内，未开门先问了一声："谁？"外边有人答了一声："我。"孙定邦一听，啊？这声音一点也不熟，不是本村的人，哼，小心点儿。于是又问道："你是谁？"外边的人说："你开开门就知道了。"孙定邦又说："不行，你不说是谁我不开门。"外边的人就问道:"你是孙定邦同志吗?""我不是孙定邦,你找他干什么?""找他有事,请你把他给找来吧。"孙定邦一听,这又是秘密啊!又急忙说:"你先告诉我是谁,我马上就给你找来。"外边的人觉着不说不行了,就说了代号:"你就说是斧子来找他。"这工夫齐英和肖飞都来到了门口,齐英一听这个代号和说话的声音挺熟,就让孙定邦把门开了。一看是个十七八岁的小青年,穿着一身紫花布的裤褂,提着一支盒子炮。注意一看他的脸面,最引人注意的是他那蒜头儿鼻子和一对滚圆的豹子眼儿。齐英认得他,他是县委书记田耕的警卫员白山。

还没有来得及说话,齐英的心里一下子就像开了花似的那么高兴,急忙问道:"田耕同志在哪儿?"白山说:"在村外树林子里,叫你跟区委书记快跟我去见他。"齐英一听,心里话,区委书记早已牺牲了,还怎么能够见面!可是他顾不得对白山说这些话,拉着孙定邦和肖飞,急急忙忙地跟着白山来找田耕。

他们出村不远,来到枣树林子深密之处,果然见到了田耕。齐英一见了田耕的面,也不知道是高兴啊还是难过,说了一句:"你可来啦田耕同志!"就觉着心里发热,鼻子发酸,嗓子里像是有什么东西噎着,嘴唇直哆嗦,再也说不出话来,上前一扑就要抓田耕的手。田耕的右手一躲,他这才想起来田耕的右手受了重伤。齐英于是两只手使劲地抓住了田耕的左手,仔细一看,田耕比从前更瘦了,但是两只眼睛还是很有精神。齐英又说了一句:"你怎么这个样了?"田耕忙回了一句:"没什么,赶快坐下谈谈吧。"这工夫,孙定邦和肖飞也都和田耕问候了两句,田耕听了,也就随便地回答了两句老同志的见面话,并没有对他俩客气。紧接着他就问起区委书记,问他为什么没有来,说是有要紧的问题要谈,需要找他。齐英本来他的嗓子里已经憋成了疙瘩,眼圈儿已经发了潮,这会儿又听田耕一问,立时他的两只眼睛就

"噗嗒噗嗒"地往下掉眼泪。

有人说：齐英这人，也未免小资产阶级知识分子的感情太浓厚了，这才多少日子不见，见面之后就值得这样？

诸位，要说齐英这人，他倒是个小资产阶级出身的知识分子，他也的确是重感情。不过，他这种表现，并不完全出于他的这个弱点。在当时那种残酷的环境下，过一天真是好像过一年哪！一个缺乏战斗经验的人，不得已而担当了全区的领导，工作中的困难少得了吗？他的内心苦楚是可想而知的。再一说，在那种环境下，党员之间的关系和上下级之间的关系，比亲生骨肉还亲哪！齐英见了田耕，本来就觉着今天几个村的被烧是有自己的责任，为这些受难的群众而发愁。在这种情形之下，田耕又问起他最亲密的同志，已经牺牲了的区委书记来。他满肚子的话一时不能说出，所以就掉下了眼泪。不要说他，就连孙定邦，他虽然没有掉下眼泪，可是也有许多的话要说，然而由于一时的激动，紧张得也说不出口。至于肖飞，他倒不是这种心情，他是想要问问县大队的消息，一见齐英和田耕的这种紧张情绪，他没有立即开口，只是在旁边站着一动不动。田耕已经了解到齐英的这种心情，就亲切地说道："啊，这些日子来，同志们都不容易呀！不要难过，毛主席已经告诉给我们，这就是黎明前的黑暗！我们把牙咬紧一点，把枪拿结实了，把这一阵儿黑暗冲破，红光满面的太阳就要出来了！"

齐英一听这话，立即把眼泪一抹："啊！毛主席这么说啦？好！好！"他立时觉得一股热力涌上了心头，浑身都是力量，眼睛似乎真看见了太阳，不由得转身向着延安方向，好像看到了一位高大无比的巨人——我们伟大英明的领袖在革命圣地延安，向全国人民发出号召：咬紧牙关，冲破黎明前的黑暗！光明就在眼前。齐英兴奋得竟忘了说话。当田耕又问他时，他这才又转身对田耕说起区委书记牺牲的情形。田耕一听区委书记牺牲了，立时他就垂下了头，眼皮也麻奔下来，说了声："我们牺牲了一位多么好的同志！"这句话真带出有千斤重量的心情！

齐英还往下说，田耕这时候把手一挥，把他的话拦住了，急忙说道："区委书记既然是牺牲了，齐英同志自动地代理领导工作，这很好。至于工作得怎样，呆会儿再说。现在你们赶快去集合民兵，保护着全村的群众离开村子。还要通知沿公路的这几个村的人们也快点躲出来，越快越好。"一听这话，齐英、孙定邦一齐问道："怎么，又有紧急的情况吗？"田耕又说："是有，我前天才跟地委取得了联系。今天一早儿得到了城里来的情报，根据情报估计，敌人今天就要有大的行动，说不定也许就在今夜。有什么重要的问题先都不谈，等一会儿再说。我也不到村里去了，伤员们我也不能去看。你们估量着，要是能转移到更严密的地方那最好。如果现在他们隐蔽的地方就很严密，不转移也可以。"

听了田耕的说话，孙定邦说："转移？这会儿哪儿更严密呢？"齐英说："按说现在不算不严密。"田耕又说："既然这样，你们就赶快进村行动起来吧。我到北边最大的那个沙疙瘩下头去，因为还有别人到那儿去找我。你们一会儿完成了任务也到那儿去，我在柳条子地里等你们。咱们可以好好地谈谈。"说完这话，他带着白山就要走。肖飞这时候说话了："田耕同志，我跟着你吧。"田耕说："你别跟着我，先帮助他们。"肖飞又问："县大队现在到哪儿去了？"田耕说："县大队——等会儿再说吧，你赶快帮助他们执行任务。"说了这话就快步地走去了。肖飞一听田耕这语言，心里像有什么东西掀动了一下！莫非县大队……田书记的警卫班怎么也不跟着他？只剩了白山一个？肖飞正在那里想着，这时候孙定邦拉了他一把，他才跟着急往村里走去。

　　他们来到村里一看，村里人们还在慌慌张张地忙乱哩。因为大火虽然救灭了，可是这烟雾更大，闷热得一点风丝儿都没有，处处的死火冒出大量的生烟，在村子里边缠绕着不散，呛得人们都不敢吸气儿。幸而这时已经升起了半个月亮，还能够看到人们忙乱着找这找那，从火里抢出来的乱七八糟的东西，堆得满街满巷。

　　他们来到村公所，村公所是一个人也没有，来到民兵基干队的队部，也是屋内空空。他们一看这种情景，就知道集合民兵，让群众出村是有了困难。但是情况紧急，一刻不能怠慢。他们三个人一齐上了高房，放开嗓子大声喊叫："民兵们！快到队部来集合，有紧急的情况！有紧急的任务！全村的老乡们！不要再管别的了！赶快出村躲避！敌人就要来了！赶快跑！赶快离开村！……"他们三个人在高房上就这样喊个不停。喊了一会儿子，走出村去的人并不多，民兵们也只来了十多个。齐英一看，就忙着分派来到的民兵们，到各村去口头通知，并且规定了集合地点。民兵走后，齐英就又人喊起来。这时候，民兵们已经来得差不多了，连孙小虎也来了，在他爹的身旁问长问短。孙定邦一看，全村的人们出村的很少，他心里明白：有不少的人舍不得烧剩下的破烂东西；也有一些人，遇到这样毁家之祸，他是豁出去了；也许有些人，以为敌人刚走不会再来。所以他们的喊话才作用不大。怎么办呢？

　　孙定邦要求齐英派民兵们挨门挨户地去通知，谁要不听，就强迫他出村。齐英完全同意。于是就命令民兵们分头出动。为了更加谨慎，又派了两个民兵，到敌人的来路上进行侦察。孙定邦一看小虎也在这儿，就说："小虎，你也跟着民兵们一块去，帮助通知大伙，多一个人就多一张嘴。"小虎答应了一声，就一蹿一蹦地跟着走了。他们三个还是继续地大喊。这样一来，倒是挺起作用，待了不大的工夫，就看到有三一群五一伙的人们往村外移动，但是走得不快，也有一些人哭哭啼啼，弄着些破烂东西慢慢地向村外走。这明明是缺乏敌情的观念，似乎是以为敌人不会在这时候又来，也好像是难离难舍。孙定邦这才又扯开嗓门儿："老乡们！快走！走得慢了就有危险！快点跑出村去吧！"正在这个节骨眼儿上，就听村东"嘎勾！"响了一枪，紧接着"嘎……咕……"机关枪也响起来了。还没来得及说话，又听村西头也有了同样的枪声。不用问，这是敌人包围了村庄。枪声越响越多，越响越紧。啊！村里的人们可就大乱起来了！眼睁睁又是一场大难临头！

正是：

　　　前波未平后浪起　　火灾将过血难来

第 二 十 三 回

探水井走狗尸沉没　保机密众民血横流

有人说：在抗日战争中，战斗如连绵阵雨，敌情似起伏惊雷。这种形容很有道理。小李庄村的人们以为敌人刚在黄昏的时候，放火烧了房子，抢走了东西，他们不会马上转回头来。就算是他们再来，也得回到据点休息休息吃了饭啊。再说，敌人惯用的战术是拂晓袭击，半夜三更来的时候是很少有的。咳！哪里知道，正是因为死啃着这点儿狭隘的经验，如今才吃了大亏！敌人就在这半夜三更的时候来到了。

那么，这究竟是哪里来的敌人呢？他们为什么要采取这样行动呢？

原来这是猫眼司令的主张。按他本来的计划是：把各路的兵马调配好了，在明天拂晓之前开始行动，分头包围这一带的村庄。只因为他的快速部队追击肖飞没有追着，结果把何大拿跟何志武带着带回到了城里。据队长的报告，游击队向小李庄方面跑走了。何志武则说，肖飞就在小李庄村，又说他知道小李庄村的地洞，洞里就有八路军的大干部，连他的妹妹何志贤也说出来了。正在这个时候，猫眼司令又接到了毛利的电报，说是：修路的民伕在小李庄附近被八路军给打散了。他们放火烧了几个村的房子，现在刚刚回到桥头镇来，请求迅速派兵前来援助，好在小李庄一带进行"清剿"。猫眼司令这老家伙，别看过去他吃了

很多亏上了很多当，这一回他把几方面的情况作了对照研究，他
不光是肯定了小李庄一带有八路军，并且他估计着，在前半夜老
百姓离不开村庄，八路军也转移不了。因为老百姓要救火要收拾
东西，八路军也要帮助老百姓抢救，干部们还要趁着夜间进行工
作。这老家伙做了这样的肯定，他改变了原来的计划，立即命
令：快速部队车不停火儿马不歇蹄，赶快回头，急往小李庄去。
又慌忙打电报给毛利：军队不要休息，立刻回返，配合着快速部
队，分路包围放了火的几个村庄，等到明天，还有别处的援兵赶
到，作为后续部队，再继续"清剿"。他的快速部队和毛利大队
长自然是要服从命令。于是紧颠紧跑，前来包围村庄。

猫眼司令这次一共出动了二百多名日军，二百多名伪军，
另外还有那个"地头蛇"袭击队。小李庄村这个地方最为要紧，
所以没有来伪军，由毛利亲自带着一个小队的日军，还有一个小
队的袭击队，再加上快速部队的骑兵，一共有八九十个人，来包
围小李庄村。为了避开民兵的侦察警戒，他们没有走大道，在小
李庄村的五里之外，就钻进了青纱帐。他们比黄鼠狼子出窝还轻
悄，来到小李庄村外，就分四面包围，两头进攻。所以枪声一
响，就来到了街口。这一家伙，村里的人们大部分都被堵住了。
在没有战斗准备的情况之下，还有个不乱吗？一乱一跑，有的就
被打死打伤了。不过拿着枪的民兵和勇敢的自卫队员们，也有冲
出村去的。

肖飞和齐英本来想打开一条道路，掩护着老乡们向村外跑，
因为众寡悬殊，只打死了几个敌人就撤走了，没有能够带出群
众。孙定邦并没有往外冲，因为他们三个临时分了一下工，让他
赶快回家照顾伤员。所以，正在混乱的时候，他在房上串着就回
到自己的家来，把门上好下了地洞。一看，可不好了，小虎儿没
有回来。他这才又急忙出洞，爬上房来，到了孙振邦家一问，不

362

光小虎儿没有回来，连孙振邦也找不到了。孙定邦这才带着沉重的心情，又急忙回家下了地洞。把情况一说，家里所有的人们，都感到了情况严重，小虎儿和孙振邦恐怕是危险了！一时间，地洞里沉闷得透不过气来，除了每个人的心脏跳动声，再也听不到任何的动静。

孙振邦跟小虎儿被敌人给围住了。

原来，小虎儿接受了他爹的命令，和民兵们一样挨门挨个地通知人们出村。这孩子的脾气儿，素来就愿意干这些事儿，所以今天他也很高兴地去做。不想，这情况来得太紧，敌人的枪声一响，就冲进村来。人们也有被堵在街口的，也有被堵在院内的，还有被挤在胡同里的。小虎儿跟一大群人被堵在一条胡同里，没有武装保护，被敌人抓住了。

孙振邦因为是个支部委员，他又负着治安保卫的责任，当他听到孙定邦在高房大喊，又见群众懒怠出村，他也动员大家快走。就在这个时候，敌人来了。因为他是残腿不能走快，也被敌人截住。不过，他身上还带着一支大撸子和两颗手榴弹哩。要不是跟许多群众在一起，为了减少更大的牺牲，他的手枪和手榴弹也早就打响了。可是，现在他不能这样做。他想：先把手榴弹和枪藏掖起来，准备着不得已的时候再来使用。藏掖在什么地方呢？这时候天气挺热，人们都是穿着单裤单褂，有的人还光着膀子。孙振邦穿着一条毛蓝粗布单裤和一件白粗布的褂子，本来他就挺胖，要是把武器再掖在腰里，那就更显眼了。怎么办呢？要不然就把武器扔掉，跟群众一起混？不行！不行！无论如何也不能把武器扔掉，那是莫大耻辱！敌人这一次来，恐怕全村的老百姓都有危险！再一说，要是叫特务认出我来，那不就白白地叫敌人杀死吗？这工夫眼前的敌人群里，有一个特务一晃，走了过去。孙振邦在月光之下看了一眼，好像是何志武。哼！要是他也来了，今儿可就更危险！想到这儿，他觉得怎么着也不能放松自己的武器。藏到哪儿好呢？哎，这么办吧，他索性把小褂的扣子完全解开，露出了光光的肚皮，把他的手枪和手榴弹就掖在后边的裤腰带上，把肚子又稍稍往前一挺，肚子显得更大了些，后边却看不出有什么藏掖来。正当他在藏掖这武器的时候，他觉着身后有人捅了他一手指头。孙振邦回头一看，原来是何世祯。

何世祯是个富农。孙振邦知道他早就主张支应敌人，到了这个时候，当然他更不可能坚决反对敌人。他悄悄儿地对孙振邦说："快把武器扔了吧，到了这时候还拿着它干什么？"孙振邦一听，他就用力地压低着声音说："不，我要带着它。你放心，我绝不能连累你们。可是这么着，咱们都是老乡亲，都是中国人，到了这个时候，不管是谁摊上倒霉，都得咬咬牙，都得拿出点儿中国人的骨头来！就是死了，也得落个好样儿的！无论如何也不能做对不起老乡亲的事，也不能落个软骨头！孬种！汉奸！卖国贼！万辈子挨骂！要是连带了别人，我不管他是谁，当场我就毁了他！反正我是豁出来了！"孙振邦这话有意地让更多人听见。人们听了都没有言语。

敌人把抓住的人们都赶到了一块儿，因为天还不亮，他们要找一个又宽敞又好看守的地方，于是就一齐赶进了孙定邦住的这个大院子来。

孙定邦这个院子挺大，被抓住的有三百多人，挤挤拥拥地只占了一个西南角。人们站的北面有七八步远，就是那棵挺高的大杨树，这时候起了西北风，刮得树叶子"哗啦啦"直响。树底下站着五个日本兵，他们都端着白光闪闪的刺刀，凶狠地对着人们。还有两条黑色的大洋狗，在日本兵的周围不停地转悠。这两个畜牲，不时地嗅嗅天、闻闻地、吐吐舌头，向着人们张牙舞爪。人们又往东面的大门口一看，门敞着，有两个日本兵蹲在门外。仔细一瞧，他俩守着一件黑乎乎的东西，原来是一挺歪把子机枪，枪口直冲着大伙儿。在北面的房顶上也有一挺机关枪，两个日本兵，一个面冲里一个面冲外。看了这个情形，人们还有个不害怕吗？等着吧，今儿也许一个都活不了！不想，呆了很大的工夫，敌人也没有来过问这些人，反倒把那两条大洋狗也叫出去了。原来是这些日本兵正在特务们的引导下，挨门挨户地进行搜查哩。孙定邦的家当然是更要搜了，在这儿领着的特务就是何志武。

何志武这个东西，本来就是凶恶成性的国民党反动派的特务。近来他参加了"地头蛇"袭击队，又让肖飞搞了他一家伙，差点儿没有热死，他就越发地反动了。他以为孙定邦家这个地洞，他知道得很清楚。到这儿来把洞口一堵，把里边藏着的人们弄出来，连他的亲妹妹何志贤也一块献给日本人。他这样做一来可以证明他当汉奸的决心，二来在日本人手里献一大功，说不定他也许闹个小特务头儿当当哩，所以他是非常坚决的。可是，当他领着日本兵们进屋一找，原来的洞口堵死了。于是，他就领着头往下挖，越挖越深，越挖越大，总也找不出洞来。跟着他的日本官儿就是猪头小队长，他一看找不出来，急得直叫唤，还说何志武骗了他。何志武一想：这个洞一定是填死了。这填洞的土是哪儿来的呢？哼，一定又在这个院里别的地方挖了洞。他又领着日本兵们在这个院内屋里屋外到处乱翻乱找起来。日本兵搜地洞可真不如特务们内行，他们把屋里所有的东西都打翻砸坏，把西套间墙旮旯里的草池子，也一脚踹烂了。又折腾了很大的工夫，还是没有找出洞口来。这工夫天已大亮，在别处搜查的日本兵和特务们也都来到了这个院。他们发现了几个洞口，每个洞口都叫洋狗下去探了之后，人又下去看了一番，除了洋狗叼出了一只破鞋帮子、几把乱草、几块破席，别的什么也没有找到。

这时候，全村的洞口就剩了孙定邦和孙振邦家这两个了。敌人当然不死心，所以他们还要继续搜查。他们下了决心，非要搜出八路军的伤员和干部来不可。这时毛利也来到了院内。他知道，袭击队的特务们搜查地洞有经验，就命令他们全体一齐下手，在所有的屋子里和院子里可疑的地方仔细地搜查。这些特务们本来是又饿又累了，但是不能不服从。这二十几个特务就一齐动起手来。他们有好几根钢链杖。这个物件有一人来高，手指头般粗细，一头有尖，像个锥子，另一头是个大圆环，用手拿着。这是专门用来探地洞探坚壁物的，他们自己给它起了名，叫钢链杖，也叫"探宝针"。这件东西要往地下使用，真是够厉害的。有一个特务班长，名字叫侯先，因为他最坏最鬼瘴，都跟他叫猴儿先儿。他就拿着这么一根钢链杖，在孙定邦住的这几间房里，从墙根儿探到墙角儿，一个小地方也不落掉。他探来探去的眼看就快探到了这个草池子的附近，这工夫外边不远的地方"嘎勾——"传来一声枪响，紧接着房顶上机关枪也"嘎嘎"响了一阵。这些特务和日本鬼子们弄不清是怎么回事，呼噜呼噜地就都跑出去了。

　　这枪声是怎么回事呢？

　　原来当敌人一进了这个大院，洞里头的人们就听见了。在地洞里边听外边的事一般来说是听不清的，不过孙定邦这个地洞做得很科学，他这个洞口，在西套间的草池子底下，套间屋因为做过驴棚，开了一个门一个窗户，草池子就在门的旁边窗户的下面。洞里和洞外只隔着一层盖板。盖板是用两层砖夹着一层木板做成的，四外都透空气。再加上地洞的另一头通到房后场边的井里，所以它的空气来回流通。这样一来，听外边的动静自然是很容易听到。等何志武领着鬼子们进到屋里来一折腾，那就听得更加真切了。

孙定邦还是像上一回似的，守着他的一大堆手榴弹，在洞下边一堵。他一方面准备万不得已的时候就跟敌人拼命，另一方面也是不让林丽和丁尚武他们又像上一回似的往外蹿。

　　丁尚武的性情本来是没有改变的，他还想把守洞口，只是他的身体已经不能做主了。因为他的伤是在右膀子下面，子弹打穿了肺尖，现在不但没有好，一发火一着急，血还会从嘴里吐出来。林丽在他的身边，不让他起来。在这种情形之下，丁尚武只好忍耐一下了。不过，他的大刀、马枪和手榴弹，还是紧紧地贴着他的身子放着。

　　李金魁虽然也是个急性子，可是因为他的伤口在肚子上，现在还没拆下线来，由志如看守着他，也不让他动。他急得直骂大街。骂谁呢？骂他的媳妇儿大女，不该把他的手枪拿走，他这会儿落了个赤手空拳。孙定邦就安慰他说："你甭着急，等用着的时候，我给你手榴弹。"

　　在李金魁旁边还躺着一个人，就是民兵东海。他是腿部受伤，不能走动。也是因为太年轻，锻炼得还不够，到了这个时候他难过起来了，直流眼泪。本来嘛，一个欢蹦乱跳像小老虎儿般的小伙子，平常走着道都打筋斗，这会儿寸步难行了，哪能不伤心呢！人都是遇难思亲啊！这时他感到孙大娘成了他最亲近的人。他总愿意孙大娘守在他的身边。

　　史更新躺在地道里。因为人比较多，觉得呼吸有点憋气。由呼吸不顺畅，他不觉灵机一动想起一件重要的事情来。他让林丽把孙定邦叫到了跟前来，轻轻地说道："咱们应该赶快把洞口堵死，不然的话，敌人要是发现了，说不定他们会放毒瓦斯呢。北疃惨案不就是被敌人的毒瓦斯，在地道里熏死了八百多人吗？像咱们这个两头有口的地洞，毒瓦斯一放就都完啦！"孙定邦一听，这话很有道理。他就叫着志如和他母亲，还有林丽，拿起挖洞的家伙子来，赶紧刨土堵洞口。这个洞口是个漫坡的形式，很快就用土堵死了。可是洞里立刻就觉着更加憋气了，特别是林丽，又觉得憋得难受。

洞外的敌人折腾得更凶了，翻箱倒柜，震得地洞里边直往下掉土。人们都觉着不行，憋得难受还是小事儿，万一敌人把洞口找出来那就糟了，都闹着要想个别的办法。史更新又说话了："咱们现在这只是消极地等待，不如孙定邦同志到井口上去看一看，要是能够走出去，就赶快去找齐英同志和县委书记。把这儿的情况跟他们一说，他们一定会有个解救的办法。"孙定邦觉着史更新说得对，可就是怕敌人的岗哨严密，走不出去。他说："我到井口上去探探，回来再作决定。"

把话说完，孙定邦就往井口走去。走了几步，出了这个地下室，再往前走就是很低的一个圆洞了，弯下腰去走都不行，只能两手着地往前爬。因为并不太长，不大的工夫就看到了一条不甚亮的光线。又往前爬了爬，来到了洞口。他用力地吸了两口空气，觉着痛快多了。他探着头往下一看，井里的水看得清清的。井水因为多少日子没有使用，挺脏，有两个蛤蟆，在追击着几只浮游虫，一见到了孙定邦的影子都沉下了水底。孙定邦无心看这些情景，他觉着身后有人动作，回头一看，原来是志如。孙定邦悄悄儿地对她说："不许露出来！"志如说了声"俺知道"，她就呆在了洞口以内。孙定邦仔细地听了听，井上近处没有动静，只是远处有乱乱杂杂的人声，在水面上浮动，但是，这种瓮声瓮气的音响是任什么也听不出来。

孙定邦他叉开两脚，伸着两条长手，攀登着井帮两面的砖棱，爬到了井口，这才听到乱乱杂杂的声音是从他家的大院里传来。不用问，那自然是敌人集中的地点了。孙定邦刚刚要把脑袋探出井口，就听见有人从不远的地方哗啦儿哗啦儿地走来，好像是带着刺刀的哨兵。吓得他慌忙又往下退，退入洞口只露着脑袋。全仗这个井筒子深，井口小，井口上边还长了一转圈儿挺高挺密的大马莲，再往上边还有枣树搭着阴凉，从井上往井下看是很难看清的。要从下边往上看可看得真切。所以，上边的人走到井口，探头往下看了看，他是什么也没有发现。孙定邦可是看清了他：原来是一个日本兵，还戴着钢盔哩。当这个日本兵一走，孙定邦断定他是个游动哨兵。因为这里地形复杂，青纱帐深密，他光放固定的哨兵不行。想到这里，他悄悄儿地对志如说："我要再上去下不来就是走了。你回去对大伙说，找到找不到县委书记，我都要很快地回来。"志如答应了一声。孙定邦二次又爬到井口，听了听附近没有任何响动，他这才慢慢地、悄悄儿地探出头来，从大麻子叶的空隙间，看到自家的房上有敌人的哨兵，还有一挺机关枪，近处什么也没有。他两手用力一按，一纵身子跳上井来，钻进枣树林去，撒腿就往西北方向快跑。

孙定邦刚跑了没有多远，就听"咻溜"一声，从耳旁飞过一颗子弹，紧接着"嘎勾——"传来一声枪响。这正是那个敌人的游动哨打的。孙定邦可并没有还枪，连蹿带蹦地就赶快跑。跑不多远，房上机关枪也打响了，不过连孙定邦的一根汗毛也没有伤着。

孙定邦跑走之后，敌人可弄不清这是怎么回事，他们怀疑这是八路军的侦察员，又怀疑在这附近就隐藏着八路军。于是，毛驴太君就命令他的队伍在这一片搜查。搜查的结果是一个人也没有找见，可是他们对这口井发生了怀疑。起初，他们以为这是很深的干井，井里边可能藏着人，谁也不敢探头往下看，光怕下边有人往上打枪。后来往下扔了两块土坷垃，才知道这井里有很深的水。毛驴太君以为既然是有深水的井，那就不会藏着人。

猴儿先儿这小子鬼儿多，他以为干井倒不一定有人藏着，越是深水井越可能有故事儿。他主张下去看看。毛驴太君听了他的话，就要派人下去。派谁呢？日本兵是不会先下去的，因为凡是遇到这种情况，都是先由特务或是伪军下去试探。这一回也不能例外。于是毛驴就在袭击队里边挑人。有的特务不会水，怕掉下去淹死。有的特务会水，可是他也说不会，光怕做了牺牲品。何志武本来是有胆子的，不过也是因为他不会水，怕淹死，所以他老是躲得挺远，怕毛驴太君往下派他。那么，这就得看出主意的人猴儿先儿的了。他不但是主谋者，并且是个班长，所以毛驴太君就让他下去。

猴儿先儿不敢不服从。他把盒子炮顶上子弹，打开机头，在腰里一插，又向日本兵要了两颗手榴弹，一个兜里装上了一个，然后又拿了一把刺刀，在后腰里一别。他带上了这三大件儿的武器，嗬！就更觉着有劲儿了。他两手一按井沿儿，轻轻地把身子放下去，哧溜哧溜直往下落，要不，他怎能算是猴儿先儿呢！哎呀！这个秘密眼看就要被这个特务发现了。

那么，在地洞里头的人知道不知道这个情况呢？当然是要知道的，因为当孙定邦上了井之后，志如还在洞口等着哩。如果孙定邦不下来，她好回去向大伙报告啊。当她一听到上边的枪响，她以为是把她的哥哥打死了，心里咚咚跳着呆住了，她真想哭。稍稍静了一会儿，她这才要爬着回去，把情况对大伙去说。爬了几步，她又停住想了想：我只顾往回里爬，敌人要钻进洞来怎么办啊？再一说，我回去把情况告诉给他们这几个重伤员，他们谁也爬不到这儿来，还不是白告诉？想到这儿，她就把肖飞给她的小六轮子儿掏出来了，心里话：这个物件儿不也能打死人吗？我得赶快回去守着洞口，敌人要是下井来到洞口，我就打他。我一打，里头还能不知道？我哥哥说过："这儿有一支枪守着，多少敌人也进不来。"对，快点爬回去！她又急忙爬回了洞口。

孙志如探头向上一看，上边并没有人。她想：敌人也许没有发现这儿？我还是爬回去报告吧。她刚要往回里爬，忽然看见上边有人的影子，又听有人说话，话虽然一句也听不清，可是听着人不少。又听井里砰砰响了两声，井水也溅起柱花来。她知道这是上边扔下来的东西。许是手榴弹？她急忙抽回身子去等着水里的爆炸。等了很大的工夫没有响，她的胆子又壮起来了。啊！这手榴弹到水里头不响啊！你要是打枪那更不顶事了。好，不怕你们。她拿着这支小六轮子儿就守在了这儿。又呆了不大的一会儿，看见上边下来了一个人，这人正是猴儿先儿。

孙志如一见有人下来，她就拿枪比画着，心想：你下到这儿来，我就开枪。可是不知怎的，她拿枪的这只手哆嗦起来了，越哆嗦越厉害，甚至全身都打战战。要说这也难怪，一个十六七岁的女孩子，从来也没拿枪打过人，别看平常拿枪摆弄着玩儿行喽，真的要用来战斗，别说是个女孩子，就是个小伙子，初次打仗他也免不了有点儿心跳。

志如这个女孩子到底怎么样呢？眼看着猴儿先儿就要下到洞口了，莫非她还吓得不敢打了吗？没有。当猴儿先儿越来得近了，她的手越稳当了。这时，猴儿先儿的一只脚噗哒一声，登住了洞口，差点儿没有碰到志如的枪。志如知道打腿打不死，想用枪往上打他的肚子，抬眼一看，他的屁股上有一个刺刀把。志如忽然灵机一动，这孩子真是急中生了智，她伸手就把猴儿先儿的刺刀给拔下来了。她不但不害怕，反而觉得浑身都是力量，照着猴儿先儿的肚子就是一刺刀，说时迟那时快，当她一拔刺刀，猴儿先儿就吓得"啊"的一声惊叫。他的叫声未断，就觉着有一个凉森森的东西，从两腿之间钻到了肚子里头去，接着就是"噗嗵嗵"的一声掉到水里边去了。

在井上边的敌人，就知道猴儿先儿是掉下了水去，等了半天也听不见动声，还以为他是因为不会水淹死了呢。特务小队长一见，就又派了两个特务到井下去看。这两个特务下了半截儿就因为害怕又上来了。这时候，西北风刮得更大，吹过来了一片黑云，响起了雷声。毛驴太君不愿意在这儿多花费时间，他以为这井里不会有人，就下令回返，有的特务因为跟猴儿先儿素常要好，兔死狐悲，就要求毛驴太君打捞他的尸首。毛驴耸了耸他那小卫生胡儿，"嘿……"笑了一声说道："打捞的不要，水葬的顶好顶好。"这工夫，一个一个的大雨点子就往下落，打得地下啪啪直响，轰隆隆的雷声也来到了头顶上空，大雨哗哗的就下起来了。谁也顾不得井下的死尸，跟着毛驴太君，"唏哩呼啦"地就往孙定邦家跑。不过，何志武的心里惦记上了一个事：等着以后想法把猴儿先儿的盒子炮打捞上来，发一注洋财。

敌人一回到了院内，这阵雨就慢慢小了。从那口井到院里的距离本来不远，因为正赶上一阵急雨，把这群鬼子和特务们都给浇成了落汤鸡。在院里被看着的老百姓自然也都淋了个精湿。毛驴太君回到院里，先把猪头小队长和袭击队的小队长还有快速部队的骑兵小队长叫到屋里去。大伙都知道这是商量怎样收拾他们哩！心里话：顶着吧，今儿非得豁出来不行了！许多人的眼睛不由得就都看着孙振邦，好像是替他担心，也像是对他抱着什么希望。孙振邦在人群里蹲着，低着头，他还假装身上痒痒，背过手去轻轻地摸他那支手枪和两颗手榴弹。这工夫袭击队的小队长从屋里走出来，把何志武叫了进去。不大会儿停了雨，他们又都出来了。何志武对大伙说了句："你们都抬起头来。"然后他就在这一大群人面前，一个一个地巡视了两遍。何志武又回过头去对他的小队长说："没有他。"大伙不知道他说的是谁，原来他是想找解文华。这人群里边没有解文华吗？没有。因为他听到孙定邦在高房上一喊话，立时就带着他的老婆孩子跑出去了。这工夫何志武又对着大家说:"你们都要好好地听着,队长叫谁谁就出来,站到大杨树底下来。"他说完了这句话,就闪到了一边。这个小队长往前走了两步,手里拿着个名单,就开始往外叫人,他一连叫了二十多个,一个应声的也没有。这家伙有点奇怪。何志武也奇怪地走来一看就说:"太君,这上边的人名多半是假的,真名字的人都死了。"这一下小队长愣了,毛驴也气坏了。可是他又觉着发火也没有用。他这才对何志武说:"共产党的、八路的,你的通通叫出来。"何志武第一个叫的是孙振邦。孙振邦一点儿也没有迟疑,立时就站起来,挺着腰板儿往前走去。这时,他一点儿也不害怕别的,光怕被敌人看出他后腰里掖着东西。还好,因为他敞着衣扣,露着肚皮,敌人就没有疑惑他身上带着东西。他不慌不忙地来到大杨树下,背靠着树身子就蹲下了。紧接着何志武又一个一个地往外叫,不大的工夫,大杨树底下就有了三十多人。有人要问,何志武叫出的这些人都是党员吗?不都是。因为何志武这东西太没有人性,他把跟他有别扭的都叫出来了。这时候叫到了何世清的名字,何世清吃惊地犹豫了一下。何志武就冲他把眼一瞪:"站出来。"何世清仍是犹豫地捋了捋他那又白又长的胡子,说道:"志武,我是你大伯,我跟你爹可是一个爷爷啊!"何志武又说了声:"少扯淡!快出来。"何世清一听叹了一口气,啐了一口唾沫,气得浑身颤抖着愤怒地走到大杨树下。当他一往外走,人们才看见有一个十多岁的男孩子,就在他那个地方蹲着。这个孩子就是孙小虎儿。大伙这才明白,何世清为什么那样迟疑,原来他是想把小虎儿在他的衣服底下藏起来。一看到孙小虎,何志武说了一句日本话,上来了一个日本兵,拉着小虎儿的胳膊就往大杨树底下走。小虎儿把小嘴儿一绷,把胳膊夺回来,挺着胸脯自己走到了树下。对他这种表现,没有一个不打心眼儿里佩服的。孙振邦看了之后,心里也说:好孩子,你是革命的后代！但是他又觉着一阵心酸。这时候毛驴太君走上来了，猪头小队长手里提着血渍斑斑的战刀紧跟在后面。毛利说："你们通通共产党的，我的通通明白。你们的说，八路的藏在什么地方？说了的一个不杀，不说的通通杀头。"

毛驴并不知道何志武的心情，他以为叫出来的这些人都是共产党呢，实际上这里边的共产党员并没几个，竟连那个富农何世祯都包括在内了。所以当毛利说了这几句话之后，何世祯马上就走出人群来，央求地说道："哎呀！太君，我可不是共产党啊！大太君，我可不是啊！我也不反对你们！我、我到那边去吧。"说着就要往原来的人群里走。毛利一看，头一个就碰上了个这样的，真是从心眼儿里腻烦。他狞笑着说了一句日本话，就见猪头小队长上来一挥手，只听"咔"的一声，一刀把何世祯的脑袋就给砍掉了！人们一看，呼的一下子就都站起来了。猪头小队长举着他那带着鲜血的战刀，"呱啦啦"大叫了一声，好几十个日本兵，端着刺刀咔咔咔咔，一齐冲到了人们面前，人们这才又蹲下去。毛利耸了耸他的小黑胡子儿，"嘿……"冷笑了一声又说道："你们通通共产党的是不是？是的关系没有。"经他这一问，大伙都觉着说不好说，不说不行。有的人就吭吭哧哧地不敢说出声来。猪头小队长提着战刀就又往前凑，瞪着两只布满血丝的眼睛。

场上一片死静，这时只听何世清老头子大喊了一声："是！我是共产党！"他随着话音两步跨出了人群，转回头来，对着大家说道："乡亲爷们儿！他们问咱们是不是共产党，咱们应该都说是！你们看看我何世清吧，我是'君子不党'一辈子，谁不知道，我一听说共产两字就关上大门，我一见到党员就望然而去！不过现在我明白了，共产党跟国民党不一样！共产党，是光明磊落的人！是佛光普照的人！是救人救世的人！咱村这些姑娘姐妹们，不是共产党救出来的吗？今天夜间咱们要听共产党的话，能够做这群孽畜的阶下之囚吗？说吧，乡亲们！咱们是共产党！都是共产党！死就死吧！大丈夫生而何患死而何惧？古语说得好，'宁为玉碎，不作瓦全'！像何志武，你们看见了没有？国民党原来如此而已，姓何的哥们儿爷们儿，咱们老祖坟上出了这样一个孽种，就够丢人的了！到将来还能让他的名字写在家谱上吗！？他要姓何，咱们就都不姓何了！咱们都姓共叫共产党！"说着他把一双老手都高高地举起来了。孙振邦这时候在人群里大喊了一声："对！俺们都是共产党！"紧跟着这三十多个人都一齐大喊着："俺们都是共产党！……"连所有被抓来的人也都跟着这样喊了一声。

毛驴太君和猪头小队长，并没有完全听懂何世清这话的意思，他还以为人们这是有些屈服哩！好蠢的家伙！你看，毛利他又微笑着说："共产党的好，通通共产党的，通通关系的没有。你们的说，八路的、干部的什么地方藏着？"这时，大伙儿刚刚鼓起劲儿来，听他这一问，都说："不知道。"毛利一听，立时把个驴脸往下一沉："不知道？唔？通通死了死了的有！"猪头小队长一听，他就又举刀向前，要向着人们砍。

何世清一看猪头小队长要砍人，就把他那苦满白髯的胸膛一拍："来吧！我宁愿清白一死，也不愿和你们人鬼同世！"他又把头向前一伸，"快来吧！来个痛快的，也跟何世祯一样。"猪头小队长真的就要砍，毛利把他给喝止住了。随着毛利的话音，那两条黑色的大洋狗呼的一下子蹿上来了，一齐向何世清的脸上一扑。何世清的两只手一招架，一只狗叼住了他的一只胳膊腕子，"咕喽咕喽"地把个老头子就给扯倒了。人们一看，这位白发苍苍的耿直老人，遭到了这样的下场，立时就"啊！啊！啊！"震惊地喊着全都站立起来，一个一个摩拳擦掌怒目横眉。这时，毛利也惊叫了一声，几十个日本兵又一齐"咔……"端着刺刀向着人们围拢。特务们也都拔出枪来。大门外边的两个鬼子兵，也慌忙卧倒，把机枪握在手里，对准人群。哎呀！眼看这就是一场大血案！

孙振邦这时候大喊了一声："住手！你们把老头子放了，我告诉你们八路军、干部们在什么地方。"说着他就到了人群的前面。毛利一看孙振邦这个打扮儿，这个长相，不但没有怀疑他身上带着武器，也没把他放在心上。就是特务们也看着他不大起眼儿。毛利问他："八路军的、干部的哪里你的知道？"孙振邦说："知道，我都知道。他们这些人可是谁也不知道。"毛利又高兴地问："你的知道什么地方？"孙振邦又说："你不要再杀人打人，我就领着你们去找。"毛利一听："好的，好的，通通的不杀。"他又说了两句日本话，这些日本兵、特务连这两条狗这才一齐收回了爪牙。

这一来，大伙可就都愣住了！怎么孙振邦会有这种表现呢？莫非叫敌人把他吓糊涂了吗？这村的秘密他当然是知道的，他要真的说出来，恐怕就都完了！

孙振邦领着毛利就要往外走。毛利问道，"你的哪里去？"孙振邦说："这院里早就没有八路军了。这我知道得很清楚，从前就在这北房的东套间里有个地洞，洞口就在炕席底下，里边藏着很多的伤员干部，可是后来被何志武知道了，所以他们就忙着把洞填死，在别处另挖了一个，这一回当然就不在这个院里挖了。不光不在这个院里挖洞，连孙定邦也不打算在这个院里住了。你们在这个院里再找地洞怎么会找得着呢？"毛利一听，这话有理。他止不住地点头，又连忙问道："地洞的哪里去了？"孙振邦说："你别着急，我领着你们去。挖洞，填洞我都参加了。我准能找到。走，你们跟我走吧。"说完了这话他就往外走。刚走了两步，他又回过头来说道："毛驴太君，你们得多去人，因为洞里边八路军多，去得人少了不行。"毛利一听这话又急忙问："八路多少的有？"孙振邦又说："有五十多人，都有枪有手榴弹。"毛利对孙振邦这话就信以为真。他命令院里留下十多个日本兵和几个特务，监守着院里的人们，其余的由他亲自率领，跟着孙振邦就往外走。

孙振邦到底要往哪儿去呢？

明理不用细讲，当他一被抓住的时候，就抱定了牺牲的决心。他刚才一看，如果再不想个办法，恐怕这些人谁也活不了！不如趁早儿跟敌人拼一家伙，自己虽然死了，可也要打死一部分敌人，这些群众也许还有逃生的可能。决心已定，他要把敌人骗到大门外去，趁敌人堆在胡同里的时候，他把两颗手榴弹一齐拉响，和敌人同归于尽。要是能把毛利和猪头小队长一齐炸死，趁着敌人的混乱，人们也许能够逃走出去。就是为了要达到这个目的，他才领着敌人往外走。如此看来，事情的关键，群众的命运，就要靠在孙振邦这两颗手榴弹上了！

孙振邦这一阵儿，他的腿也有了劲儿，走道也快得多了。他几步就走出了大门。毛驴太君、猪头小队长、袭击队的小队长和骑兵小队长，都跟在他的后边。因为怕他逃跑，还有好几个日本兵、特务走在他的前头。孙振邦心里话：这样正好，叫你们跟着我多死几个。可是，他自己也感到了从来还没尝到过的一种滋味：说是难过吗？他倒觉着这样牺牲了性命，可算是无愧于党！无愧于国家！无愧于人民！说他高兴吗？他却感到，革命几年还一事无成，这样地死去虽说是光荣，可也觉得死得太早！又想到他跟齐英、孙定邦和其他的同志们，再也不能一块说谈，一块儿研究问题，一块儿进行工作了，心里也不免有点难过。

孙振邦来到大门以外，回头一瞧，几个鬼子官儿都跟在他的身后，一大堆日本兵们也挤挤拥拥离得不远。心里话，到时候了！只见他的两手往后一伸，噌噌，两颗手榴弹一齐拔了出来，用牙"咔咔"一咬，把弦拉脱，一只手一个高高地举起，大喊了一声："兔崽子们！哪里跑？"敌人一看，吓得"哇……"地乱叫起来，急忙忙往回里跑。孙振邦手举着手榴弹紧紧地瞟着这群敌人，两秒钟过去了，手榴弹这就要响，三秒钟来到了，手榴弹啊！你爆炸吧！你开花吧！可是它还没有响。莫非这是慢发火儿到五秒钟才响吗？但是五秒钟也过去了。孙振邦注意一看，天哪！可不好了！原来这两颗手榴弹都受了潮湿，变成了臭的。只听孙振邦"哎呀"了一声，就觉着一阵冰凉，从头顶凉到脚心，他恨不能把眼珠子迸出来，脑袋都要裂开了！可是到了这个时候还有什么办法呢？只见他把眼一瞪，"嘿！"拿起手榴弹直朝着毛利扔过去，手榴弹打在毛利的肩上，吓得毛利哇哇乱叫。猪头小队长一看手榴弹没炸，慌忙跑上前来，照孙振邦的身上就乱砍乱剁了七八刀，一群日本兵也都上来用刺刀乱挑了一阵，孙振邦同志就这样英勇牺牲了！但是，他的壮烈行动和英雄的形象永生永现。

孙振邦一死，虽然说没有打死一个敌人，可是把这群日本鬼子、汉奸特务吓得魂飞魄散，胆战心惊！这位毛驴太君，站在孙振邦的尸身前面，直着两只眼看着他，真是面如灰土，心似裂竹，浑身乱颤，连头发梢都打哆嗦！毛利不由得把个驴头连点了几点，心中叹道：中国人啊！怎么能够征服得了！正在这时，只听猪头小队长大叫着说道："中国人的大大不好！心的通通坏了！通通的该死！"他这么一嚷，好像是又叫回了毛利的魂灵。你看他把手一挥，带着这群鬼子兵和特务们，"呼噜……"又回到大院内来，命令把每个被抓来的人们身上里外都要搜查一遍。但是，搜查了半天，任什么武器也没有搜出来，只是在何世清的上衣大襟扣子上摘下来了一挂银"五设儿"——剔牙签儿、掏耳勺儿、胡梳、镊子，还有一个挖烟锅儿的小签子儿。

毛利接过来一看，一件儿一件儿地用手摸着："唔！刀的一样！枪的一样！杀人的通通可以。"瞧！这位日本皇军的大队长，真是五体痉挛了！他把这件银"五设儿"收藏起来，惊叫了一声，就像弹簧一样地向后一退，"呜哩哇啦"连喊了两句日本话。一群鬼子兵端着刺刀，凶狠狠地走到大杨树下。只听"呀……"一阵恶嚎，"噗嗤……"一阵刀尖刺肉的声响，他们向着这三十多个人乱刺乱杀起来了！

这三十多个人又不是一群绵羊，哪能眼睁睁让敌人乱砍乱杀？都跟敌人徒手搏斗起来，只听"噼噼啪啪"的一阵击撞声，"杀啊冲啊"的喊杀声，"呼儿咳哟"的呻吟声，乱成了一团。院内所有被抓的人们，一看这种惨情，也都站立起来准备一死。其中有一个人大喊了一声："哥们儿爷们儿！豁出命来吧！"他往前一蹿就来到了人群的前头，刚要上前来夺日本兵的刺刀，后头的人们也都齐呼啦地拥上来了！到了这个劲头儿上，毛利慌忙拔出手枪，"乓！乓！"两枪就把领头的这个人给打倒了。紧接着"哒哒哒"大门口外的机关枪也叫唤起来了！哎呀！机关枪这么一叫，十多个人就被打死了！没有死的一看不行，也都趴在了地下。这工夫，毛驴太君把手一摆，枪声这才停止。所有的敌人也都住了手。再看大杨树底下这三十多个人都倒在血泊之内，一洼鲜红的热血横流竖滚，真是惊心刺目！这群两只脚的野兽沾满了中国人民的鲜血！

倒在血泊里的这些人是不是都死了？没有，只剩了两个人还活着：一个是老头子何世清，因为他早就受伤气昏，在地下躺着，被别人的尸体盖在身上。另一个就是小虎儿，被一个死者紧紧地搂在身下，敌人一时没有发现他。不过由于他的身小力薄，压得受不了，憋得出不来气，他就用力挣脱露出了头来。他把头一露出来可不要紧，猪头小队长上来就要拿刀砍他。这工夫何志武又用日本话一说，猪头小队长的刀立时可就收了回去。有人问道：何志武这样没有人性的畜类，难道他还会可怜小虎儿吗？

可不是这么回事。他有他的用意：他觉着把这些人都杀了，这村的秘密就更不好发现。小虎儿是孙定邦的儿子，他爹的秘密他一定知道。为了这一点，他才不让杀死小虎儿。他对毛驴太君说明了小虎儿的身份，毛驴太君自然是高兴了，他以为像这样一个无知的小孩子，当然不可能跟大人一样，让他怎么着他就得怎么着。所以，他决定要从小虎儿的嘴里得到秘密。他亲自把小虎儿领出死人堆来，笑嘻嘻地问道："小孩，你的害怕的不要，我的顶喜欢。你叫什么名字？唔？说话的，说话的不怕。"他连着问了好几句，可是小虎儿吭也不吭，理也没有理，他只是扭着头，直瞪着眼睛不错眼珠儿地看着被杀死的这些人们。

毛驴太君以为这孩子是吓傻了，于是又拉了拉他的手，拍了拍他的脑袋，说道："你的抬起头来，我的看看，我的说话你的明白？你叫什么名字？说话的，说话的。"小虎儿仍是不吭，也不看他。何志武在旁边又叫起来了："太君问你话你怎么不说？你不是叫孙小虎吗？孙定邦不是你爹吗？你怎么不说？你他妈的哑巴啦？啊？"他说着就要上来打小虎儿。毛驴太君一摆手："唔？慢慢叫，小孩的胆小，生气的不要。"何志武一听就退后了两步。本来，猪头小队长早就不耐烦了，他以为像毛驴太君这样地问小虎儿，不如踢他两脚管事。所以他早就气得龇牙咧嘴，想要抬他的腿脚。可是，他一看到毛驴太君制止了何志武，他也就不敢蹬蹄弹腿儿。这工夫毛利又说，"小孩，你的不要看了，死人的你的亲人没有。孙定邦的走了，你的说，他的哪里去了？我的不杀。"小虎儿还是不言语，也不抬头。

也许有人怀疑，小虎儿这孩子真的吓傻了。

可不是这么回事。要说害怕，那是自然的，硬说不怕，没有人信。不过这孩子你别看他人小，心可不小。为什么他不说话呢？他的确是害怕。他怕的不是别的，因为他常听说，鬼子和特务们是很狡猾的，特别是对待小孩儿，一不小心就会上了他们的当！所以他不敢说话。这孩子心儿里秀密，跟他爹的性情差不多，素常就不愿意多说没有用的话，遇事总是小心谨慎。可是，要到了紧要关节的时候，那可是敢说敢当，敢作敢为。别看他一声不响也不抬头，他的小心眼儿里头正在打主意。他想：这么多的人都被敌兵杀死了，我还能活得了？要想活命就得想个办法。听肖飞叔叔说过：他有一回被敌人抓住，他把敌人的枪夺过来，打死了三个敌人他跑走了。这工夫，毛驴太君用手一抓他的脑袋，使劲儿一拧，正和他对了面。这个蠢家伙，他的另一只手从兜里掏出一沓儿伪票，在小虎儿的眼前晃荡着，把他那小胡子儿一翘，笑着说道："你的说话，孙定邦的哪里去了？八路的什么地方有？我的金票大大给。"说着他就用右手拔出了手枪："你的不说，要死了死了的！爹的见不到了！奶奶的见不到了！"他的枪口对着小虎儿的鼻子尖直晃。他以为这孩子一定是要伪票不要死。可是，野兽怎会知道人心？！小虎儿倒是睁着两只滚圆的眼睛看，不过他看的不是伪票，而是这支手枪。他认得这枪叫"楠督式"，跟李金魁用的那一支是一样的。李金魁那支枪他常常地拿过来摆弄，玩儿得很熟。他想：我把他这枪夺过来，把他打死就跑，跑到大门口再把那两个看着机关枪的打死，跑出胡同去，一钻枣树林子，他们上哪儿找我去？肖飞叔叔也许就是这样。他把主意拿定了：要夺毛驴太君的枪。

说到这儿，有人替小虎儿着急害怕了：不行啊！干不得！这么多的敌人你怎么能够跑得了呢？

谁说不是？要不怎么叫孩子呢？说来孩子跟孩子也不一样：有的孩子遇到这种情况就会哭，小虎儿则不然。因为他的生活环境和他的家庭条件不同，才培养了他这样一种人小心大、敢作敢为的性格。你看，正当毛驴太君的两只手一齐在他脸前耍把的时候，小虎儿把心一横，瞅冷子就是一抓，他还真把这支手枪给夺过来了。这一夺过来，毛驴太君可真是如同油锤贯顶一般！"啊！小孩的厉害！小孩的厉害！"上来就照小虎儿一扑。小虎儿毕竟是个小孩子，枪没有打响，就被毛驴太君掐着脖子，扑在身下，把枪又给夺了回去。敌人一看，这还了得！上来了几个日本兵和特务，七手八脚地就把小虎儿的胳膊给捆起来了。这一回小虎儿他可开了口："我日你们奶奶！操你们祖宗！日本鬼子！我操你们太君的八辈儿老祖宗！"嗬！他跳着脚地骂哩。毛驴太君一看，哎呀！这样一个小孩子竟敢如此大胆，中国人的真是不得了！不得了！他可真是还没有遇到过今天的孙振邦和孙小虎儿，他总以为对中国人很有研究，可是到了这个时候，这位日本皇军的大队长，他对中国人觉得莫名其妙了！

　　猪头小队长要拿刀砍小虎儿，毛利又上前拦住。他自己拔出战刀来，在小虎儿的脸前一挥："你的死了死了的！"小虎儿把胸脯一挺喊道："中国人不怕死！"毛利一听真把战刀举起来了，把他那副驴脸也耷拉了很长，大叫了一声："死了死了的！"小虎儿连喊着："不怕！中国人不怕！"毛利咬着牙地把刀往下一落，这刀就到了小虎儿的脖子上，不过他没有真砍，是把刀背搁在脖子上了："死了死了的！"说着他就用刀背锯了一家伙。小虎儿把脖子一梗："不怕！中国人不怕！"毛利就一面叫着用刀背来回地拉锯，小虎儿就梗着脖子喊。毛利一看，把脖子都锯出血来了，可是并没锯退小虎儿的丝毫硬气。到了这种情形之下，毛利只好叹了一口气，摇了摇头，把刀抽回来装进鞘去。他们闹腾了这一会儿子，在旁边的这些老百姓，个个都拔着脖子，直瞪着眼睛看着，紧张得透不过气来。他们一方面替小虎儿提心吊胆，同时也是被小虎儿这种表现激动得出神。他们嘴里不说话，心里可都是赞叹不止，哎呀！真是老子英雄儿好汉！好样的！人们心里这样赞叹着，浑身都觉着长劲，攥得拳头咯吧吧直响。在这个劲头儿上，要是真有个机会，这些人们真敢夺枪拼命！

毛利坐下来吸着了一支香烟，像是镇了镇惊，也像是解了解疲劳。其实，他是在捉摸小孩子的心理，想什么办法叫小虎儿把秘密说出来。想了一会儿，他把半截烟往地下一扔，把个驴脸一沉，站起来说了几句日本话，立时上来了两个日本兵和两个特务，把小虎儿身上的血衣裳扒光，用一条长绳子，把两只腿腕子一捆，脑袋冲下吊在旁边的一棵香椿树上。刚一吊上去的时候，小虎儿还是破口大骂，可是越骂这声音越小，骂着骂着就快骂不出来了。只见小虎儿的脸变成了紫红色，太阳穴上的血管暴起老高，连眼珠子都变成了红的，看那样子真是就要从眼眶子里头蹦出来。憋得他心里难受，好像就快把肠子肝货都要吐出来。真是好狠毒的鬼子啊！对这样一个小孩子他都如此残忍！气得院里这些老百姓一个劲儿地咬牙。再看小虎儿，两只通红暴胀的眼里，哗哗地流下眼泪来了！毛驴太君在旁看着却微微冷笑。又呆了会儿，小虎儿的眼泪已经变成了红的，看样子就像是死了一样。这工夫，在人群里突然有一个人大喊了一声："人都死了！你们还不给放下来！"紧接着大伙齐搭伙地都喊道："把人放下来吧！你们要杀就杀！给放下来！"这声音震得耳朵嗡嗡响。猪头小队长一听，就又大叫着指挥这些端着枪的日本兵，一齐向着人们围拢。人们的这种愤怒总算暂时又被镇压住了。

毛利看看小虎儿快要咽气了，这才命令把他放下来，可是小虎儿已经昏迷过去了。要说这些帝国主义强盗，收拾人还真是有经验，你看毛利又命令几个日本兵和特务，架着小虎儿给他做人工呼吸。不大一会儿，小虎儿就又清醒过来了。毛驴太君又问他："你的爹哪里去了？八路的哪里去了？你的说，知道不知道？"小虎儿这时候不像刚才那样嘴硬了，他有气无力地回答说："我知道。"毛利一听就接着追问："你的知道在哪里？"小虎儿又说："就在村外头，离这儿不远。"毛利一听在村外头，像是被提醒了似的："唔？村外头？什么地方？你的说。"小虎儿又说："在村外头井里藏着哩。"他这一说，毛利可就更高兴了："好的，好的，多少人的有？"小虎儿想了想又说："好几十个。"说到这儿，毛利就不再往下问了。"走，你的领着一块找的。找着他们，你的大大有赏！"这回他可是真的笑了。

毛利命令，只留下少数日本兵和特务在这儿看守，他亲自带领着大队，跟小虎儿往村外捉人。

小虎儿领着他们越过了通地洞的这个井口，还要往西北走。毛利一把拉住他说："井的这边有。"小虎儿说："这个井里没有人，前边还有一口大井，他们都在那边藏着哩。"说到这儿，就知道小虎儿这孩子并不是因为受刑不过要向敌人屈服，他是另打了主意。再往前边可真是还有一口浇地的大井。他是想着，领敌人往那儿走，必须经过这枣树林子，出了枣树林还有一大块高粱地，水井就在高粱地的那边。路过这枣树林和高粱地，他就找空子逃跑。要是跑不了，就领着他们到井口去，到了那儿就拉着毛利一块儿跳井。这孩子可也真是豁了个儿！毛利对他起了疑心，光怕受了这个小孩子的欺骗，总是用手拉着他一步也不放松。当他们来到这枣林的深处，这群鬼子和特务们个个发毛，害怕有八路军打了他们的埋伏。又往前走，看见前边是一大片茂盛的高粱，要在这里头有了伏兵，那可就太危险了！毛利命令停止前进。他以为是小孩子又在骗他，这才拉着小虎儿要往回走。嗨嗨！他们已经走不及了！这高粱地里真的就有八路军。

那位说：在高粱地里的八路军是哪一部分？

这是四区的区小队，小队长就是女区长金月波。怎么这样巧他们会到这儿来呢？这是县委书记田耕把他们调来的。

关于田耕的行动似乎是太神秘了！其实不然。因为从反"扫荡"一开始，他们几个县委委员就分了工：田耕直接负责四区和六区，三区和五区由县委委员郭诚领导。在这样一个大的形势变动和战斗混乱的时期，他们很难接头联系。当田耕一听到了郭诚的消息，才知道他已经被捕。解文华在城里日本特务机关所见到的，那个被吊在高架子上把浑身都打烂了的青年就是郭诚。田耕一听说郭诚被捕，他这才不顾身体的病弱，来抓这三区和五区的工作。不想在田家洼又出了田大姑的不幸事件，和齐英他们没有能够见着面。他从田家洼走了之后，第三天就和地委取上了联系，从地委那儿看到了上级党委的工作指示，也得到了猫眼司令调动兵马的情报。他这才一面派人给各区送信，同时他自己带着警卫员白山来到小李庄。他对敌人的行动估计得很正确，所以他没有敢耽误时间，让齐英和孙定邦他们立即行动，他自己也到沙山底下来会金月波。田耕觉着在三区这儿又要面临严重而险恶的战斗，必须要掌握一支可靠的武装。因为县大队尚未整顿起来，所以他就把金月波的区小队调到了手下。田耕这一来是作为对三区的帮助，二来也是为了应付意外情况的发生。当齐英、肖飞从村里跑出去见了他一说，村里的人们大部分被敌人堵住，他就要想法解救这些遇难的人。后来，孙定邦又跑出去找见了他，把他所知道的情况说了一遍，田耕的决心就更加坚定了。不过，区小队和齐英他们的人太少，他知道不可能一下子把敌人消灭，只能够在敌人不明真相的情形之下，打他一个懵头转向。因此，他决定分两路进攻：一路由齐英负责，带领着三区的民兵基干队，从北面进攻，目标就是孙定邦家这个大院。另一路由金月波负责，由她带领着她的区小队从高粱地里隐蔽着运动到村西，再往街里进攻。真是无巧不成书，金月波她们来到这儿就发现了毛利这伙儿敌人。好一个金月波，只见她撩一撩头发，结了结头上的手巾，把枪一挥，就拉开了队伍。布置妥当，战士们知道就要吃好的了，个个端起了步枪，抓紧了手榴弹，两眼盯着女区长，单听她的命令一下，就要如风如虎地向着这群鬼子特务猛冲猛打。

这才是，

　　巧遇良机巧作战　　血债要用血偿还

第 二 十 四 回

枪声响兽群崩溃　　血坛祭万众宣誓

上一回说到女区长金月波，领受了县委书记田耕的任务，率领着她的区小队，正在高粱地里隐蔽运动。走到枣树林边，可巧，发现了孙小虎儿诳骗出来的这群鬼子兵和特务们。她立即命令她的小队就地隐蔽。她自己也蹲下来，从高粱叶子的缝隙里仔细观察。一看，这伙敌人有六十多个，一半鬼子兵，一半便衣特务。有个当官的捉住一个小孩子，来到树林的边沿。看样子像是因为害怕，不敢再往前走，稍微停了一下就惊慌地扭头而回。金月波弄不清敌人这是怎么一回事，不过她估计出这是从村里出来的敌人。在她身后的日本朋友武男义雄，一看就红了眼睛，把枪一顺就要打。金月波把他拦住，悄悄儿地说道："不许乱打，服从指挥。"武男义雄只好停手，急得"吭吭"地直憋气。

金月波想，她的任务是从西街口进攻。要是在这儿打起来，虽说可以捡个便宜打死一部分敌人，怕的是完不成本来的任务，所以她才不敢打。不过她又一想：田耕给她任务的时候，曾经说过，"要机动灵活，遇到临时的情况变化，可大胆决定。"想到这儿，她又觉着应该打。她想：上这村来的敌人总共也不到一百，要是把这一部分敌人打垮了，就可以得到胜利。在这儿一打，北边的齐英他们听见，要是也往这边来，给敌人来个前后夹攻，他的首尾就不能相顾，把这一部分敌人击败，不给他以喘息的机会，敌人弄不清情况，摸不着头脑，他是非跑不可。不过怕的是齐英他们不往这边来，完不成任务，所以她还没有下决心。这工夫敌人已经回头走出了几十步远，把个武男义雄急得止不住地咬牙，连声央求："区长太君！我的打吧，我的死了死了的关系没有。你的知道，我的干娘手的砍掉了！她的危险了！我的报仇！我的报仇！"一边说着，他的眼泪哗哗地往下直流。别的战士们也闹着要打："队长打吧！哪儿找这样的好机会？放着便宜不捡？再不打就走远啦！打吧，下命令开枪吧……"金月波一听，战士们的劲头儿挺足，她的心里又一转动。只见她把那两道剑形的眉毛一皱，小嘴唇一绷，很快又把眉峰扬开，说了一声："打！"这个"打"字，比迸出来的还脆生。紧接着她又说道："沉住气，别忙，他跑不了。"然后打发她的通信员小张，跑步去报告田耕，说她要怎样地打这一部分敌人。小张答应了一声，开腿就跑去了。金月波这才下达了命令，向敌人进攻。这工夫敌人已经走出了有一百多米远。

金月波把她头上的手巾用力一撸，把腰里的皮带紧了紧，右手提着盒子炮，左手提着打开盖的手榴弹，带领着三十来名战士，拉开了距离，摆成了一个弓形的阵势，紧追敌人。武男义雄紧靠在她的身旁，攥得那支"三八大盖儿"发出吱吱的细响，准备着开枪。他们追了不大一会儿，离敌人不过六七十米了，还没有开枪。战士们知道他们这位女区长惯用的战术，所以个个心中有底，沉着冷静。金月波也真是胆子太大了！正在这时，毛驴太君回头一看："啊！八路大大的！"

那位说，怎么这样巧，单在这个时候他回头呢？

诸位，他们是因为怕有八路，不敢前进才往回走。所以他老是惊惊慌慌地心里发毛。又赶上小虎儿这个时候东张西望地想要逃跑，就更引起了毛利的警惕。他回头一看，八路军来到了背后，真像火烧了屁股一般，吓得他大叫了一声，急忙下令回头对战。但是，他们已经来不及了。毛利的命令还没有说出来，金月波的盒子炮"哗……"就打过来了。和她的枪声同时，武男义雄也"嘎"的一声打响了。紧接着"噼噼啪啪"全小队的枪都打了起来。这伙鬼子特务们立时就躺倒了十多个。没有倒下的敌人，刚要掉头还枪，就见有二十几颗手榴弹，从三面一齐飞来，头顶上就像一条条火龙，喷出一团一团耀眼的火光。只听得"轰隆轰隆"一阵巨响，手榴弹爆炸了。霎时间黑烟翻滚，尘土飞扬，炸得枣树枝子腾空而起，树叶子像大雪一般往下降落。这伙鬼子兵和特务们，如同雷劈了巢穴的鸟兽，鬼哭狼嚎地惊叫着，丢下了一片肢体零乱的死尸，慌忙逃命。

有人要问：日本鬼子是那样凶恶的敌人，这时候遇上了一个小队的八路军，就这样草鸡吗？

这话问得有理。日本兵刚才是因为八路军出其不意，猛然一个闪击，在抵抗不及的情况下，他们不得不跑。当他们跑出一段地来，稍微清醒了一些，毛驴太君一声令下，他们个个找好了阵地，就开枪还击了。这工夫手榴弹炸起的烟雾灰尘已经消散，正好展开他们的火力，日本鬼子的歪把子机枪也"嘎……咕……"疯狂地扫射起来了。哎呀！这一还击，恐怕金月波这个区小队就要危险了！嗨嗨，完全出于敌人的意想之外，这个区小队已经无影无踪，也不知道是上了天还是下了地。

原来金月波他们在手榴弹的烟雾掩盖之下，跑走了。

那位说：既然要打，而且打得很顺利，为什么又要跑走呢？

诸位，金月波的一个区小队才有三十来个人，这群鬼子和特务有六十多个。虽说是以迅雷不及掩耳的动作，突然袭击，可以先打死一部分敌人，但是如果敌人一个反击，那就够呛。金月波对这一点知道得非常清楚，所以她才不那样干。说到战术，这也有个名字，叫"闪击战"。不过这和一般军事学上所说的"闪击战"有所不同。按金月波的解释是这样：要想以少胜多战胜敌人，必须要秘，必须要快。秘要秘得神鬼莫测，快要快得像电驰风行。在敌人面前出现就要像突然的一道立闪，叫他来不及闭上眼睛。等他再睁开眼睛来看，闪光早已过去了。因此，才跟它叫作"闪击战"。她这个战术不是从书本儿上学的，而是在战斗中创造出来的，也可以说，是由于残酷困难的战斗环境逼出来的。

好哇！在这样情况之下，这样打法是再正确不过。毛利不是已经命令他的队伍反击吗？金月波他们要是不赶快跑走，这一阵儿恐怕是非常危险了！那么，他们跑到哪儿去了呢？原来他们又跑回高粱地里边，在一个小土埝子后边趴下了。他们像演戏似的，第一场演完了，走在幕后，等着再演下一场哩。咱先放下他们暂且不表。

再说毛驴太君，他的反击命令一下，霎时间火力展开，枪声响成了一锅。打了足有十多分钟，连个八路军的影子也看不见，这才停止了射击。毛驴仔细一看，日本兵和袭击队的人，被一排冷枪和一阵手榴弹，打倒了足有三十来个。躺在地下的日本兵，有的还在滚动着伸胳膊蹬腿，有的早已血肉横飞，回富士山老家去了。毛驴转身又一看跑下来的这些士兵，也有好几个受了轻伤。在他身旁的猪头小队长，脸上带着血花儿，身上也挂着血道子，疼得他龇牙咧嘴。毛利又想起了把他们诓骗出来的那个小孩子，回头一看，他已经不知去向。这时候，他才知道这个小孩子真是大大的厉害！他哪里晓得，要不是这个孩子，他也早就没了命。因为小队上的人们恐怕伤着这个孩子，枪口才没有冲着他打，他才能够囫囵着跑下来。枪声一响，小虎儿看看毛驴顾得了逃命，顾不了拉他，他用力一挣，溜到枣树林里，跑了。

毛利这家伙心里并没有糊涂，他知道八路军多不了。要是人多就不会再跑走。他沉思了一会儿，把驴头一抬，命令追击。他率领着这三十多个残兵败将，向着高粱地里，一边打枪，一边快步前进。不大会儿就来到了高粱地边，他们刚想穿过高粱地，忽然又听得背后哇哇地打来了排子枪。原来这是齐英带着的那一路人马来了。毛利可真给弄得昏头昏脑，迎面一顿枪又给打倒了好几个。这一回他可真是有点发懵沉不住气了。这又是哪儿来的八路军呢？莫非他们从前边跑到后边来了？我不信八路军真有这样快的腿？难道他们是神兵？就是神兵大日本皇军也不能怕："转回头打。"他又下命令往回里打。打了一阵之后，又命令他的士兵们，在机关枪的掩护下，端着刺刀，向着齐英他们"呀呀"地猛冲过去。嗨嗨，他们万也没有想到，就在这个时候，高粱地里又飞出七八颗手榴弹来，"嘎啦嘎啦"地直在屁股后头爆炸，连机枪射手也给打死了。毛利这才明白，他们被八路军前后夹攻了。哈！他再也不敢逞他大日本皇军的威风了，只好夹着驴尾巴夺路奔逃，沿着枣树林子，向着南面慌忙快跑。毛利丢下了三十五条死尸，丢下三十三支长短枪，还有一挺歪把子机枪。这一下，武男义雄可闹着了，从高粱地里蹿出来，就把这挺机枪抓在手里，在地下一趴，向着敌人就打。咳，哪想到，这挺机枪被手榴弹炸坏了。但是，他还舍不得丢下，背在身上，又拿起了他的步枪。要按一个三十来人的区小队和不到三十人的民兵来说，这个胜利可真是不小。谁想就在这个时候又出了岔子，敌人不走了，他们掉回头来又往北打。这又是怎么回事呢？原来毛利是打算着，带着他的残兵败将，往南逃跑，绕道进村，还回到孙定邦的大院，跟他剩下的那二十多个人再合起来抵抗。不想刚刚来到村西大水坑的边沿，从南边的高粱地里又打过枪来，他还来不及判断情况，从村边又涌出一大群人，也向村外打枪，还不住地吆喝呐喊。毛利一看，坏了！这是受了四面包围啊！再往南走不行，一过水坑就是平坦光秃的打谷场，往东是村边，往西是高粱地，往北是枣树林。没有办法，他想借着枣树林子的掩护，边打边退，这才又往北打。

这究竟是怎么一回事？这个四面埋伏是谁布置的呢？其实，谁也没有布置，这是人们自动地来打敌人，才打成了一锅粥。

原来从村里头涌出来的人群，就是被敌人抓住关在孙定邦家大院内的那些老百姓。他们早就憋着劲儿逃跑，并且还想夺敌人的枪。当外边一打起来，打得那样热闹，他们知道是有八路军跟敌人干上了。打胜打败不敢说，都觉着是到了逃跑的时机。人群里边有几个领头的人，他们用眼睛商量商量，就听："毁了他们吧！哇！"一声呐喊，"呼啦"的一家伙，就像决了堤的洪水。男女老少一齐动手，就连何世清老头子也从地下爬起来，跟着人们蜂拥而上，把院内十多个敌人拿拳头、砖头砸死了。他们夺过枪来，就往房上打，往门外冲。看守他们的伪军仅剩了十来个人，如何挡得住这样猛烈的冲击？吓得一个一个的撒丫子就跑，有几个伪军跳下房去跑往村东，一群人就往东追，有几个跑进了街里，又有一群人跟着往街里追。追到街里没有追上，顺着街口往西一看，发现了毛利这伙残兵，正在水坑边上打枪。所以他们也就呐喊着向村外扑来。这些人真是像疯了一样，把死全都丢在脖子后头了。遇上这样的情况，毛利这伙残敌他能不害怕吗？

南边高粱地里打枪的是大女。她带着女自卫队员们，打死了五个伪军，得了五条枪。她们自从夜间冲出村来，和几个失掉了联系的民兵碰在了一起。因为找领导没有找到，她们就老是在村外的青纱帐里转悠。转来转去，听到北边打枪，就往北边走。隔着大水坑，发现了毛利这伙敌人。她们本来不懂得打仗应该怎样打法，只是觉得，身在暗处，见了敌人就开枪。她们打枪也没个准儿，乱打一气。敌人并不知道她们的底细，只是听到有许多枪声，子弹吱吱地从头顶上飞过，还听到有"三八大盖儿"的声音，所以他们也害怕。

敌人这一害怕可不要紧，他们反倒坚决地抵抗起来了。这一乱打，不光是敌人摸不清头脑，就连自己人一时也弄不清是怎么回事，也很难当机立断。正在这样混乱之际，敌对双方两头害怕的时候，从远处的东西两面传来了枪声。这些枪声越响越多，越响越近。这是猫眼司令的快速部队的另一部分，和高铁杆儿的伪军赶来增援。县委书记田耕感觉到情况越来越不利，他这才下令撤退。为了缩小目标，田耕他们分成数路，掩护着冲出村来的老百姓。这时候，天气已经过了后半晌，西北风刮得小了一些。空中的白云挺厚，又下起了蒙蒙细雨。这雨如同烟雾一般，弥漫了大地。人们在雨雾笼罩之中，向着大沙洼紧跑。田耕率领着肖飞、孙定邦、齐英和他的基干队，还有一大群老百姓，来到了沙山的后面，流水沟边。这儿是桑柳的深处，芦苇的尽头，正好隐蔽。大伙也都连累带饿快要顶不住劲儿了。田耕说了一声："就在这儿休息吧！"一屁股坐在了地下。齐英说："这儿休息不行吧？咱们再往北走一走才好。"孙定邦也说："是啊，恐怕敌人追来。"跟着的老百姓们也都心慌害怕，无数的眼睛都看着田耕。田耕说："不要紧，先放出侦察警戒去吧。"齐英听着田耕的口气，像是很有把握，这才由基干队在前后左右派出了侦察，在沙山的上头设下了岗哨。孙定邦可还是不大放心，光怕敌人跟踪追来，不过他又觉着大家太劳累了，不能再走，因此也就没有再说什么。其实，田耕并不是为了这点原因，他是摸清了敌情，心中有底。根据他在地委机关得到的情报来判断，大批的敌人需要在明天一早儿才来到，今天来的敌人并不多。再说，他们受了损失，遇上这样的天气，又弄不清八路军的情况，因此不敢追到大沙洼里来。况且，折腾了这一天一夜，他们也是一样的饥饿疲劳啊！田耕心里有了这样的底细，他才敢在这儿休息。

田耕看了看，人们都以惊慌的眼神望着他，就知道大伙心里害怕。于是，就把他所了解的敌情和他的判断，怎长怎短地，说了一遍。这时候，金月波带着她的小队也来到了。田耕轻轻地拍了一下他身旁的草地，说："坐下来吧。"他又看了看齐英、孙定邦、肖飞，也叫他们坐下来。他们几个知道田耕要和他们商量什么，都来到他的身边坐下了。田耕说："村里的损失是惨重的，但是目前不是悲痛的时候。我们县委和区委的领导同志眼下最重要的是：要有决心、有勇气、有智慧、有办法领导群众，和敌人坚决斗争到底。把黑暗冲破，迎接光明！"

大家听了田耕同志的讲话，都连连点头。齐英和孙定邦等同志，检讨自己的工作没有做好，致使村里的群众受了损失。田耕说："齐英和孙定邦同志的工作是有些缺点的。但是，我认为你们都很坚决，很勇敢。在失掉了上级的领导，失掉了部队的支持，到处有敌人，到处是困难的条件下，你们能够领导群众做这样坚韧的斗争，打击了敌伪的凶焰，这就很好！至于工作中的错误，只能作为今后的经验教训，以后再说。要紧的是当前任务，是今天夜间的工作。在天亮之前，大批的敌人必然来到。现在这么办吧！你们先带着一部分武装，到村里去看看，看看到底受了多少损失。在村里的群众都让他们到这儿来。看看咱们地洞里的同志们，要是能够出来，先想法转移一下。如果不能行动，那就想法再严密些，多准备点吃的喝的，以防预料不到的困难。你们对伤员同志们说一声：我因为有别的任务，不能亲自去照看一下，真是对不起他们，都是自己的同志，请他们原谅吧！"

田耕的这番话，说得是那样诚恳，那样动听，离他近的群众们都听见了。他们都从心里受到了感动。再看齐英、孙定邦、肖飞、金月波他们，一个个都站立起来，都要带着战士到村里去。

因为这儿有这样多的群众需要保护，所以结果只让孙定邦和肖飞带上九名战士进村去看。临走时，田耕还一再地嘱咐他们，发现怎样的情况要怎样应付，遇到难以处理的问题，就先别处理，回来再说。只是有一件最为要紧，无论如何，也别让群众呆在村里。他们听了，一一应诺，这才快步急行地往村里走去。

孙定邦他们刚走了不大一会儿，大沙山后面就听"唏喽呼啦"地又来了一群人。到了跟前一看，原来是大女带着她的女自卫队员，还有几个民兵。民兵的后面跟着十几个老百姓。不知怎的，小虎儿也和她们碰到了一块儿。大女她们一见沙山后面有这么些人，就喊着说："老乡们！敌人早走啦，快回村去吧！"人们听她这一喊，就齐呼啦地都站了起来，乱哄哄地都要回家。田耕一看，这还行啊！都回了家，夜间再遭受意外怎么办？他想起来阻止他们，但是他说话都没了劲儿，只轻轻地摆了摆手。

正在这个节骨眼儿上，从人们的身后，又来了乱乱哄哄的一伙队伍，原来是夺了敌人枪的一群老百姓。他们扛着十多支"三八大盖儿"，还有的拿着小铁锹的，抓着劈柴棒子，扛着权耙，提着扁担。有的脸上带着伤，有的身上沾着血，个个怒气不休，杀气未退，亚赛金刚一般！他们来到一听，这些人们都闹着回家，就乱喊乱嚷起来："老乡们！回家干什么？房子烧了，亲人死了，家没有了！家不要了，村子也不要了，命也不要了，豁出来吧！找咱们的村长，找咱们的区长，领着咱们打！老乡们，干吧！村长在哪儿啦？区长在哪儿啦？……"这声音就像擂鼓一般，震得耳朵嗡嗡直叫。

齐英站在人们的面前，也高声喊道："老乡们！先静一静，不用找了，我就是区长。我完全同情你们，我一定要跟你们一块儿干！现在是黎明前的黑暗，这是咱们伟大的领袖毛主席说的！在这最艰难危险的时刻，我们领袖对我们这样关心！给咱们指出了明路！照亮了咱们的心！咱们要坚决地响应毛主席的号召，把牙关咬紧，把这黎明前的黑暗冲破，光明就在眼前，最后胜利一定是我们的！"他越说越有劲儿，激动得声音都有点发抖了。这时人群中爆发出震天撼地的声浪："毛主席万岁！共产党万岁！……"

齐英的话还没有说完，忽然之间，从人群的后面奔过一个人来。这个人身躯高大，白发苍苍，胸前飘着银白的胡须，气势汹汹地直往前奔。谁都看得出这是何世清。何世清的脸上带着血斑，两只受了伤的手，抱着一个椭圆形的坛子。这个坛子不大，浅灰颜色，封着坛口。坛子上写着三个鲜红的大字，看不清写的是什么。这个老头子一面喊着，奔到齐英的身旁。只见他两只伤手，把坛子就地一放，放开嗓子，大声喊道："乡亲爷们哪！都跪下！跪下磕头行礼！"他这样一来，把人们闹得吃惊发愣，连大气都不敢出。他们个个心中暗想：怎么啦？这老头子是闹什么？原来他是在敌人走了以后，又进入孙定邦的大院，看见大杨树下的血泊未干，他就找了一个坛子，拿上了一个饭碗，把地下的血收满了一坛。因为死者是全村各姓各族的人都有，他以为这是民族团结的象征。所以他用手指蘸着血，在坛子上写了"民族血"这三个大字。他来到一看，知道人们大概没有闹清是怎么回事，他就原原本本地把这个事情说出来了。何世清这一说，人们才知道这个坛子里边就是亲人的血。见血犹如见人，这才"哇"的一声痛哭，齐呼啦地跪在地下磕头行礼。一看这个惊心动魄的情形，连田耕、齐英、金月波和警卫员小白、小张也都跟着跪在了地下。这时候，何世清又大声喊着："乡亲爷们！常说家破人亡，咱们眼看就要成为亡国之奴，丧家之犬！难道我们能甘心吗？"当他说到这儿，大伙一齐喊出了："不能甘心！"何世清又继续喊道："在过去咱们张王李赵，是各管各家，各管各院，各扫门前雪，不管他人瓦上霜。总有人想着，谁来给谁纳粮做顺民，乐忍耐。如今看来，这都是做梦了！这个梦葫芦，叫日本鬼子的刺刀给穿破了！咱们的界线，让这一坛民族血给联起来了！咱们要把这一坛血埋葬起来，叫咱们的子孙万代都要记住！"这老头子的话，本来还多得很，因为他激动得浑身颤抖，累得喘不上气来，实在没有办法再说下去，最后他举起了双手，上气接不上下气地喊道："咱们都是黄帝的子孙！跟着祖先的榜样吧！宁为战死鬼，不做亡国奴！"大伙都跟着他痛呼疾喊："不做亡国奴！……"到了这个劲头儿上，人群里边一个再哭的也没有了，就连躺在母亲怀里的小孩儿，也都止住了哭泣，个个都激动得几乎把心都炸开。

这工夫田耕站起来了。谁也想不到，他突然增加这样大的力量。你看他显得强壮多了！高大多了！田耕为什么能这样呢？他要干什么呢？他这人一向就是，到了紧要关头、危急的时候，他的精力就特别旺盛。现在他是觉着，群众的思想情绪到了紧要的时候，应该多进行一些教育，应该把思想提高，把决心加强，鼓起更大的力量，要更明确地以党为靠山，否则不能坚持斗争到最后胜利。所以他要领导着大家宣誓。你看他，把两只手一扬："乡亲们！都站起来。"大伙一听，就都站起来了。田耕又说："我是县委书记，是共产党的代表者。我在这里宣誓：我要和大家同甘苦，共患难！我们都是中华民族的儿女。"说到这儿，就有不少的人也举起手，跟着喊起来。他接着又说："我宣誓，要为死难的同胞报仇！永远跟着共产党！坚决抗战到底！誓死不投降！保卫家乡！保卫人民！保卫全中国！不怕流血牺牲！不怕艰难困苦！战斗到底！战斗到最后的一分钟！战斗到最后胜利！把日本强盗赶出中国去！……"田耕这样喊着，越喊越气壮，大伙都跟着喊，也是越喊声浪越高，震得山水草木都发出响声，真可说是气壮山河！田耕以更响亮的声音又喊道："我们说，最后胜利一定是我们的，因为我们是正义的战争！是无产阶级领导的革命战争！英雄的中国人民从来就没有对任何敌人屈服过。今天有了正确而伟大的中国共产党和伟大英明的领袖毛主席的领导，这是打败一切敌人、战胜一切困难的胜利条件！"这时人们喊万岁的声音直上云霄。

正在人们这样悲壮地宣誓之际，忽然西北天空狂风大作，呼呼的山响，直刮得沙土暴起，草木吼叫。真是天在惊号！地在悲鸣！霎时之间，云消雾散，露出了蓝蓝的晴空，高挂着满天的星斗。这一大群人的精神更加振奋起来，都高高地举起步枪、手枪、铁锨、扁担、棍棒、权把，要求去打敌人。这时候人群里边，忽然有一个人倒下去了，昏迷不醒，不能说话。人们仔细一看，不是别人，正是转轴子解文华。

转轴子解文华什么时候到这儿来了？他老早就跟着一大群人，在民兵武装掩护下，一块儿跑到了这里。因为他的身体瘦小，混在人群之中，不敢抬头不敢说话，所以呆了这么老半天，谁也没理会他。

那位问道：他为什么不敢抬头不敢说话呢？这还用说吗？他心里有鬼啊！又有人说：他既然心中有鬼，怎么他不躲到别处藏着呢？这是因为他心眼儿多的缘故。他害怕孤零零地躲到一边，被别人看见，要发生怀疑，不如混在人群里头，可以假装没事人儿。

诸位，我们知道，今天这个大血案可跟他关系不小！当他看到这惊心动魄的情形，他的两条腿就打开了哆嗦，再加上害怕他的鬼胎暴露，因而胆战心惊。他那瘦小脆弱的身体，一时精神恍惚，支持不住就昏昏沉沉地倒下来了。大伙一看是他，都觉着奇怪，可是谁也弄不清他的底细，只好先把他扑拉了扑拉，顺了顺气，然后又架起他来走动了走动，他这才清醒过来。人们问他是怎么回事，他说：是饿的，是累的，是看到死了这么多的人，他心里难过。人们对他的话是半信半疑，但是又没有根据说出不信来，就把这个奇怪的现象暂时放下了。此事已过，大伙就又闹腾起来。有的要找敌人去拼命，有的就非要回家去看看，去料理料理。要找敌人去硬拼命，这是瞎干。所以，田耕和齐英说明了道理，就给拦挡住了。要回家去，这当然是应该，不能阻止，可是田耕不放心，害怕大家又被敌人包围在村内。他这才吩咐：齐英和金月波带领着队伍，保护着人们回村。队伍不要进村，要在村外做侦察警戒。他又对大伙说明：今夜敌人一定还要来，大伙回到村里，看看家，弄出所需要的东西来，把死者也赶快抬到村外，迅速埋葬。无论如何，也不要在村里呆的时间过长。人们听着田耕这些话，是字字诚恳，句句关心，都表示听从。这才齐大呼地回村里去。解文华也就跟大伙儿回了家。

人们走了之后，这儿就剩了田耕和他的警卫员白山。白山见田耕饿了，从他的挎包里掏出了两个麦子面掺野菜的锅饼，说了声："田同志，快吃点儿吧，你有很久没吃饭了！"田耕没有说话，只是摆了摆手，表示不吃。他并不是不饿，而是吃不下去呀！他想：群众遭受的损失太惨重了！这怪谁呢？怪齐英和孙定邦吗？不能。齐英他们已经尽了最大的能力。怪县委委员郭诚同志吗？更不能。因为他早已被敌人逮捕了。想来想去，只有自己把这个重大的责任担当起来！现在看来，主要的问题是，因为郭诚同志被捕，没有做好组织领导群众斗争的工作，所以群众才遭受了这样的损失。想到这里，他的心像针扎一样！他稍稍沉静了一会儿，这才想起了抽烟。

田耕的烟瘾是非常大的，不吃不喝行喽，不抽烟他简直受不了。这老半天没有抽，是因为斗争太尖锐闹得忘下了，这会儿才想起了抽烟。因为他的右手受伤，这烟也是白山给他带着。这些日子抽不上鬼子烟卷儿了，白山给他安了一条小烟袋儿，抽大叶烟。按说，大叶烟更有劲儿，呆了这么长时间没有抽，这会真是馋得不行，恨不能一口抽到嘴里。白山还没有给他装满烟，他就把烟袋抢到手，把小烟杆儿往嘴里一放，就让白山快给他点着。哎呀！真是没有想到，火柴潮了，划了半天也没有划着一根儿，急得白山的手直发抖。田耕说："别着急，别着急，想想办法。"可是，把所有的办法都想到了，结果半盒火柴划了个精光，只划着了一根儿。好不容易，点着了一点点烟叶。因为烟叶也潮，没有抽出烟来就又灭了。这工夫白山的眼泪真的流下来了。田耕一见就笑着说了一句："这个破烟，不抽就算了吧，看你这个孩子样儿！"然后，他又把小烟袋儿交给了白山，在草地上躺了下来。他一声不响地躺着，觉得工夫不小了，这才站立起来，说了声："走，跟我一块儿去喝点水。"他来到流水沟沿，把腰一弯，把头一低，咕嘟咕嘟就喝了一大顿。他喝完了水，扭头走上岸来，望了望天空，说道："哈！这水真甜呀！"他看了看天上的星斗，有些着急地说："人们应该回来了。要是再晚了，恐怕又遇到危险！"你看他，关切地向小李庄遥望。正在这时，突然听到"嘎——"的一声，村里传来了清脆的枪响。紧接着，机关枪也打起来了。一个村，两个村，周围所有的村子，都响起枪来。这枪声密得如同爆豆，紧得就像刮风。这分明是大批的敌人，包围了这一大片的村庄。

哎呀！

群众难中又遇难　鬼子疯病更加疯

第 二 十 五 回

两炮楼封锁村路　　一口井吸住人心

　　闲言少叙，书归正传。刚才县委书记田耕，喝了一顿凉水，走上流水沟沿，听到了这片大沙洼周围所有的村庄，都打起枪来，一阵紧似一阵，他不觉吃了一惊。这不明明大批的敌人包围了这些村子吗？村里这么多群众怎么办呢？想着想着他的眉头皱成了疙瘩。不过，田耕到底是久经考验的干部，总算老练。他紧张了一阵儿，坐在地下，停了一会儿，就沉静下来了。等着吧，听听情况究竟怎样再说。

　　这工夫，各村的枪声响得更加激烈了。呆的时间不大，金月波、齐英还有大女，带着他们各自的队伍，三三两两、接连不断地就回来了。在白天夺了敌人枪支的那些老百姓，也有几个跑到这儿来。除此以外，再也没有别人来到。孙定邦、肖飞和他俩带进村去的几个民兵，连一点影子也看不见。恐怕不是被敌人打死，就是被敌人给包围住了！不然，他们也一定要回到这儿来找田耕。他们究竟怎样，一会儿再说。

　　田耕一见跑回来了这些武装，就仔细地询问他们的经过情形。金月波、齐英、大女，还有一些战士们，都赶忙着把自己的经过说了说。他们又分别检查了一下人数。金月波的小队少了四个。幸好，由于金月波掌握得严紧，总算是把武男义雄拉扯回来了。齐英的基干队只剩了十几个人。孙定邦带去的九个，和其他没有回来的，还不能断定死活。大女的五个拿枪的队员回来了三个。那些拿着武器的老百姓，只剩了四个。

田耕一面听着，一面心里不住地盘算。大女、齐英靠在他的身旁，问他怎么办。田耕老是呆坐着不说话。这工夫，时间已经过了半夜。田耕抬起头来，看了看天上的星斗，又听了听四周的动静。只听各村的枪声已经稀稀拉拉，隐隐约约地传来了人喊马嘶。听得出，敌人包围村庄的战斗已经结束，将要开始下一步行动。这时候田耕站起来了，真也有点使人纳闷，不知道他哪儿来得这么大精神。你看他，挺直了身躯，睁大了眼睛，说话就像斩钉截铁一般。几句话说明了敌情的严重之后，又叫道："同志们，现在咱们都挺危险！起来，赶快走，钻出这个圈儿去，也许现在已经晚了。"

田耕这样一说，有些人不大同意。有人觉着，在这儿隐蔽，不会有什么危险。有人觉着，自己的乡亲们、同志们没有冲出村来，死活还不知道，不忍丢下就走开。也有的又是摩拳又是擦掌要打回村去，救出自己人来。他们都纷纷提出意见。但是，田耕谁的意见也不听："为了让同志们少流点血，也是为想法把同志们、把老乡们都救出来，咱们要快点走出这个包围圈儿去。到底需要想什么办法，先跳出去再说。同志们，服从命令！"田耕说完了这几句话，大伙这才齐声地说："走。"

这工夫，周围村庄上再也没有枪响，像是敌人又开始下一步的行动了。

说到这儿，诸位一定要急着知道敌人的情形。

现在来的这些敌人，正是猫眼司令在前天下令从好几个县分调来的，一共是两千多日伪军。他的命令，本来是在今夜拂晓，赶到此地包围村庄。但是，在昨天下午，他又下了一道紧急命令：要这些军队急速行进，一定要在夜里十二点钟以前，把这一带的村庄包围起来。猫眼司令为什么非要这样干呢？过去他并不是这样。他的命令下去之后绝不更改，那是为了保持他大日本皇军的威信尊严。但是，在长期的侵略战争中，他得到了这样一个教训，就是八路军要打他的时候，他常常是一无所料，应付不及，只有挨打。反过来说，他要打算进攻包围八路军时，则十有九空，徒劳往返。给养弹药的消耗不算，有时还被打了伏击，落得狼狈而回。所以他才用这一套，真真假假，虚虚实实，欺骗撒谎，改变命令的办法，指挥作战。他这样一来，还是真管了事儿。为什么田耕让大家进村去赶快回来呢？就是防备这样情况。小李庄的老百姓，在昨天黑夜就吃了这样的亏，没有接受这第一次的教训，今儿黑夜才又摊上第二次。

这一次比上一次更加厉害，敌人的兵力大得多，离村很远，就拉开了包围圈儿。等到枪声一响，就把村子围了个风雨不透。围在村里的人们，一个也没有能够跑出来。孙定邦和肖飞带着的九个民兵，都被敌人冲散了。他们俩一看，冲不出来，在混乱之中，爬下井去，钻进了地洞。他俩往井里爬的时候，有好几个人看见了。其中有一个人就是转轴子解文华。他也想跟在孙定邦和肖飞的后面，逃到村外去。因为敌人太多，没有走脱，又因为他不会凫水，没有敢跟着孙定邦往井里爬，这才被敌人一块抓住，赶到了村里。他本来不知道井里有秘密，这会儿见到孙定邦和肖飞下了井，才引起了他的疑惑，不过他一时还没有弄清底细。敌人把抓住的老百姓又都赶到了一处，人们觉着这一回是一个也活不了。真没有想到，这一次鬼子不先杀人。他们把一大部分兵力，从村里向村外活动，把各条道路封锁起来。凡是便于通过的地方都给卡住，等到拂晓，就向这片大沙洼围拢，层层拉网，反复"清剿"，几天以后，在周围的村庄修起炮楼，把这一片复杂地形完全封锁控制，让八路军没有办法再到这儿来隐蔽活动。

村里的敌人一开始先砍树扒房，准备材料，清除障碍，扫平地基，押着老百姓连夜给他们修公路修炮楼。孙定邦的房后不远就是路基，在水井的旁边就是安炮楼的地点。这一片枣树多，敌人就先从这儿下了手。哎呀！这一家伙，把这个井口算是封锁了个严实。

孙定邦跟肖飞钻到洞里去之后，想等敌人过去，再从井里出来找田耕、齐英报告情况。可是，他们在洞口里老听着上边乱七八糟的挺热闹。孙定邦大着胆子爬上井口探头一看，旁边不远就有敌人。在这后半夜的工夫，一连看了好几次，敌人总是不走。又见枣树被砍倒了一大片，井的周围变成了光秃秃的平地，要想从这儿走出去是不可能了！这可怎么办呢？还把用土堵死的另一头扒开，从屋里溜出去吧。哪知道就在这屋子里住下了敌人。弄不清敌人是怎样的情况，当然不能往洞外钻。

那位问道，怎么这样巧，敌人单在他这个破房子里住？

这并不是巧，因为敌人要在他这个房后边修炮楼。他们在这儿住下，站岗放哨，监督看守才方便。他这个房子又是村子的西北角，在房顶设上哨兵，又便于封锁小李庄。这样一来，地洞里的人就更不好往外走了。

在这儿住下的敌人是铁杆儿汉奸高凤岐的一个伪军小队，小队长就是刁世贵。

那位说：刁世贵的伪军小队，不是在桥头镇的小学校里，被日本兵都给拿刺刀挑了吗？怎么还有这个小队呢？

我想大家还会记得，当时，不是刁世贵把猪头小队长给捆起来之后，就找高铁杆儿去报告吗？正在他向高铁杆儿报告的时候，毛利带着队伍也找了高铁杆儿去，吓得刁世贵钻到了床下。因此，他才没有被杀。高铁杆儿被关起来之后，小红儿就把他在屋里藏了两天两夜。等高铁杆儿又恢复了职权，他才又出头露面。毛利因为那个事，受了猫眼司令的责备，所以他也没有再追究。高铁杆儿原来跟刁世贵是盟兄把弟，又看他敢打敢闹，不但是当伪军坚决，还敢把猪头小队长捆绑起来，这正投了高铁杆儿的脾气。所以刁世贵在高铁杆儿的心目中算是好样的，称不起铁杆儿，也配做一根硬棍儿！由于这种情形，高铁杆儿才让他当了另一个小队的队长。在小李庄这儿，他们要修两个炮楼，一个在水井旁边，另一个在村子南边，摆渡口的北面，大堤上头。那一个炮楼要住日本兵，是猪头小队长的一个班。这个班现在何大拿家的院里住着。因为日伪之间总闹矛盾，各怀着鬼胎，毛利是为了明里辖制，暗中监督伪军，所以就让一个班的日本兵占据一个炮楼。这个炮楼，连河路、带浮桥、带村庄、带公路，一齐都能看住。高铁杆儿是为了暗中抗拒猪头小队长，要把统治这个村的权力由他掌握起来，好任意搜刮油水儿，这才派他的得力部下刁世贵驻守这儿。这样看来，在小李庄村，敌伪之间，免不了还要有明争暗斗。小李庄这个村子，也要受双重的封锁。不仅如此，伪政权还要在这村设立大乡公所，大乡长就是何大拿。这一家伙，叫谁看着，小李庄村也得闹个天昏地暗，搅成稀泥烂酱！孙定邦家这个地洞再想保住秘密，怕是很困难了！这些未来之事，不必先说。

　　再说地洞里的人们，他们已经知道两头都有了敌人，没有办法出去，只好忍耐一时，等待机会。不过，地洞里边已经感到了困难的威胁，预先弄下来的饭食已经吃光了，只是还有两口袋小麦。吃生小麦固然也能充饥，但是想要把它弄软，这很困难。预先弄下来的水，也早就喝完了，再喝就只有井里的生水。按说喝生水是很平常的事，是因为这井水里边，泡着一条特务的死尸，因此，人们宁愿渴死也不喝它。地洞里边不光是吃喝成了问题，就连灯油也快点完了，油罐子已经倒干，油碗已经着得靠了底，烧得那根油捻子唧唧作响。为了防备着换药看伤时候的需要，这盏保命的油灯，被林丽掌握起来。她先找了一盒火柴装在自己的衣兜儿里。怕受了潮湿划不着，还老叫它贴着身子。然后她把灯碗儿保存起来，谁也不许动一动。孙定邦跟肖飞本来都有手电，因为下雨受潮跑了电，这会儿也不亮了。肖飞的自来火儿也没了汽油。因为挨了雨淋，手表里灌进了水去，这会儿只能看到豆绿色的夜光，一步也不能走了。不过，从井口上透过来的一线光亮，还能看得出是在白天。约摸着是上午的时间，老是听着井上不远有乱七八糟的响动，所以也不敢爬上井来偷看。等着吧。

好容易等到了天黑，肖飞悄悄儿地爬到井口，偷偷儿地探头一瞧：啊！还有许多的人，在这井的周围乱搬乱倒。仔细一看，才看到有拿枪的伪军，押着民伕们在这儿做工。他急忙又爬回洞口，和孙定邦一说，孙定邦为了弄得更清楚，他也上去看了看。看完回来，他俩判断着是：敌人要在这儿修炮楼。这就更加焦急不安了。为了不让洞里的人们过于惊慌，没有把这个情况告诉大家，他俩只是急着想法出去。恨只恨，伪军们押着民伕老在这儿折腾，没有办法秘密地走出去。难道他们老是连天连夜地干不停工吗？等着吧，总能找到机会。于是，肖飞和孙定邦老在洞口这儿听着。这天约摸着已经到了半夜，再也听不到井上边有什么响动了。孙定邦爬上井口一看，果然是一个人也没有了，在不远处现出了一个圆形的房基，这大概是修炮楼。又一巡视周围，看到转遭儿立起一人多高的木头桩子，不用说，这是要圈铁丝网。心里话：这可得想个办法，把人们救走，要不然，等敌人把铁丝网圈住，把炮楼儿修起来，再想走也没了法儿。

想到这里，孙定邦慌忙又爬回洞口叫着肖飞。他俩来到里边对大伙一说，人们还有个不急的吗？无论如何也得赶快出去。怎么办呢？你一言我一语地想出来了个办法，把灯点起来，找到了一条破绳，又解下了几个人的腰带，先让孙定邦跟肖飞，拿着绳子的一头，爬上井去，然后由志如和林丽负责，用这一头的绳子，把人绑起来，一个一个的拉到上边。上去之后，趁着晚间，先把伤员们弄到大沙洼里隐蔽起来，然后再想法到别村去找堡垒关系。

事不宜迟，说走就走，只见肖飞走在头里，孙定邦拿着绳子紧跟着，其余的人也都跟着往洞口爬。只有东海是腿伤，不能爬，只得由志如在前边拖着他。志如一个人的力气不够，孙大娘和林丽还在后边帮忙着推。费了好大的劲儿，他们才来到洞口。这时候，肖飞已经爬到井沿儿。他刚想上去，忽然听到脚步声响。这脚步声越走越近，来到了井边，肖飞只好又悄悄儿地退下来。大伙不知道是怎么回事，肖飞说是来了人，人们这才都纹丝儿不动，大气儿不出，都以为是敌人的巡逻，等着把他让过去再开始行动。嗨！真是事不随愿，来的人并不是敌人的巡逻。那个家伙到了井口，便停止了脚步，往下探了探头。不大的工夫，他放下来了一个东西。看不清是什么，像是用绳子系着送到水里头去。一会儿这东西又提上水面，很快又送下去。就这样上来下去地弄了好大一会儿，还听到井上的人喃喃地骂着。一时之间把人们闹得更糊涂了。又呆了不大一会儿，听到哗的一声水响，好像是提上来了一个沉重的大东西，又听"噗喽"的一声掉下去了。井上的人更气愤地骂道："好猴儿先儿，你个王八蛋操的，死了你还这么难斗。"这时人们才听清判明：是何志武在打捞死尸。

那位说：深更半夜里，何志武打捞这个死尸干什么？

他打捞的并不是这具死尸，是因为猴儿先儿这个死尸的身上，还带着一支盒子炮哩。何志武的枪因为叫肖飞弄走了，他没了打人的家伙儿。他干的那种勾当，一天离了枪也不行。买一支好盒子炮，用伪票儿就得七八百元。他哪儿弄这么多钱去？他这两天没有别的办法，要了他大哥何志文的一支小手枪带着。谁不知道，打仗用小手枪是不顶事的。所以他才要打捞这个死尸。

又有人问，他打捞这枪怎么不白天来呢？莫非他还保守秘密吗？他可真想保守秘密。因为他知道，现在这儿已经归刁世贵的伪军小队所管，要是叫他们知道了，那就得见一面儿分一半儿，少不了他得掏个三百四百的伪币。就真是说说好话，看个面子，他也得破费个百八十元请请客。说不定，也许弄裂了，不让他打捞，这支枪就白白地便宜了刁世贵。因为有这些顾虑，何志武才等这儿没了人，来打捞这支枪。他以为猴儿先儿的个子瘦小，没有多大分量，自己能够打捞上来。他用的这个家伙儿，是个捞梢的铁钩子，样子像船上用的铁锚，四个钩儿，只是比铁锚个小，也细，它的钩子挺尖，抓东西抓得倒挺结实。但是，因为死尸是肉的，抓着一块，提上水面之后，一离水，重量加大，把肉抓豁，死尸就又掉下去。这样，抓住了多少回就又掉下去了多少回，所以气得何志武老是骂不绝口。

何志武在这儿鼓捣了一会儿，在孙定邦家房上站岗的伪军发觉了："谁？什么人？在井那儿的是什么人？"何志武一听，赶快就趴在地下了。他想隐蔽一下没了事。其实，他这是瞎想。在这样情况之下，伪军能把这个征候放过去吗？连问了几句不言语，"嘎"的一枪就打了过来。紧接着，"咕……"就来一梭子捷克式的机关枪。仗着是夜间打不准，吓得个何志武连忙喊道："是我！我！别打了，是自己人！"房上问："你是什么人？""我是袭击队的。""你是袭击队的谁？""我是何志武。""你在那儿干什么？""我，我，我在这儿捞东西哩。""捞什么东西？你过来，你要不过来就打死你！"何志武没有办法，只好战兢兢地走过去。这时候，刁世贵也上到房顶上来，一看果然是何志武。何志武不得不说实话。刁世贵听了之后，瞧这路子骂："你他妈的混蛋，捞枪为什么白天不捞？打死你怎么办？你不知有八路军活动吗？叫八路军活抓了你狗日的去！赶快给我滚回去，等天亮以后再捞。"他把何志武骂了个狗血喷头。何志武因为是犯在了他的手下，不敢还言，只好垂头丧气地走回家去。咳呀！这样一闹，更加提高了伪军的警惕，洞里头的人们也就不敢再上来了。

夏天的夜短，呆了不大的工夫天就亮了。伪军又押着民伕来修公路，修炮楼。何志武又来打捞死尸。这一回连刁世贵也帮他的忙。其实，他哪里是帮忙？他是为了要捡个洋落。他们又打捞了半天，这具死尸总算弄上来了。上来一看，浑身的肉叫铁钩子抓了个乱七八糟，衣服也烂了，腰带也断了，盒子炮也丢在了水底。何志武觉着费了这么大的劲儿，白闹了。他觉着冤得慌，非要继续打捞不可。刁世贵不让了："不行，别打捞了，盒子炮那么小，一时半会儿的捞不上来，别在这儿妨碍工事，等以后再说吧。真是倒他娘的邪霉！我说这儿有个井，以后吃水方便，谁知道这个死尸在里头泡着，这水还怎么喝？因为不知道，昨天人们还都喝这井里的水哩。我也喝了不少，啊，啐，啐。"说着他还直想呕吐，直啐唾沫。何志武再三地要求，他也不让继续打捞。最后，他还叫过来了几个民伕，从旁边场院里推过来了两个大碌碡，并着一对，盖上了井口。井口本来就挺小，这一家伙整个的都盖住了。刁世贵还说："这就好了，省得人们不知道，还喝这井的水。"嘿！真是，他哪有这样好心眼儿，关心群众的卫生，他是为了等修上炮楼之后，好自己独吞了这支盒子炮。可是这一下子，这个井口算是给封住了，休想再从这儿出去。

哎呀！地洞里头的人们可怎么办呢？本来是都抱着很大的希望，能够逃出这个危险的苦洞。如今看来是一点指望也没有了！难道这些人就都甘心在里边等死吗？当然不是这样。"车到山前必有路，船遇顶风也能开。"这是肖飞常说的话。到了这个时候，他还是这样说。他总觉着，多想办法，就没有绝路。并且他还想出了办法，他要拿起小铁锹儿来，从地洞里边另掏一个小口儿，掏到铁丝网的外边去，照样可以脱险。有几个人同意他的这个办法。你看他，把小铁锹摸到了手里，就要开始挖土。志如这时候也拿起了二齿挠子，要跟着肖飞一块儿干。孙定邦走过来拦住了："先别忙，撂下，撂下，你们俩都把家伙撂下。"肖飞和志如同时问道："撂下怎么着？"孙定邦用手往上一指："听！上边咕咚咕咚走道的声音下头听这么清楚，咱们要在这下边噗嚓噗嚓地刨土，人家在上头会听不见？这个办法不行，干不得，趁早别动。"叫他这样一说，人们听着是满有道理，心服口服。肖飞把小铁锹儿一扔，说了句："不行拉倒，再想别的办法。"

那么还有什么办法可想呢？丁尚武说话了："这么办，等着天再黑了以后，屋里的人睡了觉，咱们就从洞口偷着爬上去，我在头里，你们在后边跟着我，不能走的人，咱们背上他。趁着外面黑里马虎的，咱们大家一起往外冲！"人们听着他说得怪带劲儿，有人就鼓起了勇气。但是，孙定邦不同意他的意见。他凑到了丁尚武的身边，用手拍了拍他的背脊说道："同志啊！你说的那个办法不行。咱们地洞里的人，伤的伤，病的病，老的老，小的小。外面这么多敌人，怎么能硬往外冲？"丁尚武听了，自然是不高兴。他还说是因为孙定邦胆子小，树叶掉下来都怕砸破头皮呢！不过孙定邦是个有涵养的人，他做事小心谨慎，为的是大家的安全。人家说他一两句，他是不会放在心上的。

有人问道：这个办法也不行，那个办法也干不得，那么孙定邦到底有什么高见呢？

其实，他并不觉得自己有什么高见。不过，他这人是一贯的慎重小心，依靠领导，相信上级，越是到了这个时候，他这种思想越发明显。他总是觉着：现在要想脱险，光靠他们几个本身的力量不行。田耕和齐英他们，对地洞里的受难同志不能不关心，一定会想出办法来救他们。现在最要紧的就是，咬牙！忍耐！保住秘密不让敌人发现。洞里头有生麦子吃就饿不死，井里头有水就渴不坏。再一说，敌人不会老是住在他这破房子里头，几天以后，他们盖上炮楼，必然要搬到炮楼里头去住。到那个时候，再想法出去不就好办得多了吗？这就是孙定邦现在的主张。孙定邦把他的意见一说，史更新也同意他的主张，他说："我基本上同意老孙的意见，但是，我们也不能坐在地洞里老等，我们得把敌人的情况摸清楚，只要情况明了，冲出去或是留在地洞，都由我们了！"于是，这自然地就形成了个决定。大伙都集中精力来了解敌情。不过，这也不是很容易做到的。肖飞爬到井口去听，听了多少次，因为声音太杂乱，什么也听不清楚。只有在草池子下头听着屋里的伪军们说话，倒是能够听清，吃饭、睡觉、换班、擦枪、吵嘴、打骂，都能听见。听了之后，他们判明了这是三个班，还有一挺捷克式轻机枪。按说，要是等着伪军们睡着了觉，像丁尚武、史更新、肖飞、孙定邦这些人，悄悄儿钻出洞口，满可以把他们给收拾喽。可就是有一样不好办，刁世贵这家伙很鬼瘴，他并不麻痹。夜间的岗哨，不光在房上有，六个正副班长轮流值班。屋里的灯是通宵不灭，带班的班长挎着枪不停地走出走进，到处巡查。就连刁世贵本人，也时常地起来到外面察看。如果要钻出洞来，被他们看见那可就太危险了！刁世贵这些伪军，平时他们赌钱的赌钱，喝酒的喝酒，抽大烟的抽大烟，是干什么勾当的都有。这会儿他们总是不打自惊，好像随时都防备着挨打，所以他们才这样警惕。

又是一夜一天过去了，洞里的人们饿得没有办法，只得吃生麦子。生麦子嚼着费劲，就先用水泡一泡，泡软了再吃。这样，虽说不至于饿死干死，可是吃得大伙肚子闷胀，呕吐恶心，眼里头冒花儿，浑身没有劲儿。那种难受的滋味儿，咳！就甭说了……要是这样长久下去，这些人非要死在洞里不可！不过，现在从伪军的话里已经判明，这个炮楼快修成了。好像最大的希望，那就是等伪军们搬到炮楼里边去。一点儿也没有料想到，正在这个时候，外面传来了喜讯——枪声、手榴弹声响起来了。大伙一听还有个不高兴吗？真是高兴得把心都要跳出来！他们都挤到洞口这儿，一个个闭住呼吸仄着耳朵，仔细地听。听着就在房后头不远，劈劈啪啪有不少的人打枪，夹杂着"咣唥咣唥"的手榴弹响。没有问题，这是咱们的武装来袭击敌人，说不定也许是齐英、金月波他们带着队伍来救咱们。房顶上伪军的机关枪也"咕嘎"地打个不停。屋里的伪军们，呼儿喊叫着，拿起枪来就往外跑，碰得什么东西叮当乱响。房顶上头挤满了人，"乒乒乓乓"地打起枪来，真是好不紧张，好不热闹。这时候，丁尚武在洞里头连叫了几声："同志们！咱们的队伍来了！伪军们都上了房，咱们给他来个里外夹攻，把这群花狸狗子们消灭了他！来！跟着我出洞。"一边说着他就要往外钻。这工夫"嘎……"在另一个地方打响了歪把子机关枪。

霎时间：

　　地洞里一阵响动　　村头上几片枪声

第 二 十 六 回

探机密伪乡长图谋　　受耻辱新娘子自杀

　　地洞里的人们一连被困了好几天好几夜，正在发愁的时候，忽然听到外面枪声大作，伪军们都急忙爬上房顶，开枪抵抗。这个情况洞里的人们听得真真切切，大家都觉着，这一回可是逃生的机会来到了，再不出去等待何时？丁尚武离得洞口最近，他也听得最清楚，一阵冲动，连叫了几声，就要往外钻。孙定邦又上来一把将他拉住，说道："别忙，别忙，你怎么这样着急？你这么大声一嚷，要叫敌人听见不糟了糕吗？再一说，这么慌慌乱乱地都出去也不行，弄不好还得被他们抓住！悄悄儿的，谁也不许再嚷。"丁尚武问道："依着你怎么办？快说。"孙定邦说："伪军们既然都上了房，这就好办了，管教他们一个也下不来。我跟肖飞先出去，爬到两边的墙头上，把两个墙角卡住了，你们再一个一个地出洞。出洞后，偷着开开大门，把不能走的背上，溜到村西，钻高粱地。敌人要是发觉不了，咱就一枪不打。他要是发觉了，我跟肖飞就扔他两颗手榴弹，再打他两梭盒子炮。就是消灭不了他，大概他也不能下来。"大家一听，都说："好！好！就这么办吧，快走。"丁尚武听着也说："好吧，我同意，你俩先头里去。"他往旁边一闪，孙定邦就挤到前头来，伸手就要拉开洞口。

　　孙定邦连拉了几下，又往上托了几托，啊？真奇怪！怎么洞口开不开呢？这时，肖飞也挤上来搭手，还是不行。丁尚武也挤着伸过一只手来。但是，因地方太小，洞口盖儿又没有抓头，所以，三个人都是有劲儿使不上，干着急。一着急，就弄得嘡嘡直响。这工夫，外面的枪声停止了，呆了不大一会儿，伪军们就三三两两地回到屋来。恐怕被他们发觉，孙定邦又在洞口下边堵住，不让别人再动。他认为，这战斗不一定就这样简单结束，等一会儿也许再打起来。可真也是事不随愿，外边再也没有枪响。呃？真是怪咧！这仗是怎么打的呢？这洞口又是谁给堵死了呢？我想，诸位对这两个问题也会发生疑问。

　　大家还记得，敌人在这几间房子里搜查的时候吧？何志武领着日本兵们，翻箱倒柜，刨地拆炕，把这几间屋子里弄了个乱七八糟，连这个草池子也给踹塌了。一大堆土坯，就都堆在这个洞口盖儿上。一个土坯，老秤都有十八斤重，要是一大堆土坯，该有多大分量？人在下边开洞，胳膊腿都得蜷曲着，洞口盖又是两面通用，平板光滑，没有抓头儿，有劲儿也使不上。你想，这怎么能够开得开？按说，这也不致把人难住，拿小铁锹儿，把洞口盖儿旁边的土掏豁，把盖儿拉下去，人们也就能够出来。不能随心的是，战斗结束，伪军们回到屋里来了。那么，这场战斗为什么这样简单？这究竟是谁们来打的呢？

　　这是齐英和金月波他们打的。他们打算用武装掩护，从井里边把人们救出去，但是因为炮楼快修成了，铁丝网已经围好，井口上还盖了两个大碌碡，齐英他们连铁丝网还没有能够进去，就被伪军发觉了，他们这才想来个猛攻，把伪军们打坍，所以才有一阵激烈的枪声和手榴弹声。不过，刁世贵这个伪军小队并不好打，况且他们还有一挺捷克式轻机关枪，在房顶上架着，居高临下，一扫三面，在光秃秃的场院上怎么能够冲得上来？再说，打了不一会儿，在何大拿的高房上，日本兵的歪把子机枪也打了过来，这就更加困难、危险了。金月波他们又觉着战士们的子弹本来就挺少，这会儿一打又消耗了一些，要把子弹打光，敌人冲出来就无法抵抗了。所以打了一阵，一看不行，急速地撤走了。他们撤到哪儿去？还打算着怎么办？回头再说。

先说刁世贵，自从受了这一次的袭击，他的警惕性更加提高了。为了防备着八路军再来，他押着民伕们，修这个炮楼也就修得更快。两天之后，炮楼就修成了。这个炮楼，是底上三层，有一间房子那么大的面积，形状是圆的，底下粗一点，上头细一点，里外浑砖，石灰浆灌缝，比一般的砖墙还要厚，足有三丈多高。这个炮楼，远看像个圆塔。它的顶子可是光滑的。它的转遭儿可有很多枪眼，简直就形容不上它像个什么东西来。不管它像个什么吧，这个炮楼既然修成了，伪军们就应该都搬进去住。地洞里头的人们也应该赶快逃走。可是他偏不这么办，他们只搬进炮楼里边去了一个班，其余的两个班住在原房不动。

那位说：算了吧，你别说咧，炮楼没有盖好的时候，他们黑夜白日地紧赶，这会儿炮楼盖起来了，他们还不赶快都搬进去？莫非他们舍不得孙定邦住的这几间破房？难道他们自个儿给自个儿找别扭？我不相信。

诸位！他们既然这么办，就有这么办的道理。也可以说，他们有他们的专门儿"学问"。他们盖这个炮楼的目的，并不是为了在里头住，而是为了在里边站岗放哨，看守公路，封锁村庄，瞭望田野，监视行人，不让抗日的武装到这儿来活动。如果抗日的武装来袭击，他们好藏在里边，进行抵抗。他们先搬进一个班的士兵去，也就是为了这个。不过，现在正是雨季，刚盖起来的炮楼里边潮湿得厉害。再说，它又没有窗户没有门口，只是有几个打枪的小窟窿，人在里边住能不潮湿闷气吗？所以，谁也不愿意搬进去。不搬进去又不行，争吵了半天，来了个轮流换班，这才由第一班先进去。那么，他们永远这样吗？不，他们还要在炮楼的旁边，铁丝网的里头盖起住人的房来，连厨房厕所都要盖。

按说，盖几间房可也简单，普通的房子比盖炮楼总要省事，很容易就盖起来了。咳！他们偏要麻烦麻烦。就为这事，伪大乡长何世昌还召集各村的保长们来开了个会，说是要多少多少青砖，要多少多少粗大的木料，要各村各户先把钱摊出来，由大乡公所负责买办。哪个村要不拿出钱来，就去扒哪个村的房，哪一家要不拿出钱来，就扒哪一家的房。钱怎么样摊法呢？当然他不实行"合理负担"，而是按人口摊派，不管你有没有财产，有一个人就得摊一份。这钱到底要多少呢？要超过他实用数目的好几倍。据说，剩下的钱，留在大乡公所负责存放，准备以后干别的用。嘿嘿！实际上是要装进私人的腰包。在这里边拿头等份子的，就是高铁杆儿跟何大拿。

你可别看要的钱多，不拿还是不成啊！拿点钱总比扒了房强。自然是也有拿不出钱来的。像那样的怎么办呢？他们有办法，拿东西来抵，有什么拿什么。伪大乡公所还捎带着是个估衣市、拍卖所。老百姓光摊这钱就算完了吗？哪能够？还得出"慰劳"费，"保护"费，"卫生"费，"办公"费，"地亩捐"，"良民"税……简直是花样百出，做梦也梦不到的费用都得往外拿，放个屁也得上税！就连死了的人，也要按人口派款。这老百姓还能过吗？

老百姓们白天被赶着去修公路，夜间还要给他们打更守夜，查村边，守街门。守什么街门呢？他们把这村所有的街口巷口都垒起墙来。巷口留小门儿，街口留大门。这门是白天开着，晚上关闭。两头的街门，都要伪自卫团来把守。这村里的青壮年本来就不多。伪自卫团为了撑门面，差不多就把所有能走动的男人都包括在内了。所以，白天修公路是这些人，夜间打更坐夜、巡边守门还是这些人。要是这样长久了，村里人还能活吗？恐怕饿不死也得折腾死！谁说不是？连从前主张支应敌人的地主富农们，如今也都烧香磕头地盼望着八路军快点回来，把敌人赶跑。

诸位！你以为这样就算把老百姓饶了吗？那敢情敌伪的罪恶就小了。那么，还要怎么样呢？

自从这村的两个炮楼修起来的那一天，日本鬼子跟伪军们，都觉着有了护身壳。他们就像疯了一样，不管是白天夜里，他们到处乱钻乱窜，杀鸡宰猪，大吃大喝，抽大烟，吸白面儿，赌钱搞破鞋，吓得家家户户的女人们乱藏乱躲。逼得十四五岁的姑娘，也赶快给找个婆家娶走了。老太太也学会了跳墙，跟日本鬼子捉迷藏，她们觉着，跟日本鬼子见了面就是耻辱！连日本鬼子也奇怪，"为什么女人的通通没有？"你可别说，也真有的女人不藏不躲谁也不怕，这就是何大拿的干外甥女大苹果的姑娘小香儿，还有解文华的姑娘小凤儿。小香儿为什么不藏不躲呢？这不光是靠着何大拿这个伪大乡长，还因为高铁杆儿霸占了她，要娶她做四姨太太。那么小香儿愿意吗？大苹果愿意吗？不用问，她也是不愿意，但是高铁杆儿比阎王爷都厉害，她怎么能够反抗得了？

那么，小凤儿又是个啥问题呢？说起来这个事儿真叫人料想不到，就为她又闹出来了一场重大的事件。原来是这么回子事。转轴子解文华当了保长，他得天天跟日伪军大乡公所打交道。也不知道怎么搞的，日本兵和伪军们都知道他家有个漂亮的姑娘，所以都要找个因由到他家去。日本兵是谁也没有见着小凤儿的面，伪军可是都看见过她。伪军士兵们见了之后，也只不过是嬉皮笑脸地说上几句闲话，小凤儿就要躲开。可是，刁世贵这家伙不同一般的士兵，他想出来了个办法。有一天晚上，他拿了瓶子酒，弄了点肉，突然闯进解文华的家来，把小凤儿正堵在屋里头。他开口就跟解文华叫表叔，跟他老婆叫表婶子，跟小凤儿自然就要称呼表妹了。其实，他从哪儿也表不着，他可就是愣这么叫，表现得还是一本正经，弄得解文华一家子不知道怎么好。

解文华是个讲交际讲外面儿的人，当时就没有好意思地给刁世贵下不来台。再说，刁世贵是伪军小队长，又不敢得罪他，所以就让小凤儿给他这位论不上来的表哥，斟了碗水，点了根烟。虽然一句话也没有说，可是把个刁世贵给美得差点儿没有晕过去！接着碴儿他就跟解文华喝起酒来。解文华对这样吃吃喝喝从来就不腻烦，所以两人越喝越近乎儿，一直喝得都有八成醉了，解文华的老婆巧八哥儿，好说歹说地不让喝了，这才散去。刁世贵临走的时候，还塞给解文华一块花绸子手绢儿，说是给表妹的见面礼儿。解文华连说不要，追着还给刁世贵，哪知道，刁世贵别有居心，非此不可，出门就追不上了。

刁世贵走了以后，解文华一家三口都知道这不是什么好事，就担惊害怕，愁得一宿也没有睡着觉。刁世贵怎么样呢？第二天他就托何大拿给他做媒说亲，并且说：解文华已经吃了他的请儿，还接受了他给小凤儿的礼物。一定要他把这门亲事说成。何大拿也是不敢得罪他，当时就答应了。不过，他以为这门亲事不大好说，绝不会像刁世贵所说的那样。这叫我怎么说法呢？解文华要是不愿意怎么办？他想来想去，呃！有了，解文华跟八路军的关系密切，我的女儿志贤她们藏在什么地方，他一定知道，我何不来个顺风驶船儿将计就计呢？让他把这个秘密告诉我，我想法把志贤叫出来，然后再让警备队掏了他们的窝儿。对，就这么办。

何大拿决定了以后，把解文华请到了家来，就先把刁世贵要娶小凤儿做老婆的事说了一遍。解文华对这事早有预料，一听就连说了几个不行，自然还说出了许多的道理来。何大拿一看解文华不愿意，正投了他的心思，这才说道："老伙计，这个事你不答应不行啊！你可知道，刁世贵这会儿在咱这个乡是武装头子啊！生杀大权可就在他手里攥着！高凤岐跟他是磕头换帖的把兄弟，说一不二。连日本小队长他都敢捆起来，你想，他还有不敢干的事吗？再说，一个庄稼闺女要嫁给一个警备队的小队长，这不算委屈，比嫁个泥腿泥脚的庄稼汉不强得多？"解文华听到这儿不高兴了，没有等何大拿把话说完，他就截住问道："老哥们儿！我说这话你可别恼，像刁世贵那样大的年纪，还生过脏病，长得丑陋不堪的样子，要是你的闺女，你愿意给他？"

何大拿一听"嘿⋯⋯"就冷笑了一声："兄弟！这是咱没有外人的话，我可真是愿意那样，不过这事儿得你帮助我办。我想，我的闺女你的侄女志贤，她在哪儿藏着你是知道的，你要能够让她跟我见上面，我就想法把她嫁给刁世贵。这样一来，你就用不着再为这事发愁，刁世贵也能愿意，我也高兴，咱们这叫三全其美，你看怎么样？"解文华一听，心里觉着呼扇了一家伙，没有来得及多想，连忙地摇头摆手："我不知道，我不知道，她们现在到哪儿去了，我可实在是不知道啊！"何大拿一看，他不肯说，心里话：唬他一家伙。你看他把个肥胖的大脸往下一拉："文华，这话说到这儿了，咱们是老伙计，我不能不提你个醒儿，志贤她们还在这村里藏着没有走，你是知道的，这瞒不了我，你不要老是跟我动转轴儿！"

解文华一听，啊！莫非他知道？不一定，这老小子也许是唬我哩！他跟我动硬的，我也给他来硬的："怎么着？志贤她们还在这村藏着瞒不了你，那你为什么还要我帮忙？""哈！解文华！你想错了，我不是求你帮忙，我是要你办这个事儿，你敢说不听吗？""哎！姓何的！咱们把话说清楚点儿，别以为你是大乡长我是保长，你管着我了。我可没有吃你的，没有拿你的，姓解的在你手里没有短处，我不能给你当腿。你叫我干什么我就干什么，我连刷带扫凑不着这份儿买卖！"说了他就要回头往外走。

何大拿急忙站立起来，伸手把门口一挡："姓解的！你站住。""我站住怎么着？""你站住，我要明白地告诉你，你知道你是个什么人吗？你知道你负着什么责任吗？""这我怎么会不知道，我是保长，我负保长的责任，干得了干，干不了就刷勺子！你当我愿意干这倒霉的差事？挨万人骂不说，还是他娘的撬猪割耳朵——两头受罪。我不干了。"说着他就又要往外走。何大拿又一把将他拦住："哈哈！你说的真是比唱的还好听你！你是保长，你不干了？你别装这样的明白糊涂。我问你：你在城里特务机关是怎么出来的？""是日本人放我出来的啊。""说得对，我再问你：日本人为什么放出你来？""因为他们相信了我的话啊。""越说越对，还给了你二十块钱吧？""啊！是啊。"说到这儿何大拿又冷笑了一声："原来你都记住啦，你花了特务机关的二十块钱，你知道那是什么钱吗？那就叫特务活动费！"

一听这话，解文华的心里就觉着凉森森的一阵，那脸刷的下子就白下来了。何大拿又说："日本人相信了你的话，你不是在那话的下边还签了字画了押吗？你敢说那不是你的秘密情报？你别以为你跟八路军有关系，弄不好了，你可以跑出去找八路军。可是你要知道，这村死的这些人责任都在你身上。""我那是假情报。""你说是假的，日本人可当了真的。八路军能饶了你？"解文华听着可真是吓坏了，一声也不敢言语。

何大拿一看把解文华算是给卡住了，何不就这个机会，把他给拿下马来，从他的嘴里掏出秘密？对，我要给他来个揪住小辫儿不撒手："解文华，我告诉你说，今儿刁世贵不光是要我给他说媒，他还说你知道八路军的秘密，你不说已经不行了！你要是趁早儿说出来，还能够将功折罪。你要还敢隐瞒着不说，弄你个私通八路！明当保长，暗中刺探，打算着里应外合，消灭皇军，消灭警备队。把你小子抓起来，先抽一顿鞭子，然后再灌上两壶凉水儿，哪怕你不说？"

何大拿以为，这一下子，准得攥出解文华的尿儿来，能够达到自己的目的。他没有想到：唬得太老了！解文华没有吃他这一套，他把一对蛤蟆眼一瞪，把两只胳膊一撸："姓何的！这是你说的，嗨嗨，你说了还不能算，刁世贵怎么样？还有管着他的哩！要说，咱们上桥头镇，到毛利那儿去说。""啊，到毛利那儿去说？你说什么？""说什么？你不是说我是特务吗？今儿我就办办这个特务勾当：我报告你私通八路！"

何大拿一看，哈哈！他倒唬起我来了，我还能丢在他的手里？"怎么着？你报告我私通八路？朋友！你可要把眼睁开！别拿着上眼皮当大褂子穿！我何大拿可不是任嘛儿不懂的小孩子。别说是毛利那儿，就是猫眼司令的衙门口儿也一样得进去。嘿嘿，真是，我大江大海都过来了，还没有经过小河沟子翻船！"

解文华一听，今儿跟他算是弄裂了，我要是叫他唬住，就得由他，他要是叫我拿住，就得由我。好，再碰他一家伙，把他的尾巴根子给他揪出来："姓何的！我也先告诉你，你可别翻红了眼皮相好的！姓解的不怕你敲山震虎，我走过些个老山老岳，还没有见过你这样花脸儿的狗熊！你也不打听打听，转轴子怕过谁？你不是想闹吗？咱闹得越大越好。他娘的，天塌了有地接着，脑袋掉了才碗大的疤瘌，转轴子就是这个好赖人儿，是金钟我也敢撞，是尿别子我也敢摔！你听着姓何的：你的闺女何志贤，带着一大批八路军的伤病员，你把她们隐藏在什么地方了？你的小子何志忠，带着游击队，夜进桥头镇，打算着救你没有找着，救出了被抓的妇女们，还杀死了五个日本兵，你敢说这不是真事吗？""啊？""你先甭啊？还有哩，在大沙洼里边，围打日本军队，那也是何志忠干的，是你给他们送的情报儿。""啊……你，你简直是胡说八道！""我胡说八道？前天黑夜来打刁世贵他们，那是谁的队伍？你敢说不是你勾来的何志忠的游击队吗？"

何大拿听到这儿，气得呼呼地，往炕上一倒，用两只胖手把耳朵一捂："由你胡说吧，我不听，我也不怕。"解文华一看，还是不行啊，他的心里又转了一转，两只蛤蟆眼儿"呱咭儿呱咭儿"地眨了两眨，提高了嗓门儿又说道："你不怕？有你怕的。你知道谁跟何志贤在一块吗？丁尚武，就是丁武儿，他们在地洞里，地洞就挖到了你这个炕下头！说不定今儿黑夜他就来找你！"说到这儿，何大拿"哇"了一声，滚了两个滚儿，出溜下炕来，两条腿筛着糠，在地下站着，直往地下看。

解文华接着又说："丁尚武跟你何家有杀父之仇！丁尚武的爹是被你爹打死的，他要拿你报仇！"这一家伙可把何大拿吓坏了。丁尚武在这村里藏着，他本来就有个耳闻，这会儿一听说他在地洞里头，把地洞挖到他的炕下头来，何大拿有个不害怕吗？何大拿不但是害怕这个，他也知道解文华，不是说出来不敢做的手儿。要是真的到日本鬼子面前那样一说，何大拿就真够呛。何志文跟何志武这两根顶门棍儿，也不一定顶得住。因此，他也是害怕。不过这样一来，他可真要下毒的了！他觉着，老舍不了他这个闺女，早晚得遭殃！不如趁早儿，来个先下手的为强……想到这儿，他就说："那么好吧，文华，你愿意怎么办就怎么办。咱们不要多费唾沫。"说着他就走出屋来。

解文华当然也要跟着他出来。他不知道何大拿想要去干什么，他就一步一步慢慢地往家走，斜着眼睛看何大拿。眼看着何大拿就奔孙定邦家走去。不用问，他是去找刁世贵。解文华一路走着心里就像揣着个小兔子儿似的，惴惴不安，暗想：这一回算是弄糟了！恐怕要有危险！这可怎么办好？他有点儿发了慌。这才急忙回到家来，晌午饭也不吃了，就在炕上一躺。小凤儿过来问他："爹，你怎么啦？""没有怎么，去吧。"巧八哥儿过来也问："又出了什么事啦？看你愁得这个样儿。""别打搅我，让我先躺着歇会儿。"

解文华哪是要歇会儿？他是感觉到了大不幸的预兆，需要好好儿地琢磨琢磨怎么应付才好。他以为何大拿一定是去找刁世贵。见了刁世贵他会说些什么呢？他会不会把他的闺女豁出来，说我知道她们在哪儿藏着，让刁世贵跟我要这个秘密呢？哼，这个混账东西，他不是干不出来。要真是那样，我可怎么应付？何志贤她们到底藏在谁家了？哼，很明显，井里头是有八路军的秘密，也许那里头就有洞口，我要是说出来……哎呀！八路军还不得锄了我的奸！？要不然就答应把小凤儿嫁给刁世贵？这样，刁世贵一定要成为我的人，女婿不向着老丈人，还能向着外人？可是，要那样我怎么能对得起自己的孩子啊！？再说，真的要有何志贤，她不但长得漂亮，还有那么高的文化，她爹又有钱又有势，刁世贵还有个不要她？这可怎么好呢？要不然，我就带着她们娘儿俩逃跑，把她俩藏到别处，我去找八路军？不行！不行！真要是八路军知道了我在特务机关的行为，那不枪毙了我？想到这儿，急得他是抓耳挠腮，心里头简直就成了蒺藜窝。真他娘的，也怪，我解文华是有了名的耍人儿能手儿，为什么这一阵儿，碰上个事儿总是这么为难，处处都要掉在泥坑子里头呢？莫非说我走背字儿了？到了我倒霉的年月？该我死了？……他是越想越觉着没有办法。

那么，何大拿到底是干什么去了？他真找了刁世贵去。你猜他怎么对刁世贵说的？他不光是说解文华不答应这门亲事，还说解文华如何如何骂了刁世贵一顿。又说，解文华在这村里掩藏着八路军，把他的闺女也说出来了。最后，他还把他的闺女许给了刁世贵。刁世贵听了他这些话，真是把鼻子都给气歪了！立时就派了两个伪军士兵去抓解文华，然后又叫了几个伪军士兵，安排着灌解文华凉水儿。何大拿一见事已如此，他就告辞而回。

解文华正在炕上躺着愁得没有办法，忽然闯进来了两个拿枪的伪军，说带他去见小队长。一看这个来头儿，他就明白了个八成儿，心里话：这一回可真得要了我的好看儿！嗨！怕也不行，没有关系，到了时候，把脸儿一抹，我他妈的什么都能办！走。跟着伪军就往外走。他这么一走，小凤儿娘儿俩就都吓哭了。解文华说："哭什么？甭害怕，我死不了。"

简单捷说。解文华跟着伪军来到刁世贵的面前，一看，屋里站着好几个士兵，地下放着一条板凳，一块木板子，两条麻绳，还有两壶水，啊！这是要灌我凉水啊！又一抬头，看见刁世贵带着满脸的凶气，真是要吃人的样子。一见这个情形，解文华当然是害了怕。他没有等着发问，就先开了口："嘿嘿，姑爷，你找我干什么？是商量办喜事吗？俺们一家子都为咱们做了这门亲高兴，我正跟你岳母愁着办事没有钱哩。"哈！叫他这几句话，可真把个刁世贵给说愣了！弄得他莫名其妙，也闹不清怎么样好，张了好几下嘴也没有说出话来。

解文华见此光景，就又说道："要是这儿说话不方便，就到我家去吧，跟你岳母咱们一块儿商量商量。"这时候不光是刁世贵发愣发呆，伪军士兵们也是都面面相觑，个个糊涂，想说不敢说，想笑不敢笑。

僵了一会儿，刁世贵这才说话："弟兄们先回去歇着吧。"伪军士兵们这才走出屋来，交头接耳，又惊又奇，一边走着，张三问李四，李四问王五，问了半天，谁也不知道这是要的什么洋把戏。一见士兵们走出屋去，解文华又抢先说了话："世贵，你怎么这样呆？你在这屋里准备着干什么？不用说你一定是受了何大拿的骗，你说是不是？何大拿跟你怎么说的？咱爷儿俩，没有外人了，用不着碍口。你就只管说吧。"到了这个时候，刁世贵就把何大拿的话一五一十地都说了。

解文华说："怎么样？我就知道这小子不拉人粪儿，你怎么托他给咱们成全这门子亲事？这老小子他给咱们打破头楔儿。"刁世贵听了还是怀疑："他为什么给咱们打破头楔儿？""咳！你是不知道，他为了掩盖他的秘密，他对我是要倒打一耙，反咬一口，想要了我的命！想叫你也遭了殃！""那么你说他到底是为了什么？""我告诉你，我发现了他的秘密！""什么秘密？""昨儿晚上，我送着你出来之后，我想找他问一问派款的事儿，可巧，正碰上他在大门外头站着。我很纳闷，这么晚了他在门外头站着干什么？闹了半天他等着接一个人，这个人你猜是谁？""是谁？""就是他的三小子何志忠。刚想进门，一见我在那儿，撒腿就跑了。我告诉你：那一天带着游击队来打的，准是他。""啊！是他！""这小子明着当大乡长，暗中抗日，高大队长扣他算是扣对了。没有想到，日本人又把他放出来，还叫他当了大乡长。好个心狠手毒的王八蛋，他不光是想着拆散咱们的亲戚，他这明明是要借你的刀杀我的头！你说，我这话对不对？啊？世贵？"刁世贵一听："好个老王八操的，我把他抓来。""别忙，别忙，你抓了他来怎么办？没有真凭实据，他要不承认呢？""你还不敢作证吗？""傻孩子！我敢作证，他要倒打一耙，说我陷害他呢？他大小子是翻译官，他跟高凤岐又是亲戚，咱斗不过他。""这一说就白白便宜了他吗？""你别着急啊，捉奸要双，抓贼要赃，慢慢地来，等抓住他的证据再说。"解文华这一番话，说得有头有尾，有来有去，比何大拿说的那话，可就带劲儿多了，又粗又野的刁世贵不能不信，何况，他又把一个年轻漂亮、聪明伶俐的姑娘先弄到手呢。所以他就信以为真。这门亲事也就算是订妥了。那么，什么时候结婚呢？他们这号人对这样事，向来是慢不如快，快还不如急，定规了后天就办喜事，这一家伙可把个刁世贵乐得合不上嘴，当天就通知他的亲友、他的家里准备办喜事。

刁世贵的家是哪村呢？离小李庄只有十五里路，在西北方向，村名叫刁家楼。他家几辈都很穷，现在家里只有一个七十多岁的父亲和六十多岁的一个叔叔。一家老少三个光棍儿，听说他找了个年轻漂亮的媳妇，后天就家去结婚，自然高兴就甭提了。刁世贵怎么要回家去结婚呢？他是要闹闹排场，摆摆阔气，在乡亲们面前抖抖威风，显显本领。刁家楼也是个小据点儿，紧靠着大公路。因此，他家去结婚也并不害怕游击队的袭击。他没有想到，这一回家结婚可就结热闹了。

怎么说，刁世贵一回家结婚就要热闹了呢？

原来，县委书记田耕就隐蔽在刁家楼。刁家楼不是敌人的小据点儿吗？不光是小据点儿，还是"爱护村"哩！这"爱护村"是什么意思呢？据日本侵略者说：是因为老百姓通通地爱护大日本皇军，爱护这个据点儿，爱护这一段公路。所以嘛，就名之为"爱护村"。在他占领的地方，铁路公路的两旁，这样的"爱护村"还是真不少，听起来真好像是中国人都爱护帝国主义强盗似的。其实怎么样呢？变戏法儿的怕掀起毯子看，卖生西瓜的怕打开瞧。下边咱就看看这个"爱护村"是怎么样的情形吧。

这个村子本来不大，一共才有三十来户人家，只有一条东西街，全村也不过一百米长。别看村小，位置重要，紧靠着通往北平的大公路。村在公路的东边，距离也不过一百五十米。就在这一百五十米的中间，修了一个大炮楼子。原先里头驻的是日本军队，最近才换了高铁杆儿的一个小队伪军。这个村子的街口胡同口早已就垒起墙来，只有两个街门在白天开放。别看这个村子不大，还住着伪大乡公所，周围的好几个大村，都得归这儿管辖。村里也有伪自卫团，黑夜白日站岗放哨，看守公路，看守村庄，盘查过往的行人，为的是严防抗日军民的活动。照这样说法，这个小村成了敌人的保险坑儿。

那么，县委书记田耕怎么能够进得去？进去之后他又藏在什么地方呢？原来就是伪自卫团的团长把他领进村的，不光是把他和白山领进了村，连大女带武男义雄都领到了村里。在这几天的夜里，金月波和齐英也常来常往。田耕他们住在谁家呢？就住在伪自卫团的团长家。这人的名字叫刁万成，有三十多岁，大高个儿，黑脸庞，能说善道，敢作敢为，他就是这个村里共产党的小组长。这村连他一共是三个党员。别看党员只有三个人，可是把伪自卫团和伪保长都给掌握起来了。伪保长得听刁万成的指导，不敢做坏事。伪自卫团里边有好几个是民兵，他们在伪自卫团的掩盖之下，进行抗日活动。莫非他们暴露不了吗？暴露倒是暴露过，只因为有县里的飞行员、锄奸组常常到这儿来保护他们，曾经铲除过几个汉奸，就把这个村子给镇住了，再也没有敢毫无顾忌的伪工作人员。再说，老百姓当中，有几个不愿意抗日救国的？谁甘心受日本鬼子汉奸的欺压糟蹋呢？不光是这个村子如此，好多个村庄都是这样。所以像这样的"爱护村"，实际上还是爱护共产党八路军的。

刁万成家紧靠村南面，只隔一道土墙就是野地。这院的房子是一正两陪，没有南房。北房的后身有一道暗藏的夹壁墙，它从佛龛背后的窗口跟屋里通气儿。正房是一明两暗。刁万成跟他的老婆孩子住在西里间。他的老母亲住在东里间。田耕和白山还有武男义雄三个人就住在夹壁墙里头。大女就跟老太太睡在一条炕上。论起来她们还是沾点表亲。大女跟老太太叫表姨，到了这个时候自然是显得更加亲近了。那么，大女那几个女自卫队员怎么样了呢？因为她们没有作战经验，在敌人"清剿"的时候，那是非常危险的。因此，就让她们把枪坚壁起来，投到外村亲戚家暂时躲避。只有金月波和齐英带着他们的武装还在青纱帐里活动。因为那天夜间，袭击了一回刁世贵的伪军，没有打好，这几天也没有大的行动。不过，金月波和齐英差不多每个夜间，都要来跟田耕联系。

这天晚上，田耕正在考虑着今后的工作如何进行，怎样才能救出小李庄村地洞里的人们，刁万成进来对他说：刁世贵要在后天回家来结婚，娶的是谁家姑娘，怎长怎短地就说了个清楚。田耕觉着这是个新情况，他就左思右想地琢磨起来了。他和刁万成还有大女讨论了半宿，研究刁世贵的情况，讨论怎么样利用这个机会。他们要从刁世贵身上打主意，想救出地洞里的人们来。田耕认为这是个可以利用的机会，所以他就抓住不放，总是翻来覆去的考虑。

一天又过去了。傍黑天的时候，刁世贵带着两个伪军回了家。不知道他在哪儿弄了一匹小黑马。这马虽然个头儿不大，也不算肥，可是挺有精神。他骑着这匹马，两个伪军都骑着自行车在后边跟着，还真像是护兵马弁一样。

来到村里，他并没有先拉马进家，故意地自己牵着，在街上遛。不一会儿，伪大乡公所和炮楼子上来了一些人围着看马说话，都说："刁世贵发财了！发财发福了！啊！刁世贵抖起来啦！骑着这样的好马，明儿就娶来一个年轻漂亮的媳妇儿！这一回可真是屎壳郎变知了儿——一步登天哪！得喝你的喜酒，得闹闹你的洞房……"这班伪人员个个奉承打趣，可把个刁世贵美得说不清怎么好了！他的心里总是想说：叫你们看看，我刁世贵怎么样？这时，他的父亲和他的叔叔，在他身后边一搭话，他才拉马进家。

他到了家之后，连夜准备酒席，请人帮助做饭，还派人到外村叫了吹打班儿来。一家都忙忙碌碌，预备着明儿一早，花轿一到就拜堂成亲。伪人员们也都来凑热闹儿，多脚多手，帮吃帮喝，说笑不止，逗闹不停，真是闹得满门花柳絮，全村风雨声。一直闹到天交半夜还没有散去，看样子他们是要闹到天明。他们这样一来，可就更便利了刁万成的活动：就在前半夜，他假装着布置岗哨，保护刁世贵的安全，悄悄地把金月波和齐英都领到了家来。

对刁世贵这样的人，应该怎样处理呢？有人主张趁着他们正在吃喝玩乐的时候，闯进他的家去，不用别的，有几颗手榴弹，就能把他们都消灭了。可是田耕不同意。刁万成也不同意这样干。他想的不是别的，他是觉着：要这样一干，敌人必定要在刁家楼进行清查。以后，这个村就不能再做八路军的秘密工作了。刁万成说，要干也行，等他办完了喜事，往回里走的时候，半路上截住打他，不是也行吗？刁万成的见解，似乎比那些单纯主张把刁世贵干掉的人强得多，但是田耕还是不同意，坚决不让把刁世贵打死。

田耕为什么不让打死刁世贵呢？这就得说，田耕执行政策正确，工作稳当，比旁人想得更宽，看得更远。他觉着要打死刁世贵，不但这个村的秘密有暴露的危险，再想救出小李庄地洞里的人们，也就更困难了。那么，他到底打算怎么办呢？他是想要利用刁世贵，把他活捉。要是能够做到这一步，不但是地洞里的人们能够救出来，今后的工作那就便利得多了。他把这个意见说了说，刁万成也感觉到，田的意见是有根据的。但是，有人还对这种做法感到有点怀疑。为了使到会的人对刁世贵的情况有更多的了解，田耕让刁万成介绍一下有关刁世贵的家庭情况。刁万成说：“刁世贵的爹卖了一辈子的烧饼，是有名的烧饼刁儿。他叔叔在东三省待了好几十年，有人说他是当胡子，据他自己说是当义勇军。究竟是怎么回事，弄不太清。不过回到家来，这几年什么也没有干过。看表面上挺老实，他也没说共产党八路军不好。”刁万成还说了许多有关刁世贵的其他情况。金月波和齐英都说刁万成所提供的材料是有参考价值的，几个人又讨论了一会儿，最后决定：拥护田耕同志的意见，要活捉刁世贵，好救出地洞里的人来。

决定之后，金月波和齐英又分头去找各自的队伍，做战斗准备。对刁世贵的情报工作，就完全交给了刁万成。

工夫不大，天就蒙蒙亮了，只听外边人声喧嚷，唢呐高吹，锣鼓齐敲，还“咚！咚！咚！”放了三声喜炮，这是花轿把小凤儿这位新娘子抬来了。要说在这几年里，群众们办喜事，可都没有心活儿这样闹腾，只要能够拜了天地，就算成了亲。谈到伪军们结婚，那就更不像话了，简直就像狗闹秧子差不多。像刁世贵这样郑重其事地闹排场、摆阔气的还真是不多见。不光是这样，当他们拜天地的时候，伪保长还给念了个喜歌儿哩。

拜了天地之后，新娘子进了洞房。哈！伪人员们就挤满了屋子，争着抢着逗新娘子。逗新娘按说是很平常的事，不逗还不喜哩。可是这些人的逗法特别，尤其是炮楼上下来的伪军们，他们跟新娘子拉拉扯扯，摸摸索索，说的话对不上牙来，有的还上去搂抱。小凤儿可没有经过这个阵势儿。这门亲事她本来打心眼儿里腻歪，上轿是她爹硬背上来的。解文华知道她不愿意，害怕她在半路逃跑，还跟轿前来，路上说着劝着，审着骂着，这才来到刁家，勉强拜了个天地。她越看刁世贵心里越腻烦，越想越难受，真是上吊的心都有，她哪儿还会有心活儿玩闹？又觉着这些

430

家伙简直不像人的举动，她哪里受过这个？可是又没有办法，只好捂着脸哭，哭得是那样悲伤！

解文华在对面屋里听着小凤儿哭，也是心里难过，但是又不好得罪这些人，他只好走进新房里来，对这些人说好听的。他说："诸位先生亲戚们，到外边喝茶抽烟吧，咱们三村五里的都没有外人儿，非亲即友，我这闺女还是个小孩子，长这么大也没有出过门，也没有见过生人，也不懂事，连句话也不会说，少跟她逗吧。走，走，咱们请到外边抽烟喝茶。"按说，解文华说的这几句话真算不错，不过这伙人是不大理会这种人情的。听他这样一说，反倒闹得更欢了："哈！老丈人说话啦！嘿！这可真是新鲜事儿，老丈人押新娘子的轿。不光是押轿，还吃了醋哩！说句时兴的话儿吧：你俩是什么关系？坦白坦白！"解文华一听，立时就给弄了个大红脸，一声不吭，扭头就躲出屋去了。

这时候，屋里闹得更欢，差点儿没有把小凤儿的衣裳给扒了。闹得刁世贵的爹跟他叔叔也觉着难过，止不住喃喃地骂街。这工夫，刁世贵进来了，一看这种难堪的情形，把脸都气白了："混蛋！混蛋！他妈的！你们这是干什么？这是在我的脸上抹屎啊！看着我好欺负吗？谁瞧得起我就在这儿好好儿地呆会儿，瞧不起我就滚他娘的蛋！"这些伪军士兵们，叫他这一顿臭骂，骂得跟遛狗儿一样，一个一个都溜走了。连伪大乡公所的人们，也都跟出了屋来，这才算是解了小凤儿的围。可是，她还哭个不止。这顿喜饭她连看都没有看。

工夫不大，天就到了正晌午，刁世贵的狐朋狗友差不多都来了，道了喜，就在各屋和院子里头，摆好了一桌一桌的酒席，一齐坐下，让吃让喝，划拳行令，又说又笑，高谈阔论。吹打班在门口上也奏起喜乐来了。一直到半后晌的时候，这才喝罢吃饱，都要各回各家，看来这喜事就算过了。不想这时候，又来了客人。

这客人是谁呢？就是刁世贵的把兄弟，也是他的上司，高铁杆儿。他为什么这样晚了才来呢？这家伙向来就是行动诡秘，光怕有游击队打了他的伏击，所以他才来得这样晚。他这一来，可就又热闹了：他带来了五个护兵，还有一个班的伪军。真没有想到，还来了个日本官儿。这个日本官儿，就是给他当顾问的宪兵小队长。他也要来收买伪军的人心，还带来了不少的礼物。他是要让伪军们看看，大日本皇军对伪警备队是如何的重视。他们这一来，刁世贵自然是要待为上宾，重整酒席，又是忙个不了，一直待到黑天以后才开始喝酒。

啊！这是个意想不到的情况。刁万成急忙回家，把这个情况报告了田耕。田耕听了之后，也觉得惊奇，就又重新考虑对付他们的办法。正在这个当口儿，从墙头上爬过一个人来。这个人的行动真是比猫还轻巧，来到窗外，轻轻地叫了一声："万成。"刁万成听着耳熟，急忙出去领进屋来。田耕一见，这不是肖飞吗？互相一搭话，这才辨别出来，他不是肖飞，而是肖飞的哥哥肖骋。

肖骋他们哥俩的长相性格全都差不多，只是比肖飞大两岁。说起来，他们这一家很有意思：肖飞有两个哥哥，两个姐姐，大哥肖驰，二哥肖骋，大姐肖云，二姐肖冰，像貌、作风、心性、脾气全都相似，都是共产党员，都在部队里工作。他们的父亲母亲都是老地下党员，现在都在抗日政府里担任重要职务。他们这一家真称得起是革命家庭。这是几句插话，本来没有在这儿说的必要，不过是在这儿略提一提，以后说着方便而已。

肖骋到这儿来干什么呢？因为他是军分区武工队的小队长，他专为刁世贵结婚这事来的。

也许有人不知道这武工队是干什么的。

武工队是武装工作队，一般的也就是六七十个人、七八十个人。有的分为三个小队，有的分为两个小队。它的任务，简单说就是：打击敌伪军，消灭罪大恶极的汉奸特务，摧毁伪政权，保护和开展群众的抗日工作。这支不大的队伍直属军分区领导，常常在敌伪大据点和重要城镇的内外活动，可以单独地做任何战斗决定。参加这里边工作的人员，是从各方面选拔来的，个个都是文武双全。要文的，是能唱歌，能演戏，开会时能对群众演讲，能够宣传鼓动，有的还能够画漫画，写标语。要武的，不光是懂得战术，有战斗经验，平常的武器还样样精通，个人的战斗技术更要熟练，差不多都像肖飞那样条件。所以说：小小武工队，能抵千万兵。这样的武工队，本来在"五一"反"扫荡"以前还没有，这是党根据反"扫荡"开始后冀中平原的需要建立起来的。在主力部队撤走以后，军区就从山里头派来了这样一支一支的战斗武装。这些武工队可把敌人搞得不轻！敌伪要是一提起武工队来，真是吓得头疼。

那么，小李庄一带敌人这样猖狂，为什么不来个武工队打一打呢？因为这样的武工队并不太多，不可能哪儿要哪儿有。再说，何止小李庄一带这样残酷？其他还有许多地方也是如此。这就更加不可能到处都有武工队。

肖骋他们本来是在县城周围活动的，知道这几天桥头镇附近很需要给敌伪一个打击，挫折他们的凶焰。在前几天晚上，肖骋才接受了队长的命令，带着他的一个小队，来到桥头镇的外边。昨天得知刁世贵结婚的消息，今天又侦察到高铁杆儿的诡秘行动，这才带着他的小队跟踪前来。他把队伍隐蔽在村外高粱地内，他自己越墙而入，来找刁万成，无意中在这儿碰见田耕。

因为田耕是县委书记，肖骋把他的打算对田耕谈了谈，要听听田耕的意见。原来他打算趁他们喝酒或是闹洞房的时候，带着

433

几个人冲进去，一阵猛打，把高铁杆儿和日本宪兵小队长，还有刁世贵，带高铁杆儿的护兵一勺儿烩了。要说这不是做不到的事情。可是田耕当时没有同意。

田耕这人慎重啊！因为他已经知道：高铁杆儿带来的一个伪军班，现在分头把守着两头的街门。他的五个护兵，在房上站着两个，在大门口站着两个，还有一个不离他的左右。刁世贵的两个伪军，也是换着班站岗。再说高铁杆儿和刁世贵也都是老奸巨猾，身上总是不离武器。要是打不好，不但是武工队要受损失，这个村子也不能再做隐蔽工作的堡垒，全村的老百姓也要跟着受损失。因此，他没有同意。正在这时，齐英和金月波也都来了，都参加了田耕和肖骋的讨论，都同意田耕的意见。田耕又把对敌伪政策的精神讲了讲，最后肖骋才表示："好，田耕同志，你决定吧。"

田耕知道：高铁杆儿是白了尾巴尖子的汉奸，他的行动是很诡秘的，说不定这会儿的情况又有变化。现在天还很早，还需要再侦察侦察。侦察回来，再作决定。他这才让金月波把监视哨设在房上，让肖骋把队伍带进来，让刁万成再去侦察敌人的详细情况。他们就各自领命而去。

刁万成急忙又去侦察。怎么侦察呢？他还是以伪自卫团团长的职务，假装着是尽心保护高铁杆儿他们的安全，又来到刁世贵家，问长问短，左右照顾，借着机会，在各处仔细地观察。刁万成一看，刁世贵喝酒喝得已经通身大汗，面如红纸一般，和他同桌共饮的只剩了一个伪大乡长。高铁杆儿和日本宪兵小队长已经离了席。

他俩为什么要离席呢？原来是他们要新娘子同餐共饮。小凤儿是说什么也不干，高铁杆儿一看不行，就退一步又要新娘子给他斟一杯酒。小凤儿还是坚决不肯。要说小凤这个姑娘，也真有点儿倔强，从昨天晚上滴水未进，眼泪不干，连半句话也没有出口。她越想越觉腻歪，越看这些伪人员越不顺眼。她觉得，要跟这号人们在一块儿生活，那不如趁早儿死了好！不管解文华对她再怎样地安慰哄劝，她就像堵上耳朵一样，是一个字也听不进来。你想：小凤儿是这样地心不在肝神不附体，她怎么能给铁杆儿汉奸和日本鬼子敬酒？更不要说和他们同餐共饮了。

小凤儿这样一来，高铁杆儿火儿了。他真不相信嫁给伪军的，竟有这样女人。噢！你竟敢在酒席宴前，在大庭广众之下，给我这样的难看，叫我下不来台。好哇，我要不给你个好看儿，你也不会知道我这根铁杆儿是软是硬。他这才假装着酒盖脸儿，要闹闹洞房。只听他嘴里叫着："弟妹呀，怎么你看不起我吗？嫌我不够漂亮吗？哈哈！新媳妇儿可是三天没有大小，我也要跟你开开玩笑。"一边说着走到小凤儿的面前，张开热烘烘的臭嘴，流出长长的哈喇子，伸出两只毛森森的大手，来摸索小凤儿。他这一闹，连宪兵小队长也跟着闹起来："唔！小娘们儿的好！日本人的一个样。新交新交，你的扭过脸来。"说着他就用两只像熊掌一样的手，扳着小凤儿的脑袋"呃！"这么一拧，正来了个对脸儿："唔？你的哭了，哭的不要，玩玩的好。"

这时候的小凤儿，被这两个畜牲这么一缠，她的浑身都要爆炸了。你看她，止住了眼泪，把眼一瞪，把那发了青的嘴唇儿一咬，一个冷不防"啪！啪！"狠狠地打了这两个畜牲一个人一个清脆的耳光。这一家伙把这两个畜牲可给打火儿了。宪兵小队长"哇啦"了一声，倒退了好几步远。高铁杆儿却把小凤儿给搂抱住了："好！你打，你打，我叫你打，管你个够。"他把小凤儿压倒在炕上，张着臭嘴，龇出两排大黑牙，在小凤儿的脸上乱啃乱咬起来。这时候，小凤儿连哭带喊地叫起来了。

小凤儿这一叫，刁世贵、伪大乡长、解文华，还有刁世贵

435

的爹和他的叔叔就都进洞房来看。看着小凤儿被弄成这个样子，真是没有办法再忍受下去，但是又不敢硬碰硬地阻止，只好压着怒火，哭丧着脸来说好话。连伪大乡长也觉着没有办法再看下去，他就悄悄儿地溜走了。高铁杆儿一看刁世贵的全家都在这儿看着，还直说好听的话，也是觉得已经出了这口气，这才放开小凤儿，站起身来。解文华和刁世贵的全家，又劝着高铁杆儿和日本宪兵小队长再去喝酒，洞房里的一阵风波这才算平静下来。这些情况，刁万成是都看到了，气得他火顶脑门子，真想把这两个畜牲砸个稀烂，只是光凭自己不行，他想要急速地回家报告，好让自己的队伍来消灭他们。哪想到，高铁杆儿和日本宪兵小队长叫着护兵们已经出门走去。啊？他们走了！看看他们往哪儿去？跟在西街门外一看，他们进炮楼子里边去了。立时炮楼旁边的住屋里放出了灯亮，一看就知道，那正是伪军小队长的住屋。不用问，他们一定是在那儿过夜。看清了之后，刁万成又急往家走，他路过刁世贵的门口，就听院里有人痛哭，还有人叫骂，这声音是那样惊心动魄！这又是怎么啦？进去看看。哎呀！一具血淋淋的死尸在洞房屋地下躺着。原来是小凤儿自己拿刀抹了脖子。

看吧：

今夜敌伪作孽　明日勇士报捷

第 二 十 七 回

武工队飞行闪战　　田书记远策深谋

小凤儿这一死，对她的父亲解文华来说，这是他有生以来最惨痛的教训！他那七十二个心眼儿，九十六个转轴儿已经飞到九霄云外。你看他，如疯如醉，双手抱起他女儿这具血淋淋的尸体，涕泪交流，泣不成声。

那么，这件事情，对小凤儿这位刚刚见面的老公公来说怎么样呢？有人说："不是骨血不连心。"我看这话并不恰当。

烧饼刁儿这个老头子，因为儿子当了伪军，使他不愿在人前站立。但是，娶了这样一个好儿媳妇来，他总不能不高兴呀！他又怎么能够想到，就在这一转身的工夫，起了这样剧烈的变化，比一朵花儿还好看的儿媳妇竟变成了血尸！一见这个惨景，他真不相信自己的眼睛。他用他那新买的白布扯成的手帕擦了又擦，就觉得，心里呼呼叫，脚手冰碴儿凉，耳朵嗡嗡响，越擦两眼越模糊，什么也看不见了，似乎是做了一场大梦，他好像用钉子钉住似的，靠墙站着，动也不能动，真是魂不附体了！

在烧饼刁儿的身旁还有一个六十多岁的老汉，他就是刁世贵的叔叔，名叫刁二东，外号是有名的刁小个子。他可跟他的哥哥大不一样：年轻的时候给地主家放过羊，赶过车。后来下了关东，在张作霖的军队里当兵。当兵不久又在山林里边拉竿儿当胡子，报山头儿叫云里雕。到了"九一八"事变后，日本鬼子强占了东北四省，国民党反动派抱着投降退让的政策，东北军含悲忍痛撤到关里。在中国共产党的号召下，关外遍地如风如火地闹起了抗日义勇军，云里雕也要抗日救国，这才改了山头名叫镇东边。他的人数虽然只有二百多号，那可是真能打。只不过因为他们这些人缺乏政治领导，没有明确的战斗方向，又是各怀野心，不能够统一行动，被日本军队各个击破而失败了。刁二东这才孤身一人，逃回家来。因为年迈力衰，也是因为不懂得共产党的抗日救国政策，所以几年来，就在家抱蹲，低头忍耐。他对刁世贵的行为自然是不赞成。不过，为了靠他养老送终，懒得多管，闭着眼睛瞎混，偷过晚年罢了。但是，像他这样人的忍耐是有限度的。小凤儿的惨祸，他以为是日本鬼子汉奸们，骑着脖子屙屎！蹭着鼻子撒尿！只要还是有点血气的人，就不能忍受。他对着小凤儿的尸体，不掉一滴眼泪，没有打半个咳声，用手指着刁世贵说道："你是姓刁的小子吗？你身上带着的是什么？你爹要是没有给你揍上人种，就把枪给我拿过来，我替你这个稀泥软蛋报仇！"

这时候的刁世贵，真是心里如刀搅，浑身似火烧！他把脚一跺，"嘭喳"一拳，把桌子都给砸裂了，然后又叮当噗嗤、唏喽哗啦一阵拳打脚踢，把摆着残席剩酒的桌子，踢打了个乱七八糟，拔出盒子炮来就往外跑。这时候，他的两个士兵一齐上前把他拦住："小队长！你要到哪儿去？"刁世贵把脖子一梗，把胳膊一摔："滚开！你们要敢拦我，我就先崩了你们！"他说着，就拿枪对准了士兵。

一看这事不好，刁万成上来一手把他的枪给抓住了："世贵哥，你要干什么？"刁世贵把眼一瞪："怎么？你也不让我报仇吗？""不，世贵哥，我不是不让你报仇。""既然是这样，你就不要拦挡我。""我不是拦挡你，我是觉着不能这样干，这样你报不了仇，还得把自己搭上。"没有等刁世贵再说话，刁二东问道："你说什么，万成？莫非姓刁的就这样好欺负吗？知道你是自卫团的团长！你要是知道好歹，就别来挡横儿。"刁万成一听：啊？你们怎么这样怀疑我？又一想：自己本来是当着伪自卫团的团长，人家不知道你的底细，当然要怀疑。怎么样向他们解释呢？不由得就看了看这两个伪军士兵，一时说不出话来。两个伪士兵也多少看出了刁万成的心情，为了要表示有共同的心理，其中的一个就说道："有话就说吧，没有外人。"另一个没有说话，他抬头向四周瞅了瞅，急走几步，插上了大门，又扭头回来，对着人们把手一摆："小声点儿。"

刁万成说："二东大伯，刚才你说我是自卫团的团长，这话本来不错。可是，咱们都是刁家庄的人，胳膊肘不能往外拐呀！世贵哥受人家欺负，我们能够眼巴巴地看着，闭上眼睛装看不见吗？"刁万成说完，瞅了站在旁边的两个伪军一眼。

诸位，刁万成这些话是说给两个伪军士兵听的。他们一听话音就明白了刁万成的意思。但是，他们还摸不清刁万成的底细，所以不能说出要紧的话来。"咳！你们这是干什么？谁也别管我。"刁世贵忍耐不住了，他拼命地挣脱要往外走。

正在这个节骨眼儿上，就听有人在房顶上压低着声音说话："刁世贵，先别走。"院里的人们猛然一惊："啊？房上是什么人？""是朋友！可别误会。"刁世贵当了好几年伪军，他自然是明白这个："好，既然是朋友，就请下来吧。"这工夫只听"噗"的一声轻微响动，房上的人站在了刁世贵的面前，这人正是肖骋。

刁世贵一看，是一个小巧玲珑、威武英俊的青年小伙子，穿着一身黑色的短衣，腰里插着两支盒子炮，未曾说话，一对亮晶晶的大眼不住地闪动："你是刁世贵吧？"刁世贵一看这来头，就知道这是八路军的飞行工作人员。他很干脆地回答道："不错，我就是刁世贵。你是哪儿来的？""我是分区武工队。"

一听是分区武工队，刁世贵就吓得浑身发冷。两个伪军士兵也都害怕。但是看他只有一个人，刁世贵就想开枪把肖骋打死。肖骋一看就说："请不要多心！日本鬼子真是欺人太甚了。我们是来和你谈判，一起打日本鬼子的。"话虽然是这样说，刁世贵可还不能相信。因为他平时就想过，像我这样的人，要是被武工队捉住准活不了！那么今天武工队来到眼前了，我不打死他，他也要把我弄到野地里去杀了，不如趁早下手。一边想着他就向两个伪军士兵使了个眼色，自己也往后轻轻挪了一步。

刁万成一看这事要坏，就急忙把他俩隔开说道："你们既是朋友就请到屋里去吧。"刁世贵怎么能够听他的呢？所以仍是准备动手。

这工夫肖骋轻轻地笑了笑："别往后退了，后边有人，看碰着！"刁世贵以为肖骋是吓唬他，所以他没有回头。可是又听到身后"嗵嗵嗵嗵"连响了几声，正要回头看时，有一个女子的声音："不许动！"随着话音把他的枪就给夺过去了，连两个伪军士兵的枪也被夺下。这原来是金月波和几个战士一同从房上跳了下来。金月波说道："刁世贵！日本鬼子骑到你的脖子上拉屎，你还忍得下这口气么？我们是来和你商量事情的，你可别不懂好歹！"她说的这话是那样坚决、那样有力。这一来，把刁世贵给弄愣了，一时说不出话来。像这样的行动，刁二东要比刁世贵经得更多。他一看，武工队果然是神通广大，这才说道："好吧，朋友！噢，应该称呼同志！来，请到屋里来。"抬手就往屋里让。刁万成为了保守这个秘密，假装不认识他们，也就跟着一块儿往屋里让。

刁世贵的枪都给下了，到了这个时候，他还敢反吗？他马上见风转舵，说道："你是金区长吧？早就耳闻。请到屋里坐！屋里坐！"一面说着就都进了屋。

金月波和肖骋从日本帝国主义的侵华政策谈到共产党抗日救国的道理，从桥头镇日本宪兵队长的横行霸道谈到高铁杆儿的滔天罪行，他们反复地向刁世贵交代党的政策，启发刁世贵的国家民族观念。刁世贵一面听着，心里打开了算盘：看这来头是叫我反正啊！反正，当然共产党欢迎。可是反了正以后又会怎么样呢？……哎，先不管那么多，先让他们帮助我把这个仇报了，只要是我抓住自己的小队不撒手，那就什么也不怕。骑驴看唱本儿——走着瞧吧。想到这儿，他越加表示顺从，还说："区长，队长，你们说吧，叫我怎么办我怎么办。"这时候连解文华也插嘴帮腔起来了。

他们正在说话之间，忽然齐英来了。金月波就把他向刁家父子作了介绍。解文华一见到齐英就想悄悄儿溜走。齐英已经看出来了，但是他还不知道解文华的细底，只知道他胆子小，于是说道："你用不着害怕，你的行为已经是错了，你要戴罪立功！"接着他就向金月波询问了刚才的情形，然后又对她说："你到外面去看看吧，我和他们谈谈。"一听这话，金月波就走了。

为什么齐英来了金月波就走呢？这是田耕的布置，他们整个的行动都是田耕所指挥的，田耕原来就想活捉刁世贵。刚才已经侦察到刁世贵所遭遇的新情况，所以这才又决定，争取他反正。金月波是回去向田耕作报告。

金月波见了田耕，把经过情形就从头到尾说了一遍。田耕认为她们做得挺好，这时他的决心就更坚定了。接着又和金月波研究下一步的行动计划。

再说刁世贵家，齐英来到，和刁家父子们简单地说明了党的政策。刁二东老头子是听话循音、察言观色，越听越高兴，心里想：共产党、八路军不光是行动迅速，神出鬼没，还真有人才！都说他们不讲义气，我看他们的义气劲儿还挺大哩！莫非该着我刁二东又出世了！想到这儿，他的精神头儿就大起来了，冲着齐英和肖骋伸起了右手："好，冲你们这个义气劲儿，我刁二东也要卖卖老！我还要打一打东洋小鬼子！来，咱们今天都要表示表示义气。"一面说着，他就搬桌子拉板凳，把残酒剩菜又摆列起来，要和大伙碰几杯。

齐英觉着跟他们一块儿喝酒不大好，但是又感到老头子这股劲儿不能给他碰回去，于是拉着肖骋，一同坐下，就这机会，鼓励刁世贵起义反正。这时候刁二东又说话了："来！财助精神酒助胆，要做大事就得有海量！我是老粗，不懂文墨，我就知道：四海之内皆兄弟。世贵，你也来喝。咱们这叫起义酒！当胡子的行话，叫开山浆！不管杯大杯小，谁拿到哪个就是哪个，可不许换，酒要倒满，一口喝干。这是我们响马串儿的规矩。来，每人一杯。"他给每个人都倒了一大杯酒，送到面前："来，咱们要把杯碰到一块。"这时大家把杯举起，只听叮当一碰，齐饮而干。

齐英这时又说："咱们酒是喝了。不过这可不能和江湖行道比，因为他们是个人义气，咱们是要在共产党领导之下，为国家、为人民作正义的事业！这才是光荣的。"刁二东听了忙说："对！对！"齐英这才和肖骋就这个机会，按照田耕的指示，和他们谈起了战斗计划。

话不多说，他们把战斗计划商谈完毕，齐英和肖骋就告别而走，回来原原本本地报告了田耕。田耕真是高兴啊！你看他怎样指挥这场战斗吧！

夏天的夜短，不大一会儿，天就已经微亮。刁万成急忙走出去叫各家的大门。两个伪军士兵也背起枪来，出门直奔炮楼而去。

再说在炮楼子里住宿的高铁杆儿。因为昨晚喝酒喝得晕晕乎乎，跟小凤儿闹得还挺别扭，因此躺下就睡了觉。又因为睡觉之前没有照例抽足大烟，所以睡下以后就做起噩梦来了，吓了他一身冷汗。惊醒一看表，正是夜里两点钟。他是连犯烟瘾带做梦害怕，觉得心神不安，这才把大烟灯掌起，自烧自抽，心里还止不住地给自己圆梦！他的大烟抽足了，看看窗户已经微亮，可是他的噩梦还没有圆好。正在这时，听到村里人声嘈杂，"啪啪啪"敲门叩户，这些声音越来越多，越响越大，但是听不清人们叫喊的是什么。他正在拔着脖子歪着脑袋细听，刁世贵的两个伪军士兵来到炮楼子下边说话。这一回可听清楚了，他们是说：刁世贵新娶来的媳妇儿，今儿夜里自个儿拿切菜刀抹了脖子，要请弟兄们去给他帮帮忙。他这样一说，这里的士兵们也都惊讶地乱说乱讲，纷纷议论，说是哪个小子闹洞房损阴丧了德！高铁杆儿暗想，啊！我做的梦应在这儿了！莫非这是真的？他还有点儿不大相信，这才打发他的一个护兵，赶快到刁世贵家去看，护兵就急忙地去了。他这才又叫别的护兵，给他弄水洗脸，整顿行装，拉马备鞍，准备着，如果真有这样的事情，就趁早儿走。

　　这么一闹腾，日本宪兵小队长当然也要醒了，他也不信真有这样事情，就来问高铁杆儿。恰好，护兵跑了回来说道："小凤儿是真的自杀了！刁世贵像傻了一样，在炕上躺着不言语。"哎！这可怎么办？高铁杆儿和他的这个日本顾问，商量了一下，饭也不等着吃了，连水也没有顾得喝，拉过马来，慌忙骑上，带着自己的武装出了炮楼，走上公路，直奔正南走去，想回桥头镇。嗨嗨！他可不知道，埋伏兵就在半路上等着他们。

　　等着他们的埋伏兵是谁呢？正是肖骋、金月波、齐英他们的队伍。他们怎么能够断定，高铁杆儿要在这个时候离开炮楼，还要必经此路呢？这就是说：作战光凭勇敢不行，需要有勇有谋。这是很有道理的。田耕他们捉摸透了高铁杆儿的性情，知道他一向是行动小心而又诡秘，一听到小凤儿死的消息，他要更加做贼心虚，害怕刁世贵要报仇，想法搞他。所以当他把消息证实了之后，他必然要马上离开。又因为知道他和日本顾问仅仅带了五个护兵和一个班的伪军，他们没有别的事情，离开炮楼就一定要往回走。那么，又怎么知道他们非走公路不可呢？你想，他们只有这么点儿武装，在这青纱帐茂盛的时期，他敢走庄稼道吗？再说，高铁杆儿和他的日本顾问，还有五个护兵都是骑马，一个班的伪军都是骑自行车，小道难走，公路易行。更重要的原因是：在公路上差不多离五里路远就有一个炮楼，从刁家楼儿往南到鬼子坟儿就是五里路远，鬼子坟儿那儿就有一个炮楼子，里边住的还是日本兵。诸位，五华里才二千五百米，一般的轻机关枪，在一千三百米之内都能够有效地射击，每个炮楼上都有轻机关枪。在这公路上行走，不管你走在任何一处，都在炮楼上的火力控制之下。那么，在这公路的每一段上发生了战斗，他们都可以取得炮楼上的火力援助，要是战斗的时间长了，据点里就要派出增援部队前来支援。有这样的安全条件，他为什么不走公路？不但如此，在这公路两旁一百五十米之内没有树木，没有高棵的庄稼，没有掩蔽的障碍，因为日本鬼子害怕被打伏击，他们把树木砍掉，清除了障碍。不许老百姓种高棵的庄稼，谁要是种了，先把庄稼割掉，然后把种地人抓去，加一个暗通八路反抗日本的罪名，弄不好就被处死。要不就说，日本鬼子对中国人的手段，是绝狠毒辣呢！这么看来，肖骋他们这个伏击战似乎是没有办法打，高铁杆儿他们在这儿行走是再安全不过了。嗨！其实不然，神鬼莫测的八路军怎么能够被这个限制住？谁不知道："日寇铁蹄遍地踏，八路神兵自天来！"你看肖骋他们要怎样地打这个伏击。

肖骋这个小队连他们两个正副小队长，才有二十二个人，加上金月波这个小队的二十多个，再加上齐英的十多个民兵，总共也不过五十多个人，按人数说，是超过敌人一倍还多，要是把两头炮楼上的日伪军都算上，那又比敌人少得多了。不但如此，这五十多个武装，在这样情况下进行战斗，不能指望一个抵一个，因为金月波的小队和齐英的民兵，虽说这些日来，缴获了敌伪一些武器，但还是旧的多。论起战斗动作和战斗技术也还经验不多，又因为连日打仗，民兵们还没有时间得到更好的训练。所以这次伏击战，要靠肖骋的武工队做主力了！那么肖骋这个武工队究竟怎样啊？先不说他们的战斗技术如何熟练，战斗动作如何迅速，更不必说他们个个年轻力壮，勇敢机智了。就单看看他们使用的家伙儿吧，正副小队长，每人两支长苗儿盒子，还有一支小手枪。二十名队员，每人一支长苗儿盒子，一支带自起刺刀的"三八式"马枪，还有四颗小三号的"边区造"木把手榴弹。他们身上带的子弹，那是足够用的。这点儿武器可不简单哪！这并不是说武器决定一切，因为这样装备，它可以说明特有的战斗能力，既然带着两支盒子，那就必然是能双手射击。既然带着长短枪手榴弹这三大件儿，那就一定要有这三套战斗技术本领，不但能够远射，而且能够近击，还要能够白刃肉搏，能够投掷手榴弹。也可以说，他们每个队员都是特等射手，投弹劲兵！再加上他们的腿快心灵和严格的战斗纪律，真称得起是无敌劲军！要不然，就敢说：小小武工队，能抵千万兵吗？

　　不过事要两面看，话要两头说，高铁杆儿这点儿武装也是他全军的精锐力量。我们早已知道，他的五个护兵都是年轻力壮，有两个用的是马匣子，有两个用的是冲锋式，还有一个用的是二十响连发的盒子炮。他的这个伪军班是大班，十六个人，每人都是"王八"步枪，论战斗技术也都是个顶个儿，就是高铁杆

445

儿和他的顾问日本宪兵小队长，也都是很有作战经验的。除此以外，他们还有特殊条件，他们是骑兵和车子队，发现情况，能打就打，不能打就走，手一使劲儿腿上一加油儿，"哗啦……"往前一冲，一眨眼就跑走了。既然能够这样，不用问，他们的车子都是上好的车子，马也都是顶好的马。特别是高铁杆儿骑的这匹大铁青，可真称得起是名马：腰细身长，鼻大口方，前腿如箭，后腿如弓，后看似卧兔，前看似鸡鸣，削竹耳朵，铃铛眼睛，开腿上十字，鞍头放水平，跑起来真是两耳生风，看不清四腿迈动，听不见四蹄啪啪响，"唰啦啦"如同疾风迅影，真好比驰龙飞虎一般。不但如此，这匹马还很有战斗习惯，善于领会主人的意图。它曾经在战场上救过高铁杆儿的好几回命。高铁杆儿给它起了个名字，叫草上飞。真是可惜！这样好的一匹骏马，落在了铁杆儿汉奸的手里！但是，这又怎么能够怪它？畜类毕竟是畜类，它不懂得人性。

　　一出炮楼，高铁杆儿就扳鞍顺镫，跨上马的脊背，把嚼环子一抖，"踏踏踏"不慌不忙稳稳当当地走上了公路。日本顾问也骑上红色的大洋马，和他并马而行。五个护兵也都急忙跨上鞍桥，紧紧跟在后面。走了没有几步，两个带马匣子的护兵，用腿一磕，两匹马一齐跑到头前，作为尖兵护卫。这十六辆车子也都在马的后边跟着走来。别看人数不多，他们拉开了一路纵队，曲曲弯弯，好像一条怪蛇，冲开路面的浮土，"哗……唰……"往南行走。他们登时来到两个炮楼的正中间。

　　这一截儿公路是笔杆儿顺直，公路的西边一百五十米内的庄稼，都是麦茬儿的棒子绿豆。苗儿还挺嫩小，没有盖过地皮。再往西边可就是茂盛的高粱，肖骋的伏击队伍就在这片高粱地里。

　　肖骋他们这二十二个人，布成一列横队，伏在高粱地边儿。肖骋在队前，他的副小队长在队尾。他们的间隔和敌人的距离差不多少，正是头尾相齐。肖骋一看，敌人像是没有防备这儿有事儿，又见两头都进入了伏击限儿，再不开枪等待何时？好哇！鬼瘴的东西们！看你们今儿还往哪儿跑？只见他突然站起身来，盒子炮指向高铁杆儿前头的两个护兵，"嘎！嘎！"两枪，就见那两个护兵接连地栽下马去。紧接着"哗……"一阵暴雨般的枪声，高铁杆儿这才惊醒了噩梦。他的队伍已经乱作一团，滚的滚下，栽倒的栽倒。霎时之间，人喊马叫，鬼哭神嚎。

肖骋这二十二个生龙活虎般的勇士，随着枪声，突飞猛上，唰的一阵，扑到身边，马没有来得及跑脱，人没有来得及开枪，就死伤在地。只有高铁杆儿一个人还骑在马上，像箭头子一样，插向南去。眼看就要拐弯儿了，勇士们岂能容他这样逃走？只听"嘎勾儿！"响了一声"三八"马枪，远远看到高铁杆儿向前一栽。但是，他没有掉下马来，趴在鞍子上头一拐弯儿看不见了。这时候，两头炮楼子上的机关枪，"哇……"就响成了一片，子弹像飞沙一般地打来。肖骋喊了声："走！"只听"唰——"的一阵响动，这二十二名飞腿的勇士再也看不见了。啊！好一场飞行制胜的闪击战！这才叫：枪准不管车马快，飞腿哪怕炮楼多！全盘战斗，还不到五分钟的时间，就满载胜利而去。

有人要问，经过这样一阵剧烈的闪击，高铁杆儿的马怎么没有被打死呢？

这不是别的原因，只因为日本顾问跟他是并马而行，他的洋马又高又大，把高铁杆儿的人马给挡住了。他的铁青马是那样的飞快，枪声一响，它往下一刹腰就跑出去了挺远。那么，刚才那一马枪打中他了没有？打倒是打中了，只是没有打死，一枪正打在他左肩的锁子骨上，连膀子带胳膊都不能再动，所以他才往前一栽，趴在鞍子上头逃走了。这匹马算是又一次地救了他这一条狗命。

也许还有人怀疑：两头的炮楼子上一齐打起枪来，肖骋的队伍一个受伤的也没有，怎么他们就这样幸运呢？

这倒不是他们幸运，因为南头的日本兵炮楼有金月波带着她的区小队在封锁，武男义雄已经把他缴获的歪把子机枪修好，不能连发倒能够单射，差不多也顶十支步枪。北头的伪军炮楼有齐英带着他的民兵在阻击，他们早已隐蔽在炮楼不远的地方，用所有的枪支，瞄准敌人的机关枪射击孔，打得枪眼里边砖沙飞溅，机枪射手无法瞄准，只是低着头乱打一气。所以这些子弹光是在头顶上飞叫，一个人也没有打着。等他能够瞄准的时候，飞腿的神八路早已无影无踪。噢！原来如此。这就是布置得周密，配合得巧妙。要不然，田耕就亲自计划、布置，亲自指挥吗？

那么，这战斗结束，他们都到哪儿去了呢？肖骋因为是专门来执行特定的任务，如今任务完成，自然是回报归队，以后的行动如何，先不必说。

单说齐英，带着他的民兵，离开战斗地界，在青纱帐里隐蔽行进。他往东走了不远，来到一块瓜园。这片瓜园还真不小，足有三亩多，种的是香瓜、甜瓜、打瓜、菜瓜，离老远就闻着喷香。这块瓜地是南北窄东西长，南北东邻都是高粱地，西头顶着一条南北大车道。瓜地的中间搭了一个高大的卧铺。铺架子有七八尺高，铺顶上是双层苇席搭成，正顶如同两出水儿的屋脊，顶檐儿好像燕儿飞的轿车篷子，支起来可以遮太阳，放下去能够避风雨。在这炎热的天气里，要是吃两个甜瓜、打瓜，爬到铺上一躺，真是有暑不热，无风自凉。嘿！要多痛快有多痛快！诸位！这块瓜园可并不系外，就是刁万成家的。原来他们在夜间已经订规好，到这儿来会见。刁万成的哥哥刁万兴，就在瓜铺上睡觉。刁万成的母亲，今儿天刚亮，就领着一个小孙子儿一个小孙女儿，假装着给儿子送饭来，就对刁万兴说了个秘密话儿，然后她领着孙子孙女就回到西地头的大道旁，做着挖菜割草的活计，替里边站岗放哨。刁万兴这时候，已经摘了一大堆瓜，弄到卧铺底下来预备着。

一看齐英他们来到瓜地，刁万兴急忙迎上前来，拉着齐英的手来到了铺下。民兵们也都一齐跟来。见面之后，真是说不尽的亲热，道不完的高兴。一边说着，刁万兴就爬上了卧铺，替他们瞭望观察。民兵们就在下边吃瓜，谁也不客气，每人拿过一个，打开就吃，真是像狼吞虎咽，一个说话的也没有。等吃过两个之后，打下噪儿来了，这才又开始说话。再接着吃瓜也就挑挑拣拣，吃打瓜要挑沙瓤儿的，要挑三结义的，要挑小根瓜儿，要吃熟娄了的，要喝蜜罐儿。吃甜瓜都抢着挑羊角儿蜜，一窝儿猴儿。可也真有的为了顶点儿饭吃，抱起个大花绵，大口地往肚里吞。哈！他们可真是吃了个不亦乐乎！一个一个都把肚子吃得鼓了老高，实在咽不下去了，这才算完。刁万兴又给了他们每人一个小香瓜儿，堵到鼻子上闻香味儿。民兵们闹了一顿瓜饱儿，都高高兴兴地隐蔽休息了。

齐英和民兵们吃完了瓜之后，他爬到铺上，想和刁万兴谈个话儿。不想他一上来，刁万兴就急忙爬了下去，他要到瓜地四周溜达溜达，巡风看影儿，齐英就在铺上仰着脸儿一躺，伸了伸胳膊，打了个哈欠。他感觉到了战后的疲劳，也感觉到了饭后的食困，可是他也感觉到了难以形容的舒服。哎哟！好痛快！忽然一阵儿东风吹来，活像一池温凉的清水，洗浴了他的身心，他的疲劳、困倦都被赶跑了。一个叨着食儿的鹊雀，不声不响地飞过，又给齐英增添了几分高兴。他似乎觉得，有生以来，这一阵儿才是他最快乐的时刻。心里话：是谁说八路军的生活困苦？他喃喃地说出来了："日本侵略者！尽管你碉堡林立，兽军穿梭，你也没有办法不让我们自由行动！自由歌唱！"说着说着他又轻轻地唱起来了："晴朗的天空，高挂着太阳，晋察冀的军民在高声歌唱。歌唱民族的儿女，保卫着边地。唱古今的烈士，牺牲在疆场。唱古有岳飞保国誓死不屈，唱今有五壮士战斗在狼牙山上。为民族求生存，苦战在疆场，不屈服不怕死，钢铁一样！让我们坚决地战斗啊，誓死不投降！……"

齐英轻轻地唱了一会儿，他又站立起来，想看一看平原的景色。只见这无边无际的大平原上，满眼都像油绿的海水，好一个雄伟天赋的米粮川啊！不由得他在兜儿里，掏出了自己用黄麻纸订成的小本儿，又摘下自来水笔。他的歌情转成了诗兴，他要作诗。嫌立着不得劲儿，他又坐下来，把小本掀开，在大腿上一放，提笔写道："我，我要歌唱，我要飞翔，我——"刚写了这几句，不知怎的，他觉着总是我我的这不大好，似乎是发觉了自己小资产阶级的思想感情又在发作。不行，得把这些我字勾掉。但是勾了这些我字去又都不成话了。哎，"嚓！嚓！"他把所有的字都勾掉了。他又闪动着眼睛想了想：嗨，用我字又有何妨？把词意变变不就可以了吗？于是他又从头写道："我，我是活的绿洲，我是宝藏的原野，我的名字叫五谷之乡。我头顶北岳，足登渤海。滹沱河给我输血，万里长城做我屏障，红色的锦霞为我披挂，秀丽的青纱织我衣裳。看！谁有我身体雄伟，谁有我胸怀坦荡？谁有我辽阔宽广？谁有我坚韧刚强？啊！我多么骄傲！我多么豪爽！不怕千饥万渴，我饱餐自由民主的雨露，哪管雪地冰天，我沐浴着共产党的温暖阳光。让那些法西斯野兽嗥叫吧！我有八百万英雄的人民，挥动着钢铁的臂膀，慷慨的高唱，要砸烂侵略者的魔掌！黎明前的黑暗，啊！你能有几时的笼罩？看这愤怒的火焰，光芒万丈！要把你层层冲破，迎接新中国的曙光！"不大的一会儿就写完了。他又从头至尾翻来覆去地审阅，自己觉得这首诗还挺有气魄，可是又不大满意，似乎感到这些词句还有些空洞，不够深刻有力，他还想改一改。

正在这时候，刁万成挑着一副瓜筐，领着刁世贵连他的两个士兵，还有解文华一齐都来了。见面之后，互相间说了几句闲话，又谈了谈两方面的情况，知道小凤儿已经埋葬，村里没有发生新的问题。不过，刁世贵还是带着满脸的杀气，看得出来，他的怒火未消。解文华仍是一副悲伤的呆脸，不愿说话。就连那两个伪军，也露出同情的伤感和不平的愤怒。当刁万成把甜瓜塞到他们每个人的手里之后，这才多少改变了一下这沉痛的气氛。刁万成又把他挑来的瓜筐搬动了搬动，说了声："来，大家赶快吃饭吧！"原来他这筐里头，用破麻袋盖着三十斤面的大饼哩。民兵们刚才吃的瓜，差不多已经消化下去了，一见到了大饼，每人卷起一张来就吃。不光大饼，还有十多个大咸萝卜，一个人又拿过一个来就着大饼啃。光有干的没有稀的怎么办呢？谁干渴了就再吃瓜，这样也都能够吃得满饱。吃饱了，把剩下的饼也都每人一份儿分开，用手巾一包，绑在腰里，预备晚上再吃。这一天的饭食，算是又没了问题。

那位说：刁万成是个什么家当？他管得起这些人的吃饭？民兵们吃了他的东西给钱吗？

诸位，吃的这些饭食，并不是刁万成自个儿家的。这是村里公摊。八路军不管吃了多少东西，村里都有账。在一般的村子里，这是抗日政权财粮干部的责任。在有炮楼的村里，由伪办公人员管理着账目。他们的账目都是两份儿：一份儿是公开的，那是支应敌人的，另一份儿是秘密的，这是供给八路军的。那么，供给了以后怎么结算呢？到缴公粮的时候一笔算清。敌人据点儿里的老百姓也向抗日政府缴纳公粮吗？嘿！不但要缴，缴得还是挺及时，用不着强迫，都能自动。为什么这些农民们都这样慷慨大方呢？简单说来就是一句话：他们希望着快点把敌人赶跑。这样说，也许还不够明白，农民怎么会有如此远大的眼光，相信共产党八路军有这样伟大的力量，能够赶走日本强盗呢？用他们自己的话来说是这样：共产党的政策高，八路军的战法妙，共产党好比北斗星，跟着她走，夜路也明。共产党、八路军如果不是在群众中有这样高的威信，那也就不能再坚持抗日了。从这一点上，也可以看出，抗日战争中，农民们是付出了多么大的代价，立下了多么大的功劳！这些问题，因为太多太繁，不必多说。

民兵们都歇足了吃饱了，也就应该开始行动了。这是过午的天气，人们正在歇晌的时候，太阳暴热，路静人稀，为了便于隐蔽行动，齐英带着他的民兵基干队、解文华、刁世贵和他的两个士兵，一同向着大沙洼里走去。正是敌人在这一带刚刚"清剿扫荡"以后，所以路上没有敌情。他们一路走着，总是在商量怎样共同行动，对付敌人。

天到了半后晌的时候，他们来到了小李庄村北大沙洼的边沿，只见从禾子地里出来一个拿枪的小伙子迎上前来。这是金月波的战士。原来是田耕带着金月波的小队，按照规定的时间地点在这儿会合，要开始下一步的行动。这个战士见他们来了，就领着他们来到一棵大柳树底下，和田耕、金月波见了面。田耕把他和金月波研究的计划对他们说了说，齐英又参加了一些意见，连刁世贵和解文华也说了说他们将要怎样行动。最后，田耕决定：派齐英跟着刁世贵、解文华一同进小李庄，帮助刁世贵做争取伪军的工作，好把地洞里的人们赶快救出来。要说齐英这时候的胆子真是越来越壮了！他也是觉着有了依靠有了底，在他看来，田耕的分析判断、深谋远虑是有绝对把握的，所以满怀信心地接受了这个任务。

又隐蔽休息了一会儿，齐英和一个民兵换了衣服，把盒子炮掖在腰里，把队伍暂时交给了田耕，他跟着刁世贵他们几个人一同奔向小李庄村。

齐英走后，田耕又派金月波带着她的小队也向小李庄出发，武男义雄还是扛着他的歪把子机枪，跟随在金月波的身后。他们静悄悄地向着目的地开走。田耕又派齐英小队的战士们，分头去通知大沙洼周围的各村村长、支书，急速到这儿来开联席会议。这儿就剩了田耕和白山，还有几个小队战士，在此休息等候，这且不提。

单说齐英，他跟着刁世贵几个人，在天黑下来的时候来到了小李庄村外，一看，那样多的枣树如今一棵也没有了，在这光秃秃的白地上，炮楼子显得特别扎眼。南风吹来，村里烧塌架的房子还喷出火后的糊烟气味，大杨树底下还发散着大屠杀后的余腥。这一切都不能不勾起齐英的回忆。地洞里的同志们究竟谁死谁活还不知道呢。他一边想着走到了公路的边沿。因为有月光照着，齐英看见公路快要修成，民伕们还没有收工。他们有一下没一下地干着，看样子像是连把铁锹也拿不起来。但是他们那愤怒的眼睛，都狠狠地盯着走动的伪军们。在这儿的伪军正是刁世贵的士兵。

齐英光怕碰上认识他的人，所以他低下头跟在解文华的后边。可巧，这一段公路，正是由小李庄村的民伕们来修。民伕们还能不认识他？虽然是很快地通过，但是有的人已经看出是他来了，于是就以惊奇的眼神儿瞄着他，暗想：齐区长莫非被刁世贵抓住了吗？不像那么回事啊！难道说，刁世贵跟他有私人关系吗？弄不清这到底是怎么一回事，啊！可不能乱说，这也许是秘密！一面猜想，眼瞅着齐英跟着刁世贵他们进了胡同。

刁世贵一来到孙定邦家的院内，伪军士兵们就都围拢上来。齐英一看见这些伪军士兵们，就很客气地道了几句辛苦，说了几句亲热话。士兵们问这人是谁，刁世贵说，是他的朋友。他们一边说着来到屋里，士兵们又向刁世贵道喜，问长问短，还闹着要喝他的喜酒。刁世贵苦笑着说："正要请你们喝喜酒，今儿非要喝个痛快！"于是他吩咐解文华去弄酒弄菜，还让跟着去两个士兵。士兵们最喜欢效这个劳儿，所以就有好几个都跟着解文华去了。刁世贵又吩咐跟着他的两个士兵，一个上房顶，一个到炮楼去换岗哨，让其余的士兵们都到这儿来。两个士兵也答应着走出了屋去。

　　不大一会儿，修路的民伕们收了工，伪军士兵们也都来见刁世贵，解文华也弄着酒菜回来了。他们二话不说，就忙着拉桌子、扯炕席准备喝酒。有的嫌屋里热，要到院里去喝。刁世贵坚决不让，他说屋里比当院好。因为他是队长，又因为他是请客的主人，所以只得依着他。热点儿就热点儿，关系不大，这才七手八脚地在屋里炕上地下摆好了简单的酒席。一共三十个人，这几间屋子就坐满了。这些士兵们，你别看平常好扯闲淡，一看到酒肉摆在了眼下，就谁也不想多说话，光想着夹起来吃，端起来喝。刁世贵这时候站立起来说话了："弟兄们！过去咱们喝酒都是你们先敬我，今天咱们改变改变，我先敬你们大家头一杯。"大伙齐声说："好！今天是你大喜之日！"刁世贵又说："今天咱们大家都喜！都是从来没有过的大喜！"士兵们并没有留神听他的话音，都等着他来斟酒。刁世贵这工夫搬起大酒嘟噜，挨着个儿地给士兵们倒酒，都是用的大个茶碗，只听"嘟"一碗，"嘟"一碗，盛八斤酒的大嘟噜，倒了一圈儿就干了。刁世贵把嘟噜放下，自己也端起来了一碗说道："弟兄们！大家要是看得起我，咱们就一口干杯。"士兵们齐声地回答"好！"这第一杯酒喝下去了，然后又齐打呼地抄起筷子来夹菜吃。他们三杯酒喝过之后，有些人提出要划拳行令，也有的人要求刁世贵说一说他的喜事生活，洞房佳话儿。

这时候，刁世贵苦笑了一声站起来了："我有几句话要对弟兄们说一说。"大家伙一听，他的话音很沉重，抬头一看，他的脸色非常怕人，心想：莫非他喝醉了？不会吧！听听他说什么。刁世贵问道："我刁世贵平常对待弟兄们怎么样？"这一问问得士兵们更加莫名其妙，所以谁也不敢言语。有一个班长平日怕刁世贵，只得顺着竿儿爬，说道："小队长对俺们不错。"刁世贵又打了个手势，不让人们再说。他又接着问："咱们是中国人啊是外国人？"伪军们不知他要说什么，齐声回道，"当然是中国人！""中国人咱们给谁干着差事？"这一问可又把人们给问住了，士兵们弄不清他这话的用意，都不言语。沉闷了一会儿，又有一个班长说："队长，这你还用问吗？咱们是给日本人干的差事！老百姓都叫咱们伪军！"经他这样一提，大伙又七言八语地说了起来，这时候才摸到了刁世贵的一点语意。刁世贵又说："弟兄们回答得很好，不过我要跟你们说明：我并没有办成喜事，小凤儿已经死了！"

接着茬儿，刁世贵就把小凤儿死的情况说了一遍。士兵们听了之后，都耷拉下了脑袋，心里也觉得有些沉痛，也替他难过生气，一时谁也不知道说什么好。刁世贵接着又说："弟兄们！你们知道，我原先带的那一个小队的弟兄们哪儿去了吗？"士兵们一齐说道："被日本鬼子拿刺刀挑了！"刁世贵接着就又说了许多日本鬼子杀人的事儿，越说越悲愤，用拳头砸得桌子当当直响。士兵们这时候也都怒冲冲地站起来了："队长！你不用再往下说了，你做决定吧，俺们跟着你！""既然是这样，咱就不必多说了。"刁世贵从腰里"嗤喽"掏出一把小刀子来，当的一声，把刀子插在桌子上，然后端过一个大碗，满满地倒了一碗酒，端在桌子的当中："来，弟兄们！如果大家都看得起我刁世贵，都愿意交我这个朋友，咱们今天就说定了！"说到这里，只见他拔下那又明又亮的刀子来，照自己的中指"嗞"一家伙刺了一道口子，那鲜红的血一滴一滴滴在酒碗里头。然后他又把刀子一插："弟兄们！来吧！"哈！你可别看这些伪军士兵们，打仗打不过八路军，要在这样场合之下，酒盖着脸儿，火托着心，谁都想要充充好汉子。你看，他们争先恐后，拥到酒碗这儿，一个一个都按照刁世贵的样子，把中指刺破，把血滴在酒碗内，这一大碗酒就变成了红的。这碗血酒怎么办呢？有的说，应该敬天敬地，有的说，应该每人一口喝到肚里，有的说，应该保存起来，有的主张把它点着了，让我们心血秉天！以后谁有了坏心，天诛地灭！于是就把这碗酒点着了，只见红蓝色的火光燃起，着了有一尺多高，还嗞嗞有声。这一阵儿屋子里显得特别肃穆森严，人们的心里咚咚直跳，一动不动地看着这火。刁世贵又说话了："弟兄们！这一回咱们是真的兄弟了！来，冲北磕头。"随着他的话音，这些士兵们又都跪在地下，冲北连磕了三个头。挺身起来，大伙儿论了论年岁，刁世贵最大，当然他们就称呼大哥了："大哥，从今以后，你说向南，我们不能向北，你说向东，我们不能向西，你要说报仇，咱们马上就干，咱们讲的是义气！为朋友两肋插刀！你要说反正投八路军，我们也跟着你走！"刁世贵说："咱们是要反正投八路军，但是不能就这样一走。""还要怎样？说吧。""咱们还要消灭敌人！报仇雪恨！""好！就听你的，消灭敌人！报仇雪恨！"

这可谓：

　　　血气激发复仇意　　正义冲动雪恨心

第 二 十 八 回

唇剑舌枪宣传战　生龙活虎埋伏兵

上一回说到刁世贵和他的伪军士兵们，要反正投降八路军。像他们这种表现，就可以证明，伪军士兵们不是不可争取的。虽然他们之中，有许多是出身于地痞流氓或者无业游民，当上伪军，则更加吃喝嫖赌，抢夺百姓，邪恶成风，无所不干；然而，他们究竟还不像高凤岐那样的铁杆儿汉奸，不可救药。日本法西斯强盗在中国的滔天罪行，他们并不是不知道，有多少惊人的惨案，也曾激动着他们的心胆，有多少血腥的惨景，也曾刺痛着他们的眼睛，特别是他们本身也受着日本军队的欺压。因此，他们早就心怀愤恨。只是因为他们没有政治头脑，没有远大眼光，缺乏爱国的教育，缺乏正确的领导，所以他们看不清光明之路，不敢做出正义行动。如今他们三碗烧酒喝下肚去，就有些人表示，要跟着刁世贵反正起义。这些人有这点儿酒气儿助着，有这点儿正气儿吹着，说干就要干，个个挺身而起，举枪高呼："小队长！刁大哥！咱们说干可就得干。对，不能犹豫。谁也含糊不了。咱们去消灭南炮楼的鬼子兵。要活捉猪头小队长。咱们打到桥头镇。要枪毙高铁杆儿。要砍掉毛利的驴头，要剥他的驴皮！走……"嗬嗬，好家伙！他们表现得这样迫不及待，好像真要马上出动了。

不过，像这样的兵变行动，关系到多少人的生死存亡，弄不好就又是一场流血的惨案，可不是闹着玩儿的！又何况百人百性，各人有各人的心眼儿，不要光看有些人愿意杀敌报仇，投降八路军，可是也有的人因为不了解八路军的政策，有所顾虑。况且，他们自觉着是浪荡成性，不愿意受人民军队纪律的约束，再说，他们不知道天下大事，更不懂得革命的事情，因此，他们根本就瞧不起八路军。所以，这个时候就又有人说话了："刁大哥，小队长！先别这样干，这个事儿不是闹着玩儿的！咱们得好好地商量商量。"说这话的人是个老兵，好像是心眼多点儿，另外有几个年轻的，也就随着他说了几句。

刁世贵一听他们的语气就有点儿不太高兴，他把眉头一皱："好，商量吧。"这个老兵又说："大哥！咱们的头是磕了，但是不能合着眼瞎干！八路军到底是怎么回事，咱可弄不清啊！咱要是杀人白闹两手血，末了再叫八路军捡了咱的便宜，到那个时候再后悔可就来不及了！"随着他的话音又有一个人说："八路军对咱好也不行，他们自己都快完事了，咱们不叫他们拉着垫背！"又有人接着说："对啊！有人说，八路军还回来。要我看，那是替八路军吹牛腿。"老兵接着碴儿又说了："再说，现在各处都是日本兵，就凭咱们这么三十多个人儿起义闹事儿，我看是瞎闹！弄不好得把自己这个吃饭的家伙儿搭上！"说到这儿，这些士兵们乱起来了："对嘛！我看也是。共产党八路军都叫鬼子打坍了，咱们这么几个屌人儿还成得了事？"经这些人这么一说，屋子里的空气儿又起了变化。

但是，刚才主张起义投降八路军的那一部分人，还是主张不变。他们倒不是有什么远见，也并不知道什么是立场，只是觉得不如此不能出气，话说出嘴不能被别人反驳，所以也就七言八语地："不同意你说的那话，说这样话就不算中国人！就是孬种草鸡毛！刁大哥，咱们非起义反正不可。"

很明显，这形成了两派的斗争。这两派是谁也不让，越争气儿越壮，甚至互相骂起大街来。刁世贵一看，这还了得？不拿出点厉害的来不行。他"啪啦"一声，把盒子炮掏出来，"哪"一家伙，在桌子上一摔："不许再嚷，这太不像话了！杀鬼子，投八路，这是光荣事儿，有点儿中国人味儿的就应该这样干。反对的就是汉奸！你们谁不同意？我看哪个不怕死的敢说反对！"

刁世贵这样一来，立时可真把反对的这一派给镇住了。可是，他们心里不服，一个一个的你看看我，我看看你，想说不敢说，想动不敢动。只有那个挑头儿的老兵，老是要张嘴。他想站起来，把枪一举，喊一声："我们也有枪！"要是这样一来，别人也就要跟着这样。真的那样闹起来，就得开枪干一家伙。这是他心里想，可没有敢表示出来。

正在这个劲头儿上，齐英站起来了，他先小声地跟刁世贵说了两句话，然后向士兵们说道："朋友们！弟兄们！请大家还坐下，兄弟我有几句话，想跟大家谈一谈。"大伙一听就都有点儿发愣。心里话：他算干什么的？他跟着掺和什么？这些士兵们正在怀疑之际，刁世贵向他们把齐英作了介绍。士兵们一听，哎哟嗬！闹了半天他是共产党的代表啊！也代表抗日政府，还代表着八路军哩！脸儿倒是挺白，就凭你个书呆子样儿，还能办得出拿手事儿来？听听他说什么。

诸位，他们看着齐英不大起眼儿。本来嘛，看像貌并不惊人，听语气也不压众，过去又都不认识，当然谁也闹不清他到底能怎样。

说真的，你可别看齐英年轻，他做过好几年文艺宣传工作，了解抗日民族统一战线的各种政策，国际国内的大事也知道的不少，说起话来，还带着几分煽动性。他一开头，就先说士兵们是见义勇为，可敬可佩！共产党、八路军从来就欢迎这样的。大伙一听这个意思，倒是觉着心眼儿里有点儿高兴。齐英一面说着话，用眼睛这么一扫，看人们脸色就了解了人们的心情。他这才接着又说了说，敌人现在是怎样的兵力不足，他们如何陷入了侵略中国的泥坑拔不出腿。又说：全世界反法西斯战争如何广泛有力，所有爱好和平的国家人民都帮助中国抗日。又着重地说了说，毛主席、共产党领导着全国人民坚决抗战到底，气势如何壮阔；八路军、新四军和所有抗日武装，如何英勇坚强雄伟有力。根据这些条件，所以才敢说：最后胜利是我们的。

齐英这番话，说得是简单明确，生动有力，虽说还不够通俗化、大众化，可是把这班人真给说住了。他们听不出问题来，提不出意见，所以就只有听着，一面听着，心中暗想：哎呀！这小伙子真行啊！这么年轻就有这样高深的学问，就懂得这样多的事情，这些话从来还没有听到过。虽然有的名词儿不懂，可也听着好听，怪不得他敢代表共产党到这儿来，这真是没有金刚钻子，不敢揽磁器活啊！想到这儿，差不多都是心服口服。只有那个老兵，还在琢磨着挑话茬儿，找话把儿。

齐英喘了口气儿，接着又说："弟兄们！朋友们！对共产党和八路军敌人是没有办法的。没有来到的事咱先不说，过去的事儿我想大家都有个耳闻。咱们八路军在华北，给日本鬼子摆下了多少战场，把日本侵略军杀得个尸横遍野，全军覆没！贺龙将军带着一二〇师来到冀中，在河间、齐会打了一连串的歼灭战，打得敌人望影而逃，闻风丧胆！我们晋察冀军区第一军分区杨成武司令员在银坊、黄土岭一战，打死了日本名将之花——阿部中将，还消灭了他的全部人马！谁不知道陈庄战斗，消灭了日本一个旅团，连水垣旅团长也死无葬身之地！"

嗬！齐英真是越说越有劲儿，越说越动听，说出话儿来嘎嘎儿响，呱呱儿叫。伪军们听得都入了神，直了眼儿。本来这都是事实，没有半点虚假，丝毫儿也没有夸大，有谁能够提出反对的意见呢？他还想接着说下去，不想，那个老兵提出质问来了。谁也没有注意，他好像是自言自语："嗯，卖瓜的多会儿也不说瓜苦！关公就老说过五关斩六将，没有听他说过夜走麦城。八路军这行那行，可是这一次五一大'扫荡'怎么样啊？"

哈，这话被齐英听到了。齐英心眼儿灵活，来得快，脑子一转又说道："对啦，那一位朋友提出了五一反'扫荡'的问题。这次反'扫荡'中的战斗很多，咱们简单地举个例子吧，我想大家都知道宋庄战斗。八路军的两个连，被敌人围在村里，打了一天一夜。结果怎么样呢？打死打伤了一千四百多名鬼子兵。我们这两个连，神不知鬼不觉地摸出村去走开了。这能说是日本兵'扫荡'了八路军吗？大家可以想一想，问一问，什么时候，什么地方，谁见过，谁听说过，日本鬼子消灭过大批的八路军？要按他们的欺骗宣传，自然是消灭过不少。他们还说，捉住了吕正操司令哩！可是吕司令员早就带着他的主力部队到了山里。晋察冀军区聂荣臻司令员的好几十个正规团，正在太行山、五台山、北岳恒山以内，加紧练兵。很快你们就会看到，正规的八路军，就像飞虎下山一样，来到冀中，消灭这儿的日本强盗！这个不说，就在今天的早晨，高铁杆儿的队伍，不就在大公路上被消灭了吗？"

说到这儿，大伙都吃惊地"啊"了一声：对呀，听说，今儿早起是有这么回事儿。莫非八路军的大队已经过来了？这时候又有一个人起来说："八路同志，这些你就甭说了，俺们愿意听一听，八路军能对俺们怎么样？"

齐英一听，啊，这才是他们最关心的哩！他灵机一动："弟兄们，你们既然提出这个问题来，我就说一个咱们两方面都亲身经着的事儿。就在前几天夜里，不是有八路军来袭击你们吗？那是三部分的游击队和武工队一块来的，总共有一百五十多人，有轻机关枪，也有掷弹筒，那就是我们的部队。"士兵们一听，哦嗬！好家伙！闹了半天就是他们的队伍来打我们！听听他还怎么说？"我们本来想和你们一起来消灭鬼子兵的，没有料想，话说的不到，互相开起枪来，我们这才急速的撤退。"有些人一听这话就暗自点头，嗯！说的是这么回事儿。"现在我的队伍就在这村附近，另外也还有县里的和分区的武装在这一带活动。只要你们做出决定，不管是什么时候行动，我们都会有武装配合你们，支援你们！因为共产党讲的是抗日民族统一战线，只要是抗日就欢迎。如果你们不愿意现在起义，我们也可以作为秘密的朋友，只要不反对抗日，不糟害老百姓，我敢保证，八路军不会给你们为难。你们知道，共产党不需要对天发誓，从来就为自己的话负责，怎么说就要怎么做，办不到的事情，就不空说。既然说出，就能办到。"

哈！齐英这一番话，可真是厉害，称得起是舌枪唇剑，胜似那脆生生的盒子炮，把这些士兵们都给说愣了！这时忽然一个士兵说："八路同志，你们共产党主张共产吧？"齐英说："是啊。请问，你们哪一个怕共产啊？"又一个忙说："怕共产？龟孙子才怕哩！现在就把财主们的产共了才好呢！"齐英笑着又说："现在不行。""到什么时候才行？""得把帝国主义打倒了以后。因为帝国主义是全世界的压迫者、剥削者和侵略者。""那得到什么时候？""到什么时候，这不能具体判定，但是它们必然要被革命的人民打倒消灭！""那么准吗？""准！因为这是社会发展的规律，谁也救不了它们。消灭了帝国主义，共产主义才有可能在全世界实现。""我看说说算了吧，管他共产不共产呢。""不！这是马列主义的社会科学已经肯定了的，不管谁愿意不愿意，共产主义一定要在全世界实现。好比这么说吧，她就像早晨的太阳，一定要在东方升起来！"齐英觉着对这些人说一下说不清楚，再看伪军们一个一个不声不响，纹丝儿不动，大气儿不出，直勾儿着眼儿看着齐英，就好像被齐英给吸住似的。这时候齐英一看，时机已到："弟兄们，愿意交朋友的请伸出手来吧！"随着话音，他就把手伸出，首先和他身旁的刁世贵握了握手，然后，又一个一个地挨着来，走了一个转圈儿，个个士兵都抢着和齐英握手，就连那个老兵也和他握着手龇了龇牙哩。他们在这一阵儿，和共产党的代表握一握手，不但认为应该，而且觉着有说不出来的熨帖！

这工夫，刁世贵又问了一声："还有哪个弟兄要说话？说吧。"有一些人就回答道："没有什么说的了，大哥，俺们都听你的。"刚才那几个不同意的士兵也说："刁大哥，俺们拥护你！拥护这位代表！你们说怎么好就怎么好。"齐英又说道："这话不能这么说，弟兄们！这是决定你们大家命运的问题！决定你们前途的问题！需要大家商议，你们大伙要怎么办就怎么办。"刁世贵又补上了一句："对！咱们也跟着八路军学学民主！都有发言的权利！你们说吧，怎么办？"经他这样一说，士兵们可就活跃起来了，七嘴八舌头地提意见……他们最后决定：先不贸然地行动，暂且暗中准备，和齐英他们秘密地来往，让齐英和县领导和分区机关去研究决定，抓住有利的时机，配合行动，消灭敌人，举旗反正抗日。这样决定，大家伙可是没有一个不赞成的。

天色已经交了半夜，士兵们就要送着齐英走。齐英说："先不忙，我还要给你们介绍几位朋友。"士兵们一听，啊？还有几位朋友？"那就请朋友们来吧。"齐英走到西套间的墙旮旯儿，把一堆土坯搬弄了搬弄，把洞口盖打开，叫了声："同志们，你们大家怎么样？出来吧，出来咱们一块儿转移。"齐英说这几句话的时候，真是有点儿气短，心跳得发慌，说话的声音也有点打颤，他光是惦记着，有人在里边憋死饿死！我想诸位也会有跟齐英同样的心情。

地洞里的人们到底怎么样了？一个死的也没有。因为用两个碌碡盖井，是盖不严的。再加上井里有水，又和井上通风，这就保住了人们的呼吸。虽说用井里的脏水泡生小麦，又不好吃又腻歪，可是这总不致饿死，当然受罪就甭提了！战斗里生长的中国人民就有这样顽强的生命力。

齐英对伪军士兵们说的话，洞里的人都听见了，等齐英掀开洞盖儿一问，丁尚武头一个就蹿上来："同志们谁也没有怎么样，都挺好。"紧接着孙定邦、肖飞、史更新、李金魁、孙志如、孙大娘、林丽就一个一个都出来了，最后把民兵东海也给拉上了洞口。齐英把他们和伪军士兵们作了介绍，大伙都惊讶、高兴，互相安慰，说了许多客气话，这些就不必提了。

因为天色已经过了半夜，齐英带着他们就要转到村外，临走之前，刁世贵和伪军士兵们送给了齐英他们许多子弹，还把他们送出村来，这才分手告别。房顶上和炮楼上的两个哨兵，在月光之下还向着齐英他们挥了挥手，连说了两声："同志们，再见。同志们，再见。"

今天夜里天气很好，有凉丝丝儿的小东北风，吹动着潮湿的水气，脚底下趟着喷上露水的道边草，鼻子里呼吸着清凉的空气，这是多么清爽！多么痛快！刚刚从地洞里出来的人们，爽快得头晕如醉。他们往北走了不远，就遇见了在这儿等着接他们的民兵。原来金月波带着她的小队在这儿等候多时了。田耕为什么没有来呢？因为他正在大沙洼里，召开各村村长和支书的联席会议。齐英的小队战士都做了他的临时通信员。

话不多说，由金月波带领着这些人，登时来到沙山的脚下，见了田耕，把一切经过情形从头到尾报告了一遍。田耕认为这都很好，还称赞齐英有胆量有气魄。这些参加会议的村长和支书们，也都向被救出来的人们说了许多安慰的话。因为会议将要结束，田耕最后重复地说："各村的党、政、团体组织一定要积极起来！要在修路的民伕里边找一些积极分子，每村至少要找三个。不一定光找青年，像何世清、刁二东这样的人，都可以作为积极分子，他们很可能起作用。刚才说的那几个秘密党员一定要派他们参加民伕修路，因为我们要通过他们领导群众斗争！路是敌人强迫着修的，但是我们要有组织地给他破坏！不但如此，我们还要创造更大的胜利！要叫日本鬼子修起来的公路、炮楼成为他们的坟墓！"田耕这话是什么意思呢？他是觉着，有了刁世贵这部分伪军的力量配合，再把各村的民伕们领导起来，准备组织一个修路大暴动！真要来这么一手，这个地区将会是另一种胜利的局面。

诸位！从这一连串儿的计划、组织和指挥作战的行动中，我们就可以看出，田耕这人是多么才高智广来了。那么，他的这些打算，到会的人们都同意吗？到会的人还不知道他要组织大暴动的打算，也不知道刁世贵的伪军要反正，因为这是非常重要的秘密，不到一定的时候决不能让更多的人知道。不过他们觉得县委书记要亲自领导、指挥他们的斗争行动，还有个不高兴吗？况且会议开得满好，决定非常正确，他们还能不积极起来吗？你就看吧，田耕的话讲完了，散会以后，人们往回里走着，还仨一群儿五一伙的兴奋地谈论哩。

散会以后，齐英就又忙着找田耕，问问他这些从地洞里出来的伤员和妇女们怎么办，应该想个办法，把他们安排下来。对这事，田耕首先要听听齐英和孙定邦的意见。他俩的意见是：让史更新、丁尚武、李金魁、东海、孙大娘、孙志如、林丽他们这些人分开到没有炮楼子的各村找关系隐藏起来，其余的人就都隐蔽在大沙洼里边，如果下雨，再到村内。

可是丁尚武觉着这地洞里生活的滋味尝得够多的了，不光是难受，还天天提心吊胆，恐怕被敌人搜查出来。现在的伤虽说还不好，但是还有药换，好好地养上几天，也就差不多了，休养几天以后，身体也就会壮起来。现在虽然还没有什么战斗力量，可是在这片大沙洼里跟敌人转转，也不见得不行。再说，敌人又刚刚"扫荡"过去，也不会还有大批的部队前来。所以他才不肯再进村去隐藏。田耕想，丁尚武的伤已经好多了，再养几天，就可以出来活动了，因此同意他留下来。他这样一来，李金魁也有同样的想法，所以他也不愿意再到别的村去。在这样情形之下，史更新也不打算再和他们分开了。因为只有林丽这一个医务人员，都得靠着她把伤治好，所以不能分开。那么东海不能走怎么办呢？他姑姑家是高辛庄村，就把他送到那儿去。他本人也同意。林丽当然要跟着伤员。那么再就是孙大娘母女二人。孙大娘自然是应该进村隐蔽，可是志如不愿意再跟着。她愿意跟哥哥、肖飞和林丽他们一块儿，她也想参加参加战斗，特别是有了县委书记的领导，她非常高兴。结果孙大娘自己上了五虎寨去，因为小虎儿的姥姥家在那个村，他现在就在姥姥家住着，孙大娘也就和她的小孙孙找到一块儿去了。

这时候，田耕仔细地向齐英询问刁世贵的伪军情况。齐英这才原原本本地说了一遍。田耕听着不住地点头。齐英又说："他们准备着起义，但是究竟什么时候起义好，他们要咱们做决定。""那么你的意见怎样？""我的意见是越快越好，免得夜长了梦多，何况他们没有经过长期教育，怕的是中途有变！"田耕微微一笑说道："问题不要只看一面。夜长了梦多，这见解倒是对的，如果我们多让他做些好梦，那有什么可怕？只要我们把工作做好，中途变化也会往好处变。我们要学习敌工干部的本领！

只要是挂上钩，就像火车头拉着车辆跑一样，只能前进不能后退！不过，要紧的是保守秘密，不能走漏风声。至于什么时候行动最好，这关系到整个分区甚至全冀中区的敌工工作，需要请示地委。待会我就到地委那儿去汇报，整个的工作都要请示。多着五天少着三天我就回来。在这几天内，你们要好好地向刁世贵进行教育，战士们要好好休息，这样可以养精蓄锐，也可以麻痹敌人。等咱们准备好，把敌人也稳住了，再抓住最有利的时机，全面行动。"说着说着他还用手比画起来，连那只伤手也在摆动，又接着说："咱们这可以自造个名字，叫作叉王八战术。把它稳在桥桩下，然后猛力戳钢叉！"他的左手还随着话音往下一压。说得齐英、孙定邦、金月波、史更新他们这些人都笑起来，都说这样打算太好了。田耕又说："本来我还要跟同志们好好谈谈，因为天亮以前我还得走出三十里路去，没有时间了。小白，咱们走。"白山早已准备妥当，站起来跟着田耕就走了。金月波也带着她的小通信员保护着田耕一同离开大沙洼。剩下的人们就在这儿隐蔽休息。

有话则长，无话则短。一天、两天、三天、四天过去了。在这四天以内，齐英带着孙定邦和肖飞，每夜都进入小李庄，对群众进行宣传，向伪军进行教育，齐英自然是要讲些抗日救国的十大政策，同时也和他们建立了私人感情。伪军们反正的劲头儿越来越足，都要求快点行动。到了五天头上的夜间，齐英又来跟刁世贵联系，一见面刁世贵就急切地说道："好机会来了！""什么好机会？""这条公路明天完工，后天上午猫眼司令派人来试车验工，伪县长和毛利都来。咱们就这机会，来个里应外合，内外夹攻，把狗日的们收拾了不好吗？"齐英一听："啊！这的确是个好机会，究竟可靠不可靠？""可靠，我敢保险。""谁知道他们要带多少队伍来？""队伍不多，顶多也过不了一个中队。咱们就在这个炮楼儿这儿打，你们的队伍预先在高粱地里布置好，把南边的鬼子炮楼封锁住。等他们验路的来到附近，你们就在他屁股后头猛打一阵。你一打他们，他们一定要退到炮楼这儿来。我在炮楼里边和房顶上布置好，等他们来到跟前儿，一顿机关枪手榴弹，管保叫狗日的们都回了老家！你们说怎么样？"齐英、孙定邦和肖飞一听，别提多高兴了。只是有一样使他们着急，田耕临走的时候嘱咐过，等他向地委请示之后再开始行动。所以在田耕没有回来之前，他们不能轻举妄动。但是齐英又觉着，这是很难得的机会，怎么能够眼看着良机错过，白白便宜了敌人呢？他们商量了商量，决定立刻到刁家楼去找田耕，因为那儿有他办公的地方，他回来一定先到那儿落脚。他既然说了迟不过五天，今儿正是五天头儿，他一准回来。做了这样的决定，他们又嘱咐刁世贵，如何秘密地做战斗准备。刁世贵满口应诺，三个人这才连夜奔往刁家楼找田耕。

齐英他们来到刁万成家一看，正巧，田耕刚刚从外面回来，金月波也在这儿，另外还有一位干部和田耕对面坐着。这人的年纪也不过二十六七岁，长的样子有点像林丽。孙定邦和肖飞都认得他，他就是林丽的三哥——何志忠。大家见了面自然是要亲热一番，这就不在话下了。

有人要问：何志忠到这儿来干什么？

原来他是做敌工工作的。地委觉着这个县非常需要这样的干部，因此临时派他前来，补充一名县委委员，和田耕一同进行领导工作。何志忠到了这里到底如何领导斗争，咱们暂且按下不表。

先说齐英、孙定邦和肖飞三个人，此时无心多说别的话，急忙把刁世贵的情报向田耕报告了一遍，并且把他们的打算也说了一下。田耕听了这些情报，微微点了点头，说道："我估计着你们一定要得到这个情报。不过，这个情报是假的。"齐英他们一听这话，都大吃一惊："啊！怎么，这情报是假的？"田耕又说："对，是假的。"说着他的脸转向了何志忠："你跟他们谈谈吧，你比我知道得更清楚。"何志忠这人向来不高声说话，只听他悄声细气地说："……猫眼司令这老家伙，近来学得更狡猾了！本来他接到冈村宁次的命令，明天要偷偷地从这儿大批运兵到京汉路去，但是，他故意透露出假消息来，说是要试车验工。""他为什么要这样呢？""他有两个目的：一个是避免我们的侦察，让我们摸不清他的兵力部署，他才不走铁路；另一个是为了把民兵游击队引诱到这儿来，他的快速部队好消灭我们。"孙定邦听了就说："这样看来，刁世贵的伪军恐怕不可靠！""不是，猫眼司令这个假情况，伪军们不会知道。"齐英就急着问："那么，咱们怎么办啊？"这时候，田耕非常肯定地说了一句："有办法。""有什么办法？你快说说。"田耕又说："我先告诉你们一个好消息。""什么好消息？""敌人正急忙地集结兵力，准备进攻山区。"

　　说到这儿也许有人要问：这是什么好消息？这不是坏消息吗？

　　诸位，军事行动可不能直着眼睛观看，其中是迂回曲折，有无穷奥妙！

　　冈村宁次对他们这一次大"扫荡"的估计，认为是冀中军区吕正操的主力部队完全被打坍了，并且他的日本军队完全封锁了北岳山区，把山区和平原切断了军事联系，切断了经济来往。北岳山区现在是粮食缺乏，军队减少，没有多大战斗力量。只要把他们的军队集中到北岳山区的周围，"蚕食扫荡"，等到秋后，再来一个"铁壁包围"，北岳区的抗日力量就得土崩瓦解。从此，华北地区就可以成为他们的确保占领地。然后，他再利用华北的丰富资源，集中他们的主力军队，进攻山西的八路军，然后再和其他地区的日伪军配合，一齐进攻八路军、新四军所有的抗日根据地，最后再和国民党的主力军——胡宗南的部队，内外夹攻革命圣地——陕甘宁边区，一鼓作气地攻下延安。到了那个时候，蒋介石国民党必然要公开投降。照他看来，消灭共产党八路军，是指日可待，犹如探囊取物一般。可是他哪里知道，冀中军区的主力部队，不但没有被他打坍，反而整顿训练得更加有力。北岳山区经过了两年的开荒大生产，精兵简政，积累了足够的物质力量。党中央早已经看透了敌人的行动计划，从"五一"以前就做了充分的准备。晋察冀军区现在正在开展地雷战运动。敌人要想蚕食边沿，建立碉堡就让他作茧自缚好了，建立了这么许多乌龟壳首先就分散一部分兵力，然后咱们用地雷，用民兵，用飞行员、神枪手，把他们的炮楼一个一个封锁起来，再用广泛的地雷战，对付他的"扫荡清剿"。主力兵团分头进攻敌人的后方，以迅雷不及掩耳的动作，消灭敌人，叫敌人首尾不能相顾。你瞧！这正符合毛主席的战略方针所说的："主动地、灵活地、有计划地执行防御战中的进攻战，持久战中的速决战和内线作战中的外线作战。"不久就会看到，华北抗日的局面有利的大变化。未来之事，咱暂不必说。就在眼下，聂司令员派了五个主力团和许多地方工作干部来到冀中军区，敌人还不知不觉呢。这五个团分到五个军分区，每分区一个，暂时隐蔽，等敌人集结好了兵力，开始向山区进攻的时候，他们就在后边猛烈地攻打城镇，攻打敌人的据点。敌人开始进攻山区的部队，必然要抽调兵力，掉屁股回头，慌忙来应付招架。不等他的人马来到，这五个团就又要走开，找他另外的空虚之点，再作进攻，让敌人的兵力还跟着屁股后头奔跑。这就叫：牵制敌人，指挥敌人，消耗敌人，疲劳敌人，打击敌人，最后达到消灭敌人的目的。谁说这不是好消息？

田耕把这番道理这么一说，齐英、孙定邦、肖飞高兴得简直要跳起来。说了半天，田耕对小李庄这儿究竟要怎么办呢？田耕和何志忠都主张就在小李庄这儿打敌人一家伙。田耕主张把三区的区小队立刻恢复起来，就以现在的基干队的民兵为基础，再从别村抽调十几个坚强的民兵，把大女她们几个女自卫队员坚壁起来的枪支起出来。这样，凑上三十来个战士，再把史更新、肖飞、丁尚武、李金魁都组织进去，让史更新当小队长，齐英当政治委员，丁尚武当副小队长，肖飞和李金魁担任两个班长。这样，别看小队人数不多，战斗力可是挺棒。这是根据着临时的需要，暂时这样编制，局面开展了以后，再另行扩编。那么，孙定邦干什么呢？孙定邦提升为三区区长兼武委会主任，动员指挥全区的民兵，不过在这次战斗中只抽调最坚强的民兵，一定要个儿顶个儿。再加上四区金月波的小队，由田耕亲自统一指挥这场战斗，和刁世贵的伪军小队配合起来，内外夹攻，大约着这个胜利是有把握的。光这样说恐怕还是不太明白，所以孙定邦又担心地问道："既然是大批的敌人要从这儿路过，只靠我们这点民兵怎么能打得了呢？"田耕又说："我们并不企图大批地消灭敌人，只要能杀伤他十个八个的就行，要求并不高。你们看看党的号召吧。"说着他掏出一张《晋察冀日报》来。这报是土造的麻纸，本来有的字就不太清楚，又经过千山万水的邮递传阅，上边的字更加模糊了，但是还看得出来有朱总司令的命令：全国所有的抗日根据地的民兵武装，每县每天都要打死一个日本鬼子。人们一面看着心里就算起账来：一天要打死他多少，一年要打死他多少，这只是民兵啊！田耕接着又说："怎么样？我们打死一个敌人就是完成了一天的任务。何况——"肖飞接着说："只要枪一响，就得敲他十个八个的。"齐英也高兴地问道："为什么不让咱们的主力团到这儿来打？"田耕说："不行，到咱分区来的这个团要保守秘密，因为这一路敌人就有三千多。""那么这样多的敌人我们又怎样打法呢？"田耕就在这个问题上和大家研究起来了……研究的结果，大家都很高兴，个个都充满了胜利的信心。天还不亮，他们就按照计划开始行动起来了。一场奇妙的战斗就在眼前！

话不多说，心急腿快，孙定邦、齐英、肖飞，在天亮之前，又回到了原来的地方。见了民兵和史更新他们这些人，把这一夜的经过情形，敌我两方面情况的变化，田耕对调整武装力量的决定，就都向大家说了个清清楚楚。人们可是高兴极了！个个摩拳擦掌，跃跃欲动，准备着在明天的上午进行战斗，消灭敌人。

整整的一天，大伙儿都是忙着准备，准备着明天上午就要进行战斗，人们欢腾鼓舞的劲头儿，就甭提啦。傍黑天的工夫，新挑来的几个民兵也都来到，把坚壁起来的枪支也拿了出来。小队编成了，还开了一个全队的会议，讨论了战斗计划。又从刁家楼儿、田家洼儿、五虎寨弄了许多的饭来。这饭足够两天吃的，明天的给养自然是不用发愁了。今天夜间又是一个好天气，大家就都抱着枪，和衣而卧，在桑柳条子里边，呼呼儿地就都睡了。

这时候还没有睡觉的人，就是史更新。他不停地来回悠悠，一方面是检查岗哨，一方面看看人们睡好睡不好。

半夜以后，人们都痛痛快快地睡了一大觉。这工夫金月波带着她的区小队到这儿来了，田耕带着他的警卫员，还有武男义雄也一块来了。武男义雄还扛了他的歪把子机枪。他们身后还紧跟着两个人：一个是李金魁的媳妇大女，她来到见了李金魁，夫妻俩自然是亲热了一番；另一个是刁世贵的叔叔刁二东。这老头子怎么也来了呢？原来他家又出了不幸：刁大东在小凤儿死了第二天，不知道是闹的什么病，也死了。有人说是气死的，也有人说是悲伤难过得病而死的。不管怎么说吧，反正是由于小凤儿的死而死的。又呆了不大会儿，田家洼儿、五虎寨、大刘村，还有南北店的民兵们也都来了，因为这四个村的民兵组织都很好，战斗力也挺棒，所以就只召集了他们来。这点兵力，按说也不算小，总共有一百四十来人，要是跟刁世贵他们配合好了，打没有准备的敌人，满有胜利的把握。田耕把他们集合在一起，作了战斗动员，大伙的劲头儿就更足了。然后跟干部们研究着作了战斗分工，史更新和丁尚武带领的小队分成了两部分，还是担任着重要的战斗任务。

天还不亮，田耕让林丽和大女在沙山这儿，隐蔽看守着人们放下的东西，他就带着这些武装，来到了公路的附近。这个地方正是小李庄村的西北面，离村头有三百米，离刁世贵的炮楼远近也差不多，离南面猪头小队长的炮楼在五百米开外，离西北公路上的炮楼则有四里多路。这儿正是公路两个拐弯的中间，两边的枣树已经完全砍掉，成了一片光秃秃的平地。往南一百五十米远的地方就是小李庄村西的大水坑。水坑的西南两面满长着高深的庄稼。公路北面二百米以外才是高粱地。按这个地形来说，总算不错，如果仅有几十个武装的敌人，是有把握把它消灭的。那位说：不是这一路敌人有三千多吗，怎么又说仅有几十个武装敌人呢？这是因为：田耕的计划是，要把三千多敌人避开，单和几十个敌人作战。啊！这可真是奇妙的战斗！看看他们怎么打法吧。

根据着这个地形条件，田耕作了兵力布置：他先派田家洼的民兵，让田春成带着到南边的炮楼附近去，任务就是要把那个炮楼封锁住。因为田春成的枪打得好，在他指导下，民兵们打枪也都有点准儿。所以，估计这个任务他们是担得起来的。然后又派五虎寨的民兵，去封锁西北边的炮楼，也是同样的任务。接着又把金月波的小队和两个村的民兵布置在公路北边的高粱地里，作为正面进攻。因为金月波的小队有闪击战的冲劲儿，再加上武男义雄的歪把子机枪，虽说不能连发，用单射，也能抵十多支步枪的火力，这挺机枪由田耕亲自掌握。另两个村的民兵，则由孙定邦指挥。这样，正面进攻的力量是挺足的。然后又派齐英带着刁二东上刁世贵的炮楼，这一方面是为了掌握刁世贵伪军的行动，同时也是为了配合得及时准确，不要把仗打成两张皮。最后要看史更新和丁尚武的了：史更新带着李金魁的一个班，隐蔽在水坑的东北角，坑沿下头，芦苇里边，这个班的主要配备是手榴弹；丁尚武带着肖飞这个班，隐蔽在大水坑的西北角上，高粱地里头，这个班的特长，就是丁尚武的大刀和肖飞的两支盒子炮，另外还有几支"三八式"步枪。这个班的战士们有愣秋儿，还有在大杨树底下夺了敌人枪的四个愣小伙子，都是挺勇敢的。这两个班总的指挥当然还是史更新。

田耕为什么要这样布置呢？他是要等敌人来到这个伏击圈儿内，以武男义雄的机枪点射，作为进攻的号令。紧接着，金月波的小队和孙定邦指挥的两村民兵一齐来个猛烈的排子枪。如果条件有利，来个猛虎扑食，往上一冲，就消灭了敌人。如果条件不利，就在高粱地里隐蔽射击。这样一打，敌人必然要奔往炮楼，要往村里钻。炮楼上和房顶上往下一打，要是还消灭不了，剩下的敌人一定要往村西跑。他要打算抵抗，准得利用水坑沿儿。那时候，史更新这个班的铁馒头，就会管他们个够。他要是打算逃跑，必然要钻高粱地，丁尚武的大刀，肖飞的盒子炮，还有愣秋儿他们那班生龙活虎的小伙子，正好在那儿等上他们。不管他是要抵抗还是想逃跑，反正史更新这个小队是要最后地消灭了他们。这个战斗布置得再好不过了。你别看着田耕不是军事干部，也没有受过军事训练，进行武装战斗，他可真不外行。他的这个全盘战斗计划、兵力部署，没有一个不赞成的。可是刚刚布置完了，大家正要分头进入指定的阵地，史更新提出意见来了。谁也没有想到他会提出这样的意见，他要代替田耕做总的指挥，要求田耕带着他的警卫员，到后边和林丽、大女一块去隐蔽休息。

有人要问：史更新为什么要提出这样的意见来？

　　史更新提这意见的目的究竟何在呢？原来他是根据着这个地形条件，了解了这个战斗部署，必然会有一阵激烈的战斗。史更新这人不光是有战斗经验，他还是个胆大心细的人，他想得更多一些。他觉着：现在敌人的行动很诡秘，万一要是有预料不到的情况出现，就难免遇上危险。田耕是现在全县的领导者，万一要是发生不幸，那损失就太大了！如果田耕到后边去隐蔽，这种不幸，就完全能够避免，对整个战斗来说，也不会受什么影响。他相信自己能够把这个战斗指挥得好。所以，他才毫不客气地自告奋勇提出这个意见来。按说这个意见提得很好，不过田耕并没有接受，他是觉着这场战斗重要，真要能得到预期的胜利，群众就会受到很大的鼓舞。紧接着发动群众来个大破袭，把新修的这条公路给他扒个土平，分区的主力兵团来到，再一支持，从山里派过来的干部再一补充，很快就会再把局面打开，恢复全县的抗日政权。如果这一仗打不好，这一切就要成了问题。所以非要亲自指挥这场战斗。史更新没有办法，只好在临走前再三嘱咐警卫员白山，一定要好好地保护田耕同志。在田耕的两次督促之下，他们这才分头而去，进入了各自的阵地。

　　不大一会儿，天就亮了。这时候听到"呜呜"的汽车响。听这方向，是从东南向着西北开来。因为有村庄挡着，看不见，也听不出是多少辆来。大伙儿都侧着耳朵，直瞪着眼睛，紧握着武器，静静地听着看着。突然汽车一拐弯儿，"呜呜"的响声沉重起来了。田耕用他那一只还不能拿枪的右手，向着大伙往下一压："注意，准备好，听我的命令。"战士们个个紧握着武器，连呼吸都停止了，光等着开枪。眨眼之间，汽车越过了炮楼，看得清清楚楚。啊！是一辆大卡车，上面满载的是日本兵，足有三十多个。个个怀里抱着步枪，有一挺机关枪，在司机的顶棚子上边架着。看样子像是一个小队，似乎随时准备着战斗。再往后看，没有后续的部队。因为叫这辆汽车闹得也听不清后边还有没有车辆，当然也就看不见它的后续部队。

眼看汽车到了面前，田耕回头对着武男义雄说了声："打！"武男义雄早就瞄准了车上的机枪射手，只听"嘎！嘎！嘎！"连搂了三下，敌人的机枪射手被打倒了。紧接着，金月波的区小队和两个村的民兵们"哇……"就打开了排子枪。敌人的司机被打死了。汽车跑下了公路，打了好几个磨磨圈儿，停下来了。可是，它的马达还是呼呼直叫。这一车鬼子兵，真像雷击了头顶，火烧了屁股，死伤了十多个，其余的"哇哇"怪叫着就滚蛋跌跌地跳下车来，哪还顾得开枪？撅着屁股就向刁世贵的炮楼跑去。还没有等跑到炮楼跟前，从炮楼里边，从孙定邦的房顶上，又一齐打下雨点般的枪弹来。开始鬼子们还没有发觉，当上边投下手榴弹，"轰"一爆炸，又死伤了十来个，他这才又掉回头来，像被打惊的兔子，没命地向着大水坑沿跑。他们可真有点蒙头转向了！鬼子们一边跑着还回头直看，光怕屁股后头有人追来。他们看了看没有人追，这才稍微有点儿清醒，但是已经进入了史更新的手榴弹威力圈儿。史更新和李金魁，都是身高力大，手榴弹投得又远又准，正在八十米的距离，就"嗖"一个接一个的手榴弹，像一群突然飞起的老鹰，来到鬼子兵的上空。他们还没有来得及停脚，"轰"一个接一个的手榴弹爆炸了。又有好几个敌人血肉横飞，尸裂在地。这一来只剩下五个鬼子兵，向高粱地里跑。嘿嘿！丁尚武早就等不及了，他把大片刀一晃，说了声："打！"哗啦啦地一阵枪声，几个敌人都倒了。等丁尚武提着刀冲上来一看："他奶奶的！一个有气儿的也没有了！熊！熊！"正在这个时候，忽然又听到沉重的汽车声响，响得很近，来得挺急。原来是一辆接一辆的大卡车，满载着日本兵，在村角上一拐弯就来到了炮楼附近，"嘎……"在车上就打起枪来。小队的战士和民兵们正在忙着抢"三八大盖儿"高兴得活蹦乱跳，一见敌人的大队来到，"呼啦"就分散开钻高粱地往北跑下去了。这工夫有两辆车上的日本兵跳下车来就追。田耕一看，立时在高粱地边上，指挥着金月波的小队和武男义雄，先打追来的敌人一阵枪，好掩护着撤退。武男义雄这时候已经把新缴获的好机关枪拿到了手里，金月波的小队队员们，也差不多都拿上了"三八大盖儿"，都很高兴地还击。啊！这一回的枪声可就好听多了，步枪是"嘎勾儿……"机关枪是"嘎……咕……"嗨！他们打得这个高兴就甭提了。可是，敌人越来越多，大卡车一连串儿，看不到头。田耕看着不能再延迟了，说了声："赶快撤退。"战士们提起枪来往北走。谁想得到突然之间从侧面插过一伙鬼子兵来。田耕一看，喊了声："卧倒。"唏喽呼喽的就都趴下了。这时候敌人的机关枪"嘎……"打了过来。田耕指挥着战士们还击，掩护撤退。瞧！武男义雄是真有两下子！他用新缴到手的歪把子"嘎……"的就扫了过来，真把敌人机枪给压住了。田耕又命令打手榴弹。战士们每人就投了一颗，"轰"一爆炸，一片暴土浓烟，敌人什么也看不见了。田耕又急忙命令道："赶快撤走！"但是人们还没有爬起来，轰的一颗炮弹，在不远处爆炸了。幸而没有炸伤人。战士们这才起来跑。田耕知道这是处在危险的时刻，所以他总是在后边。他的警卫员小白自然还要在他的后边时刻地保卫他。正在这时，只听呼——的一声，身后落下一个东西来，白山知道这又是炮弹，他没有多想，猛力往田耕的身上一扑。"轰"的一声，炮弹炸开了。白山抱着田耕倒在了地下。

好个忠勇的青年战士：

为别人牺牲自己　尽职守献出全身

第 二 十 九 回

毁公路老百姓暴风卷土 歼敌人八路军猛虎出山

在抗日战争中，什么样的奇事都出，什么样的战斗都有。上回书里打的这一仗就很特别。

有人问：猫眼司令既然是那样狡猾，怎么他这三千多军队，被这点民兵和区小队打了呢？其中有一个原因，那就是：八路军刚从山里过来的五个团，他已经得到了情报。这情报是来自各个地方。有的情报说：贺龙将军又带着一二○师过来了。有的情报说：过来的不是贺龙，是聂荣臻司令带着晋察冀的五个旅过来了。有的情报说：朱德总司令给了吕正操两个师，要他过来恢复局面。也有的情报说：八路军过来的兵力不大，只是一个小小的游击支队。甚至有的情报，把这一部分兵力说得更小，只不过是一个武装工作队，想过来扰乱一下皇军的治安而已。

敌人的情报为什么这样杂乱，这样不准呢？

因为他这情报，大部分都是来自铁路沿线据点儿炮楼上的守军，而这些守军又是从各个"爱护村"伪自卫团那里得到的。这些"爱护村"都和刁家楼的情形差不多少，这些伪自卫团有很多和刁万成的伪自卫团没有多大分别。你想，他们能告诉敌人准话吗？何况，八路军过路又常常都是伪自卫团给做向导，他们把八路军送走之后，才向敌人去报告。再说，又都是在夜间行动，敌人是只能耳听不能眼见，他们的情报怎么会有准儿？这是猫眼司令最感到恼火头痛的问题，也是他根本没有办法克服的弱点。可是，这些情报他又不能不听，而又不敢相信。在这种情形之下，这老家伙就只得要花招儿玩把戏了。他先通过特务们散布出谣言来：后天上午派人验路试车，他暗地里却命令这些部队从东往西开。他也要欺骗八路军。他觉着：要是有八路军的大部队，不值得和试车验路的人作战。那么，要是武工队和游击队来打埋伏呢？嘿！那就正好上了他的大当——叫他这样强大的武装，不用正式战斗，捎带脚儿一口就吞掉了。这个老法西斯匪首想的是真够巧妙。但是，他再巧也巧不过八路军。田耕早已掌握了这个情况，才布置得这样周密。也是仗着有刁世贵这部分伪军，再加上金月波、史更新、丁尚武他们这些武装战斗动作勇猛而迅速，这才把敌人的先头部队的尖兵小队一下消灭。这次伏击的目的也就是要打他这个尖兵小队，等他的主力部队上来，已经是有些晚了。再加上武男义雄的机关枪猛烈地阻击，他们没有能够扑上前来。不过，因为他们是战备行军，动作快，用掷弹筒冲着机枪阵地就连续猛烈地发射。

　　诸位，这种掷弹筒有人跟它叫小炮儿，也有人跟它叫手炮。它的粗细长短跟人的胳膊差不多，便于携带，便于射击。特别是用它来对付机关枪，那是最有效的武器。这些日本兵的射击技术不能说不准，这头一炮就打中了武男义雄的机枪位置。因为田耕已经下令撤退，这两颗炮弹才落在了他们屁股后头，田耕和白山就给炮弹炸倒了！这一家伙，孙定邦和金月波这些人可都着了急，让劲儿大的战士把田耕他们背起来就跑，钻着高粱地，一气儿就到了大沙洼里边。后边追兵的机关枪小炮儿，打得轰轰山响，哇哇怪叫，他们个个累得真是汗如下雨、气似喷风，不能休息，不敢停步，绕弯儿隐蔽，快步急行，来到了原来出发的地点，又见到了林丽和大女，听了听后边的枪声不响，看了看敌人也没有追到这儿来，这才把田耕和几个战士放在地下。

林丽一看就吓得直出冷汗，紧着忙着来检查他们的伤情。白山已经停止了呼吸。田耕因为白山扑在他的身上，受的伤不重，只见他后背的右面有一个小眼儿，也就是半个枣核儿大，血流得不多。除此以外，全身再也没有伤痕。看来这伤并不重，可惜有一块碎弹皮，从田耕的后脊梁炸进去，炸断了一条肋骨，弹皮还在骨头上卡着，疼得田耕的额头上尽是豆粒大的汗珠。林丽对这种伤情是有经验的，所以她主张把田耕送到村里去，设法把弹片取下来，然后才能用药治疗。大伙也都认为应该这样。只有田耕不同意，但是他也不多说话，他让金月波和史更新扶着他在草上坐着。

田耕睁大了眼睛看着白山的尸首，看着看着把眼一闭，噗嗒，噗嗒，掉下了两颗热泪。本来嘛，自从反"扫荡"以来，白山白天黑夜跟着他，对自己的照顾是那样地尽心竭力，无微不至，最后还为了自己的安全献出他年轻的生命！他为了什么呢？当然是为了让首长更好地领导指挥战斗，更多地消灭敌人，对革命做出更大的贡献来……想到这儿，他说话了："白山的身上还带着我的小烟袋，你们给我拿过来。"听他这一说，林丽从白山身上取下了小烟袋来，又从他的衣兜里掏出一盒火柴。她流着眼泪说道："田同志，这烟袋我给你带着吧，我替白山同志来照顾您。"田耕摇了摇头，"不，你把烟袋和火柴都给我。"说着他就把这两件东西要到了手里，然后又叫史更新扶他站起来，并且还是立正，他又吃力地摘下帽子。这时大伙也不约而同地取下帽子和手巾，立正向着白山沉痛地静默致悼。"白山同志！您安息吧！您为革命、为国家、为人民光荣地献出了生命，我们要担负起你未竟的革命事业；我要领导着所有的同志们，用胜利来回答您！"这两句话田耕连着重复了三遍。这才吩咐，把白山的尸体埋在一棵大杨树底下，说是以后找他好找。田耕的这种表现，把大家都感动得流下了热泪，尤其是丁尚武，他觉着田耕实在是可亲、可爱、可敬！

田耕又坐下对林丽说道："你把我这骨头里的弹片给我取出来。"林丽说："哎呀，恐怕不行！还是到村里去，给您好好地治一治吧。"田耕又说："怎么，你没有这个本事吗？我了解你，你是有经验的。我这并不是对你的要求，你应当看作这是你的紧急战斗任务！"林丽一听这话："好！我马上给您动手术。"在这种情形之下，别人也就不再提意见了。要说林丽还是真有勇气，她在战士们当中挑了一把最尖最快的刺刀，又和肖飞要了一个擦枪用的小镊子儿，把自己的衣服整理了整理。在这儿没有别的东西消毒，只好用碘酒和二百二。林丽让几个人把田耕的上衣脱掉，帮他伏在草上。林丽的手术就这样开始了。等她把田耕骨头里的弹片取出来时，她的衣服都让汗水湿透了。但是，田耕还是一声也不吭，只是头上冒出一颗颗豆大的汗珠。

动完手术之后，田耕站起来了，他想要说什么，可是还没有说出来。史更新扶着他说道："田同志，我送你到村里去吧，你把任务交给我们，我们保证完成。"田耕摇着头笑了笑："不！不能这样。"这时丁尚武说话了："田耕同志，你是不是恐怕我们完不成任务啊？""不，我相信你们能够完成一切的任务！可是，在我能够执行任务的时候，为什么要把这样重要的任务交给别人呢？！"听了田耕这话，谁还能说出别的来？只有从心里敬服。田耕让金月波和史更新把队伍集合起来，他又做了新的战斗部署。

有人顾虑着敌人可能从四面来包围。田耕告诉他们说："这一部分敌人是不可能这样做的。因为冈村宁次给他们规定了时间到指定的目的地集中，错半个钟点也不行。所以，咱们今天夜间赶快集合各村的群众，把这段公路彻底破坏一下。"也还有人担心，猫眼司令派他的快速部队到这儿来围打。田耕笑了笑："要的就是他到这儿来，我们就要在这儿消灭他。"因为大家还不明白，田耕就把全部作战计划跟大家说了说。大伙儿这才恍然大悟，原来这是分区整个战斗计划的一部分，连猫眼司令都被指挥调动着哩！很快就要把他的快速部队调来消灭。听明白了以后，人们这才高兴地分头行动起来。

孙定邦和金月波带领着一部分战士，到各村去动员组织破路的群众，四个村的民兵也都各回了各村。呆了不大一会儿，齐英和刁二东老头子找到了这儿来，来到就向田耕报告了刁世贵那里的情况，一点也没有被鬼子发觉。他还请示下一步的战斗任务。田耕自然是很高兴，他先打发刁二东回刁家楼，并且让他到瓜田里找何志忠，把这儿的战斗情形告诉给他。刁二东高兴地走了。

何志忠不到这里来一起战斗，他在瓜田里干什么呢？

原来这是他们的分工：他在那里掌握着几个交通侦察人员，随时了解敌人的行动，和刚来到附近的一个主力团联络接头，他这个任务也是非常重要的。

再说田耕。他把下一步的战斗计划又和齐英说明了，更具体地给齐英布置了工作任务，齐英这才又回到了刁世贵的炮楼。等齐英走了，田耕把史更新叫到了跟前，说道："史更新同志，我现在伤口疼得很厉害，今天夜间和明天白天你替我指挥这场战斗。我留在这儿，有什么困难，你就找我来说。有了意外的情况，你也要及时地向我报告。现在，你带着几个干部到公路附近，再去好好地侦察一下地形，准备着天黑下来，就掩护群众完成破路任务。"史更新听了，请田耕同志好好在这里养伤，他一定完成组织上分配给他的任务。说完之后，他带了几个人立即出发了。

故事说到这里是越快越好，这一天的时间又过去了。晚饭之后，刮起了东北风来，天上有一片一片的浮云，像一群群的飞雁，不停地飞奔。北斗七星时隐时现，似乎在跃动着和云雾搏斗，愤怒而勇敢的人群，就在这星光陪伴之下，在东北风呼啸的声中，个个扛着铁镐、铁锹、弧锹、捣粪的三齿、出圈的粪叉，凡是能使用上的家伙儿都拿来了。一个村、两个村、三个村……十多个村的破路群众接连的来到。他们按照划分的路段，一句话也不说，抡起铁镐、铁锹……照着这条新修的大公路就下了家伙。你可别看他们修路的时候那样磨磨蹭蹭，用了多少个白天，还挂上了多少个夜晚，才把它修起，如今，只需吃顿饭的工夫，就要把它全部毁坏了。

也许有人要问：组织这样多的人来破坏公路，怎么这样简单容易，难道这些人都不知道干这个勾当，是要冒着生命的危险吗？

其实，这些问题他们知道得很清楚，不过他们还知道更大的道理。敌人修这些公路的目的，是为了抢走中国的东西方便，为了他们运兵方便，为了他们进攻八路军方便，为了他们镇压老百姓方便，为了他们把中国的土地，便于分割、占领、据守、"扫荡"，总而言之一句话，是为了他们的侵略战争，对老百姓是有百害而无一利。你说，群众怎么会不愿意破坏它？再说，敌人为了修这公路，毁掉了群众多少庄稼、多少树木、多少土地、多少财产？甚至还有被打死的人！革命的农民是有正义的报复性的！他们不会白白受人欺压，受人侮辱！现在，他们最拿手的报复办法就是破坏，叫敌人通不了车，利用不上。以农民的话来说，就是："叫日本鬼子瞎子点灯——白费蜡！"他们抱着这样的愤怒心情，正愁着没有人召集，没有人领导着干哩！如今有了人召集领导，还有武装作掩护，他们怎么会来得不快、干得不凶？

你就看这个热闹劲儿吧，数不清的工具，数不清的臂膀，无头无尾的队伍，难分难解的人群，只听唏哩噗咻，呼呼啦啦，叮叮当当，轰轰隆隆，一片惊天动地的巨响，震得炮楼子都在抖动。伴奏着的东北风也发起狂来了，它呼呼地吼叫，卷起翻动着的尘土，好像它也来给老百姓助威，帮这一场破袭战的忙。可是，它也刮得人们睁不开眼睛。农民们哪里怕过这个？"干！闭着眼干！加油干！——二——嗨哟！——二——嗨哟！……"好家伙！真是人借风势，风助人威，霎时间，尘土飞扬，飞尘滚滚，遮住了天空，如同翻卷了大地一般。这时候，有好几个炮楼子上胡乱打起枪来。但是，破路的人们并不害怕，他们干得更欢，干得更起劲儿。又听见在耳边近处"嘎……"也打起了机关枪。这枪是从刁世贵的炮楼上打响的。他们这枪可并不是胡打，他们的枪口早就对准了南边猪头小队长的炮楼，只打得他那炮楼子的一面，石沙崩飞，砖末四溅，把他打得晕头晕脑、莫名其妙。他弄不清来了多少八路军，也判断不出这机关枪是架在哪儿的阵地上。所以，他们也只好瞎打一气。要说农民们可真有这么股子怪劲，干到了这个劲头儿上，他们是什么也不怕了，不但干得更欢，并且叫起号来，大嚷高喝，一阵撒欢儿，呼呼喽喽地东散西走，眨眼之间，一个人也看不见了。这时候，东北风把最后的暴土吹走，云散天晴，月亮也露出了面来，这一条平板油光的公路，变得好像一条弯曲而死烂了的毒蛇，瘫在地上。这一场破袭战斗，算是一无损失地彻底胜利了。

天到了半夜的工夫，破路的人们都各回了各村，连民兵们也都回去了，史更新和金月波的小队又回到了沙山的后边，见了田耕，报告了破路的经过。田耕告诉他们，抓紧时间休息，准备白天的战斗。

天亮以前田耕给了肖飞一个任务，让他到瓜田里去找何志忠，找主力团，准备着敌人来进攻这个大沙洼，要他给主力团做向导。肖飞撒腿就走了。田耕又让史更新向着东西南北四面派出了侦察员去，然后又在沙山顶上放了个瞭望哨。其余的人们就走到水边洗脸，洗完脸就吃干粮喝水。吃饱喝足了，他们又换着班的擦枪擦子弹。他们相信，过不了多大时间，准有战斗到来。果然，到了太阳出来有一竿子高的时候，东西两面就不断有枪响。这枪声不多不少，不紧不慢，不远不近，可是也不断流儿。人们越听这枪声越不像进行战斗，好像是无目标地瞎打，这样的枪声有战斗经验的人完全可以听得出来。所以，这些战士们就不拿它当个事儿，他们就又说又笑起来。只有史更新和孙定邦不说不笑，总是那样严肃，似乎老提心吊胆。史更新坐在瞭望哨的旁边，一个劲儿地向北探望，好像非要从北边发现什么不可。孙定邦不停地东走走西转转，这儿看看那儿听听。忽然间，他像飞一样奔向史更新来："老史，你听见了没有？北边也有了枪声。这声音很远，刚刚听到一点。"史更新说："我听到了，是有，还是歪把子机枪。你再听，步枪声音也听出来了。这枪还是走着打的，好像是在追击，是向着咱们这里追了来，越来越近了。"这工夫瞭望哨也歪过头来说话："队长，怎么我听着这枪声像是两面打的！咕……这不是捷克式机关枪吗？不知这是跟哪一部分打上了。"他们三个在这儿聚精会神地听着，越听这枪声越近，越听越多越乱。不大一会儿，丁尚武和李金魁也跑上来听，下边的战士们也不说不笑了，都在整理自己的装备，准备着随时进入战斗。这工夫的枪声也不过只有四五里路。这声音清清楚楚是在敌对作战，和东西两边的枪声大不相同。又听见"轰隆！轰隆！"两声炸弹响，不像炮弹开花，更不像手榴弹爆炸，很像掷弹筒发射的炸弹爆裂声响。啊！为什么咱们的指挥员还不下来，还不想办法应付？战士们都有点儿着了急，就"呼噜"找上了山顶来。丁尚武一见战士们自动上来，就把手一挥："还不赶快隐蔽！不要随便行动！"战士们一听就都坐下来了。

又待了一会儿，东西两面的侦察员回来了，报告他们所得到的情况说：东西两面的几个村里，在天刚亮的时候，来了一些伪军和特务，把男人们又都赶着修公路去了。现在村的周围一个敌人也看不见，可是不断有枪声。据老百姓说，有不多几个伪军，在高房上藏着打枪，也弄不清他们是打谁。另外，在附近的炮楼上也不断有枪响。史更新一面听着不住地点头，心里话：这就对了，没有估计错了他们。这时南边去的侦察员也回来报告：南边的公路上又站满了被抓来的民伕。有不少的伪军特务们，用木头棍子，用皮鞭子，用枪托子，打骂着，喝唬着这些民伕们在重新修整这条公路。有一个日本官儿，带着几个日本兵，不停地在公路旁边走动，看样子像是在监督检查，又像是在搜查什么。在公路的北面，两个炮楼的中间，小高地上，有两伙鬼子兵。这两伙鬼子兵的人数都有三十人左右，都有轻机关枪、掷弹筒，他们距离民伕们有一百多米远，好像是在监视着民伕们，怕发生暴乱。可是，他们个个都隐蔽着身体，向着大沙洼这一面探头探脑地在观察。史更新越听越觉着是这么回事，听完之后，他就微微地笑道："小鬼子！知道你们就是在做好梦！那就让你把好梦做完吧！"了解了这三方面的情况，史更新就急忙来报告田耕。

田耕正在埋了白山的大杨树底下躺着，林丽、大女、金月波也都在这儿。史更新来到，头一句话就说："田同志，你估计得完全正确，敌人就是按照咱们的计划来的。"他把所了解的情况就说了一遍。田耕听了说道："这不是我而是上级估计得正确。等会儿就该看咱们的了。你马上把队伍集合起来，我说几句话。"史更新把队伍集合在大杨树底下，田耕早已站立起来，说道："同志们！准备好了没有？"战士们齐声应道："准备好了。""你们知道是什么要到我们面前？""是敌人！""还有？""是战斗！""还有？""是胜利！""对，是胜利。凭着什么胜利？""凭着上级党组织领导得好！""对。还有呢？""我们的坚决勇敢。""对，可是光凭我们不行！要靠我们的主力，主力说话就来到。我们大家要听从主力部队首长的指挥，要听从史更新的指挥，要把敌人消灭在这儿！"田耕又和大家说了说敌人的情形和主力部队的具体情况，大伙听了真是信心更足，劲头儿更大了。史更新又带着金月波、孙定邦、丁尚武还有李金魁，一同来到沙山顶上观察北面的情况。

他们刚刚上来，"哎呀！这是什么？"孙定邦突然惊问了一声。大伙儿顺着他的手指看去：啊！是队伍，可真不少，向着这个沙山奔来了，看跑的这个快劲，许是日本鬼子来了？咱们快动作吧。先别忙，这不像是鬼子兵。是伪军？也不太像。莫非是咱们八路军吗？等离近点看清了再说。史更新命令大家都准备好，要是自己队伍，就准备配合着消灭敌人。登时之间，这部分队伍就快来到沙山的脚下，从枣树的缝隙里，看不太清。头前跑来几个穿便衣的，好像是肖飞的打扮，越看越像，啊！是他，和侦察员一块儿来了。没有问题，这队伍也是自己人了。哈！你瞧人们这个高兴劲儿吧！都站立起来打开了招呼。说话之间，就来到了，除了肖飞和派去的侦察员之外，还有另一个穿便衣的和一个穿军装的。见面之后，没有用着介绍，人们就亲热地把手拉住，简直不知道说什么好了！特别是史更新，他两手抓着那个穿军装的胳膊，激动得说不出话来，就好像从天上掉下了月亮来那样惊奇。但是，他的面目表情，却非常沉痛。说了半天，这两个人到底是谁呢？穿便衣的这个人正是何志忠。这个穿军装的是谁呢？谁也没有想到：他就是赵连荣的儿子赵保中，也就是史更新的老上级赵营长又回来了。原来他们自从两个多月以前，突破敌人的重重包围，到了山里，马上就参加了整训。在这两个多月之内，整个部队起了很大的变化：原先他们是冀中军区的正规兵团，这一团有三个营，一营有三个连，一连有三个排，一排有三个班，另外还有团的直属机关和直属队，这一个团总共不下一千五百来人，这是大团。现在变成了小团。怎么叫小团呢？这一团只有五个大连。又怎么叫大连呢？一连有三个大排，每排除了三个步枪班之外，还有一个机炮班；机炮班有一挺轻机关枪，有一门小炮儿，这小炮儿就是掷弹筒。这一个连就有一百三十人，五个连再加上团一级的指挥员和少数的工作人员，总共有七百来人，把团的直属队和营一级的组织全都取消了。所以这就变成了小团大连。赵保中现在就当了这个团的副团长。这样改编有什么好处呢？简单来说，就是为适应游击地区的环境，便于战斗行动。他们在前天早晨才来到军分区的境内，和军分区、地委机关取上了联系。今天夜里就是何志忠领他们开到这儿来，要和敌人进行这头一个战斗。也就是说，他们整编之后，离开深山，来到平原，要打响这头一炮。

有人要问：他们既然有这么强的战斗力量，还要把头一炮打响，为什么叫敌人追着跑到这儿来呢？

这可就得说一说敌对两方面的军情和战术是怎么回事了。

自从昨天早晨，田耕指挥着区小队和民兵们，在小李庄村外打了敌人的伏击，消灭了鬼子兵的一个小队，这个消息，很快毛驴太君就知道了。他觉着这真是奇怪的现象，少少的八路军游击队竟敢打大日本皇军的主力，并且把一个尖兵小队全部消灭，跑走不见了。这简直不是人而是神兵天将，然而神兵天将毕竟是没有的，所以他断定这是八路军武工队的干活。按这样大胆，这样突然，这个快劲儿，跟打高铁杆儿的那一场伏击差不多，这一定是武工队的干活。哼！武工队的厉害！要不把这个武工队消灭了，桥头镇这一带地区就不能安静。他马上就打电报报告了猫眼司令。猫眼司令也是觉着有点儿奇怪。不过，他刚才接到一个报告，报告说：打伏击的八路军不多，可是有轻机关枪。猫眼司令认为，武工队是没有机关枪的，因此他估计着这是游击支队的干活。嗯！八路军从山里过来的一定是游击支队了。他以为：正在日本军队集结兵力，"蚕食扫荡"山区，这时候过来这样一个游击支队，这实在于日本皇军不利。要是不赶快把它消灭了，它就会越闹越大，老百姓也就会壮起胆子来！唔！不行！一定要马上把这支游击队消灭掉。那么，他们的兵力怎么办呢？开走的部队还是要开走，还是按时到达，不能延误，不能因小失大。所以，他坚决执行已定的计划。

诸位，这老家伙真是老奸巨猾呵！本来嘛，打一个小小的游击支队，不需要动用成千上万的兵马，不能因为这点小小的情况牵动整个的战局。再说，他的长官冈村宁次比他更坚决，要集中多大兵力，要什么时候到达就得什么时候到达，中途撤兵那是绝对不能允许。猫眼司令对这问题，自然是完全明白，他可就是没有弄清八路军这个情况，他要调动后方的留守兵力来消灭这支游击队。他的快速部队和地头蛇袭击队，自然要调动出来，另外还调动了两个日本中队。这两个日本中队，原来是毛利的部属，分散在许多据点炮楼。如今把这些据点炮楼完全换成了伪军驻守，把这两个日军中队又集中起来，归还给毛利，又恢复了毛利这个大队的全班人马，一共有三百多人，再加上快速部队和地头蛇袭击队，一共六百来人，通通归毛利指挥，一定要把这部分八路军全部消灭。

毛利他们在昨天一天就都准备好了，可是没有想到，今天夜间，又来了一个大破袭，把这段公路给扒了个稀烂。当时，猪头小队长就用电话报告了毛驴太君。毛驴太君一听：啊！小小的游击队真是胆大包天！看你这回还往哪里跑？他连夜就下了命令，布置好了战斗部署。他先把地头蛇袭击队和一部分伪军，分派到大沙洼的东西两面，包围各个村庄，一方面抓民伕，一方面开枪射击，可是不向大沙洼进攻。因为毛利知道，就凭他这几百人儿要围攻这片大沙洼，那可真是瞎子点灯——白费蜡。所以他也要耍一耍滑头，玩一玩把戏，要来个疑兵之计，敲山震虎。两边这么一打枪，游击队一定要跑。如果往南跑，南面公路沿线，他还布置了一个日本中队，可以把游击队打回去。游击队要往北边跑，那就正碰上他的堵击埋伏，因为在大沙洼北边十里之外，他用了一个日军中队，分头把住了各个村庄和各条道路。那么，他这一个中队不过一百多人，这一分散他还有多大兵力呢？就是堵住游击队，不也是白闹吗？嘿！不白闹，就在这一个中队的后边，隐藏着快速部队哩！这个快速部队，成了他这次战斗的主力军。因为它的行动快速，又有特殊的装备，只要哪儿一发现八路军，来个鸣枪报告，他就可以立刻车马齐动，一个狂奔猛进，把发现的八路军追上钳住，一个猛烈冲击，全部消灭。要不说，猫眼司令这个快速部队厉害呢！要是遇上缺乏经验的游击队，不沉着不冷静的指挥员，那准得中了他这个疑兵计，跑到他的伏击圈儿内，送进老虎嘴去。

毛利他们做梦也没有想到，他们的计划、行动完全受了八路军的指挥，他们的兵力大小，地委机关和军分区是完全了解的，又加上何志忠随时地了解了他们的行动，还有肖飞给做着向导，赵保中他们这个团就急快地奔了这边来。走不多远，天刚亮，头里的一个尖兵连，碰上了敌人的封锁兵。枪声一响，日本鬼子这一百八十名快速部队，很快就冲到了跟前。一看是敌人的快速部队，赵保中他们几个团的首长，按照原来的决定，由赵保中亲自带领着一个连，由肖飞做向导，从旁边插入，和尖兵连并肩战斗，急速地向着大沙洼里边假退却，好像是慌张逃跑。

这一来，可把个毛驴太君给高兴坏了！他以为，这不过有二百多个八路军，满有把握把它消灭。他可没有发现后边的情况，还有八路军的三个大连哩。这三个大连布成了三角阵形，一枪不打，隐秘跟进。

对这个情况，毛驴太君怎能晓得？他估计着头前这两个连的八路军，是要急速地撤退，占据沙山，进行抵抗。于是他也紧紧地追赶，也布成了三角形阵势，打算把这两个连的八路军，消灭在这沙山之下。这家伙用兵刁钻得很。为了更有把握，他还派了几名骑兵，飞马传令：要南边公路沿线的日军向北进攻，要东西两面的袭击队和伪军，也一齐向着大沙山压缩，把两面把住，好配合着他的主力来消灭被围的八路军。哈！这家伙也真绝呀！

都以为大沙洼这片地形很好，对于作战很有用处。不过要知道，好固然是好，还要看你会利用不会利用。要是利用得好，那是进可以攻，据可以守，游可以击，退可以走。要是利用不好，那就前进无路，后退无门，动不能动，转不能转，成为死地。那么，这一回八路军和敌人，两方面的兵力相差不多，战斗力量也很难说谁强谁弱，究竟胜利归谁，那就得看谁用兵巧妙，利用地形得当了。这个地形到底是怎么样的呢？大家已经了解了大概，为了更清楚地说明这个战斗，还需要把重要之点再介绍一下。

大沙洼以内的沙山有十多个。所谓沙山就是大土疙瘩。最大的一个就是史更新他们占的这一个。这是整个地区的制高点，山上的枣树也多，山下的地形也最复杂，周围的桑柳也最茂盛。这个制高点的东西两边，三百米开外，各有一个比较大的山头。它的南面五百米开外还有一个比较大的孤山。这三个山头就成为这片地区的次高点。次高点的东边，有一条大车道，道东就是流水沟，前些日子猪头小队长就在那儿挨过打，被民兵们打得剩了九名残兵败卒，狼狈奔逃。现在的情况更不同了，正在雨季，流水沟的水深有一丈多，全长有二十余里，要有一个班的兵在对面一把，有一百个武装也很难冲过来。次高点的西边不远处，就是大水汪。现在的水更深更大，也更宽更长，比东面的流水沟还好把守。次高点的南面三里多路就是小李庄村，前面除了庄稼之外，没有任何阻碍。

毛驴太君估计着，八路军一定要占据这个最大的沙山制高点。所以他指挥着队伍紧追，要抢占东西边的次高点，正面留下一部分主力，这就形成三面包围。毛利还让他在南面的一个中队立刻出动，火速进攻，占领南面的次高点，这就形成了四面包围。这还不算，他还要东西两边的袭击队和伪军们，把住水汪和流水沟的外边，不让八路军凫水逃走。他这个计划可说是够周到严密的了。

那么，赵保中他们这个团打算怎么样呢？他们要来个诱敌深入，打个活的埋伏，战士们跟这叫牵鼻子战术。究竟怎样打法，这儿不必先说，一会儿自然明白。现在的问题是要看谁的腿快，谁的战斗动作坚决勇猛。所以，赵保中跑上山头见了史更新他们，几句话说明了战斗意图，这儿留下一个连，他带着另一个连就往南跑。史更新要求参加战斗，要配合着消灭敌人。赵保中说了句："好，你们随我来吧。"史更新带着他和金月波的两个小队，跟在赵保中这个连的后边，也就飞快地往南跑下去。

刚跑下山来，赵保中就命令两个班，分头向左右两边快跑，他们是要把守住流水沟和大水汪的里岸。赵保中带着这两个排和两个班还继续往南跑。这工夫后边三个沙山的上头都响起枪来了。赵保中一听就知道是自己部队的枪声，看来东西北三面是没了问题。到了这个时候，眼前这座沙山能不能占领就成了战局的关键。啊！还得加快脚步，战士们简直跑得像飞一样了。除了肖飞、史更新、丁尚武、孙定邦之外，其余的民兵都落在了后边。

492

究竟为什么要这样拼命地跑呢？这是军队作战的重要条件！仗凭腿快，占据优势，击败敌人，这是八路军作战的一种特点。特别是像现在，敌对双方要抢占一地的时候就更为要紧。有时一步一地之差，就能影响整个战局。所以，这叫"争取先敌之利"。战斗胜败，常常决定在一步的先后，一枪的早晚，一个动作的快慢，甚至是脚前脚后之差。赵保中完全估计到了，敌人一定要来占领这个制高点，他有个不着急吗？你别看他是个副团长，他可不是在后边而是带着队伍跑在前头。他今年才三十刚挂零，长得是身材高大，和孙定邦的身条儿差不多。长方脸儿，黑脸庞儿，还没有长出胡髭。除了眉瞳有一颗红痣以外，没有别的特点，可是锻炼得腿快。这些战士们一个也不瓢，个个都是二十左右，上等个头儿，黑红脸儿，高胸脯儿，穿着一色儿草黄色的军装。每人一顶大草帽儿，草帽儿上边满插着树枝儿，远看认不出这是军队，近看分不清张王李赵，谁大谁小，谁高谁低，真像一个母亲的儿子差不多。跑起来的时候，虽说不是一齐迈腿，可是都一般快，没有一个被落下的。你就看这个快劲儿吧！"刷……噗……"趟开乱草，冲破柳行，眨眼的工夫来到沙山脚下。

　　这时候，赵保中的脚步停住了。干什么呢？他让肖飞作为向导，跟着他的连长，带着两排战士继续往山顶上跑。然后，他把史更新招到跟前儿："老史，你们不是要配合配合吗？你们的战斗力怎么样？如果有一个小队的日本兵向你们猛烈冲击，你们能不能抵挡得住？"没有等史更新说话，丁尚武就抢着说："怎么？抵挡得住？消灭了它都没有问题。"赵保中又接着问道："你们要是能行，你看见了没有？赶快去占领右边二百米处那个小高地，控制住那一片坑坑洼洼的复杂地形。如果敌人侧面登山，你们就侧面阻击。你的任务就是要堵住敌人，不让他们通过，不让他们占领有利高处。不用多，你们能顶半点钟就可以完成任务。你估量着要不行，就派我的一个排到那儿去。怎么样？"这时候就听到史更新说了一句："行！没有问题！"他这话说得是那样坚定那样有力，真就像板上钉钉！赵保中二话没有说，把手一挥。史更新带着丁尚武、金月波这两个小队，就飞奔右边的小高地去了。赵保中又把最后的一个步枪班和一个机炮班留下，让他们顺着山脚，去占领左边的起伏地带，隐蔽埋伏，一方面阻止敌人偷着通过，一方面阻击敌人侧面登山。排长领队去了。赵保中这才带着他的警卫员继续上山。正在这个当口儿，猛然听到山上"哗……"一阵猛烈的枪声。怎么回事呢？原来是敌人先登上了山顶，肖飞和连长带着队伍正往上跑，眼看就要跑上山头，忽然发现上边有三个日本兵。飞行侦察员的眼睛是顶管事儿的，当敌人还没有发现他们的时候，他已经看准了敌人。到了这个劲头儿上，他可不能再等待指挥员的命令，也不能顾虑自己的职责，因为要有一眨眼的迟慢和犹豫，那可就要坏事！所以肖飞的盒子炮"哗……"就对准了三个敌人打去。没有问题，三个敌人马上倒下。连长一看，落在敌人的后头，他可真急了眼，把枪一挥，喊了声："冲！"战士们蓦地一阵，就像刮风一样，从三面往山顶上冲。要说腿快，还得数着肖飞，他简直活像个爬山虎儿，"嗤……"头一个就上来了。一看，沙山的南面，半坡上有七八个敌人，山下还有百八十个，都是日本兵，个个都是轻装，鬼子官儿举着明晃晃的战刀，"哇哇"怪叫，鬼子兵们端着步枪，刺刀亮得耀眼，正往上拼命地奔爬。肖飞怎能怠慢？用他的另一支盒子炮，"哗……"一梭子弹就又打了出去。到了这个节骨眼儿上，就看出两支盒子炮的用处来了，打完了一支用不着现压子弹，就可以马上打另一支。这一顿枪把敌人打得乱了队，肖飞后边的连长和战士们也都上来，没有等着布置阵容，机枪射手把枪一放，趴在山头，"咯咯……"向着敌人就扫射。连长带上来的这是两个排，有两挺机枪，这是晋察冀边区造的仿捷克式轻机枪，打的是七九子弹，杀伤力大，摧毁性强，一听这个响声就使人害怕，发出咯咯咯的铜音，就像重机关枪差不多。这一阵打，敌人就死伤十多个，他们不敢前进了，连滚带爬地撤下山去。

说到这儿，有人要发生疑问：敌人既然先抢上了山头，为什么只上来三个，山半腰有七八个，其余的大队都在山下呢？莫非他们只有这三个人才跑得快？

可不是这么回事，这是战术问题。日本军队的战术早规定好了：要是步兵的战备行军，由连(连就是他的中队)派出尖兵排(排就是他的小队)，再由排派出尖兵班，班里边再派出尖兵组三个人，他们跟这样尖兵组有时也叫斥候侦探。尖兵组要和班拉开百米以外的距离，尖兵班要和排拉开二百米以外的距离，尖兵排要和它的干队连拉开四百米以外的距离。如果坐着汽车走，他们的尖兵和干队那得拉开更远的距离。要不然，在前天公路上打伏击的时候，怎么会消灭了头前一辆汽车上的日本兵呢？因为他们的距离太远了。日本军队完全是按照正规战术的，他们的距离远近是按照轻重武器的射击效果来决定的。今天他们这个中队仍然是按照战备行军，布成队列，所以才只有三个尖兵先上了山顶，其余的就在山半腰、在山下。那么，八路军讲不讲战术呢？当然也要讲，而且讲得更周密更仔细，所不同的是，加上了实际战斗经验，加上了新的创造，比敌人要巧妙灵活。今天赵保中带来的这个连，就没有用战备行军，而是作为进入战斗的一部分冲锋陷阵，先是一路队形，单刀直入，然后再分三路冲击，猛扑山顶，发现敌人就猛烈射击。所以才有如此的战局出现。要从这个战术的局部来看，死板僵硬的日本军队可就比巧妙灵活的八路军差远了！那么这一下日本兵就算败了吗？当然不能，这才是战斗的开

495

始，怎敢说谁胜谁败呢？你看，被打下去的敌人，撤到山下隐藏起来，他们有一小部分退回去了很远。退很远干什么呢？他们要组织正式的进攻了。按说，赵保中这个连，现在完全占领了有利的阵地，左面两个班潜伏隐蔽，右面史更新的队伍压住阵脚，看来是万无一失了。可是，赵保中这工夫下了命令：把刚刚站稳山顶的队伍，向左右后方分头撤退到半山坡来，他和连长也掩蔽在旁边来观察敌人。

那位说，费了这么大的劲刚把山顶占领了，为什么又马上撤下来呢？赵保中这是要干什么？

先不要着急，你看！他们刚刚撤下来，山顶上轰隆一声爆响，一团烟雾卷上天空，泥沙四溅，树枝草叶飞舞，炮弹皮子发出吱吱的叫声。这是敌人的小炮儿射出来的第一颗炮弹，在山顶上爆炸了！紧接着"轰隆轰隆"一颗紧接一颗，颗颗落在山顶，颗颗爆炸，整个山顶是烟雾弥漫，泥沙飞扬，树枝草叶腾空遮天，炮弹皮子劈劈啪啪像雨点儿般打落在地。原来这是敌人的三门小炮儿，隐蔽在队伍的后边，连续不断地一齐向着山顶发射。这是敌人惯用的战术，这叫火力准备，打算着这样轰炸一顿，把山顶上的八路军消灭，替拿步枪的准备好条件，他们好冲上山来，占领阵地。哎呀！这才明白，要不是赵保中下令，把队伍撤下来，恐怕现在就很难想象了！那么，赵保中能掐会算吗？不能。这就得说是，经得多，见得广，了解自己又了解敌人，战术运用得灵活巧妙，在什么情况之下，敌人要怎样的打法，一眼就能看得出来，要不然就能当副团长吗？在两军作战之中，千军万马多少生命，一句话也能转危为安，一句话也能导致全部胜利。如果要用"一语值千金"这句旧话来形容，那真是万无一失！

闲话少说，敌人的小炮儿不响了，山顶上还有余剩的硝烟，树叶草节儿还飘飘下落。赵保中又下了命令。这命令不是他的嘴下的，他是用手向着山顶一挥，只见"唰——"的一阵人影闪动，连长又带着战士们冲上了山顶。啊哈！鬼子兵也端着刺刀冲上来了，距离不过五六十米。连长说了声"打！""咚……当……轰……"全体战士们的机关枪、步枪、手榴弹，有如狂风暴雨，亚赛雷电冰雹，一齐向着敌人打下去了。敌人的小炮儿机关枪再也使用不上，一下也不敢打。山上的八路军可是正得手儿，直打得鬼子们"哇哇"乱喊，"嗷嗷儿"直叫，倒的倒下，爬的爬了，连死的带活的，"噗噗喽喽"地乱往下滚，可真是成了王八吃西瓜……这一阵日本鬼子又给打死了三十多个，敌人这个中队只剩了六十多人，退到山下，隐蔽起来，不敢再往山顶上冲了。谁要说法西斯的军队不怕死，那才是替他瞎吹哩！他们有时敢冒着枪弹硬冲，不过他也要看是在什么情况之下。日本军队要是碰上民兵游击组，也许敢于那样，但是他们已经感觉到，这儿碰上的绝不是民兵，也不是游击队，一尝这滋味儿就知道是"虎子的"八路军。所以他们一齐退到后边，掩藏起来，就像毒蛇缩在草墩底下，看不见它了。

现在两方面是一枪一炮也不打，只有东南风微弱地吹着草尖树叶沙沙儿细响，沙山上慢慢地喷散着血腥火药混杂的浊气，傍午的太阳晒得半干的泥沙闪耀着星星的金亮，有战斗经验的人都会感觉出来：这绝不是退兵罢战的沉静，而是死战之前的沉寂。虎一样的战士们个个严阵以待，单等鬼子们露出头角来。果然，待了有抽两袋烟的工夫，藏起来的鬼子兵又出动了。他们分成两路，一路向着沙山西边的起伏地带隐蔽爬行，想要悄悄儿地绕到沙山的后边。可是没有爬多远，就被在那边的两个班发现了。因为那两个班的任务就是阻击敌人，所以打了一梭子机枪，打了三发小炮儿，鬼子兵觉着不行，知道此路又不通，没有敢硬碰，就缩头缩脑地又爬了回去。

此路不通，他们要另走一路，只见有三十多个鬼子兵，布成蛇形队列，个个端着上了刺刀的步枪，头顶着钢盔，猫着腰，蜷着腿，让桑柳条子隐蔽着身体，活像一条草棵儿里头的长虫，小心地蠕动，向着史更新他们的小高地来了。诸位！这样的敌人是顶不好打的，因为他们像一条长虫，三十多个人，只占一两个人的宽度。他们又都猫着腰，蜷着腿，占的面儿就更小。何况他们顶着钢盔，这钢盔如果打得稍偏一点儿就滑过去，不好说就打那么正。再一说，有这样多的桑柳条子影着，也妨碍瞄准射击，甚至手榴弹的杀伤力也要受到影响。所以他们敢于这样攻来，企图占领这个小高地。

眼看来到一百多米的距离，孙定邦主张开火儿，机枪步枪盒子炮一齐发射，先杀伤他一部分再说。可是史更新不让，他是觉着距离还远一点，要是这会儿一开枪，后边敌人的小炮儿一定要打过来，恐怕那要遭受很大的损失。等他再来近一点，他后边的小炮儿就不敢打了，再来个猛烈的射击。说这话的工夫，敌人又前进了几十米。史更新一声口令，说了声："打！"武男义雄早就忍耐不住了，史更新这个打字还没有完全说出来，他的二拇手指头一扣，"嘎……"这挺歪把子就怒吼起来了。步枪、盒子炮、手榴弹，劈劈啪啪，"当……轰……"又是一阵暴烈的声响。敌人倒下去了十多个。有的人没有倒下去，可是因为钢盔戴得不够结实，被枪弹打得离开了脑袋，"嗖……"飞舞着直转悠，谁也没有心活儿看这样的稀罕儿。没有被打死的鬼子，约有二十多个一阵狂风扫地冲到民兵们的跟前，凶恶地抖动着那耀眼的刺刀，"呀……呀……呀……"地发出惊人的鬼叫。

史更新这两个小队的士兵，看见日本兵端着明晃晃的刺刀冲上前来，气得眼睛都红了。只见史更新、丁尚武、孙定邦、金月波、李金魁一声："杀呀——"就一个个跳了上去，和敌人展开了肉搏战。武男义雄把轻机关枪一推，手疾眼快从一个战士的手里夺过一支带有刺刀的步枪，哼哼一抖，"呀他！呀他！"地就冲了上去。他也"刺刀的干活"了！

要说武男义雄这位日本朋友的心肠真是热啊！他看见金月波和敌人拼刺刀，怕她吃亏，所以他总是把金月波遮在身后，挡着她和敌人招架。孙定邦和李金魁也都抄起了步枪和敌人干。孙定邦心眼灵透，他和李金魁、愣秋儿紧紧地摽在一起，这样可就有了很大的保障。其他的士兵虽然敢于参加肉搏，但是没有办法刺死敌人，所以他们老是围着敌人屁股后头转。别看鬼子兵厉害，对屁股后头的人也不能不惦记着。这样一来，可就热闹了！敌对双方插了个犬牙交错，团团旋转成了走马灯。要是正规八路军进行这个小小的白刃战，现在就可以把战斗解决了，今天遇上了这些民兵可就不行，闹得谁也不敢开枪，只有"哼……"的刺刀招架。

要说，史更新的刺杀技术真得说是行，他这一把刺刀总是抵住两个敌人。因为日本兵的刺杀战斗，是两个一伍，并膀相对，两把刺刀不离他的前胸、小腹和两肋。史更新是不慌不忙，沉着应战，瞅空子一个猛刺。如果敌人来得及防备，他这一枪就变成虚的，马上又抽回来，要是敌人来不及招架，他这刺刀一挑，就撂倒一个。哈！敌人看着他厉害，所以老是两三个两三个地跟他对峙着，"呀呀"地惊叫。

不过，这时最使敌人害怕的，还得说是丁尚武。开始敌人没有把他看重，他提着这把喝饱了鬼子血的大片儿刀，仄愣着膀子一站，两个并膀的鬼子兵，"呀呀"地叫着，一齐向他冲来，"哼！哼！"一把刺刀前进直刺到他的胸前，另一把刺刀斜尖侧刺到他的软肋，都是那样凶猛，那样有力。丁尚武早把脸板得像一片长了锈的生铁，一对眼睛瞪着，射出两条刺人的光芒，把敌人的刺刀盯得准又准，等刺刀来在身前猛然一个撒步，两个敌人跟着往前一追，急着又把刺刀伸出，这一回可是显得刺刀没了劲儿，枪法也不是那样准。丁尚武要的就是这样机会。你看他，猛然一抬左手，牵扭了敌人的视线，右胳膊这才一摔，手起刀落，"咔嚓！"一个鬼子兵的刺刀断了。紧跟着一个半转身形，刀背向上一提，"当啷"一响，磕歪了另一个鬼子兵的枪身，顺势一个箭步，抡刀一劈，只听"嚓——"的一家伙，一个鬼子的脑袋斜楞着就下来了！被砍断刺刀的鬼子兵一看不好，吓得他"呀呀"叫着："厉害！刀的厉害！"他想退着和别的敌人靠拢，丁尚武怎能容得？"噌！噌！"两步蹿上前去，耍了一个刀花，在鬼子眼前晃了两晃，没有看清他这刀是怎样往下落的，又是"嚓——"的一声，又一颗鬼头掉在了地下。等旁边的敌人过来，已经晚了。于是，四个敌人来包围丁尚武，但丁尚武善于摆脱敌人的包围，跟鬼子兵们老是保持着对峙，瞅冷子就又是一刀，又削掉一颗鬼头。好几个鬼子兵气势汹汹地冲了上来，但谁也不敢向他伸刀儿，光是"哇哇"地怪叫。说起来似乎有点儿奇怪，到了这个劲头儿上，没有刺刀的战士们都壮起了胆子，齐声大喊着，"杀！"端着没有刺刀的步枪都冲上来了。没有刺刀拿什么杀呢？有的用枪口戳，有的用枪托子砸，叮叮当当，唏喽噗哧，把鬼子兵团团围住，真是打了个热闹。这工夫在沙山上的赵保中，已经派下来了两个步枪班，帮助过来消灭敌人，但是走在半路上被敌人发现了，于是机关枪、小炮儿一齐向他们轰打，拦住了去路，并且也派了一个班的鬼子兵前来增援。山上的机关枪和小炮儿也还击，想把敌人的火力压倒，阻止敌人前进，让自己的步枪班通过。所以两方面的机枪小炮儿就打成了一团，响成了一片，只打得两方面的援兵谁也不能前进。很明显，这个战斗打成了胶着的状态，难分难解，成为最紧要的一阵。拼刺刀的敌对双方都看清了这个情况，都知道，哪边的援兵来到，胜利就是哪边的。你看，两方面都在着急地加强了冲击，加快了动作。哎呀，不好！有两个区小队的战士被敌人给挑了！

丁尚武和史更新一见这个情况还有个不急眼吗？这两条铁打的汉子，一杆枪，一把刀，在乱群之中，在刀锋林内，横冲直撞，向着鬼子兵们猛杀猛砍。但是，敌人看出了他俩最为厉害，于是他们有几个就和史更新、丁尚武应付着招架，其余的就都照着别人下手。

有四个鬼子兵包围了武男义雄、金月波、孙定邦三人，当金月波眼看就要被刺的时候，武男义雄一个转身，把枪一抖，喀的一声，把敌人的枪给架开了。另一个鬼子兵趁势来杀武男义雄，李金魁在后边下了手，噗哧一枪，把鬼子兵穿了个透心儿凉。没有等他抽回枪来，身后蹿过两个敌人，一个在前，一个在后，前边的一个"呀"的一声，照李金魁的后腰就是一枪。大女从旁边急赶过来，猛力一枪，把鬼子兵的胳膊挑破，李金魁这才转过身形，于是他们两口子和一对鬼子兵招架。但是李金魁他们招架不过敌人，大女急得喊了声，"来呀！"立时跑过来三个战士。但是，又转过来两个鬼子兵。他们不喊"呀"了，不声不响地在后边照着三个小队的战士下了家伙。一个战士被刺倒了，另两个战士眼看也要坏事。愣秋儿和长江一块儿冲了过来，因为愣秋儿的刺刀已经断了，所以长江先下了手，他不声不响，噗哧的一刺刀，把一个鬼子兵戳倒，另一个鬼子兵吃惊地转过身来，刚要还枪招架。嗨嗨！已经来不及了，只见愣秋儿的枪托子已经抡圆，来到了头上，就听"当咔噗咚"一阵响，鬼子兵的钢盔崩滚，满脸开花，躺倒在地。愣秋儿的枪也断了。他把手里的坏枪一扔，拾起敌人的枪来，就又和长江一起向着别的鬼子冲去。哎呀！好家伙，真是打得激烈，杀得惊人！你可别看敌对两方面的人都不多，战斗规模不大，只不过是整个战场的一个小角儿，这可是：钢对钢，铁对铁，肉对肉，血对血，真是刀枪齐舞，实砍真杀，刀有刀光，血有血影！

这工夫两方面的枪炮还在齐鸣，援兵都没有来到。史更新想：要这样下去，自己的人说不定要吃亏呢！这时候他忽然灵机一动，大叫了一声："孙定邦，掏盒子炮打！"他这一声喊真把孙定邦给提醒了。他往后一退，嗞喽，从腰里拔出盒子炮来，敌人紧跟着往前一追。正在这个当口儿，有人高声喊道："同志们！闪开了！"这喊声亚赛铜钟一般。只听"当……"盒子炮响了，鬼子兵一个一个倒在地下。这枪是孙定邦打的吗？不是，他压子弹还没有这样快，这是金月波的枪声。史更新一喊，不光是提醒了孙定邦，也提醒了金月波。所以孙定邦刚把枪掏出来，她的子弹已经压好了，这才大喊了一声。史更新的话也提醒了小队的战士们，又见金月波举着盒子炮让他们闪开，他们就慌忙躲在了一旁，金月波这才开了枪，她这一开枪，也给孙定邦造下了机会，甩开了敌人，压上了子弹，接着金月波的枪声，"当……"也一个一个地给鬼子点了名，把个武男打得直喝彩："好的！好的，铁炮的给！大大好！"瞧！他也铁炮的给了！

这时候只剩下了五个鬼子兵，他们可真沉不住气了，想跑不能跑，想杀不能杀，被小队的战士又给围困起来，一个眼差，被武男义雄给挑了一个。还有四个就更吓慌了神，他们可真像疯狗一样，龇牙咧嘴，乱窜一气。他们这一乱，史更新可就得了手，这条枪好像出洞的怪蟒一般，连搅带窜，"噗！噗！"两声，又有两个鬼子兵倒在了地下。丁尚武一看：啊？你们就给我剩下了俩呀！再慢一点儿，恐怕一个也剩不下了！急得他真要从眼里冒出火来！他把三路战刀的最后刀式耍了出来，活像猛虎扑食，乞咔几声碰响，"嚓！嚓！"两声，连骂了两句"奶奶的！奶奶的！"两颗鬼头骨碌碌滚出去了老远。这一阵小小的白刃肉搏就这样结束了。

战士们都要抢着抬自己牺牲的同志，史更新不让，他大喊了一声："赶快撤退，撤到后边，隐蔽起来。"在这个劲头儿上，谁敢不听，"呼喽"就都跑到了后边，趴在柳墩子下面。

这药儿真灵啊！刚刚撤退下来，敌人就打来了小炮儿，"轰隆隆"一颗一颗的炮弹在小高地上开了花。战士们这才明白：为什么史更新不让他们抬自己牺牲的同志，赶快撤下来。敌人的炮弹越打越密，从这个高地到沙山顶，又到沙山东边的起伏地带，都有炮弹爆炸，好几挺机关枪也夹杂着一块儿叫唤。战士们听着有点纳闷，敌人消灭了这么多，为什么火力更加猛烈了？原来，他们又到了援兵，猪头小队长带着他的士兵前来增援，还带来了一个小队的伪军，所以这火力越发的猛烈，可是他们不敢再那样的冲锋了。他们企图用集中的小炮儿和机关枪来打坍八路军。

可是，他们这步棋还是没有走对，因为这是正规的八路军，也有机关枪也有小炮儿，不但有，而且比敌人的还好。赵保中他们这个团，是用三种武器装备起来的：有的连是一色儿的"三八式"步枪，三挺歪把子机枪，三门日本小炮儿，这和敌人的武器完全一样；有的连则是一色儿的捷克式步枪，三挺捷克式轻机枪，还有六个枪榴弹筒，这都是国民党中央军退却时丢下的武器，这些武器被老百姓拾起来，拿着它们参加了八路军，如今成了有用的物件儿；还有的连是一色儿的边区造儿武器，仿捷克式马步枪，仿捷克式轻机枪，另外还有自己创造的掷弹筒，就是小炮儿。赵保中带来的连就是这种武器装备起来的，边区造儿的这种小炮儿比日本造的炮身长，口径大，射程远，因为它的炮弹大，所以威力也大，它比日本的好就好在这儿。

请看，赵保中这个连队的三个小炮儿，打得是那样有准儿——把敌人的小炮儿、机枪阵地打了个七零八落，稀里哗啦，他们不得不再往后撤。看来赵保中所指挥的南边这一面，阵地是巩固住了。按敌人现在的兵力来说，他们要想从这儿通过，那是比登天还难。东西两面的水边上，这会儿也不断有枪响。不过，那两边用不着担心，一来是敌人没有大的兵力，二来是八路军的战士们，那是个抵个儿的有用，不但防御有方，个个警惕，而且射杀有术，阻击有力，再加上深水的天然屏障，可以说个万无一失。现在就要看北面主力兵的战斗力如何了。

北面的战斗那可就更热闹得多了！一开始，八路军的一个连队，就以无比的飞腿，抢占了制高点和东西两面的次高点。这三个山上分布了三个大排的兵力，每排除了三个步枪班之外，还有一挺捷克式轻机枪和两支枪榴弹筒，像这种占据优势地形，作近距离扼守阵地的战斗，那都是杀伤摧毁力很强的武器。

不过，毛驴太君并没有把这点儿八路军放在眼里，在他直接指挥下的有一个日军中队，还有猫眼司令交给他的快速部队，一共有三百来人，又有特殊的战斗装备和特殊的战斗技术，他以为用机枪炮火掩护着步兵，一个冲锋，完全能够把三个山头夺过来，然后一个包围，管保八路军飞腿也难逃。他的进攻开始了：所有的轻重武器一齐开火儿，"呜——呜——"像刮风一般，这声音震得树叶子直往下落。这比南边打的那种响声可就不同了，因为它这个快速部队配有两挺重机关枪，两门小型的轻迫击炮，掷弹筒小炮儿有十多门，轻机关枪有十多挺，再加上所有的步枪声音，才打出刮风的响声来。

毛驴太君用的这叫高压火力，狼群战术，因为这火力要比对方高出多少倍，一下就把对方压倒，然后他命令所有的步枪兵士一齐猛扑，冲上去一下子把对方扑住。毛驴的战术不能说不厉害啊！但是，既然他用了狼群战术，就是没有留下预备队，把部队都放出去了。可是他没有想到这部分八路军，既不是武工队，也不是游击支队，也不是一两个连，而是一个精干的小兵团，就在他的后边还有三个大连，那才是主力。为什么身后有三个大连他们就没有发现呢？这一来是他估计着不可能有这样多的八路军，再就得说是八路军善于伪装善于隐蔽，自然，这茂密的青纱帐也帮了很大的忙，况且跟敌人的距离老在五百米开外，所以毛驴太君没有发现。

不过，毛利现在就要发现了，八路军这三个连队，是在团长的指挥之下，布成了三角阵势，和沙山上的八路军合起来，对敌人恰好形成四面包围，这三个连的九门小炮儿，就要开始射击了。为什么他们不早一点开火，非要等到敌人的火力发射之后呢？这是因为地形复杂，有青纱帐遮蔽，不便于观察敌人的阵势。等他一开火，指挥员根据着声音，根据着烟幕，就可以判断出敌人是怎么回事来。所以才等这个时候开火儿。团长的一声命令，三个连长，指挥着步枪进攻，小炮儿发射了，只听"轰……"头一排炮－连九响，炮弹有如一群抱着火的雄鹰，飞落在敌人的炮兵和机枪阵地上，"轰隆……"一连九颗带着尾巴的飞锤，从天而降，接连着爆炸开花，崩起四散的铁片儿，喷出一团一团的烟火。霎时间，泥沙四起，烟雾弥漫，死尸满地，鬼哭狼嗥。哎哟！这是从天上掉下什么来了？是天塌了还是地崩了？我的姥姥！这不是神兵天降是什么？刚才还翘着小卫生胡髭儿洋洋得意的毛利大队长，这一眨眼的工夫，天昏地黑，蒙头转向了！他还没有来得及清醒，"轰隆……"一颗接一颗数不清的炮弹，不分瓣的开花爆炸，数不清的机枪步枪从三面打来。山上的八路军也往下打，这声音呼呼山响，就像狂风卷着冰雹，震得是山摇地动，水土皆鸣，草木齐飞，泥沙翻滚，血肉四溅，烟雾腾空。这位毛利大队长还没有来得及张嘴呼叫，八路军的手榴弹上来了，手榴弹代替了枪炮的怒吼，这吼声更大，数量更多，来得更急，炸得更猛，山上的八路军，也离开阵地，扑下山来，四面包围形成了。把这群乱马慌营，像翻了坑的鱼虾似的鬼子兵，困在一处，困在核心，有如铁皮包卵，又像铁网囚狐，他们是上天无路，入地无门，有脚难走，插翅难飞。他们的最高指挥官，沉着有策的毛驴太君，这会儿一句咒儿也念不出来了！连他的魂魄也飞上了九霄云外。要说日本兵这一阵儿可真是不怕死了！因为他们怕死已经不行了！谁也找不到指挥官，谁也看不见自己的生路，周围冲上来的都是八路军，他们不得不端起刺刀来拼刺，个个都是"呀——呀——"的一样声调儿，要说这一阵儿他们的叫声像鬼哭神嚎，那可真是完全相似。八路军的战士们也都端起刺刀"杀！杀！"惊天动地地喊着往里冲杀，一场死敌恶战的白刃肉搏开始了。

有人要问：八路军用的这是什么战术？怎么不用火力消灭敌人，偏要短兵相接，一个一个地拼刺刀呢？这叫作什么战术？

前面已经说过，这叫牵鼻子战术，叫活的埋伏，先是牵着鼻子把敌人牵到这儿来，活的埋伏突然四起，炮弹先行，跟着就是机关枪手榴弹，这才叫迅雷不及掩耳，雷劈屋瓦，雹打荷叶，紧接着就是四面围困白刃肉搏，这才真是铁壁包围，管保敌人一个也跑不掉。这就像人打疯狗一样：冷不防照准狗头一棍子打蒙，不等它苏醒，不让它喘气，接连着一顿乱棍，把它打死。那么，八路军不知道日本兵拼起刺刀凶猛吗？知道，知道得很清楚，但是这样的八路军可跟民兵游击队不一样，个个都有刺杀经验，个个都受过正式的训练，拼起刺刀比敌人强多了。强的是，敌人拼刺是两个为一伍，并肩战斗，这些八路军的战士则三个为一组，成为三角队形，有如金刚钻一般，起个名字这就叫：三棱队，锥子兵，是沾不敢沾，碰不能碰，什么样的物件儿也要给他钻透锥豁！又何况，这些战士刚刚整训出来，个个年轻力壮，体健神精，身条儿像出炉的锻铁，四肢像炼就的金棒，真是气不可拒，锐不可当。你就看这个勇猛劲儿吧，一个一个，一组一组，一班一班，一排一排，端着刺刀，奔开快腿，喊着杀声，抖起虎胆，从山上，从山下，从前后左右，从四面八方，一齐向着这群野狼乱队横冲直撞，真像出山的猛虎，翻海的蛟龙。这群心惊胆碎、丧魂失魄、失去指挥、蒙头转向的鬼子兵怎能抵挡得住？你就听听这个响动吧！"杀……"这声音只震得山摇地动！"噗……"这情景只吓得日本鬼子魂飞魄散！只见：前进一步，一对敌兵翻滚；前刺一枪，一具死尸横卧！一霎时血漫沙滩，尸骨盖地，凡是没有倒下的鬼子兵，都被生擒活捉了！这位毛驴太君刮腹自杀了。猫眼司令这个命根子队伍——快速部队，就这样全部、干净、彻底地被消灭了。好哇！这个战斗打得够多么神秘！多么巧妙！多么迅速！多么勇猛！多么坚决！多么果断！多么干脆！多么彻底！真不愧为：飞腿夜眼神八路！钢筋铁骨子弟兵！

　　这边的战斗结束了，可是南面、东面、西面的战斗怎么样了呢？东西两面的枪声还是那样单蹦个儿一下一下地响，听得出是敌对双方互相对抗。可是，南面的机枪炮火打得更凶了！听起来好像是敌人又增了兵。团长这才决定迅速往南边增援，在这儿留下了党的总支书记，一个团的参谋，一个政治干事，还有一个连队，负责打扫战场，看管一大堆俘虏。何志忠带着他的警卫员，知道这儿战斗结束了，就急速走来，和这位总支书记研究着处理俘虏进行战后工作，各村的群众都抬着担架，挑着开水，背着大饼，纷纷来到，不必多说。

　　单说团长，率领着这几个连队，疾行飞奔，不多时来到沙山之下，和赵保中会了面。赵保中一见团长来到，就急忙把敌人的情况做了报告。原来是敌人又增来了一部分伪军，和原来的日本兵加在一起，有二百多人，他们使用了全部火力以中央突破的战术，向这儿猛攻猛打。团长一听，觉着情况并不简单，看看天将过午，不宜持久拖延，需要迅速解决战斗，只是自己一时还摸不清敌人的阵势，所以把队伍全都交给赵保中指挥，要求在半小时之内解决战斗，他和参谋长在后边，安排下一个战斗。赵保中把队伍接过来，马上布开了雁翅阵形，集中了机枪炮火，因为刚缴获的两门轻迫击炮和两挺重机关枪也拿来用上，这个火力可就猛烈得多了！只听"嗡……"一阵猛轰猛炸，敌人的机枪小炮儿都哑巴了，死的死，伤的伤，阵地也混乱了！哎呀！这是哪里来的这么多的八路军？有这样多的重武器？这怎样抵挡得住？哈哈！敌人军心动摇了！刚想转移阵地，再作顽抗，可是耳边一片杀声，在炮火掩护之下，生龙活虎般的八路军，还是三棱队，锥子兵，眼看就冲上来了！哎呀！我的娘啊！快逃命吧！这些伪军们怎么敢打这样的仗？把头一回，一掉屁股，一只手捂着脑袋一只手拉着枪，撒丫子就跑，"唏喽……哗啦……"真像落花流水，秋风扫叶一般！伪军一跑，剩下了几十个日本兵，虽说他们胆大敢干，可是在这种情况下，他们也知道是白送命，于是都穿上了兔子鞋"哇哇"叫着，抱头鼠窜，四散奔逃，就连凶恶狠毒的猪头小队长，也撅着屁股，一气跑回了他的炮楼。好狼狈！好狼狈！

谁见过崩了群的野兽乱钻乱窜！谁见过法西斯军队狼狈奔逃！今天他们就现了这个原形。

八路军能不能追上他们？能倒是能，可就是没有追。因为再往前追，不远就到公路沿线的开阔地，敌人必然要奔上炮楼，往下射击。虽说这些八路军的战斗力强，可还不能一下把炮楼摧毁，到了那里反而会吃亏。再说，他们还有更重要的任务，那就是趁着敌人的县城空虚，要乘胜急奔，就在今天夜间攻打县城，说不定要活捉了猫眼司令哩！所以赵保中指挥着队伍把敌人追跑以后，马上集合，把打扫战场的任务交给了史更新，话没有顾得多说一句，和团长率领着队伍，浩浩荡荡，烈烈轰轰，威风凛凛，杀气腾腾，只听"哗……"这支英雄的行列，就像钢铁在奔流，向着猫眼司令所占的县城滚滚地流去。

看着吧：

　　　　抗日风声阵阵紧　　杀敌锐气日日高

第 三 十 回

英雄智取神鬼惧　群众暴动天地惊

上回书可真叫人高兴啊！八路军打得鬼子兵死伤溃败，狼狈奔逃。这就算完了吗？当然不能。赵保中把这个打扫战场的任务交给了史更新，他们的队伍乘胜直追，去攻打猫眼司令所占的这座县城。他们究竟打开打不开？战斗的结果将会怎样？这里先不必说。单说史更新在这样的情况面前将如何处理。

史更新自从接受了这个任务，真是有说不出来的高兴，他马上派了两个侦察员，去到公路的附近侦察敌人的情况，监视敌人的动静，让其余的人打扫战场。在这儿的战场上，八路军的伤亡人员很少，在地下躺着的，乱翻乱滚、伸胳膊伸腿的都是日本兵和伪军。史更新这两个小队的战士们不顾别的，光是找枪找子弹，没有用着领导分配，他们每人都换上了一支崭新的"三八大盖儿"，子弹都是装得满满的，把死鬼子的皮带、子弹盒还有刺刀鞘儿一齐解下扎在自己的腰里。哈！这一回战士们可都把刺刀看成是不可缺少的武器了。

真是什么人儿就找什么物儿，武男义雄是光捡大家伙，他又找到一挺歪把子机枪，两个掷弹筒，还有六箱子枪弹和炮弹。好家伙，堆了一大堆，累得他通身是汗。有的同志就跟他打趣儿，特别是李柱儿揭开了他的底子："武男同志，怎么样？刺刀的干活，铁炮的给不给？"武男义雄把眼一瞪："给！铁炮的给！"说完之后，他似乎又想起了从前，一阵脸红把头一低，把手一摆：
"唔？你的不好，你的坏了坏了！唔……"他把下边的话咽到了
肚里，还叭唧叭唧嘴。现在又得说什么人办什么事儿：金月波找
到了一支手枪，捡了足有一百多发子弹，她腰里掖着一支，手里
提着一支，总是靠着南边溜达过来溜达过去，还不住地听风看景
儿，不住地喊着战士们："快！快！"她是随时准备着敌人再来，
要是敌人突然出现，怎么应付才好。她是这样地谨慎小心。比她
更小心谨慎的还有，孙定邦早已看不见影儿，他跟在侦察员的
后边，观察敌人的情况去了。要说胆子大的那得数李金魁和愣秋
儿，不觉不知的他俩出溜了很远，不哼不哈儿在找漏网之鱼。这
工夫金月波忽然喊了一声："啊！鬼子！"大伙注意一看，可不是
真像鬼子：小个儿，穿着一身黄色的日本军装，头上还戴着钢盔
哩。没有等大伙儿仔细观瞧，他早把钢盔摘掉，往头上一举："鬼
子？睁开眼好好地看看，鬼子这样儿啊？"哈哈！原来是肖飞，
他扒了一身日本军装穿在了身上。大伙都觉着他这是多余，在这
个时候开这样玩笑。

史更新看见肖飞这个行动，又引起了他的灵机，他命令：全
体人员，每人都扒下一身日本军装穿上，他说这有很大用处。于
是所有的人们都扒下了一身日本军装，可都不愿意穿，一来是嫌
上边有血，二来是还没有了解史更新的用意，都从心眼儿里腻烦
穿敌人的衣裳。史更新找了两身大号的，有一个还是带着上尉的
官阶，这就是从死在这儿的日军中队长身上扒下来的。大伙一看
这来头儿，心里就明白了个八成。正在这时，忽然听到南边的炮
楼上，向着这里打起机关枪来。史更新这才让大伙往后撤了撤，
来到水边，在这儿休息吃饭。这工夫已经到了后半晌，偏射的太
阳晒得滚热，战士们都跳下水去，洗起澡来，随手就把日本军装
洗了洗，血渍虽然不能完全洗净，总比不洗干净得多。洗完之

后，在沙滩上一放，等着干了就穿上。

史更新正要把这些经过情形去报告田耕，这时候田耕带着林丽、志如，还有两个战士到这里来了。田耕不是把任务交给史更新了吗？他不好好隐蔽休息，带着这样重的伤，又到这儿来干什么呢？很明显，他不是为了别的，因为这一步的战斗已经结束，他要亲自再布置下一步的战斗行动，要彻底实现既定的战斗计划。再说，经过这场剧烈的战斗，还不知道自己的同志们有多大伤亡，他怎能不惦记着？他能在一边呆得住？你看他往这里走着，这股紧张情绪，就可以知道他的心里是怎么样了！大伙看到田耕这样，真是有些纳闷：他的精神力量怎么这般顽强！

闲话不说，史更新把经过情形向田耕报告了一遍。田耕为自己伤亡的同志们痛心难过自不必说，更要紧的是安排下一步的行动。有人主张今天晚上不再进行战斗，因为炮楼上的敌人一定会提高警惕，加强防备。这个主张立即遭到了史更新的反对，他说："现在应该接连着干，绝不给敌人以重新整备的机会。刚才已经把他们打得蒙头转向，趁他们还没有明白过来，把他们消灭在闷葫芦里！"田耕听着这个高兴啊，连着说了三声："对！对！对！就这样干。"不过还得研究一下到底怎样打法。

正在这个时候，孙定邦呼呼地跑来了。他说："败退的鬼子们有一部分分散在公路的旁边，其余的扛着机枪上了炮楼，往这儿打枪的大概就是他们。下边的民伕还在修路。"田耕紧问了一句，"民伕里边布置得怎么样？""没有问题，这几天来就都憋着这股子劲儿哩！从破路的时候起就给党员和积极分子们布置好了，只要看见炮楼上一起火，他们立即就带头战斗起来。"田耕点了点头又说道："咱们赶快研究一下，到底怎样打？"史更新先把自己的意见说了一遍，没有一个不同意的，就按照他的意见作了决定。田耕嘴里没有说，心想：这是一个多么坚强而正确的军事干部啊！

　　这工夫人们都吃饱了，喝足了，所有的人都穿上了日本军装。只有肖飞又把日本军装脱掉，扮作特务，他多少会说几句日本话，所以还让他帮助翻译。武男义雄扮成中队长，腰里掖着楠督式手枪，挎着中队长的战刀。史更新装扮成一个小队长，也挎上了战刀，把盒子炮掖在了腰里。李金魁当了个班长。另外又挑了十个战士，都是一色的"三八大盖儿"枪。金月波带着十个战士，布置在炮楼的附近，作为观察联络员。这儿就剩下了田耕、林丽、志如、大女和五个战士。丁尚武因为有一把神出鬼没的大刀，一个顶俩，要技术有技术，要勇敢有勇敢，田耕要将他留在身边，保卫大本营。丁尚武这人，要是在从前不闹点脾气才怪呢！可是因为经过反"扫荡"的锻炼，组织性、纪律性强多了，也不怎么喜欢逞能了，田耕说让他留下，他只说了句："成喽！"就低着头擦他那把战刀了。大伙儿于是都分头行动起来。由武男义雄所率领的这十几个假日本兵，也向炮楼子出发了。

　　太阳还有两竿子高的时候，他们来到了刁世贵这个炮楼的附近。史更新让大伙装成打败仗的狼狈样子，武男义雄拉着战刀，肖飞明插着两支盒子炮，紧跟在武男义雄的旁边，史更新则紧跟在武男义雄的身后，紧后边压队的是李金魁。路旁边的日本兵看到了他没有敢多问，远远地就来了个立正。忽听炮楼子上边有人问："你们是哪一部分皇军？"问这话的正是齐英。为什么齐英先问话呢？因为这两天，他在这儿装了一名伪军，掩护着进行工作，他知道会有自己的人来，所以他总是在炮楼子上边注意，察看随时的情况变化。刚才这个炮楼子上，退来了一个日本小队长，还带着二十多个日本兵。他和刁世贵正在偷偷儿地商量，打算派人去找田耕，计划收拾敌人，伪军起义。这会儿史更新他们一来，他就看破了。他首先搭话，一来是让日本官儿感觉着他忠于职守，更重要的是，先给史更新他们来个招呼。肖飞一听就听出是他说话，急忙回答道："我们是快速部队的，这是快速部队的太君，你们不下来欢迎，还问什么？"炮楼上的日本小队长就用日本话问起来。

他一问，武男义雄就摆出上尉军官架子，和他对答。问了几句之后，武男义雄摆出不耐烦的样子，话头子也带出三分气来。诸位！他不是真生气，他是怕被问短了啊！他这样一生气，小队长可就不敢再问了。因为日本军队讲的是服从。所以他让伪军们把炮楼子的大门开开，他亲自走出大门来迎接。现在的炮楼和前几天不一样了，铁丝网的里边，炮楼的下面已经盖起了几间房来，多少有点像住人的院落，周围的墙都有枪眼，这二十多个日本兵和刁世贵的伪军们都分布在房里房外，楼上楼下，严密地防备着八路军攻来。可是这些伪军士兵们心中有数，刁世贵早给他们布置好了：谁傍着谁，谁跟着谁，谁占据炮楼的最高层，谁把门口，单听他的话音，看他的眼色，下手干家伙。所以，当日本小队长出门来迎接武男义雄这位长官时，齐英就在后边和刁世贵悄悄儿地说了个密话儿，刁世贵紧跟在日本小队长的后边，就一前一后地老摽着。齐英就在这个紧急的空子里，把话串通了两个伪班长。怎么两个伪班长啊？这是因为日本军队一集中，把旁边的一个日军炮楼也换了刁世贵的一个班。因此他这儿就剩了两个班。班长们就立时跟这个士兵挤挤眼儿，和那个士兵努努嘴儿，还偷偷儿地避开日本兵的视线，用手中枪做出刺杀敌人的架势。到了这个时候，那些伪军们可真像窗纸一样，一点就破。所以他们立时就浑身都紧张起来了。这二十多个鬼子兵可还直勾儿着眼睛莫名其妙哩！

这工夫，日本小队长把武男义雄他们接进来了，接进来后就往屋里让。武男义雄不进屋，他说嫌屋里热。于是刁世贵就忙着搬凳子，点烟倒水。武男义雄是不抽也不喝，他要把日本兵和伪军集合起来点名训话。日本小队长问他：点名训话干什么？他说：伪军里边有八路，日本兵的身上藏着八路军的宣传品，要通通的清查出来。日本小队长只好把士兵集合在院内，刁世贵也把伪军们集合在日本兵的旁边，可是在炮楼上留下了三个。啊！一场生死搏斗就在眼前了。

哎！不好！这个日本小队长起了疑心，他越想越不对头，仔细一瞧，看出了武男义雄他们的军装上有破口，有血痕，他怀疑这是伪装的日本人，他想立刻大喊一声，但是他没有敢贸然地喊出口来。他为什么不敢喊出来呢？因为他们的旁边有刁世贵的伪军，身后就是李金魁和十个小队的战士，个个手持着步枪，枪上带着刺刀，他的眼前就是武男义雄、史更新和肖飞。你想，他有个不害怕吗？这家伙也有心眼儿，他想后退两步掏出手枪来，先把武男义雄、史更新和肖飞打死。但是，武男义雄和史更新怎能容他？当日本小队长刚一撤步，手枪还没有掏出来，武男义雄的战刀早落在了他的脖子上。他们的战刀快呀！只听"唰"的一响，脑袋瓜子"咕咚"一声就掉在了地下。这些日本兵一看不好，"哇——"的一声惊叫，就要一齐举枪拼命。嗨嗨！已经晚了一步，刁世贵的士兵和史更新的战士们，一个猛虎扑食，就听"噗嗤……"一阵刺刀穿肉的声音，像串蛤蟆一样都给穿透了。好哇！真是杀得痛快！歼得干脆！这才叫：打鬼子没费一枪弹，歼灭战未用半分钟。一看把敌人消灭了，刁世贵光怕被外面的日本兵和伪军们发觉了，于是他要马上举枪起义，在炮楼里点着火，立刻杀出去。谁知道偏偏不巧，好事多磨，刁世贵的上官，伪军中队长，带着一伙子伪军来到了炮楼的门外。咳呀！眼睁睁又是一场生死的战斗！

那位问了：怎么这么凑巧，偏偏在这个节骨眼儿上，来了这么多的伪军呢？

原来是这么回事：这个伪军中队长，是奉高铁杆儿的命令，带着他的队伍来援助日本兵的，刚才在大沙洼里挨打就有他们在内。他一共是三个小队，第一小队就是刁世贵这一部分，另外在一个炮楼上还有他的一个班，这个炮楼就在小李庄到桥头镇的中间。除此之外，他这个中队还有五个班，他就是带着这五个班参加战斗的。在战斗中他们又被打死了十多个，就只剩了四十来人，这四十来人一退却跑了个乱七八糟，中队长费了老大的劲，才在小李庄村口把队伍集合起来。他听着八路军没有追来，要歇歇腿儿，定定神儿，弄顿饭吃。那么，他为什么不上炮楼儿呢？因为在炮楼子上呆着并不是怎么舒服的事儿，吃好的喝好的也并不是那么方便。再说，八路军万一要是再打来，这条公路当然是成了第一线，不如躲在后边痛快。所以，他上了何大拿的家来，在高房上，在街口外边设了岗哨。这位中队长就在何大拿的青堂瓦舍里，让大苹果陪着又吃又喝。你说，这不比在炮楼子里边美得多吗？又偏遇上何志武在这时候也跑到家来了。不用问，他也是从沙洼里被打回来的。他就和这位中队长一块儿吃饱了饭。当他们酒足饭饱以后，何大拿这老狐狸，告了解文华一家伙，他说："这村里有八路军的秘密，解文华知道，应该把他抓起来审问审问。"

也许有人要怀疑：何大拿跟解文华明争暗斗这么多的日子了，他为什么单等今天才告他的密呢？怎么他不早说？这村就住着日本兵，他要是向猪头小队长报告了，那不就要了解文华的命吗？

这个问题可不是这样简单。何大拿这老家伙鬼儿多，他也知道解文华不是好惹的，这时候他跟刁世贵又成了亲戚，万一他俩要合起来，搞他一家伙他也受不了！甭说别的，解文华要是反咬一口，说何大拿勾通八路，那就够他呛的。再说，他知道猪头小队长又粗又野又狠又凶，要把他弄翻儿了，就会把他的脑袋砍下来！如今他跟这个伪军中队长这么一说，这一来碍不着日本鬼子的事儿，刁世贵又是这个中队长的下级，这个中队长又跟他要好，所以要把解文华搞一家伙，就是弄得不好，对他本身也不会有多大关系。就是为了这个，他才在这个时候对这个中队长说。他这么一说，这个伪军中队长就火儿了！何志武也在旁边加油儿加醋儿。他马上派了两个伪军把解文华给提搂来了！

解文华被抓来之后，这个伪军中队长不由分说，劈啪就给他几个嘴巴子，吭吭又踹了他几脚，把他的衣服一扒，就给吊在了何大拿后院的大槐树上。这个伪军中队长跟何志武，一齐逼问解文华的秘密。这一家伙可把个解文华给吓坏了！他总以为有刁世贵在这儿保护着他，怎么也没有想到有这一手儿。他知道，这一回要是说了实话，自己还有活路吗？于是他一口咬定："不知道！"他还真是反咬了一口，说何大拿勾通八路。他这样一来，何志武首先就捧了他一顿棍子，几个伪军也乱抽乱打，打得他浑身没了好肉。解文华昏过去了好几次，但是他把牙关咬住了，他死也没有露口儿。谁都知道解文华是受不了这个的，扯上几个嘴巴，踢上几脚，要他说什么他就得说什么。可是，今天他哪儿来的这样硬的骨头呢？啊！对这个事儿伪军中队长发生了怀疑。不过，他觉着事情重大，不能轻易放过。要真有其事，刁世贵一定知道。他又想起，高铁杆儿对他说过："要防备着刁世贵叛变！"这就更使他怀疑起来。心想：应该马上把刁世贵收拾了。可是，也不要太莽撞，万一要是弄错了，冤枉了人事小，他自己的力量受了损失事大。所以，他暂时让两个伪军士兵看守着解文华，他带上这三十几个伪军，直奔炮楼来找刁世贵。他打算亲自侦讯侦讯、观察观察刁世贵的情形，若无其事便罢，要是有一点可疑，就马上缴了刁世贵的械，把他捆绑起来，跟解文华一块儿带回桥头镇。他带着队伍一来，何志武也跟来了，这小子也是担心弄不好了，他们父子要倒霉，所以他才跟来。他跟来还有一个小的原因，就是他还想着井里那支盒子炮哩！他现在还是带着他大哥的一支小手枪。这部分伪军的来历已经说明，那就看看他们弄个什么结果吧。

这部分伪军来到炮楼跟前儿，伪军中队长让两个班在大门外边雁翅儿排开，把门一堵，他带着两个班就往里走，何志武这小子鬼瘴，在紧后头跟着，他光怕出事儿。

那么，这一阵儿炮楼里边的人怎么样了？上边的三个士兵早已发现，慌忙下来报告刁世贵。刁世贵也是疑心很大的人，特别是在这个劲头儿上，他的警惕性更高，他是要一不做二不休，瞎子发眼——豁出去了！干一家伙！史更新和齐英都同意他的主张。于是就在大门以内布置妥当。这个伪军中队长带着两个班刚一进门，就看见了日本军队。他还没有来得及搭话，就觉着有两只又粗又大的铁手，把他的脖子给掐住了，原来这是李金魁。又听有人喊了声："缴枪！"肖飞的两支盒子炮出现在伪军的眼前，哗哗的一阵响动，好几十把明晃晃的刺刀对准了伪军的前后心窝。进来的这两个班伪军，吓得脸都变了颜色，"噗通……"都举着枪跪下了。何志武在后边一看，不好！又一注意，看见了肖飞，"哎呀"了一声举枪就搂火。可是他还没来得及搂响，就听"当"的一声，肖飞的盒子炮响了。何志武觉着右手发麻，手枪也掉在了地下。他扭头就跑，眼前一个粪坑，他想一蹿而过，这时肖飞说了声："就在这儿吧！""当"又是一枪，何志武这条双料的恶狗一头栽进粪坑，再也不能动弹。门外的两个伪军班一见这个情形，也都吓得丧魂失魄，刚要逃跑，史更新带着战士们出来拿枪给逼住了，他们只得缴了械。

枪声一响，伪军们一被缴械，在公路旁边的日本兵看见了，他可弄不清这是怎么回事，只是看到日本兵缴了伪军的枪，因为这事常常发生，所以他并不觉得奇怪，不过增加了他的几分警惕性罢了。但是修路的民伕们可都拿着当了事儿，一个一个低声细语，惊奇地问着："兄弟，看见了没有？这是怎么啦？""大哥，我也弄不清啊！这部分日本兵怎么缴了伪军的枪呢？""嗨！伙计，有一个特务被打到粪坑里头了，你看见了吗？""我怎么没看见？""这是怎么回事呢？""哼！别嚷啊！区干部的挎包——这里头有问题儿！看着吧！""怎么着？看着吧！我告诉你们，也许是有八路军来了哩！""对呀！咱们的正规团过来了，要不刚才北边打得那么热闹？""嘿！悄悄儿的，我告诉你们说，刚才那群日本兵从这儿一过，我看着后边那个大个子有点儿像李金魁，我本来想着仔细看看，可是他低着头过去了。""对！你这一说我也想起来了，从后边一看走道就像他。""我看他那军装也不合体儿，后腰上还破了一道口子，像是还有血印哩。""哥们儿爷们儿，这么着，准备好了，要是风一吹，草一动，就拿小铁锹子铲掉鬼子的脑袋！谁可也别嚷啊！"嗨嗨！说是不嚷，这话可比张开翅膀儿飞还快，一传十，十传百，不大工夫就传遍修路的民伕。你就看吧，一个一个交头接耳，唧唧喳喳、嘀嘀咕咕，挤眉弄眼儿，他们不说别的话了。布置在里边的秘密党员和积极分子们，趁这个机会就都活动起来了。这一来可就引起了旁边日本兵的注意："唔！什么的？你的说话，干活慢慢的。"说着就走过来拿枪托子蹾。恨得民伕们使劲攥着铁锹大镐，牙咬得咯吱吱地响。这工夫史更新他们走出炮楼来了。他们出来要怎么样呢？看着吧！一场决战就在眼前。

　　原来史更新他们要就热锅炒热菜——把敌人一勺儿烩了！他们做了临时的分工：由刁世贵带一个班的起义伪军，带着被捉住的伪军中队长，去到东边的炮楼上缴那一个班伪军的枪。那个炮楼上也跑去了几个日本鬼子，把他们一块儿给消灭掉。另外，刁世贵派了一个起义的伪军班长，去到西边儿的炮楼上，那里也跑去了几个日本鬼子败兵，因为那儿的伪军也是刁世贵的，打算到那儿帮助他们消灭敌人，一同起义。刁世贵的炮楼上只留下了齐英，还有李金魁和一个起义的伪军班，他们一方面守着炮楼，同时看管着被缴了械的伪军。史更新和武男义雄还有肖飞带着这十名假日本兵，去到南面的炮楼，想要收拾猪头小队长。他们规定：在太阳落了之后，趁着黄昏，一齐动手下家伙，把这几个炮楼子解决了。紧跟着在炮楼上一点火，修路民伕们暴动起来，公路上的日本监视兵一齐就完蛋了！哎呀！他们可真是胆子太大了！甭说别的，就拿猪头小队长来说，那真是比豺狼还野，比虎豹还凶！要想擒他，谈何容易？不过史更新他们这般英雄好汉也是觉着，没有打虎艺不敢上山岗，没有擒龙术不敢下海洋，既然有这样的雄心壮志，那就是觉着不会有失，即使不能把敌人完全消灭，也要把残余的敌人赶跑，把炮楼子烧掉，把公路扒毁了。

现在太阳已经点地，她露着半个笑脸，托着五彩的云霞，在公路的南面空中，现出一道乳白色的汽带，有如银龙吐彩。那就是滹沱河的水汽。只听呼腾呼腾的滚动声音，滹沱河内汹涌的猛水，正在滚滚地奔流，唱着愤怒的战歌，它要把法西斯强盗们赶下东洋大海。一霎时传来了更沉重更强烈的沉音，"轰隆……轰隆……"就像是遥远的起伏沉雷，这声音是在西南的方向。啊哈！赵保中他们的英雄兵团和猫眼司令的炮战开始了。民伕们有听枪炮的经验，可是估计着这队伍没有这样快。这样热的天气，他们又是连续战斗，也不休息，在这半天之内，就又跑四十多里地？这真是神鬼也得吃惊！但是用不着怀疑！这就是今天上午在这大沙洼里边扑灭敌人的那群出山猛虎，如今奔到了县城之下，正在开始猛扑猫眼司令的老窝。哈哈！这沉雷般的炮声，可把民伕们的心情都给震动了！个个都把裤腰带紧了又紧，狠狠地抓住铁锹、镐头，瞪着火一般的眼睛，心里在说着这样的一句话：要是有个人来指挥领导，就毁了这些鬼子兵！着急的是没有人来领导，所以谁也不敢轻举妄动。

史更新他们现在刚刚走到炮楼，可是猪头小队长并没有在炮楼子里边，他已经带着两个日本兵和一条大狼狗来到公路上了。

猪头小队长从西往东慢慢地走着。他是因为刚才听见这边的枪响，过来看看是怎么回事。你看他，在大胯上挂着一把光闪闪的洋刀，腰间还挎着一支王八盒子，昂着他的猪头，把嘴噘出老远，沉甸甸的两道浓眉上边，那几条刀痕一般的皱纹，显得更长更深，慢腾腾地迈着两条熊腿，走一步呱哒哒的响一声，他要在每个民伕的身上找出什么东西似的。他手里牵着一只黑色的大狼狗，这个畜牲，拖着半卷的尾巴，半张着嘴，吐出长片的舌头，哈嗤哈嗤地流着垂丝的口水，跟着它的主人颠儿颠儿地小跑儿，不时地向着每个民伕乱闻，好像它也在随时准备施展它的爪牙。后边紧跟着两个日本兵，都持着上了刺刀的步枪，直愣着眼睛，一声不响，并排跟随。如果猪头小队长说一声：死了死了的有！这两个日本兵就会用刺刀一挑，把一个活不拉的人给开膛破肚。这些修路的民伕们，虽说都敢于和敌人拼命，不过看到猪头小队长种凶恶的情形，可也是有点儿害怕。心里话：看着啊！不知道又碰上谁倒霉呢！嗯，可不是，立刻就碰上了。

碰上了谁呢？何世清老汉。何世清对敌人的仇恨是不必说的了。不过在这个时候，他并没有表现出和别人两样来。咳！可是这条洋狗因为咬过他，把他认得很准，好像跟他结了仇，他又是留着长白的胡须，特别显眼。这个该死的孽畜，来到他的身边不再往前走，老是围着他的身子打转儿。何世清还能不防备它吗？

所以就准备着，它要扑来，就拿铁锹削它。你说猪头小队长怎么样？他见此光景咧开猪嘴"嘿……"地笑起来了。他把手里的小铁链儿一松，这条狗呜的一声，向着何世清就扑了上来。何世清老汉在鬼子的刀枪之下都没有软过，难道他在一条狗的面前就变得孬了吗？当然不能，他早有防备。当这个孽畜往上一扑的时候，他把手里的铁锹一抢，当的一下子，就听那狗嗷嗷儿叫着退了几步，再也不敢往上蹿，因为把它的前腿打断了一只。旁边的人们都从心里给他叫好，可是也都为他捏着一把冷汗！果然猪头小队长火儿了："八格牙路！死了死了的有！"嗤的一声，抽出战刀来，照着何世清的脑袋就砍。他可做梦也没有梦到，竟有一张铁锹头，冰凉棒硬的戳进了他的脖子。他的猪头虽然没有掉下来，可是他这条兽体歪了一歪，晃了两晃，噗通一声，像半堵坏墙，整个地倒在了地下。要问这一铁锹是谁铲的？不是别人，这就是刁世贵的叔叔刁二东。

那位说：怎么这样巧，他到这儿来了？

这并不是巧，前面已经提过，他早有打算：为了报仇，为了出一出窝囊气，要卖卖老，要拿出当年义勇军时代的杀敌本领，和日本鬼子拼个死活，较个长短。他暗中串通了几个敢作敢为的民伕，打算找机会夺敌人的枪；夺过枪来，他还想要成立游击队哩。要想实现他的这个打算，自然要选择黄昏的时候最为合适，可是这会儿偏偏又遇上何世清老汉的危险，像他这样见义勇为的人，还能见死不救吗？所以当猪头小队长往外拔刀的时候，他把飞快的小铁锹儿就准备好了。没有等猪头小队长的战刀落下来，他的铁锹头"咔嚓"一声就戳在猪头小队长的脖子上。这个万恶滔天的猪头鬼子，这才结束了他的罪恶生命，呜呼哀哉了！刁二东这么一打猪头小队长，跟着的两个日本兵还不急了眼吗？"哇啦啦"地连叫了两声，端着刺刀，照定刁二东就是一家伙。他们已经晚了！刁二东既然下了家伙，他还能畏缩？再说，到了这个时候，旁边的民伕们还能袖手旁观？何世清老汉还能不豁出命来？只听"毁了他们吧！"一声大喊，周围的铁锹大镐，一齐举在空中，叮当噗哧，一阵响动，两个鬼子兵连窝儿也没有能动，就完蛋了。何世清老头子举着铁锹，连声高喊："乡亲爷们！下手吧！砸烂鬼子们的脑袋！给同胞们报仇啊！"大伙谁也不管炮楼上点火不点火了，都跟着喊起来："打呀！打呀！砸兔崽子们啊！"正在这时，突然南边的炮楼子冒出一股子烟火来，只见史更新站在河堤上，把枪举在空中，大声喊道："同志们！炮楼子都拿下来了！放心大胆地干吧！一个鬼子也别让他跑了！"他这愤怒的吼声，真像龙吟虎啸，离半里多路听得真真切切。人们的劲头又像火上加了油一样。有几个鬼子兵一看不好，撒腿就往北边的高粱地里跑。刚刚跑到地边，突然扑上几个人来，头一个就是丁尚武，只见他的大刀晃了几晃，闪了几闪，几个鬼子就都倒下去了。这时候田耕站在高地上，大声喊道："同志们！到了消灭敌人的时候了！我们要给死难的同胞们报仇！拿起家伙来打呀！往两头打！两头都有咱们的队伍！胜利是我们的！我们的主力兵团正在攻打县城，要消灭猫眼司令！有利的形势来到啦！胜利的局面打开啦！"一面喊着，还把他的一只大手挥动起来。人们一看，县委书记在这儿指挥，还有什么可怕？"干吧！哇……"就像决了堤的洪水，霎时间汇成了一股子巨流，汹涌澎湃地向着东西两头翻滚。

这时候，齐英也在刁世贵的炮楼上把火点着了，东西两边的炮楼也跟着冒出浓烟，民伕们看得清清楚楚，知道这四个炮楼上的敌人是不管事儿了，光剩下沿着公路站岗监视的一些单个日本兵，在这万刃齐扑的形势下，还能起什么作用？你就看吧：数不清的钢铁臂膀，数不清的钢铁木具，密密麻麻，锵锵有声，就像山崩海啸！一时间杀声震地，怒火冲天，嗡嗡的巨吼，哇哇的山叫，真亚如火山爆发。这铁火交熔的巨流，东南西北，在十八里的公路上，简直就是山崩地裂！路旁的鬼子兵早一个一个地被砸烂了，只剩下一只三条腿的狼狗，它耷拉着脑袋，夹着尾巴，一瘸一拐，连蹿带蹦，两眼还不住地向后直瞅，奔着桥头镇跑去。

这时候，桥头镇上几个炮楼子里边，一齐"哗……"打起机关枪来，通南到北的大公路上的各个炮楼，也"喀啦……"乱打乱放，但是滹沱河的怒吼呼腾呼腾的也更加紧急了！县城周围的炮火"轰隆轰隆"的也更加沉重了。这时，蓝色的天空没有半丝云雾，满天的星斗，放射着亮晶晶的光芒，在这胜利的战斗之夜，显得分外明亮。徐徐的东风，吹得高粱叶子沙沙有声，这秀丽的青纱帐，伴奏着汹涌澎湃的滹沱河流水。它们唱起平原之歌：

抗日烽火满天红　　烈烈轰轰遍地明
太行山中兵马壮　　青纱帐内健儿精
大平原上人民勇　　滹沱河旁鬼神惊
八路神兵无敌手　　日本强盗逞何能

1957，8，1前夜